KJB

© Viktoria van Evert

Anna Benning wurde 1988 als jüngstes von drei Kindern geboren. Die Leidenschaft für Geschichten bestimmt seit vielen Jahren ihren Weg: Nach einem Studium der Literaturwissenschaft und Stationen als Buchrezensentin und Aushilfsbuchhändlerin arbeitet sie seit 2013 in einem Verlag. Eines Tages fasste sie sich ein Herz und brachte ihre eigenen Geschichten zu Papier. Mit »Dark Sigils« veröffentlicht sie nach »Vortex« bereits ihre zweite Trilogie.

Weitere Informationen zur Autorin unter
www.annabenning.de und auf Instagram und TikTok unter
annabenning.books

Weitere Informationen zum Kinder- und Jugendbuchprogramm der S. Fischer Verlage finden Sie unter
www.fischerverlage.de

ANNA BENNING

DARK SIGILS

WAS DIE MAGIE VERLANGT

Band 1

FISCHER | KJB

Alle Bücher von Anna Benning bei FISCHER KJB:

Die »Dark Sigils«-Trilogie:
Band 1: Was die Magie verlangt
Band 2: erscheint im Frühjahr 2023

Die »Vortex«-Trilogie:
Band 1: Der Tag, an dem die Welt zerriss
Band 2: Das Mädchen, das die Zeit durchbrach
Band 3: Die Liebe, die den Anfang brachte

Aus Verantwortung für die Umwelt hat sich der Fischer Kinder- und Jugendbuch Verlag zu einer nachhaltigen Buchproduktion verpflichtet. Der bewusste Umgang mit unseren Ressourcen, der Schutz unseres Klimas und der Natur gehören zu unseren obersten Unternehmenszielen.

Gemeinsam mit unseren Partnern und Lieferanten setzen wir uns für eine klimaneutrale Buchproduktion ein, die den Erwerb von Klimazertifikaten zur Kompensation des CO_2-Ausstoßes einschließt.

Weitere Informationen finden Sie unter: www.klimaneutralerverlag.de

FSC www.fsc.org MIX Papier | Fördert gute Waldnutzung FSC® C083411

2. Auflage: August 2022

Erschienen bei FISCHER KJB

Umschlaggestaltung: Max Meinzold,
unter Mitarbeit von Dahlhaus und Blommel Media Design, Vreden
Umschlagillustration: Max Meinzold
Illustrationen: Max Meinzold
Satz: Dörlemann Satz, Lemförde
Druck und Bindung: CPI books GmbH, Leck
Printed in Germany
ISBN 978-3-7373-6200-9

Für meine Eltern
Danke, dass mein Leben
voller Chancen ist.

Es fordert Blut, sagt man.
Blut fordert Blut.

William Shakespeare, Macbeth

PROLOG

Früher existierte Magie nur in unseren Träumen. Ich war zu jung, um es mitzuerleben – eine Welt *ohne* Magie. Aber noch heute sprechen die Menschen darüber. Dass sie geglaubt hatten, Magie zu kennen. Magie, so wie sie in Filmen ist. In Märchen. In Büchern. Eine geheimnisvolle, meist gute Kraft, die Wunder vollbringt.

Doch so ist Magie nicht.

Wahre Magie ist dunkel und verführerisch, eine blau schimmernde Flüssigkeit, wertvoller als Gold und süchtig machender als die wirksamste Droge. Fünfzehn Jahre ist es her, dass die Magie in unsere Welt kam. Ihre Faszination war wie ein Schwelbrand, und die Reichen und Mächtigen waren die Ersten, die ihr erlagen. Sie hätten ihre Seelen für einen Tropfen Magie verkauft. Und wenn diejenigen, die über alles bestimmen, etwas so sehr vergöttern, dann bleibt kein Raum mehr für Skepsis.

Die Magie ist heute ein Teil unseres Lebens. Sie ist überall, auf jedem Kontinent, in jedem Land und in jeder Stadt.

Menschen töten, um sie zu besitzen.

Menschen sterben, weil sie es tun.

Und andere Menschen, so wie ich, kämpfen mit ihr, um zu überleben.

TEIL 1

CHAOSMAGIE

1

Die Tribünen waren bis auf den letzten Platz mit Zuschauern gefüllt. Der Anblick jagte einen Schauer über meinen Rücken, und kaum dass wir den Eingang hinter uns gelassen hatten, drang der Lärm von allen Seiten auf mich ein. Klatschen, Anfeuerungen, Buhrufe. Ein plötzliches Gefühl von Einsamkeit überkam mich. Zwar lag Lilys Hand fest in meiner, aber ich wusste, was mir bevorstand.

Und ich wusste, dass ich es allein tun musste.

»Ist das abgefahren!«, rief Lily. Ich hörte sie kaum, doch die Worte lagen deutlich auf ihren Lippen. Sie lehnte sich zu mir. »Du hattest recht. Das ist echt eine ganz andere Nummer als bei den Amateurkämpfen!«

Allerdings. Mein Blick zuckte über die riesige siebeneckige Halle hinweg. Ein *Heptadome.* Gebaut dort, wo früher Fußballstadien gestanden hatten. Als sich die Leute noch für Fußball interessierten.

Es war das erste Mal, dass ich eines dieser Gebäude betrat. Von der Subway aus hatten Rolltreppen etliche Stockwerke nach oben und direkt zu den Tribünen geführt. Nun waren wir so hoch, dass ich alles überblicken konnte. Flutlichter schienen auf die sieben voneinander getrennten Kampfarenen tief unter uns hinab. Die Wände des Heptadomes bestanden aus dunklem

Glas, flackernde Lichter aus Projektoren tanzten über die Flächen. Über uns wölbte sich der Himmel, auf dem heute, an diesem Herbstabend, noch einige Rot- und Orangesprengsel sichtbar waren.

Ich bohrte meine freie Hand in den Stoff meines dunkelgrünen Capes und schloss die Augen, um mich zu sammeln. Dabei nahm ich den Duft tief in mich auf. Der Heptadome war regelrecht erfüllt davon. Bittersüß, schwer und sehr intensiv. Eine Mischung aus Asche und Zucker.

Der Duft von Magie.

Schon schoss ein aufgeregtes Kribbeln über meine Haut hinweg, ob ich es wollte oder nicht. Mein Körper wusste bereits, dass eine neue Magiedosis zum Greifen nah war – und so sehr ich auch versuchte, es zu leugnen: Er freute sich darauf.

Mein Verstand verabscheute Magie.

Der Rest von mir tat es nicht.

Die sieben Heptagon-Arenen, auf die wir hinabsahen, waren bereits besetzt. Dort kämpften die Duellantenpaare parallel miteinander. Ich sah das blaue Aufflackern ihrer Magie, zwang mich aber, den Kämpfen nicht zu viel Aufmerksamkeit zu schenken.

Es würde mich nur noch nervöser machen.

»Ray?« Lilys tiefbraune Augen blickten mich sorgenvoll an. Obwohl die Leute um uns herum stetig nach vorne drängten, um sich ihre Sitzplätze zu suchen, blieb sie eisern stehen. »Wir können immer noch gehen und eine andere Lösung finden.«

Ich lächelte Lily an. Sie meinte es ernst, das wusste ich. Wenn ich wollte, würde sie sofort mit mir aus dem Heptadome verschwinden. Wir würden zurück in die Outskirts gehen, in das heruntergekommene Kraftwerk, in dem wir aufgewachsen waren, und weiter für Lazarus Wright arbeiten. Für den Rest unseres Lebens wären wir ein Teil seiner Bande – *Nightserpents bis zum Tod.* Aber alles, was uns beide als Mensch ausmachte, würde verstummen, Tag für Tag ein bisschen mehr.

»Nein, ich ziehe das jetzt durch«, sagte ich und nickte entschlossen. Besser, wir brachten die Anmeldung schnell hinter uns. Sonst überlegte ich es mir wirklich noch anders.

Der Bereich, in dem die Wettkämpfer aufgenommen wurden, lag auf halber Höhe der Tribünen, und auf unserem Weg musterte ich die Zuschauer ringsum. Obwohl die Stehplätze hier oben im Vergleich zu den Sitzen in den unteren Rängen bestimmt um einiges günstiger waren, sah ich nur fein gekleidete und mit Schmuck behängte Menschen. Sie alle stierten gebannt in die Tiefe zu den Arenen, nur wenige warfen uns einen flüchtigen Blick zu und wendeten ihn sofort wieder ab, wenn sie die vielen Flecke und Risse auf unseren Klamotten wahrnahmen.

Meine Wangen liefen rot an. »Wir hätten uns doch was anderes anziehen sollen!«, rief ich über eine aufbrandende Welle des Applauses hinweg, woraufhin Lily mit einem Grinsen den Kopf zu mir neigte.

»Wieso? Es ist gut, wenn sie dich unterschätzen.«

Damit hatte sie natürlich recht. Allerdings hätte ich dafür nicht mit meinem ausgefransten Rock und löchrigen Kniestrümpfen hier aufkreuzen müssen. Dazu musste ich nur aussehen, wie ich aussah. Ein schlaksiges, bleiches Mädchen mit kastanienbraunen Haaren, das ungefähr so bedrohlich wirkte wie ein Hundewelpe auf der Jagd nach einer Maus. Lily hatte sogar ihre schwarzen krausen Haare mit einer Schleife hochgebunden. Oder war das Teil einer Taktik? Denn trotz ihres atemberaubend hübschen Gesichts und dem unschuldigen Lächeln hatte Lily es faustdick hinter den Ohren – ich würde es ihr zutrauen.

Sie drückte erneut meine Hand und zog mich die Treppe nach unten. Ihre Haut fühlte sich warm an meiner an, und ich ließ ihre Zuversicht in mich hineinfließen. Von allen Menschen in meinem Leben hatte Lily schon immer am meisten an mich geglaubt. Genau genommen, seit ich im Alter von sechs Jahren das erste Mal angekündigt hatte, dass ich Schokolade aus dem Lagerraum des Waisenhauses klauen würde, und zwar genug, um *alle* Kinder damit zu versorgen. Lily hatte keine Sekunde an mir gezweifelt – und recht behalten.

Sie war mein Fels, meine Seelenverwandte. Und sie war die Einzige, die wusste, was ich heute vorhatte. Wenn ich gleich in eine der sieben Heptagon-Arenen stieg, um mich zu duellieren, würde sie am Seitenrand stehen und meinen Namen brüllen, bis sie heiser war.

Ein Teil von mir konnte immer noch nicht glauben, dass wir es tatsächlich geschafft hatten. In den letzten Monaten hatte ich jede Woche einen Amateurkampf absolviert und damit genügend Punkte gesammelt, um heute das erste Mal in der Profiarena anzutreten.

Und nun waren wir hier.

Gewünscht hatte ich es mir nie. Doch darum ging es nicht. Es ging darum, dass Lily und ich so schnell wie möglich aus dem Waisenhaus verschwinden mussten. Dafür brauchten wir Geld, und bei den Profikämpfen wurden Wetten abgeschlossen, die dermaßen hoch waren, dass es schnell um Millionenbeträge ging. Auch die Kämpfer wurden beteiligt, zwar nur zu einem geringen Anteil, aber Lily hatte es für uns ausgerechnet: So, wie ich aussah, wettete niemand auf mich. Was bedeutete, dass die Quote und damit das Preisgeld umso höher waren. Ein

Sieg würde nach Lilys Schätzung mindestens eine Prämie von 10.000 Pfund bedeuten. 10.000 Pfund und damit zwei Tickets raus aus dem beschissenen Leben in den beschissenen Outskirts.

Ein Leben, ganz weit weg von Lazarus Wright.

»Hier drüben geht es rein.« Lily und ich hatten den Eingang zum Teilnehmerbereich gefunden – eine schmucklose Halle, die durch Glasfenster von den Tribünen abgetrennt wurde. Wir stellten uns in die Schlange hinter einen stämmigen Kerl mit Glatze, der uns die Sicht auf das Anmeldepult nahm.

Ich spähte durch die Fenster nach draußen. Wie viele Zuschauer es wohl waren? Der Heptadome in Brent, im Nordwesten Londons, war einer der kleineren, aber trotzdem mussten es dreitausend oder mehr sein. In jedem Fall hatte ich noch nie vor so einem großen Publikum gestanden. Die Amateurkämpfe fanden meistens in umgebauten Lagerhallen statt. Erst wenn man in die Wettkampfliga vorrückte, durfte man in einen Heptadome.

Meine Nervosität stieg. Lily hatte meine Hand nicht eine Sekunde losgelassen, und während die Minuten vergingen, merkte ich, wie meine Finger ganz leicht zu zittern begannen.

Bitte nicht, dachte ich und schloss die Augen. *Ruhig*, versuchte ich meine Hände und auch den Rest meines Körpers zu beschwören. Ich musste mich zusammenreißen, heute durfte ich mir auf keinen Fall diese Schwäche erlauben. Doch meine mahnenden Worte änderten nichts.

Das taten sie nie.

Lily musste das Zittern trotz ihres Klammergriffs gespürt haben, denn sie sah erst zu mir und dann hinab zu unseren verhakten Händen. »Alles okay?«, flüsterte sie, und obwohl ich nickte, wurde Lilys Blick besorgt. »Sicher? Hast du deine Blocker genommen?«

Ja, habe ich. Zwei Pillen, gleich heute Morgen. Aber sie helfen kaum noch gegen den Tremor, sie machen mich nur müde. Das wäre die ehrliche Antwort gewesen. Nur würde die jetzt keinem von uns etwas bringen. »Klar«, sagte ich stattdessen. »Es hört bestimmt gleich wieder auf.«

Lily setzte zu einer Erwiderung an, als plötzlich eine Frau hinter uns zu quietschen begann. Sie hatte stechend rote Haare, einen ebenso roten Mund und dunkel geschminkte Augen. Und das war nicht mal das Auffälligste an ihr. Nein, das Auffälligste waren die Tattoos, denn sie war vom Hals abwärts mit der Zahl Sieben übersät. Erst als sie unsere verwirrten Blicke bemerkte, krähte sie: »Heute sind Obere anwesend!«

Obere? Mein Blick schnellte wieder zu den Tribünen. Ich versuchte, die Oberen unter den gewöhnlichen Zuschauern ausfindig zu machen, was völlig sinnlos war, denn sie sahen genauso aus wie alle anderen Menschen.

Doch da deutete die Frau mit den vielen Tattoos im Dekolleté in Richtung einer Sondertribüne. Dort, abgetrennt vom restlichen Publikum, saß eine Gruppe Menschen, die offenbar wichtig waren, denn ein Kellner brachte ihnen gerade Getränke. Sie trugen schwarze Mäntel mit Stehkragen und blickten stoisch hinab auf die Kampfarenen. Hinter ihnen standen aufgereiht einige Leute in Uniformen.

»Und was machen die hier?«, hörte ich Lily fragen.

»Vor ein paar Tagen gab es Gerüchte.« Die Augen der Frau blitzten gierig auf. »Dass sie die besten Kämpfer mit sich nehmen.«

Lily starrte erst die Frau an – und dann mich. Ich konnte den

Gedanken so deutlich in ihren Augen sehen, als hätte sie ihn laut ausgesprochen. *Mit sich nehmen? In den Mirror?*

»So ein Schwachsinn«, raunte ich und presste die Lippen aufeinander, als die Frau mir auf meinen Kommentar hin einen angesäuerten Blick zuwarf.

»Überhaupt nicht. Das ist in den letzten Monaten schon ein paarmal vorgekommen. Die Oberen sollen vereinzelt Kämpfer ausgesucht und ihnen angeboten haben, im Mirror zu leben.«

»Und hat man wieder von ihnen gehört?«, fragte Lily.

»Nein. Wieso auch? Da oben kriegen sie wahrscheinlich so viel Magie, wie sie wollen.« Die Frau hob das Kinn, und ich sah es ihr an: Sie würde *alles* tun, um heute vor den Oberen einen guten Eindruck zu hinterlassen. So wie wahrscheinlich jeder Schaukämpfer. Sie alle wollten um jeden Preis in die Welt über unserer. In die Welt, in der es unendlich viel Magie gab.

Seit der Mirror sichtbar geworden war, gab es immer mal wieder Besuche von den Oberen. Allerdings trafen sie sich nur mit Politikern und Geschäftsleuten, um die Magielieferungen zu vereinbaren. Ein Mädchen wie ich, das in den Outskirts lebte – in den Armenvierteln der Stadt –, hatte jedenfalls noch nie einen Oberen gesehen. Und sie interessierten mich auch nicht. Klar, der Mirror war faszinierend. So wie einen alles faszinierte, was man nur sehen, aber nicht berühren durfte. Eine Spiegelwelt, oben im Himmel. Wer würde das nicht unglaublich finden?

Doch die Oberen selbst könnten mich nicht weniger kümmern. Sie mochten unseren Regierungen gegenüber großzügig mit ihrer Magie sein, aber nur zu dem Zweck, dass sie sie innerhalb weniger Jahre von sich abhängig gemacht hatten. Und bei uns in den Outskirts und viel mehr noch, beim Großteil der Menschheit, kam davon überhaupt nichts an. Sie ließen zu, dass wir wegen ihrer Magie verarmten. Dass wir alles hergaben, für einen winzigen Tropfen, und dadurch langsam ausbluteten.

Und das sagte alles über die Oberen aus, was ich wissen musste.

2

Endlich war der Kerl mit der Glatze fertig. Er trat zur Seite, so dass das Anmeldepult direkt vor uns lag.

Ein hagerer Mann mit Brille schaute uns gelangweilt entgegen. Er trug ein Sakko, das schon bessere Zeiten gesehen hatte, und ein weißes Hemd. Auf dem Tisch vor ihm war ein Siebeneck aufgezeichnet – das Symbol des Sigil-Wettkampf-Verbundes.

»Name?«, fragte er mich.

Ich holte tief Luft. »Rayne Sandford.« Ich zog die Chipkarte aus meinem Cape hervor, auf der meine bisherigen Kampfergebnisse abgespeichert waren. Der Hagere nahm sie sichtlich desinteressiert entgegen, steckte sie in ein Lesegerät und wandte sich dann an Lily.

»Pflichtbegleitung?«

Lily hob ihr Kinn. »Liliana Bellerose.«

Er nickte, schaute wieder zu mir. Dass ich erst siebzehn war, verwunderte ihn nicht. Schließlich gab es viele minderjährige Teilnehmer. Studien sagten, dass jüngere Körper die Magie bereitwilliger aufnehmen und verarbeiten konnten. Das bedeutete: schnellere Angriffe, bessere Verteidigung, höhere Gewinnchancen.

Grund genug für Lazarus, statt seiner älteren Bandenmitglieder lieber mich loszuschicken – und Isaac natürlich, sein *Lieblingswaisenkind.*

»Und?«, fragte der Mann ungeduldig. »Was soll's sein?«

»Armband.«

Auf meine prompte Antwort hin hob er nun doch die Brauen. *Ein Offensiv-Sigil?*, stand ihm ins Gesicht geschrieben. *Du? Wirklich?*

Wahrscheinlich hatte er damit gerechnet, dass ich zu einem defensiven Medaillon greifen würde. Oder zumindest zu einem illusionären Ring. Zu allem, aber nicht zu einem offensiven Armband. Schließlich waren das die Sigils mit dem höchsten Risiko. »Die Dinger teilen kräftig aus«, hatte Isaac mir erklärt, nachdem Lazarus ihm befohlen hatte, mich zu meinem allerersten Schaukampf zu begleiten. »Doch sie bieten keinen Schutz. Ein Armband können nur die wenigsten steuern.«

Tja, ich konnte es. Und ich brauchte keinen Schutz.

Der hagere Mann beäugte mich noch ein paar Sekunden, dann öffnete er eine von drei Kisten und hielt sie mir entgegen. Darin lagen unzählige, sehr unterschiedlich aussehende Armbänder, wie ich sie schon Hunderte Male getragen hatte. Einige waren silbern, einige golden – einige waren sehr schlicht, andere etwas extravaganter geschmiedet. Sie glichen sich nur in dem siebeneckigen Plättchen, mit dem sie im Zentrum zusammengehalten wurden.

Dem *Sigil.*

Darauf war eine Gravur eingebrannt, die in wenigen Minuten mit Magie aufgefüllt werden würde. Ich musterte sie kritisch. Es war ein Kreis, der von zwei Linien geteilt wurde, eine vertikal, eine diagonal. Die Gravur war mir vertraut, jedes offensive Armband hatte sie. Jedoch entdeckte ich sofort die Unreinheiten in der Zeichnung und die etwas krakeligen Striche.

Als der Mann mir das Armband ungeduldig hinhielt, wollte ich schon danach greifen, aber Lily schüttelte heftig den Kopf.

»Sie will ein gutes.«

»Mädchen, die Gravuren der Sigils sind alle gleich. Is ja nicht euer erster Kampf, oder? Die Dinger sind genormt.«

»Nein, sind sie nicht.« Lily streckte das Kinn hoch. »Und meine Freundin will ein gutes.«

Ich starrte Lily ungläubig an. Was sollte das? Doch da zog sie schon ein Säckchen aus ihrer Rocktasche hervor und legte es, in eine Faust eingeschlossen, auf die Theke.

Die Augen des Mannes verengten sich zu Schlitzen, und er fuhr sich nachdenklich über das Kinn. Dabei kam ein Tattoo zum Vorschein. An der Unterseite seines rechten Handgelenks sah ich ein stilisiertes, offenes Auge hervorblitzen. Die Pupille war statt eines Kreises wie ein Siebeneck geformt.

Noch immer wanderte der Blick des Mannes von Lily zum Säckchen und wieder zurück. Als er nicht antwortete, stützte sie sich auf seiner Theke ab und schaute ihn mit zusammengekniffenen Augen von oben an. »Hören Sie: Ich weiß, dass Sie hier bessere Sigils haben. Da drin sind 300 Pfund. Wir wollen ein gutes.«

300 Pfund! Das war mehr, als Lazarus uns in einem Vierteljahr bezahlte. Wie konnte Lily so viel Geld riskieren?

Der Mann rieb noch einmal zögernd über das Tattoo an seinem Handgelenk, bevor er sich hinter der Theke hinabbeugte und mit einem schmalen Kästchen wieder auftauchte. Mehrere Armbänder, Ringe und Medaillons lagen darin, eines schöner als das andere. Ich biss mir auf die Unterlippe, um mir meine Überraschung nicht anmerken zu lassen. Zweihundertsieben Schaukämpfe hatte ich bereits bestritten. *Zweihundertsieben!* Und ich hatte wirklich geglaubt, die Sigils wären alle gleich.

Der Mann hielt das Kästchen fest umklammert. »Die wurden sehr mächtigen Sigils aus'm Mirror nachempfunden. Sauteure Repliken, versteht ihr? Bessere kriegt ihr nirgendwo.«

Mein Blick wanderte von einem Sigil zum anderen. Da war ein Ring mit einer schwarzen Kugel, die von zwei Händen gehalten wurde. Ein in sich verschlungenes Band mit einem Schlangenkopf auf der Spitze. Und daneben: ein kupfergoldenes Armband, in dessen Mitte das Sigil-Plättchen gehalten wurde, drum herum ein stilisierter Drache, der die Flügel nach links und rechts ausstreckte.

Ein Kribbeln fuhr durch meinen Körper, das ich nicht erklären konnte, und ich öffnete den Mund, ohne weiter darüber nachzudenken.

»Das da.«

Der Mann gab einen brummenden Laut von sich. »Ihr habt Glück, dass ich heute 'nen guten Tag hab«, murmelte er. »Aber ich seh das Sigil nach deinem Kampf sofort wieder hier auf'm Tresen, Schätzchen. Verstanden?«

Ich verkniff mir einen Kommentar zu seinem *Schätzchen* und griff nach dem Sigil. In der Sekunde, in der meine Finger das Armband berührten, wusste ich, dass er mir das beste Sigil gegeben hatte, das ich je in der Hand gehalten hatte. Der Drache sah faszinierend aus, mit den weit gespreizten Flügeln und dem Sigil-Plättchen, das genau dort lag, wo sein Herz schlagen würde. Die Gravur darauf war makellos – keine Unreinheiten. Die Linien waren perfekt ausgeführt. So etwas hatte ich noch nie zu Gesicht bekommen.

»Gefäß und Sigil bilden immer eine Einheit«, hatte Lazarus mir mal erklärt – in einem seiner wenigen freundlichen Momente. Wir hatten nach meinem ersten gewonnenen Amateurkampf auf dem Dach des Kraftwerks gestanden und nach oben zu den Wolkenkratzern der Outskirts geschaut. »Im Grunde ist es zwar egal, wo sie das Magieplättchen reinsetzen. Egal, ob Ring, Medaillon oder Armband. Egal, welche Legierung – ob Gold, Silber oder sonst was. Aber je besser beides aufeinander abgestimmt ist, je besser das Gefäß den Charakter des Sigils spiegelt, desto besser fließt die Magie später durch deinen Körper.«

Lily überließ dem Mann von der Anmeldung das Geldsäckchen, und nachdem er die Scheine verstohlen unter dem Tresen abgezählt hatte, folgte ich ihr auf die Seite.

»Woher wusstest du das?«, raunte ich ihr zu.

Lily grinste. »Ich hab Isaac darüber reden hören, dass es angeblich irgendeine Untergrundorganisation in den Heptadomes gibt, die bessere Sigils an ihre eigenen Kämpfer verteilt. Er hat gesagt, sie nennen sich ›Das Auge‹, und dass man manche von denen bestechen kann, wenn das Geld stimmt. Es war ein Schuss ins Blaue.«

»Und das fliegt nicht auf?«

»Quatsch. Die Armbänder sehen eh alle unterschiedlich aus. Und was die Gravur angeht ... Du hast ihn doch gehört: *Die Dinger sind genormt.*«

Mein Daumen strich ehrfürchtig über das Drachen-Sigil. Es passte in jeder Hinsicht perfekt zu mir. »Aber ...«, setzte ich an. »... das Geld. Was, wenn ich verliere?«

»Das wirst du nicht.« In Lilys Stimme lag kein Zweifel. »Und von der Siegerprämie kannst du es mir locker zurückzahlen.«

Das stimmte. 300 Pfund für unser neues Leben.

Es war ein kleiner Preis.

Den nächsten Teil der Anmeldung hasste ich am meisten.

Wobei das nicht ganz stimmte. Ein Teil von mir vibrierte förmlich vor freudiger Erwartung, weil das Gefühl, wie Magie durch den eigenen Blutkreislauf pulsierte, mit nichts zu vergleichen war.

Fernab der Heptagon-Arenen war ich Rayne Sandford, das Mädchen aus den Outskirts, die mit den Zitterhänden. Doch dort, in der siebeneckigen Arena, war ich eine Sigil-Kämpferin. Und ich war verdammt gut in dem, was ich tat.

Wir liefen vom Anmeldepult hinüber zu den Schaltern, wo die Magie ausgegeben wurde. Jetzt, da ich offiziell am Schaukampf teilnahm, gab es ein genaues Prozedere. Eine Frau mit kurzrasierten Haaren winkte mich ungeduldig zu sich. Ich schob den Stoff meines Capes zurück und hielt ihr meinen rechten Arm entgegen, woraufhin eine ihrer fein getrimmten Augenbrauen nach oben wanderte. Zuerst dachte ich, es läge an den blauen Flecken, die auf meiner nackten Haut zu sehen waren und die ich mir bei den letzten Kämpfen eingefangen hatte, doch nein: Sie fixierte das Drachen-Sigil. Um ihr zu beweisen, dass alles seine Richtigkeit hatte, schob ich mir das Armband schnell selbst übers Handgelenk. Das kühle Metall glitt über meine Haut und ließ erneut ein Kribbeln durch meinen Körper strömen. Eine Replik eines sehr mächtigen Sigils, hatte der Mann gesagt …

Das *musste* ein gutes Zeichen sein.

»Du willigst ein – aus freien Stücken und in Besitz deiner geistigen Kräfte –, ein Grain Magie injiziert zu bekommen?«, fragte die Frau, und hinter ihr sah ich, wie eine zweite Frau darauf wartete, meine Zustimmung mit einem Tablet aufzuzeichnen: der obligatorische Haftungsausschluss, falls mir die Magie zu sehr zusetzte.

»Ja.«

»Und du willigst ein, als Begleitung bei der Teilnehmerin zu bleiben, bis die Magie verbraucht ist?«

Lily nickte, schaute zur Kamera. »Ja.«

Die Frau öffnete ein Kästchen, das neben ihr stand. Sie drückte ihren Daumen auf einen Fingerprintscanner, schon klappte der Deckel nach oben. Ein kühl leuchtender Schein strahlte uns entgegen. *Winterblau* hieß es offiziell. Wegen des weißperligen Schimmers und der sanften Kühle, die die Magie stets verbreitete.

Wenn ich nicht wüsste, was das Zeug bei einem Menschen anrichten konnte, würde ich es als wunderschön bezeichnen.

Es war immer dieselbe Menge, die sie einem gaben. Nicht mehr als ein Tropfen pro Person – ein *Grain.* 64,8 Milligramm, die offiziell 350 Pfund kosteten und in einem siebeneckigen Glaskern aufbewahrt wurden.

Mein Blick fixierte das Grain, als die Frau es aus dem Kästchen herauszog. Ich konnte nicht anders.

Das Verlangen nach Magie hatte viele Facetten. Bei einigen Menschen, wie Lazarus, war es ein tiefer, bodenloser Ozean. Bei anderen ein beständiges Flüstern in den Ohren. Bei mir jedoch, da war dieses Verlangen wie eine Schlange, die sich im Bewusstsein eng zusammenzog und *wartete.* Normalerweise bemerkte ich nicht mal, dass sie existierte. Doch nun löste die Schlange sich aus ihrer Starre und zischte vor Aufregung, während ich meinen Arm langsam nach vorn streckte. Sie wusste genau, was passieren würde. Und sie war lange genug geduldig gewesen.

Ohne weiteres Zögern presste die Frau das Grain auf mein Sigil. Ich spürte die Nadel, die sich daraufhin aus dem Armband nach unten drückte, verzog aber keine Miene. Dann floss das blau schimmernde Grain in mich hinein, und der *Austausch* begann. Das Blut mischte sich mit der Magie, bis mein Körper vollständig mit dem Sigil verbunden war.

Ich keuchte und war dankbar, als Lily mich an sich zog. Es gab nur wenige Momente im Leben, in denen man sich seines eigenen Körpers so sehr bewusst wurde. Die Kühle der Magie wandelte sich in eine wahre Hitzewelle, die sich Zelle für Zelle ausbreitete. Ich spürte jeden Hautpartikel, jedes Härchen, jeden Blutstropfen, der durch meine Adern floss. Als würde mein Körper von einem Fieber befallen werden, das jeden Millimeter in ein unsichtbares Feuer tauchte.

Es dauerte nicht lange, bis die Sensation verblasste. Ich starrte auf den Glaskern. Die Gravur des Sigils war nun vollständig mit winterblauer Magie umgeben. Sie leuchtete hell, feine Linien, deren Bedeutung mich nie wirklich interessiert hatte. Mich interessierte lediglich, dass die Magie das Sigil mit dem ausstattete, was ich brauchte, um den heutigen Kampf zu gewinnen.

Über die Treppen ging es nach unten in Richtung des Aufenthaltsbereiches, in dem man wartete, bis der Duellpartner ausgelost worden war. Wir ließen uns auf die Holzbänke sinken, und Lily zog mir behutsam meinen Rucksack von den Schultern.

»Alles in Ordnung?«

Mehr als das, flüsterte eine Stimme in mir. Die Magie hatte das Zittern in meinen Händen ruhiger werden lassen, und ich spürte, wie sich alles in mir darauf vorbereitete, die Macht zu nutzen, die nun in meinen Gliedern lag.

»Ja.« Ich lächelte ihr zu und lehnte mich gegen sie, während die Minuten verstrichen. Schließlich ertönte das Zeichen – ein lauter Gong, der die neuen Kampfrunden ankündigte. Sieben Kämpfe, je zwei Teilnehmer. Angespannt blickte ich nach oben zu den Anzeigetafeln, wo meine Startnummer aufleuchtete. Mein Kampf würde im vierten Heptagon stattfinden, und mein Gegner hieß Dorian Whitlock.

So ein Mist! Der Name sagte mir nichts, was bedeutete, dass der Typ schon länger in der Profiliga unterwegs sein musste. Ich kannte fast alle Amateure, immerhin war ich bereits nahezu überall in London angetreten. Lazarus ließ mich, Isaac und einige andere seiner Leute von Stadtteil zu Stadtteil wechseln, denn man durfte bei jedem Veranstalter nur eine gewisse Anzahl an Kämpfen pro Jahr absolvieren. Niemand wollte Ärger kriegen, weil ein Teilnehmer wegen zu hohen Magiedosen umkippte. Dass sich auf meiner Chipkarte Woche um Woche Kämpfe von verschiedenen Veranstaltern aneinanderreihten und mein Körper übersät mit blauen Flecken war, kümmerte sie nicht.

Ein Profi also. Na gut. Die Chance, dass ich auf einen zweiten Neuling stoßen würde, war auch gering gewesen. Jetzt musste ich einfach hoffen, dass Dorian Whitlock eine Schwachstelle hatte … und dass ich diese Schwachstelle fand, bevor es zu spät war.

In wenigen Minuten würde es losgehen, also setzte ich einen Fuß nach vorn, wankte nur ganz leicht. Dann trat ich an Lilys Seite in den Kampfbereich.

Die sieben Heptagons waren von leeren Flächen umgeben, die ausschließlich von den Schiedsrichtern und Begleitpersonen betreten werden durften. Wir liefen auf mein Heptagon zu, und ich stellte mit Schrecken fest, dass es genau unterhalb der Tribüne lag, in der die Oberen saßen. Keiner von ihnen sah zu mir, aber sobald der Kampf losging, würden sie es tun.

Eine neue Nervosität stieg in mir auf. Mir war es egal, was die Oberen von mir hielten. Mein Ziel war es nur, heute möglichst viel Geld abzustauben. Trotzdem spannte sich mein gesamter Körper an bei dem Wissen, dass diejenigen, denen die Magie gehörte und die sie tagtäglich benutzten, dabei zusehen würden, wie ich damit umging. Sie mussten das, was wir hier veranstalteten, doch völlig lächerlich finden.

Egal. Ich durfte mich jetzt nicht verunsichern lassen, dafür ging es heute um zu viel. Also nahm ich all meinen Mut zusammen und machte einen Schritt nach vorn in die Scheinwerfer, die von der Decke des Heptadomes herabschienen.

»Rayne?«

Es war Lilys sanfte Stimme, die mich stoppen ließ, und ich wusste, was sie sagen würde – weil wir es jedes Mal vor einem Kampf sagten.

»Wir sind Untere.«

Ich umarmte Lily und nahm ihren Blütenduft tief in mich auf. »Und stolz darauf«, erklärte ich, stieg in die Arena und ließ Rayne Sandford hinter mir.

3

Mein Gegner war noch nicht in der Arena. Doch kaum dass ich über die Linie gelaufen war, kam der Schiedsrichter auf mich zu und sah mich mit ernster Miene an. Er war ein etwas rundlicher Mann mit Glatze, und auf seiner Nase saß eine klobige Brille, mit der er während des Kampfes jederzeit unsere Magiesignaturen würde nachverfolgen können. Wie mit einer Wärmebildkamera.

Nachdem ich ihm zur Bestätigung mein Sigil entgegengestreckt hatte, klärte er mich über die Sicherheitsbestimmungen auf, die ich in- und auswendig kannte. Einen Magiestoß abzubekommen, fühlte sich ein bisschen an, als würde man mit kochend heißem Wasser überschüttet, das zusätzlich mit kleinen Scherben versetzt war. Die Sigils, die wir für die Schaukämpfe verwendeten, waren angeblich etwas abgeschwächt, aber die Schmerzen waren definitiv echt.

Der Schiedsrichter wartete, bis ich nickte und erklärte, alles verstanden zu haben, dann zog er sich wieder zurück.

Ich fixierte die Außenlinie des Heptagons. Die Arena wirkte so *klein*. Mir kam es vor, als wäre die Fläche bei den Amateurkämpfen nahezu doppelt so groß gewesen. Hier würde ich die Magie meines Sigils viel präziser als sonst steuern müssen.

Erneut sah ich zur Tribüne der Oberen. An den Wänden darunter wurden Bilder aus dem Heptadome übertragen. Eine Kamera schwenkte gerade zur Tribüne, und nun sah ich die Oberen sogar aus der Nähe.

Auf dem rechten der drei Sitze saß ein blasses Mädchen mit blauen Haaren, die ihr in eleganten Locken bis zu den Schultern fielen. Sie trug einen ebenfalls blauen Mantel und schaute so verdrossen drein, als wäre sie überall lieber als hier.

Auf dem linken Platz: ein Junge mit schwarzen kurzen Haaren und einem dunklen Teint. Er trug einen lilafarbenen Kurzmantel mit einem sehr feinen Brokatmuster darauf und redete auf einen zweiten Jungen ein, der auf dem mittleren Platz saß. Silbrig blonde Haare umrahmten feine, fast aristokratische Gesichtszüge. Er schaute ernst drein, und sein Blick wanderte umher, wobei er seinen Kopf keinen Millimeter bewegte. Anders als die Blauhaarige wirkte er nicht gelangweilt oder genervt, sondern eher … müde.

Kellner wuselten aufgeregt um die drei herum, und hinter den Sitzen standen einige Männer und Frauen in dunkelgrauer Uniform. Das waren Wachen oder … Soldaten. Jedenfalls waren ihre Köpfe kahl rasiert, und sie hatten ein auffälliges Siebeneck-Tattoo auf der Stirn.

Ich atmete tief durch und konzentrierte mich auf das Hitzegefühl, das von dem kupfergoldenen Band an meinem Handgelenk ausging. Alles würde gut werden. Ich kannte alle Gesten, die man brauchte, um die Magie zu aktivieren. Mein gesamter Körper war nun eine Verlängerung des Sigils. Seine Magie würde jede noch so winzige Handbewegung erkennen und darauf reagieren.

In meinen Fingern war jetzt nichts mehr vom Zittern zu spüren.

Ich war bereit.

In diesem Moment betrat mein Gegner das Heptagon. Es war ein junger Mann, vielleicht zwanzig. Er war schlank aber durchtrainiert, mit schwarzen Haaren und einem schiefen Grinsen auf den Lippen.

Dorian Whitlock, erinnerte ich mich an seinen Namen. Er hatte ein bisschen Ähnlichkeit mit diesem koreanischen Sänger, den Lily so mochte, jedenfalls waren auch seine Haare in der Mitte zu einer Art Irokesen hochgestylt und eins seiner Ohren war mit mehreren Piercings behangen. Dazu trug er lockere Kleidung, eine weite Hose und ein schlichtes Shirt. Kurz beäugte er mich, und sein Blick blieb dabei an einem Loch in meinem linken Kniestrumpf hängen. Sein Grinsen wurde breiter. Wahrscheinlich dachte er, was jeder in den Zuschauerrängen oder dort oben auf der Luxustribüne dachte: *Die Bohnenstange in ihrem Röckchen wird nicht lange durchhalten.*

Gut so. Sollten sie doch alle gegen mich wetten. Das ließ meine Siegerprämie nur größer werden.

Dorian streckte dem Schiedsrichter zur Identifikation sein Sigil entgegen. Er hatte ein Amulett gewählt – ein defensives Sigil. Das war schlecht, denn es bedeutete, der Kampf würde länger dauern. Amulettträger liebten es, sich zu verschanzen und den Kampf auszusitzen, während ihre Gegner sich mit offensiven Gesten verausgabten. Aber darauf würde ich nicht reinfallen.

Mein Blick wanderte nach links. Lily hatte sich mit unseren beiden Rucksäcken an die Seitenlinie gestellt und meinen Gegner ebenfalls in Augenschein genommen. Sie kaute auf ihrer Unterlippe herum, wie immer, wenn sie sich Sorgen machte.

Ich schaute zu den Projektionen, die auf den siebeneckigen Pfeiler in der Mitte des Domes gestrahlt wurden. Meistens flackerte Werbung darüber, doch jetzt leuchteten die Kampfpunkte der neuen Duellanten auf. Ich hatte gerade erst die Amateurliga verlassen, so dass hinter meinem Namen die Einstiegspunktzahl aufleuchtete: Genau 7.000 Punkte. Bei Dorian waren es 14.530.

Doppelt so viele.

Scheiße.

Der Schiedsrichter schaute auf seine Armbanduhr, hob eine Hand. In der gesamten Halle verebbte der Lärm. Auch in den anderen Arenen bereiteten sich die Kämpfer vor.

Die Spotlights senkten sich auf uns herab. Ich wagte nicht zu atmen. Was, wenn Dorian hören konnte, wie mein Herz nervös gegen meine Rippen pochte? Für mich wirkte es ohrenbetäubend laut, so laut, dass selbst die Oberen auf ihren Tribünen es sicherlich wahrnehmen konnten.

Noch einmal fühlte ich in mich hinein. Die Magie des Drachen-Sigils waberte durch meinen Körper, meine Finger brannten darauf, die richtigen Gesten auszuführen. Fast meinte ich, die Linien und Kreise spüren zu können, die dort in das Plättchen eingraviert worden waren. Es war um so vieles stärker als alle Sigils, die ich bislang getragen hatte.

Ich würde das hier schaffen. Schließlich hatte ich Isaac Moselby erst letzte Woche mit nur drei Magiegesten ausgeknockt. Und der Angeber wurde von allen für den besten Amateurkämpfer der gesamten Outskirts gehalten.

Ein markerschütternder Gong ertönte. Der Laut vibrierte durch den Heptadome. Dorian Whitlock verbeugte sich langsam, noch immer lächelnd, und ich tat es ihm gleich. Dabei zählte ich herunter. Sieben Sekunden zwischen einem Gong und dem nächsten. Dann war es so weit. Sieben Minuten würde der Kampf höchstens dauern – vorausgesetzt, jemand von uns konnte den anderen besiegen. Sonst käme es zu einem Stechen, und das musste ich unbedingt vermeiden. Meine Hände konnten Magie nicht lange genug präzise steuern. Selbst wenn sie jetzt ruhig waren, konnte das Zittern jederzeit wieder auftreten. Ich musste Dorian Whitlock also so schnell wie möglich ausschalten. Deshalb kam ein defensives Artefakt für mich niemals in Frage. Mich zu verschanzen brachte nichts. Ich überwältigte meine Gegner entweder innerhalb der ersten Runde – oder gar nicht.

Das Flutlicht über unserem Heptagon wurde gedimmt, Dunkelheit legte sich auf die Tribünen. Ich lehnte mich nach vorn. Meine Finger hielt ich frei nach unten gerichtet, eine neutrale Pose. Dorian fixierte mich, auch er hatte die Hände an seinen Seiten positioniert. Ein siegessicheres Lächeln lag auf seinen Lippen.

Dann schlug der Gong ein zweites Mal.

Meine rechte Hand wischte nach vorn. Es war die einfachste aller Gesten und die, die am wenigsten Magie verbrauchte: ein *Magiestoß*. Augenblicklich löste sich winterblauer Nebel aus meinen Fingern. Er sauste pfeilschnell auf meinen Gegner zu, schneller, als ich es von anderen Sigils gewohnt war. Doch Dorian hielt rechtzeitig beide Hände vor sich. Ein Magieschild tauchte vor ihm auf – ein flackernder Halbkreis –, und mein Angriff prallte daran ab.

So weit, so vorhersehbar.

Ich versuchte zwei weitere Stöße. Oft genug hatte es funktioniert, dass ich sofort einen Treffer landen konnte. Gerade, wenn mein Gegner nicht sonderlich wachsam war. Und dann, sobald er die Kontrolle verlor, legte ich mit weiteren Angriffen nach, in der Hoffnung, dass jegliche Reaktion zu spät kam.

Aber Dorian war wachsam. Er wich geschickt aus, rief einmal, als es knapp wurde, einen weiteren Schild herbei, und meine Magie zerbröckelte daran.

So ein Mist! Wenn jemand wie Dorian kämpfte, gab es gegen die Magieschilde eines defensiven Artefakts so schnell kein Durchkommen. Ich musste ihn mit einem Angriff überraschen.

Von der Seitenlinie hörte ich die Anfeuerungsrufe der Zuschauer. Lilys Stimme war am lautesten, doch ich zwang mich, sämtliche Geräusche auszublenden.

Dorian machte langsame Seitwärtsschritte an der Heptagonbegrenzung entlang. Ich tat es ihm gleich, so dass wir den Abstand zwischen uns immer aufrechterhielten.

Zeit, ihn aus der Reserve zu locken.

Ich hob meine Hand, an der das Sigil noch immer intensiv blau glühte. Solange es das tat, gehorchte mir die Magie aufs Wort. Erst wenn das Blau zu flackern begann, musste ich mir Sorgen machen.

Meine Hand bewegte sich in einer ruckartigen Geste nach unten, und ich stürmte vorwärts. Es fühlte sich an, als würde mein Körper plötzlich nach vorn katapultiert werden, ein Schub ging durch mich hindurch. Für wenige Sekunden war ich viel schneller, als es möglich sein sollte.

Gleichzeitig machte ich eine zweite Geste: Ich fing an zu schnipsen und deutete dabei in mehrere Richtungen. Winzige Punkte leuchteten in der Luft auf – *Magiemienen.* Meine persönliche Lieblingsgeste. Die Mienen kosteten mich zwar eine Menge blauer Flüssigkeit, aber sie waren auch verdammt effektiv. Es waren viele, man konnte sie kaum sehen, und wenn sie einen erwischten, kam jeder Schild zu spät.

Es dauerte nur wenige Sekunden, bis Dorian in eine tappte und sie hochging. Ich hörte ihn vor Schmerzen keuchen.

Ein Magiestoß sauste auf mich zu, gefolgt von zwei weiteren. Dorian hatte sie so geschickt hintereinander auf mich losgelassen, dass ich ihnen nicht ausweichen konnte. Zumindest nicht, wenn ich bloß weglief.

Ich spreizte meine Finger auseinander, so dass eine kreisrunde blaue Fläche auf dem Boden entstand, und sprang gezielt auf die Plattform.

So katapultierte ich mich viele Meter nach oben. In der Luft schwebend wollte ich gerade einen Magiestoß hinabsenden, doch da wurde das gesamte Heptagon von jetzt auf gleich mit blauem Nebel geflutet.

Verdammt, ich sah nichts mehr!

Medaillonträger konnten die defensiven Gesten viel stärker anwenden. Hätte *ich* den Magienebel beschworen, hätte er keine halb so große Fläche ausgefüllt. Mit Dorians Sigil allerdings war der Nebel so undurchdringlich, dass es mir fast vollständig die Sicht nahm.

Auch das Publikum würde jetzt nichts mehr vom Kampf mitbekommen. Der Einzige, der uns sah – oder zumindest unsere Magiesignaturen –, war der Schiedsrichter, dank seiner Hightech-Brille.

Ich feuerte drei Magiestöße ins Nichts ab, doch ich hörte keinen Ton – ich hatte Dorian verfehlt. Da nahm ich eine Bewegung links von mir wahr. Ich ballte meine Hände zu Fäusten. Ich musste ihn einfach erwischen! Kaum dass ich eine Silhouette ausmachte, zog ich mit der Hand eine gerade Linie von oben nach unten. Diese Geste war nicht leicht auszuführen. Bei einer *Magiestase* musste die Linie das Ziel ganz genau treffen, sonst verfehlte sie die Wirkung, und man verbrauchte nur unnötig Magie. Ich schaffte es auf Anhieb, woraufhin Dorian völlig einfror. Es würde nur zwei Sekunden andauern, aber das genügte. Schon drückte ich meine Fäuste zusammen, zog sie voneinander weg, als würde ich eine Schwertscheide öffnen, und machte eine wegwischende Bewegung nach vorn. Blaue Magieklingen erschienen um mich herum, sausten auf meinen Gegner zu und … zersplitterten.

Erst jetzt erkannte ich, dass Dorian seinen gesamten Körper mit einer schützenden Schicht umhüllt hatte. Kein normaler Schild, eher ein Panzer. Eine starke Geste, die viel Magie kostete. Doch jetzt hatte sie ihn gerettet.

Ich hatte eindeutig unterschätzt, wie viel besser die Sigil-Kämpfer hier im Heptadome sein würden. Erschrocken bemerkte ich, wie sich das winterblaue Leuchten meines Sigils dimmte. Ich hatte kaum noch Magie übrig. Das Grain war schon fast aufgebraucht! Wenn das passierte, war es vorbei. Wer zuerst keine Magie mehr besaß, ging als Verlierer aus dem Kampf.

Dorians Sigil konnte allerdings nicht viel besser dran sein – der Nebel kostete fast ein halbes Grain –, und auch er zögerte, bis er mich erneut angriff. Wir liefen umeinander herum. Mein Atem klang laut in meinen Ohren. Ich musste Dorian Whitlock besiegen. *10.000 Pfund!*

Tu es für Lily.

Tu es, damit du Lazarus Wright nie wieder sehen musst.

Da zog mich auf einmal etwas nach unten, mit einer solchen Wucht, dass auch die Anti-Schwerkraft-Geste, die ich angewendet hatte, mich nicht retten konnte. Etwas zerrte an mir, und ich krachte bäuchlings auf den Boden, wo ich schwer atmend liegen blieb.

Eine Magieklammer! Sie hatte sich um meine Arme und Beine gelegt, dünne, blau leuchtende Seile, die mich festbanden. Und weil die Klammer eine defensive Geste war, wurde sie durch Dorians Sigil um ein Vielfaches verstärkt.

Er tauchte vor mir auf. Seine schwarzen Haare standen in

alle Richtungen ab, und auf seiner leicht gebräunten Haut waren rötliche Flecken zu sehen, wo meine Magie ihn getroffen hatte. Trotzdem lächelte er zufrieden zu mir herab. »Gut gekämpft, Rayne Sandford«, bekundete er, und das, obwohl der Kampf noch gar nicht abgezählt war. Diese Überheblichkeit machte mich so wütend, dass ich meine Hände zu Fäusten ballte. Es gab nur eine Chance. Also schlug ich verzweifelt auf den Boden, und eine Magiewelle löste sich von meinem Sigil kreisrund in alle Richtungen. Eine starke Geste – mit sehr hohen Kosten. Es war die letzte Geste, die ich würde ausführen können, denn die Magie in meinem Sigil flackerte bereits und würde bald versiegen. Sie *musste* funktionieren!

Doch die Klammer, die mich festhielt, war stärker. Die Magiewelle verpuffte im Nichts.

»Tut mir wirklich leid.« Dorian legte den Kopf schief und kniete sich vor mich.

Mir auch, hätte ich beinahe gesagt, während mir Tränen in die Augen stiegen. Weit entfernt glaubte ich, Lily schreien zu hören. Der Schiedsrichter wusste dank seiner Brille sicher bereits, was hier vor sich ging. Spätestens jetzt würde er anfangen, die sieben Sekunden abzuzählen.

Nach sieben Sekunden am Boden hätte ich verloren.

Meine Hände begannen zu zittern, und zwar so stark, dass das Kribbeln auf meinen Fingern zu einem feurigen Brennen wurde. Die letzte Geste musste mir stark zugesetzt haben, denn Hitze strömte durch meine Blutbahn und von meinem rechten Arm weiter hinein in meinen gesamten Körper. Ich würde verlieren. Diesen Kampf, Lilys 300 Pfund und jede Chance, den Karren, der unser Leben symbolisierte, noch einmal aus dem Dreck zu ziehen. Wenn ich heute verlor, würde Lazarus in ein paar Tagen herausfinden, dass ich nun an der Profiliga teilnehmen konnte. Und dann würde er alles dafür tun, dass wir niemals aus der Stadt herauskämen.

Wir hatten nur diese eine Chance.

Steh auf und kämpf!

Der Gedanke festigte sich in meinem Kopf. Ich spannte meinen gesamten Körper an, bis alles an mir zitterte und bebte. Ein stechender Schmerz fuhr in meinen Arm, und plötzlich passierte etwas, was ich noch nie in meinem Leben gesehen hatte. Der letzte winterblaue Tropfen, der in meinem Sigil lag, wandelte sich in etwas Düsteres. Er färbte sich dunkel, bis er vollkommen schwarz war.

Der Rest der Magie, der sich in meinem Körper befand, sickerte in dunklen Schwaden aus meiner Haut heraus. Er ließ die Magieklammer um mich herum einfach wie Sand zerbröseln. Auch der Nebel löste sich langsam auf – es war, als würde meine Magie jede andere Magie in der Nähe vernichten.

»Was zur …«, keuchte Dorian. Panik stand in seinen Augen, er machte eine hastige Schildgeste, doch die schwarzen Magiefäden frästen sich geradewegs hindurch, als wäre der Schild gar nicht da gewesen. Mit voller Wucht drückte die dunkle Magie Dorian zu Boden. Sie schwappte über seinen Körper hinweg, dann verblasste sie. Er blieb reglos liegen, und für eine furchtbare Sekunde dachte ich, ihn getötet zu haben. Ich kroch auf ihn zu und griff nach seiner Hand. Schweiß benetzte Dorians Gesicht, sein Puls war schwach, aber er lebte. Ich ließ von ihm ab, und als seine Hand auf den Boden zurückfiel, entdeckte ich ein Tattoo, das unter seinem Ärmel hervorblitzte. Es war dasselbe Tattoo wie bei dem Mann an der Anmeldung: ein Auge mit einer Pupille in Form eines Siebenecks.

Diese Untergrundorganisation, von der Lily gesprochen hatte … Gehörte er etwa dazu?

Da klarte die Luft um uns herum auf, der Magienebel verschwand. Benommen sah ich zu den Monitoren an der Mittelsäule. Sieben Sekunden wurden heruntergezählt. Ich verfolgte die Zahlen, während ich meine Hände dicht an mich presste. Hatte irgendjemand etwas mitbekommen? Nein, der Schiedsrichter, der neben mir auftauchte, schaute nur zu Dorian hinab. Er prüfte, ob er sich noch mal aufraffen würde.

Er tat es nicht.

Als die sieben Sekunden vergangen waren, passierte alles gleichzeitig: der Applaus, der ringsum aufbrandete – erst zögernd, aber dann umso frenetischer, weil offenbar niemand so recht glauben konnte, dass die Bohnenstange tatsächlich gewonnen hatte. Der Schiedsrichter, der meine vor sich hin zitternde Hand in die Höhe streckte und mich zur Siegerin erklärte. Lily, die alle Regeln brach und ins Heptagon gerannt kam, um mich an sich zu ziehen. Sie sprang hoch und runter und strahlte dabei über beide Ohren. »Du hast es geschafft!«, schrie sie immer wieder und küsste meine Wange. Ich ließ mich von ihr in eine lange Umarmung ziehen, während Ärzte in den Ring liefen, um sich um Dorian Whitlock zu kümmern.

Mein Blick glitt nach oben zur Tribüne. Dorthin, wo die Oberen saßen. Sie alle klatschten, nur der Junge mit den silbrig blonden Haaren saß stoisch auf seinem Platz. Der einzige Unterschied war, dass er nun nicht mehr müde wirkte. Im Gegenteil. Während alle anderen um ihn herum miteinander redeten, starrte er mich an. So, als könnte er direkt in meinen Kopf hineinsehen, um mir alle Geheimnisse zu entlocken.

Und sein Blick … analysierend, durchdringend, neugierig … war eine ganz andere Art von Magieklammer, die mich an Ort und Stelle gefangen hielt.

4

Die nächsten vierundzwanzig Stunden würden die schwersten meines Lebens werden. Und sie fingen, wie jeden Morgen, mit demselben elendigen Spiel an.

Lazarus saß an seinem Schreibtisch und verteilte Aufgaben. Erst an die Mitglieder seiner Bande, die ihn schon seit Jahren begleiteten, dann an die Neuzugänge und schließlich, ganz am Ende, auch an uns: die letzten vier Jugendlichen, die vom Waisenhaus übrig geblieben waren. Er ließ uns in einer Reihe vor sich antreten, nur, um uns dann für mindestens zehn Minuten völlig zu ignorieren. In aller Seelenruhe hielt er sein Comm in der Hand – eine dünne Display-Fläche, mit der er sein gesamtes Leben organisierte –, und tat so, als müsse er erst superwichtige Details prüfen, bevor er sich mit uns befassen konnte.

Ich hatte keine Ahnung, warum er dieses Psychoding jeden verdammten Tag durchzog. Glaubte er, es wäre irgendwie originell? Sollte es eine Machtdemonstration sein? Oder wollte er einfach nur schauen, wann ich endgültig platzte und versuchte, ihm über seinen Schreibtisch hinweg eine zu verpassen? So oder so ... Heute würde das letzte Mal sein, dass ich Lazarus Wright auf diese Weise gegenüberstehen musste. Das schwor ich mir.

Stumm schaute ich zur Seite. Lily stand in der Reihe direkt neben mir, ihr Gesichtsausdruck neutral, aber ich kannte sie zu gut, als dass ich ihre Nervosität nicht gespürt hätte. Gestern waren wir förmlich in unser Zimmer im Waisenhaus *zurückgeschwebt*, so überwältigend war das Triumphgefühl gewesen. Nicht nur, weil ich einen Kampf in einem Heptadome gewonnen hatte, sondern auch, weil niemand bemerkt hatte, dass Lily und ich in Brent gewesen waren. Niemand wusste, dass ich in die Profiliga aufgestiegen war, niemand wusste von der Siegerprämie – und das musste bis zum morgigen Tag unbedingt so bleiben.

Denn so lange würde es dauern, bevor der Sigil-Verbund das Geld auf meiner Chipkarte freischaltete und wir Teil zwei unseres Plans in die Tat umsetzen konnten. In dieser Zeit durfte uns kein einziger Fehler unterlaufen, denn sonst wäre alles zwecklos gewesen. Und ich kannte Lazarus. Selbst beim kleinsten Verdacht, dass etwas nicht stimmte, würde er uns nicht mehr aus den Augen lassen.

Das war auch der Grund, warum ich mich zwang, heute extra still zu stehen, und das, obwohl meine Arme und Beine echt weh taten. Das war nach einem Sigil-Kampf nichts Ungewöhnliches, doch dieses Mal war es irgendwie heftiger als sonst.

Mit einem Schaudern dachte ich zurück an diese schwarze Magie, die gestern regelrecht aus mir herausgeflossen war. Die dunklen Schwaden, das Kältegefühl – ich hatte keine Ahnung, was es damit auf sich gehabt hatte.

Wobei das nicht ganz stimmte. In den Outskirts gab es seit einiger Zeit Gerüchte über eine Seuche, die sich ausbreitete. Eine *Magiekrankheit*. Offiziell wurde die Existenz einer solchen Krankheit dementiert, aber trotzdem starben Menschen daran. Inzwischen sah man an den Straßenecken immer häufiger in sich versunkene Gestalten sitzen, deren Körper von dunklen Adern nur so überzogen waren. Es hieß, es finge klein an und breitete sich dann aus, bis die Leute irgendwann einfach umkippten und starben. Nur – das war nicht das, was mir gestern beim Kampf in der Arena passiert war, oder? Ja, die Magie hatte sich dunkel gefärbt, doch sie war in einem Schwall aus mir herausgeflossen. Sie hatte mich gerettet und keine Spuren zurückgelassen. Was auch immer passiert war, es gab keinen Grund, sich Sorgen zu machen. Ich würde Lily davon erzählen, sobald wir aus London draußen waren, denn jetzt mussten wir uns um jeden Preis auf unsere Flucht konzentrieren.

Wieder schaute ich zur Seite, diesmal zu den anderen beiden. Isaac und Enzo blickten mit geduldiger Miene nach vorn, der Inbegriff von perfekten Soldaten. Isaac hatte inzwischen seinen gesamten Oberkörper tätowieren lassen, und obwohl er genauso dünn wie wir war, wirkte er dadurch gleich viel bedrohlicher. Enzo dagegen war der Typ *viele Muskeln, wenig Hirn*, aber er stand in seiner Motivation, Lazarus zu beeindrucken, Isaac in nichts nach.

Früher, als im Waisenhaus noch mehr Kinder gelebt hatten, waren Enzo, Isaac, Lily und ich Freunde gewesen. Doch während Lazarus' Schikanen dazu führten, dass Lily und ich immer verzweifelter nach einer Fluchtmöglichkeit suchten, waren die zwei Jungs den anderen Weg gegangen. Sie hatten sich mit dem Leben unter den Nightserpents angefreundet. Und seit ich Isaac bei einem Sigil-Kampf besiegt hatte, standen wir endgültig auf Kriegsfuß miteinander. Ich drohte, ihm seinen Rang als Lazarus' Nummer eins in den Arenen abzulaufen, und das konnte er nicht zulassen.

Da drang ein Grunzen vom Schreibtisch zu uns. Lazarus schien sich über irgendetwas auf seinem Comm zu amüsieren.

Er setzte sich auf, legte seine Beine auf den Tisch, würdigte uns aber noch immer keines Blickes.

Meine Hände begannen zu zittern. War das sein Ernst? Wir standen hier bald eine Viertelstunde!

»Was glotzt'n mich so an, Firecracker?«, blaffte er plötzlich und legte sein Comm zur Seite.

Ich ballte eine Hand zur Faust. Der Spitzname ging mir dermaßen auf die Nerven. *Sie kann hochgehen wie ein Feuerwerk*, hatte Isaac mal über mich gesagt, und seitdem nannte Lazarus mich ständig so.

»Na?«, setzte er nach.

»Nichts, hab nur nachgedacht«, sagte ich – eine kurze Antwort. Ich hatte gelernt, dass kurze Antworten am wenigsten Angriffsfläche boten.

»Nachgedacht?« Lazarus machte ein abfälliges Geräusch. »Dein ›Nachdenken‹ kostet uns zu viel Geld.« Sein Blick richtete sich missbilligend auf meine zitternden Hände. »Mach lieber deine Entspannungsübungen, und schalt den Kopf ab. Ich bin's leid, dir ständig Pillen kaufen zu müssen.«

Isaac lachte leise, woraufhin nur noch mehr Wut durch meinen Körper pumpte. Lazarus wusste genauso gut wie ich, dass meine Betablocker einen Bruchteil von dem kosteten, was er brauchte, um seine Magiesucht zu befriedigen. *Er* kaufte sich schließlich ständig Happy-Uppers und drückte sich die verdammten Münzen bei jeder Gelegenheit auf den Arm! Sein Zimmer, das *ich* putzen musste, war voll mit den Dingern, und mehr als einmal hatte ich Lazarus dümmlich vor sich hin grinsend auf dem Boden liegen sehen.

»Du bildest dir das alles sowieso nur ein«, raunte Lazarus. »Eine Psychostörung, das ist es doch.«

»Du musst es ja wissen«, sagte ich, und Lazarus' Augen verengten sich zu Schlitzen. Ich hörte Lily meinen Namen flüstern, eine klare Warnung, aber es war längst zu spät. Lazarus stand von seinem Stuhl auf, lief um den Schreibtisch herum und packte mich am Nacken.

»Ganz vorsichtig, Firecracker. Du gehörst immer noch mir. Und auch meine Geduld kennt Grenzen.«

Damit drückte er so fest zu, dass ich nur mit Mühe ein schmerzvolles Keuchen herunterschlucken konnte. Sein Daumen lag direkt auf dem Peilsender, den er mir unter meinem Haaransatz hatte implantieren lassen. Es war unser ganz persönliches Bandenzeichen – ein *Vertrauensbeweis,* hatte Lazarus damals gesagt. Und praktischerweise schickte es zusätzlich eine Warnung auf sein Comm, sobald sich einer von uns über die Stadtgrenzen bewegte. Oder wenn man versuchte, es sich herauszureißen.

Was ich schon zwei Mal getestet hatte.

Lazarus ließ von mir ab, und ich schaute ihm direkt ins Gesicht. Es war einfach unglaublich, wie sehr er sich in den Jahren aufgrund seiner Magiesucht verändert hatte. Früher war Lazarus auf eine oberflächliche Art und Weise sogar gutaussehend gewesen, aber heute? Die Augenringe, die tiefen Furchen in seinem Gesicht … Man sah ihm an, wie die Magie ihn langsam verzehrte, und das, obwohl die Regierung behauptete, es gäbe kein Suchtpotenzial. Vielleicht stimmte das auch, was eine *körperliche Sucht* anging, doch die Gier nach dem Glück, die Happy-Uppers mit sich brachten, hatte sich längst in Lazarus' Gesicht eingemeißelt. Und sie ließ ihn von Tag zu Tag unberechenbarer werden.

»Hast du mich gehört, Firecracker?«, fragte Lazarus, sein Atem in meinem Gesicht. Ich spürte Lilys Hand an meiner, und wusste, woran sie mich erinnern wollte. *Lass dich nicht von ihm provozieren. Riskier jetzt nichts, sonst merkt er noch, was wir vorhaben.*

»Laut und deutlich«, sagte ich, während ich spürte, wie es mir sauer die Kehle hochstieg.

Zufrieden grinsend setzte Lazarus sich wieder. Er ließ sich bequem in seine Lehne sinken, dann schaute er uns der Reihe nach an. »Also gut. Ihr fahrt zur Markthalle an der Cable Street und geht dort zum Grainhändler auf der zweiten Ebene. Er hat eine Lieferung für uns, die wir ihm gern abnehmen.« Er winkte Isaac zu sich und übertrug irgendetwas auf dessen Comm. Geld wahrscheinlich. »Der Händler überlässt uns die Ware für einen Freundschaftspreis, versteht sich. Und wenn er sich weigert, erklärt ihr ihm, wie glücklich er sich schätzen kann, mich als Käufer zu haben, klar?«

Wir nickten, während das schlechte Gefühl in meinem Magen immer größer wurde. Es würde einer *dieser* Aufträge werden. Ausgerechnet heute.

Ich wusste genau, von welcher Lieferung Lazarus redete. Es ging um Magie. Sie war für eine von seinen legendären Partys vorgesehen, die er in unregelmäßigen Abständen in der Stadt organisierte. Morgen würde es wieder so weit sein.

»Holt die Grains, und verschwindet, ohne Aufsehen zu erregen«, wies Lazarus uns an. »Und wehe, wenn das schiefgeht.«

»Keine Sorge, Laz.« Isaac schaute mich voller Genugtuung an. »Heute wird niemand aus der Reihe tanzen.«

Wir waren schon fast aus der Tür, als Lazarus uns noch einmal zurückrief. »Ach, und Lily? Sei ein Schatz, und zieh morgen Abend nicht dein übliches Blümchenkleid an, ja? Unsere Gäste erwarten etwas Exklusiveres von dir.«

Schweigend liefen Lily und ich zurück in unser Zimmer, um uns für die Tour fertig zu machen. Der Raum, in dem wir seit ein paar Jahren schliefen, lag im Untergeschoss des ehemaligen Kraftwerks, zwischen stillgelegten Turbinen.

Ich setzte einen Fuß vor den anderen, aber innerlich fühlte ich mich wie gelähmt. *Unsere Gäste erwarten etwas Exklusiveres von dir,* hatte Lazarus zu Lily gesagt. Seine Worte hallten in meinem Kopf wider, und es waren Momente wie diese, in denen ich mich fragte, wie unser Leben nur so furchtbar hatte werden können.

Ich konnte mich gut an eine Zeit erinnern, in der das Waisenhaus sauber und schön und friedvoll gewirkt hatte. Es war egal gewesen, dass es in Londons Armenvierteln lag, weit weg vom schillernden Zentrum der Innenstadt. Dank Mimzy, der alten Heimleiterin, hatte es sich immer wie ein Zuhause angefühlt. Sie hatte Zimtplätzchen für uns gebacken, uns Bücher vorgelesen und Lily und mich sogar durch die baufälligen Hallen des ehemaligen Kraftwerks gejagt, solange ihre Beine es mitmachten. Wir waren zur Schule gegangen, und hatten – soweit man das in den Outskirts konnte – ein ganz normales Leben geführt.

Doch dann, vor fünf Jahren, war Mimzy gestorben, und ihr Sohn war aufgetaucht. Zuerst waren wir erleichtert gewesen, weil Lazarus das Waisenhaus vor der Schließung gerettet hatte, aber schon nach wenigen Monaten hatten Lily und ich gemerkt, was wirklich dahintersteckte. Denn Lazarus hatte das Waisenhaus zur neuen Basis seiner Bande erklärt, und unter den Nightserpents wurde unser Leben nach und nach zur Hölle.

Die Waisenkinder waren Lazarus' Kapital und gleichzeitig die beste Tarnung, die er haben konnte. Dank uns hatte es keine Razzien und keine Kontrollen gegeben, und er konnte seine Macht immer weiter ausbauen.

Heute war Lazarus der heimliche König der Outskirts, und im Waisenhaus lebten außer Enzo, Isaac, Lily und mir längst keine Kinder mehr.

Im Zimmer angekommen, packte Lily eine kleine Tasche zusammen und zog sich statt einer Jeans einen sanft fallenden Rock über die Hüfte. Sie kämmte ihre Haare und tupfte sich dann mit Hilfe eines Handspiegels etwas Rouge auf die hellbraune Haut. Sie sah wunderschön aus, so wunderschön, dass ich früher immer fantasiert hatte, wie Lily irgendwann ein berühmtes Model werden würde und an Modenschauen in Paris teilnahm. Ich hatte ihre Schönheit für ein Geschenk gehalten ... doch in Wahrheit war sie eine schreckliche Gefahr.

»Wenn du so weitermachst, hast du bald eine Gewitterwolke über dem Kopf.« Lily lächelte mir im Spiegel zu – offenbar hatte sie meinen Blick bemerkt. »Ich kann deine Gedanken bis hierher hören. Du musst dir wirklich keine Sorgen um mich machen, Ray.«

»Natürlich mache ich mir Sorgen! Du hast doch gehört, was Lazarus eben gesagt hat.«

Lily versicherte sich mit einem Blick zur Tür, dass wir wirklich allein waren, dann kam sie zu mir gelaufen. »Ja und? Morgen Vormittag kommt das Geld. Bis zur Party sind wir längst aus der Stadt.« Als ich nicht antwortete, schlang sie ihre dünnen Ärmchen um mich. »Es wird alles gut gehen. Das Schwerste haben wir schon geschafft. Ich meine, was du gestern gemacht hast, war unglaublich! Dein Gegner hatte fast 15.000 Punkte, und trotzdem hast du ihn einfach so ausgeknockt! Die Leute sind total ausgerastet.« Sie zog sich zurück, und ihr stolzes Lächeln wich einem besorgten Stirnrunzeln. »Geht es dir gut? Du hast vorhin so erschöpft gewirkt. Hast du doch Nachwirkungen von der Magie?«

Ich schnaubte. »Ich hab Nachwirkungen davon, so lange dieselbe Luft wie Lazarus atmen zu müssen.«

Lily grinste wieder, aber die Sorgenfalten auf ihrem Gesicht blieben. Sie hatte selbst erst ein einziges Mal ein Grain in ihren Körper gelassen. Lazarus hatte damals getestet, ob sie sich als Sigil-Kämpferin eignete. Doch egal, ob Ring, Medaillon oder Armband, Lily war mit der Magie nicht zurechtgekommen. Das hatte mich erst erleichtert. Ich hatte mich in meiner Naivität darüber gefreut, dass Lily nicht auch in die Arenen musste ... bis ich begriffen hatte, was es bedeutete: Wenn Lily nicht an Schaukämpfen teilnahm, verdiente sie kein Geld. Und das kam für Lazarus nicht in Frage. *Alle* mussten einen Beitrag leisten. Isaac und ich kämpften mit Sigils, Enzo half bei den Einbrüchen, und Lily, Lily war in Zukunft für Lazarus' verdammte Partys vorgesehen.

Die Partys waren der neueste Schrei bei den stinkreichen Leuten aus Central London, und sie bezahlten eine Menge dafür. Sie alle waren auf den Nervenkitzel und das Abenteuer aus, das sie sonst in ihrem priviligierten Luxusleben nicht bekamen. Die Gästeliste war sehr exklusiv, und die Orte, an denen die Partys stattfanden, wurden bis zum Schluss streng geheim gehalten.

Ich hatte keine Ahnung, was Lazarus alles von Lily verlangen würde. Ob sie sich aufhübschen sollte, um nur mit den Leuten zu tanzen und zu flirten, damit die genug Grains kauften, oder ... oder ob sie mehr tun musste. Und wir würden es auch nicht herausfinden. Weil wir da längst aus der Stadt verschwunden waren.

Lily legte ihre Stirn auf meine. »Nur noch vierundzwanzig

Stunden«, flüsterte sie. Dann umspielte ein freches Lächeln ihre Lippen. »Ich hab überlegt, dass wir Lazarus' Sofa abfackeln sollten, bevor wir gehen. Und sein Büro dazu.«

Ein überraschtes Lachen entfuhr mir. »Er würde vor Wut explodieren.«

»Nenn es unser Abschiedsgeschenk an die Outskirts.« Damit schulterte sie ihre Tasche, und ich nahm meine eigene an mich.

»Es wurde übrigens keiner der Teilnehmer von den Oberen mit in den Mirror genommen«, erzählte sie mir auf dem Weg nach draußen.

»Was?«

»Na, beim Schaukampf. Ich hab nachgeschaut. Es war nichts in den Nachrichten.«

Ah, richtig. Ich erinnerte mich an die Frau in der Anmeldeschlange, die über und über mit Siebenern tätowiert gewesen war. Sie hatte sich eine Einladung ins Mirror-Paradies erhofft. Was für eine Überraschung, dass es nicht geklappt hatte.

»Echt blöd für sie«, sagte ich. »Keine Springbrunnen voller Magie und Regenbögen, aus denen Grains tropfen, während sie sich in ihrem neuen Brokatmäntelchen im Spiegel bewundert.«

Lily grunzte, so plötzlich musste sie lachen, und kaschierte es mit einem kleinen damenhaften Räuspern. »O Mann, du bist verrückt.«

»Hmm.« Ich schmiegte mich an sie. »Jedenfalls: Wenn alle so affig gekleidet sind wie die Oberen beim Schaukampf, bin ich echt froh, dass unsere Flucht nicht dorthin führt.«

Ein sanftes Lächeln legte sich auf Lilys Lippen. Kurz vor der Treppe in Richtung Erdgeschoss hielt sie mir ihren kleinen Finger hin, und ich hakte mit meinem ein. »Untere und stolz drauf.«

»Untere und stolz drauf«, antwortete ich, dann liefen wir nach oben.

Früher hatten Lily und ich oft vom Mirror geträumt. Wir hatten uns Geschichten darüber ausgedacht und überlegt, wie es dort oben sein würde. Heute war das anders. Denn im Grunde war der Mirror schuld daran, dass Leute wie Lazarus so viel Macht besaßen. Nur wegen des Mirrors konnten einige wenige das Ungleichgewicht in dieser Welt gnadenlos ausnutzen.

Meine Wut auf die Oberen war deshalb Jahr um Jahr größer geworden. Ich fragte mich, ob es sie kümmerte, was ihre Magie bei uns anrichtete. Oder ob wir ihnen völlig egal waren.

Nicht zum ersten Mal kam mir der Blick des Jungen mit den silbrig blonden Haaren wieder in den Sinn. Er hatte gestern im Heptadome neben den anderen Oberen auf der Tribüne gesessen und nach dem Kampf auf mich herabgesehen. Der angespannte Gesichtsausdruck, das intensive Starren … Obwohl er wegen des Nebels eigentlich nichts von der schwarzen Magie hatte sehen können, schien er genau gewusst zu haben, was passiert war.

Und es schien ihn alles andere als kaltgelassen zu haben.

5

Ich atmete tief ein, als der Aschezuckerduft, der das Kraftwerk erfüllte, von Frischluft ersetzt wurde.

Das Waisenhaus lag zwischen den unzähligen *High-Rises*, den riesigen Gebäudekomplexen, die in den letzten Jahren überall in den Outskirts von Tower Hamlets, Newham und Hackney aus dem Boden gesprossen waren. Dadurch wirkte das Kraftwerk, so groß die Anlage auch war, wie ein winziger Stein inmitten von Bergen.

Isaac nahm sich einen von Lazarus' rostigen Jeeps und fuhr uns damit durch die Straßen der Outskirts. Er und Enzo lachten über irgendetwas, während Lily und ich schweigend zusammen auf der Rückbank saßen. Erst rauschten die unzähligen Wohnblocks an uns vorbei, die sich hier dicht besiedelt aneinanderreihten, und schließlich die ersten Einkaufsläden und Supermärkte. Alles wirkte völlig heruntergekommen und dreckig. Es war nicht wie in Central London, wo die Umgebung nur so nach Magie schrie und sich Geschäfte für Oberen-Kleidung an schicke Tanzclubs reihten, in denen mittels Magie die Schwerelosigkeit aufgehoben wurde.

Bis zur Markthalle war es nicht weit, vielleicht fünfzehn Minuten. Und während wir fuhren, schaute ich – ob ich es wollte oder nicht – immer wieder nach oben.

Der Anblick unterschied sich nicht von dem, was ich bereits mein ganzes Leben lang gesehen hatte. Der Mirror lag schließlich direkt über Central London, und ein Ausläufer streckte sich sogar bis in die Outskirts. Feinsilbrige Gebäudesilhouetten zeichneten sich am Himmel ab und reichten vom British Museum bis nach South Lambeth, vom Hyde Park bis zum Tower. Zwanzig Quadratkilometer, in denen diese seltsamen Konturen kopfüber in den Wolken schwebten. Zwischen den obersten Stockwerken der High-Rises und dem Mirror lagen lediglich ein paar Kilometer.

Natürlich gab es den Mirror nicht nur in London. Auch Paris hatte eine Spiegelversion, ebenso Berlin, Rom, Madrid und unzählige andere Städte auf allen Kontinenten.

Die Wissenschaftler waren der Meinung, dass eine magische Barriere uns davon abhielt, die Welt dort oben richtig zu sehen. Denn hinter dem silbrigen Schimmern – das wussten wir von den wenigen hochrangigen Politikern und Unternehmern, die den Mirror bereits besuchen durften – lagen echte Gebäude, echte Städte mit echten Menschen: den Oberen.

Wenige Fakten waren über den Mirror bekannt: Er existierte bereits seit Mitte des siebzehnten Jahrhunderts, also seit knapp vierhundert Jahren, doch er war lange für uns unsichtbar gewesen. Erst vor fünfzehn Jahren, also 2027, war der Mirror einfach so am Himmel aufgetaucht, wie durch Zauberei.

Die alte Mimzy hatte uns oft von der Zeit erzählt, die wir als Kleinkinder noch nicht richtig mitbekommen hatten. Die Sorge vor einer Bedrohung war damals groß gewesen. Die Länder hatten sich für einen Krieg gewappnet, der sich jedoch schnell als unnötig entpuppte. Denn als sich die Oberen zeigten, wurde klar, dass sie Menschen wie wir waren, die lediglich mit ihrer Magie von der Erde in den Mirror umgesiedelt waren.

Woher die Magie kam, hatten die Oberen bis heute nicht verraten. Wir wussten nur, dass es sie viel länger als den Mirror geben musste. Womöglich schon seit tausenden Jahren.

Die Markthalle lag nahe an der Themse, dadurch roch es hier leicht modrig und nach Abgasen, die von den Containerschiffen hinüberwehten. Isaac parkte den Jeep direkt am Ausgang des Gebäudes, nur für den Fall der Fälle. Draußen wehte uns ein kühler Herbstwind entgegen, doch während es Lily fröstelte, wischte ich mir einen Tropfen Schweiß von der Stirn. In mir spürte ich eine fast unerträgliche Hitze. Das hatte allerdings nichts mit dem Wetter zu tun, sondern gehörte zu den Nachwirkungen eines Magiegrains.

Als wir in die Markthalle eintraten – ein riesiger Bau mit abbröckelnden Backsteinfassaden und grau-staubigen Fenstern –, tauchten wir ein in ein Gewirr aus Stimmen. Ich war nicht zum ersten Mal hier, Lazarus schickte uns manchmal zu Diebeszügen an die Cable Street, weil man im auf und ab wogenden Durcheinander aus Menschen völlig unterging. Es gab drei Ebenen voll mit Marktständen und Geschäften, an den Stahlgerüsten hingen Lampen mit Papierschirmen, die alles in ein diffuses Licht tauchten. Essensgerüche wehten durch die stark befüllten Gänge. Zwischen den Läden gab es mehrere Fressbuden, die von den Besuchern frequentiert wurden.

»Los geht's«, erklärte Isaac, und warf uns einen warnenden Blick zu. »Jeder weiß, was zu tun ist. Und wehe, ihr baut Mist.«

Lily und ich zeigten Isaac völlig synchron den Mittelfinger, folgten ihm aber durch den Gang.

Ja, wir wussten sehr genau, welche Rolle jeder Einzelne von uns zu spielen hatte. Lily war dafür da, die Leute abzulenken, einfach weil sie so schön war und dazu furchtbar nett rüberkam. Etwas, das man weder von Isaac, Enzo noch von mir behaupten konnte.

Ich hatte *einmal* den Lockvogel gegeben, und ich hatte meine Rolle katastrophal gespielt. Statt mein Gegenüber zu bezirzen, hatte ich einen Streit angezettelt, der die gesamte Tour platzen ließ. Seitdem waren die zwei Jungs und ich fürs Grobe zuständig, während Lily mit ihrem Lächeln alle bezauberte.

Wir liefen eine der Treppen bis in die zweite Ebene hoch. Auf ein paar Bänken saßen Leute mit Upper-Münzen auf den Armen und grinsten dümmlich vor sich hin. Voll auf Glücksrausch, keine Frage.

An einem Stand, den wir passierten, war ein großer Monitor angebracht. Ein Nachrichtenkanal war eingeschaltet. Unser Premierminister und die Bürgermeisterin Londons trafen sich offenbar wieder mit Vertretern aus dem Mirror, jedenfalls wurde das als Text am unteren Bildrand eingeblendet.

Wen sie trafen oder was sie dort verhandelten, wurde nie gesagt. Überhaupt war über das politische System des Mirros kaum etwas bekannt. Wir wussten nur, dass es Stadtvorsteher, Räte und ähnliche Verwaltungsstrukturen wie in unserer Welt gab. Allerdings keine unterschiedlichen Regierungen, stattdessen wurden sämtliche Mirrorstädte von einem einzigen Oberhaupt beherrscht: dem Mirrorlord.

Den Gerüchten zufolge besaß er sieben besonders mächtige Sigils, deren Magie so stark war, dass mit ihnen der Mirror überhaupt erst hatte erschaffen werden können. Doch ob das stimmte? Niemand wusste es. Der Mirrorlord hatte es in all den Jahren nicht für nötig gehalten, sich und seine sieben Wunder-Sigils den Menschen zu zeigen. Es existierte kein Bild von ihm, nicht mal eine Beschreibung.

»Rayne?«, rief Lily mir zu, und ich nickte und schloss zu den anderen auf.

Der Händler, zu dem Lazarus uns geschickt hatte, befand sich im hinteren Teil der Markthalle. Sein Geschäft war ein gläserner Kasten, den er jedoch in der Front mit einigen Stoffplanen verdeckt hatte, um sich vor neugierigen Blicken zu schützen.

Grainhändler lebten gefährlich, weil sie die begehrteste Ware der Welt anboten. Vor dem Geschäft standen deshalb zwei Wachleute, die uns zwar misstrauisch beäugten, aber schließlich durchließen. Sie kannten Lazarus und die Macht der Nightserpents, und sie wussten, dass sie besser die Finger von uns lassen sollten.

Ich folgte den anderen in den Laden hinein. Ich war selbst noch nie hier gewesen und musste kurz innehalten, als ich den Typ am Tresen sah. O Gott. Der kam sich mit seiner Weste mit Stehkragen und der siebeneckigen Brille auf der Nase wahrscheinlich hochmodisch vor. Er war offensichtlich einer dieser Oberen-Superfans, wie die mit lauter Siebenern tätowierte Frau im Heptadome. Dabei hatte die Kleidung des Typs mit dem, was *richtige* Obere trugen, nur wenig zu tun. Denn die kleideten sich mit Stoffen, die so schön aussahen, als hätten Elfen sie geschneidert, und die Namen hatten wie *Mitternachtsbrokat*. Die Weste dieses Mannes dagegen war so vollständig aus Plastik, dass er bei jeder Bewegung laut knisterte.

Isaac hob mit einem fröhlichen Lächeln die Hand. »Wir sind im Auftrag von Lazarus Wright hier.«

Der Adamsapfel des Mannes bewegte sich, als er hörbar schluckte. Sein Verkaufstresen lag in einem abgetrennten Bereich, der mit Panzerglas oder etwas in der Art gesichert war.

»Moment«, murmelte er, dann verschwand er durch eine Seitentür in einem zweiten Raum.

Isaacs linker Fuß tappte ungeduldig auf den Boden, während er durch die Lücken in den Stoffbahnen nach draußen in die Markthalle lugte. Dabei griff er sich ständig an seinen rechten Arm, wo er neben den Tattoos auch eine Vielzahl unterschiedlicher Armbänder trug. Irgendetwas bereitete ihm Freude, aber ich wusste nicht, was es war.

»Wir nehmen nur die Kiste und gehen, oder?«, fragte ich misstrauisch, woraufhin Isaac schnaubte.

»Klar. Entspann dich einfach.«

Der Verkäufer kam mit vor Plastik raschelnden Schritten zurück, und ich traute meinen Augen kaum, als ich die Kiste in der Größe eines Umzugskartons sah, die er vor sich auf den Tresen hob. War die etwa voller Grains?

Lily zuckte zusammen. Ihr dämmerte bestimmt ebenfalls, dass das hier keine übliche Magielieferung war.

»Bezahlung im Voraus«, presste der Mann hervor, und nun tat er mir wirklich leid. Trotz des leicht dumpfen Tones, den seine Stimme durch das Panzerglas hatte, war die Angst darin unüberhörbar.

Isaac schnalzte mit der Zunge. Er hielt sein Comm an das Bezahlterminal, das außen an der Glaswand angebracht war. »Sicher. Wie vereinbart.«

Erleichterung legte sich auf das Gesicht des Verkäufers. Wahrscheinlich hatte er befürchtet, ausgeraubt zu werden. Aber als er den Betrag sah, den Isaac eingegeben hatte, wurde er blass. Er atmete schwer, schien nicht zu wissen, was er sagen sollte.

»Das … das ist nicht …«

»Ja?«, fragte Isaac unschuldig, während Enzo sich neben ihm an das Panzerglas lehnte und mit seiner Körperfülle genau den einschüchternden Effekt erzielte, den er sollte.

Der Mann wich zurück und räusperte sich nervös. »Ich komme Mister Wright immer gern entgegen, wirklich. Aber der Betrag deckt nicht mal meine Einkaufskosten.«

Isaac machte eine unauffällige Geste in unsere Richtung. Ich tauschte einen Blick mit Lily. *Ein einziges Mal noch.*

Während ich mich am Ausgang bereithielt, stellte sich Lily neben Enzo. »Hören Sie, Mister …«

»Farnsworth.«

»Mister Farnsworth.« Lily lächelte freundlich, und der Blick des Verkäufers hing an ihr, wie immer, wenn sie in diese Rolle schlüpfte. Ich wusste, sie strahlte Vertrauen aus, und sie wirkte wenig bedrohlich. Dass sie so hübsch war, schadete bestimmt auch nicht. »Sie müssen das als langfristige Investition betrachten. Mister Wright ist ein treuer Kunde, und sein Einfluss in den Outskirts wächst. Es kommt doch nicht auf eine einzelne Kiste Magie an. Er bietet Ihnen etwas viel Wichtigeres: seine Freundschaft. Und die ist unbezahlbar.«

Der Verkäufer schluckte wieder, schaute von Enzo zu Isaac zu Lily. Mich ignorierte er. »Darf ich … darf ich davon ausgehen, dass die Zahlung das nächste Mal dem Marktpreis entspricht? Ich … ich kann selbst nicht überleben, wenn …«

»Sicher.« Isaac tappte mit den Knöcheln seiner rechten Hand gegen das Glas. »Wenn Sie jetzt so weit wären? Wir haben es etwas eilig.«

Noch immer zögerte der Mann. Sein Blick glitt zur Tür, die zur Markthalle führte. Womöglich überlegte er, das Wachpersonal zu rufen. Aber natürlich war ihm klar, dass er damit den Schutz der Nightserpents verlor. Als Enzo sich aufrichtete und die Arme vor dem Körper verschränkte, hörte ich ein Surren. Ein Durchgang öffnete sich, durch den der Verkäufer vorsichtig die Kiste schieben wollte.

Dann passierte alles ganz schnell. Isaac hob eine Hand, machte damit eine Bewegung, die ich gut kannte. Eine gerade Linie von oben nach unten – *Stase*. Mit dieser Magiegeste hätte ich Dorian Whitlock gestern beim Kampf besiegen sollen.

Eigentlich.

Der Verkäufer fiel der Länge nach zu Boden, während Lily sich die Hände vor den Mund schlug, um keinen Laut von sich zu geben.

»Isaac«, zischte ich leise, um das Wachpersonal nicht aufzuschrecken. »Was zur Hölle? Das war nicht Teil des Plans!«

Isaac streckte mir seinen Arm entgegen, und erst jetzt sah ich, dass er zwischen den normalen Armbändern ein Sigil trug.

»Bist du verrückt?« Ich lief auf ihn zu. »Das ist illegal.« Man durfte Kampf-Sigils nur in den Arenen benutzen. Niemals außerhalb!

Isaac grinste nur. »Zeig mich doch an.« Damit quetschte er seine dünne Gestalt durch die Lücke im Panzerglas, durch die der Verkäufer die Kiste hatte schieben wollen. Er schob einen weiteren Behälter mit Magiegrains zu uns, den Enzo mit einem breiten Grinsen entgegennahm.

Ich fixierte die Kiste vor mir. Vorsichtig hob ich den Deckel und erstarrte, als ich die vielen Grains darin erkannte. Die Magie schimmerte winterblau, so wie sie es gestern im Heptadome auch gemacht hatte. Aber irgendwie kam es mir im direkten Vergleich nicht so intensiv vor. Das Blau wirkte … *fahler.*

»Was soll das bitte für eine Party sein, wenn Lazarus so viel Magie braucht?«

»Ach, die Heptadome-Baustelle ist groß«, sagte Isaac lässig. »Wir haben diesmal mit der fünffachen Menge geplant.«

Ich blinzelte. Lily wirkte ebenso fassungslos. Uns war beiden sofort klar, wovon er redete. Mitten in Central London wurde gerade ein neuer Dome gebaut, der der größte ganz Europas werden sollte. Ein Prestigeprojekt, in dem künftig internationale Turniere stattfinden würden. Der Bau war wegen irgendwelcher rechtlichen Verfahren ausgesetzt, das bedeutete jedoch nicht, dass das Areal nicht abgeriegelt war.

Selbst für Lazarus' Standard schien das ein zu großes Risiko. »Und wenn die Polizei auftaucht?«

Isaac lächelte mich an. Er und Enzo hatten die zwei Kisten aufeinandergestapelt – obwohl sie so riesig waren, wog die Magie nicht viel. Das freudige Glitzern in Isaacs Augen war mir nur zu vertraut: Er konnte den Nervenkitzel kaum noch erwarten.

»Lass das unsere Sorge sein. Es wird ein grandioser Abend werden, der euch beide mal etwas entspannter werden lässt. So nervös wie ihr seid, könnte man fast meinen, ihr hättet ein Geheimnis.«

Ich unterdrückte das Zittern, das bei Isaacs Worten durch meine Hände zu wandern drohte. Er konnte unmöglich etwas ahnen. Nicht vom Profikampf, nicht von unserem Fluchtplan. Schließlich trug ich die Teilnahmekarte des Sigil-Verbunds immer bei mir.

Doch Isaacs Grinsen wurde breiter, und kurz bevor er auch das Wachpersonal mit einer Magiegeste lahmlegte und zusammen mit Enzo die Kisten aus dem Laden hievte, zwinkerte er mir noch fröhlich zu.

6

Ganz vorsichtig zog ich das kleine Kästchen unter meinem Bett hervor und öffnete es. Darin hatte ich in den letzten Jahren meine wichtigsten Besitztümer gesammelt: Obendrauf lagen die Briefe, die meine Mutter mir eine Zeit lang von ihren Reisen geschrieben hatte. Darunter kam der Schmuck zum Vorschein, den sie mir damals bei ihrem Abschied überlassen hatte – ein paar normale Ringe und Ketten sowie die Uhr meines Großvaters, den ich nie kennengelernt hatte.

Der wahre Schatz wartete jedoch am Boden des Kästchens: ein einzelnes Foto. Zwei fremde Menschen schauten mir darauf entgegen und sahen so jung und furchtbar glücklich aus, dass es mir jedes Mal einen Stich versetzte.

Meine Eltern.

Bei meiner Mutter sah man bereits einen kleinen Babybauch. Mein Vater lächelte breit und hatte einen Arm um sie gelegt. Er wirkte nicht wie jemand, der seine Familie im Stich lassen würde. Und doch hatte er es getan. Soweit ich mich an die Erzählungen meiner Mutter erinnern konnte, war er nur wenige Tage, nachdem diese Aufnahme entstanden war, einfach verschwunden. Und das hatte meine Mutter derart verzweifeln lassen, dass sie sogar ihr einziges Kind in ein Waisenhaus gab, um sich auf die Suche nach ihm zu machen.

Ich schaute mir das Foto eine Weile an, dann legte ich es zurück in das Kästchen und schob es wieder in sein Versteck unter meinem Bett.

Es würde hierbleiben, zusammen mit allem anderen, was mich an mein Leben in London erinnerte. Ich würde nichts davon mitnehmen, das hatte ich letzte Nacht beschlossen. Diese beiden Menschen auf dem Foto waren nicht meine Familie. Lily war es.

»Ist das Geld endlich da?«, fragte Lily, die ihren Rucksack bereits fertig gepackt hatte und angespannt auf dem Bett saß.

Ich hielt die Chipkarte an mein Comm, wie ich es in der letzten Stunde andauernd gemacht hatte. Nein, die Prämie tauchte noch immer nicht auf.

Die Nervosität drohte mich zu überwältigen. Ich dachte wieder an die schwarze Magie, die den Kampf zu meinen Gunsten gedreht hatte. Was, wenn der Schiedsrichter doch bemerkt hatte, dass mit meinem Sieg etwas nicht stimmte? Was, wenn der Sigil-Verbund ihn mir im Nachhinein aberkannt hatte?

Gerade, als ich aufstehen wollte, um meine restlichen Klamotten in den Rucksack zu stopfen, zuckte ein stechender Schmerz durch mein Handgelenk. Ich zog die Hand an meine Brust, konnte ein Keuchen jedoch nicht unterdrücken.

Lily schaute verwundert zu mir. »Alles okay?«

»Ja, klar.« Ich verkrampfte meine Hand in meinem Shirt, aber der Schmerz ging nicht weg. Im Gegenteil: Er schien sich zu bewegen. Erst in jeden einzelnen Finger und dann in Richtung meines Ellbogens. Vorsichtig zog ich den Ärmel meines Capes nach hinten und erstarrte, als ich feine schwarze Linien auf der Haut meines Unterarms entdeckte. Sie führten von der Einstichstelle, die die Injektion des Grains hinterlassen hatte, nach außen, wie dünne Äderchen.

Bevor Lily es sehen konnte, zerrte ich das Cape wieder zurück, doch der Schreck stand mir offenbar ins Gesicht geschrieben.

»Nichts ist klar«, sagte Lily. »Was ist los? Ist es der Tremor?«

»Nein, ich … Es geht mir gut.«

Lily fixierte mich, als könnte sie meine Gedanken hören, wenn sie mich nur lange genug anstarrte. »Du weißt, was du mir versprochen hast, oder? Wenn du die ersten Anzeichen von Magiesucht spürst, sagst du es mir.«

»Ich bin nicht süchtig.«

»Ray«, sagte Lily sanft.

Ich schüttelte heftig den Kopf, und gleichzeitig dachte ich: *Bleib ganz ruhig. Wir haben nur diese eine Chance zu fliehen. Das geht von allein wieder weg. Es hat nichts zu bedeuten.*

Mit fahrigen Fingern hielt ich meine Karte erneut an das Comm. Und dieses Mal … änderte sich die Anzeige.

»Es ist da«, flüsterte ich, und Lily war sofort bei mir. Ich konnte es kaum glauben. Mein Konto war aktualisiert. Das Geld war wie versprochen überwiesen worden, und das bedeutete …

Es ging los.

Als Lily und ich das Kraftwerk mit zwei Rucksäcken und sonst nichts verließen, fingen meine Hände plötzlich so heftig an zu zittern, dass ich es kaum noch kontrollieren konnte. Ich versuchte, es zu unterdrücken, doch ich verlor den Kampf. Es ignorieren zu wollen war ungefähr so aussichtlos, als würde man versuchen, minutenlang nicht zu blinzeln. Der Tremor gewann. Immer.

Auch das Brennen auf meiner Haut wurde schlimmer, aber ich blendete den Schmerz eisern aus. Trotzdem wurde die Angst in mir größer.

Was, wenn es doch die Magiekrankheit war, die in den Outskirts kursierte? Ich wusste kaum etwas darüber – wie schnell es ging oder was man tun musste, um sie aufzuhalten. Noch nie hatte ich gehört, dass es eine Form der Heilung gab oder Ärzte, die sich der Krankheit annahmen.

Ich zwang mich, all die Sorgen beiseitezuschieben. Wir mussten uns auf das konzentrieren, was vor uns lag. Alles andere war unwichtig.

Die Wohnung des Typen, der uns für zweitausend Pfund die Peilsender herausnehmen würde, lag in Newham, knapp sechs Kilometer vom Kraftwerk entfernt. Von dort aus waren es mit dem Taxi nur noch wenige Minuten zum Stratford International, wo wir in den Schnellzug nach Dover steigen würden. Wir hatten unsere Route minutiös geplant, und von Dover könnten wir *überallhin*, sogar aufs europäische Festland.

Mit schnellen Schritten liefen wir an den riesigen Hochhäusern vorbei, passierten verrostete Schaukelgestelle und Sandkästen, in denen mehr Bierflaschen als Sand zu sehen waren. Je näher wir Newham kamen, desto mehr Obdachlose saßen am Straßenrand. Die meisten stierten völlig verloren in den Himmel, einige wirkten so ausgemergelt wie Mumien.

Ich ballte die Hände zu Fäusten, beschleunigte meine Schritte und weigerte mich, daran zu denken, was ich an meinem Handgelenk entdeckt hatte.

Reiß dich zusammen, sagte ich mir wieder, und als wir um die Ecke bogen, lag das Haus, in das wir mussten, direkt vor uns. Wir steuerten darauf zu, und ich ließ meine Hände in meinem Cape verschwinden, damit man das heftige Auf- und Abwippen nicht sah. Das war die letzte Hürde. Dann waren wir frei.

Im Hochhaus quetschten wir uns in einen winzigen Fahrstuhl und gelangten damit ins vierunddreißigste Stockwerk. Dort fanden wir schnell die Wohnung, die man uns genannt hatte. Lily klingelte, woraufhin ein Surren an der Tür ertönte. Ich drückte die Klinke herunter, und wir schoben uns in den Raum hinein. Er war vollkommen abgedunkelt, und als das Licht anging, rechnete ich mit allem, nur nicht mit demjenigen, der uns dort fröhlich entgegengrinste.

»Firecracker!«, rief Lazarus. »Und Lily-Bily. So ein Zufall, euch hier zu treffen, so weit weg von zu Hause.«

O nein. Nein … nein, nein, nein!

Sofort stiegen mir Tränen in die Augen. Wie hatte er es erfahren? Hatte er unsere Peilsender verfolgt? Aber sie gaben doch nur einen Alarm ab, wenn wir einen Radius überschritten, der viel weiter als Newham war!

»Firecracker«, sagte Lazarus mitleidig. »Schau nicht so.«

Seine Worte prallten an mir ab, doch meine Hände verkrampften, und Hitze pochte auf meiner Haut.

Wahrscheinlich hatten wir von Anfang an keine Chance gehabt. Lazarus' Kontrolle über uns kannte kein Schlupfloch. Es war dumm gewesen zu glauben, dass wir ihn hintergehen konnten.

Da stand Lazarus von seinem Stuhl auf und kam auf mich zu. »Hast du wirklich gedacht, du könntest es vor mir verbergen?«, sagte er, und das war es. Dieser selbstgefällige, selbstzufriedene Unterton – er brachte das Fass zum Überlaufen.

»Halt die Klappe!«

»Du solltest wissen, dass wir bei den Nightserpents alles miteinander teilen. So wie ich es auch mit euch mache.«

»Ich sagte: Halt die Klappe!« Ich presste die Worte hervor und starrte Lazarus mit all der Wut an, die ich in den letzten

Wochen und Tagen immer wieder hatte herunterschlucken müssen.

Etwas zutiefst Böses legte sich auf Lazarus' Gesichtszüge. »Du wolltest mir deinen Einzug in die Profiliga verschweigen. Wolltest die Siegprämie für dich allein. Weißt du, wie verletzend das für mich war? Nach allem, was ich für dich getan habe?«

»Du hast überhaupt nichts für mich getan!«

»Ich bin dein Vormund. Quasi dein Vater. Und wenn ich beschließe, dass du mit so viel Geld nicht umgehen kannst, dann ...«

»Du bist *nicht* mein Vater!«

Lazarus' Mund verzog sich zu einer Mischung aus Grinsen und Grimasse. »Mehr als der Kerl, der dich nicht wollte.«

Ich wäre auf ihn zugestürmt, aber Lily hielt mich mit einem Griff am Arm zurück. »Du weißt nichts über ihn!«, fauchte ich.

»Du doch genauso wenig«, höhnte Lazarus. »Wie war das noch gleich? Er hat deine arme, schwangere Mutter einfach sitzenlassen? Nicht gerade ein Vorzeigedaddy, oder? Und deine Mutter ... Erst gibt sie ihr einziges Kind im Waisenhaus ab, dann schreibt sie nicht mal mehr Briefe. Dir muss langsam klar sein, dass auch sie nie mehr zurückkommt, Firecracker. Wer London einmal hinter sich gelassen hat, überlegt es sich gut, wieder einen Fuß in diese Drecksstadt zu setzen. Es wird Zeit, zu akzeptieren, dass die Nightserpents jetzt deine Familie sind. Und du musst endlich erkennen, welche Chancen du an *meiner* Seite ha...«

Ich holte aus, doch Lazarus fing meine Hand auf halber Strecke ab. Blitzschnell zog er mich zu sich, packte meinen Rucksack, kramte in der vordersten Tasche und zog meine Teilnahmekarte des Sigil-Verbundes heraus. Tränen liefen mir über die Wange, als er sie an sein Comm hielt, um sie zu scannen.

»7.380 Punkte«, sagte er anerkennend, dann lächelte er. »Und 10.973 Pfund. Meine Güte, du kannst stolz auf dich sein!« Er streckte mir die Karte wieder entgegen. »Ich denke, du verstehst, dass ich das Geld vorerst verwahren werde, oder?«

Angestrengt blinzelte ich die Tränen weg.

Er würde uns alles wegnehmen. Natürlich.

»Hör mir jetzt mal genau zu, Firecracker«, raunte er. »Du und Lily-Bily gehen jetzt brav zurück ins Kraftwerk. Ich erwarte, dass ihr Isaac später auf der Party helft und mir ein schönes Sümmchen nach Hause bringt.« Er drückte meine Hand so fest, dass ich meine Knochen knacken hören konnte. »Und eins sag ich dir: Wenn du noch mal so ein krummes Ding drehst, bin ich nicht mehr so gnädig. Solltest du aus irgendwelchen Gründen in den nächsten Wochen, Monaten und Jahren nicht genug Geld für mich in den Arenen verdienen, dann wird die kleine Lilie mit ihrem wunderschönen, zarten Gesicht jeden einzelnen Penny ausgleichen, egal, auf wie viele Partys sie dafür gehen muss. Hast du das verstanden?«

Ich zitterte. Und dieses Mal … dieses Mal lag es nicht am Tremor.

»Ja«, flüsterte ich. »Verstanden.«

7

Lazarus hatte einen seiner Nighserpents abgestellt, der uns zur Party begleiten sollte. Es war ein bulliger Typ mit Vollbart und in dunkler Kleidung, der ein paar Schritte hinter uns ging. Aber selbst ohne ihn hätten wir keinen Fluchtversuch gemacht. Wohin auch? Es war vorbei.

Meine Beine bewegten sich, als wären sie mechanisch angetrieben. Wir hatten uns nur kurz im Waisenhaus umgezogen und dabei kaum ein Wort gewechselt. Lily hatte eins ihrer schönsten Kleider herausgesucht, ich dagegen trug nur ein Glitzertop, Jeans und mein übliches Cape. Im Spiegel hatten mir grüne Augen mit tiefen Schatten darunter entgegengeblickt, meine braunen Haare hingen mir strohig über die Schultern. Ich sah genauso schlecht aus, wie ich mich fühlte.

Die schwarzen Linien auf meiner Haut waren mir mittlerweile egal. Was für einen Unterschied würde es machen, wenn diese Krankheit ausbrach? Es stimmte, was die Leute sagten: Die Outskirts erstickten jeden mit ihren unzähligen Wolkenkratzern, die alle Jahr um Jahr höher wurden, als wollten sie vor lauter Verzweiflung versuchen, in den Mirror hineinzuwachsen. Wer hier lebte … der kam nie wieder heraus.

Central London zu betreten, fühlte sich an, als würde man auf einem völlig anderen Planeten landen. Verschwunden waren die baufälligen Hochhäuser der Outskirts, die erbärmlichen Läden, Parks, Schulen und Kindergärten. Stattdessen reihte sich ein Prachtbau an den anderen, und nirgends standen dürre Gestalten herum, die noch immer dem Glück nachhingen, das die Magie ihnen vor Monaten durch die Adern gespült hatte. In Central London gab es keine Seuche, keine schwarzen Adern. Was seltsam war, schließlich war in diesem Teil der Stadt viel mehr Magie im Umlauf als bei uns. Einfach, weil die Reichen Geld im Überfluss hatten.

»Lazarus ist wirklich verrückt, hier eine illegale Party zu veranstalten«, murmelte Lily, und ich drückte mich an sie, als zwei Frauen an uns vorbeischritten, die so schicke Brokatkurzmäntel anhatten, dass ich zuerst glaubte, es wären Obere. Doch dann erinnerte ich mich wieder, dass es hier im Zentrum Geschäfte gab, die Kleidung verkauften, die der aus dem Mirror zumindest recht nahe kam.

Lily zog mich weiter. »Aber na ja.« Sie warf einen Blick auf den Bewacher hinter uns und schenkte mir ein kleines Lächeln. »Wenn sie Lazarus in Handschellen abführen, werden wir wenigstens in der ersten Reihe sitzen.«

Ich wusste, Lily wollte mich mit dem Scherz aufheitern, aber die Angst vor dem, was der Abend mit sich bringen würde, war ihr deutlich ins Gesicht geschrieben. Gemeinsam passierten wir ein siebeneckiges Hochhaus – ein Kino, soweit ich wusste. Es lief *Mirror Magic*, ein ganz neuer Film, allerdings kein neues Thema. Nur die hundertste Nacherzählung des Tages, an dem der Mirror zum ersten Mal sichtbar geworden war.

Inzwischen war die Sonne vollständig untergegangen, und ein kühler Herbstwind wehte über die Straßen. Bunte Lichter strahlten aus allen möglichen Gebäuden – Tanzclubs, Restaurants, Spielhallen. Und über allem hing der Mirror, der nachts mit seinen glitzernden Konturen noch deutlicher erkennbar war. Als wäre der Himmel übersät mit einer Milliarde Sternen, die sich jahrhundertelang versteckt hatten. Nur wenn man sich bewegte, begriff man, dass die silbrig schimmernden Lichter viel zu nah waren und Formen bildeten, die zwischen den Wolken schwebten.

»Ray.« Plötzlich hielt Lily neben mir. Sie kümmerte sich nicht, dass Lazarus' Aufpasser im Hintergrund bellte, wir sollten weitergehen. Stattdessen nahm sie mich in den Arm. »Das alles ist nicht deine Schuld«, flüsterte sie in mein Ohr. »Verstehst du das? Wir stehen das zusammen durch. Haben wir immer.«

Ich starrte sie an. Wir kannten uns so lange, dass ich sofort begriff, was sie mir damit sagen wollte. Ich musste mich jetzt für sie zusammennehmen. Sonst würde sie das, was heute Abend auf der Party passieren würde, nicht ertragen.

Mit einem tiefen Atemzug nahm ich meine Schultern zurück und zwang ein Lächeln auf mein Gesicht. »Okay«, flüsterte ich und schwor mir gleichzeitig, dass ich sie in den nächsten Stunden nicht aus den Augen lassen würde.

»Habt ihr es jetzt bald?«, mischte sich Lazarus' Aufpasser genervt ein. »Geht schon weiter!« Er deutete nach vorn, wo hinter der nächsten Straßenkreuzung die Baustelle auftauchte, aus der irgendwann ein riesiger Heptadome werden würde. Noch bestand er aus Stahlgerüsten, nur im unteren Drittel war die gläserne Außenfassade bereits eingezogen. Links von der Baustelle ragten drei übrig gebliebene Hochhäuser auf, die wegen der Umbauarbeiten bald abgerissen werden würden. Es brannte vereinzelt Licht in den Fenstern, aber bestimmt nicht mehr lange.

Zusammen überquerten wir die Kreuzung, dann waren wir auf dem Gelände. Über dem Heptadome waren Flutlichter aufgestellt, die den Innenbereich der Baustelle von oben anstrahlten. Auf den Baugerüsten entdeckte ich jede Menge Kameras, ich vermutete sogar Überwachungsdrohnen darüber. Kurz blitzte in mir die Hoffnung auf, dass Lazarus sich diesmal übernommen hatte. Dass er wirklich auffliegen würde. Aber wie ich ihn kannte, hatte er irgendjemanden bestochen, der wiederum jemand anderen bestochen hatte, und so würde alles nach seinem Plan laufen.

Ich schob die Hände tiefer in die Taschen meines Capes und senkte den Kopf, als wir an einer Gruppe vorbeikamen, die um einen Laternenpfahl stand und offenbar betrunken war. Ein paar reiche Jungs und Mädchen in teuren Markenklamotten. Eine von ihnen hing laut kichernd am Arm ihres Begleiters. Als ich näher kam und ihn von der Seite musterte, glaubte ich, meinen Gegner aus dem Heptadome in Brent zu erkennen. Dunkle Haare, die zu einem Irokesen geformt waren, Piercings am rechten Ohr … aber nein, das war unmöglich. Ich hatte den Typen mit meiner Magie so schwer getroffen, dass er in den nächsten Tagen bestimmt auf keine Party gehen würde.

Unser Aufpasser führte uns weiter in Richtung der Eingangstür. Sie hing in den Angeln, und anhand der Einschlaglöcher an den Scharnieren war ich mir sicher, dass irgendjemand Magiestöße darauf abgefeuert haben musste. Dann wandte er sich nach links und deutete schließlich auf eine Treppe nach unten, wo auf einem Schild *Staff only* stand.

Und da begriff ich. Die Party fand im Keller statt. Deswegen war Lazarus so sicher, nicht erwischt zu werden. Da unten würde es bestimmt keine Kameras geben.

Kaum dass wir die letzte Treppenstufe hinter uns gelassen

hatten, hörte ich das Schreien und Johlen von innen. Auch der Keller war noch eine Baustelle. Wände und Böden, alles ohne Verkleidung. Die Zwischenwände fehlten, so dass wir in einen enormen weitläufigen Raum mit niedrigen Decken eintraten. Es fühlte sich ein bisschen an, als würde man nachts in einem Parkhaus herumlaufen, außer, dass es hier keine Autos, sondern nur Hunderte tanzende Menschen gab.

Lily warf mir einen vielsagenden Blick zu. Sie gab ihre Jacke an einer provisorischen Garderobe ab, ich dagegen behielt mein Cape bei mir, obwohl es hier unten so warm war. Dann schoben wir uns an den ersten tanzenden Körpern vorbei. Der Geruch von Aschezucker, Alkohol und Schweiß wurde mit jedem Schritt überwältigender. Ein Mädchen vor mir trug einen Kurzmantel und darunter: halterlose Strümpfe und eine winzige Seidenbluse. Ihr Fake-Magieparfüm ließ mich beinahe würgen. Ich trat einen Schritt zurück und wich auch ihren Freunden aus, als sie ihr nacheilten und dabei ihre Getränke zu allen Seiten verschütteten.

Ich wollte gar nicht wissen, wie viel Geld Lazarus für den Abend rausgeworfen hatte. Etwas weiter hinten stand ein DJ-Pult, und es gab Kellner mit Tabletts, auf denen Getränke angeboten wurden. Andererseits: Wenn auch nur ein Viertel der Gäste ihm Uppers abkaufte, hätte er die Kosten leicht wieder drin.

Hier und da fiel Mondlicht von oben in das Untergeschoss, dort, wo später wohl noch Treppen gebaut werden sollten. An jeder der Betonsäulen, die bis zur Decke ragten, klebte irgendein knutschendes Pärchen, in der Mitte tanzten einige Leute zu einer basslastigen Musik. Seit wir hier waren, hatte ich schon mehrere Gestalten in die abgehenden Räume, die später wohl die Umkleidekabinen werden würden, verschwinden sehen.

»Es ist noch schlimmer, als ich dachte«, raunte ich in Lilys Ohr, die daraufhin eine Augenbraue hochzog.

»Was hast du erwartet? Dass er aus den letzten Partys gelernt hat? Wohl kaum. In einer Stunde wird hier die Hölle los sein.«

Das würde es wirklich. So viele Leute – so viele *glückliche* Leute, denen Magie durch die Adern pumpte.

Ich sah mich um. Unser Aufpasser hatte uns ohne ein weiteres Wort allein gelassen. Aber natürlich nur, weil er das gefahrlos tun konnte. Hier unten wimmelte es vor Nightserpents, besonders an den Ausgängen.

»Komm.« Lily umschloss meine Hände. Mit einem warmen Lächeln zog sie mich in Richtung der Mitte des Raumes.

»Lily …«

Sie lächelte nur, legte beide Hände an meine Hüfte und fing an zu tanzen. Ich dagegen blieb stocksteif stehen.

»Ray.« Sie schaute mich ernst an. »Wir finden schon eine Lösung.«

Ich nickte. Solange Lazarus hier nicht auftauchte, was vor Mitternacht definitiv nicht der Fall sein würde, musste Lily nichts befürchten. Und bis dahin würde uns schon irgendetwas einfallen. Ganz sicher.

Langsam fing ich an, mich zu bewegen. Lily drehte mich in mehrere Pirouetten, und ich legte meine Arme um ihre Schultern. Um uns herum tanzten alle, die meisten trugen Kleider, die denen der Oberen nachempfunden waren: Kurzmäntel, teilweise aus dünner Seide, teilweise aus Satin, und immer mit Brokatmustern.

Lily drehte mich umher, dann machte ich mit ihr dasselbe, und beinahe konnte ich den Schmerz vergessen, der in meinem rechten Arm pochte, und das, was vor uns lag. Als wir uns nur noch umarmten und dabei hin- und herwogten, ließ ich meinen

Blick über die Menge schweifen. Überall winterblaues Glitzern von den Magiegrains. Der Duft von Aschezucker. Links von uns hüpfte der DJ auf und ab, um ihn herum tummelten sich einige Leute mit Musikwünschen. Und dort, etwas abseits …

Ich blinzelte. Blinzelte noch einmal. Aber die drei Gestalten, die dort an der Wand lehnten, veränderten sich nicht.

Ein Mädchen mit blauen Haaren. Neben ihr zwei Jungs, einer mit dunklen, einer mit silbrig blonden Haaren, die im Licht fast weiß erschienen.

Es waren die drei Oberen von der Tribüne im Heptadome – und jeder von ihnen schaute mich an. Der Blick des Blonden lag wie ein Kälteschauer auf mir. Kühle, hellgraue Augen studierten mich mit fast teilnahmsloser Neugier.

Da drehte Lily mich um die eigene Achse. Ich versuchte, sofort wieder herumzuwirbeln, aber die drei waren bereits verschwunden.

Verdammt! Oder hatte ich mich getäuscht? Wieso sollten *echte Obere* auf eine illegale Party hier in unserer Welt gehen?

Plötzlich ertönten johlende Rufe aus dem hinteren Bereich der Halle. Ich drehte mich suchend nach den drei Oberen um, doch ich fand sie nirgends. Schließlich folgte ich Lily, die auf den Lärm zugelaufen war. Winterblaues Leuchten strahlte uns entgegen. Es waren Isaac und drei seiner Freunde. Sie hatten eine Art Heptagon-Arena auf dem Boden aufgezeichnet, wobei das Siebeneck schief war und nur sechs Ecken hatte.

Jeder von ihnen trug ein Sigil-Armband um das Handgelenk, und feuerte damit Magiegesten auf die anderen ab.

Zumindest versuchten sie es.

»Habt ihr den Verstand verloren?«, rief Lily und hatte recht damit. Ich sah auf den ersten Blick, dass Isaac, Enzo und die anderen beiden nicht nur grottenschlechte Sigils hatten, sondern außerdem die Gesten nicht richtig ausführten. Dabei konnte Isaac das eigentlich. Doch jetzt war er offensichtlich viel zu vollgedröhnt.

Er versuchte, einen Magiestoß zu erschaffen, die blauen Schwaden flirrten allerdings nur gefährlich zu allen Seiten davon.

Enzo grunzte. »Solltest dir vielleicht Nachhilfe bei Sandford holen«, sagte er und deutete mit dem Daumen auf mich. »Die Königin der Amateurliga.«

»Nicht mehr der Amateurliga.« Isaac warf mir ein schiefes Grinsen zu. »Gratulation übrigens! Zu deinem Sieg im Heptadome. Ein gewonnener Profikampf … Lazarus war sehr stolz auf dich.«

Die Blicke der Umstehenden richteten sich auf mich, doch gerade war mir das ganz egal. »Du warst es«, flüsterte ich. »Du hast es ihm erzählt.«

Isaac kicherte. Er war eindeutig auf einem Happy-Upper. Seine Augen waren ganz glasig, das Grinsen, das sich immer wieder in seinen Mund hineinbohrte, wirkte gezwungen. Er war völlig high.

»Und wenn schon«, lallte er. »Hast du gedacht, du kannst das Geld für dich behalten? Das kann niemand von uns. Alles wird brav geteilt. Immerhin bist du jetzt sein neuer Goldesel. Er wird dich ständig losschicken, und von dem Geld wird er jeden von uns mit Sigils ausstatten, bis wir die kompletten Outskirts unter unserer Kontrolle haben.«

Damit hielt er mir ein Sigil entgegen – ein silbernes, schlichtes Armband – und wackelte damit vor meiner Nase herum.

»Vergiss es, Isaac«, sagte ich, denn er war verrückt, eindeutig. Doch Isaac kam ungerührt näher und presste das Sigil gegen mich.

»Du schuldest mir eine Revanche, *Firecracker*.«

»Nenn mich nicht so!«, sagte ich und schlug seine Hand weg.

Isaacs Gesicht verzerrte sich wütend. »Bist du jetzt zu gut, um gegen mich zu kämpfen, oder was?«

»Das war ich immer schon.«

Links und rechts drang leises Lachen zu mir – sie machten sich über Isaac lustig. Seine Schultern spannten sich an, er lief ein paar Schritte weg. Ich glaubte erst, dass er zur Vernunft gekommen wäre, aber dann drehte er sich wieder um und wischte mit seiner Hand nach vorn.

Schlampig ausgeführte Geste, war mein letzter Gedanke, bevor ich den Magiestoß auf mich zurasen sah. Lily entfuhr ein Schrei, ringsum machten alle einen erschrockenen Schritt zurück.

Intuitiv bewegte ich meine Hände in einer abwehrenden Schildgeste vor mich. Dabei trug ich kein Sigil, hatte kein Grain injiziert bekommen – nichts. Der Magiestoß sollte mich treffen, mit voller Wucht.

Aber das tat er nicht.

An meinen Händen bäumten sich zwei Magieschilde auf, nicht winterblau, sondern tiefschwarz. Isaacs Magie prallte daran ab, flirrte davon, verpuffte.

»Was zur ...«, stieß er aus. Wir standen nun ganz allein, alle waren zurückgewichen, alle außer Lily.

»Ray ...?«

Ich hatte keine Ahnung, was da mit mir geschah. Meine Cape-Ärmel waren zurückgerutscht, und dort, wo die Einstichstelle vom Sigil-Kampf an meinem rechten Arm zu sehen war, zeichneten sich weitere schwarze Linien ab, die wie Sonnenstrahlen vom Stich wegführten.

Ich zitterte. Es fühlte sich genauso an wie im Heptadome, als die Magie von Blau zu Schwarz gewechselt hatte. Das hier war nicht einfach nur eine Krankheit. Etwas von der Magie, die ich während des Kampfes gegen Dorian Whitlock benutzt hatte, musste noch in meinem Körper sein! Dabei war das gar nicht möglich. Magie verbrauchte sich nach einer gewissen Zeit. Und doch war es ganz klar Magie, die aus mir rausströmte.

Das kann nicht sein. Das kann einfach nicht sein.

Man hörte zwar von Unfällen, weil jemand ein wirklich schlecht gemachtes Sigil falsch verwendete. Dadurch war es schon zu Magieexplosionen gekommen, die Menschen das Leben gekostet hatten. Aber ich trug ja gar kein Sigil!

Tiefschwarze, feinzüngelnde Schwaden stoben aus meiner Haut empor, und ich wimmerte und sank auf die Knie. Schreie ertönten, vage nahm ich wahr, wie Menschen davonrannten – in Richtung der Ausgänge.

»Ray, o Gott!« Lily versuchte, auf mich zuzukommen, aber ich schüttelte den Kopf.

»Verschwinde!«

»Was?«

»Verschwinde, Lily. Geh, ich ...«

Ich spürte, dass ich die Magie nicht mehr lange in meinem Körper würde halten können. Mit einem Mal fühlte ich sie in jeder Zelle, als ob sie nur auf diesen Moment gewartet hätte, um aus mir herauszuquellen. Und wenn es soweit war, durfte niemand in meiner Nähe sein.

Das Brennen auf meiner Haut wurde schlimmer. Ich konnte den Schmerz nicht mehr ausblenden. Schweiß rann mir von der Stirn ins Gesicht, und ich hielt die Hände von mir, unsicher, ängstlich. Sie zitterten, wie sie noch nie zuvor gezittert hatten.

Bitte hört auf.

Wieso hatte ich nur an dem Kampf im Heptadome teilgenommen? Ich hätte einfach in der Amateurliga bleiben sollen, egal, wie mickrig das Preisgeld war.

Weitere tiefschwarze, feinzüngelnde Schwaden lösten sich aus meiner Haut. Um mich herum hatte sich die Halle komplett geleert. Nur Lily stand noch da, und ich versuchte, von ihr wegzukriechen, aber sie blieb mir auf den Fersen.

»Geh weg!«, keuchte ich, doch Lily schüttelte den Kopf und hob ihr Comm in die Höhe.

»Ich hab den Notruf gewählt, es kommt gleich jemand, um dir zu helfen.«

Helfen? Die dunklen Schwaden hatten sich längst um mich ausgebreitet. Wieder begann ich zu kriechen, aber eine unsichtbare Macht drückte mich flach auf den Rücken. Und dann passierte es. Die Magie bäumte sich auf, brach in einer riesigen Druckwelle zu allen Seiten aus mir heraus. Ich hörte, wie Holz barst, Tische umfielen, wie Glas zerbrach. Risse tauchten auf den Steinwänden auf, in der Ferne krachte ein Teil der Decke nach unten. Stöhnend presste ich die Hände gegen meine Brust, in der Hoffnung, es noch irgendwie abschwächen zu können. Es half nichts. Immer mehr Magiefäden flossen aus mir heraus, sie taten es in einem mächtigen Schwall, der die Ärmel meines Capes zu Fetzen zerriss. Ein spitzer Schrei ertönte – *Lily!* –, und Lampen flackerten auf, bevor sie auf einen Schlag ausgingen und es stockdunkel wurde.

8

Ich hatte keine Ahnung, wie lang ich so dalag. Sekunden. Minuten. Oder länger? Immer wieder versuchte ich, mich aufzusetzen, aber mein gesamter Körper war wie gelähmt. Über mir schwebte die Magie, ein seltsames Gebilde aus schwarzen Fäden, die sich wie ein Schirm ausgebreitet hatten.

Lily. Tränen standen mir in den Augen. Einfach alles war schiefgelaufen. Im nächsten Moment nahm ich eine Bewegung vor mir wahr, und Schritte erklangen.

Der Notruf! Die Sanitäter würden Lily retten. Das mussten sie einfach.

Die Umrisse von drei Personen kamen in mein Blickfeld, und das Herz klopfte mir bis zum Hals, als sie sich direkt neben mich stellten.

Es waren keine Sanitäter und auch keine Partygäste. Nein … es waren die drei Oberen, die ich vorhin neben der tanzenden Menge gesehen hatte.

Der Junge mit den schwarzen Haaren beugte sich zu mir. Er war groß, sehr muskulös und vielleicht etwas älter als ich, ich konnte es nicht sicher sagen. Nachdem er sich die Kapuze seines lilafarbenen Mantels heruntergezogen hatte, schaute er mich aus seinen warmen, bernsteinfarbenen Augen besorgt an.

»Bei allen Sieben«, murmelte er und blickte zurück auf die Trümmer der Baustelle. »Du hattest recht. Es ist Chaosmagie.«

Er hatte seine Worte an den zweiten Jungen gerichtet. Auch er schaute auf mich herab, blieb jedoch mit etwas Abstand stehen. Weißblonde Haare, feine Gesichtszüge, sanft geschwungene Lippen und dunkle, markante Brauen. Er trug einen schwarzen Mantel über einem grauen Hemd und einer grauen Hose. Es war allerdings nicht sein Äußeres, das mich so aus der Bahn warf.

Dieser Junge strahlte eine Präsenz aus, die mir einen Schauer über den Körper jagte. Alles an ihm – sein Gesichtsausdruck, seine gesamte Haltung – strotzte nur so vor Überheblichkeit und Macht.

»Wieso hast du es nicht verhindert?«, fragte ihn der Dunkelhaarige, was den weißhaarigen Jungen zum Seufzen brachte.

»Es war schon zu weit fortgeschritten. Der Ausbruch wäre so oder so passiert.«

Steht hier nicht so rum! Kümmert euch um Lily!, wollte ich sie anschreien, aber die Magie schien meinen Körper einfach nicht freizugeben. Ich konnte nicht sprechen, und dann hatte ich das Gefühl, nicht einmal mehr atmen zu können.

»Ich glaube, sie weiß nicht mal, was mit ihr passiert ist«, sagte der Schwarzhaarige. »Schaut sie euch an. Und schaut, was sie mit der Kleinen da drüben gemacht hat.«

Ein gequältes Stöhnen kam mir über die Lippen. O Gott … O Gott, Lily! Ich hatte sie doch nicht etwa …

»Keine Sorge, deine Freundin lebt.« Der Dunkelhaarige lächelte sanft. »Sie ist nur bewusstlos.«

Erleichterung durchflutete mich. Zumindest so lange, bis der Obere etwas aus seiner Manteltasche zog und mir so nahe vors

Gesicht hielt, dass ich zuerst nur verschwommenes Gold erkannte.

»Hör zu«, sagte er. »Das ist jetzt sehr wichtig: Hast du dieses Sigil vorgestern im Heptadome in Prime-London getragen?«

Prime … was?

Verschwommene Goldtupfen formten sich zu einem Armband in der Form eines Drachens. Zwischen seinen Krallen lag das perfekt gezeichnete Sigil-Plättchen, das ich vorgestern noch so bewundert hatte.

Ich nickte, und sogleich überkam mich ein neues Hitzegefühl, das mich angestrengt nach Luft schnappen ließ.

»Ich hab's ja gesagt.« Es war das blauhaarige Mädchen, das sich nun direkt neben meinen Kopf stellte und mit einem verächtlichen Gesichtsausdruck die Arme vor der Brust verschränkte. »Es sind die verdammten Billigkopien.«

»Wir wissen nicht, ob die Repliken wirklich der Auslöser waren.« Der Dunkelhaarige legte eine Hand auf meine Stirn und verzog den Mund. »Ist auch egal. Es grenzt an ein Wunder, dass sie so einen Ausbruch überlebt hat, aber die Chaosmagie hat sich schon in ihr ausgebreitet. Sie glüht förmlich. Und es wird schlimmer.«

»Meine Güte, Matt«, flötete das Mädchen mit zynischem Unterton. »Wie aufmerksam du doch bist. Das wäre uns glatt entgangen.« Sie schnaubte. »Sie ist selbst schuld. Alle glauben, nur weil sie mal ein bisschen Magie benutzt haben, dass sie gleich damit kämpfen sollten. Dabei haben die hier unten keine Ahnung davon.«

Unten. Sie sagte es, als wäre es eine Krankheit.

»Hebt euch das für später auf, wir haben jetzt keine Zeit für so was«, sagte der Obere mit den weißblonden Haaren. »Leg ihr die Trites an. Wir müssen gehen.«

Trites? Was sollte das sein? Doch der Dunkelhaarige – *Matt* – nickte bereits und zog etwas aus seiner Manteltasche. Es waren siebeneckige Münzen. Uppers! Mit Gravuren, die ich nicht kannte.

Instinktiv schüttelte ich den Kopf, als ich begriff, was Matt machen wollte. Auf keinen Fall würde ich mir von irgendwelchen fremden Oberen Uppers anlegen lassen!

»Ich weiß, was du denkst«, sagte er. »Aber glaub mir, sie werden dir helfen. Zumindest so lange, bis wir herausbekommen haben, wie wir dich am Leben halten können.«

Am Leben halten? Die Panik musste mir ins Gesicht geschrieben stehen, denn Matt setzte sofort nach: »Wir können dir helfen. Was du da in dir trägst … ist sehr gefährlich. Du bist infiziert, und es darf sich nicht hier unten ausbreiten, verstehst du das?«

»Ist doch egal, ob sie es versteht«, zischte das Mädchen und fing sich von Matt einen wütenden Blick ein. »Wir nehmen sie mit. Eine andere Option gibt es nicht.«

»Deswegen müssen wir uns trotzdem nicht wie Arschlöcher aufführen. Wobei du in dieser Hinsicht wohl keine Wahl hast.«

»Haha, Matthew. Sehr witzig, wirklich.«

Eine erneute Welle aus Schmerz rauschte durch meinen Körper. Es sollte aufhören, unbedingt aufhören!

Matt legte eine Hand an meine Wange. »Bitte, Rayne. Ich mache das hier nicht ohne deine Zustimmung.«

Rayne. Er kannte meinen Namen. Aber woher?

Doch der Schmerz war zu stark, als dass ich darüber hätte nachdenken können. Also nickte ich. Schon presste Matt mir die Uppers auf den Unterarm und holte mehrere Grains aus seiner Manteltasche. Sie schimmerten in einem reineren Blau, als ich es je gesehen hatte.

Schon waren die Grains auf den Münzen. Hitze breitete sich in Windeseile in meinen Blutbahnen aus, aber ich spürte es nur dumpf. Genau wie die beiden Arme, die sich um meinen Körper legten. Sie zogen mich nach oben, und das so mühelos, als würde ich nicht mehr wiegen als ein Blatt Papier.

Es war der Obere mit den silbrig blonden Haaren. Er hielt mich an sich gedrückt und starrte mich so durchdringend an, als würde er versuchen, auf diesem Weg in mein Innerstes zu schauen. Bevor ich jedoch seinen Blick deuten konnte, drehte er sich abrupt zur Seite.

Durch die Bewegung konnte ich Lily zum ersten Mal dort am Boden liegen sehen. Ihre Augen waren geschlossen, eine Blutspur rann über ihr Gesicht, und ihre schwarzen Locken breiteten sich wie eine Wolke um ihren Kopf aus.

O mein Gott.

Ein gequälter Laut kam mir über die Lippen. Was hatte ich ihr angetan? Wieso hatte ich ihr nicht erzählt, was im Heptadome passiert war? Warum hatte ich sie nicht gewarnt, als ich die schwarzen Adern entdeckt hatte?

Ich kannte die Antwort: weil ich dachte, es würde nur mich betreffen. Weil ich nicht vorhergesehen hatte, was ich damit anrichten könnte.

»Li…ly…«, stieß ich völlig verzweifelt aus.

»Wir sorgen dafür, dass man sich um sie kümmert«, erklärte der Blonde knapp. »Mehr können wir jetzt nicht für sie tun.«

Damit schaute er zu der Oberen, die sofort nickte. Sie wandte sich zum Notausgang, der an der einzigen noch unversehrten Wand des Heptadomes lag. Die Tür stand offen, aber anstatt hindurchzugehen, zog die Blauhaarige sie zu. Sie holte einen Anhänger aus dem Dekolleté ihres Oberteils hervor und steckte ihn in die Tür. Es war ein Schlüssel, ein Schlüssel mit einem Stein, der grell aufflammte.

Ein erschrockener Laut kam mir über die Lippen. Blaue Lichtspuren zogen sich über die Haut des Mädchens. Feine Linien, Formen, Symbole. Wie Tattoos, nur ohne Tinte. Gleichzeitig schimmerte die Tür – ebenfalls blau. Ranken, Blätter und Ornamente leuchteten auf.

Was zur Hölle passierte hier?

Doch da begriff ich: Sie machten ernst. Was hatte Matt gesagt? *Es darf sich nicht hier unten ausbreiten.*

Sie wollten mich mitnehmen. Dorthin, wo sie lebten: in den Mirror.

Ich wand mich in den Armen des weißhaarigen Oberen hin und her, so gut ich konnte. Auf keinen Fall durfte ich Lily hier allein liegen lassen! Aber sein Griff war eisern, ich konnte mich nicht befreien.

»Ganz ruhig.« Matt tauchte vor uns auf und hielt eine Hand in die Nähe meines Kopfes. Daran erkannte ich einen Ring mit einer schwarzen Perle, die ein seltsames Licht von sich gab. »Der Übergang ist für Ungeübte oft schwierig. Ich mache es dir leichter.«

Binnen Sekunden schob sich ein zartlila Leuchten über Matts Arme. Wie auch bei dem Mädchen breiteten sich Muster über seinem Körper aus, bis hinauf zu seinem Hals. Ein lilafarbenes Flackern trat in seine Augen, nur für einen Moment, dann hielt er eine Hand über mein Gesicht, und ein grelles Licht nahm mir die Sicht.

»Lass es einfach passieren, Rayne. Schon gut.«

Ich wusste, dass er mich in eine Illusion ziehen wollte. Auf diese Weise hatte ich bereits mehrmals einen Sigil-Kampf verloren. Illusionisten konnten Bilder entstehen lassen, entfernte

Erinnerungen oder irgendwelche Fantasiegebilde, die einen die Realität vollkommen vergessen ließen.

Und nun geschah es wieder.

Das Gesicht des weißhaarigen Jungen war das Letzte, was ich sah. Seine hellgrauen Augen fixierten mich, ein seltsam zwiegespaltener Ausdruck lag darin, einerseits voller Entschlossenheit, andererseits so, als ob er sich sicher wäre, den größten Fehler seines Lebens zu begehen.

In der nächsten Sekunde gab es nur noch Wärme um mich herum. Ich stand völlig allein und in einem flattrigen Kleid auf einer Blumenwiese. Licht umfing mich, ein Himmel voller friedlicher Wolken. Ich versuchte verzweifelt, mich am Hier und Jetzt festzuklammern – an Lily, an den Trümmern des Heptadome-Untergeschosses –, aber ich schaffte es nicht. Das Bild war zu mächtig. Das Gefühl, genau am richtigen Ort zu sein und keine Sorgen mehr zu haben, legte sich über meinen Verstand, und ich schwebte dahin.

TEIL 2

DIE SIEBEN

9

Ich wurde von zwei Stimmen aus der Illusion gerissen. Von Stimmen und dem Duft nach Aschezucker, der intensiv und schwer in meine Nase drang.

Zunächst war ich völlig desorientiert. Gerade wollte ich nach einem Gänseblümchen greifen, das vor mir auf der Wiese blühte, da verblasste es vor meinen Fingerspitzen. Stattdessen fand ich mich auf einer gepolsterten Liege wieder, deren Stoff weicher war als jeder andere, auf dem ich je gelegen hatte. Meine Finger fuhren über die samtige Struktur, während ich versuchte, die letzten Fragmente der Illusion abzuschütteln. Das Sonnenlicht verschwand und die Wärme mit ihm. Zurück blieb nur ein wattiges Gefühl in meinem Kopf.

Blinzelnd sah ich an mir herab. Jeans, Glitzertop und Sneaker. Meine Tasche lag auf einem Stuhl neben mir, nur das Cape war verschwunden.

»Einen solchen Ausbruch von Chaosmagie habe ich in Prime noch nie gesehen«, sagte eine der Stimmen, die mich geweckt hatten.

»Na ja«, antwortete die zweite. Sie war heller und nicht so freundlich wie die erste. »Wenn du mich fragst, war es nur eine Frage der Zeit.«

Ich drehte meinen Kopf ganz langsam zur Seite. Die Gestalten, zu denen die Stimmen gehörten, standen an einem schmalen Fenster am anderen Ende des Raumes. Lichtflecken flirrten vor meinen Augen, ich musste mehrfach blinzeln, bis sich die Umgebung um mich herum scharfstellte. Da … war das Mädchen mit den blauen Haaren. Und neben ihr: der Junge, der mich in die Illusion gezogen hatte. Matthew. *Matt.* Zumindest vermutete ich das anhand der schwarzen kurzen Haare und des dunkellila Brokatmantels. Mehr konnte ich nicht sehen, die beiden hatten mir ihre Rücken zugedreht.

Benommen schaute ich mich im Raum um. Von außen fiel nur schwaches Licht hinein, und die Deckenlampe war ausgeschaltet. Zwei weitere Liegen standen neben meiner, dazwischen jeweils ein Beistelltisch. An der Wand gegenüber: drei Stühle mit Sitzlehnen, auf denen ein Siebeneck aufgemalt war.

Wo zum Teufel war ich? Von meiner Position aus war es unmöglich zu erkennen, was hinter dem Fenster lag. Und der Raum selbst hatte etwas von einem Krankenhaussaal. Oder …

Oder von einer Gefängniszelle.

»Der komplette Heptadome ist zerstört worden«, sagte Matt. »Viele Leute haben den Ausbruch der Chaosmagie gesehen. Es wird schwierig, das unter den Teppich zu kehren.«

»Wer sagt, dass wir es unter den Teppich kehren?«, fragte die Blauhaarige schnippisch. »Sollen sie doch Angst haben. Vielleicht hört das Auge dann endlich auf, Sigils zu verbreiten, die verdammt noch mal zu mächtig für die Leute da unten sind.«

Ein Seufzen. »Celine … ich glaube nicht, dass ein einziges Sigil – Replik hin oder her – einen derartigen Ausbruch verursachen kann.«

»Das weißt du genauso wenig wie ich«, entgegnete die Blauhaarige knapp. Danach kehrte Stille ein. Keine Geräusche drangen von außen in den Raum. Nicht mal das Ticken einer Uhr. Die Wände waren vollkommen kahl.

Langsam aber sicher arbeitete sich mein vernebelter Verstand durch das, was ich eben gehört hatte. *Replik. Chaosmagie. Zerstörter Heptadome.*

Ich spürte, wie mein Atem schneller wurde.

Die Party.

Lily!

Diese schwarze Magie war nur so aus mir herausgesprudelt, und ich hatte Lily damit verletzt. Sie hatte blutend und bewusstlos auf dem Boden gelegen. Meinetwegen! Und dann … Dann waren die beiden aufgetaucht. Sie und der dritte Obere mit den weißen Haaren, von dem nun keine Spur mehr zu sehen war.

Es darf sich hier unten nicht ausbreiten.

Der Übergang ist für Ungeübte oft schwierig.

Ich mache es dir leichter.

Sie hatten mich tatsächlich mit in den Mirror genommen. Es musste so sein.

Die Blauhaarige gab einen unwilligen Laut von sich. Wie hatte Matt sie gleich genannt? *Celine.* »Wie lange sollen wir eigentlich noch Babysitter spielen?«

»Für jemanden, der nie lange Wege zurücklegen muss, bist du erstaunlich ungeduldig, weißt du das?«

»Nur weil du nichts Besseres zu tun hast, als hier herumzustehen, muss es ja nicht jedem von uns gefallen.«

»Ach, und was hast du Besseres zu tun? Adam ein bisschen länger aus der Ferne anschmachten?«

»Weißt du was, Matt? Küss mich, wo das Morgenlicht nicht scheint.« Ein Schnauben. »Ich hab keine Ahnung, warum er überhaupt darauf bestanden hat, dass wir sie mit nach Septem nehmen. Sie hat sich eben infiziert. Geschieht ihr recht, würde ich sagen. Sie gehört in ein Sanatorium. Und falls sie mit dem Auge zusammenarbeitet, finden wir es so oder so heraus.«

Mein wattiger Verstand kam nicht hinterher. *Infiziert? Sanatorium? Auge?*

Doch da schob sich auf einmal ein schmerzhaftes Pulsieren an meinem rechten Arm entlang. Ich hob ihn in mein Sichtfeld und musste die Lippen fest aufeinanderpressen, um nicht aufzuschluchzen, als ich die schwarzen Linien entdeckte. Es waren inzwischen *so* viele! Wie ein Spinnennetz hatten sie sich zu allen Seiten auf meiner Haut ausgebreitet. Ich erinnerte mich daran, dass diese Linien regelrecht auf meinem Arm getanzt hatten – bevor die dunkle Magie aus mir herausgequollen war. Nun bewegten sie sich keinen Millimeter mehr.

Mit dieser Magie hatte ich die Baustelle zerstört, den gesamten Heptadome. Und Lily … ich hatte keine Ahnung, was aus Lily geworden war.

Ganz langsam drehte ich meinen Arm, und dann entdeckte ich die siebeneckigen Münzen, die in einer perfekten Reihe auf meiner Haut positioniert waren – vom Handgelenk bis zum Ellbogen.

Auch diese Erinnerung kehrte zurück. Die hatten mir Uppers verabreicht! Einfach so!

Panik brandete in mir auf. Mit zitternden Fingern zog ich an einer der Münzen, doch sie saß fest auf meiner Haut. Also bohrte ich meine Nägel darunter. Schmerz flammte auf, aber ich machte weiter.

Wie ein Pflaster. Zieh es einfach ab.

»Jedenfalls hat sie das Sigil vom Auge bekommen«, sagte Celine. »Weil die sie rekrutieren wollten. So machen sie es wahrscheinlich in allen Heptadomes.«

»Und wenn es so ist?«, fragte Matt.

»Wir können nicht zulassen, dass das Auge noch stärker wird. Wenn sie jetzt schon so weit sind, Kopien von unseren Sigils in Umlauf zu bringen, müssen wir sie vernichten. Endgültig.«

Matt seufzte. »Klingt, als würde dich das freuen.«

»Hör endlich auf, so verdammt naiv zu sein!«, keifte Celine. »Wenn du mich fragst, haben wir das Auge viel zu lange ... *O fuck!*«

Sie brach mitten im Satz ab, gerade als ich die erste Münze mit einem gequälten Stöhnen von meinem Arm gerissen hatte. Und ich konnte ihren Aufschrei sogar verstehen. Denn in der Sekunde, in der die Münze in meiner Hand lag, kam Bewegung in die Linien auf meinem Arm. Sie züngelten umher und schossen dann in einem riesigen Schwall an Magiefäden empor.

O fuck traf es ziemlich auf den Punkt.

Matt stürzte auf mich zu. »Scheiße, tu das nicht!«, rief er, aber es war längst zu spät. Meine Hände zitterten so stark, dass kein Blocker der Welt sie noch unter Kontrolle hätte bringen können. Und die Magie ... sie strömte aus mir heraus und hüllte mich so rasant von allen Seiten ein, dass ich ohnmächtig wurde.

Derselbe karge Raum. Dieselbe Liege. Dieselben braunen Augen, derselbe besorgte Blick.

Matts rechte Hand lag mit eisernem Griff an meinem Arm. Die Münze, die ich abgezogen hatte, war zurück an ihrem Platz, die dunklen Linien wirkten erstarrt.

»Mach das ... nie ... wieder«, erklärte Matt ruhig, aber sehr bestimmt, während mir Celine aus dem Hintergrund giftige Blicke zuwarf. Die Liege neben ihr war umgekippt, und der Stoffbezug schien regelrecht zerfetzt worden zu sein.

War ich das etwa gewesen?

»Glaub mir«, Matt deutete auf die Münzen an meinem Arm, »du tust dir keinen Gefallen, wenn du versuchst, die Dinger loszuwerden. Sie retten dir gerade das Leben.« Er musterte mich bedeutsam. »Hast du das verstanden?«

Ich wartete, bis mein Atem sich beruhigt hatte. Dann nickte ich. Was hätte ich sonst auch tun sollen?

»Okay.« Matt lächelte warm. Er lehnte sich in seinem schicken dunkellila Mantel etwas im Stuhl zurück. »Dann können wir jetzt reden.«

O ja. Reden – eine sehr gute Idee. Ich hatte so einiges zu bereden.

»Wie lange«, presste ich mit einer furchtbar kratzigen Stimme hervor. »Wie lange war ich in deiner Illusion?«

»Nur ein paar Stunden.«

Stunden! Mein Gott. Wie konnte jemand eine Illusion über eine so lange Zeit aufrechterhalten?

Doch Matt legte bloß den Kopf schief und wirkte dabei kein Stück erschöpft. Sein Gesicht war auffallend schön, der einzige Makel an diesem Jungen war eine Narbe, die ihn die Hälfte seiner linken Augenbraue gekostet hatte. »Der Übergang in den Mirror kann beim ersten Mal heftig sein«, sagte er. »Das wollte ich dir in deinem Zustand ersparen. Ich weiß, das ist alles etwas viel gewesen, aber wir versuchen, dir zu helfen.«

»Wo ist meine Freundin? Wo ist Lily?«

»Sie wird wieder, mach dir keine Sorgen.«

Keine Sorgen. Sehr witzig.

»Ich will zu ihr. Bitte, ich *muss* sie sehen!«

Schließlich hatte er keine Ahnung, in welcher Gefahr Lily schwebte. Und dass … dass Lazarus ihr keine ruhige Minute mehr lassen würde, vor allem jetzt, da ich weg war.

»Sie wurde in ein Krankenhaus gebracht«, sagte Matt. »Ich habe jemanden beauftragt, nach ihr zu sehen.«

Ein Krankenhaus? In London? »Wirklich?«

Matt nickte, und ich versuchte, meinen Herzschlag etwas zu beruhigen. Wenn Lily in einem Krankenhaus war, dann war sie vorerst vor Lazarus sicher. Jedenfalls hoffte ich das.

Ich schaute mich im Zimmer um, von dem ich immer mehr überzeugt war, dass es eine Gefängniszelle sein musste.

Wieso bin ich hier?, schoss es mir durch den Kopf, aber tief im Inneren kannte ich den Grund. Ich hatte irgendeine gefährliche Magie freigesetzt. Deshalb hatten sie mich mitgenommen – in ihre Welt. Was mich sofort zu meiner nächsten Frage brachte: *Was muss ich tun, um gehen zu dürfen?*

»Hör zu, Rayne, mein Name ist Matthew Coldwell«, erklärte Matt mit seiner warmen, freundlichen Stimme und deutete dann auf das blauhaarige Mädchen, das an eine Wand gelehnt zu uns schaute. »Diese wundervolle Person hier ist Celine Attwater. Wir haben dich hergebracht, weil du dich mit Chaosmagie infiziert hast. Und zwar sehr schwer.«

Mein Herzschlag beschleunigte sich. *Infiziert.* Da war es wieder. Es war also genau so, wie ich es befürchtet hatte: Ich hatte mich mit der Magiekrankheit angesteckt, die in den Outskirts kursierte. Offenbar nannten die Oberen sie *Chaosmagie.*

»Wir haben dir Magiehemmer verabreicht.« Matt deutete auf die Münzen auf meinem Arm. »Die blockieren die Magie in deinem Körper und halten die Infektion im Zaum. Vorerst. Aber bevor wir dir wirklich helfen können, musst du erst uns helfen.«

»Und wie?«

»Indem du uns ganz genau erklärst, was im Heptadome während deines Kampfes passiert ist. Und danach.«

»Ich hab keine Ahnung, was passiert ist«, flüsterte ich. »Die Magie hat völlig verrückt gespielt und …«

Noch bevor ich den Satz zu Ende gesprochen hatte, setzte sich Celine in Bewegung. Sie zog einen der Stühle mit einem unangenehmen Scharren zu mir heran und ließ sich mit bereits überschlagenen Beinen darauf sinken.

Blau ist definitiv ihre Lieblingsfarbe, schoss es mir durch den Kopf. Denn Celine hatte nicht nur blaue Haare, sondern auch blaue Augen, blau geschminkte Lippen und Finger mit blau lackierten Nägeln, mit denen sie nun einen schmalen pyramidenförmigen Kasten auf die Armlehne ihres Stuhls stellte.

Matt stöhnte. »Ist das wirklich nötig?«, fragte er, aber Celine verschränkte nur die Arme.

»Hast du Zeit für ihr Rumgedruckse? Ich nicht.« Sie beugte sich in meine Richtung und starrte mich geradewegs an. »Also, *Rayne Sandford* …« Celine zog ein Armband aus ihrer Manteltasche und hielt es mir entgegen. Ich blinzelte. Es war das Sigil aus dem Heptadome. Das Drachenarmband. »Sag mir: Wie bist du an dieses Sigil gekommen?«

Ich schluckte. Konnte ich ihr davon erzählen? Würde ich dann nicht noch mehr Probleme bekommen?

Da fing auf einmal ein Pendel an, sich an dem pyramidenförmigen Kasten rhythmisch hin und her zu bewegen. Ich wollte nicht hinsehen, aber ich konnte nicht anders. Etwas schien meinen Blick einzufangen – und dort zu behalten. Hin und her schwang das Pendel, immer im gleichen Takt und immer mit einem sanften Klicken, wie bei einem Metronom.

»Woher hattest du das Sigil, Rayne?«, wiederholte Celine ihre Frage, und sogleich war ihre Stimme auch in meinem Kopf – ohne dass sie die Lippen bewegte.

Sag die Wahrheit.

Etwas in mir zog sich zusammen … und lockerte sich. Dann fielen mir die Worte so mühelos von den Lippen, wie das Pendel hin und her schwang. »Meine Freundin Lily hat einem Mann im Heptadome Geld dafür geboten. Sie hatte gehört, dass man die Leute an der Anmeldung bestechen kann, um ein besseres Sigil als die anderen Teilnehmer zu bekommen.«

»Kannst du den Mann beschreiben, der es dir verkauft hat?«

Sag die Wahrheit.

»Er war dünn, nicht sehr groß … vielleicht fünfzig oder noch älter.« Da erinnerte ich mich. Ein kleines Detail, aber ich musste es unbedingt erzählen. »Er hatte ein Tattoo am Handgelenk.«

Matt und Celine tauschten einen wissenden Blick aus. »War es ein Auge mit einem Siebeneck in der Mitte?«

Ich ahnte, dass das nichts Gutes war. Trotzdem musste ich antworten. »Ja.«

»Kanntest du den Mann bereits vorher?«

Sag die Wahrheit.

»Nein.«

»Dann gehörst du nicht zum Auge?«

Sag die Wahrheit.

»Ich weiß nicht, was das Auge ist.«

Celine hielt inne, furchte die Stirn, als würde die Antwort sie enttäuschen. »Wieso das Drachenarmband? Der Mann hatte mehrere Sigils zur Auswahl, oder? Wieso hast du dieses genommen?«

Sag die Wahrheit.

»Es … Es hat sich richtig angefühlt.«

Matt und Celine tauschten erneut einen Blick, dann feuerte Celine Frage um Frage ab, und ich beantwortete jede einzelne, so schnell ich konnte. Schon nach kurzer Zeit hatte ich ihr und

Matt erzählt, wie ich den Kampf im Heptadome gewonnen und wie ich danach die dünnen schwarzen Äderchen an meinem Handgelenk entdeckt hatte. Ich erzählte ihnen sogar von Isaac und seiner bescheuerten Angebertour auf der Party, die diese Magie in mir überhaupt erst aktiviert hatte.

Obwohl ein Teil von mir wusste, dass ich von Celine gezwungen wurde, die Wahrheit zu erzählen, wurde dieser Gedanke durch meine Bereitschaft, ihr zu gehorchen, in den Schatten gestellt.

Es war das Pendel. Ein Sigil lag in dem Kasten; das winterblaue Leuchten schimmerte unter dem Holz hervor. Es störte meine Denkprozesse und brachte mich dazu, Celines unausgesprochenen Befehlen nachzugeben.

Wut kochte in mir hoch. Wie gern hätte ich ihr ein paar eigene Fragen gestellt. Angefangen mit: *Wieso habt ihr mich verfolgt?* Oder: *Was fällt euch ein, mich ungefragt in den Mirror zu entführen?* Oder: *Hat euch irgendwann mal jemand gesagt, dass Brokatmuster nicht unbedingt cool sind?*

»Was weißt du über die Dark Sigils?«, fragte Celine ungerührt weiter.

Sag die Wahrheit.

»Ich weiß nicht, was das ist.«

Ihr Blick verfinsterte sich. Sie schaute missgünstig auf das Pendel, als beschlichen sie langsam Zweifel, ob das Teil überhaupt richtig funktionierte.

Neben ihr seufzte Matt tief. »Ich denke, das reicht.«

»Sie hat einen Heptadome zerstört!«, fauchte Celine. »Es reicht nicht! Sie hat mit Dorian Whitlock gekämpft. Das muss doch etwas zu bedeuten haben!«

Dorian Whitlock. Ich blinzelte, und es dauerte einen Moment, bis ich den Namen zuordnen konnte. Mein Kampfpartner im Heptadome. Aber woher kannten die Oberen seinen Namen? Und was hatte er mit all dem hier zu tun?

»Verstehst du nicht, Matt?«, fuhr Celine fort. »Sie ist der lebende Beweis, dass Whitlock großflächig Repliken in Umlauf bringt und damit versucht, Leute aus Prime für seine bescheuerte Rebellion anzuwerben.« Sie fixierte mich mit ihren eisig blauen Augen. »Er wollte, dass du dich ihm anschließt, stimmt das?«

Mein Herzschlag hatte sich unter Celines forderndem Tonfall stark beschleunigt, aber als ich antwortete, war meine Stimme trotzdem klar und fest.

»Nein, das stimmt nicht.«

Celine schlug mit einer Hand auf den Tisch neben dem Pendel. »Du lügst! Du hast dich mit diesen Verbrechern eingelassen!«

Das Pendel bewegte sich stetig hin und her und zog die Wahrheit aus mir heraus.

»Ich habe Dorian Whitlock vor unserem Kampf noch nie gesehen. Und ich habe auch nie mit ihm gesprochen.«

»Celine, ernsthaft …« Matts Kopf neigte sich in Richtung des Pendels. »Du weißt genau, dass sie gerade nicht lügen kann. Rayne ist ein ganz normales Prime-Mädchen, das Pech hatte – wie du selbst gesagt hast. Wir dachten, es steckt mehr dahinter, doch das tut es nicht. Das Auge ist offenbar bei allen Kämpfen in den Heptadomes anwesend, deswegen ist sie auf Whitlock gestoßen. Das Sigil ist ihr zufällig in die Hände gefallen, und es war mächtiger, als Rayne es hätte wissen können. Also: Lass unsere Ärzte herausfinden, wie genau es zu dem Ausbruch kam und wie wir sie von der Chaosmagie befreien können. Danach gibt es keinen Grund mehr, sie festzuhalten.«

»Das ist nicht deine Entscheidung!«

»Nein«, gab Matt zu. »Aber Adam wird es genauso sehen.«

Adam. Das musste der Name des Oberen mit den silberblonden Haaren sein. Ich erinnerte mich noch genau, wie er mich in der Heptadome-Baustelle in den Armen gehalten hatte.

»Wir kontaktieren jetzt deine Familie.« Matt schaute zu mir hinunter und lächelte mir ermutigend zu, bevor er langsam in Richtung Tür davonlief.

Sie lassen mich gehen, wurde mir klar. Ich würde Lily wiedersehen, würde mich vergewissern können, ob es ihr wirklich gut ging. Wenn ich morgen aufwachte, würde sich alles nur wie ein furchtbarer Albtraum anfühlen.

Eine tiefe Erleichterung durchflutete mich, zumindest, bis Matt innehielt und wie beiläufig fragte: »Dein Vater heißt Lazarus Wright, oder?«

Es war keine schwierige Frage. Und die Sache wäre mit einer knappen Lüge erledigt. Matt hatte offenbar Informationen über mich gesammelt. Er musste herausgefunden haben, dass Lazarus offiziell als mein Vormund eingetragen war, und dabei konnte es auch bleiben.

Ich musste nur *Ja, das ist er* sagen, doch es ging nicht. Denn da war immer noch das Pendel. Es bewegte sich hin und her. Links, rechts, links, rechts. Die Bewegung bohrte sich in meinen Verstand, und die Worte sprudelten nur so aus mir heraus.

»Lazarus ist nicht mein Vater.«

Matt stand bereits an der Tür, blickte nun aber erneut über die Schulter zu mir. »Nicht? Wer ist es dann?«

Das Pendel zwang mich dazu, den Namen auszusprechen, den ich seit Jahren nicht einmal mehr gedacht hatte. Den Namen des Mannes, dem ich nie begegnet war und wegen dem meine Mutter mich vor all den Jahren im Waisenhaus zurückgelassen hatte.

Sag.

Die.

Wahrheit.

»Mein Vater heißt Melvin«, presste ich gegen meinen Willen hervor, doch selbst das genügte dem Pendel nicht. »Melvin … Harwood.«

Innerhalb eines Wimpernschlages verschwand die Gelassenheit aus Matts Gesicht. Ein leichtes, aber sichtbares Zittern durchlief seine schlanke Gestalt. Er öffnete den Mund und schloss ihn wieder, mehrere Male. Sogar Celines Gesichtsausdruck hatte diese kühle Überheblichkeit verloren, die sie mir gegenüber die ganze Zeit zur Schau gestellt hatte. Stattdessen wirkte sie regelrecht verstört.

Ganz langsam streckte sie ihre saphirblau lackierten Fingernägel nach dem pyramidenförmigen Kasten aus und hielt das Pendel an. Und Matts Hand … rutschte wie in Zeitlupe von der Türklinke nach unten.

»Heilige Sieben«, flüsterte er.

10

Sie gaben mir keine Antwort. Nicht darauf, warum der Name meines Vaters sie so schockiert hatte. Nicht, was es mit der Chaosmagie auf sich hatte oder warum sie ausgerechnet bei meinem ersten Profikampf aufgetreten war. Und auch nicht, wann ich den Mirror verlassen konnte. Stattdessen verabschiedete Matt sich mit den Worten, dass bald jemand mit etwas zu essen vorbeikommen würde.

»Du bist hier nicht in Gefahr, Rayne«, hatte er noch gesagt. »Hab etwas Geduld, es wird sich alles aufklären.«

Ich hatte genickt, weil ich nichts anderes tun konnte. Doch kaum dass die Tür sich hinter Matt und Celine geschlossen hatte, zog ich meine Tasche zu mir. In der Vordertasche lag mein Comm – der Akku war so gut wie leer, aber ich musste einfach versuchen, Lily anzurufen. Die Empfangsanzeige bestand allerdings nur aus einem Strich, der bedeutete: *Kein Netz.*

Verdammt! Ich hatte mich nie gefragt, ob man zwischen dem Mirror und unserer Welt telefonieren konnte. Aber klar, es war nicht so, dass der Mirror wirklich ein Teil unserer Welt war. Er schwebte zwar darüber, doch er unterlag einer eigenen Schwerkraft, eigenen physikalischen Gesetzen, und dazu gehörte offenbar nicht, Mobilfunkwellen aus unserer Welt zu empfangen.

Ich stöhnte lautstark und warf das Comm zurück in meine Tasche. Wenigstens würde der Peilsender, mit dem Lazarus mich orten konnte, auch nicht funktionieren. Hoffte ich jedenfalls.

Etwas verloren wanderte mein Blick durch den Raum. Ich ging zur Ausgangstür, drückte die Klinke herunter, doch sie war verschlossen. Alles Rütteln und Ziehen half nichts. Eine weitere Tür am Ende des Zimmers ließ sich öffnen, dahinter fand ich allerdings nur eine Toilette mit Waschbecken.

Sie hatten mich eingesperrt. Irgendwo im Mirror, irgendwo weit weg von allem, was ich kannte.

Frustriert schlang ich beide Arme um meinen Körper. Dann blickte ich zögernd zu dem schmalen Fenster. Was würde ich dahinter sehen?

Sei kein Angsthase, sagte eine Stimme, die verdächtig nach Lily klang. *Wir haben uns immer gefragt, wie es sein würde, und jetzt kneifst du?*

Also atmete ich tief durch und setzte einen Fuß vor den anderen.

Ein unfreiwilliger Laut entwich mir, als ich direkt am Fenster stand. Das Gebäude, in dem ich gerade war, musste endlos hoch sein, denn die Stadt, in der ich mich befand, lag weit unter mir und erstreckte sich zu allen Seiten.

Alles schien in ein fremdartiges winterblaues Leuchten getaucht zu sein, so als ob die Stadt unter einem Nebel aus Magie verborgen war. Altertümlich wirkende Hochhäuser mit prunkvollen Spitzdächern und Fassaden ragten daraus hervor, und über den Dächern … da schwebten … weitere Gebäude. Ihre Fundamente waren ebenfalls mit dem Magieleuchten umgeben, und sie hingen einfach so in der Luft, als gäbe es nichts Selbstverständlicheres.

Mein Blick haftete einige Minuten an diesen fliegenden Bauten, und dann … langsam, ganz langsam … schaute ich noch weiter nach oben.

Ich musste mich mit einer Hand am Fenster abstützen, denn dort, im Himmel, war London zu sehen. *Mein London.* So wie ich es mein Leben lang gekannt hatte. Nur einige seltsam dunkle Flecken versperrten die Sicht. Dahinter funkelte die Innenstadt mit all ihren Prachtbauten, den schicken Sigil-Theatern und Clubs. In der Ferne glaubte ich sogar, die Wolkenkratzer der Outskirts in Tower Hamlets und Newham auszumachen.

Es war so, wie es die wenigen Besucher von ihrer Zeit im Mirror berichtet hatten: Für uns erschien der Mirror nur als silbrige Konturen am Himmel. Doch diejenigen, die im Mirror lebten, hatten unsere Welt in aller Klarheit über sich. Ich sah Autos am Himmel fahren, so groß wie Ameisen. Auf einem Wolkenkratzer, dessen Dach zu einem Swimming Pool umgebaut worden war, schwamm ein winziges Pünktchen seine Bahnen.

Mir wurde schwindlig.

Die physikalischen Gesetze des Mirrors machten keinen Sinn, das wusste ich. Darüber gab es Dutzende Dokumentationen, die jahrein, jahraus im Fernsehen liefen. Aber es fühlte sich nicht anders an als in unserer Welt. Es war nicht wärmer oder kälter, ich hatte einen Boden unter mir und Luft zum Atmen. Es wäre mir schwergefallen zu glauben, dass ich die Seiten gewechselt hatte und nun in der Stadt im Himmel war, wenn ich nicht die Gebäude Londons geradewegs über mir gesehen hätte – gestochen scharf, als würde ich kopfüber aus einem Flugzeug auf sie herabschauen.

In den nächsten Minuten flog mein Blick zwischen der Welt

über mir – *meiner Welt* – und der Mirrorwelt hin und her. Ich versuchte, die Gebäude miteinander abzugleichen. Das Fenster ließ sich nicht öffnen, deswegen war mein Blickwinkel begrenzt, aber dennoch erkannte ich oben am Himmel das British Museum im Westen und das Parlament samt dem Elisabeth Tower im Osten. Zu meiner Überraschung war die Stadt, in der ich mich gerade befand, jedoch kein echtes Spiegelbild. Ich erkannte zwar die Wölbung der Themse ganz deutlich, aber die Bauwerke waren völlig unterschiedlich. Dieses London – *Mirror-London* – wirkte, als sei es ein paar hundert Jahre in die Vergangenheit versetzt worden.

Ich versuchte, mehr zu erkennen. Fuhren hier Autos auf den Straßen? Oder etwa Pferdekutschen? Gab es Einkaufsmeilen wie bei uns? Schulen? Wie sahen die Oberen aus, die hier lebten? Doch nichts von all dem konnte ich beantworten, denn die Einzelheiten verschwanden in diesem zarten Zwielicht, das nur unterbrochen war von unzähligen blau schimmernden Tupfen, die aus Fenstern und Türen leuchteten, und von ebenso blauen Linien, die an den Fassaden der Gebäude entlangführten.

Magie. All das war Magie, da hatte ich keinen Zweifel. Die gesamte Stadt war voll davon.

Meine Gedanken wanderten wieder zu Lily und zu den Geschichten, die wir uns als Kinder über den Mirror erzählt hatten. Dass ich nun ohne sie hier gelandet war, erschien mir wie ein schlechter Scherz. Seit wir uns als Kinder im Waisenhaus begegnet waren, waren wir nie getrennt gewesen. Und jetzt, in dieser fremden neuen Welt, fühlte es sich an, als ob man mir meine zweite Hälfte abgeschnitten hatte.

Verzweiflung stieg in mir hoch. Ich verstand einfach nicht, was passiert war – die Chaosmagie, der Kampf im Heptadome. Nur eine Sache stand fest: Als ich Matt und Celine gesagt hatte, dass mein Vater Melvin Harwood war, waren ihnen die Gesichter entgleist.

Und ich war ziemlich sicher, dass das der wahre Grund dafür war, warum sie mich hier eingesperrt hatten. Warum die Freiheit, von der Matt gesprochen hatte, mit einem Mal in weite Ferne gerückt war.

Ich hatte keine Ahnung, wie viel Zeit verstrichen war, als es klopfte. Das Türschloss knackte, und ein Mann und eine Frau in beigefarbener Dienstuniform kamen herein. Der Mann war recht klein und hielt ein Tablett mit Essen in den Händen. Die Frau – sie hatte ihre grauen Haare zu einem strengen Dutt nach oben gesteckt – trug einen Stapel Kleidung. Beide hatten ein Siebeneck mitten auf die Stirn tätowiert.

Sie stellten sich nicht vor und beantworteten auch keine der Fragen, die sogleich aus mir heraussprudelten. Stattdessen platzierten sie das Tablett auf einem der Tische und warteten, bis ich ein paar Brot- und Käsestücke sowie eine Handvoll Weintrauben heruntergeschluckt hatte. Ihre Mienen blieben wie versteinert, nur ihre Blicke waren stechend.

Ich ahnte, was sie dachten, denn ich hatte diese Art Blicke schon mein Leben lang abbekommen: *Schau dir das verwahrloste, dünne Ding an. Jemand wie sie gehört nicht hierher.*

Sie verschwanden genauso wortlos, wie sie gekommen waren, machten mir jedoch vorher unmissverständlich klar, dass ich mich umziehen sollte. Mein erster Reflex war, die Kleidung auf die zertrümmerte Liege zu werfen und zu ignorieren, dann allerdings siegte mein gesunder Menschenverstand. In meinem dünnen Partyshirt fror ich nur, also griff ich mir widerwillig eine schwarze Hose und ein rotes Shirt, beides aus einem unfassbar feinen Stoff. Die Hose war etwas groß, doch mit dem schmalen Gürtel, der teurer aussah als alles, was ich je getragen hatte, ging es. Dazu streifte ich mir den Kurzmantel über. Sein Stoff war dunkel, das Rankenmuster darauf schimmerte in einem metallischen Rot, und die Kapuze schmiegte sich um meine Schultern.

Ein echter Oberer-Mantel.

Ich stellte mich wieder ans Fenster. Die Minuten – oder Stunden? – verstrichen, während mir eins klar wurde: Es gab kein wahres Tageslicht im Mirror. Unsere Welt, die über dieser Welt hing, verdunkelte die Sonne, während der Mirror in einem ewigen Zwielicht gefangen blieb. Mein Himmel bestand nun aus Asphalt, Wolkenkratzern und Parks. Es gab keine Wolken, keine Dämmerung, nichts, woran ich die Tageszeit hätte festmachen können.

Irgendwann flackerte etwas in meinem Augenwinkel, und ich brauchte einen Moment, um zu begreifen, dass es die Münzen an meinem Arm waren. Ihr blaues Licht flirrte ununterbrochen!

Ich erschrak. Schließlich hatte ich vorhin miterlebt, was passierte, wenn die Magiehemmer ihre Arbeit versagten.

Sollte ich um Hilfe rufen?

Die Teile retten dir gerade das Leben, hatte Matt gesagt. Und nun war die Magie der Uppers nahezu aufgebraucht.

Gerade beschloss ich, zur Tür zu gehen und lautstark dagegenzuhämmern – da passierte es. Der Raum, der bisher grau und dunkel gewesen war, wurde in ein magieblaues Leuchten eingehüllt. Ein überraschter Schrei entfuhr mir. Es geschah so schnell, dass ich kaum Zeit hatte, die Bilder zu verarbeiten.

Die Quelle für das Licht war die Tür selbst. Feine blaue Linien bildeten sich darauf, so ähnlich, wie ich sie bereits an den Gebäudefassaden in der Mirrorstadt gesehen hatte. Erst am

Rand der Tür, wo sie ein perfektes Rechteck zeichneten, und dann auch in der Mitte, wo sie sich zu einer Gravur ineinander verschlangen. Zwei Rauten, die übereinanderlagen, eine oben, eine unten.

Schon trat jemand durch das blaue Licht hindurch, ohne die Tür jemals geöffnet zu haben. Es waren Matt und Celine.

»Hey«, sagte Matt, als das blaue Leuchten an der Tür verschwand und der Raum wieder in Trübnis getaucht wurde. Er lächelte, es wirkte nicht aufgesetzt, sondern ehrlich, und ein Teil der Anspannung wich aus meinen Gliedern. Während Celine schweigend an der Tür stehen blieb, kam Matt näher und deutete auf meinen Arm, den ich fest an meine Brust gedrückt hielt. »Lass mich erst mal deine Trites austauschen.«

»Trites?«, fragte ich.

Matt machte ein bejahendes Geräusch. Er hatte einen metallenen Behälter dabei, den er nun auf dem Beistelltisch neben meiner Liege abstellte. Dabei schaute er mich von der Seite an. »Man nennt sie Uppers in eurer Welt. Ein … ziemlich bescheuerter Name, um ehrlich zu sein. Trites sind keine Drogen.«

Ein Blick auf Lazarus, und du würdest das anders sehen.

Matt öffnete den Behälter, in dem unzählige Grains Magie lagen. Unfassbar! Daneben entdeckte ich siebeneckige Upper-Münzen mit unterschiedlichen Gravuren.

Matt nahm einige heraus und hielt sie mir entgegen. »Man kann die Münzen mit vielen unterschiedlichen Eigenschaften ausstatten. Schmerzmittel, Schlafmittel, aber es gibt auch Trites, die einen schöner, stärker oder klüger werden lassen. Diese hier beinhalten Hemmstoffe, die dafür sorgen, dass sämtliche Magie in deinem Körper eingefroren wird. Damit können wir die Chaosmagie vorerst in Zaum halten.«

Ich wusste, Matts Worte sollten Angst in mir hervorrufen. Wahrscheinlich sollte ich ihn anflehen, mir zu helfen und zu erklären, was Chaosmagie überhaupt war. Doch mein Kopf war viel zu sehr damit beschäftigt, so schnell wie möglich aus dieser Brokathölle zu verschwinden.

»Wie lang dauert es, bis die Infektion verschwunden ist?«, fragte ich.

»Das kann ich dir nicht sagen. Chaosmagie ist unberechenbar.«

»Aber wenn ich geheilt bin … Dann kann ich gehen?«

Matts Blick glitt an mir vorbei. Er schwieg für einen Moment, lächelte wieder und deutete auffordernd auf meinen Arm. »Behandeln wir dich erst mal.«

Ich seufzte und ließ zu, dass Matt die Münzen mit neuen Magiegrains ausstattete. Zwei von ihnen musste er sogar ganz auswechseln, und ich verzog das Gesicht, als ich erkannte, dass ihre Gravur an einigen Stellen wie *durchgeschmort* wirkte.

Matt schien meinen erschrockenen Blick zu bemerken. »Keine Sorge. Unsere Trites sind robust. Und weitaus effektiver als die Medizin, die du kennst. Sie werden die Infektion eindämmen.«

Nun musste ich es doch fragen. »Was ist Chaosmagie für eine Krankheit?«

Matt verzog den Mund – das tat er offensichtlich immer, wenn er ein Thema lieber mied. »Es ist keine Krankheit im eigentlichen Sinne. Es ist, nun ja, im Grunde Magie, die falsch verwendet wurde.« Er zögerte sichtlich. »Es gibt ganz verschiedene Gründe für Chaosmagie. Oft tritt sie auf, wenn bei der Verbindung von Magie mit einem menschlichen Körper etwas schiefläuft. Das passiert zum Beispiel bei schlecht gebauten Sigils oder sobald man zu viele davon ohne die richtige Erfahrung gleichzeitig anwendet. Egal, was es auslöst, die Folge ist immer gleich. Die Magie färbt sich dunkel – und wird zu Chaosmagie. Dass es Vorfälle damit gibt, ist leider nicht ungewöhnlich, nicht bei so vielen Menschen, die täglich Magie benutzen.«

»Es gab in unserem Viertel Gerüchte über eine Krankheit«, sagte ich leise. »Schwarze Adern, so wie bei mir. Niemand hat einen Namen dafür, aber es sterben regelmäßig Leute daran. Das war auch Chaosmagie, oder?«

»Ja, nur …« Matt verzog wieder den Mund. »Wir nehmen an, dass das andere Gründe hat als bei dir.«

Wir nehmen an?

Mir musste der Unglaube ins Gesicht geschrieben stehen, doch da stand Matt bereits auf und entsorgte die verbrauchten Grains in einem Abfalleimer. Ich seufzte, ließ das Thema fallen. Stattdessen sagte ich mit möglichst fester Stimme: »Ich will jetzt meine Freundin sprechen.«

»Und ich will Urlaub auf den Bahamas«, meldete sich Celine zum ersten Mal zu Wort. Sie lehnte noch immer an der Tür, die längst wieder wie eine ganz gewöhnliche Tür aussah. Doch Celine drehte bereits ungeduldig den Sigil-Schlüssel in ihren Händen hin und her. Er war silbern und hatte einen blauen Magiekern im verschnörkelten Griff. »Habt ihr es dann bald?«

»Kannst du laufen?«, fragte mich Matt, und ich zögerte. Ob ich laufen *konnte*, war nun wirklich nicht die entscheidende Frage.

»Wohin wollt ihr mich bringen?«

»In den Thronsaal. Er befindet sich hier im Gebäude, nur auf einer anderen Ebene.«

Ich schaffte es, die Angst, die bei diesen Worten in mir aufkam, tief in mir zu begraben. *Thronsaal.* Bedeutete das etwa …?

Matt reichte mir die Hand, und ich ließ mich von ihm auf die Füße ziehen. Er lächelte wieder, aber ich sah ihm an, dass er es nur um meinetwillen tat. »Es wurde eine Audienz einberufen.«

»Eine Audienz …«

»Ja.« Sein Lächeln wankte, nur ganz leicht, ich merkte es trotzdem. »Der Mirrorlord hat dich zu sich gerufen.«

11

D*er Mirrorlord hat dich zu sich gerufen.*
Die Gedanken rotierten endlos in meinem Kopf, und sie hörten auch nicht auf, als Celine ihren Schlüssel in die Tür steckte und ihn drehte. Erneut flammte ein intensives Magieblau auf. Die Tür verschwand im Licht, ein Korridor formte sich – ein Korridor ohne Wände, selbst der Beton ging über in ein bodenloses Nichts.

Mein Verstand versuchte angestrengt, all das zu verarbeiten, doch ich kam einfach nicht hinterher. Ich hörte nur immer wieder die Worte *Audienz* und *Mirrorlord*.

Der allmächtige Alleinherrscher, den niemand in Prime je zu Gesicht bekommen hatte, würde darüber entscheiden, wann ich in meine Welt zurückdurfte? Das musste bedeuten, dass er mich hatte festhalten lassen, dass ich in *seinem* Gefängnis gewesen war.

Bislang hatte ich mich halbwegs zusammengerissen, aber jetzt – jetzt spürte ich, wie Panik in mir aufkam. Mein Blick fiel auf Celines Arme. Sie waren bis zum Ellbogen freigelegt und schimmerten wieder mit diesen Lichtsymbolen, die ich im Heptadome an ihr gesehen hatte. Offenbar zeigten sie sich nur wenn sie ihren Schlüssel benutzte.

Ein Schlüssel, der eindeutig ein Sigil war. Genau wie Matts

Ring, mit dem er mich in eine so starke Illusion gezogen hatte, dass ich mich stundenlang nicht aus ihr hatte befreien können. Auf seinen Armen hatte ich ebenfalls diese Lichtsymbole gesehen. Nur im Gegensatz zu Celines hatten sie lilafarben geglommen.

Wer zum Teufel sind diese Leute?

»Keine Sorge, dir passiert nichts.« Neben mir zeigte Matt auf den Tunnel aus Magie, den Celine geöffnet hatte. »Einfach durchlaufen, das ist der direkte Weg zum Thronsaal.«

»Natürlich.« Ich lachte trocken. »Warum sollte man auch nicht durch ein Loch ins Nichts laufen? Kein Problem.«

Matt lächelte bloß, und zusammen mit Celine führte er mich hinein in den Korridor aus Leere und blauer Magie.

Die Tür, die Celine mit ihrem Schlüssel geöffnet hatte, wirkte offenbar wie eine Art Portal, mit dem man von einem Ort zum anderen gelangen konnte. Und in dem *Dazwischen* existierten nur feine Magiefäden, die die Grenzen des Korridors zeigten. Ich kam mir vor wie eine Seiltänzerin, die darauf balancierte. Dabei war ich so gebannt von dem Anblick, dass ich erst gar nicht mitbekam, dass wir wieder aus dem Tunnel heraustraten.

Es war schwer zu glauben, dass wir immer noch im selben Gebäude sein sollten. Nichts war hier mehr trüb und grau, im Gegenteil. Tiefblaue, mit Rankenmustern bedruckte Tapeten säumten die hohen Wände, und alles war über und über mit goldfarbenem Stuck verziert. Möbel aus dunklem Holz standen an den Seiten eines langen Flures, filigrane Tische, auf denen Vasen mit Blumen platziert waren. Oben an der Decke waren Kronleuchter angebracht, von denen so viele Glasstäbe hinabhingen und das Licht reflektierten, dass mir beim Hineinsehen fast schwindelig wurde.

Auch hier zogen sich blau schimmernde Linien durch Wände, Böden und Decken. Als ob das gesamte Gebäude mit Magie *durchwachsen* war.

Ich ließ mich von Matt und Celine durch den Flur führen. Die Dimensionen des Palastgebäudes konnte ich unmöglich einschätzen. Einerseits erinnerte es mich mit all dem Gold und den vielen Gemälden an den Wänden an Fotos, die ich von Schloss Versailles gesehen hatte. Und andererseits war es doch ganz anders. Irgendwie ... fortschrittlicher. Moderne Monitore waren in die Mauern eingelassen. Sie zeigten ein goldenes Siebeneck, das sich langsam drehte. Und dazwischen erkannte ich immer wieder große Münzen mit Sigil-Gravuren, deren Funktion mir nicht klar wurde.

Hier also lebte der Mirrorlord mit seinen Oberen – zu denen auch Matt, Celine und dieser Adam gehörten, nahm ich an. Auf den Fluren trafen wir jedoch nur wenige Menschen des übrigen Hofstaates. Einige warfen mir einen verwunderten Blick zu, den sie sofort wieder abwandten, so als könnten sie es nicht ertragen, ein dahergelaufenes Mädchen aus der unteren Welt anzuschauen.

Es wunderte mich nicht. Selbst die Reichen in Central London sahen im Vergleich mit ihnen aus wie Bettler. Die Stoffe, die diese Oberen trugen, wirkten so unwirklich schön, dass ich gar nicht anders konnte, als sie anzustarren. Ihre Texturen schimmerten sanft, und die Muster nahmen je nach Blickwinkel neue Formen an, während die Farben mit jedem Schritt der Oberen zu changieren schienen. *Ist bestimmt aus Einhornhaar gemacht,* meldete sich mein eingefrorener Verstand leicht hysterisch zu Wort.

Und dann war da noch der Blick nach draußen – der durch die regelmäßigen bodentiefen Fenster entlang des Flures möglich war. Die beiden Welten lagen sich gegenüber, die Spitzen ihrer Wolkenkratzer streckten sich einander zu, erreichten sich aber nie. Statt der blau durchwirkten Finsternis von vorhin strömte das Licht nun intensiv vom Horizont herein und erhellte die Ränder der Stadt. Was war das? Deren Variante von Sonnenuntergang? Wie spät war es eigentlich?

Wieder kroch Verzweiflung durch meinen Körper. Wie sollte ich hier jemals herausfinden? Ohne Hilfe würde es unmöglich sein, den Mirror zu verlassen. Ich kannte die Ausgänge nicht, hatte keinen Schlüssel, wie Celine ihn hatte.

»Die Stadt, in der wir gerade sind, heißt Septem«, sagte Matt, der meinen Blick nach draußen bemerkt hatte. »Sie liegt im Zentrum Londons, du bist also nicht weit von deinem Zuhause entfernt.«

Nicht weit entfernt? Klar, von den paar Kilometern Luftlinie und der unüberwindbaren Magiebarriere mal abgesehen.

Innerlich spulte ich zurück. »Eine Stadt in einer Stadt? Wie die Vatikanstadt?« Sofort fragte ich mich, ob ein Oberer wie er überhaupt wusste, wovon ich redete. Doch Matt nickte.

»Ja, genau. Wie die Vatikanstadt. Septem ist der Regierungssitz des Mirrors. Hier werden alle großen Entscheidungen für sämtliche Städte getroffen.« Matt tippte an eine der Magielinien, die ich an den Wänden bemerkt hatte. »Der Palastturm wird wie alle Gebäude des Mirrors mit Sigils betrieben. Ihre Magie kann Bauwerke umstrukturieren, wenn es nötig ist. Sie nutzt das Material und formt es neu.«

Ich runzelte die Stirn. »Wie meinst du das? Neu formen?«

»Ein Großteil der Gebäude Septems hieß früher *Palace of Whitehall*. Bei euch in Prime existiert er nicht mehr, er ist Ende des siebzehnten Jahrhunderts abgebrannt, soweit ich weiß. Aber zur Zeit der Spiegelung wurde er in den Mirror übertragen, so wie alle anderen Gebäude auch. Unsere Vorfahren haben den Palast allerdings irgendwann mit Hilfe der Sigils neu zusammengesetzt, damit er in die Höhe wächst statt in die Breite.« Matt lächelte schief. »Die Flächen hier im Mirror sind begrenzt, der gespiegelte Teil von London umfasst lediglich den Stadtkern.«

Sie setzen mit ihren Sigils Gebäude neu zusammen, dachte ich benommen, und mein Blick wanderte zurück zu den Fenstern. *Eine Welt voller Magie,* hatte man uns erzählt. Tatsächlich sah hier alles so unfassbar herrschaftlich und prunkvoll aus, dass mein Verstand es kaum zu greifen bekam. Der Mirror war genau, wie ich ihn mir immer vorgestellt hatte. Ein dekadentes Paradies.

Da hielt Celine auf einmal an. Auch Matt stoppte. Wir hatten das Ende des Flures erreicht, und vor uns tat sich eine enorme Doppeltür auf. Sie öffnete sich, woraufhin mehrere Gestalten in grauen Uniformen sichtbar wurden. Sie hatten sich hinter der Tür formiert wie eine menschliche Barriere und erinnerten mich an die Soldaten, die ich auf der Oberentribüne im Heptadome entdeckt hatte. Sie waren unfassbar groß und muskulös, hatten kahl rasierte Köpfe, ein Siebeneck mitten auf die Stirn tätowiert und diverse Messer und Schusswaffen an den Gürteln.

Bei unserem Anblick traten sie zur Seite und gaben den Weg frei.

Du hast nichts falsch gemacht, sagte ich mir wie ein Mantra, während Matt an meinen rechten Arm griff und mich sanft weiterzog.

In den Thronsaal.

Okay, jetzt war es so weit. Ich würde den Mirrorlord treffen. Oder, korrigierte ich mich selbst in meinen Gedanken, ich würde ihm eher vorgeführt werden. Wie hatte es Matt genannt?

Eine Audienz.

Mein Herz schlug schneller, und in Gedanken legte ich mir einige verteidigende Worte zurecht. *Ich kann es erklären,* würde ich zuerst sagen und möglichst nicht enden mit: *Eure Regierungsform ist völlig bescheuert, schon mal was von Demokratie gehört?*

Ich musste dem Mirrorlord einfach vernünftig zu verstehen geben, dass die gesamte Angelegenheit ein Missverständnis war. Dass ich nichts mit Dorian Whitlock oder dieser seltsamen Organisation zu tun hatte – dem *Auge*. Dann würde alles gut werden.

Der Thronsaal war so riesig wie eine Kathedrale. Er war durch und durch mit künstlichem Licht durchsetzt, blass und gleichzeitig strahlend, mit einem Hauch von Silberblau.

Es war ein siebeneckiger Raum. *Natürlich,* spottete ich in Gedanken. Und nicht nur das: Sieben Marmorsäulen waren in jeder der Ecken positioniert, und auf ihnen waren sieben unterschiedliche Sigil-Gravuren zu sehen. Eine davon kam mir sofort vertraut vor. Waren das nicht die zwei Rauten, die vorhin auch an der Tür aufgeleuchtet hatten? Die Gravur von Celines Sigil?

An der uns gegenüberliegenden Seite stand tatsächlich ein Thron. Er war weiß, aus Stein geschlagen, und seine Lehne ragte mehrere Meter in die Höhe, wo sie in einem Siebeneck auslief.

Noch war der Thron leer, der Mirrorlord ließ offenbar auf sich warten. Trotzdem kostete es mich bei dem Anblick alle Kraft, Haltung zu bewahren. Vor allem, als ich über die Schulter blickte und bemerkte, dass die schwer bewaffneten Soldaten ihren Posten an der Tür verlassen hatten und uns umringten.

Ich blickte unsicher zu Matt, der mir daraufhin ein beruhigendes Lächeln zuwarf. »Magiehäscher«, raunte er. »Die Armee des Mirrors, sozusagen. Aber keine Sorge. Du hast nichts von ihnen zu befürchten.«

In der Nähe eines Seitenausgangs standen zwei weitere Soldaten, ebenfalls ohne Haare und mit einem Siebeneck auf der Stirn. Eine Frau mit einer Narbe, die sich über ihre gesamte rechte Gesichtshälfte zog und ein Mann mit eckigem Gesicht und langem Kinnbart, der mich unverhohlen musterte. Sie waren in ein Gespräch vertieft mit jemanden, den ich sofort erkannte.

Es war der junge Obere mit den silbrig weißen Haaren.

Adam.

Als wir näher kamen, drehte er sich um, und ich wurde augenblicklich wieder daran erinnert, wie sehr er mich bei unserer letzten Begegnung eingeschüchtert hatte. Auch heute strahlte er eine Präsenz aus, die eine Gänsehaut über meine Haut jagte. Er schaute mich forschend an, und etwas an ihm ließ mich an ein Raubtier denken, das lauernd beobachtete, wie eine andere Lebensform in sein Territorium eindrang und das sich Zeit nahm, zu entscheiden, ob der Eindringling überhaupt der Mühe wert war, um zuzuschlagen.

»Willkommen in Septem, Rayne«, erklärte er mit einer tiefen, melodischen Stimme, die mir in in den furchtbaren Minuten im Heptadome überhaupt nicht aufgefallen war. »Mein Name ist Adam Tremblett. Du musst die Unannehmlichkeiten entschuldigen. Es gab einiges, das wir in Erfahrung bringen mussten, bevor wir dich aus der Verwahrung entlassen konnten.«

Mir fehlten die Worte. Wer *war* dieser Typ bitte? Versuchte er etwa, gute Stimmung zu machen, damit sich die Gefangene gleich beim Mirrorlord benahm?

Adams Blick wechselte zu Matt. »Bist du weitergekommen?«

Matt nickte. »Es war nicht gerade schwer, die Informationen zu besorgen. Und du hattest recht, es passt zusammen. Willst du alles sehen?«

»Reizvoll«, sagte Adam. »Aber ich fürchte, dafür fehlt uns die Zeit. Zeig mir die Kurzfassung.«

»Okay.« Matt ließ meinen Arm los und streckte eine Hand in Adams Richtung. Ich presste meine Lippen fest zusammen, damit mir kein überraschter Laut entwich, als an Matts Hand der Ring mit der schwarzen Kugel aufleuchtete. Lilafarbene Lichtsymbole zogen sich über seine Haut, und keine Sekunde später regte sich Adam nicht mehr. Matt musste ihn in eine Illusion gezogen haben, so wie er es mit mir gemacht hatte. Nur wieso? Und was für *Informationen* hatte er besorgt?

Nach kurzer Zeit – es war vielleicht eine Minute vergangen – legte Adam den Kopf schief und öffnete die Augen.

Diese einfache Geste ließ einen weiteren Schauer über meinen Körper wandern. Es sollte nicht so leicht sein, sich aus eigener Kraft aus einer Illusion zu befreien. Für niemanden.

Was auch immer Adam gesehen hatte, er zeigte keine Reaktion. »Danke«, sagte er bloß und richtete seine Aufmerksamkeit wieder auf mich.

Ich hatte überhaupt nicht bemerkt, dass sich meine Hände zu Fäusten geballt hatten. Oder wie sehr die Wut in mir heiß in meinen Adern pochte. Bis jetzt.

Diese Leute hatten mich eingesperrt, und sie hatten mir keine einzige noch so winzige Erklärung dafür gegeben. Stattdessen hatten sie irgendwelche Sachen über *Augen* und *Chaosmagie* gefaselt. Und jetzt? Jetzt tauschten sie direkt vor mir Informationen über mich aus!

»Ich dachte, ich soll den Mirrorlord treffen«, zischte ich, ohne den Blick von Adam abzuwenden. »Also, was wird das hier? Wo bleibt euer bescheuerter Despotenherrscher? Ich hab ihm nämlich ein paar Takte zu sagen darüber, wie man mit Leuten umgeht, die nicht zu seinen Brokatmantelsklaven gehören.«

Adams Augenbrauen wanderten langsam nach oben, er wirkte ehrlich überrumpelt. Auf den Gesichtern der beiden Magiehäscher, die neben ihm standen, tauchte dagegen völlig synchron ein breites Grinsen auf. Der Mann mit dem Kinnbart wirkte, als hätte ich gerade seinen Tag um ein Vielfaches verschönert, und die Frau mit der Narbe fing sogar leise an zu lachen.

»Nun ja«, erwiderte Adam schließlich. »Wenn es dir wichtig ist, können wir später über meinen Umgang mit der Bevölkerung deiner Welt reden. Aber ich denke, vorerst sollten wir dir erklären, warum du hier bist.«

12

Mir musste der Mund offen stehen.

Er war der Mirrorlord.

O Gott. Ich hatte den Mirrorlord gerade von Angesicht zu Angesicht einen *bescheuerten Despotenherrscher* genannt!

Alles in mir wurde taub. Ich hatte immer geglaubt, der Mirrorlord sei ein alter Mann. Nicht jemand, der nur zwei oder drei Jahre älter war als ich!

Gleichzeitig schossen mir mehrere Gedanken durch den Kopf: Der Mirrorlord war in London gewesen. Und er war persönlich Zeuge geworden, wie ich gegen Dorian Whitlock im Heptadome gekämpft hatte. Sein Blick war mir an diesem Abend durch und durch gegangen. Von der Tribüne hatte er auf mich herabgesehen, als könnte er ohne jegliche Mühe direkt in meine Seele schauen. Und offenbar hatte er mich seither im Visier gehabt.

Und nun … nun würde er entscheiden, wie es mit mir weiterging.

Bevor ich etwas sagen konnte – vielleicht konnte ich ja glaubhaft erklären, dass ich nicht *bescheuert,* sondern *bewundernswert* gemeint hatte? –, ertönte vom Eingang des Thronsaals ein dumpfes Pochen.

Ich drehte den Kopf und sah, wie die zwei dort verbliebenen

Magiehäscher die Flügeltür aufzogen und mehrere Personen hereinkamen.

Vornweg vier Diener in beigefarbenen Uniformen. Hinter ihnen: ein Mann mit einem Gehstock.

Neben mir stöhnte Matt. »Musste das sein?«, raunte er Adam zu, woraufhin der nickte.

»Dein Vater ist mein wichtigster Berater. Er sollte Bescheid wissen, bevor die Neuigkeit sich verbreitet.«

Matt wirkte wenig erfreut, als der Mann neben uns zum Stehen kam. Er war hochgewachsen, hatte kurz rasierte Haare und trug einen lilafarbenen Kurzmantel mit einem metallenen Schimmer. Damit sah er Matt so ähnlich – dieselben hohen Wangenknochen, dieselbe dunkelbraune Haut, dieselben bernsteinfarbenen Augen –, dass ich keine Erklärung benötigt hätte, wie die beiden in Beziehung zueinander standen.

Der Blick des Mannes huschte nur flüchtig über mich hinweg, dann schaute er Adam an und … verbeugte sich.

O Mann.

»Danke für dein kurzfristiges Erscheinen, Tynan«, sagte Adam.

Matts Vater nickte. »Unsere nächste Audienz war erst für kommende Woche angesetzt, mein Lord.«

»Ich weiß. Aber ich habe etwas zu verkünden.«

Das ließ Tynans Augenbrauen nach oben wandern. »Bezüglich?«

»Ignis.« Adam deutete in Richtung der Diener, die sich, wie ich jetzt merkte, vor einer der sieben Säulen am Rand des Thronsaals aufgebaut hatten.

Ich begriff erst überhaupt nicht, was sie da taten, bis sich auf einmal ein Teil der Säule zu öffnen schien. Die Gravur darauf leuchtete auf. Es war eine horizontal geschwungene Linie, die von einer zweiten Linie gekreuzt wurde und die nach unten hin in einer Spirale mündete.

Die Diener versammelten sich so dicht um die Säule, dass ich nicht sehen konnte, was die Öffnung freigelegt hatte.

»Wir haben einen Träger gefunden«, sagte da Adam. »Eine *Trägerin.*«

Tynans Augen weiteten sich. Überhaupt kam es mir so vor, als hätte jemand die Luft aus dem Thronsaal herausgesaugt.

»Aber … *wie*?«, entfuhr es Matts Vater nun, woraufhin Adam eine Hand hob und sie ausstreckte … zu mir.

»Das hier ist Rayne Harwood.«

Sandford, hätte ich beinahe korrigiert, aber das Wort wurde von einer Welle der Verwirrung weggespült. Wovon zur Hölle redeten die beiden da?

Auf dem Gesicht von Matts Vater konnte ich ablesen, wie sein Unglaube zu einer gewissen Amüsiertheit wechselte. Ein Lächeln stahl sich auf seine vollen Lippen, und er schüttelte den Kopf. »Melvin hatte kein Kind.«

»Keines, von dem wir wussten«, korrigierte Adam.

Diesmal betrachtete Tynan mich so ausgiebig von oben bis unten, dass mir ganz unwohl wurde und ich meine Finger im Brokatstoff meines Mantels vergrub. Doch kaum dass er an meinem Gesicht angekommen war, schüttelte er vehement den Kopf, und alle Belustigung von eben war endgültig aus seiner Mimik verschwunden.

»Mein Lord … Melvin Harwood war vieles, aber kein Lügner. Niemals hätte er ein Kind verschwiegen. Wieso, bei allen Sieben, sollte er auch? Er wüsste genau, was für ein Leben das Kind führen würde. Es wäre unverantwortlich gewesen!«

»Mir ist klar, es ist schwer zu glauben.«

»Schwer zu glauben?« Matts Vater hielt inne, räusperte sich

und ließ seine Stimme ruhiger werden. »Melvin und ich waren Zeit seines Lebens eng befreundet. Sein viel zu früher Tod war für uns alle eine Tragödie, und …« Er blickte wieder zu mir und suchte sichtlich nach Worten. »Sie … sieht ihm tatsächlich sehr ähnlich.«

Zeit seines Lebens? Sein viel zu früher Tod? Das bedeutete ja …

Ein Stich flammte in meiner Brust auf, und das, obwohl ich meinen Vater nie gekannt hatte. Dieser Mann behauptete, er wäre tot. Und das schon eine lange Zeit.

Adam nickte, als hätte er die Antwort seines Beraters erwartet. Dann wandte er sich zu mir. »Was weißt du von den Sieben, Rayne?«

Sein Tonfall war so gelassen, als wollte er übers Wetter plaudern. Erwartete er ernsthaft eine Antwort von mir? Sollte ich ihm von den durchgeknallten Leuten erzählen, die sich in meiner Welt lauter Siebener auf ihre Körper tätowieren ließen, ohne überhaupt zu wissen, was die Zahl eigentlich bedeutete?

Offensichtlich nicht, denn er sprach schon weiter: »Die Sieben sind die Träger der ersten Sigils, die je geschmiedet wurden. Ungeheuer mächtige Sigils, die den gesamten Mirror zusammenhalten.« Er machte eine Handbewegung in Celines Richtung. »Celine ist eine von ihnen. Sie trägt den Saphirschlüssel. Und Matt den Seelenring.«

Matt streckte mir mit einem schmalen Lächeln den Ring mit der schwarzen Kugel entgegen, woraufhin ich nur ungläubig von Adam zu ihm und dann wieder zu Celine schaute.

Das, was ich vielleicht schon viel früher hätte begreifen müssen, sickerte nun in mich hinein. Celines Schlüssel hatte Portale in den Türen erschaffen, und Matts Ring … er hatte mich in eine so starke Illusion gezogen, dass ich mich stundenlang nicht aus ihr hatte befreien können.

Die sieben Sigils des Mirrorlords, von denen man sich in meiner Welt immer erzählte ... Es gab sie wirklich. Mit ihnen war der Mirror erschaffen worden. Doch offenbar wurden sie nicht alle vom Mirrorlord selbst getragen, sondern von seinen direkten Untergebenen. Celine und Matt waren ein Teil dieser Gruppe. Und die Mythen, die bei uns über sie kursierten – sie trafen alle zu.

»Du bist hier«, fuhr Adam fort, »weil dein Vater in Septem gelebt hat, Rayne. Im Mirror. Aber Melvin Harwood war kein gewöhnlicher Oberer. Er war einer der Sieben, verstehst du das?«

Es war schwer in Worte zu fassen, wie sehr ich ihn nicht verstand.

So oft hatte ich mich gefragt, ob ich irgendwann Menschen begegnen würde, die meinen Vater persönlich gekannt hatten. In keinem der fantastischen, weit hergeholten Szenarien war ich dabei im Mirror gewesen. Und ich hatte mir definitiv nie vorgestellt, dass meine ersten Worte an ebenjene Menschen sein würden: »Wollt ihr mich verarschen?«

Bei meiner Wortwahl fror Tynan ein, und selbst Matt und Celine wirkten perplex. Nur Adam blieb ungerührt und machte wieder diese leicht gelangweilte Handbewegung, woraufhin die Diener wie Fliegen zur Seite stoben.

Die Säule, die sie bislang verdeckt hatten, war nun am oberen Ende zweigeteilt. Adam lief darauf zu, und ich folgte ihm, ohne lange darüber nachzudenken. Ein Glasbehälter war zum Vorschein gekommen, der wie eine Glocke geformt war. Und darunter lag das gleiche, kupferngoldene Drachenarmband, das ich beim Kampf im Heptadome getragen hatte.

»Das hier ist Ignis«, begann Adam, als ich bei ihm ankam. »Eins der sieben *Dark Sigils*. Diese Sigils werden schon seit unzähligen Generationen in sieben Blutlinien weitergereicht. Von Eltern zu Kind. Immer weiter. Matt hat den Seelenring von seiner Mutter geerbt. So wie Celine den Saphirschlüssel von ihrer Mutter. Dein Vater wiederum war der Träger dieses Armbands, doch er starb, bevor er uns von dir erzählen konnte. Und deshalb …«, Adam sah mich mit seinen hellgrauen Augen bedeutungsschwer an, »… musste dein Sigil sehr lange auf dich warten.«

Die Blicke, die sich auf mich richteten, waren wie Nadelstiche. Von Celine, Matt und seinem Vater. Selbst in meinem Rücken glaubte ich zu spüren, wie die Magiehäscher mich angafften. Und dann war da Adam, dessen Gesicht so ausdruckslos war wie ein leeres Blatt Papier, was mich fast noch wahnsinniger machte als alles andere.

»Das Sigil, das du im Heptadome getragen hast, war eine Replik«, erklärte er. »Ein Nachbau deines Sigils, was wohl der Grund dafür war, dass du es ausgewählt hast.« Er nickte zur Glasglocke. »Berühre es.«

Bei dem Befehlston in Adams Stimme spannte sich sofort alles in mir an. *Berühre es doch selbst*, lag es mir auf den Lippen, aber da setzten sich bereits alle um uns herum in Bewegung. Matt, sein Vater und Celine liefen zur anderen Seite des Thronsaals. Schließlich standen Adam und ich allein vor der Säule.

Ein Flüstern wischte all die Proteste beiseite, die ich dem Mirrorlord hatte entgegenschmettern wollen. Ein beständiges Flüstern, direkt in meinem Kopf, das sich nicht zu Worten zusammensetzen ließ und das meinen Körper trotzdem mit einer sonderbaren Wärme durchflutete. Es begleitete jeden der Schritte, die ich nun nach vorn machte, und führte mich direkt zur Glasglocke.

Das Armband sah dem Sigil, das ich bei meinem Schaukampf getragen hatte, zum Verwechseln ähnlich. Dieselben ausgestreckten Drachenflügel, dasselbe Kupfergold. Der einzige Unterschied war, dass es kein Sigil-Plättchen gab, auf das man ein Magiegrain hätte platzieren können. Stattdessen rahmte der Drache eine Art gläsernen Kern ein, in dem eine derart intensiv blaue Flüssigkeit eingeschlossen war, wie ich sie noch nie gesehen hatte. Nicht bei all den Schaukämpfen, zu denen Lazarus mich geschickt hatte. Nicht bei all den Sigils, die seine Nightserpents als Diebesgut angeschleppt hatten. Diese Magie schien ein Teil des Drachenarmbandes zu sein. Ich sah keine Öffnung, keinen Weg, sie zu erneuern. Sie musste *ewig* sein.

Nimm es dir, sagte eine Stimme in meinem Kopf. *Nimm es dir sofort.*

»Rayne.« Adam stand direkt neben mir, und seine Nähe ließ keinen klaren Gedanken zu. Mit seiner Art wirkte er auf mich, als ob er ganz genau wusste, wie viel Macht er besaß, und auch, wie er diese einsetzen musste. Er beugte sich zu mir, und ein kühler Duft stieg mir in die Nase. Wie Morgenluft, die über einen Bergsee strömte.

»Rayne. Berühre es.«

Unter Adams wachsamem Blick streckte ich die rechte Hand aus. Ich *wollte* nicht auf ihn hören, aber irgendein tief verwurzelter Instinkt in mir zwang mich, Folge zu leisten. Erst jetzt bemerkte ich, dass Uppers auf der Glasglocke befestigt waren. Oder *Trites,* wie sie die Münzen hier nannten. Es waren zwanzig oder mehr, ich begutachtete die Verzierungen darauf, dann neigte ich meinen Arm, auf dem die Münzen, die Matt mir vorhin angelegt hatte, noch immer aktiv waren.

Es waren dieselben Gravuren. *Magiehemmer.*

Adam stand einfach nur neben mir und beobachtete, wie ich das Glas berührte, erst vorsichtig, dann mit der ganzen Hand. Eine Hitze wanderte über meinen Arm zu meinen Fingerspitzen, und in Sekundenschnelle verblasste die gesamte Welt, wurde zu Fragmenten. Hinter meinen Augenlidern explodierte ein Farbenspiel wie eine Supernova. Mein Körper brannte, ein Gefühl, als würden meine Knochen vibrieren, als wäre ich nur noch eine Masse von Molekülen, die zu einem einzigen Klumpen verschmolz.

Da bist du, schien das Sigil zu flüstern. *Endlich.*

Ich atmete schwer, starrte auf die Glasglocke. *Endlich,* dachte auch ich und war wie benommen. So stellte ich es mir vor, wie es wäre, wenn ich zwanzig von Lazarus' Happy-Uppers auf einmal nehmen würde.

Die Glocke – ich musste sie nach oben heben. Ich musste das Sigil befreien, musste es in die Hand nehmen und …

Plötzlich ging ein Riss durch das Glas. Die Münzen mit den Magiehemmergravuren flackerten und wurden dunkel. Sowohl auf dem Glas als auch an meinem Arm. Ich hörte ein kollektives Luftschnappen im Saal, aber es ging alles viel zu schnell, um zu reagieren.

Das Drachenarmband verströmte schwarze Magie. Sie sprudelte nur so aus dem Riss im Glas, direkt auf mich zu. Dabei formte sich die Magie in … Arme. O Gott, halluzinierte ich? Aber nein: Die Magie wurde zu einer Gestalt, die unmenschliche, kreischende Laute ausstieß. Erst war es nur ein Körper, der zur Hälfte in der Glocke steckte und sich mit den Armen selbst durch den Riss herauszuziehen versuchte. Dann wuchs ein Kopf mit weiß glühenden Augen heran, die mich sofort fixierten, als wäre ich die einzige Person im Raum.

Ein spitzer Schrei entfuhr mir, und ich stolperte zurück. Wieso, verdammt noch mal, kam mir niemand zu Hilfe? Matt, Celine und die anderen beobachten das Geschehen mit angespannten Mienen, näherten sich aber nicht, und Adam stand nur dort und legte erwartungsvoll den Kopf schief.

Ich konnte keinen klaren Gedanken fassen, außer, dass ich so schnell wie möglich wegmusste. Das Ding – was auch immer es war – kreischte. Magieschwade für Magieschwade floss aus dem Riss in der Glasglocke, bis es schließlich vor der Säule auf den Boden krachte. Eine schwarze Klaue bildete sich und streckte sich in meine Richtung. Sie packte mein linkes Bein, und die Berührung war eiskalt, als wäre ich in einen zugefrorenen See eingebrochen. Die Kreatur bekam immer mehr eine menschliche Gestalt, mit zwei Armen und zwei Beinen, nur dass ihr Körper aus dunklen Schwaden zusammengesetzt war. Sie beugte sich über mich. Ihre Augen waren ein grelles, loderndes Inferno. *Das ist es,* dachte ich atemlos. *Du stirbst. Sie lassen dich sterben.* Ich streckte die Arme verteidigend vor mich, wappnete mich für den Schmerz, als plötzlich ein Licht aufflammte.

Es war Adam. Seine Arme waren von weiß schimmernden Symbolen überzogen. Er hatte eine Art Seil zwischen seinen Händen gespannt, warf einen kleinen Gegenstand in die Luft und drehte sich damit um die Schattengestalt herum.

Das Seil wickelte sich durch die Rotation um die Kreatur, die daraufhin einen Todesschrei ausstieß, kaum dass Adam das Seil zurückgezogen hatte.

Erst begriff ich nicht, was geschehen war. Es war alles so unfassbar schnell gegangen. Aber dann fiel der Kopf der Kreatur von ihrem Körper auf den Boden und löste sich in schwarzen Rauch auf.

Es war nicht vorbei. Aus der Glocke strömte immer mehr Chaosmagie. Sie wollte sich mit der Kreatur verbinden, sie erneut zusammensetzen. Ich versuchte, mich aufzuraffen, um aus dem Saal zu fliehen, doch Adam hielt mich mit einer Hand am Unterarm fest.

»Bleib ganz ruhig«, sagte er und verhakte unsere Finger ineinander. Ich war so neben der Spur, dass ich es einfach zuließ und nur stumm verfolgte, wie er mit seiner anderen Hand zwei Würfel in mein Sichtfeld hob.

Mehrere Gravuren waren auf der silbrigen Oberfläche der Würfel zu sehen, durchzogen mit Magie. Adam drehte sie mit einer geübten Bewegung einmal gegen den Uhrzeigersinn, bis das Licht darin aufflammte und alles …

… stoppte.

Die Kreatur fror ein. Auch die anderen im Saal schienen sich nicht mehr zu bewegen. Sogar die Staubpartikel verharrten in der Luft. Und was dann passierte, geschah zwar direkt vor meinen Augen, aber ich verstand es nicht.

Die Zeit lief rückwärts. Alles, was in der letzten Minute geschehen war, passierte ein weiteres Mal – nur andersherum. Adam drehte die Würfel in die entgegengesetzte Richtung, dann ließ er meine Hand los und schnitt sein Lichtseil durch die Kreatur, bis diese wieder vollständig zusammengesetzt war. Noch einmal verfolgte ich den Kampf zwischen den beiden, während meine Hände und Beine sich so bewegten, wie sie es eben bereits getan hatten. Schließlich verschwand Adam aus meinem Sichtfeld. Die Kreatur kroch erneut über den Boden – allerdings nun rückwärts. Dabei zersetzte sie sich langsam in ihre Magiepartikel, bis diese in dicken Schwaden in die Glocke hineinquollen. Der Riss im Glas schloss sich, die Münzen mit den Magiehemmern wurden aktiviert. Erst als ich vor der Glocke stand, stoppte das Rückspulen der Zeit.

Ich bewegte mich nicht und hielt auch meine Hand ganz still. Das Drachenarmband lag unberührt vor mir, und nichts, absolut gar nichts, zeugte von dem Wesen, das mich eben beinahe umgebracht hätte.

13

Adam kam auf mich zugelaufen und sah mich wissend an. »Zieh die Hand langsam zurück.«

Obwohl sich alles in mir sträubte, folgte ich ihm aufs Wort. Mein Blick wanderte zur anderen Seite des Thronsaals. Celine, Matt und sein Vater wirkten zwar angespannt, aber definitiv nicht so, als wären sie Zeuge davon geworden, dass ich eben fast zerfleischt worden wäre.

Was zur Hölle ging hier vor sich?

Adam schaute zu dem Sigil unter der Glasglocke, dann deutete er auf meinen Arm. »Spürst du noch etwas?«

»Nein. Es … es hat sich wieder beruhigt.« Mein Herz klopfte so wild, dass ich Probleme hatte, zu atmen. »Was war das für ein Ding?«

Adam wirkte so gelassen, als wäre das Spannendste, was er heute erlebt hatte, ein kleiner Morgenspaziergang gewesen. »Eine Abnormalität. Wir nennen sie *Abbys,* sie entstehen aus Chaosmagie, wenn sie besonders konzentriert ist. So wie bei dir.«

Ich starrte ihn an. Auf Adams Armen hoben sich die weißen Lichtsymbole noch immer deutlich hervor, und in seiner rechten Hand lagen diese zwei Würfel. Eben hatte sich ein Seil dazwischen gespannt, mit dem er die Kreatur enthauptet hatte –

jetzt drehte er sie nur noch mit geübten Bewegungen in seiner Handfläche hin und her.

Die Würfel mussten ein Sigil sein. So wie Matts Ring und Celines Schlüssel besaß auch der Mirrorlord eines dieser *Dark Sigils.* Würfel, mit denen er irgendwie die Zeit manipuliert hatte, und zwar so, dass für Celine, Matt, dessen Vater und die Soldaten die letzte Minute wie ausradiert war.

Adam verstaute die Würfel in aller Ruhe in einem schwarzen Lederarmband, in dem zwei Aushöhlungen Platz boten. Und ich hatte keine Ahnung, warum genau diese nichtssagende Bewegung meine Angst in Wut verwandelte, aber sie tat es.

»Du wusstest, dass das passieren würde, wenn ich das Glas berühre!«, zischte ich, und Adam bestritt es noch nicht mal, er nickte bloß mit einer Selbstverständlichkeit, die schon an Arroganz grenzte. Es war ihm egal, dass ich mich zu Tode erschreckt hatte. Er hatte genau bekommen, was er wollte, und das war das Einzige, das für Menschen wie ihn zählte.

Was für ein *Kotzbrocken*!

»Ich brauchte einen Beweis«, entgegnete er. »Wenn wir dir das Sigil erst angelegt haben und du dich doch nicht als Melvin Harwoods Tochter herausstellst, hätte das fatale Folgen gehabt.«

»Ich *will* dieses Sigil ja gar nicht tragen!« Meine Stimme wurde schrill, so wütend war ich. Vielleicht lag Lazarus doch nicht so falsch mit dem Spitznamen, den er mir gegeben hatte. Mein inneres Feuerwerk war kurz vorm Hochgehen, und gerade war es mir nur recht. »Ihr habt mich entführt, mich eingesperrt! Meine beste Freundin wurde schwer verletzt! Wenn du denkst, dass ich –«

»Du hast keine Wahl«, unterbrach Mister Kotzbrocken mich. »Du bist die rechtmäßige Erbin des Drachenarmbandes, Rayne. Daran gibt es keinen Zweifel.«

»Aber meine Mutter war nie im Mirror! Kein einziges Mal! Bei meiner Geburt war er doch noch nicht mal sichtbar! Wie soll das möglich sein?«

Adam wirkte ungerührt. »Die Träger der Dark Sigils gehen für ein paar Jahre auf ausgewählte Schulen in eurer Welt. Matt hat ... einige der Lehrer, die noch dort arbeiten, mit Illusionen konfrontiert. Es sieht so aus, als hätte Melvin deine Mutter damals im College kennengelernt, ohne jemandem etwas davon zu sagen. Dann hat er das Geheimnis mit sich ins Grab genommen. Wenn wir von dir gewusst hätten, auch nur von deiner Existenz *geahnt* hätten, hätten wir dich gesucht und zu uns geholt. Du bist eine Obere. Du gehörst hierher, nach Septem. Es ist dein Geburtsrecht.«

»Ich muss von solch vorzeitigen Erklärungen abraten«, sagte da Tynan Coldwell, der zu uns gelaufen kam. »Mein Lord«, schob er eilig hinterher. »Nur weil sie ihm ähnlich sieht, wissen wir nicht ...«

»Ignis hat nach ihr gegriffen, ich habe es überprüft.« Adam hielt inne. »Wenn du aus Gründen der Formalität auf einem Bluttest bestehst, können wir das machen. Aber er wird ohnehin nur bestätigen, was wir bereits wissen.«

Einen *was*? »Habe ich dazu auch was zu sagen?«, fragte ich und schlang beide Arme um meinen Oberkörper, um das aufkommende Beben meiner Hände zu kaschieren. Doch es war zu spät. Adam hatte es gesehen.

»Dieses Zittern – du hast es schon lange, oder? Das ist keine gewöhnliche Krankheit. Es ist dein Körper, der aufbegehrt, weil er sich mit deinem Sigil verbinden will.« Er deutete auf meinen rechten Arm, auf dem sich noch immer unzählige dunkle Linien abzeichneten. »Wir vermuten, dass die Replik, die du im Heptadome getragen hast, etwas in dir getriggert hat. Das Drachenarmband war so gut geschmiedet und kam dadurch so nah an das echte Sigil – *dein Sigil* – heran, dass dein Körper versucht hat, sich damit zu verbinden. Dein Blut hat offenbar gespürt, was es braucht, aber das Sigil konnte nicht mithalten. Und dadurch ist eine riesige Menge Chaosmagie entstanden.« Adam musterte mich intensiv, und als ich nichts entgegnete, fuhr er fort: »Verstehst du? Du trägst seit deiner Geburt Magie in dir, und sie wird von Jahr zu Jahr gefährlicher. Weil deine Magie nach der Magie deines Sigils sucht.«

Ich schaute in Richtung des Armbandes unter der Glasglocke. Meine Mutter hatte in ihren Briefen nicht viel über meinen Vater geschrieben, aber an einige Bruchstücke konnte ich mich erinnern: Die beiden waren nur eine kurze Zeit zusammen gewesen, trotzdem hatte meine Mutter Melvin Harwood immer als die Liebe ihres Lebens bezeichnet. Sie konnte nicht den Hauch eines Verdachts gehabt haben, dass er ein Oberer war. Sie suchte ja immer noch nach ihm. In *unserer* Welt. Aus ihren früheren Briefen wusste ich, dass sie sein Verschwinden einfach nicht akzeptieren konnte, und auch, dass sie seine Familie nie hatte ausfindig machen können.

Mir wurde schwindelig. Wenn all das stimmte, bedeutete das: Mein Vater hatte mich nie absichtlich im Stich gelassen. Er war *gestorben.* Und meine Mutter … Sie hatte mich völlig grundlos allein im Waisenhaus zurückgelassen. Weil sie seit Jahren einem Geist hinterherjagte.

Ich fühlte, wie sich mein ganzer Körper verkrampfte. Der Thronsaal war erfüllt mit einem Glanz von Macht und Überlegenheit. Das hier war der Mittelpunkt des Mirrors, und ich fühlte mich genauso, wie in den Minuten, in denen Lily und ich uns zu weit nach Central London vorgewagt hatten.

Wie ein Fremdkörper.

Doch ich hatte mit eigenen Augen gesehen, wie das Sigil auf mich reagiert hatte. Und ich spürte es. Ich *spürte*, dass es mir gehörte.

»Wir dürfen keine Zeit mehr verlieren«, hörte ich Adam sagen, aber seine Stimme klang bei all dem Rauschen in meinem Kopf weit, weit weg. »Das Ritual muss so schnell wie möglich stattfinden.«

»Welches Ritual?«, fragte ich. »Wovon redest du?«

Adams Blick ruhte auf mir – kühl, beherrscht, der Inbegriff eines jungen Machtmenschen. »Das Ritual, das dich zu einer der Sieben macht. Du wirst Ignis tragen, so wie dein Vater es getragen hat und deine Kinder nach dir.«

Meine Kinder nach mir? Hatte der Typ sie noch alle?

»Und wenn ich mich weigere?«

Zum ersten Mal, seit ich dem Mirrorlord gegenüberstand, hatte ich das Gefühl, einen flüchtigen Riss in seiner so beherrschten Fassade zu erkennen. Da war etwas in Adams hellgrauen Augen – und ich brauchte einen Moment, um es zu benennen, denn es war das Letzte, womit ich gerechnet hatte.

Es war Neugier. Offene, unverhohlene Neugier.

Seine Stimme klang jedoch genauso gefühllos wie zuvor. »Wenn du dich weigerst, wird sich die Chaosmagie in deinem gesamten Körper ausbreiten. Es wird dir von Tag zu Tag schlechter gehen und dann … wirst du sterben.«

14

Es war Matt, der mich aus dem Thronsaal herausbrachte. Er führte mich zurück durch den prunkvollen Korridor, aber der Schock saß zu tief, um wirklich etwas von meiner Umgebung zu registrieren.

Einfach alles an mir war taub, und die Worte, die Adam zu mir gesagt hatte, kreisten endlos in meinem Kopf umher.

Wenn du dich weigerst, wird sich die Chaosmagie in deinem gesamten Körper ausbreiten. Es wird dir von Tag zu Tag schlechter gehen und dann … wirst du sterben.

Wie war ich nur in diese Situation geraten? Wie war all das möglich? Es war unvorstellbar, eine der Oberen zu sein, die ich stets dafür verabscheut hatte, was sie der Welt mit ihrer Magie antaten. Doch noch viel unvorstellbarer war der Gedanke, dass dieses Sigil, eines der sieben mächtigsten Sigils, die es gab, ausgerechnet *mir* gehören sollte.

Ignis, hatte Adam es genannt. Der Name sagte mir natürlich nichts, aber … in all der Zeit hatte ich mich immer zu Sigil-Armbändern hingezogen gefühlt. Seit dem Tag, als Lazarus das erste Mal eins im Speisesaal des Waisenhauses hatte liegen lassen. Ich erinnerte mich, wie ich es angelegt hatte, und obwohl keine Magie darin gewesen war, hatte mich ein Gefühl durchflutet, als wäre ich zum ersten Mal … *vollständig*. Nur wenige

Monate später hatte ich meinen ersten Schaukampf bestritten. Mit einem Medaillon, dann mit einem Ring, weil Lazarus der Meinung gewesen war, es würde besser zu mir passen. Beide Male hatte ich verloren. Lazarus hatte mich schon von den potenziellen Kämpfern abziehen wollen, bis ich es mit einem Armband versucht – und sofort gewonnen hatte.

Doch all das war nichts im Vergleich zu dem, was diese winzige Berührung der Glasglocke in mir ausgelöst hatte. Sie hatte etwas in mir wachgerüttelt, das tief verborgen gewesen war. Und obwohl der Unglaube in mir gerade jedes andere Gefühl überlagerte, wusste ich auch mit Sicherheit, dass dieses Sigil ein Teil von mir war.

Ob ich es wollte oder nicht.

Vor einer Stunde hätte ich wohl die erste Chance ergriffen, um wegzulaufen. Es wäre mir egal gewesen, dass Matt mich mit seinem Ring jederzeit wieder in eine Illusion hätte ziehen können. Ich wäre gerannt und hätte versucht, mir einen Weg zurück zu Lily zu bahnen.

Aber jetzt?

Wo sollte ich hin? Was würde es bringen, aus dem Mirror zu fliehen? Wenn das, was Adam gesagt hatte, wirklich wahr war, dann wäre eine Flucht gleichzeitig mein Todesurteil. Das Zittern meiner Hände war nur der Anfang gewesen. Mein Körper würde kränker werden, diese Chaosmagie in mir immer stärker.

Bis ich – Mister Kotzbrockens Formulierung war glasklar gewesen – sterben würde.

Vage registrierte ich, dass Matt mich zu einem Gang mit mehreren gläsernen Fahrstühlen führte. In einem von ihnen fuhren wir nach oben, weiter hinauf in diesem Palast voller Gold und erdrückender Schwere. Von dort aus ging es durch einen weiteren Korridor, und diesmal trafen wir keine Oberen, wir waren allein mit zwei Magiehäschern, die uns seit dem Verlassen des Thronsaals in einigem Abstand begleiteten. Schließlich kam Matt am Ende eines Flurs an einer großen Tür zum Stehen. Ein Siebeneck war darauf eingraviert – was auch sonst. Matt musterte mich, als würde er damit rechnen, dass ich jeden Moment zu schreien anfing.

Was alles in allem wohl eine berechtigte Sorge war.

»Eine neue Gefängniszelle?«, fragte ich leise, was ihm ein Seufzen entlockte.

»Es tut mir wirklich leid, dass wir dich eingesperrt haben. Kommt nicht wieder vor, versprochen.« Mit einem reumütigen Lächeln öffnete Matt die Tür und gab mir Einblick in einen petrol- und kupferfarbenen Eingangsbereich. Auf einer Seite ragten hohe Fenster empor, an den anderen Wänden gingen mehrere Türen in alle Richtungen ab.

»Unsere Privaträume«, erklärte er. »Ein Wohnbereich für jede Trägerfamilie.«

Ich lief langsam nach vorn. Es waren tatsächlich sieben Türen, und auf jeder war eine unterschiedliche Gravur kunstvoll hineingeschnitzt worden. Mein Blick wanderte von Symbol zu Symbol. Sie repräsentierten – so viel konnte ich mir zusammenreimen – die sieben Dark Sigils. An einer Tür war die Gravur von Celines Schlüssel eingezeichnet. Die beiden Rauten. An einer anderen Tür: eine Gravur, die aussah wie eine stilisierte Schlange.

Hier lebten also die Sieben. Der Mirrorlord selbst, Matt, Celine, sowie drei weitere Träger, die ich nicht kannte.

Und … ich. Zumindest verlangten sie das von mir.

Matt streckte eine Hand zu mir aus und legte sie nach kurzem Zögern auf meine Schulter. »Es fühlt sich nicht so an, ich weiß … aber du gehörst zu uns, Rayne. Wären die Dinge anders gelaufen, wärst du hier aufgewachsen. Genau wie dein Vater und seine Vorfahren.«

Als ich nicht reagierte, führte Matt mich behutsam in Richtung der letzten Tür, auf der dieselbe Gravur wie vorhin auf der Säule im Thronsaal zu sehen war. Mit der waagerechten Linie, die leicht nach unten geschwungen war, und mit der vertikalen Linie, die sich zu einer Spirale formte, sah sie wirklich aus wie ein Drache.

»Willkommen im Ignis-Flügel, Rayne«, erklärte Matt und drückte die Tür auf. »Willkommen zu Hause.«

Meine Füße setzten sich von selbst in Bewegung, und ich wanderte wie ein Geist von Raum zu Raum. Hinter mir hörte ich leise Schritte, aber ich wartete nicht auf Matt, sondern ging einfach schweigend voran.

Überall war blasses, kupferfarbenes Holz zu zarten Möbeln mit Schnörkelbeinen verarbeitet worden, und jeder Raum war umschlossen von petrolfarbenen Wänden. Kerzen brannten an allen Ecken, und sogar frische Blumen standen herum.

Es war, als wäre ich in einer Kulisse gelandet – zu einem Theaterstück, von dem ich nicht mal den Titel kannte. Und durch irgendeinen aberwitzigen Dreh des Schicksals hatte ich die Hauptrolle erwischt.

Das hier sollten also die Wohnräume meiner Familie sein. Wenn ich nicht so erschöpft wäre, hätte ich gelacht. Denn hier war kein einziger Mensch zu sehen. Der *Ignis-Flügel,* wie Matt ihn genannt hatte, war vollkommen verwaist.

Wenn meine Familie hier lebt, wo ist sie dann?, fragte ich mich stumm und fand die Antwort darauf sogleich hinter der nächsten Ecke. Ein bogenförmiger Flur tauchte auf, und an dessen Wänden hing eine Reihe von Gemälden. In goldenen Rahmen gefasst zeigten sie Porträts von Menschen, die mir völlig fremd waren. Menschen, die an ihrer Kleidung gemessen zum Teil vor Hunderten von Jahren gelebt haben mussten.

Es waren sicherlich über zwanzig Porträts. Und jede Person darauf trug ein und dasselbe Sigil.

Das Drachenarmband.

Matt stellte sich neben mich. Wahrscheinlich war er mir die ganze Zeit mit nur ein paar Schritten Entfernung gefolgt. »Das sind die vergangenen Ignis-Träger«, sagte er. »Also zumindest alle Träger, seit es den Mirror gibt. Was im Vergleich nicht sehr lange ist. Die Dark Sigils sind über 1700 Jahre alt.«

1700 Jahre. Ich verharrte und ließ die Zahl sacken. Dann lief ich weiter an der Wand entlang. Es kam mir vor, als würde ich fremdgesteuert werden, denn obwohl ich einfach nur schreien und toben wollte, war ich vollkommen ruhig. Ich schaute mir die Bilder an, jedes einzelne. Unter den Rahmen hingen Plaketten mit Namen und Jahreszahlen.

»All diese Leute sind … meine Vorfahren?«

»Nicht alle. Deine direkte Blutlinie reicht nur bis ins 19. Jahrhundert zurück, soweit ich weiß. Wobei – die Familiengeschichten sind nicht gerade meine Stärke.« Matt zeigte auf eines der Porträts. Eine hübsche Frau war darauf zu sehen. Sie hatte lockige braune Haare, eine Perlenkette um den Hals, ein weißes Kleid sowie ein rotes Tuch um die Schultern. An ihrem rechten Handgelenk saß das Drachenarmband.

»Vivienne Harwood«, erklärte Matt. »Das war die erste Trägerin eurer Blutlinie. Hier.« Er tippte auf eine Plakette, und als ich näher kam, konnte ich die Jahreszahlen lesen. *1807–1858.*

In mir breitete sich die Betäubung immer weiter aus. Meine Schritte führten mich weiter, vorbei an den Gemälden von

Menschen, die ich noch nie zuvor gesehen und zu denen ich keinerlei Verbindung hatte, genauso wenig wie zu diesem Ort. Erst bei den zwei Bildern ganz am Ende wurden meine Schritte langsamer.

Auf dem vorletzten war ein Mann zu sehen, mit dunklem, fast schwarzem Haar und einem warmen Lächeln auf den Lippen. Auch dieses Bild war mit Öl gemalt und wirkte auf seine eigene Art und Weise altertümlich, obwohl die Daten auf der Plakette darunter etwas anderes behaupteten. *James Harwood. 1986–2023.*

»Dein Großvater«, sagte Matt, und ich spürte, wie es mir beim Blick auf sein Todesdatum die Kehle zuschnürte. 2023. Offenbar war er schon sehr jung gestorben.

Meine Beine setzten sich mühsam in Bewegung, und ich kam vor dem letzten Porträt zum Stehen. Ein weiterer junger Mann schaute mir entgegen. Sein Haar war ebenfalls dunkel, aber es hatte einen leichten Kupferstich. So wie meines. Sein Lächeln war verschmitzt, und er hatte grüne Augen – Augen, wie ich sie jeden Morgen im Spiegel zu Gesicht bekam. Es war derselbe Mann wie der auf dem Foto, das in dem Kästchen im Kraftwerk verborgen lag. Derselbe Mann, der glücklich strahlend neben meiner schwangeren Mutter gestanden und von dem ich mein Leben lang geglaubt hatte, er hatte uns freiwillig verlassen. Auf dem Bild konnte er kaum älter sein als …

Ich schaute zur Plakette. *Melvin Harwood. 2005–2025.*

Zwanzig. Mein Vater war gerade einmal zwanzig geworden. Und gestorben war er im Jahr meiner Geburt.

Es war also alles wahr. Mein Vater hatte an diesem Ort gelebt, mit diesen Leuten, und das Armband, das mir so große Angst einjagte, war sein Erbe an mich.

»Wie ist er gestorben?«, flüsterte ich. Meine Stimme klang

so seltsam, als wäre ich auf einmal eine andere Person – und irgendwie stimmte das ja auch. Ich schaute zu Matt, der schweigend neben mir an der Wand lehnte und sich seufzend durch die Haare fuhr.

»Ich weiß es nicht, um ehrlich zu sein. Angeblich ist es hier in London passiert. Wie genau, darüber haben unsere Eltern nie gesprochen.« Sein Blick war mitfühlend, und er rang sichtlich nach Worten. »Mein eigener Vater ist sehr … konservativ. In jeder Hinsicht. Er war nie selbst ein Träger, ich habe mein Sigil von meiner Mutter geerbt. Aber er ist hier im Palast aufgewachsen und war eng mit deinem Vater befreundet. Das hat sich erst geändert, als Melvin Ignis übernahm. Er hat offenbar viel Zeit außerhalb von Septem verbracht und sich immer mehr von seinen Pflichten abgewandt. Deshalb wusste auch niemand etwas von deiner Mutter. Oder von dir.«

Ich fuhr mir über das Gesicht und versuchte, *das hier* – diese Räume, den Thronsaal und alles andere – mit meinem bisherigen Leben zusammenzubringen. Ohne Erfolg. Meine Hände gaben ein erstes schwaches Zittern von sich, und ich umklammerte eisern den Stoff des Brokatmantels, um sie zur Ruhe zu bringen.

»Glaubst du«, fragte ich mit heiserer Stimme, »er hätte meine Mutter und mich mit sich in den Mirror genommen, wenn er nicht gestorben wäre?«

Matt nickte ernst. »Ganz sicher sogar. Mein Vater hat es vorhin bestechend unsensibel gesagt, aber im Kern hatte er recht: Egal, ob Melvin Harwood in Septem leben wollte … er hätte gewusst, dass du irgendwann darunter leiden würdest, wenn du das Sigil nicht von ihm übernimmst. Dein Sigil hat die ganze Zeit nach dir gesucht. Und du nach ihm.«

Ich schaute weiter auf das Bild meines Vaters. Auch er war

mit dem Drachenarmband abgebildet, aber im Gegensatz zu den anderen Porträts, bei denen die Träger es stolz zum Betrachter gestreckt hielten, wirkte es bei ihm vielmehr, als versuchte er, Distanz dazu zu gewinnen.

Müde schloss ich die Augen. »Könntest du mich allein lassen? Bitte.«

»Na klar.« Matts Hand berührte erneut meine Schulter, nur ganz kurz. Dann drehte er sich um, und seine Schritte verhallten. Ein paar Sekunden später klackte eine Tür ins Schloss.

Stille legte sich über die Räume, schwer und allumfassend. In diesem Moment kamen sie mir wie ein Grab vor, und irgendwie waren sie das ja auch. Wahrscheinlich hatte seit Jahren niemand mehr hier gelebt. Niemand war durch die Flure gelaufen, hatte die Betten benutzt oder an dem großen Tisch im Esszimmer gegessen. Meine Familie war nicht hier. Es gab nur noch ihre Abbilder.

Ich war als Einzige übrig geblieben.

Matt hatte gesagt, dass ich hierhergehörte. So wie die Harwoods vor mir. Aber es war nur ein Name, der über all dem schwebte. Ein Name, der mir nichts bedeutete.

Ich will das alles nicht.

Mir war nicht einmal bewusst gewesen, dass ich weinte. Erst als ich blinzelte und dabei ein paar Tränen über meine Wangen liefen, spürte ich den Druck um meinen Hals.

Der Schaukampf, der Plan, die Peilsender entfernen zu lassen … das alles hatte ich nur getan, weil ich Freiheit für Lily und mich wollte. Stattdessen hatte ich einen verdammten *Heptadome* zerstört. Und Lily lag meinetwegen irgendwo in London in einem Krankenhaus.

Wenn mich die Outskirts eines gelehrt hatten, dann dass ich sehr genau abwägen musste, wem ich eine schwache Seite von mir zeigte, ohne dass sie ausgenutzt wurde. Doch jetzt, da erlag ich dem Gefühlschaos, das ich während der letzten Stunden hatte beiseiteschieben müssen.

Ich dachte an die Kreatur, die aus der Glasglocke gekrochen war. An diese leeren, weißen Augen und die Klaue, die sich zu mir ausgestreckt hatte. Und an den schrillen Todesschrei, als Adam sie mit seinem Sigil enthauptet hatte.

Die dunkle Magie in meinem Arm hatte sich inzwischen wie eine Efeuranke auf meiner Haut ausgebreitet. Ihre Hitze reichte bis in die winzigen Räume zwischen Knochen, Muskeln und Haut, und es kam mir vor, als würde ich das Drachenarmband im Thronsaal über all die Stockwerke hinweg noch immer spüren.

Ich lief zu dem nächstgelegenen Fenster und ließ meine Stirn gegen die Scheibe sinken. Minutenlang sah ich hinab auf diese Stadt aus Magie und stellte mir Lily vor, so nah und trotzdem unendlich weit entfernt.

Wir konnten uns nicht mehr gegenseitig Mut machen. Sie musste sich ohne mich durchschlagen. Und ich ohne sie.

Ich zwang mich, ruhig zu atmen. Dann schaute ich erneut zu den Münzen an meinem Arm … und den Adern, die sich darunter abzeichneten.

Da keimte ein Gedanken in mir auf, eine Idee. Zwar kannte ich die Regeln dieser Welt nicht, aber eins begriff ich: Dieses Sigil war meine Trumpfkarte. Lily hatte es vor den Schaukämpfen immer wieder zu mir gesagt: *Es kommt nicht darauf an, wer die stärkste Magie besitzt, sondern darauf, sie richtig einzusetzen. Man muss zum richtigen Zeitpunkt reagieren, auf die richtige Art und Weise.*

Den Schmerz, den ich spürte, konnte ich aushalten. Vielleicht nicht ewig, aber länger, als Mister Kotzbrocken das glaubte. Er hatte ja keine Ahnung, wie *viel* Schmerz ich bereits ertragen hatte.

Adam wollte mir das Drachenarmband anlegen lassen – so schnell wie möglich. Er wollte, dass ich Teil der Sieben wurde. Der Mirrorlord wollte etwas von *mir*.

Und weil das so war, konnte ich eine Gegenleistung von ihm fordern.

TEIL 3

NEXUS

15

Trotz der wolkenweichen Matratze, dem Seidenlaken und Daunenkissen, mit denen das Himmelbett im Palast ausgestattet war, hatte ich mich in der Nacht stundenlang hin und her gewälzt.

Ich hatte noch nie gut schlafen können, wenn ich nervös war. Früher hatten mich in Nächten wie diesen nur die ausgefallenen Geschichten zur Ruhe gebracht, die Lily mir ins Ohr geflüstert hatte. Aber dieses Mal war ich allein, es sei denn, ich zählte die Magiehäscher mit, die sich gestern Abend vor der Tür zum Ignis-Flügel positioniert hatten, und ich bezweifelte, dass Gutenachtgeschichten zu ihrer Jobbeschreibung gehörten.

Jetzt, am Morgen, stand ich mit nackten Füßen am Fenster des Schlafzimmers und schaute gebannt nach draußen, wo die Mirrorstadt von der Morgensonne erhellt wurde. Es war unglaublich mitanzusehen: Die Vorhänge der Nacht waren ganz plötzlich auseinandergezogen worden, und das Sonnenlicht hatte alles so gleißend geflutet, dass ich mir die Hand vor die Augen halten musste. Das Spektakel dauerte nur eine knappe Stunde, bevor die Sonne wieder verschwand und das Zwielicht zurückkehrte. Alle Farben wurden in blasse Geister verwandelt. Nur das winterblaue Magieleuchten, das aus den Gassen und den Fenstern und Türen der Gebäude schien, blieb übrig.

Diese Welt war düster. Aber auch wunderschön.

Wenig später kam eine Frau in Dienerkluft in den Ignis-Flügel. Sie stellte sich als Sarisa Sadlyn vor und erklärte mir, dass sie schon seit vielen Jahren für die Harwood-Familie verantwortlich war. Mir wurde erst auf den zweiten Blick klar, dass ich sie bereits kannte: Es war dieselbe Dienerin, die mich in der Gefängniszelle des Palastes aufgesucht hatte. Auch heute war ihre Miene ernst und ihre Haare zu einem strengen Dutt nach oben gebunden.

Sarisa brachte mir einen Stapel neuer Kleider, aus dem ich mir einen Mantel im rötlichen Kupferton, eine schwarze Hose und ein elegant geschnittenes Oberteil heraussuchte. Alles passte diesmal so perfekt, dass ich mich mit einem Schaudern fragte, ob die alte Dienerin in der Nacht irgendwie heimlich meine Maße genommen hatte.

Zwar konnte ich mich davor drücken, dass Sarisa mich ankleidete, doch sie bestand darauf, mich zu frisieren, und ihr strenger Blick machte deutlich, dass sie es auch gegen meinen Willen tun würde.

Während sie an mir herumdokterte, schoss mir durch den Kopf, dass sie meinen Vater gekannt haben musste, vielleicht sogar meine Großeltern. Aber ein Blick in ihr schroffes Gesicht, und ich wusste, dass ich ihr niemals eine persönliche Frage stellen würde.

Am Ende der Prozedur führte sie mich in ein Esszimmer, wo ich auf fein ziselierten Tischchen ein Büfett vorfand, das für die Hälfte der Nightserpents gereicht hätte. Mein erster Instinkt war, mich zu weigern, irgendeins dieser hübsch geformten Brötchen, den Obstteller oder den großen Waffelberg auch nur anzufassen. Aber mein Magen hatte mich schon beim Aufwachen mit einem unangenehmen Ziehen begrüßt, also ließ ich mich auf einen der vielen Stühle sinken und aß, bis ich nicht mehr konnte.

Als ich fertig war, trat Sarisa, die sich während des Frühstücks sonst wo herumgetrieben hatte, wieder zu mir und reichte mir mit einer Verbeugung einen klappbaren Handspiegel.

»Egal, welchen Wunsch Sie haben«, sagte die Dienerin, »Sie müssen damit nur nach mir rufen, Mistress Harwood.«

Mistress Harwood? War das ihr Ernst?

Ich verkniff mir zu sagen, dass ich mir vor allem wünschte, sie würde mich niemals wieder so nennen. Stattdessen hielt ich ratlos den Spiegel in der Hand. Er war in Metall eingefasst und sah unglaublich wertvoll aus. Wahrscheinlich war es echtes Silber. Oder Weißgold. Auf dem Deckel war eine Gravur eingeprägt.

»Das ist ein Spectum«, erklärte Sarisa. »Ein Spiegel-Sigil. Damit kommunizieren wir im Mirror untereinander. Die Spectums werden bei der ersten Benutzung auf bestimmte Personen geprägt. Dieses hier ist schon mit mir verbunden. Tragen Sie es jederzeit bei sich. Sie müssen es nur öffnen und hineinsprechen, wenn Sie etwas von mir benötigen.«

Ein magischer Spiegel? Wo waren wir hier – bei Schneewittchen?

Ich gab mir überhaupt keine Mühe, mein Augenrollen zu verbergen. Stattdessen ließ ich das Spectum mit einem steifen Nicken in meiner Manteltasche verschwinden. Insgeheim schwor ich mir jedoch, es niemals zu benutzen.

Vor der Tür des Ignis-Flügels standen zwei Riesen. Ich lief auf dem Weg nach draußen beinahe in sie hinein und musste dann meinen Kopf in den Nacken legen, um sie überhaupt ansehen zu können.

Zuerst erschienen mir ihre Gesichter fremd. Gestern war einfach so viel passiert. Auf den zweiten Blick war ich mir jedoch sicher: Vor mir standen die beiden Magiehäscher, die dem Mirrorlord im Thronsaal nicht von der Seite gewichen waren. Die Frau mit der tiefen Narbe auf der rechten Gesichtshälfte und der Mann mit dem langen Kinnbart. Sie stellten sich als Zorya und Jarek vor, die Leibgarde des Mirrorlords.

»Ich komme schon klar«, erklärte ich, als sie mir folgen wollten, aber Zorya schüttelte sofort den Kopf.

»Der Mirrorlord wünscht, dass wir Euch ab sofort jederzeit begleiten, wenn Ihr nicht in Euren Gemächern seid, Mistress Harwood.«

Ich öffnete den Mund, schloss ihn wieder. Natürlich. Das Gefängnis war vielleicht luxuriöser geworden, der Zweck war allerdings der gleiche.

»Und wo ist euer ... *Lord*?«, fragte ich, woraufhin ein freches Grinsen auf Jareks Lippen auftauchte.

»So wie ich den Jungen kenne ... dort, wo es zu hundert Prozent keinen Spaß gibt.«

Zorya nickte ihrem Partner zu. »Bastion, Trainingsraum oder sein Arbeitszimmer. Ich wette auf Ersteres.«

»Wette mit dir selbst«, grummelte Jarek. »Ich habe diesen Monat kein Geld mehr.«

Zorya tätschelte ihm die breite Schulter. »Du darfst auch Schulden bei mir aufbauen, kein Problem.«

Ich musste lächeln. Die beiden Häscher sahen wirklich respekteinflößend aus mit dem Siebeneck-Tattoo auf der Stirn, den Sigil-Medaillons auf den Uniformen und den Muskelbergen, die sich darunter abzeichneten. Aber langsam merkte ich, dass sich unter der harten Schale ein zumindest nicht ganz so harter Kern versteckte.

»Könnt ihr mich vielleicht zu ihm bringen?«, fragte ich vorsichtig.

Ich hab so einiges mit ihm zu besprechen.

Zorya und Jarek tauschten einen Blick. Dann hob die Häscherin gespielt unschuldig die Schultern. »Zufällig hat er uns gesagt, wir sollen Euch *alles* zeigen, was Ihr wollt.«

Wir liefen durch die prunkvollen Flure und bogen mehrere Male nach links und rechts ab. Dabei begegneten wir keiner Menschenseele. Offenbar befanden wir uns hier in einem Bereich des Palastturms, der nur den Sieben vorbehalten war. Schließlich kamen wir an einer Tür an. »Nach dir, Flämmchen«, sagte Jarek zu mir, und auf meinen verwirrten Blick hin grinste er bloß.

Drache. Flämmchen.

»Sehr witzig«, murmelte ich, obwohl mir der Spitzname insgeheim immer noch lieber war als *Firecracker.* Oder *Mistress Harwood.*

»Willkommen in der Bastion«, sagte Jarek mit feierlicher Stimme und trat mit mir über die Schwelle. »Der Gemeinschaftsraum der Sieben oder wie ich ihn nenne: der Hort des Wahnsinns und postpubertärer Hormonschübe.«

Ich hatte keine Ahnung, was ich erwartet hatte, aber *das* war es definitiv nicht. Wir standen tatsächlich in einer Art Gemeinschaftsraum. Mit modernen Sofas, knallroten Regalen und sogar einem riesigen Fernseher. Auf dem Boden davor waren einige ältere und neuere Spielekonsolen aufgebaut. An den Wänden hingen Poster von Kultfilmen. Ich konnte es nicht glauben. Das waren alles normale Dinge, die ich kannte. Normale Dinge, die mir das erste Mal das Gefühl gaben, nicht mit einem Raumschiff den Planeten verlassen zu haben.

Jarek deutete auf die Einrichtung des Raums. »Die Sieben verbringen hier oft Zeit miteinander, zumindest wenn sie sich in Septem aufhalten. Das meiste Zeug kommt aus eurer Welt.«

Ungläubig lief ich an einer enormen Ansammlung bunter Tassen vorbei, die sich auf einer Anrichte in der offenen Küche stapelten. Darauf standen allerlei dumme Sprüche wie *Please wait, sarcasm still loading* oder *Seven and fantastic.*

»Er gibt es nicht zu«, verriet mir Zorya, »aber Matthew liebt diese Dinger. Er bringt ständig neue nach Septem.«

Ich hob eine Augenbraue. »Tassen.«

»Nur die witzigen.«

Ich schüttelte den Kopf und schaute mich um. Ihre Wette hatte Zorya jedenfalls verloren, denn vom Mirrorlord war keine Spur zu sehen. Dafür saß ein Junge an einem runden Tisch nahe des Küchentresens. Fast hätte ich ihn übersehen, denn er war so unscheinbar, dass er beinahe mit seiner Umgebung zu verschwimmen schien. Sein Gesicht war schmal, und er hatte eine Brille mit einem feinen, silbernen Gestell auf der Nase. Statt eines Brokatmantels trug er lockere graue Stoffhosen und ein einfaches weißes Shirt. Ein blauer Schal war lose um seinen Hals geschlungen.

Als er meinen Blick spürte, sah er auf, erhob sich mühsam und kam zu uns. »Rayne Harwood. Es freut mich sehr«, sagte er mit einem freundlichen Lächeln. »Ich bin Cedric Attwater.«

»Sandford«, korrigierte ich und kam mir sogleich völlig bescheuert vor. »Ich meine – nicht, dass du Sandford heißt. *Mein* Name ist Sandford. Aber … nenn mich einfach Rayne. Oder Ray.«

Meine Wangen wurden heiß. Was redete ich da für einen Schwachsinn? Doch Cedrics Lächeln wurde nur breiter. »In Ordnung. *Ray.*«

Mir fiel auf, wie blass die Lippen dieses Jungen waren. Überhaupt wirkte er, als könnte ein kleiner Windstoß ihn jeden Moment auf den Boden schicken, und ich fragte mich insgeheim, ob er nicht in einem Bett liegen sollte.

Da spulte ich in Gedanken einmal zurück, zu dem, was er eben gesagt hatte, und es machte *Klick.* »Attwater? Wie Celine?«

Cedric nickte. »Ich bin ihr Zwillingsbruder.«

Schlagartig wurde mir die Ähnlichkeit bewusst. Sie hatten beide ovale Gesichter mit einer hohen Stirn und schmalen Lippen. Der einzige Unterschied neben der Haarfarbe – Cedrics waren blond – war das freundliche Lächeln auf seinem Mund. *Das* hatte ich bei Celine definitiv noch nicht gesehen.

»Cedric ist ein wandelndes Lexikon«, raunte Jarek mir über die Schulter zu. »Der klügste Kerl hier in Septem. Ihm kannst du jede Frage stellen. Er weiß so ziemlich alles über den Mirror, über die Träger und ihre Sigils.«

»Und deswegen könnt ihr sie auch hierlassen«, hakte Cedric ein. »Ich zeige Ray die Bastion.«

»Ich wollte eigentlich den Mirrorlord sehen. Adam.«

Cedric wirkte, als ob er das längst wüsste, und schaute zu einer Uhr an der Wand, auf der doch ernsthaft *It's always Happy Hour* stand. »Er sollte bald auftauchen. Du kannst hier mit uns warten.«

»Uns?«

Ein warmes Lächeln tauchte auf Cedrics blassen Lippen auf. Er führte mich zu einer Tür und öffnete sie. Aus dem Raum dahinter drangen Geräusche zu uns. Stimmen, aber auch Ächzen, heftige Atemzüge und … das klang nach einem Kampf!

Cedric bedeutete mir, ihm zu folgen. Jarek rief mir noch ein »Bis später, Flämmchen!« zum Abschied hinterher, dann verschwanden er und Zorya aus meinem Sichtfeld.

In dem Raum, in den Cedric mich nun führte, gab es einen Billardtisch, gefolgt von zwei Boxsäcken, die von der Decke hingen. Außerdem eine Trainingsmatte, auf der gerade zwei Gestalten standen: Matt und ein Mädchen mit schwarzen, kinnlangen Haaren. Sie war muskulös, trug ein bauchfreies Top und enge Hosen.

Und sie schlug Matt zu Brei, man konnte es nicht anders sagen.

»Das ist Dina«, sagte Cedric neben mir. »Sie gehört auch zu den Sieben und ist die Trägerin von *Anguis,* dem Schlangenband. Eigentlich war sie gerade mit ein paar Häschern in Lagos, weil es dort Probleme mit Abbys gab. Adam hat sie deinetwegen zurückgerufen. Celine ist heute Morgen gleich los, um sie aufzusammeln.«

Ich starrte auf die Szene vor mir. Matt und Dina tauschten einige Schläge aus. Zuerst konnte Matt ausweichen, doch schließlich ließ Dina die Schultern kreisen und schickte ihn mit ein paar fast gelangweilt aussehenden Tritten auf den Boden.

Eine weitere Trägerin also. Dann fehlten demnach noch zwei, um die Sieben komplett zu machen.

»Und du?«, fragte ich Cedric. »Bist du auch einer von …«

Er schüttelte den Kopf, bevor ich zu Ende gesprochen hatte. »Nein, ich bin kein Träger. Weder von einem Dark Sigil noch von einem anderen. Aber ich bin sozusagen euer Ehrenmitglied.« Er schenkte mir wieder dieses warme Lächeln, das ich jedoch nur mit Mühe erwidern konnte.

Die Art wie er *euer* sagte. Als wäre ich längst ein Teil der Sieben.

»Die anderen beiden heißen Sebastian und Nikki«, erklärte Cedric, als hätte er die Frage in meinem Gesicht abgelesen. »Sie sind momentan nicht in Septem. Aber du wirst sie früher oder später kennenlernen.«

Früher oder später. Dass ich dann noch hier sein würde, daran hatte offensichtlich niemand einen Zweifel.

Vor uns wartete Dina, bis Matt sich erhob, dann traf sie ihn mit dem nackten Fuß in die Seite. Sie packte seine Körpermitte, wirbelte ihn herum und ließ so plötzlich los, dass er mit einem lauten Ächzen auf den Boden taumelte.

Danach ließ sie den Kopf kreisen, als würde sie Dehnübungen machen. »Und? Gibst du endlich auf?«

»Vergiss es«, knurrte Matt, während er sich erneut aufrichtete.

»Ach Matt.« Dina lächelte. »Hab ich dir nicht schon genug weh getan?«

»Freu dich nicht zu früh, Solomon. Heute stampfe ich dich in den Boden.«

Ich warf Cedric einen fragenden Blick zu, der daraufhin nur leise lachte und sich zu mir lehnte. »Das kündigt er immer an. Und eines schönen Tages tut er es vielleicht sogar.«

»Das habe ich gehört, Ceddy!«, rief Matt, der die Hand zur Begrüßung in meine Richtung streckte. Er und Dina liefen nun ganz langsam mit Seitenschritten im Kreis, immer im gleichen Tempo, so als ob sie jede Sekunde aufeinander losgehen könnten. Und das taten sie auch. Matt stürmte zuerst nach vorn. Dina schaffte es, einem Magiestoß auszuweichen, den er aus einer Hand auf sie zusausen ließ, und als er versuchte, ihr einen weiteren in die Seite zu verpassen, duckte sie sich einfach darunter hindurch.

Wie eine Schlange.

Wieder rannte Matt auf Dina los, und diesmal war sie zu langsam. Irgendetwas schien sie abgelenkt zu haben, und als auf Matts Haut die lilafarbenen Symbole aufleuchteten, wusste ich auch, was: eine Illusion. Er musste versucht haben, ihre Realität zu verändern, doch Dina hatte den Angriff abgewehrt. Der Schlag ließ sie zwar rückwärts taumeln, aber sie richtete sich schnell auf und griff an ein goldenes Band, das sie um ihre Taille trug. Es war aus einem dunklen Gold geschmiedet und hatte bewegliche Glieder. Eins der Enden war zu einem Schlangenkopf geformt. Und da passierte es: Zuerst tauchten grüne Lichtzeichen auf ihren muskulösen Armen auf, bis sich schließlich das Band in eine Art *Peitsche* wandelte.

»Das ist ihre Magiewaffe«, sagte Cedric auf mein ungläubiges Starren hin. »Jeder der Sieben hat eine andere. Man kann sie rufen, wenn die Magie des Dark Sigils mit einem verbunden ist. Schau.«

Tatsächlich. Aus Matts Händen wuchsen zwei lilafarbene Klingen. Dolche. Aus *Magie.*

»Gehört dieses Seil zwischen Adams Würfeln auch dazu?«, fragte ich, und Cedric nickte.

»Ja, genau.« Er schenkte mir ein sanftes Lächeln. »Du bist sehr aufmerksam.«

Ich erinnerte mich wieder an die enthauptete Kreatur und schauderte. »Glaub mir, er war nicht gerade zurückhaltend damit.«

Matt und Dina gingen mit ihren Magiewaffen aufeinander los, schlugen zu, parierten und schlugen wieder zu. Zu sehen, wie ihre Magie durch den Raum flog, sandte ein Kribbeln über meine Arme. Es ließ mich an das Gefühl zurückdenken, das meinen Körper geflutet hatte, als ich Ignis nahe gewesen war. Ein Gefühl, als wäre ich nach jahrelangem Herumirren endlich *angekommen.*

Das Ganze ging so lange, bis Dina ihre Peitsche um Matts

Hals wickelte. Er hatte gerade einen Magiestoß auf sie abfeuern wollen, doch stattdessen ging er mit einem Stöhnen auf den Boden.

»Dinas Sigil kann bei Berührung Lebensenergie entziehen«, raunte Cedric mir zu. »Und wieder zurückgeben, wenn sie großzügig ist.«

Lebensenergie. Tatsächlich wurde Matts Gesichtsfarbe immer fahler. Er wand sich, versuchte auszubrechen, vergeblich.

»Hat dir schon jemand gesagt, was dein Sigil kann?«

Ich blinzelte. Es fiel mir schwer, mich von dem Kampf vor mir abzuwenden, so fasziniert war ich, aber schließlich schaute ich doch zu Cedric. Die Frage war mir noch gar nicht in den Sinn gekommen. »Nein.«

»Es kann von jeder Magieform Besitz ergreifen und sie kontrollieren. Oder sie zerstören. Ich hab's nie mit eigenen Augen gesehen, aber Ignis' Fähigkeiten sollen sehr mächtig sein.«

Es konnte Magie kontrollieren? Und zerstören? Ich hielt inne und erinnerte mich daran, wie die Chaosmagie, die beim Kampf im Heptadome aus dem Drachenarmband geflossen war, die Magieklammer einfach aufgelöst hatte. Als gäbe es nichts Leichteres.

Wenn ich es richtig verstand, war das Sigil, das ich getragen hatte, nur eine Kopie gewesen. Die Macht des echten Sigils musste demnach noch um ein Vielfaches größer sein.

Vor uns zog Dina die Peitsche immer enger um Matts Hals. Gleichzeitig hatte sie ihre Beine um seinen Oberkörper gewickelt und hielt ihn nun zwischen ihren Oberschenkeln gefangen.

Im Raum wurde es still.

Im Gegensatz zu mir wirkte Cedric überhaupt nicht verwundert. Er sah mich vielmehr mit einem amüsierten Ausdruck an. »Matt hat Dina noch nie geschlagen, in all den Jahren nicht.«

»Wieso versucht er es dann überhaupt?«

»Er ist sehr schlecht darin, aufzugeben.« Cedrics Lächeln wurde, wenn möglich, noch warmherziger. »Vor allem, weil Adam Dina erst vor ein paar Wochen auf die Matte geschickt hat. Das kratzt an seinem Stolz.«

»Der Mirrorlord trainiert hier mit euch?« Es fiel mir schwer, mir vorzustellen, wie Mister Kotzbrocken höchstpersönlich Trainingskämpfe zwischen Spielekonsolen, Filmpostern und witzigen Sprüchetassen absolvierte.

»Nicht sehr oft«, gab Cedric zu. »Adam hat zu viel um die Ohren, aber … früher war er ständig hier. Und Dina ist die Einzige, die ihm je wirklich die Stirn bieten konnte.«

»Kein Wunder, oder? Mit diesen Würfeln ist es doch quasi unmöglich, ihn zu besiegen. Wenn jemand ihn trifft, kann er mit seinem Sigil einfach die Zeit zurückdrehen und es verhindern.«

Cedric sah mich beeindruckt an. »Normalerweise stimmt das, ja. Nur gegen Dina hilft ihm das nicht viel. Sie ist im Nahkampf einfach unschlagbar, egal, wie viele Versuche Adam sich mit seinem Sigil erschwindeln kann. Sie hat ihn in sechsundfünfzig Prozent der Fälle geschlagen.«

Was sie mir auf Anhieb um mindestens hundertzwanzig Prozent sympathisch macht.

Und überhaupt: Wo blieb der Typ eigentlich? Hatte Cedric nicht gesagt, dass der Mirrorlord hier auftauchen würde?

Auf der Trainingsmatte versuchte Matt noch immer angestrengt, sich aus Dinas Klammergriff zu befreien. Ohne Erfolg. Die Peitsche um seinen Hals leuchtete grünlich, seine Hautfarbe sah inzwischen alles andere als gesund aus. Nach ein paar

Versuchen stöhnte er niedergeschlagen und klopfte auf die Matte. »O-kay«, würgte er. »Ich geb auf.«

Sofort zog Dina die Peitsche von Matts Hals. Er hustete, als sie ihm auf die Beine half, dann humpelte er zu uns.

»Gut gekämpft«, sagte Cedric, während er ein Handtuch aus einem seitlich stehenden Regal holte und es Matt hinstreckte.

»Nett von dir, Ceddy, aber das war absolut erbärmlich.«

»Wenigstens siehst du es ein, Schätzchen.« Dina legte einen Arm um Matts Schultern, gab ihm einen schmatzenden Kuss auf die Wange, dann glitt ihr Blick zu mir. Die magische Peitsche, die sie in der Hand hielt, formte sich zurück in das Schlangenband. Sie legte es um ihre Taille, nur die grünen Zeichen leuchteten weiterhin auf ihrer goldbraunen Haut.

»Hallo Neue«, sagte Dina mit einem fast schnurrenden Ton. Sie hielt mir die freie Hand entgegen, und ich schüttelte sie, während sich ihre tiefroten Lippen zu einem katzenhaften Grinsen verzogen. »Hab nicht gedacht, dass mich noch irgendwas überraschen kann, aber … dann tauchst du plötzlich auf.« Sie schaute betont langsam an mir herab, um dann Matt einen kurzen Blick zuzuwerfen. »Und ihr habt wirklich geglaubt, dass das Auge eine halbe Portion wie sie rekrutieren wollte?«

»Ähm.« Ich runzelte die Stirn. Hatte sie mich gerade eine halbe Portion genannt? Und was zum Teufel hatte es eigentlich mit diesem *Auge* auf sich? Doch bevor ich fragen konnte, redete Dina schon weiter.

»Bei allen Sieben, wenn der Rest des Mirrors von dir erfährt, werden die Leute durchdrehen. *Die verlorene Trägerin.* Du wirst für Monate das Gesprächsthema Nummer eins sein. Vorbei mit der Ruhe.«

»Welche Ruhe?«, fragten Matt und Cedric völlig synchron, woraufhin Dina den Mund verzog.

»Stimmt auch wieder. Trotzdem, wir sollten …«

Sie ließ den Satz ins Leere laufen, als Schritte im Raum hinter uns zu hören waren. Ein winterblaues Leuchten legte sich über die Filmposter an den Wänden und auf der Tür erkannte ich Celines Sigil-Gravur. Sie wandelte sich in einen Magiekorridor, aus dem erst Celine selbst herauskam … und schließlich auch Adam.

16

Cedric hatte recht behalten. Der Mirrorlord war tatsächlich gekommen. Er trug ähnliche Kleidung wie gestern: schwarzer Mantel, graue Hosen, graues Hemd. Seine weißen Haare leuchteten aus der Dunkelheit, mit der er sich umhüllte, nur umso mehr heraus.

Ich atmete einmal tief ein und wieder aus und versuchte, mich für das Gespräch zu wappnen, das ich heute Morgen in Gedanken immer wieder durchgegangen war.

Adam schaute langsam von Dina, Matt und Cedric zu mir. Und als sein Blick auf mir ruhte, gab es einen kurzen, entnervenden Moment, in dem ich mich fühlte, als wüsste er genau, wie oft ich ihn seit unserem letzten Treffen in Gedanken *Kotzbrocken* genannt hatte.

»Zieht euch um«, erklärte er, bevor ich etwas sagen konnte. »Wir brechen auf.«

Hatte der sie noch alle? Wohin denn bitte schön?

Mit einem Schlag war meine Nervosität verschwunden, was wohl an Adams Oberbefehlshaberauftritt lag. Schließlich hatte ich mich nicht jahrelang gegen Leute wie Lazarus Wright oder Isaac Moselby durchgesetzt, um nichts daraus gelernt zu haben.

»Ich gehe nirgendwohin«, erklärte ich mit fester Stimme. »Ich will zuerst meine Familie sehen.«

Adam wirkte ehrlich verwirrt. »Du hast dort, wo du herkommst, keine Familie. Nur einen Vormund.«

Mir stand der Mund offen. Unfassbar. Der Typ war einfach *unfassbar*!

»Meine *selbst gewählte* Familie.« Denn das war Lily auf jeden Fall. »Ich weiß nicht, ob das Prinzip dir geläufig ist, aber man kann sich die Menschen, die einem wichtig sind, durchaus aussuchen. Ungefähr so, wie die Menschen, die man unausstehlich findet.«

Adams Blick richtete sich über meine Schulter – zu Matt. Und als ich mich ebenfalls zu ihm drehte, lag ein Lächeln auf seinen Lippen. »Familie ist wichtig. Habe ich mal irgendwo gehört«, sagte er, und es klang neckend, woraufhin Adam nur die Augen verdrehte.

Dann schaute er wieder zu mir, und ich hasste es, wie er mit dieser Überheblichkeit von oben auf mich herabsah, so, *so* sehr. Als ob es für ihn keine Frage war, dass er über mir stand. Als wäre es das Natürlichste von allem.

»Ihr habt mich entführt«, zischte ich. »Ich hatte nicht mal eine Chance, meiner Freundin zu sagen, was passiert ist. Ich hab keine Ahnung, ob es ihr gut geht und …«

Ich unterbrach mich, als Adam in seine Manteltasche griff und eins dieser Spiegel-Sigils herausholte, wie meine Dienerin mir eins gegeben hatte. Er öffnete es, tippte auf die Oberfläche wie bei einem verdammten Comm, dann hielt er es mir hin.

Mit aller Macht zwang ich mich, nicht an Ort und Stelle loszuheulen. Denn da war Lily. Auf dieser winzigen Spiegelfläche sah ich sie in einem Krankenhausbett liegen. Sie war wach, saß sogar halb aufgerichtet und redete offenbar mit einer Krankenschwester, die ihr die schwarzen Locken bürstete. Auch wenn sie traurig und verwirrt wirkte, ... schien sie in Ordnung zu sein. Und was fast noch wichtiger war: Von Lazarus oder den Nightserpents war keine Spur zu sehen.

Sie war tatsächlich, für diesen Moment, in Sicherheit.

Ich wollte den Spiegel an mich drücken, so glücklich machte mich das Bild, doch da zog Adam ihn bereits zurück und verstaute ihn wieder in seinem Mantel.

»Sie wird dort rund um die Uhr betreut, dafür haben wir gesorgt. Und sie wird wieder ganz gesund. In Ordnung?«

Ich schüttelte den Kopf. »Nichts ist in Ordnung! Ich ...« Ich holte tief Luft, zwang mich, weiterzumachen. »Ist dir mal der Gedanke gekommen, dass du mir ein paar Erklärungen schuldest? Bisher hast du mir nämlich nur damit gedroht, dass ich sterbe, wenn ich nicht tue, was du sagst. Und ganz ehrlich? Ich weiß nicht, wie die Gepflogenheiten im Mirror so sind, aber in meiner Welt baut das nicht gerade Vertrauen auf.«

Adam hatte während meiner kleinen Ansprache keine Miene verzogen. Unter seinem stechenden Blick fingen meine Hände jedoch an zu zittern, und ich drückte sie fest gegen meine Oberschenkel, um den Tremor zu kontrollieren. Auf keinen Fall durfte ich jetzt Schwäche zeigen.

»Warum ich?«, setzte ich nach. »Warum könnt ihr das Sigil nicht einfach weitergeben? Ich will doch nur diese ... Chaosmagie loswerden und nach Hause gehen.«

Adam atmete einmal geräuschvoll ein und wieder aus. Er wirkte, als bräuchte er ungefähr hundert Kopfschmerztabletten, um diesen Tag zu überstehen. Dann wandte er sich an Cedric. »Bekommst du das möglichst kurz hin? Wir haben wirklich keine Zeit.«

Celines Bruder lehnte inzwischen gegen eines der Regale, aber es sah nicht lässig aus, sondern vielmehr so, als ob er eine

Stütze brauchte. Er war unsäglich blass, und trotzdem war sein Gesicht voller Mitgefühl. *Für mich,* begriff ich.

»Es kannst nur du sein, Ray. Das ist das Prinzip der Dark Sigils.«

»Und das heißt?«

»Das heißt, dass unsere Eltern jahrelang versucht haben, einen Nachfolger für dein Sigil zu finden. Erst unter den Oberen, und irgendwann sogar in Prime. Ohne Erfolg. Denn das Sigil ist auf *deine* Blutlinie geprägt. Und weil du die ganze Zeit am Leben warst, konnte es niemand anderes tragen. Deshalb ist in den letzten siebzehn Jahren unendlich viel Chaosmagie aus dem Drachenarmband geströmt. Mit der Zeit konnte es mit Trites eingedämmt werden, doch zu Beginn …« Cedric machte eine vage Handbewegung in Richtung des Fensters, wo London am Himmel zu sehen war. »Zu Beginn hat die Chaosmagie sehr tiefe Löcher in die Barriere zwischen unseren Welten geschlagen.«

Cedric versuchte offensichtlich, mir etwas zu erklären, aber ich kapierte es nicht. Was hatte das denn jetzt mit mir zu tun?

»Dein Vater ist vor siebzehn Jahren gestorben. Und zwei Jahre danach – zwei Jahre nach deiner Geburt – ist der Mirror für eure Welt sichtbar geworden. Verstehst du? Das alles hängt zusammen. Weil du in Prime geboren wurdest und weil die Sieben nichts von dir wussten, konnte die Chaosmagie die Barriere so sehr schädigen, dass der Mirror über eurer Welt erschienen ist.«

Cedrics Worte zogen mir den Boden unter den Füßen weg. Der Tod meines Vaters … *meine* Geburt … sollte dafür verantwortlich sein? Meinten die das ernst?

Ich nahm mehrere Anläufe, irgendetwas zu erwidern, aber kein Wort kam aus meinem Mund. Jedes Mal, wenn ich mit Lily in den Himmel geschaut hatte, sollte es nur deshalb möglich gewesen sein, die silbrig glänzenden Konturen des Mirrors zu sehen, weil *ich* das Erbe meines Vaters nicht angetreten hatte?

»Wenn du Ignis also nicht trägst …«, fuhr Cedric mit behutsamen Worten fort, »… wird immer mehr Chaosmagie entstehen. Irgendwann wird sie Überhand gewinnen, und der Mirror wird von den Abbys in Stücke gerissen. Und sobald der Mirror fällt, gibt es keinen Schutz mehr für eure Welt.«

Ich konnte noch immer nichts entgegnen. Was hätte ich darauf auch sagen sollen? *Ist mir egal? Ist nicht mein Problem?* Denn so, wie Cedric es sagte, und so, wie mich alle anschauten, war es genau das.

»Das alles ist nicht meine Schuld«, flüsterte ich.

»Nein, das ist es nicht.« Es war Adam, der antwortete. Und sein Blick blieb dabei in perfekter Kotzbrockenmanier ausdruckslos, unnahbar und kalt. »Aber du hast existiert. Und das hat den Mirror ins Verderben gestürzt.«

»Du existierst auch. Schon mal daran gedacht, dass es vielleicht an *dir* liegt?«

Im Hintergrund sah ich, wie Celine mich anglotzte, als wäre mir ein zweiter Kopf gewachsen, während auf Dinas Gesicht ein verstohlenes Grinsen erschien.

Ich zwang mich, einmal tief durchzuatmen, und schloss kurz die Augen. »Wenn ich das Sigil anlege, was bedeutet das dann genau?«

»Du nimmst den angestammten Platz deiner Familie ein.«

Adams neunmalkluger Tonfall ließ das Feuerwerk in meinem Inneren sofort wieder hochgehen. »Lass mich mit diesem schwachsinnigen Familiengequatsche in Ruhe! In Wirklichkeit willst du mir doch sagen, dass ich mein gesamtes Leben für euch aufgeben soll!«

Adam ließ sich von meinem Wutausbruch nicht beeindrucken. »Es ist ein besseres Leben als das, was du hattest, oder?«

Verzweifelt versuchte ich, mir nicht anmerken zu lassen, wie sehr mich seine Worte trafen. Im Grunde sollte es mich nicht wundern. Natürlich wusste er, wo ich gelebt hatte. *Wie* ich gelebt hatte. In einem heruntergekommenen Kraftwerk zwischen stillgelegten Turbinen. Wahrscheinlich war es genau das, was Matt ihm gestern mit seiner Illusion gezeigt hatte. Und dennoch schlugen seine Worte eine Kerbe in meinen Stolz.

»Es ist trotzdem mein Leben gewesen.«

Auf meine Worte wurde es gespenstisch ruhig im Raum. Die Kälte von Celines Gesichtsausdruck lag irgendwo zwischen Antarktis und Alaska, Cedric wirkte eher besorgt – nur Dina und Matt schauten drein, als hätten sie gern eine Tüte Popcorn, während sie unseren Streit mitverfolgten.

Mir war klar, dass ich wahrscheinlich keine Chance hatte, mich zu wehren, wenn der Mirrorlord mir seinen Willen aufzwingen wollte. Im Grunde konnte er Matt einfach befehlen, mich in eine weitere Illusion zu verfrachten, und nach einem kurzen Zwischenaufenthalt auf der Blumenwiese würde ich mit einem brandneuen Schmuckstück am Arm wieder aufwachen.

Aber nur, weil ich mich nicht wehren konnte, würde ich es ihm nicht leicht machen.

Meine Hände zitterten inzwischen so stark, dass ich ohne mein Cape keine Chance hatte, es zu verstecken. Also machte ich das, was Lily immer zu mir sagte. Ich hob das Kinn und trug meinen Makel mit Stolz.

»Hör zu … *Adam*. Meinetwegen tue ich, was du willst. Ich übernehme dieses Sigil. Ich werde Teil eures Brokatmantel-Clubs, okay? Aber im Gegenzug wirst du etwas für mich tun. Du wirst meine Freundin in den Mirror holen.«

Insgeheim rechnete ich damit, dass Adam mich nun einfach von seinen Magiehäschern abtransportieren lassen würde. Doch stattdessen kam er auf mich zu. Von Angesicht zu Angesicht überragte er mich um eine volle Kopflänge. »Einverstanden. Du wirst das Verbindungsritual durchführen lassen, und du wirst Ignis tragen. Danach, das verspreche ich dir, holen wir deine Freundin zu uns.«

Es dauerte einen Augenblick, bis ich begriff, dass er den Spieß umgedreht hatte. Ich hatte ihm genau das gegeben, was er wollte. Denn nun stellte er die Bedingung, und ich konnte entweder annehmen oder nicht.

Adam streckte mir die Hand entgegen. Obwohl die Wut in mir kaum zu bändigen war, griff ich danach, bevor ich es mir anders überlegen konnte. Seine Finger umschlossen meine, und da war er wieder: Dieser Blick in seinem Gesicht, den er mir schon einmal zugeworfen hatte. Im Heptadome in Brent. Ein Blick, der so intensiv war, dass er sich wie eine Magieklammer anfühlte, die meinen Körper von Kopf bis Fuß in Besitz zu nehmen drohte.

17

Die winterblaue Magie breitete sich auf der Tür aus wie ein Tropfen Tinte in einer Wasserschale. Zarte Linien erstreckten sich über die Ränder. Dann wurden sie zu Kreisen, Schnörkeln und unzähligen wundersamen Formen, die sich schließlich zu den zwei Rauten der Sigil-Gravur zusammenfügten. Als sie die gesamte Fläche ausfüllten, zog Celine den Schlüssel ab und versteckte ihn unter ihrem Shirt. Die Zeichen glühten auf ihrer Haut, im selben Blau wie die Gravur auf der Tür.

Es dauerte nicht lange, bis sich der Korridor bildete. Von jetzt auf gleich verschwand die Tür und führte in ein unendliches Nichts, in dem uns nur schwach einige Linien aus Magie den Weg wiesen.

Ich hatte ein flaues Gefühl im Magen. Angestrengt versuchte ich, mich zu sammeln. Gestern hatte ich das schließlich auch geschafft.

»Ihr zuerst«, befahl Adam, und Matt trat vor. Er bot mir seinen Ellbogen an, und ich griff ohne zu zögern zu. Es gab Momente im Leben, da musste man seinen Stolz einfach herunterschlucken.

Ich machte einen Schritt nach vorn. Gleichzeitig sträubte sich alles in mir davor, diesen Ort zu verlassen. Auch wenn der Palast mich mit seiner Größe und seinem Protz einschüchterte, konnte ich mich hier der Illusion hingeben, dass Lily nur ein paar Häuserblocks entfernt war. Was dagegen hinter dieser Tür lag … und was dort geschehen würde, das wusste ich nicht.

»Okay?«, fragte mich Matt, und ich holte tief Luft und lief los. Hinter Matt und mir setzten sich Adam, Celine und Dina in Bewegung. Im Augenwinkel sah ich noch, wie Cedric zum Abschied die Hand hob, und ich warf ihm als Antwort ein kleines Lächeln zu.

Es wäre schön gewesen, ihn dabeizuhaben. Zwar kannte ich ihn kaum, aber seine ruhige Art hatte mir Zuversicht gegeben, vielleicht, weil er mich ein bisschen an Lily erinnerte. Auch er sah zart und zerbrechlich aus und war trotzdem nicht zu unterschätzen. Doch dieser Ausflug war offenbar nichts für *Ehrenmitglieder* der Sieben, zumindest schlussfolgerte ich das, weil Cedric nicht einmal Anstalten machte, uns begleiten zu wollen.

Für einige Sekunden schwebten wir in dem Korridor, der nur mit Leere gefüllt war. Mit aller Kraft konzentrierte ich mich auf die Magielinien, als würde ich nachts auf einer regennassen Straße in den Outskirts laufen, aber dann überkam mich Schwindel. Ich vergaß sogar den Schmerz, der dank der Chaosmagie noch immer an meinem rechten Arm pulsierte. Der Schwindel wurde stärker, ich glaubte schon, er würde nie enden. Doch dann, endlich, setzte sich die neue Umgebung um uns herum zusammen.

Wir kamen auf einer völlig verlassenen Seitengasse heraus, die jetzt, tagsüber, vom gräulichen Zwielicht des Mirrors erfüllt war. Sie war umsäumt von Häusern, die aussahen, als wären sie geradewegs dem viktorianischen Zeitalter entsprungen. Herrschaftliche Gebäude wie der Westminster Palace, die jedoch um einiges höher aufzuragen schienen. Auch hier waren sämtliche

Wände durchströmt von Magie, während über den Gebäuden weitere Bauten in der Luft schwebten.

Dazwischen bewegte sich etwas. Ich schaute hinauf, und es dauerte, bis ich begriff, dass es … *Gondeln* waren. Keine hölzernen Boote, wie ich sie aus Fotos von Venedig kannte, sondern Gondeln, die zu einem gläsernen Oval geformt und außen nur mit Metallstreben verkleidet waren. In ihrem Inneren saßen Menschen auf Sitzbänken. So schwebten die Gondeln sehr langsam und mit einer blau leuchtenden Unterseite über die Straßenschluchten hinweg.

In meinem Versuch, einer dieser Gondeln mit meinem Blick zu folgen, rempelte ich jemanden an, der in diesem Moment aus dem Magiekorridor herauskam.

»Ganz ruhig«, sagte Adam zu mir und stabilisierte mich mit einem Griff an den Arm. Ich zuckte sofort von ihm weg – *jetzt* konnte er sich sein Mitgefühl auch sparen – und schaute wieder nach oben.

Denn über uns … lag eine Stadt, die ich kannte.

Wir waren immer noch in London! Nur nicht mehr in Septem, sondern mitten in *Mirror-London.* Ganz eindeutig: Über uns hing die Westminster-Kathedrale auf dem Kopf, und etwas weiter weg erkannte ich sogar den Buckingham Palace, also waren wir nicht weit weg vom Palastturm Septems.

Das war das Letzte, mit dem ich gerechnet hatte. Ich hatte erwartet, irgendwo am Ende der Welt zu landen. Vielleicht in einer anderen Mirrorstadt wie der über Sydney oder Hongkong. Und als sich Matt und Dina neben mir verwirrt um die eigene Achse drehten, wurde mir klar, dass sie meine Überraschung teilten. Mit zusammengezogenen Brauen wandte Matt sich an Adam. »Wieso sind wir hier? Ich dachte, du wolltest ihr das Sigil so schnell wie möglich anlegen lassen?«

Adam nickte. »Werde ich auch, aber vorher müssen wir noch mit jemandem sprechen.«

»Mitten in der Stadt?«

»Haltet einfach den Kopf unten. Niemand rechnet mit uns. Und niemand wird mitbekommen, dass wir hier sind.« Damit lief Adam los, und Celine folgte ihm mit einem kleinen genugtuerischen Lächeln auf den blau geschminkten Lippen.

Na klar. Madame Schlüsselmeisterin hatte Adam natürlich vorab in seinen Plan eingeweiht.

»Er muss es ja nicht ausbügeln, wenn wir erkannt werden«, grummelte Matt neben mir, obwohl Adam ihn nicht mehr hören konnte.

Dina hakte sich bei mir unter, und zusammen liefen wir die Seitengasse entlang bis zu deren Ende. Sie mündete in einer breiten Straße – und in einer völlig anderen Welt. Denn hier tummelten sich mit einem Mal unzählige Menschen. Menschen in kostbarster, farbenfroher Kleidung und aufwendigen Frisuren. Menschen, die allesamt übernatürlich schön erschienen und die so viele wertvolle Sigils um ihre Hälse, Handgelenke oder Finger trugen, dass man kaum noch Haut sah.

Künstlich aufgesetztes Lachen drang an meine Ohren. Uns gegenüber lag ein Café, in dem Getränke wie von selbst auf den Tischen erschienen. Die Oberen mussten nur die Hände danach ausstrecken und sie zu sich ziehen.

Kneif mich, dachte ich mir und starrte unverhohlen auf all die Leute in ihren schrill-bunten Kleidern. Vor mir schwebte ein Typ mit türkisfarbenen Locken auf einer verdammten *Sänfte* über die Straße. Etwas weiter hinten erkannte ich eine Familie, deren Kinder laut lachend vor einem mit Magie gefüllten Teddybären davonrannten.

»Kommt weiter«, sagte Adam. Er zog sich die Kapuze seines

Mantels über den Kopf und bedeutete uns, das Gleiche zu tun. »Wir sollten nicht so lang herumstehen.«

Er lief voraus, und auch wenn ich von dem Gewimmel um mich herum noch immer überwältigt war, ließ ich mich von Dina hinterherziehen. Jetzt begriff ich langsam, warum Adam seine beiden Leibwächter nicht mitgenommen hatte. Zorya und Jarek würden mit ihrer Körpergröße und dem Siebeneck-Tattoo auf der Stirn zu sehr auffallen, und genau das wollte er verhindern.

Wir überquerten die große Straße, und dabei spähte ich immer wieder hinter dem Stoff der Kapuze auf die Oberen. »Hast du schon den neuen Beauty-Ring getestet?«, hörte ich eine Frau im pinken Kleid im Vorbeigehen säuseln. »Vollere Lippen in nur zwei Sekunden! Das musst du ausprobieren!«

Mir wurde schlecht. Diese Leute waren genauso hohl, wie ich es immer gedacht hatte. Sie suhlten sich regelrecht in Magie, und es war ihnen egal, wie die Menschen in *meiner* Welt darunter litten.

Vor mir bogen Adam und Celine in eine Straße ein. Hier war es stiller, und es reihten sich herrschaftliche, winterblau leuchtende Villen aneinander, etwas breiter als die Gebäude eben noch, aber ebenfalls unnatürlich hoch.

»Du willst zu Magistratin Soverall, oder?« Dina hatte sich neben Adam gedrängt und hielt ihn mit einem festen Griff am Ärmel zurück. »Warum?«

Er drehte sich zu ihr um, sein Gesicht halb unter der Kapuze versteckt. »Weil sie die Einzige ist, der ich vertraue.«

»Sie ist eine Schnapsdrossel«, raunte Dina mit zusammengezogenen Augenbrauen. »Und im Ruhestand.«

»Aber nicht aus freiem Willen. Damit ist sie die perfekte Wahl, das Ritual im Nexus mit mir durchzuführen.«

Magistratin. Nexus. Ich hatte keine Ahnung, wovon Adam da redete, doch das kümmerte ihn offenbar nicht. Er bedeutete Matt mit einem Nicken, ihm zu folgen, woraufhin beide auf eine der Stadtvillen zusteuerten. Nur Dina, Celine und ich blieben an der Kreuzung stehen.

»Was meint er damit?«, fragte ich Dina. »Mit diesem Nexus?«

Dina schaute mich verwundert an, als würde sie jetzt erst richtig begreifen, wie absolut keine Ahnung ich von dieser Welt hatte. »Der Nexus ist der Ort im Mirror, an dem unsere Magie entspringt. Dort werden die Dark Sigils auf ihren neuen Träger geprägt, weil nur dort die Magie wirklich rein ist.«

»Also wird am Nexus dieses … Ritual stattfinden?«

Dinas rote Lippen verzogen sich zu dem raubkatzenhaften Lächeln, das ich vorhin schon an ihr bemerkt hatte. »Das hängt offenbar davon ab, ob wir eine halbwegs nüchterne Magistratin finden können.«

»Und wer sind die Magistrate? Bei uns hieß es immer, dass Vorsitzende und Ratsmitglieder die einzelnen Mirrorstädte leiten. Von *Magistraten* hab ich noch nie gehört.«

»Es sind Politiker«, erwiderte Dina. »Mehr oder weniger. Die Magistrate sind nach Adam und uns die ranghöchsten Oberen, und sie dienen den Sieben schon, seit die Magie damals entdeckt wurde. Es gibt einen *Höchsten Magistraten,* der seinen Sitz in Mirror-Rom hat. Von dort verwaltet er im Namen des Mirrorlords den Magietransfer zwischen den Städten und auch mit Prime … und er führt traditionell die Verbindungsrituale der Dark Sigils durch.«

»Und die Frau, die wir jetzt treffen, ist diese *Höchste Magistratin*?«

Dina seufzte. »Nicht mehr. Agrona Soverall wurde vor einigen Jahren ihres Amtes enthoben. Das war damals ein echter

Skandal im Mirror, denn normalerweise dient der Höchste Magistrat den Sieben auf Lebenszeit. Wir kennen Agrona seit unserer Geburt. Sie hat vor allem Adam lange unterrichtet, die beiden standen sich ziemlich nahe.«

»Standen?«

Dina zögerte und nickte dann kurz. »Agrona hat nie verwunden, dass sie die Regierung in Rom verloren hat. Seit sie wieder in London lebt, zeigt sie sich kaum noch in der Öffentlichkeit.«

Gerade wollt ich nachsetzen und fragen, warum Adam dann ausgerechnet sie und nicht den amtierenden Höchsten Magistrat für das Ritual wählte. Sicherlich würde der sich doch überschlagen, dem Mirrorlord zu helfen, oder nicht? Aber da schaltete sich Celine dazwischen. »Sieht nicht so aus, als wäre sie zu Hause.«

Ich folgte ihrem Blick. Adam und Matt standen an der Tür der Stadtvilla und sprachen dort mit einem älteren Mann in Dieneruniform. Nachdem der den Kopf schüttelte und sich etwas ungelenk verbeugte, hob Matt eine Hand an dessen Stirn. Der Diener wurde stocksteif. Dann drehte er sich ein kleines Stück und schaute in die Ferne, als könne er Adam und Matt gar nicht mehr sehen.

Er war offenbar in einer Illusion gefangen, und ich begriff auch, wieso: Matt verschleierte unsere Anwesenheit. Wahrscheinlich wusste der Diener schon jetzt nicht mehr, dass der Mirrorlord jemals an der Haustür gestanden hatte.

»Laut ihrem Diener macht sie Erledigungen«, sagte Adam, als er und Matt wieder bei uns standen.

Celine seufzte und zog ihren Schlüssel hervor. »Lass mich raten: Sie sitzt in irgendeiner Bar?«

Adam nickte. »Ich nehme es an. Die Bar, in der sie am häufigsten ist, liegt auf der anderen Seite der Themse. Im Säuferviertel.«

Celines Augen weiteten sich. »Aber …«

»Ich weiß.« Adam schaute abwägend in meine Richtung. »Bring uns so nah an den Rand wie möglich.«

Das *Säuferviertel* entpuppte sich als ein weiterer Bezirk von Mirror-London. Wie Adam gesagt hatte, lag er südlich der Themse – und weiter im Osten. Dafür musste ich, als wir durch die Tür auf eine neue Straße traten, nur einmal den Kopf heben, um den *Shard* direkt kopfüber am Himmel hängen zu sehen. Der Wolkenkratzer lag bei uns in einem Viertel, das noch zu Central London gehörte, aber hier war offenbar das Gegenteil der Fall. Zwar mussten die Gebäude um uns herum ursprünglich genauso prunkvoll und elegant gewesen sein wie diejenigen, die uns eben noch umgeben hatten. Übrig geblieben waren jedoch nur verlassene Ruinen, und auch das farbenfrohe Stadtgewimmel war verschwunden. Stattdessen war alles mit einem Mal schrecklich düster.

Ich hatte im Geschichtsunterricht oft genug Fotos von zerbombten Städten gesehen, um zu erkennen, dass dieses Viertel nicht einfach verfallen war. Es war angegriffen worden.

»Was ist hier passiert?«, flüsterte ich in die gespenstische Stille hinein.

»Chaosmagie.« Adam war meinem Blick gefolgt, doch jetzt schaute er wieder zu mir. »Sie lässt sich nicht verhindern, wenn so viele Menschen Magie benutzen. Kleinere Ausbrüche stehen an der Tagesordnung, aber …«

»… das hier war kein kleiner Ausbruch«, beendete ich seinen Satz. Das hier – das erinnerte mich eher an das, was auf Lazarus' Party passiert war. Nur viel, viel schlimmer.

»Nein.« Adam schüttelte den Kopf. »Seit Ignis Chaosmagie verströmt, hat sie sich mehr und mehr in der Atmosphäre des Mirrors ausgebreitet. Und sobald heute irgendwo eine besonders große Menge Magie freigesetzt wird, entsteht eine Art Brücke zwischen dem Mirror und der Atmosphäre. Wenn das passiert, bilden sich Abbys in der Chaosmagie, und die fallen auf die Städte des Mirrors nieder. Diese Ereignisse heißen *Bündelungen.* Wir tun alles, um sie zu verhindern, aber sobald eine Bündelung auftritt, breitet sich die Chaosmagie mit einer solchen Wucht aus, dass es ganze Stadtteile zerlegen kann. So wie hier.«

Eine Schauer wanderte durch meinen Körper. *Ganze Stadtteile.*

Adam nickte in Richtung eines Platzes, der hinter den verlassenen Häusern lag und der in der Düsternis kaum zu sehen war. Weitere Ruinen, weitere Trümmer. Die kunstvoll angeordneten Mosaiksteine, aus denen die Straße gepflastert worden war, waren an vielen Stellen aufgebrochen, so als wäre von oben eine große Wucht auf sie niedergefahren. Und dahinter … dahinter hörte die Stadt einfach auf zu existieren. Das musste der *Rand* sein, von dem Adam gesprochen hatte. Erst jetzt begriff ich, dass er es wortwörtlich gemeint hatte. Neben einer Straße mündete der Bordstein direkt in einem Abgrund, und dahinter lag nichts als luftleerer Raum.

So also endeten die Mirrorstädte. Im Nichts.

Mein Blick glitt erneut nach oben, und tatsächlich: Am Himmel – in diesem Streifen Leere zwischen dem Mirror und unserer Welt – waberten schwarze Schwaden umher. Ich hatte sie in der herrschenden Finsternis nicht wahrgenommen, doch jetzt … Die Flecken schienen sich auf meine Welt zuzubewegen. Ihre Dunkelheit reichte beinahe bis zur Spitze des Shards.

Ich fröstelte. All das war Chaosmagie? Und all das … all das war aus *meinem* Sigil geströmt? »Wie gefährlich sind diese Magierückstände?«, flüsterte ich. »Die Abbys?«

»Sie sind wie Tiere«, antwortete Adam. »Sehr aggressiv, sehr tödlich, aber auch berechenbar. Einzeln kann man sie bekämpfen … doch wenn sie sich erst zu einer Bündelung zusammengefunden haben, ist es in der Regel zu spät. Dann muss die Gegend aufgegeben werden, wie hier.«

Ich dachte an das, was Cedric vorhin im Gemeinschaftsraum zu mir gesagt hatte. »Und so etwas könnte in meiner Welt passieren, wenn sich dort mehr Chaosmagie ausbreitet?«

Adam schaute mich unverwandt an. »Genau das versuchen wir zu verhindern.«

Und da begriff ich, dass Adam mir das hier hatte zeigen wollen. Er hatte Celine gebeten, uns so dicht wie möglich an den Rand der Stadt zu bringen, aber nicht, weil sich die Bar in unmittelbarer Nähe befand, sondern weil ich die Ruinen mit eigenen Augen sehen sollte.

Für gewöhnlich hätte mich diese plumpe Manipulation aufgeregt, doch der Anblick der zerstörten Häuser ließ die Wut in meinem Bauch zerfasern. Denn inzwischen verstand ich, wie hoch die Bedrohung tatsächlich war. Und zwar nicht nur für die Oberen. Natürlich hatte ich keine direkte Schuld daran, was hier durch diese *Bündelung* geschehen war. Aber trotzdem war es meinetwegen passiert. Weil mein Vater sich in meine Mutter verliebt … und niemandem davon erzählt hatte.

Meine Hände zitterten, ich konnte es nicht verhindern. Auch ein weiterer Blick nach oben half nicht, um das schlechte Gefühl in mir zu lindern.

»Bleibt dicht beieinander«, sagte Adam schließlich und lief voraus. »Es ist noch ein Stück.«

Obwohl es so düster war, führte Adam uns zielsicher durch das Labyrinth aus Straßen. Nach und nach ließen wir die Trümmer hinter uns, und die Häuserruinen wurden zu Clubs und Kneipen, die offenbar trotz des schlechten Zustands des Viertels weiterhin in Betrieb waren. Im Gegensatz zu dem schillernden Teil von Mirror-London schwebten hier jedoch keine Magiegondeln über unseren Köpfen hinweg, und es waren auch kaum Obere unterwegs. Diejenigen, die ich sah, trugen zwar ähnlich farbenfrohe Kleider und allerhand Sigils an den Körpern, aber sie wirkten nicht mehr so sorglos und fröhlich wie die Stadtbewohner auf der anderen Seite der Themse.

Jedenfalls redete hier niemand über *Beauty-Ringe.*

»Da hinten ist es.« Adam deutete auf ein niedrigeres Gebäude am Ende einer Gasse. Es hatte ein Spitzdach, einige Erker und ragte wie ein Leuchtturm aus der Dunkelheit heraus. Neben der Tür standen Leute mit komisch aussehenden Pfeifen in der Hand, aus denen winterblaue Wölkchen aufstiegen.

Wir gelangten in eine Bar – nur dass es eine Bar war, wie ich sie noch nie zuvor gesehen hatte.

Nicht nur am Boden saßen Obere an ihren Tischen, sondern auch an der Decke. Kopfüber und so dicht beieinander, dass sich die Köpfe der Gäste beinahe berührten. Eine magische Barriere verlief zwischen den beiden Bereichen, und mir entwich ein ungläubiger Laut, als ich sah, wie ein Kellner mit vollem Tablett auf eine Art Luftblase zuging, sich daraufhin in der Blase auf den Kopf drehte, ohne den winzigsten Tropfen zu verschütten, und anschließend die Gäste an der Decke bediente.

Auf einer runden Bühne stand eine Frau und sang ein Lied, das in der Geräuschkulisse der Bar nahezu unterging. Und diese Frau … sie trug winterblaue Feenflügeln, die offenbar eine Magieprojektion waren. Sie wurden von einem Medaillon ausgestrahlt, das tief über ihrem Rücken baumelte.

»Das ist doch alles völlig verrückt«, entfuhr es mir, und Dina tätschelte mir beruhigend die Schulter.

»Glaub mir, das ist nichts. Du hast Hongkong noch nicht gesehen.«

»Oder Bangkok«, warf Matt mit einem Grinsen ein. »Die Mirrorversion von Bangkok ist der pure Wahnsinn. Da reiten sie auf dreiköpfigen Elefanten aus Magie herum.«

Ich beschloss, diese Information in einem Teil meines Gehirns abzuspeichern, den ich niemals wieder öffnen würde, und schaute zu Adam. Er stand neben mir und drehte sich mit ernster Miene um die eigene Achse, ein Anflug von Frustration im Gesicht.

Einer der Barbesucher, ein gedrungener Mann mit Halbglatze, hielt im Vorbeilaufen inne. Sein Blick sprang von Dina zu Matt und schließlich zu Adam. Ungläubigkeit und schließlich Begeisterung erhellten seine Miene. Er hatte sie erkannt. Gerade, als der Mann etwas sagen wollte, legte Matt eine Hand an die Schläfe des Mannes. Schon nahm eine Illusion von ihm Besitz, und er lief friedlich lächelnd weiter.

»Wir können nicht ewig so herumstehen«, murmelte Dina, aber Adams Blick wanderte weiter suchend über die Menge. Schließlich neigte er den Kopf nach oben … und hielt inne.

Er schaute zu einer Nische an der Decke der Bar, etwas weiter entfernt von uns. Darin stand ein länglicher Tisch mit mehreren Stühlen, von denen jedoch nur ein einziger besetzt war. Eine nach vorn gebeugte Gestalt saß daran, auf die Distanz konnte ich nur ihre Silhouette ausmachen.

»Ah, da ist sie ja«, raunte Dina. »Na dann hoffen wir mal, dass sie um diese Uhrzeit noch nicht sturzbetrunken ist.«

18

Ich stolperte aus der Magieluftblase heraus, die mich vom Boden der Bar an die Decke befördert hatte. Die Welt hing auf dem Kopf, wieder einmal. Nicht, dass es hier drin eine große Rolle spielte. Da ohnehin oben und unten Tische standen, veränderte sich kaum etwas, außer, dass ich die Sängerin mit den Feenflügeln nun nicht mehr hören konnte und stattdessen lediglich vom Stimmengewirr der Gäste umgeben war.

Adam steuerte bereits auf die Nische zu. Und damit auf die wohl älteste Frau, der ich je in meinem Leben begegnet war.

Ihr Kopf war mit schlohweißen Haaren bedeckt, auf denen allerdings – ich erkannte es besser, je näher wir kamen – ein rosafarbener Schimmer lag. Das Gesicht der Frau war nicht nur faltig, sondern wirkte wie gegerbtes Leder.

»Sie sieht aus wie ein Zombie«, murmelte ich, offenbar laut genug, dass es zumindest Dina zum Grinsen brachte.

»Die Magistrate bestreiten, dass sie ihr Leben künstlich mit Magie in die Länge ziehen, aber jeder weiß, dass sie es tun«, flüsterte sie mir ins Ohr. »Es gibt kaum noch Magistrate, die unter hundert Jahre alt werden. Soverall müsste hundertzwei sein und bechert immer noch, als wäre sie zwanzig. Schau dir die vielen Sigils an, die sie trägt.«

Das tat ich. Mehrere Amulette lagen um den faltigen, dürren

Hals dieser Frau, und ihre Finger und Armgelenke waren voll von Schmuck, auf dem ich überall Gravuren erkannte. Dazu noch mehrere Trite-Münzen an ihren Unterarmen. Einige davon leuchteten mit Magie, andere nicht. Außerdem trug sie einen sehr teuer aussehenden Mantel über einem bunt gemusterten Seidenkleid.

Agrona Soverall schien völlig von dem honiggoldenen Getränk vor sich eingenommen zu sein, doch sobald wir vor dem Tisch standen, richtete sich ihr Blick auf uns.

»Bei allen Sieben«, hörte ich sie mit einer tiefen Reibeisenstimme brummen. Sie wirkte so erstaunt, als erwartete sie, dass wir uns wie eine Halluzination auflösen würden. Als das nicht passierte, hob sie das Glas zu den Lippen – und leerte den Inhalt in einem einzigen, strammen Zug.

Adam atmete hörbar ein, bevor er nach vorn lief. »Agrona, ich …«

Die Magistratin schüttelte den Kopf. »Bevor du auch nur ein einziges Wort zu mir sagst, holst du mir erst was Neues zu trinken. Ich hab das Gefühl, ich werde es brauchen.«

Ich war mir sicher, Adam würde ihr diese Dreistigkeit nicht durchgehen lassen, Mirrorlord, der er war. Doch zu meiner Überraschung reagierte er nicht wütend. Stattdessen tauchte ein Lächeln auf seinen Lippen auf. Ein Lächeln! Ich hatte nicht gedacht, dass Mister Kotzbrocken überhaupt dazu imstande war.

»Du weißt, dass ich dich für so ein Verhalten einsperren lassen könnte, oder?«

»Natürlich«, erwiderte die Magistratin unbekümmert. »Aber du willst etwas von mir. Und wenn du deinen hoheitlichen Hintern extra hier ins Säuferviertel schleppst, ist es wohl ein ziemlich großer Gefallen, also …« Sie machte eine bedeutungsvolle Geste in Richtung ihres leeren Glases. »Wärst du so gütig?«

Adam verdrehte die Augen und griff danach. Ich erwartete, dass er nun in Richtung Bar davonlief, doch stattdessen verschwamm das Bild von ihm für einen Sekundenbruchteil. Plötzlich hatte er einfach so ein neues, volles Glas in der Hand. Gleichzeitig glommen die weißsilbrigen Lichtzeichen auf seiner Haut auf.

Ich blinzelte verwirrt. Aber dann zählte ich eins und eins zusammen. Er hatte seine Sigil-Würfel benutzt. Allerdings verstand ich nach wie vor nicht, *wie* er sie benutzte. Nur, dass er irgendwie die Zeit damit manipulieren konnte und wahrscheinlich unbemerkt das Glas an der Bar gefüllt hatte.

»Das war schlampig«, kommentierte die Magistratin trocken und nahm Adam das Glas ab. »Gehorchen dir die Würfel immer noch nicht richtig, hm?«

Trotz des spitzfindigen Tons lächelte Adam. Und das schon zum zweiten Mal innerhalb weniger Minuten. Unfassbar! Statt zu antworten, schob er Agrona Soverall ihr Getränk entgegen und ließ sich auf den Stuhl ihr gegenüber sinken. Wir taten es ihm gleich und setzten uns auf die anderen Plätze.

»Also«, begann die Magistratin. »Was willst du? Was ist *so* wichtig, dass du und die anderen Goldkinder mich mit eurer Anwesenheit beehren?« Sie nahm einen beherzten Schluck.

Adams Blick glitt zu mir, und er zögerte nicht mit seiner Antwort. »Das ist Rayne. Sie ist Melvin Harwoods Tochter.«

Prompt spuckte Soverall das, was in ihrem Mund gewesen war, über den gesamten Tisch. Adam wirkte, als hätte er damit gerechnet. Er neigte sich elegant zur Seite, so dass ihn der Großteil verfehlte – im Gegensatz zu Matt. Sein Hemd war pitschnass, und er rutschte angewidert zurück.

»Mach das rückgängig«, raunte er zu Adam, der nur den Kopf schüttelte.

»Glaub mir. Das war schon der beste Ausgang.«

»Ja.« Matt schnaubte. *»Für dich!«*

Die Magistratin schluckte das wenige, das sie nicht ausgespuckt hatte, herunter, wischte sich dann über das Kinn und glotzte mich an. Skepsis wechselte zu Unglauben, und schließlich rieb sie sich in einer Art und Weise über die Stirn, die deutlich sagte: *Ich bin zu alt, um mich mit diesem Schwachsinn auseinanderzusetzen.*

Endlich begann sie zu sprechen. »Nun gut.« Agrona Soverall schaute wieder zu Adam. »Ich überspringe den Part, in dem ich dir sage, dass es *völlig* unmöglich ist, dass Melvin Harwood still und heimlich ein Kind gezeugt hat. Du wärst ja nicht hier, wenn es nicht so wäre. Aber was genau willst du von *mir*?«

»Wir müssen ihr Ignis noch anlegen.«

Die Magistratin wiegte den Kopf hin und her. Ich hörte beinahe, wie es darin ratterte. »Du willst, dass ich dir beim Verbindungsritual helfe. Und das wiederum heißt, du willst es hinter Pelhams Rücken tun.«

»Magistrat Pelham würde eine tagelange Zeremonie anberaumen, um sich dabei selbst so gut wie möglich in Szene zu setzen. Abgesehen davon vertraue ich ihm nicht. Zumindest nicht mit ihr.«

»Natürlich nicht.« Soverall lachte gackernd. »Wieso solltest du auch? Kornelius Pelham ist korrupt bis in die Zehenspitzen.« Sie schaute zu mir und tippte mit einem Finger, der mit vier Sigil-Ringen besetzt war, auf den Tisch vor mir. »Du kommst aus Prime, oder, Täubchen? O ja … Magistrat Pelham würde dich bei der ersten Gelegenheit eiskalt meucheln lassen.«

»Agrona.« Adams Miene hatte sich versteinert. »Das muss

sie nicht hören.« Ich sah, wie er mit einem Seufzen an seine Würfel griff, und ahnte, was er tun wollte. Schnell packte ich Adams Hand, bevor ich es hinterfragen konnte.

»Nicht! Ich ... ich hab keine Ahnung, wie dieses Zeitdings mit den Würfeln funktioniert, aber ich will hören, was sie zu sagen hat.« Ich schaute Agrona Soverall direkt in die Augen. »Wenn dieser *Kornelius Pelham* auch ein Magistrat ist, wieso sollte er mich töten lassen wollen? Ich dachte, meine Anwesenheit rettet den Mirror.«

Soverall nickte. »Ja, natürlich, das tut sie. Weil Ignis jahrelang an niemand anderes übergeben werden konnte. Eine Katastrophe! Jetzt, da man dich gefunden hat, ist die Lage allerdings eine andere.«

Ich runzelte die Stirn. »Und weniger kryptisch heißt das ...?«

Die Mundwinkel der Magistratin hoben sich, was ihr Gesicht gleich noch faltiger wirken ließ. »Nun, es kommt sehr selten vor, dass die Blutlinien der Dark Sigils gewechselt werden müssen. Zum Beispiel, weil es keine Nachkommen gab oder weil ein Träger frühzeitig verstirbt, ehe er Kinder zeugen konnte. Ihre Blutlinie ...«, Soverall zeigte auf Celine, »... ist schon über tausend Jahre im Besitz des Saphirschlüssels. Denn sobald die Träger erst mal ihre Position eingenommen haben, wagt es niemand, ihnen zu nahe zu rücken. Dazu ist die Macht der Sieben viel zu groß. Und zu wichtig. Aber *du* ... du bist eine unerwartete Öffnung, sozusagen. Du bist noch keine Trägerin, und du kommst nicht aus dem Mirror. Du bist keine von uns. Sollte dir also etwas zustoßen, bevor Ignis dich akzeptiert hat, dann ...«

»... dann könnten sie einfach eine neue Blutlinie wählen«, flüsterte ich. »Großartig.«

»Natürlich wäre es ein tragischer Unfall«, erklärte Soverall. »Kornelius Pelham ist der Höchste Magistrat des Mirrors und ein Machtmensch durch und durch. Gerade die Leute aus Prime sind für ihn nichts anderes als Schachfiguren, mit denen er herumspielt, wenn ihm langweilig ist. Er würde *alles* tun, um zu verhindern, dass jemand, der nicht im Mirror aufgewachsen ist, ein Dark Sigil trägt, ganz egal, wer dein Vater ist. Und er ist bekannt dafür, Leute verschwinden zu lassen, die ihm in die Quere kommen. Alles im Namen Septems natürlich!« Sie verdrehte die Augen. »Er würde sicherlich tagelange Trauer ausrufen, bevor er dem Mirrorlord schweren Herzens eine Oberenfamilie seiner Wahl vorschlägt.«

Es war nicht schwer zu erkennen, wie sehr Agrona Soverall ihren Nachfolger hasste. Doch als sie mich wieder anschaute, wurde der Ausdruck in ihrem Gesicht freundlich.

»Diese Welt hier – du wirst viel Mut brauchen, um darin zu überleben. Die Oberen lieben es, miteinander um Macht und Einfluss zu ringen. Alle unterstehen selbstverständlich ihm hier«, sie deutete hoheitsvoll auf Adam, »aber darüber hinaus ist es eine wahre Schlangengrube. Nicht leicht, das alles zu durchschauen, und doch … ich sehe das Feuer deines Vaters in dir, junge Dame. Das wird dir helfen.«

Ich schloss kurz die Augen. Schon wieder begegnete ich jemandem, der meinen Vater gekannt hatte – gut gekannt, offenbar. Es fühlte sich unwirklich an, wie jeder so selbstverständlich von ihm redete.

»Es wäre leichter, diese Welt zu durchschauen, wenn ich ein paar Dinge besser verstehen würde.« Ich schaute bedeutungsschwer zu Adam.

Ein feines Lächeln erschien auf Soveralls Gesicht. »Er ist nicht sehr mitteilungsbedürftig, nicht wahr? Also …«, sie lehnte sich verschwörerisch zu mir. »Was willst du wissen?«

Ich überlegte nicht lange. »Wie die Dark Sigils funktionieren.« Ich blickte auf Adams Hand, die ich längst losgelassen hatte. »Seine Würfel zum Beispiel.«

Soverall sah wieder zu Adam und schnalzte mit der Zunge. »Du hast ihr noch nicht mal die Grundlagen erklärt? Ich dachte, ich hätte dich besser erzogen!«

»Meine Prioritäten liegen gerade woanders«, antwortete Adam trocken. »Wie du dir vielleicht vorstellen kannst.«

Die Magistratin machte ein verständnisvolles Geräusch. Sie nahm in aller Seelenruhe einen Schluck aus ihrem Glas und lehnte sich dann mit aneinander klimpernden Sigil-Ketten zu mir. Gleichzeitig griff sie völlig selbstverständlich an Adams linken Arm und zerrte ihn so weit auf den Tisch, dass er sich mit einem Keuchen vorbeugen musste. Nun konnte ich mir die beiden Sigil-Würfel, die dort in dem schwarzen Lederband verwahrt lagen, direkt anschauen.

Ihre silbrige Oberfläche war durchscheinend, und dahinter glaubte ich, Magieschwaden umherwabern zu sehen. Ein Würfel war ein ganz normaler Würfel, mit acht Ecken und quadratischen Seiten. Der andere ... hatte so viele Ecken, dass ich sie nicht sofort zählen konnte. Auf den Seitenflächen schimmerten verschiedene Gravuren, unter anderem das Sigil-Symbol, das ich bereits auf den Türen zu den Privaträumen von Adams Familie gesehen hatte: zwei schräg stehende Kreuze, die in ihrer Mitte eine Raute formten.

Die Würfel waren unheimlich faszinierend, das musste ich zugeben. Und sie wirkten sehr, sehr alt.

»Der hier«, die Magistratin deutete auf den achteckigen Würfel, »wird *Alius* genannt. Damit wird bestimmt, wie viel Zeit verschoben werden soll. Und der da«, ihr Finger wanderte zum zweiten Würfel, »heißt *Etas.* Er bestimmt die Richtung der Zeit. Mit beiden zusammen kann entweder Zeit rückgängig gemacht oder zusätzlich gegeben werden. Nur begrenzt, meistens nicht mehr als zwei oder drei Minuten, aber genug, um den Verlauf einer Situation zu steuern. Zum Beispiel …« Sie lächelte Adam schelmisch zu. »Könnte unser werter Mirrorlord in der Zeit zurückgehen und versuchen, mich davon abzuhalten, dir diesen Vortrag zu halten, ohne dass irgendjemand von uns wüsste, dass ich es schon einmal getan habe. Oder er gibt sich zusätzlich Zeit und macht sich aus dem Staub, während wir hier sitzen wie Eisskulpturen. Was er natürlich nie tun würde. Dafür hat er zu viel Respekt vor mir.« Soverall griff an ihr Glas und trank den Rest aus, bevor sie es Adam entgegenschob. »Stattdessen ist er ein guter Junge und nutzt seine Magie, um mir noch ein Getränk zu holen.«

»Mein Respekt für dich schwindet mit jeder Sekunde«, murmelte Adam. Trotzdem nahm er seine Würfel in die Hand, und bevor ich wusste, dass er überhaupt aufgestanden war, ließ er sich schon wieder mit einem vollen Glas neben mir auf den Stuhl sinken.

Ich war heillos überfordert. Es war, als könnte er sich mit den Dingern *teleportieren*, dabei musste er ganz in Ruhe zur Bar und wieder zurückgelaufen sein. Er hatte sich zusätzliche Zeit gegeben, während wir nur wie eingefroren hier gesessen hatten.

»Sehr praktisch«, lobte Soverall. »Und jetzt zeig ihr, wie es funktioniert.«

Auf Dinas und Matts Gesichtern tauchte bei dem Befehlshaberton der Magistratin ein zutiefst schadenfrohes Grinsen auf. Adam seufzte nur. Sichtlich verstimmt hielt er mir eine Hand hin, und ich zögerte. Das letzte Mal, dass Adam die Zeit vor meinen Augen manipuliert hatte, wäre ich fast von dieser Abby-Kreatur in Stücke gerissen worden. Aber die Neugier war so groß, dass ich meine Hand trotzdem in seine legte.

Adam griff mit der freien Hand an die Würfel und ließ beide über seinen Fingern kreisen, bis sie silbrig aufleuchteten. Auf seiner Haut tauchten erneut Lichtzeichen auf, und ich begriff erst, dass alle um uns herum eingefroren waren, als Adam direkt vor Matts Gesicht schnipste und weder er noch Celine oder Dina darauf reagierten.

»Es funktioniert mit Berührung.« Adam hielt unsere ineinander verhakten Hände zwischen uns in die Höhe. »Wenn ich dich anfasse, während ich mein Sigil aktiviere, kannst du die Zeitverschiebung miterleben.«

»So wie mit dem Abby«, murmelte ich.

»Genau. Hätte ich dich nicht berührt, wäre das Ganze für dich niemals passiert.«

»Wäre vielleicht besser gewesen.«

Er schüttelte den Kopf. »Du hättest mir nie geglaubt, wer du bist. Nicht, ohne es selbst zu spüren.«

Damit hatte er recht. Der einzige Grund, warum ich hier saß und nicht schreiend davonlief, war das Echo meines Sigil, das sich tief in mein Gedächtnis eingebrannt hatte. Und, wenn ich ehrlich war, zerrte es noch immer an mir. Sogar jetzt.

»Ich ... hätte dich allerdings vorwarnen können«, schob Adam nach kurzem Zögern hinterher.

Ich schnaubte. »Soll das eine Entschuldigung sein? Wenn ja, ist es nämlich die miserabelste Entschuldigung, die ich je gehört habe. Das hab ich sogar als Fünfjährige besser hinbekommen.«

Adams Kiefer arbeitete, als wollte er das Lächeln, das sich ankündigte, um jeden Preis verhindern. Doch schließlich gab er auf – und ließ es zu. »Ich würde mich freuen, wenn du sie trotzdem annimmst.«

»Und das ist jetzt ein Befehl?«

»Nein.« Sein Lächeln wurde etwas wärmer. »Nur ein Angebot.«

Wir schauten uns an, eine gefühlte Ewigkeit lang. Ich hatte wirklich keine Ahnung, was ich von diesem Jungen halten sollte, keine einzige.

»Okay. Ich verzeihe dir. Aber verspiel es dir nicht, ich bin mit dritten Chancen sehr sparsam.«

Adam wollte noch etwas erwidern, doch da war der Moment zwischen uns vorbei, und die Zeit lief wieder normal weiter.

Agrona Soverall schaute mit ihrem Röntgenblick zwischen uns hin und her und wirkte zufrieden. »Die Schicksalswürfel sind das offiziell mächtigste Sigil, das je geschmiedet wurde«, fuhr sie ungerührt mit ihrem Vortrag fort, und ich musste mich erst wieder daran erinnern, worüber wir eben noch gesprochen hatten. Die Dark Sigils, richtig.

Soverall wandte sich an Dina, Matt und Celine. »Nichts für ungut, ihr Lieben. Aber deswegen ist der Träger der Würfel schon seit Jahrhunderten der Herrscher über den Mirror. Wobei ich persönlich immer der Meinung war, dass *dein* Sigil …«, sie zwinkerte mir zu, »… mit der richtigen Trägerin oder dem richtigen Träger weitaus mächtiger sein könnte.«

»Agrona«, setzte Adam an. »Rayne wird alles erfahren, was es zu erfahren gibt, das verspreche ich dir. Zuerst allerdings müssen wir das Ritual durchführen. Also: Hilfst du uns?«

»Du willst, dass ich meinen Nachfolger hintergehe? Den Höchsten Magistraten?« Soverall schaute Adam ernst an … dann lächelte sie boshaft. »Kornelius wird schäumen vor Wut, wenn er erfährt, dass ich im Nexus war. Natürlich helfe ich euch.«

Damit kippte sie ihr Getränk herunter, als wäre es Wasser,

und erhob sich vom Stuhl. Sie schwankte leicht, nickte jedoch auffordernd in Richtung des Hauptraums der Bar. »Gehen wir. Ich brauche meine Ritualrobe. Und dringend einen Trite gegen Sodbrennen.«

Adam erhob sich ebenfalls, und ich merkte ihm an, dass er langsam, aber sicher die Geduld verlor. »Hast du mich nicht gehört? Wir haben keine Zeit!«

Agrona erwiderte sein Starren und das, obwohl sie beinahe zwei Köpfe kleiner war als Adam. Es war mir ein absolutes Rätsel, wie diese Frau so viel trinken und dabei immer noch so selbstbeherrscht sein konnte. »Mein Junge, wenn du glaubst, dass ich *so*«, sie deutete an sich herab, »den heiligen Nexus betrete, hast du dich getäuscht. Also wenn du nicht vorhast, mich von Matthew mit einer Illusion benebeln zu lassen, schlage ich vor, dass ihr mich jetzt zu meinem Haus begleitet.«

Adams Blick war kühl, seine Haltung angespannt. Da schob sich etwas Weiches in Agronas Gesicht, und sie streckte eine ihrer faltigen Hände nach oben, um sie auf seine Schulter zu legen. »Mein Haus ist sicher, *Mirrorlord.* Auch für das Täubchen hier.« Sie nickte in meine Richtung. »Lass mich ausnüchtern, und dann machen wir die Sieben wieder komplett.«

19

Kaum dass wir einen Fuß in Agrona Soveralls Villa gesetzt hatten, fing Adam an, sie zur Eile anzustacheln. Allerdings erreichte er damit so ziemlich das Gegenteil, denn die Magistratin maulte sogleich zurück, dass sie sich in Ruhe für das Ritual fertig machen wolle, und dass der Versuch, sie zu hetzen, nur im Gegenteil münden würde.

Bevor sie in ihren Privaträumen verschwand, wies sie ihre Diener an, uns mit Essen zu versorgen. Wenige Minuten später standen mehrere Etageren mit Gebäck, Kuchen und Obst um uns herum. Adam und Celine gingen in ein Nebenzimmer, ohne etwas davon anzurühren, Matt und Dina schaufelten sich dagegen die Teller voll. Ich kaute geistesabwesend auf einigen Trauben und Keksen herum, und als die anderen sich in ein Gespräch vertieft hatten, stahl ich mich unbemerkt aus dem Foyer.

Ich hatte das Bedürfnis, allein zu sein. Einerseits weil ich neugierig war, wie das Zuhause einer Magistratin aussehen würde, andererseits, weil die Nervosität in mir immer höher kochte.

Alles war so unfassbar schnell gegangen. Gestern erst hatte ich erfahren, dass ich eine von den Sieben sein sollte, und nun stand dieses *Ritual* schon kurz bevor.

Es war ein seltsames Gefühl: Ich kam mir zwar völlig überrumpelt vor, aber ich konnte es auch kaum erwarten. Seit ich das Drachenarmband unter der Glasglocke gesehen hatte, schien dieses leise Flüstern in meinem Bewusstsein immer drängender zu werden. Die Begegnung mit Ignis hatte etwas in mir wachgerüttelt, und obwohl ich versuchte, es auszublenden, schien mein gesamtes Sein sich voll und ganz auf dieses Sigil zu fokussieren.

Wie würde es sein, es zu tragen? Wie würde sich mein Leben – wie würde sich das Leben von Lily und mir – von nun an ändern? Ich erinnerte mich noch gut an meine eigenen Worte. Wie froh ich war, dass unsere Flucht nicht in den Mirror führen würde. Aber nun war genau das passiert. Und mit einem Mal kam es mir gar nicht mehr so schrecklich vor. Denn alles war besser als das Leben bei Lazarus Wright, oder?

Etwas ziellos war ich während meiner Überlegungen nach oben in das erste von wahrscheinlich etlichen Stockwerken geraten. Im Flur hingen viele Sigils an den Wänden und der Decke, größere Münzen mit Gravuren darauf, so wie ich sie auch schon im Palast bemerkt hatte. Andere Sigils waren an Gemälden oder Zimmerpflanzen angebracht und steuerten offenbar, was auf dem Bild zu sehen war oder welche Blütenfarbe gerade gezeigt wurde. Die Magie war in jeder Ecke der Villa spürbar.

Im zweiten oder dritten Stock entdeckte ich eine Art Wintergarten voller exotischer Pflanzen, gefolgt von einer Bibliothek, die sich gleich über mehrere Ebenen zu erstrecken schien. Vorsichtig trat ich über die Schwelle und schluckte, als ich langsam emporsah. Die Bibliothek war *riesig*. Und wunderschön. Marmorbüsten, ein Globus und zu allen Seiten Bücher. Sie waren aufwendig gebunden und präzise angeordnet auf den hoch aufragenden Holzregalen. Eine künstliche Beleuchtung schien auf die Bücher hinab, weich und gedämpft. Ich hielt kurz inne, um die Erhabenheit dieses Ortes in mich aufzunehmen. Dann steuerte ich auf ein Buch zu, das prominent auf einem Podest lag. Der Titel lautete: *Chroniken der Trägerfamilien.*

Etwas in mir sträubte sich, doch schließlich blätterte ich das Buch auf. Und tatsächlich waren darin Namen, Bilder und Kurzbiographien sämtlicher Träger samt ihrer Verwandtschaft abgebildet. Es reichte so weit zurück, dass mir schwindlig wurde, und am Ende des Buches, wo das Papier immer glatter und heller wurde, als wäre es eben erst eingebunden worden, schauten mir die derzeitigen Trägerinnen und Träger der Dark Sigils entgegen. Matthew Coldwell. Celine Attwater. Dina Solomon. Und auch die beiden Träger, die ich noch nicht kannte: Sebastian Lacroix und Nikita Fairburn.

Ich schaute kurz über ihre Stammbäume, aber all die Namen sagten mir nichts. Dann blätterte ich weiter. Zum Eintrag über die Familie Tremblett.

Adams Familie.

Seine Eltern hießen Jonathan Tremblett und Leanore Tremblett. Und er hatte eine jüngere Schwester namens Priscilla Tremblett. Außerdem gab es noch Großeltern und einige entfernte Verwandte, die scheinbar alle nicht in Septem lebten. Jedenfalls hatte sie bislang niemand erwähnt. Überhaupt hatte ich bis auf Matts Vater keinen von den anderen Familienmitgliedern kennengelernt.

»Hier versteckst du dich also.«

Ich wirbelte herum. Es war Agrona Soverall. Sie stand im Türrahmen – ich hatte sie überhaupt nicht kommen hören.

Sie sah aus wie ein anderer Mensch. Immer noch wie ein Zombie, aber … wie ein sehr gepflegter Zombie mit wachem Blick. Statt dem bunten Seidenkleid trug sie nun eine purpurfarbene Robe, die in der Mitte von einem Gürtel mit Goldschnalle zusammengehalten war.

Die *Ritualrobe*, von der sie gesprochen hatte, nahm ich an.

»Entschuldigung«, sagte ich, aber Agrona winkte ab.

»Stöber herum, so viel du willst. Die Kinder denken, ich bin noch im Badezimmer, also haben wir alle Zeit der Welt.« Sie warf mir ein spitzbübisches Lächeln zu und kam näher. »Und? Etwas Interessantes gefunden?«, fragte sie, nachdem sie auf das Buch gelinst hatte.

Ich schaute zurück auf den Eintrag über die Trembletts und verzog den Mund. »Was ich nicht verstehe, ist … wieso *wir* diese Sigils tragen müssen. Und warum nicht Adams Eltern über den Mirror herrschen. Seine Mutter oder sein Vater. Er ist doch …«

… so jung.

Agrona machte ein bejahendes Geräusch. »Es ist Tradition, dass die Träger ihre Sigils so früh wie möglich weitergeben. In späteren Lebensjahren fällt es einem oft schwer, die Magie richtig zu wirken, daher werden die Sigils bereits an die nachfolgende Generation weitergereicht, wenn diese siebzehn oder achtzehn Jahre alt ist. Hier. Bei Adams Mutter war es auch so.«

Sie griff nach dem Buch und blätterte um. Dann tippte sie auf das Foto, das dort auf der linken Seite abgebildet war. Eine junge Frau saß auf dem Thron mit der siebeneckigen Lehne. Silbrig weißes Haar fiel in einer kunstvollen Masse loser Locken über ihre Schultern und floss aus einem Diadem, das aussah, als wäre es aus Eis geschnitzt worden. Ein zufriedenes Lächeln umspielte ihre Lippen, und die Finger einer Hand, geschmückt mit Juwelen, die so scharf wie Dolche waren, hielten die Schicksalswürfel in die Luft.

Ich schaute zur Bildunterschrift. *Leanore Amalia Tremblett, Krönungszeremonie.*

Etwas Wehmütiges lag im alten Gesicht der Magistratin. »An diesem Tag hat sie Alius und Etas von ihrem Vater übernommen und wurde zur Ersten Trägerin. Es war ein großer Feiertag. Ihr Vater war nicht sehr beliebt bei den Oberen, aber *sie* … sie wurde von allen verehrt. Und so hat sie viele Jahre über den Mirror geherrscht.«

»Sie wirkt einschüchternd«, stellte ich fest.

»Allerdings.« Agrona lächelte. »Matthew und die anderen Kinder haben sich in Leanores Gegenwart jedes Mal fast in die Hose gemacht.«

»Und dann ist sie zurückgetreten und hat ihr Sigil an Adam weitergegeben?«

Agrona seufzte leise. »Ja.« Sie blätterte auf die nächste Seite. Ein weiteres Foto. Es zeigte Adam auf dem Thron, ohne Krone, ohne irgendwelchen Schmuck, ohne triumphierendes Lächeln. Er saß nur dort, mit diesem kühlen, neutralen Ausdruck im Gesicht, und hielt seine Würfel empor.

Adam Victor Tremblett, Krönungszeremonie.

»Er ist jetzt seit vier Monaten Mirrorlord.«

Agronas Worte erwischten mich kalt. Erst seit *vier* Monaten? Das hatte ich nicht gewusst. Und auch nicht vermutet, so wie Adam sich gab.

»Aber … wo ist seine Mutter dann? Müsste sie ihm nicht zur Seite stehen?«

Die Magistratin schaute zu mir, ein trauriger Ausdruck im Gesicht. »Leanore hat sich wenige Tage nach Adams Krönung umgebracht.«

»Umgebracht?«, wiederholte ich mit heiserer Stimme.

Agrona nickte. »Einige meinen, sie hat es nicht verkraftet,

sich von ihrem Sigil trennen zu müssen. Es ist immer eine Umgewöhnung für die Generation, die abdankt, aber letztlich wissen wir nicht, was der Grund für ihren Freitod war. Adam … musste alles selbst lernen. Die Übernahme des Throns läuft für gewöhnlich sehr geregelt ab. In seinem Fall war es … nun«, sie verzog den Mund, »es ist alles nicht leicht für ihn.«

Ein Ziehen fuhr durch mein Inneres. Ich wollte kein Mitgefühl für Mister Kotzbrocken haben, doch ich konnte mich nicht dagegen wehren. Seine Mutter hatte sich das Leben genommen? Vor gerade mal vier Monaten? Und der Rest seiner Familie schien sich sonst wo aufzuhalten, jedenfalls nicht an seiner Seite.

Ich erinnerte mich an die sarkastische Bemerkung, die Matt über das Wort *Familie* gemacht hatte. Offenbar bedeutete Verwandtschaft für die Sieben alles. In der Theorie. Aber in der Praxis war es … kompliziert.

»Wechseln wir das Thema«, schlug Agrona vor. Sie lächelte wieder, und obwohl ihr Äußeres so furchteinflößend war, sah ich eine tiefgreifende Gutmütigkeit in ihren Augen. »Was willst du noch wissen? Ich fürchte, uns bleibt nicht mehr viel Zeit, bevor der Mirrorlord die Geduld mit mir verliert.«

Es war nicht leicht, sich bei den zehntausenden Fragen in meinem Kopf zu entscheiden. Schritt für Schritt, sagte ich mir. Und der nächste lag unmissverständlich vor mir.

»Das Ritual, ich … ich hab keine Ahnung, wie es ablaufen wird oder was ich machen muss.«

»Keine Sorge. Ich habe das Verbindungsritual zwischen Trägerkind und Sigil viele Male durchgeführt. Und Adam ist gut vorbereitet. Es kann nichts schiefgehen. Folge einfach seinen Anweisungen.«

Ich seufzte. *Natürlich. Was auch sonst.*

Da umgriff Agrona Soverall meine Hände. »Ich habe es vorhin schon einmal gesagt. Ich sehe viel von deinem Vater in dir. Freundlichkeit, Stärke, Klugheit. Aber du musst wissen: Melvin kam von allen Trägerkindern, die ich betreut habe, am wenigsten mit diesem Leben zurecht. Er wollte frei sein und konnte es nicht. Daran ist er zerbrochen. Und das sehe ich ebenfalls in dir.«

Ein Druck legte sich um meine Kehle, aber ich schüttelte den Kopf. »Straßenkinder zerbrechen nicht so leicht.«

»Hm.« Agrona tippte mit ihrem Zeigefinger an meine Stirn, und ihr Lächeln bekam wieder diese jugendlich-schelmische Note. »Ein echter Wildfang, hm? Das hast du auch von ihm. Einmal, da war Melvin gerade vier Jahre alt, da ist er splitternackt in den Thronsaal gerannt und –«

Ein harsches Sirren erfüllte die Bibliothek. Agrona verstummte mitten im Satz und drehte sich um die eigene Achse.

»Was ist los?«, fragte ich, aber die Magistratin hob nur eine Hand, um mich zum Schweigen zu bringen. Sie lief zwei Schritte, und ich dachte mir noch, wie angespannt sie auf einmal wirkte, als plötzlich ein Knarzen ertönte. Der Raum vibrierte, einige Bücher fielen zu Boden. Dann: wieder ein Knarzen, und wie in Zeitlupe stürzte eins der riesigen Regale mit ohrenbetäubendem Lärm nach vorn.

Holzsplitter flogen uns entgegen, Bücher schlidderten über die Bodenfliesen. Noch in derselben Sekunde packte Agrona meinen Arm, und bevor ich wusste, wie mir geschah, zerrte sie mich zur Seite hinter ein Regal. Wieder ertönte das Sirren, gefolgt von einem blauen Blitz, der an einem der Fenster vorbeizuckte.

»Was ist los?«, wiederholte ich, dieses Mal lauter.

Agrona starrte mich mit einem von Ungläubigkeit erfüllten Gesichtsausdruck an. »Jemand versucht, in das Haus einzudringen.«

»Was?« Ich lugte in den leeren Bibliotheksraum, doch da war nichts außer Bücher und Marmorstatuen.

»Keine Sorge, sie werden es nicht schaffen«, beruhigte mich Agrona. »Ich besitze mehrere Dutzend Barriere-Sigils. Das sind die besten Sigils, die es im Mirror gibt. Daran können sie sich die Zähne ausbeißen, bis sie …«

Ein weiterer Blitz schoss am Fenster vorbei. Blau schimmernd und pfeilschnell. Dort, wo das Regal auf den Boden gekracht war und nun viele der alten Bücher verteilt lagen, zog sich ein Riss durch die Wand.

Die Sigils, von denen Agrona gesprochen hatte, zeigten jedoch Wirkung. Eine wundersame Schicht aus Magie lag um den gesamten Raum, die auch dann noch unversehrt war, als das Gemäuer sprichwörtlich entzweigerissen wurde. Zwei Gestalten tauchten in dem umherwirbelnden Staub auf. Beide hatten Sturmmasken auf, die nur einen Streifen für die Augen freiließen. Offenbar hatten sie sich vom Dach abgeseilt und baumelten nun vor dem klaffenden Loch in der Hauswand. Zwischen ihnen und uns lag lediglich die schützende Schicht Magie.

»Gehen wir.« Agrona zerrte mich zurück in den Raum. Vom Treppenhaus drangen Kampfgeräusche zu uns, aber bevor ich herausfinden konnte, was dort los war, ertönte wieder dieses helle Sirren.

Eine der baumelnden Gestalten hatte von außen eine Hand gegen die Magiebarriere gedrückt. Darin lag eine Sigil-Münze, die sich … Zentimeter für Zentimeter durch die Schutzschicht fräste.

»Lauf zu den anderen!«, schrie Agrona entsetzt, aber es war zu spät. Die beiden Gestalten hatten die Barriere geknackt. Das Loch war inzwischen so groß, dass sie in den Raum hineinspringen konnten. Eine von ihnen war ein wahrer Riese von einem Mann, breite Schultern, sicher zwei Köpfe größer als ich, der Kerl neben ihm war zierlich und klein.

»Raus aus meinem Haus!«, fauchte Agrona, doch da waren die beiden schon bei uns. Der Riese presste der Magistratin eine Hand auf den Mund und zog sie zur Seite, während Klein-und-Zierlich auf mich zusteuerte.

»Du kommst mit uns, Mädchen«, raunte er mir entgegen.

Ich wich zurück. Mit klopfendem Herzen schaute ich mich um und griff nach dem Erstbesten, das in mein Sichtfeld kam: die Chroniken der Trägerfamilien. Mit aller Kraft holte ich aus und schlug Klein-und-Zierlich den Wälzer mitten ins Gesicht … oder zumindest versuchte ich es.

Mein Angreifer hob eine Hand vor sich und ließ dank seines Sigil-Medaillons einen Magieschild entstehen. Der wehrte nicht nur meinen Schlag ab, sondern schleuderte auch das Buch auf den Boden.

Wieder wich ich zurück. Dabei prallte ich mit dem Rücken gegen eins der Bücherregale, woraufhin mich Klein-und-Zierlich am Mantel packte und zu sich zog.

So nicht, sagte ich mir und stieß ihn von mir. Ich rannte zur Seite und packte blind eine der Marmorbüsten, die dort auf einer Säule platziert war. Ich wuchtete sie herunter und wirbelte damit zur Seite, wodurch ich Klein-und-Zierlich mit dem Ungetüm mitten im Bauch traf – und damit auf den Boden schickte.

Ich umklammerte die Büste mit beiden Armen und begriff erst jetzt, dass es ein Abbild von Adam war. O Mann, echt jetzt? Als mein Angreifer sich wieder auf die Beine hievte, war ich mehr als bereit, das Marmor-Ich des Mirrorlords für einen höheren Zweck zu opfern, als plötzlich ein weißes Seil am Kinn von Klein-und-Zierlich auftauchte. Es erschien aus dem Nichts und presste direkt gegen dessen Kehle.

Ich wagte erst wieder zu atmen, als ich begriff, dass es Adam war. Sein Gesichtsausdruck war starr, aber seine grauen Augen – die funkelten vor Wut. Seine weißen Haare waren durcheinander, und unter dem Shirt, das er trug, leuchteten die silbrigen Lichtmale durch. Beide Schicksalswürfel lagen in seinen Händen, einer links vom Kopf meines Angreifers und einer rechts.

»Wer hat dich geschickt?«, fragte er, leise und bedrohlich.

Klein-und-Zierlich würgte. Offenbar unterbrach das Seil seine Luftzufuhr.

Adams Gesichtsausdruck verdunkelte sich. »Sag mir, wer dich geschickt hat, oder du verlierst deinen Kopf.«

Das würde er nicht tun, versicherte ich mir, noch immer Adams Marmorbüste umklammernd. Aber der Mann schien davon nicht so überzeugt zu sein. Durch den Sichtschlitz der Maske sah ich, wie geweitet seine Augen waren, ein Anflug von Panik lag darin.

»Wer?«, wiederholte Adam. Das Lichtseil, das sich zwischen den Würfeln spannte, schnitt nun so heftig in den Hals hinein, dass sich eine dünne Blutspur bildete. Adams Nasenflügel weiteten sich, die Knöchel an seinen Händen wurden weiß. Für eine Sekunde sah ich wieder die Abby-Kreatur im Thronsaal vor mir und wie ihr Kopf langsam auf den Boden krachte, nachdem Adam ihn abgetrennt hatte.

»Bitte«, keuchte ich. »Nicht.« Ich blickte Adam flehend an, bemerkte, wie sich sein Kiefer versteifte und …

Er ließ los. Klein-und-Zierlich würgte und versuchte auszuholen. Daraufhin machte Adam eine Geste mit seiner Hand, ein gerader Strich von oben nach unten. *Stase.* Sofort erstarrte der Körper des Mannes und fiel der Länge nach zu Boden.

»Sorg dafür, dass sie sich an nichts erinnern. Auch nicht, warum sie hier waren.«

Es dauerte einen Augenblick, bis ich begriff, dass Adam nicht mit mir gesprochen hatte. Seine Worte richteten sich an Matt, der mit Dina, Celine und Agrona Soverall in der Mitte der Bibliothek stand. Neben ihnen lag der bewusstlose Riese auf dem Boden.

Matt bewegte eine Hand. Seine Lichtmale glühten lilafarben auf, dann nickte er. »Erledigt. Die im Erdgeschoss hab ich schon ins Schlummerland geschickt.«

Adam beugte sich hinab und zog die Maske vom Gesicht meines Angreifers. Der Mann hatte grün gefärbte Haare und mehrere Tattoos am Hals. Ich kannte ihn nicht. Adam griff an seinen rechten Arm und zog die Jacke zurück. Und tatsächlich: Unter dem Ärmel kam ein weiteres Tattoo zum Vorschein.

Ein Auge, die Pupille zu einem Siebeneck geformt.

Es war dasselbe Zeichen wie bei dem Typ, der mir im Heptadome die Drachenreplik gegeben hatte.

»Was bedeutet das?«, flüsterte ich und schaute zu Adam, der mir ausnahmsweise ohne Umschweife antwortete.

»Es bedeutet, dass sie zum Auge gehören. Das ist eine Rebellengruppe, die sowohl im Mirror als auch in Prime agiert. Der Kerl, gegen den du im Heptadome gekämpft hast, ist einer von ihnen. Dorian Whitlock. Wir wissen, dass er für die Rekrutierung zuständig ist, aber hielten es bislang nicht für nötig, ihn gefangen zu nehmen.«

Ich rief mir Dorian in Erinnerung. Ein junger Typ mit Irokesen, Piercings und ganz normalen Klamotten. Vor unserem Kampf hatte er mich offensichtlich für leichte Beute gehalten. Und der Abend von Lazarus' Party … hatte ich da nicht auch geglaubt, ihn gesehen zu haben? Ich hatte völlig neben mir gestanden und mir gesagt, ich hätte mich geirrt, aber jetzt … jetzt war ich mir nicht mehr so sicher.

»Und was will diese Rebellengruppe von euch?«

»Sie wollen vor allem etwas von Adam.« Matt stellte sich neben mich. »Und *was* sie von ihm wollen, ist recht umfangreich: angefangen bei einer Abdankung, aber wahrscheinlich würden sie sich auch mit Folterung oder Hinrichtung zufriedengeben. Es ist nicht so leicht, ihre Abscheu auf einen Nenner zu bringen.«

»Matt«, ermahnte Adam leise, doch Matt ließ sich nicht abbringen.

»Das Auge *hasst* den Mirrorlord. Inbrünstig. Und uns hassen sie gleich mit. Wenn es nach den Rebellen ginge, würden sie die Sieben sofort abschaffen.«

In meinem Kopf arbeitete es. Die zwei Angreifer hier oben hatten sich eindeutig auf mich gestürzt. *Du kommst mit uns,* hatte einer gesagt.

»Dann wissen sie, wer ich bin?«

Adam ließ die Maske des Mannes achtlos auf den Boden fallen. »Ich fürchte, schon. Vielleicht haben sie sogar gehofft, dich allein anzutreffen.«

»Zum Glück hat Rayne ja eine ganz eigene Art gefunden, sich zu verteidigen.« Dina kicherte leise, nachdem sie sich neben mich gestellt hatte.

Ich schaute sie verwirrt an, aber dann begriff ich, dass sie die Marmorbüste von Adam meinte, die ich noch immer in meinen Armen umklammert hielt.

Zum Totlachen.

Adam wandte sich zu Agrona Soverall. »Genau deshalb wollte ich, dass wir sofort zum Nexus aufbrechen.«

Die Magistratin wirkte mitgenommen. Ihre weißrosafarbenen Haare standen ihr regelrecht zu Berge. »Gib nicht mir die Schuld! Vermutlich hat euch jemand erkannt, als ihr mich gesucht habt. Ich … verstehe nur nicht, wie sie die Barriere durchbrechen konnten. Diese Sigils sind *meisterhaft*!«

Sie beugte sich mit einem Ächzen zum Boden herab und hob eine Upper-Münze auf. Ein *Trite*, korrigierte ich mich. Es war die Münze, die die beiden Rebellen genutzt hatten, um durch die Barriere hindurchzukommen. Die Magistratin drehte sie herum, und ich erkannte eine komplizierte Gravur darauf.

»So etwas hab ich noch nie gesehen«, murmelte Agrona und fuhr mit dem Fingernagel über die Münze. »Nicht bei unseren besten Sigil-Schmieden. Das Auge scheint weitaus gefährlicher zu sein, als ich dachte.«

»Offensichtlich.« Adam sah auf die Münze herab, ein Ausdruck von Müdigkeit in seinem Gesicht. »Ich werde mich nach dem Ritual mit dem Auge beschäftigen. Ignis ist jetzt wichtiger.« Er nickte in Richtung der zwei bewusstlosen Gestalten. »Meine Häscher werden sie abholen«, sagte er und wandte er sich zu Celine. »Bring uns zum Nexus.«

20

Es war inzwischen früher Abend und damit die Zeit des Tages, in der die Sonne den Mirror für eine Stunde mit ihrem Licht erhellte.

Ich hatte mich noch immer nicht daran gewöhnt, wie leicht es war, durch Celines Schlüssel von einem Ort zum anderen zu gelangen. Bisher hatte ich bewusst nur den Wechsel von einem Gebäudetrakt zum anderen mitbekommen oder zwischen zwei Stadtteilen. Doch dieses Mal trat ich hinter Dina aus dem Magiekorridor heraus, den Celine von Agronas Haus aus geöffnet hatte, und fand mich auf der Anhöhe einer Insel wieder. Sie hatte zerklüftete Klippen und war umgeben von … luftleerem Raum.

Eine einzelne Tür stand in der kargen Landschaft, ohne Wände, ohne ein dazugehöriges Gebäude. Nur eine Tür, die jetzt, da Celine ihren Schlüssel verschwinden ließ, das Magieleuchten wieder verlor.

Wir waren nicht in Septem und nicht in einer anderen Mirrorstadt, so viel stand fest. Stattdessen befanden wir uns mitten im Nichts. Die Insel war nicht sonderlich groß, ich konnte ihre Ausmaße ohne Probleme ausmachen. Und hinter den Klippen gab es nur dichte Nebelschwaden, die in ein warmes Abendlicht getaucht wurden.

Vor uns konnte ich jedoch ein Gebäude erkennen. Es wirkte

ein wenig wie eine Sternenwarte, mit einer Glaskuppel, die auf einem runden und nicht sehr hohen Steinturm thronte.

Das also war der Nexus. Der Ort, an dem die Magie entsprang. Was auch immer das bedeutete.

Langsam legte ich den Kopf in den Nacken. Ich wusste nicht, was ich mir vorgestellt hatte, aber sicherlich nicht diesen undefinierbaren, beinahe gruseligen Ort. Der Himmel war vom Nebel eingenommen, und zwar so dicht, dass kein Fleck dahinter zu erkennen war. Ich hatte keine Ahnung, wo auf der Erde wir uns befanden. Es war, als würde man auf einem winzigen Stück Eiland mitten im Ozean stranden, nur dass nicht einmal der Horizont einem Orientierung gab.

Zwischen der einzelnen Tür und dem Steinturm lagen nur ein paar dutzend Meter Abstand. Von außen betrachtet war das Gebäude nichts Besonderes. Dunkler Stein, keine dieser aufwendigen Verzierungen, die ich im Palastturm gesehen hatte. Und doch flößte er mir Ehrfurcht ein, so als würde die Bedeutung dieses Ortes geradewegs in die kühle Luft dringen, die ich einatmete. Ich erinnerte mich daran, dass Agrona Soverall den Nexus *heilig* genannt hatte.

»Kommt«, hörte ich Adam sagen. »Bringen wir die Angelegenheit hinter uns.«

Die Angelegenheit. Das wäre dann wohl ich.

Die Zweifel in mir waren in den letzten Stunden nicht leiser geworden, aber ich wusste, dass es sinnlos war, mich ihnen hinzugeben. Ich hatte keine Wahl. Nicht nur, weil ich Lily um jeden Preis in Sicherheit bringen wollte, sondern auch wegen dem, was ich seit meiner Ankunft im Mirror erfahren hatte: die Chaosmagie, die meinetwegen ausgebrochen war, die Abbys, die sich in der Atmosphäre sammelten und nur darauf lauerten, meine Welt anzugreifen.

Und dann war da noch Ignis. Diese unbändige Magie, die ich im Thronsaal gespürt hatte und die mich seither nicht mehr losließ. Ganz im Gegenteil: Sie war stärker und immer stärker geworden, und als ich jetzt vor diesem Turm stand, der von nichts als Leere umgeben war, kam es mir vor, als würde mein Sigil lauter denn je nach mir rufen.

Bislang hatte ich nur einen Bruchteil der Magie gefühlt, die in dem Drachenarmband schlummerte, und hatte mir nicht vorstellen können, wie es sein würde, es zu tragen. Aber hier, an diesem unwirklichen Ort, in diesem merkwürdigen Zwischenreich, war es mit einem Mal völlig klar.

Ignis war die Magie, die bisher meinem Vater gehört hatte.

Und ab sofort mir.

Ich holte tief Luft, ballte meine zitternden Hände zu Fäusten. Dann lief ich noch vor den anderen auf den Turm zu.

Matt und Celine warteten bereits auf uns, als ich wenig später mit Dina aus einer Art Umkleideraum im obersten Stockwerk des Turms trat. Darin hatte sie mir ein blütenweißes Leinengewand zum Anziehen gegeben, die Ritualkleidung. Die anderen trugen dagegen die Farben, von denen ich inzwischen wusste, dass es so etwas wie Familienfarben waren. Blau für die Attwaters, Lila für die Coldwells, Grün für die Solomons. Matt lächelte uns zu, Celine wirkte dagegen, als hätte sie auf eine Zitrone gebissen. Während ich mich umgezogen hatte, war sie zurück nach Septem gegangen, um mit Hilfe einiger Diener mein Sigil hierherzubringen. Wahrscheinlich hatte sie mehr als einmal darüber nachgedacht, es einfach über die Klippe der Insel zu werfen.

Doch nun waren sie alle da, den Blick auf mich gerichtet. Nur von Adam und Agrona Soverall war noch nichts zu sehen.

Der Turm war innen genauso karg und dunkel, wie er von außen aussah. Nichts deutete darauf hin, dass er der heiligste Ort des Mirrors war, und doch erfüllte mich Ehrfurcht, als Dina, Celine und Matt mich in den sogenannten *Quellraum* führten.

Hier würde also das Ritual stattfinden. Der Raum hatte, wie der Rest des Turmes, hohe Steinwände, auf denen Siebenecke abgebildet waren, aber das eigentlich Beeindruckende war die Glaskuppel, die sich über ihm wölbte. Normalerweise hätte man direkt durch sie in den Himmel schauen können, doch auch jetzt war die Umgebung mit dichtem Nebel erfüllt, der es unmöglich machte, etwas zu erkennen.

Augenblicklich wurde meine Aufmerksamkeit auf das gelenkt, was *unterhalb* der Glaskuppel hing. Es war eine riesige, aus Goldstreben gebaute Kugel. Sie hing über einem kreisrunden Becken, das in den Steinboden eingelassen war.

»Es ist ein Sigil«, erklärte Matt und deutete auf die Kugel, die offenbar von weiteren Streben in der Luft gehalten wurde. »Unsere besten Schmiede haben es nach der Erschaffung des Mirrors entworfen. Davon hat der Ort seinen Namen. Das ist der eigentliche Nexus. Nicht die Insel, sondern diese Maschine.«

»Und aus ihr kommt die Magie?« Ich konnte mir nicht vorstellen, wie das aussehen sollte.

Matt nickte. »Das Sigil des Mirrorlords ist das einzige, das den Nexus öffnen kann. Es ist Adams Aufgabe, mehrmals im Jahr hierherzukommen, damit die Magie fließen kann.«

Nun machte sie sich doch bemerkbar: die Nervosität. Sie schwappte beim Anblick dieses riesigen Sigils durch mein Blut und wurde auch nicht besser, als ich bemerkte, dass Dina, Matt und Celine sich zu einer Art Sitztribüne zurückgezogen hatten, die am linken Rand des Quellraumes entlangführte.

Als Schritte hinter mir ertönten, riss ich mich wieder zusammen. Es war Adam, der zum ersten Mal, seit ich ihn kannte, kein Schwarz trug. Stattdessen: einen schneeweißen Mantel, der mit hellgrauen Ornamenten verziert war, darunter dieselbe weiße Leinenkleidung wie ich.

Er kam neben mir zum Stehen, schaute kurz hinauf zu der Kugel, dann zu mir. »Bist du bereit?«

Spielt das eine Rolle?, hätte ich beinahe zurückgeschossen, aber dann musste ich wieder an das denken, was Agrona Soverall in der Bibliothek zu mir gesagt hatte. Über den Suizid von Adams Mutter, darüber, dass er diese unfassbare Verantwortung völlig allein bewältigen musste. Ich schluckte die bissigen Worte herunter und nickte.

»Ja.«

Adam schien Anstalten zu machen, mir seinen Arm entgegenzustrecken. Doch dann hielt er inne. »Ich ... wollte mich noch bedanken.«

»Wofür?«

»Dass du hier bist.«

Nun konnte ich ein Augenrollen nicht zurückhalten. »Nur ihr Oberen würdet jemanden entführen, ihn vor vollendete Tatsachen stellen und euch dann dafür bedanken, dass er ja gesagt hat.«

Etwas Schwermütiges lag in Adams Augen, und ich beeilte mich, hinterherzuschieben: »Ich bin wegen unseres Deals hier, schon vergessen? Lily gegen Ignis.«

Er musterte mich lange. »Ich weiß. Trotzdem. Danke.«

Ich wollte etwas erwidern, aber mir fehlten die Worte. Jedes Mal, wenn Adam mich mit diesem durchdringenden Blick ansah, machte mich das auf eine Art und Weise nervös, wie ich es noch nie erlebt hatte.

»Der Nexus kann jetzt geöffnet werden, mein Lord.«

Agrona Soverall war völlig aus dem Nichts vor uns aufgetaucht, ich hatte sie nicht hereinkommen hören. Sie trug die Ritualrobe, ihr Gesichtsausdruck war feierlich. Neben ihr wuchteten einige Diener sehr sorgsam die Glasglocke mit Ignis auf ein Podest.

Adam nickte und hielt mir dann seinen Arm hin. Diesmal nahm ich ihn. Jetzt, da es so weit war, fingen meine Knie an zu zittern.

Gemeinsam traten wir nach vorn, und als wir am Becken angekommen waren, stellte sich Adam neben Agrona Soverall, die sich – ich konnte es kaum glauben – tief vor ihm verbeugte.

»Mein Lord. Seid ihr soweit, die Quelle zu öffnen?«

Okay, wenn sie ihn mit *mein Lord* ansprach, wurde es offenbar wirklich ernst.

Adam nickte erneut. Er kniete sich vor das Quellbecken, und ich erkannte eine Halterung davor, auf der eine Sigil-Gravur aufgeprägt worden war. Zwei untereinanderstehende, schräge Kreuze – die Gravur von Alius und Etas. Adam beugte sich zu ihr herab und drückte seine Schicksalswürfel dagegen.

Die Linien flammten auf. Und gleichzeitig kam über uns Bewegung in die Kugel. Die Goldstreben glitten auseinander und öffneten sich zu einem gewaltigen Schirm in Richtung Himmel. Im nächsten Moment, ohne dass ich den Zusammenhang erkennen konnte, füllte sich das Becken mit Magie. Sie sprudelte aus kleinen Öffnungen an der Seite, literweise blau schimmernde Flüssigkeit.

Gleichzeitig zog Agrona eine Münze nach der anderen von der Glasglocke ab, unter der Ignis lag. Schon stoben schwarze Magieschwaden von dem Sigil in die Luft und erfüllten die gesamte Glocke damit.

»Wenn wir Ignis befreit und mit neuer Magie gefüllt haben, müssen wir uns beeilen«, erklärte Agrona, und Adam, der sich inzwischen wieder aufgerichtet hatte, machte einen Schritt auf mich zu. Er nickte in Richtung der Münzen an meinem Arm.

»Ich nehme dir jetzt die Trites ab.«

Mit einem unguten Bauchgefühl dachte ich daran, dass ich das letzte Mal, als ich mir selbst eine der Münzen heruntergezogen hatte, binnen Sekunden ohnmächtig geworden war. Ich schaute zur Seite in Richtung Tribüne – und fand Matt. Sein Blick lag auf mir, ein schwaches, aber beständiges Lächeln auf seinen Lippen. Auch Dina lächelte mir zu, nur Celine, die etwas abseits saß, wirkte so abweisend wie eh und je.

Mit einem tiefen Atemzug streckte ich Adam meinen Arm entgegen und ließ es geschehen. Seine Finger entfernten die Trites scheinbar mühelos von meiner Haut. Die dunkle Magie in mir gewann augenblicklich an Kraft, die Linien gerieten in Bewegung, aber der Schmerz … kam nicht. Als würde mein Körper wissen, dass es diesmal keinen Grund gab, aufzubegehren.

Er würde ja bekommen, was er wollte.

Neben uns legte Agrona Soverall ihre Hände an die Glasglocke und hob sie langsam empor. Sie nahm das Drachenarmband heraus, im selben Augenblick, in dem Adam die letzte verbliebene Münze mit einer fließenden Bewegung von meinem Arm löste.

Die Chaosmagie strömte aus meiner Haut, doch statt dass sie sich zu allen Seiten ausbreitete, verharrte sie.

Ruhig fasste Adam an mein Handgelenk. »Sprich mir alles ganz genau nach«, sagte er. »Ich schwöre, den Sieben niemals zu schaden.«

Ich blinzelte. Von einem Schwur hatte niemand etwas gesagt.

»Rayne?«

Ich schloss für einen Moment die Augen, ließ alle Zweifel ziehen. Es gab keinen Weg mehr zurück.

»Ich schwöre, den Sieben niemals zu schaden.«

»Ich schwöre, dem Ersten Träger zu gehorchen.«

Mein Gesicht verzerrte sich zu einer Grimasse. War das echt sein Ernst?

»Ich schwöre, dem Ersten Träger zu gehorchen«, wiederholte ich und fügte in Gedanken hinzu: *Wenn er freundlich Bitte sagt und sich nicht wie ein riesengroßer Kotzbrocken verhält.*

»Ich schwöre, das Erbe meines Sigils zu bewahren und es in meiner Blutlinie weiterzureichen, wenn die Zeit gekommen ist.«

In meiner Blutlinie? Es sollte mich nicht so aus der Bahn werfen, wie es das tat. Adam hatte es schließlich schon im Thronsaal zu mir gesagt. *Du wirst das Sigil tragen, so wie dein Vater es getragen hat und deine Kinder nach dir.* Der Gedanke war völlig absurd. Aber ich hatte keine Wahl.

Also wiederholte ich die Worte und spürte, wie mir dabei eine Träne aus dem Augenwinkel lief, bevor ich sie wegblinzeln konnte. Ignis rief nach mir, ich fühlte es, doch erst jetzt wurde mir bewusst, welche Freiheit ich dafür aufgab. Ich würde in diesem Palast leben müssen, und jeder Schritt, den ich machte, würde mir vorgeschrieben werden.

Adam bemerkte die Träne und hielt inne. Jedoch nur für eine winzige Sekunde, bevor er sich seiner Aufgabe zu erinnern schien. »Ich schwöre, dem Mirror zu dienen. Bis zum Ende.«

»Bis zum Ende«, wiederholte ich tonlos und unendlich erschöpft.

Agrona ging mit langsamen Schritten auf das Becken zu. Sie tauchte Ignis in die winterblaue Magie hinein. Gleichzeitig zog sich Adam den Mantel von den Schultern und legte ihn beiseite. Jetzt trug er so wie ich ein Leinenshirt und eine schlichte Hose – und wenn ich es nicht besser wüsste, hätte man beinahe vergessen können, dass er der Mirrorlord war. Als Adam sich wieder zu mir herumdrehte, hielt er zu meinem Schrecken einen schmalen und sehr spitzen Dolch in der Hand. Er kam damit auf mich zugelaufen, und ich wusste natürlich, was es damit auf sich hatte.

Sigil-Magie forderte immer Blut.

Adam setzte die Dolchspitze an meinem Unterarm an, jeder Zentimeter seines Körpers gezeichnet von Anspannung. Bevor er jedoch hineinstach, schaute er noch einmal zu mir, und ich brauchte kurz, um zu verstehen: Er wartete auf meine Zustimmung.

Ich presste die Lippen aufeinander … und nickte. Kaum dass die Spitze meine Haut berührte, durchfuhr mich ein heftiger Schmerz. Meine Hände begannen zu zittern, Adam ließ sich jedoch nicht davon irritieren. Vielmehr wirkte er, als hätte er schon damit gerechnet. Sein Griff um mein Handgelenk festigte sich, und die Linien, die er mit dem Dolch zog, waren sehr präzise. Nur kleine Blutstropfen perlten daraus hervor, und als die Gravur fertig war, endete auch mein Zittern.

Ich fixierte das Zeichen auf meiner Haut. Oben ein Kreuz – der horizontale Strich wie Flügelschwingen, und der vertikale Strich, der in einen großen Kreis führte und sich wie ein Drachenschwanz zusammenkringelte.

»Deine Lichtmale werden erwachen, sobald du das Sigil trägst«, sagte Adam leise und gab den Dolch an Agrona weiter. Dafür nahm er das Drachenarmband entgegen und hob es an die Fingerspitzen meiner rechten Hand. »Es wird weh tun, wenn sie zum ersten Mal auftreten.«

Eine zweite Träne drohte, mir über die Wange zu laufen, doch dieses Mal blinzelte ich rechtzeitig und hob den Kopf, um es zu verhindern. Adam schob das Armband über meine Hand und von dort weiter, bis es fest an meinem Unterarm saß.

Ich sog scharf die Luft ein, denn die Hitze, die sich nun in mir ausbreitete, war mit nichts zu vergleichen. Da war keine Einstichstelle, über die sich die Magie mit mir verband. Vielmehr war es, als würde der Magiekern, der vom Drachen gehalten wurde und der erst winterblau und dann feuerrot aufflackerte, direkt mit meiner Haut verschmelzen. Man sah es nicht, aber ich fühlte es in jeder Hautzelle, in jedem Tropfen Blut.

»Ich werde jetzt eine Verbindung herstellen.« Adams Stimme war so sanft, dass ich mir einbilden konnte, die Einzige zu sein, die ihn hörte. Er legte beide Hände an mich, eine an meinen Nacken, eine an meinen rechten Oberarm. Inzwischen war er mir so nah, dass ich seinen Duft wahrnahm: einen Geruch nach klarem Wasser, etwas Holzigem, vermischt mit dem Duft nach Magie.

Adams Berührung war angenehm kühl, und keine Sekunde später flackerten seine weißen Lichtmale auf. Die beiden Würfel, die er in dem Lederband an seinem linken Arm verwahrt hielt, glühten silbrig, und von dort breiteten sich wunderschöne Linien, filigran und kunstvoll, auf Adams Körper aus.

Dann geschah es auch bei mir. Ein rötliches Schimmern brachte meine Haut zum Leuchten. Von dort, wo Ignis nun mit mir verbunden war, wuchsen Muster meinen rechten Arm entlang. Symbole und abstrakte Formen, die ein bisschen wie Flammen aussahen und die sämtliche Linien, die von der Chaosmagie ausgegangen waren, einfach auslöschten.

»Mit der Zeit ahmen die Lichtmale unser Leben nach«, sagte Adam und sah mir dabei fest in die Augen. »Dinge, die uns etwas bedeuteten, Dinge, die uns verletzen oder die uns glücklich machen. Sie verändern sich mit unseren Erfahrungen.«

Der Schmerz nahm überhand. Adam hatte recht – die Lichtmale *brannten* sich regelrecht in meine Haut.

Er umschloss das Drachenarmband mit seiner Hand, beinahe beschützend. »Alius, Etas«, sagte unterdessen Agrona neben mir, ihr Tonfall ergriffen. »Divinus. Anima. Anguis. Solis. Clavis. Ignis. Alle, die vor dir waren, sind in dir vereint.«

Der nun vollständig rote Magiekern flackerte zwischen Adams Fingern auf, und ich spürte die Lichtmale an meinem Rücken, auf meiner Brust. Sie wuchsen über meinen Bauch, meinen gesamten Oberkörper, hinab zu meinen Beinen. Und dort, wo sie auftauchten, leuchteten auch Adams Lichtmale, als würde er mich spiegeln.

Eine Verbindung erwachte zwischen uns zum Leben. Ich konnte regelrecht in Adam *hineinfühlen.* Eine Tür öffnete sich in unserem Inneren, und was dahinter lag war ... anders als alles, was ich erwartet hatte.

Denn Adams Magie war nicht abweisend oder arrogant, so wie er sich mir in den letzten Tagen gegenüber verhalten hatte. Sie war ... friedlich. Wie ein See, aus dessen Wasser mir eine beruhigende Kühle entgegendrang. Seine Magie strahlte Sicherheit aus, Kontrolle und Ruhe.

Es machte die Hitze in mir augenblicklich erträglicher. Adams Hände waren wie ein Anker, und ich atmete tief ein und aus, während ich meinen Kopf kraftlos an seine Schulter sinken ließ.

Der Drang, ihm näherzukommen, war in diesem Moment beinahe unmenschlich. Ich wollte ihn sehen, den Ursprung seiner Magie, doch die Tür zwischen ihm und mir hatte sich nur einen Spaltbreit geöffnet. Was dahinter lag, hielt Adam vor mir verborgen, und es kostete mich alle Mühe, nicht einfach meine Arme um ihn zu legen und seine friedliche Kälte in mich hineinfließen zu lassen.

Es ist nur das Ritual, sagte ich mir. *Es ist nur die Magie, die er auf mich überträgt.*

»Du hast es gleich geschafft«, flüsterte Adam an meinem Ohr. Einer seiner Arme lag fest um meine Taille. Er hielt mich bei sich, während die Magie in jeden Tropfen meines Blutes überging.

Rayne. Rayne. Rayne. Stimmen ertönten in meinem Kopf. Leise flüsternd, zart wie ein Windhauch, während die Erschöpfung mich hinabzog.

Das verlorene Kind. Die Tochter. Rayne.

Ich konnte die Stimmen nicht voneinander trennen. Es war mehr ein Strom aus Gedanken und Worten, eine vage Präsenz, die alle letztlich nur eines zu sagen schienen.

Du gehörst jetzt zu uns.

TEIL 4

DIE VERBINDUNG

21

Ich träumte. Zumindest fühlte es sich an wie in einem Traum. Stundenlang wälzte ich mich auf dem breiten Himmelbett im Palast hin und her und war dabei in diesem Zustand gefangen, in dem mein Bewusstsein an das Ufer einer schwachen, verschwommenen Realität schwappte, bevor es sich wieder zurückzog.

Zuerst träumte ich von dem Kampf im Heptadome, als mich der Nebel von Dorian Whitlock umschlungen hatte. Doch dieses Mal konnte ich nicht gewinnen. Stattdessen hielt mich seine Magieklammer am Boden fest, bis ich beinahe erstickte.

Danach träumte ich von Leanore Trembletts kühlen Augen, von der Chaosmagie, die mich von innen auffraß, und von Lily, die leblos in den Trümmern des Heptadomes lag.

Schließlich wechselten die Träume, und ich sah Bilder von Orten, die ich nie besucht hatte, hing Erinnerungen nach, die nicht meine waren, traf Menschen, die ich nicht kannte. Vergangene Zeiten, große Tanzbälle, Banketts, Kämpfe mit Ignis, Tränen, Freude und ein so allumfassendes Gefühl von Macht, dass ich mich darin zu verlieren drohte.

Es war, als könnte ich all das erleben, was die Träger des Drachenarmbandes vor mir erlebt hatten. Augenblicke aus den letzten Jahrhunderten, Geburten, Tode, Rituale … bis hin zu dem Moment, als sieben Menschen die Hände in die Höhe streckten und eine Welt am Himmel erschufen.

Die Bilder zuckten scheinbar wahllos an meinem inneren Auge vorbei, bis sich endlich eine Szene festigte. Ich war im Inneren einer Höhle. Ein Mann stand darin, vor ihm eine Säule aus Feuer. Sein Gesicht war verschwommen, als könnte ich ihn nur durch Wände aus dunklem, durchscheinendem Glas sehen.

Wärme, hörte ich seine Stimme in meinem Ohr, so nah, als würde er neben mir stehen. *Unsere Magie ist Wärme.*

Es war mein Vater, ich spürte es ganz deutlich. Ich wollte ihn ansprechen, aber der Traum zerbrach, bevor ich eine Chance dazu hatte. Die Höhle und das Feuer darin verschwanden, zurück blieb nur eine Stimme.

Ich spüre seine Kälte in dir. Es wiederholt sich, immer wieder.

Gerade wollte ich etwas erwidern, doch einen Wimpernschlag später fand ich mich vor einer Tür wieder. Sie war einen Spalt geöffnet, aus dem mir eine klare Luft entgegenströmte. Und gerade, als ich sie öffnen wollte, kam jemand auf mich zugelaufen.

Auch diesmal konnte ich kein Gesicht erkennen. Da war nur ein unbestimmtes Gefühl von Vertrautheit. Hände legten sich an meine Taille, strichen dort über meine erhitzte Haut, und ich starrte gebannt auf unzählige weiß schimmernde Zeichen, die auf dem Körper vor mir aufleuchteten. Eine melodische Stimme sagte den Schwur auf, mit dem ich mein altes Leben für immer beendet hatte, und ich ließ mich erschöpft in die Umarmung sinken. Ich klammerte mich an diesen Körper, ließ meine Lippen forschend über die kühle Haut gleiten und –

Ich schreckte hoch.

Was zur … was zur Hölle hatte ich da eben geträumt?

Zitternd griff ich an mein rechtes Handgelenk, wo das Sigil saß. Keine Lichtmale, keine schwarzen Chaosmagielinien, einfach nur bloße Haut. Der Glaskern, der in der Mitte des Drachens lag, verströmte eine sanfte Wärme. Sein rötliches Licht hatte sich zwar längst zu dem üblichen Winterblau zurückverwandelt, trotzdem pulsierte die Magie an meinem Arm. Als wollte das Sigil mich daran erinnern, dass es nun ein Teil von mir war.

Wie ein Segen. Oder ein Fluch. Ich wusste es nicht.

Nach dem Ritual gestern waren wir nach Septem zurückgereist, doch ich hatte davon kaum etwas mitbekommen. Weder den Weg durch Celines Magiekorridor noch die Verabschiedung von Agrona Soverall. Ich erinnerte mich nicht mal, wer mich in mein Schlafzimmer gebracht hatte.

Ich wollte schon wieder die Augen schließen, schließlich war es erst kurz nach Mitternacht, aber die Stille brachte mir keine Ruhe. Also setzte ich mich auf. In einem Versuch, den wirren Traum abzuschütteln, rieb ich mir über das Gesicht und hob dann beide Hände vor mich. Sie zitterten leicht, was mir ein entnervtes Schnauben entlockte.

Natürlich. Es wäre auch zu schön gewesen, wenn der Tremor sich einfach auf Nimmerwiedersehen verabschiedet hätte.

Während ich das Armband musterte, dachte ich an Lily, die noch immer eine ganze Welt von mir entfernt war. Was würde sie sagen, wenn sie von all dem erfuhr? Wer ich war? Woher meine Familie kam? Ich sah ihr schockiertes Gesicht förmlich vor mir. Dicht gefolgt von ihrem frechen Grinsen, wenn sie mir sagen würde, dass ich mein Sigil endlich ausprobieren sollte.

Ohne länger nachzudenken, hob ich beide Hände. Ein Kribbeln durchfuhr mich. Es erschien mir wie eine Ewigkeit, seit ich das letzte Mal ein Sigil benutzt hatte. Ich bewegte meine Hände nach vorn und erzeugte Druck. Zwar flammte im Kern, den der Drachen festhielt, etwas rötlich auf, aber sonst geschah nichts. Kein Magieschild, obwohl ich die Geste eigentlich perfekt ausgeführt hatte.

Dann eben eine andere. Ich wischte mit der Hand nach vorn – und tatsächlich: Eine Magieschwade löste sich aus meinen Fingern. Zwar war sie dünn, doch sie surrte pfeilschnell durch die Luft, in Richtung des Kronleuchters und … *shit!* Sie traf ihn und sandte zwei Glasröhren auf den Boden, wo sie laut klirrend zersplitterten.

Langsam schaute ich zurück zu meinem Armband. Das rote Glühen war verschwunden, aber die Hitze, die durch meinen Körper strömte, war nicht zu leugnen. Schwach glommen die Lichtmale auf meiner Haut auf, verloschen jedoch genauso schnell wieder.

Jetzt hielt mich nichts mehr im Bett. Ein innerer Drang, nach draußen zu gehen, keimte in mir auf, also warf ich mir ein paar Klamotten über und lief aus der Tür.

Zu meiner Verwunderung standen diesmal nicht Jarek und Zorya im Vorraum mit den sieben Türen, sondern zwei unbekannte Magiehäscher. Ich war mir nicht sicher, wie sie reagieren würden, doch als ich sie ansprach, ob sie mir den Weg nach draußen zeigen könnten, verneigten sie sich nur und liefen ohne zu zögern, voraus.

Bisher war ich noch nie im Außenbereich des Palastturms gewesen, aber ich hatte schon von meinen Zimmern aus gesehen, dass Septem von einigen Parkanlagen und Gärten umgeben war. Darum lagen hohe Mauern, die den Regierungsbezirk vom restlichen Mirror-London abschirmten.

Die Magiehäscher brachten mich in einem der vielen Fahrstühle nach unten und von dort aus zu einer Außenterrasse, wo sie sich mit einer erneuten Verbeugung zurückzogen.

Draußen umfing mich blau schimmernde Dunkelheit. Die Luft roch frisch und nach Magie – ich sog sie tief ein. Dann folgte ich den steinernen Wegen, bis ich den Eingang zu den Gärten entdeckte.

Mehrere Pfade, mit Steinbänken gesäumt, führten durch das Areal. Das Gras, das daneben aus der Erde wuchs, funkelte bei jeder noch so schwachen Bewegung, als wäre es mit leuchtendem Silber bestrichen. Die Halme waren nadeldünn, und als ich über die Wiese lief, reichten sie mir fast bis zu den Knien. Dazwischen gab es glockenförmige Blumen mit durchscheinenden Blütenblättern, die einen zarten Duft freisetzten, wenn sie sich im Wind hin und her wiegten. Und überall flatterten kleine Singvögel über dem Garten umher. Aus ihren Federn perlte ein Leuchten, das sich zu Streifen zog, während sie durch die Luft segelten.

Ich hatte so etwas noch nie in meinem Leben gesehen. Das alles war … zu viel. Zu ätherisch und zu schön für ein Mädchen, das in einem abgewrackten Kraftwerk aufgewachsen war.

»Du solltest nicht ohne Begleitung hier draußen sein«, sagte eine Stimme in meiner Nähe, und meine Augen weiteten sich vor Schreck. Ich wirbelte herum und … es war Adam. Er saß auf einer der Steinbänke, völlig allein. In seinen Händen hielt er eins dieser Spiegel-Sigils umklammert, wie ich es von meiner Dienerin bekommen hatte. Ein *Spectum*. Er wirkte in sich versunken, und der Wind, der durch den Garten wehte, strich sanft über seine weißen Haare hinweg.

Ich hatte keine Ahnung, was er hier draußen machte. Schließlich war es mitten in der Nacht. Und nach dem innigen

Traum, den ich gerade von ihm gehabt hatte, wäre ich jedem anderen lieber begegnet.

»Hier.« Adam stand auf und ließ das Spectum in seiner Manteltasche verschwinden. Stattdessen zog er etwas anderes heraus und hielt es mir entgegen. Es war ein schwarzes Lederarmband. Das gleiche Armband, in dem er seine Würfel aufbewahrte und vor neugierigen Blicken schützte. »Das wollte ich dir noch geben. Damit du dein Sigil abdecken kannst.«

Nach kurzem Zögern hielt ich ihm meinen Arm entgegen, genau wie bei dem Ritual, und Adam legte mir das Band um, so dass es Ignis verhüllte. Seine Berührung war dabei wie ein Eisschauer auf meiner erhitzten Haut, und ich hasste, dass mein Körper so intensiv auf ihn reagierte, doch ich konnte nichts dagegen machen.

»Die Verbindung ist am Anfang sehr überwältigend«, sagte Adam. »Sowohl zu deinem Sigil als auch zu demjenigen, der es dir angelegt hat. Ein Teil meiner Magie ist im Nexusturm auf dich übergegangen, aber keine Sorge, es ist nur temporär. Sie wird sich verbrauchen und … es wird leichter. Das verspreche ich.«

Ich starrte Adam an. Er hatte einen Ausdruck im Gesicht, als wüsste er ganz genau, was in mir vorging. Und vielleicht tat er das sogar, schließlich trug auch er sein Sigil erst seit wenigen Monaten. Seine Mutter musste es ihm noch übergeben haben, vermutete ich, bevor sie sich …

Entschlossen verdrängte ich den Gedanken und richtete meine Aufmerksamkeit wieder auf Adam. Umgeben von Wellen funkelnder Pollen, die der Wind aus den Blumen in die Luft verstreute, und inmitten der Vögel, die es nicht zu wagen schienen, sich ihm zu nähern, sah ich, was all die Oberen in ihm sehen mussten: Adams weiße Haare glänzten im Zwielicht, genau wie die Ornamente auf seinem Mantel, die – ich begriff es erst jetzt – die Lichtmale auf seiner Haut nachahmten. Die Konturen seines Gesichts waren beinahe unwirklich schön, und seine ganze Haltung strahlte eine Erhabenheit aus, die mir durch und durch ging.

In diesem Moment wirkte er wirklich wie ein Gott.

Unantastbar. Und genauso unnahbar.

Da löste sich auf einmal einer der Singvögel von den anderen und kam in unsere Richtung geflogen. Er flatterte direkt vor mir in der Luft. Sein Gefieder war dunkelblau, nur auf seiner Stirn prangte ein weißer Fleck, der ein bisschen wie ein Stern aussah. Ich war so perplex, dass ich, ohne nachzudenken, meine Hand ausstreckte und zusammenzuckte, als sie tatsächlich die Federn des Vogels berührte. Ich war so sicher gewesen, er würde wegfliegen, und so hielt ich meine Finger ganz ruhig und beobachtete ungläubig, wie sich Magie von dem kleinen Körper des Vogels löste und in der Nacht zerstäubte.

»Spektrale«, hörte ich Adam sagen und schaute verwirrt auf.

»Was?«

»Die Vögel. So heißen sie.« Adams Mantel flatterte im Wind, ein Fleck wirbelnder Mitternacht. »Die meisten Tiere, die unsere Vorfahren mit in den Mirror nehmen wollten, haben nicht überlebt. Nur diese Vögel sind einfach durch die Barriere zwischen den Welten hindurchflogen, als gäbe es nichts Leichteres.«

»Wieso dann ›Spektrale‹?«

»Weil sie beim Übergang in den Mirror die Magie, die unsere Welten trennt, in sich aufgenommen haben. Unsere Wissenschaftler glauben, dass sie dabei mit Magierückständen von allen möglichen Tieren in Berührung gekommen sind. Dadurch können sie sich auflösen und nach Belieben in eine andere Gestalt zusammensetzen.«

Adam deutete auf einen der Vögel, der sich gerade auf dem Boden niederließ, ein paar Erdkrümel aufpickte und wieder fallen ließ. Als er sich erneut in die Luft erhob, veränderte sich sein Körper auf einmal, und bevor ich es begreifen konnte, schwirrte er als blau leuchtende Libelle davon.

Ich starrte dem Insekt ungläubig hinterher. Es hatte wirklich einfach so die Gestalt gewechselt!

»Die Spektrale halten sich meistens fern von uns«, sagte Adam und schaute dabei etwas verwundert hinab auf den kleinen Vogel, der sich noch immer geduldig von mir streicheln ließ. »Und sie bleiben auch nicht lange an einem Ort, sondern fliegen rastlos zwischen den Mirrorstädten hin und her. Für die Oberen symbolisieren die Spektrale Unsterblichkeit. Ein Leben nach dem Tod. Weil alles, was stirbt, am Ende in den Himmel aufsteigt und zu Magie wird.«

Mein Blick war wie festgefroren. Auf die gerade Linie von Adams Schultern, auf die Wellen seines windgepeitschten Haares.

Anfangs hatte er Gleichgültigkeit verströmt. Überheblichkeit. Arroganz. So hatte ich ihn kennengelernt. Aber jetzt …

Der Schmerz, der von ihm ausging, war nicht zu überhören.

Es tut mir leid, dass deine Mutter gestorben ist.

Es tut mir leid, dass du all das allein bewältigen musst.

Es ist nicht fair.

Der Spektralvogel ließ zu, dass ich meine Finger noch einen Augenblick durch seine Federn gleiten ließ. Ich fuhr zärtlich über den sternförmigen Fleck auf seinem Kopf und von dort über seinen Körper. Dann stieß er einen sanften Laut aus und erhob sich in den Nachthimmel.

»Die Dark Sigils«, setzte Adam mit einem Blick zur mir an. »Sie nehmen sich immer auch einen Teil ihres Trägers, wenn er stirbt. Ein Echo unserer Seelen, zumindest steht es so in unseren Archiven. Es ist das Einzige, das von uns zurückbleibt.« Er hob seine Würfel, bis sie über seiner Hand schwebten. »Ein Echo … und eine Vielzahl an zerbrochenen Seelen.«

Eine Gänsehaut schob sich über jeden Millimeter meines Körpers. Adams Worte klangen so ehrlich, so offen, dass es mir sämtliche Luft aus den Lungen presste.

War es das gewesen, wovon ich geträumt hatte? Echos der vorigen Träger, deren Seelen nach ihrem Tod in Ignis übergegangen waren?

Der Gedanke war gleichermaßen verstörend und seltsam tröstlich.

Mein Blick glitt zu Adam zurück. Und ich wusste nicht, ob es die Verbindung zwischen seiner Magie und meiner war oder ob die Verträumtheit dieses seltsamen, mit Sternen übersäten Gartens über meine Finger hinein in meine Adern gedrungen war, aber … jetzt war nichts mehr zu sehen von dem gleichgültigen, kühlen Herrscher, der mir keine Wahl gelassen hatte.

Jetzt schien er genauso verloren, wie ich es war.

»Es wird ein wenig dauern, bis du Ignis wirklich benutzen kannst.« Er wandte sich zum Gehen. »Ruh dich aus. Du wirst es brauchen.«

Ich konnte nur nicken. Adam lief zwei Schritte, doch schließlich verharrte er erneut. Im sanften Wind, der über das Gras wehte, hörte ich seine Worte kaum.

»Deine Magie war wunderschön«, sagte er, dann verschwand er in der Dunkelheit.

22

Diesmal war mein Schlaf so tief, dass ich nicht schlagartig wach wurde, als am Morgen jemand in mein Zimmer trat. Erst als sich eine Hand an meinen Arm legte, schnellte ich hoch. Ich packte die Hand und zog sie von mir weg. Es dauerte, bis ich erkannte, wer da vor mir stand. Es war die alte Dienerin mit dem Dutt. Sarisa Sadlyn.

Ihr Gesicht war ernst, was nichts Neues war. Ich rechnete schon damit, dass sie mich wieder ankleiden und frisieren wollte, aber damit lag ich falsch.

»Ich wurde geholt, um Sie in den Thronsaal zu begleiten.«

Ich rieb mir die Augen, um die Schläfrigkeit zu vertreiben. »Wieso das?«

»Es gab Anschläge in der Nacht«, sagte sie. »In mehreren Städten des Mirrors. Unser Lord bittet um Ihre Anwesenheit.«

Anschläge? Im Mirror?

Allmählich bemerkte ich, wie angespannt Sarisa aussah. Ihre Frisur war bei weitem nicht so akkurat wie sonst. Mein Blick fiel auf die Uhr, die auf meinem Nachttisch stand. Es war sechs Uhr, also kurz nach Sonnenaufgang. Ich stand auf, schnappte mir meinen Mantel, den ich nach dem Gartenausflug über einen Stuhl geworfen hatte, und stürmte nach draußen.

Im Korridor, der zum Thronsaal führte, erkannte ich Jareks

imposante Gestalt schon von weitem. Ich hatte ihn nicht mehr gesehen, seit wir gestern Mittag nach Mirror-London aufgebrochen waren. Er wirkte ziemlich mitgenommen – fast so, als hätte er in der Nacht kein Auge zugetan. Als er mich sah, deutete er jedoch lächelnd auf die Tür. »Nach dir, Flämmchen. Du wirst erwartet.«

Ich trat in den riesigen siebeneckigen Thronsaal. Einige Diener standen am Rand des Raumes, und ich schob mich an bestimmt fünf weiteren Magiehäschern vorbei, bis ich sie sah: Dina, Matt, Celine und neben ihr – ich war so froh, ihn zu sehen: *Cedric*. Seine Brille saß ihm etwas schief auf der Nase, und er wirkte auch heute fast unnatürlich blass. Trotzdem schenkte er mir ein warmes Lächeln, also lief ich direkt zu ihm.

Nahe des Throns standen Adam und Tynan Coldwell. Adam blickte kurz zu mir, dann wandte er sich wieder an Matts Vater. »Fahren Sie fort, Magistrat Pelham.«

Erst jetzt erkannte ich, dass Matts Vater auch ein Spectum bei sich trug. Er hielt es zwischen sich und Adam, die Spiegelfläche darin schimmerte winterblau. Ich erkannte, dass eine Gestalt darin abgebildet war, doch ich konnte sie über die Entfernung hin nicht richtig sehen.

Magistrat Pelham, hatte Adam gesagt. War das nicht der korrupte Politiker, von dem Agrona Soverall gesprochen hatte? Der, der mich sofort meucheln lassen würde, wenn er eine Chance dazu hätte?

»Der Angriff des Auges fand gleichzeitig in mehreren Mirrorstädten statt«, ertönte eine etwas blecherne und sehr alt klingende Stimme aus dem Spectum. »Es war ein koordinierter Einbruch auf Rom, Paris, Los Angeles, Shanghai und St. Petersburg. Die Rebellen haben meine und die persönlichen Vorratskammern anderer Magistrate nahezu leer geräumt. Riesige Mengen Gold und mehrere Tanks voll Magie. Offenbar wussten sie genau, welche Schutzmaßnahmen es gab und wie sie sie umgehen konnten. Wir sind noch dabei, die Schäden auszumachen und in Erfahrung zu bringen, wie sie an die nötigen Informationen gekommen sind, aber ... wenn Ihr mich fragt, hatten sie Hilfe.«

Die Rebellentruppe hatte Magie gestohlen? Die gleichen Leute, die uns in der Villa der Magistratin angegriffen hatten? Ich warf Cedric einen unsicheren Blick zu, doch er schaute nur angespannt in Adams Richtung.

»Wir konnten einige von ihnen gefangen nehmen, mein Lord«, sagte die alte Stimme, die zu Magistrat Pelham gehörte. »Wir haben sie bereits verhört.«

Matts Vater tippte auf die Fläche des Spectums, und auf einmal tauchte ein anderes Bild darauf auf. Es leuchtete ebenfalls magieblau und zeigte – ich lief einen Schritt näher, um besser zu sehen – ein Dutzend kniender Leute, die in einem Raum zusammengepfercht waren.

»Sind die Gefangenen aus Prime?«, fragte Adam, und wieder ertönte Pelhams Stimme.

»Ja. Ausschließlich.«

»Und haben Sie etwas Nützliches gesagt?«

Eine bedeutsame Pause. »Noch nicht, mein Lord.«

Adam wirkte für einen Moment in sich versunken, dann sah ich, wie er sich etwas aufrichtete. »Ich verurteile sie wegen Magieraub. Auf Hochverrat steht der Nachtturm. Lasst sie so schnell wie möglich überführen.«

Von den Gefangenen in der Projektion drang ein etwas verzerrtes Keuchen zu uns. Einige von ihnen wanden sich regelrecht.

Offensichtlich konnten sie uns hören.

Ich schaute zu Matt und Dina, deren Gesichter nach wie vor wie versteinert wirkten. Nur Celine schien unbeeindruckt und drehte lächelnd den Saphirschlüssel zwischen ihren Fingern umher.

»Was ist der Nachtturm?«, flüsterte ich Cedric zu. Er hatte die dünnen Arme um seinen Brustkorb gelegt, die Knöchel seiner Hände waren weiß angelaufen.

Er neigte sich zu mir. »Das Gefängnis von Septem. Dorthin kommen nur diejenigen, die schwere Verbrechen begangen haben.«

»Ich kann die Gefangenen auch hier in Rom weiter verhören, mein Lord«, ertönte wieder Pelham aus dem Spiegel, aber Adam schüttelte den Kopf.

»Das Gesetz des Mirrors sieht vor, dass sie im Nachtturm verwahrt werden. Über das Strafmaß wird das Hohe Gericht Septems entscheiden, meine Empfehlung verfasse ich später.«

Mein Blick zuckte zurück zu den Gestalten im Spectum. Die Mitglieder des Auges hatten bis eben noch die Fassung bewahrt. Doch jetzt … Viele von ihnen warfen sich auf den Boden, einige flehten sogar laut um Gnade.

Meine Hände fingen an zu zittern. Wie ferngesteuert lehnte ich mich nach vorn, aber Cedric hielt mich am Arm zurück. »Er muss das machen, Rayne«, raunte er mir zu. »Es geht nicht anders.«

Es geht nicht anders? Was war das bitte für eine Begründung? Ich starrte auf die Gestalten, die auf Adams Befehl hin von einigen Wachen auf die Beine gehievt wurden, und dachte daran, was ich bisher vom *Auge* erfahren hatte. Die Rebellen suchten sich ihre Leute in unseren Kampfarenen und spannten sie für ihre Zwecke ein. Als ich nach Septem gekommen war, hatten Matt und die anderen noch geglaubt, Dorian Whitlock hätte mich rekrutieren wollen. Und das bedeutete: Ich hätte eine von diesen Gefangenen sein können, wenn mein Vater nicht zufällig Melvin Harwood geheißen hätte.

Eine Frau verlor jegliche Fassung. In der Spiegelfläche des Spectums sah ich, wie sie einige hektische Schritte zurück machte, und bevor ein Magiehäscher sie erneut am Arm packen konnte, warf sie sich auf die Knie. Sie schrie, dass sie einfach alles tun würde, um nicht in den Nachtturm zu kommen, doch die Magiehäscher zerrten sie unnachgiebig mit sich.

Ich spürte, wie mein Herz immer schneller schlug. Das hier war nicht richtig. Das konnte nicht richtig sein. Aber ich musste hilflos zusehen, wie die Gefangenen abtransportiert wurden, bevor das Gesicht von Magistrat Pelham wieder im Spiegel auftauchte.

»Ein koordinierter Angriff auf unsere Besitztümer ist noch nie vorgekommen, mein Lord. Ich vermute inzwischen, dass das Auge die Leute aus Prime mit dem Versprechen rekrutiert, ihnen mehr Magie zu geben, wenn sie erst an der Macht sind. Und ich befürchte, dass sie die gestohlene Magie nutzen wollen, um die Sieben zu töten. Das Auge plant etwas. Wir *müssen* den Rebellen Einhalt gebieten. Wir müssen endlich herausfinden, wer sie anführt, bevor es zu spät ist! Mein Rat ist, dass wir sofort zuschlagen, mein Lord. Parallel laufende Razzien in Prime. Wir arbeiten mit den Regierungen zusammen, verlangen von ihnen, dass sie ihre Städte auf den Kopf stellen, bis wir sämtliche Magie zurück haben, und –«

»Nein.« Adams Stimme war ruhig, duldete aber keinen Widerspruch. »Es bringt nichts, blind im Nebel zu stochern, das wird nur ein schlechtes Bild auf den Mirror werfen. Das Ziel ist, der Schlange den Kopf abzuschlagen.«

Der Schlange den Kopf abschlagen. Ich wusste nicht, was ich bei Adams Worten fühlen sollte. Sein Gesichtsausdruck wirkte hart wie Granit. Als ob er mein Starren bemerkt hatte, wandte er sich zu mir. Kein noch so kleiner Zweifel lag in seiner Miene, und von der Sanftheit, die ich heute Nacht im Garten an ihm bemerkt hatte … nichts davon war mehr übrig.

»Wir sehen uns in Rom, Magistrat«, erklärte Adam in Richtung des Spiegels, dann machte er eine Geste zu Tynan Coldwell, der das Gespräch mit einem Zuklappen des Spectums beendete.

Stille legte sich über den Thronsaal, dann wandte sich Adam zu uns. »Wir reisen so schnell wie möglich ab. Die Magistrate und Räte werden sich wegen des Schaukampffinales bereits in den nächsten Tagen in Rom einfinden. Ich muss die Zeit nutzen, um mit den Magistraten zu sprechen, und die Lage im Mirror beruhigen.«

»Rom? Schaukampffinale?«, fragte ich verwirrt. »Was soll das heißen?«

»Das Schaukampffinale ist ein jährliches Turnier«, sprang Cedric ein. »Bis zum großen Finale ist es nicht mehr lange hin. Es fällt traditionell auf den Tag, an dem der Mirror gegründet wurde. Alle wichtigen Oberen versammeln sich in Rom. Die Magistrate, Räte, Stadtvorsteher, Unternehmer … Es ist der höchste Feiertag im Mirror.«

Ein Feiertag. Adam wollte also dieses Fest nutzen – einen *Schaukampf* –, um mit den Magistraten einen Plan zu schmieden, wie sie ihre Magie wiederbekommen konnten? Was hatte dieser Pelham eben gesagt? Dass das Auge die Magie in Prime verteilen wollte, sobald die Sieben gestürzt waren? Bis gerade eben hatte ich noch geglaubt, es ging dem Auge nur um Adam. Aber das … das klang viel größer.

»Lasst Rayne in ihren Flügel zurückbringen. Sie bleibt hier.«

Es dauerte einen Moment, bis Adams Worte zu mir durchgedrungen waren. »Was? Nein! Was ist mit Lily? Du hast mir versprochen, sie in den Mirror zu holen!«

»Das tue ich auch. In ein paar Wochen, wenn sich die Lage beruhigt hat.«

In ein paar Wochen? Hatte Adam gerade wirklich *ein paar Wochen* gesagt?

Unendliche Wut kochte in mir hoch, doch bevor sie aus mir herausplatzen konnte, kam Dina mir zuvor. »Adam. Jetzt, da Rayne hier ist, ist unsere Position um so vieles stärker. Sie ist unsere größte Trumpfkarte. Warum nimmst du sie nicht mit zum Finale?« Sie wollte eine Hand auf Adams Schulter legen, aber er drehte sich von ihr weg.

»Sie ist noch nicht bereit.«

»Sie ist tougher, als du denkst«, warf Matt ein.

»Daran zweifle ich überhaupt nicht. Nur kennt sie den Mirror nicht. Und sie weiß nicht, was hier gerade abläuft.«

»Dann sag es mir!«, fauchte ich. »Hört alle auf, so zu reden, als wäre ich nicht hier! Sagt mir, was los ist, dann kann ich mitentscheiden!«

Adam schwieg. Cedric wollte gerade ansetzen, doch da winkte Adam bereits ab. »Lasst es gut sein, es bleibt dabei.« Er schaute zu Matt. »Kümmere dich um die Gefangenen im Nachtturm, bevor wir abreisen. In Ordnung?«

Der Nachtturm? *Das Gefängnis?* Was auch immer Matt damit zu tun hatte, er wirkte wenig begeistert. »Willst du das Auge wirklich noch weiter aufstacheln? Hassen sie dich nicht schon genug?«

»Es ist mir egal, ob sie mich hassen. Sie müssen mich fürchten.«

Matt und Dina tauschten einen langen Blick. »Aber …«

»Ich weiß, was ich tue«, erwiderte Adam. »Wenn du dich allerdings deiner Aufgabe nicht mehr gewachsen fühlst, sag es mir jetzt. Dann suche ich mir jemand anderes dafür.«

»Scheiße, Adam, darum geht es doch gar nicht!« Matts Stimme hallte wütend durch den Thronsaal.

»Kümmere dich um den Nachtturm«, sagte Adam. »Und sei möglichst überzeugend.«

»Wenn das dein Befehl ist.«

»Ist es.« Adams Kiefer versteifte sich. »Glaub mir: Du bist nicht der Einzige, der Dinge tun muss, die er verabscheut.« Damit schaute Adam wieder zu mir. »Und du bleibst im Palast, bis wir zurück –«

»Ich lasse mich von dir nicht einsperren!« Ich war nicht Adams Fußmatte, und mir war es egal, wie ungläubig mich Tynan Coldwell schon wieder anglotzte, nur weil ich es wagte, seinem Lord zu widersprechen. »Ich bin jetzt ein Teil der Sieben, und du bestimmst nicht, wo ich hingehe!«

Adam rieb sich über die Stirn. »Wenn du denkst, ein Teil der Sieben zu sein, hätte dir Freiheiten gebracht … dann hast du, fürchte ich, noch nicht verstanden, worum es hier geht.«

Die Retourkutsche hätte mich nicht so sehr verletzen sollen, wie sie es tat. Und mit einem Mal schämte ich mich unendlich für den Traum, den ich letzte Nacht von ihm gehabt hatte. Meine Finger, die über Adams nackten Oberkörper gestrichen hatten … die Nähe, die ich herbeigesehnt hatte. Und ich schämte mich für diesen Moment, in dem ich geglaubt hatte, er würde Mitgefühl mir gegenüber zeigen.

Stattdessen hatte Adam mich angelogen. Vielleicht hatte er sogar nie vorgehabt, Lily in den Mirror zu holen. Immerhin hatte er bekommen, was er wollte, wozu also die Mühe?

Die Wut in mir wurde überlagert von einem durchdringenden Gefühl der Hilflosigkeit, dem gleichen Gefühl, wie ich es vor ein paar Tagen gespürt hatte, als Lily und ich zur Party eskortiert worden waren. Denn mir war klar, dass ich nichts – überhaupt gar nichts – tun konnte, mit dem Adam nicht einverstanden war.

»Weißt du was?«, zischte ich ihm entgegen. »Du bist genauso, wie ich es von Anfang an dachte. Ein selbstsüchtiger Diktator!«

Ich war zu weit gegangen. Das wurde mir in der Sekunde klar, in der ich zu Ende gesprochen hatte. Celine war blitzschnell bei mir. Ihre Finger klammerten sich um meine Oberarme, und sie zerrte mich zu sich. »Du wagst es!«, knurrte sie, doch da legte Adam eine Hand auf ihre Schulter und schüttelte den Kopf.

Celine ließ sofort von mir ab, aber nicht, ohne mir noch einen finsteren Blick zuzuwerfen. Als sie sich zurückgezogen hatte, machte Adam einen Schritt nach vorn, bis ich keine andere Wahl hatte, als zu ihm aufzuschauen.

»Hör mir gut zu, Rayne. Ich teile deine Verachtung für die Situation, in der wir uns befinden. Noch nie musste jemand ein Dark Sigil tragen, der nicht sein Leben lang dafür ausgebildet wurde. Glaub nicht, dass es mir Freude bereitet, den Versäumnissen deines Vaters hinterherzuräumen, aber es ist nun einmal meine Pflicht.«

»Dann hättest du mich halt sterben lassen! Du hättest einfach nur warten müssen, bis die Chaosmagie mich tötet, dann wäre euer wertvolles Sigil frei für jemand anderes gewesen, so wie Agrona Soverall es gesagt hat!«

»Wäre dir das lieber gewesen?«

Die Frage erwischte mich unvorbereitet. Adams Blick bohrte

sich regelrecht in mein Innerstes, und obwohl er mich nirgends berührte, kam es mir so vor, als würde er mich immer weiter zurückdrängen.

Ich hatte keine Antwort für ihn. Hätte ich lieber sterben wollen? Natürlich nicht. Aber die Alternative kam mir gerade kaum besser vor.

»Dein Schicksal ist jetzt mit den Sieben verbunden, Rayne. Oder hast du vergessen, welchen Schwur du geleistet hast?«

Dass ich ihm gehorchen würde. Nein, das wusste ich sehr gut. Genauso, wie ich wusste, dass die kleinen Risse in seiner Fassade, das Menschliche, das ich heute Nacht zu sehen geglaubt hatte, nur eine Lüge gewesen war.

Er war nicht nur ein arroganter Kotzbrocken.

Er war ein Monster.

»Ich hasse dich.«

Für den Bruchteil einer Sekunde schien so etwas wie Schmerz über Adams Gesicht zu flackern, aber er brachte sich schnell unter Kontrolle, wie immer. »Na, siehst du«, flüsterte er. »Jetzt redest du schon wie eine wahre Obere.«

Ich trat ein paar Schritte in Richtung der Tür zurück. Ich musste diesen Ort verlassen, jetzt sofort. Ich musste so viel Abstand zwischen ihn und mich bringen, wie es ging. Doch kaum dass ich mich herumgedreht hatte, stand Adam wieder direkt vor mir – samt der weißen Lichtmale, die auf seinen Armen aufflackerten.

Er hatte die Zeit manipuliert.

Diese gottverdammten Würfel!

»Ich erwarte nicht deine Freundschaft«, sagte er zu mir. »Aber du wirst mit uns zusammenarbeiten. Ich halte mein Versprechen, was deine Freundin angeht, doch dafür musst du etwas Geduld haben. Du wirst in Septem bleiben, und du wirst nirgendwo hingehen, ohne Jarek mitzunehmen. Du verhältst dich ruhig und lenkst keine Aufmerksamkeit auf dich. Ist das klar?«

Ich konzentrierte mich auf einen Punkt zwischen seinen Augen, um ihn nicht direkt ansehen zu müssen.

»Rayne.« Adam machte einen weiteren Schritt auf mich zu, bis ich seinen Atem in meinem Gesicht spürte. *»Ist das klar?«*

»Kristallklar, Mirrorlord«, murmelte ich, während Tränen in meine Augen stachen. Ich blinzelte sie hastig weg, entschlossen, Adam nicht wissen zu lassen, wie leicht er mich zum Weinen bringen konnte.

Er hatte sich schon meine Träume genommen.

Ich würde ihm nicht noch alles andere geben.

23

Jarek brachte mich zurück zu den Privatgemächern der Sieben. Dort erklärte er mir mit einem dünnen Lächeln, dass er am Eingang Wache stehen würde, um für meine Sicherheit zu sorgen.

Wir wussten beide: Es ging nicht darum, mich zu beschützen. Er sorgte nur dafür, dass ich blieb, wo sein Herr mich haben wollte. Aber ich brachte es nicht übers Herz, Jarek das ins Gesicht zu sagen. Schließlich war nichts davon seine Schuld.

Erst als er verschwunden war und ich im Flur mit den vielen Harwood-Gemälden stand, merkte ich, dass ich nicht allein war. Celine tauchte dank ihres Schlüssels aus einer der Türen auf und funkelte mich so wütend an, als hätte ich ihr gerade eine Ohrfeige verpasst.

Und so wie ich mich gerade fühlte, hätte ich das auch liebend gern getan. »Willst du dich etwa überzeugen, dass ich brav in meinem Käfig sitze?«, fauchte ich ihr entgegen. »Das kannst du machen, aber klopf das nächste Mal gefälligst an!«

Celine giftete sofort zurück. »Dir ist das alles hier völlig egal, oder? Für dich ist es so einfach. Rayne Sandford, das Mädchen, das sich schon immer nur um sich selbst kümmern musste!«

»Du kennst mich doch gar nicht!«

Celine starrte mich eisig an. Ihre Haare fielen wie immer in perfekten Locken auf ihre Schultern, ihre Lippen waren mit einem tiefen Blauton geschminkt, und der Saphirschlüssel baumelte locker von ihrem Hals. Sie und ich waren uns von Anfang an nicht sympathisch gewesen. Trotzdem hatte ich sie bisher nie so aufgewühlt erlebt.

Sie lief auf mich zu. Wahrscheinlich hatte sie schon unten im Thronsaal geplant, mir in die Privatgemächer zu folgen.

»Du hast ja keine Ahnung, was Adam durchmachen musste, seit er Mirrorlord ist«, warf sie mir entgegen. »Was wir *alle* durchmachen mussten, nur weil dein Vater sich nicht an die Regeln gehalten hat! Euretwegen ging es mein ganzes Leben lang nur darum, wie wir die Chaosmagie beherrschen, die den Mirror flutet! Und egal, wo oder wie lange wir gesucht haben, wir haben keinen Nachfolger für dein Sigil gefunden. Was glaubst du, warum die Rebellen so stark werden konnten? Warum die Magistrate immer korrupter geworden sind? Warum Adam sich immer häufiger in Lebensgefahr begibt? Das ist alles *deine Schuld*!«

Celines saphirblaue Augen fixierten mich, und all das, was Cedrics Gesichtszüge so weich und freundlich wirken ließ, sah bei ihr hart und missgünstig aus.

»Seit du hier bist«, fuhr sie fort, »packen dich alle in Watte. Sie erklären dir etwas über unsere Sigils und unsere Vorfahren, doch das, was wichtig ist, verschweigen sie dir. Aber wenn du mich fragst, ist es nur fair, dass du es endlich verstehst, *Rayne Harwood*.«

Celine hielt inne, und mit einem Mal wirkte ihr Gesichtsausdruck nicht mehr nur bösartig, sondern gleichzeitig zutiefst traurig. »Es wird Zeit, dass dir jemand erklärt, was wir wirklich sind. Denn wir …«, sie zeigte zwischen uns beiden hin und her, »… sind Schachfiguren. Unser Schicksal ist noch vor unserer Geburt vorherbestimmt. Wir tragen die Dark Sigils, und für ein paar Jahre können wir alles haben, was wir wollen. Dafür müssen wir nur den Preis zahlen, dass unser Leben ganz und gar durchgeplant ist. Wenn du achtzehn wirst, wird man anfangen, dir potenzielle Ehepartner vorzustellen. Egal, ob du heiraten möchtest, egal, ob du denjenigen verabscheust. Wenn du bis vierundzwanzig kein Kind bekommen hast, wird man dich keine Minute mehr in Ruhe lassen. So war es bei meiner Mum – und bei Adams Mum sogar viel früher. Die beiden wollten keine Kinder. Aber am Ende haben sie uns doch bekommen, weil es ihre Pflicht war.«

Celine hatte sich so sehr in Rage geredet, dass sich nicht nur Flecken auf ihrem Porzellangesicht abzeichneten ... sogar die blauen Lichtzeichen auf ihren Armen flammten auf. Überhaupt wirkte sie derart aufgebracht, als wüsste sie selbst nicht, ob sie gleich losschreien oder weinen würde.

»Das ist es, was wir sind«, sagte sie. »Die reichsten und mächtigsten Sklaven der Welt. Und es gibt nichts, was du dagegen tun kannst. Niemand von uns kann das. Also: Hör endlich auf, so zu tun, als würde sich die Welt nur um dich drehen. Dieser Deal, den du mit Adam gemacht hast, ... ist völlig nutzlos. Du bist jetzt mit uns in diesem Korsett gefangen. Und wenn du dir einbildest, darin wäre irgendwo Platz für deine kleine untere Freundin, dann irrst du dich. An den meisten Tagen wirst du nicht einmal genug Platz für dich selbst finden.«

Zu meiner Erschütterung schwammen plötzlich Tränen in Celines Augen, und ich begriff, dass sie all das vielleicht sagte, um mir weh zu tun, aber auch, weil es die Wahrheit war. Eine Wahrheit, mit der sie schon ihr ganzes Leben lang umgehen musste.

Celine schaute kurz an die Decke, und als sie sich wieder zu mir wandte, war ihr Blick so hasserfüllt wie eh und je. »Adam mag etwas in dir sehen und glauben, du bist bereit, uns mit deinem Sigil dabei zu helfen, den Mirror zu retten. Aber *ich* sehe, wie selbstsüchtig du bist. Sag mir: Hast du dich jemals gefragt, warum deine Mutter dich in diesem elenden Drecksloch am hinteren Ende von Nirgendwo zurückgelassen hat? Hast du dich jemals gefragt, warum sie niemals deinetwegen zurückgekommen ist?«

Jeden Tag, dachte ich. *Das habe ich mich jeden Tag gefragt.*

»Weil sie wusste, dass du es nicht wert warst«, fuhr Celine erbarmungslos fort. »Und daran hat sich bis heute nichts geändert. Also: Deine Freundin ist im Waisenhaus mit offenen Armen begrüßt worden. Es ist an der Zeit, sie loszulassen und dich endlich auf deine Pflichten zu konzentrieren.«

Mein gesamtes Bewusstsein zog sich schmerzhaft zusammen. »Lily ist wieder im Waisenhaus?«

»Ja«, erwiderte Celine. »Euer Vormund hat sie gestern Abend aus dem Krankenhaus abgeholt.«

Mit diesen Worten steuerte Celine auf die nächste Tür zu. Gleich darauf war sie verschwunden, während ich wie zur Salzsäule erstarrt stehen blieb.

Ich hatte keine Ahnung, wie viel Zeit vergangen war. Ich wusste nur, dass das Abendlicht den Mirror bereits für die wenigen, kostbaren Minuten erhellt hatte und dann wieder verschwunden war.

Wie betäubt saß ich im Flur der Ahnengalerie auf dem Boden, ohne mich zu bewegen. Lily war zurück im Waisenhaus. Sie war bei Lazarus. Bei Isaac und Enzo. Und das bedeutete … Sie war in großer Gefahr. Lazarus würde sie auf diese Partys schicken, um dort … Ich wollte es mir überhaupt nicht vorstellen. Ich wusste nur, dass es Lily brechen würde. Sie war so stark, doch *das*?

Nur was sollte ich tun? Ich kam hier nicht raus. Ich war gefangen, nicht nur in diesem Palast, sondern auch in diesem … *System*.

Gott, ich war so naiv gewesen. Ich hatte nicht einmal versucht, zu verstehen, was es bedeutete, ein Dark Sigil zu tragen. Die ganze Zeit hatte ich nur an der Oberfläche gekratzt, aber nicht ansatzweise begriffen, wie sehr das Ritual mein Leben verändern würde.

Und jetzt? Jetzt war ich ein Teil dieser Schildchen, die an den Gemälden der Galerie hingen. In nur wenigen Generationen würden neue Träger auf den immer weiter wachsenden Stammbaum blicken und auf meinen Namen zeigen. *Rayne Harwood*, würden sie sagen. *Für einige Jahre trug sie das Drachenarmband. Dann bekam sie Kinder und starb, wie es ihre Pflicht war.*

In mir war ein Meer aus Tränen, doch ich konnte nicht weinen. Mein Körper war wie gelähmt vor Angst, wenn ich an Lily dachte, und ich krallte meine vom Tremor auf- und abbebenden Finger um das Drachenarmband. Was würde passieren, wenn ich es mir wieder herunterriss? Aber ich konnte nicht. Mein Körper wehrte sich, wollte das Sigil unbedingt bei sich behalten.

Meine Gedanken kreisten und kamen dabei immer wieder zurück zu Adam. *Deine Magie war wunderschön*, hatte er im Palastgarten zu mir gesagt. Was hatte er mit diesen Worten bezweckt? Wieso zum Teufel konnte er so etwas zu mir sagen, wenn er mich kurz darauf so herzlos verriet? Es ergab einfach keinen Sinn!

Als ich meine Hand zur Faust ballte, breiteten sich die rötlichen Lichtmale auf meinen Fingern aus. Wie Glut flammten sie auf und wanderten immer weiter, bis sie vom Ärmel meines Mantels verdeckt wurden.

Jetzt, vierundzwanzig Stunden nach dem Ritual, nahm ich Adams Magie kaum noch wahr. Die Verbindung, die sich zwischen uns aufgebaut hatte, wurde schwächer, von Minute zu Minute. Es war, wie er gesagt hatte – temporär. Und in der Dunkelheit, in die das Zimmer getaucht war, konnte ich mir einreden, nie auch nur gewusst zu haben, wie gut sie sich anfühlte.

Schritte waren zu hören, aber ich blieb stumm sitzen. Erst als zwei graue Schnürschuhe vor mir auftauchten, hob ich angestrengt den Blick.

Es war Sarisa Sadlyn.

»Mistress Harwood«, sagte sie und verbeugte sich.

Trotz aller Taubheit, die sich über mich gelegt hatte, keimte ein Gefühl von Genervtheit in mir auf. Offensichtlich genügte Jarek nicht als Aufpasser, jetzt hatten sie auch noch die alte Dienerin auf mich angesetzt.

Doch etwas an Sarisa war anders als sonst. Zum ersten Mal, seit ich sie in der Gefängniszelle getroffen hatte, wirkte ihr Gesicht nicht wie versteinert. Im Gegensatz: Sie lächelte mir aufmunternd zu. »Ich denke, es ist Zeit.«

»Wofür?« Ich hatte keine Lust, mich umzuziehen. Keine Lust auf eine neue Frisur. Oder darauf, etwas zu essen. Oder was immer sie –

»Um den Mirror zu verlassen.«

Ich blinzelte, war mir sicher, mich verhört zu haben. »Was?«

Sarisa hielt mir ihren Arm entgegen. Erst dachte ich, sie wollte mir die Hand reichen, aber dann schob sie den Ärmel ihrer Dienstkluft zurück. Sie rieb mit dem Finger über die Haut an ihrem Gelenk, und ich traute meinen Augen nicht, als sie eine Trite-Münze davon löste, die bis eben noch überhaupt nicht sichtbar gewesen war. Eine Tätowierung kam darunter zum Vorschein, die ich sehr gut kannte.

»Sie gehören zum Auge«, hauchte ich ungläubig und musste mich zwingen, nicht aufzuspringen und zurückzuweichen.

Sie wollen die Sieben töten, hatte Magistrat Pelham gesagt.

Doch bevor ich den Gedanken richtig zu Ende führen konnte, sprach Sarisa schon hastig weiter: »Ich weiß, was Euch über uns erzählt wurde. Aber ich kann Euch versichern, dass das Auge nicht Euer Feind ist. Im Gegenteil. Wir können Euch helfen, Eure Freiheit zurückzuerlangen.«

Meine Freiheit?

Sarisa zog etwas aus ihrer Tasche. Es war ein Handspiegel mit einer Gravur im Metall – *mein* Spectum-Sigil. Richtig. Ich hatte es heute Morgen in meinem Zimmer liegen lassen. Sie hielt ihn mir auffordernd entgegen.

Es war einfach unfassbar, dass sich ein Mitglied dieser Rebellengruppe direkt bei den Sieben hatte einschleusen können. Der Palast war eine Festung, mit so vielen Magiehäschern, so vielen Waffen, so vielen Sicherheitsvorkehrungen. Andererseits … Sarisa arbeitete bereits eine Ewigkeit hier.

Niemand hatte sie je verdächtigt.

»Bitte, Mistress Harwood. Die Menschen jenseits dieses Spiegels sind auf Eurer Seite. Hört uns an, und dann trefft Eure eigene Entscheidung.«

Mein Herz klopfte wie wild, und ich nahm das Spectum an mich. Die Gravur auf dem Metall schimmerte in einem schwachen Blau, das deutlich zeigte, dass das Sigil einsatzbereit war.

»Wie?«, fragte ich.

»Das werden unsere Anführer Euch persönlich erklären.« Sarisa streckte mir die Hand entgegen, aber ich zögerte.

Wir können Euch helfen, Eure Freiheit zurückzuerlangen. Das klang zu schön, um wahr zu sein. Doch Sarisas Blick wirkte gütig, und sie hatte recht mit dem, was sie sagte. Alles, was ich über das Auge wusste, stammte ausschließlich von den Sieben.

Im Grunde spielte es auch keine Rolle. Adam hatte mich angelogen, und Lily … Lily war in Gefahr. Egal, wie hoch das Risiko war, ich konnte unmöglich hierbleiben.

Also umgriff ich Sarisas runzlige Finger und zog mich auf die Beine.

24

Der Schmerz war schlimmer, als ich es mir vorgestellt hatte. Bevor wir aufgebrochen waren, hatte ich Sarisa gebeten, endlich Lazarus' Peilsender an meinem Nacken zu entfernen. Hier oben im Mirror würde es kein Warnsignal geben, das mich bei den Nightserpents verriet, aber bevor ich zurück nach Prime ging, musste er unbedingt raus.

Sarisa hatte den Chip zwar sehr behutsam mit einem Skalpell entfernt, doch die Wunde blutete immer noch. Ich drückte ein Stück Stoff darauf und ließ mich gleichzeitig von der alten Dienerin hinter sich her ziehen. Statt die Eingangstür zu benutzen, manövrierte sie mich zielsicher durch eine Tür im Küchentrakt. Dahinter tat sich ein schmuckloser Flur auf, der mich in einen Teil Septems brachte, den ich bislang nie betreten hatte.

Die Diensträume.

Einige Leute in beigefarbener Uniform passierten uns auf dem Weg durch unendliche Korridore, an deren Wänden nur ein paar Siebenecke aufgemalt waren. Die Diener warfen mir zwar ungläubige Blicke zu – mir und dem Drachenarmband an meinem Arm –, aber niemand sprach uns an.

»Hier entlang«, raunte Sarisa angestrengt, schob mich in einen noch schmaleren Gang und von dort eine gusseiserne Treppe nach unten. Unsere Sohlen verursachten ein metallisches Klacken, dann standen wir in einem Flur, diesmal wieder so prunkvoll, wie ich es von Septem gewöhnt war. Zielsicher steuerte Sarisa auf eine Tür zu, auf der ein stilisierter Schlüssel aufgemalt war. Direkt davor stoppte sie und hielt mich an den Schultern fest.

»Das ist der Eingang zum *Raum der hundert Türen*. Mit Hilfe von Gateway-Sigils kommt man von dort direkt nach Prime. Die siebenunddreißigste Tür von links bringt Euch ins Zentrum von London. Benutzt den Spiegel, sobald Ihr dort seid, dann werden unsere Leute Euch abholen.«

»Ich muss erst meine Freundin finden.«

Sarisa nahm meine Hände und hielt sie fest umklammert. »Nutzt den Spiegel! Wir können Euch und Eurer Freundin helfen. Das hier …«, sie tippte gegen das Drachenarmband, »… muss nicht Euer Schicksal sein, Mistress Harwood.«

»Rayne«, sagte ich und lächelte ihr zu. »Und danke. Vielen Dank.«

Zwar hatte ich keine Ahnung, ob Sarisas Hilfe von Herzen kam oder ob die Rebellen vom Auge letztlich auch nur eigene Ziele verfolgten. Aber sie hatte mir ermöglicht, von hier zu verschwinden. Sie hatte Lily und mir eine weitere Chance gegeben.

Hoffentlich.

Sarisa schob einen Ärmel ihrer Dienstuniform zurück und legte ein schlichtes silbernes Armband frei. Das drückte sie in eine Mulde neben der Türklinke, woraufhin sich das Schloss entriegelte. »Viel Glück«, sagte sie noch, bevor sie mich in den Raum hineinschob.

Auf die Schnelle konnte ich nicht erfassen, ob es tatsächlich hundert Türen waren, aber es waren eine Menge. In unterschiedlichen Formen und Farben, dicht aneinander, und ohne jegliche Schilder oder Markierungen.

Also gut. Siebenunddreißigste Tür von links. Kinderspiel. Mit schnellen Schritten lief ich los und ließ meinen Zeigefinger von Tür zu Tür wandern. Eins, zwei, drei, vier … Während ich zählte, rechnete ich damit, dass jeden Moment hinter mir Schritte ertönten, von Jarek oder anderen Magiehäschern, doch es blieb ruhig. Bei Tür Nummer Siebenunddreißig angekommen hielt ich inne. Sie war grau, wuchs spitz nach oben und führte hoffentlich nach London.

Ich hatte keinen Schlüssel wie Celine, aber offensichtlich brauchte ich das auch nicht. Nachdem ich die Klinke heruntergedrückt hatte, flammte die Tür blau auf, und ein Korridor, in dem die Magie so schnell floss, wie ich es noch nie zuvor gesehen hatte, tauchte vor mir auf.

Meine Hände zitterten, und ausnahmsweise lag es nicht am Tremor.

Ich würde den Mirror verlassen, durch eine verdammte *Tür*. Niemand hatte mir je gesagt, wie es sich anfühlen würde, von einer Welt in die andere überzutreten. Ich erinnerte mich nur vage an Matts Worte, in der Baustelle des Heptadomes. Kurz, bevor er mich in seine Illusion gezogen hatte.

Der Übergang ist für Ungeübte oft schwierig.

Ich mache es dir leichter.

Den Vorteil hatte ich nun nicht mehr. Also atmete ich tief durch und ging hinein in die Tür aus Magie.

Es fühlte sich an, als würde mir jemand Salz ins Gesicht werfen. Da war ein scharfes, plötzliches Ziehen. Es fuhr über meine Wangenknochen und von dort nach unten über meinen Hals, meine Schultern, in jeden Teil meines Körpers. Das Licht blendete mich, dann war alles weg. Die Tür, der Raum. Meine

Umgebung verschwamm, und es war, wie ich es mir immer vorgestellt hatte.

Die Welt drehte sich buchstäblich auf den Kopf.

Und ich mich mit ihr.

Die Hand auf meinen Bauch gepresst, stolperte ich aus dem Korridor heraus. Mir war übel und unendlich schwindlig. Ich registrierte den glatten cremefarbenen Marmorboden unter mir und ließ mich prompt auf ihn sinken. Tief atmete ich ein und aus, während ich meine Umgebung abscannte.

Ich war in einem weitläufigen Raum mit eleganten Sofagruppen und einem enormen Kronenleuchter an der Decke gelandet. Zuerst dachte ich, noch im Palastturm zu sein, aber dort, im Zentrum des Raums, war eine Art … Rezeption. Wie in einer Hotellobby. Ein Mann im Anzug stand an dem Tresen und schaute völlig unbeeindruckt in meine Richtung. Ich überlegte, etwas zu sagen, schließlich musste er sich wundern, wie ich von jetzt auf gleich hier auftauchen konnte. Doch da senkte er bereits gelangweilt seinen Blick und arbeitete weiter, als wäre nichts Ungewöhnliches passiert.

Was zur Hölle?

Ich neigte den Kopf und schaute zu der Tür, aus der ich gekommen war. *Staff only* stand dort auf einer Plakette. Von einem magischen Korridor war nichts mehr zu sehen.

Geh einfach, sagte ich mir und hievte mich mühevoll auf die Beine. Die ersten Schritte waren etwas wacklig, aber ich konnte das Gefühl von Unwohlsein schnell abschütteln. Ich lief durch die Lobby, und obwohl meine Schritte laut und deutlich zu hören waren, schaute der Rezeptionist kein einziges Mal auf oder fragte mich, ob er mir helfen könnte.

Womöglich war er selbst ein Oberer. Womöglich gehörte er

zu Septem und würde dem Mirrorlord und den anderen mit einem Spectum-Spiegel von meiner Flucht berichten.

Womöglich war ich einfach paranoid.

Draußen angekommen hielt ich inne, schaute einmal nach links und nach rechts und atmete dann tief ein und aus. Unfassbar. Ich war in meiner Welt. Das hier war tatsächlich *mein* London! Der Mirror war nun nichts anderes mehr als silbrige Konturen und ein mystisches Glitzern zwischen den Wolken, die an diesem Abend in Tupfen am Himmel hingen. Ich schaute sicherlich mehrere Minuten nach oben, bevor ich mir einen Ruck gab und mir meinen Weg durch Central London zu bahnen begann.

Das Hotel, in dem ich gelandet war, war eines der teuersten in der ganzen Stadt, und – ich zwang mich, nicht laut aufzulachen – lag an der Hausnummer Sieben.

Was auch sonst.

Bis zu den Outskirts waren es einige Kilometer, und ich hatte kein Geld dabei, um mir ein Taxi oder ein U-Bahn-Ticket zu leisten. Also rannte ich, so schnell ich nur konnte.

Meine linke Hand hielt ich stets über das Lederband an meinem Arm, um sicherzustellen, dass Ignis vor allen Augen verborgen lag. Natürlich wusste ich, dass niemand hier unten einfach so erahnen würde, was für ein wertvolles Sigil ich da trug, aber ich wollte kein Risiko eingehen.

Es dauerte sicherlich eine volle Stunde, bis ich die Outskirts erreichte, und nach allem, was ich im Mirror gesehen hatte, kamen mir die Hochhäuser hier unten beinahe winzig vor.

Zielstrebig navigierte ich durch die Straßen und stoppte erst als das alte Kraftwerk inmitten der High-Rises sichtbar wurde. Ich griff in meine Manteltasche und umklammerte das Spectum, das darin lag. Sarisa hatte gewollt, dass ich es unmittelbar nach meiner Ankunft in Prime benutzte. Doch ich dachte gar nicht daran. Zuerst musste ich Lily holen. Und danach würden wir gemeinsam entscheiden, so wie wir es immer getan hatten.

Schnell überquerte ich die Straße und schob mich durch das Tor zur Einfahrt. Das Kraftwerk schien verwaist zu sein, aber das beunruhigte mich nicht weiter. Um diese Uhrzeit waren Lazarus und seine Leute sicher noch in der Stadt unterwegs. Ich rannte die letzten Meter, zog die schwere Eingangstür auf und stand im Foyer. Es roch, wie es immer roch, nach altem Gemäuer und nach dem Aschezucker-Magieduft. Meine Füße trugen mich wie ferngesteuert in Richtung Untergeschoss, doch das Zimmer von Lily und mir war leer.

Verdammt, wo steckte sie?

Schnell lief ich wieder nach oben und dort geradewegs in den Speisesaal. Und tatsächlich! Als ich um die Ecke rannte, fand ich sie: Lily. Sie saß an einem der Tische, das Gesicht in die Hände gebettet. Ich hörte leises Schluchzen, sah, wie ihre Schultern bebten.

Mein erster Gedanke war: *Du bist zu spät gekommen.*

Kaum dass ich anhielt und meine Stiefel dabei ein leicht quietschendes Geräusch auf dem Linoleum abgaben, wirbelte Lily herum. »W-wer …« Ihre Augen weiteten sich, als sie mich entdeckte. »O mein Gott! *Ray?*«

Sie drückte sich von ihrem Stuhl nach oben und kam auf mich zugelaufen. Als sie mich in die Arme schloss, fing ich sofort an zu weinen. Ich war so erleichtert, dass ich kaum Luft bekam. Tränen stiegen mir in die Augen, und Lily murmelte immer wieder *Alles wird gut* und *Ich bin so froh, dass du lebst*!

Ich ließ mich halten, für ein paar wenige Sekunden. Dann löste ich mich aus ihrer Umklammerung und schaute Lily an. Sie trug einen Verband am Kopf, den ich vorsichtig berührte.

»Oh, Lily«, flüsterte ich. »Es tut mir so unendlich leid. Geht es dir gut? Bist du schwer verletzt?«

Sie winkte ab. »Ein paar Kratzer, eine Gehirnerschütterung.« Auf einmal huschte ein Ausdruck von Panik über ihr Gesicht. »Aber hier, hier ist alles ziemlich aus dem Ruder gelaufen. Lazarus hat den Verstand verloren, Ray. Er hat Sigils von deiner Siegerprämie gekauft. Unzählige Kampf-Sigils. Sie sind wohl schon seit Tagen dran, die anderen Banden hochzunehmen. Er will die kompletten Outskirts unter die Kontrolle der Nightserpents bringen.«

Ein schweres Gefühl legte sich in meinen Magen. Nicht nur, dass ich unsere Chance auf Freiheit verloren hatte, ich hatte Lazarus auch noch bei seinen größenwahnsinnigen Plänen in die Hände gespielt.

»Und das hier?«, fragte ich und fasste sanft an Lilys rechte Wange, die stark gerötet war.

Sie lächelte trotzig. »Als sie mich aus dem Krankenhaus abgeholt haben, hab ich es ihnen nicht leicht gemacht.«

Noch einmal drückte ich Lily an mich. Sie küsste meine Schulter, strich mir über die Haare. Ich hatte sie vermisst, so unendlich vermisst.

»Ich hab gesehen, wie dich die Oberen mit sich genommen haben«, flüsterte sie. »Ich war wach, als sie diese Tür öffneten. Und als ich das Lazarus gesagt habe, ist er völlig durchgedreht. Er hat gedacht, ich würde ihn anlügen.« Lily umfasste meine Hände. »Du musst sofort weg, Ray. Wenn er dich hier entdeckt … Glaub mir, er lässt dich nie wieder gehen.«

»*Wir* müssen weg«, entgegnete ich.

»Aber wohin?« Tränen schwammen in Lilys Augen. »Er würde uns doch überall finden. Und selbst wenn nicht … Wovon sollen wir leben?«

Ich umklammerte den Spiegel in meiner Manteltasche. »Erst einmal gehen wir weg von hier. Dann finden wir eine Lösung.«

Entweder, wir schafften es, auf eigene Faust aus London herauszukommen. Wenn alle Stricke rissen, könnten wir immer noch entscheiden, ob wir das Auge um Hilfe bitten wollten – oder … oder Adam.

Beim Gedanken an ihn fühlte ich einen Stich in der Brust, den ich sofort wieder verdrängte. Es war nicht die Zeit, um meine Gefühle für Mister Kotzbrocken zu ergründen. Er hatte sich wie ein Arsch verhalten. Nun musste er sich nicht wundern, dass ich die Dinge selbst in die Hand nahm.

Der Zweifel in Lilys Augen wurde von Entschlossenheit ersetzt. Doch gerade, als ich sie an der Hand fassen und in Richtung unseres Zimmers laufen wollte, drangen Stimmen zu uns. Gefolgt von Schritten.

Schon kamen Lazarus' Bandenmitglieder in den Speisesaal. Die ganze Mannschaft der Nightserpents, und es waren seit meinem Verschwinden offenbar noch mehr geworden. Ich zählte mindestens dreißig von ihnen. Sie alle hatten diverse Kampf-Sigils um – Armbänder, Ringe, Medaillons. Als sie mich entdeckten, hielten sie inne. Dann grinsten sie.

»Firecracker!«, rief Lazarus – nein, er brabbelte es eher. Überhaupt machte er einen völlig elenden Eindruck, mit eingefallenen Gesichtszügen, ungewaschenen Haaren und einem irren Ausdruck im Gesicht. An seinen Armen sah ich gleich mehrere Sigil-Armbänder, daneben Trites – Happy-Uppers, ganz sicher. Er schob sich an seinen Leuten vorbei und breitete die Arme aus. »Willkommen zurück! Wie schön, dass du uns mit deiner Anwesenheit beehrst!«

»Ich bleibe nicht.« Ich legte einen Arm um Lilys Schultern. »Und ich nehme sie mit.«

Lazarus brach in lautes Gelächter aus. Auch die Bandenmitglieder fingen an, vor sich hin zu gackern.

»Bullshit!«, rief Lazarus, nachdem er sich wieder eingekriegt hatte. »Die Outskirts zu kontrollieren ist die eine Sache. Sie unter Kontrolle zu *halten*, eine ganz andere. Und dafür brauche ich euch. *Dich!* Meine beste Kämpferin!«

Ich holte tief Luft, ließ Lily los und machte ein paar Schritte in Lazarus' Richtung. »Hör zu, Laz. Es gibt keinen Weg, wie du mich hier halten kannst. Also lass uns einfach gehen, dann passiert niemandem etwas.«

Wieder fingen die Nightserpents an zu lachen. Erst nur wenige, doch dann stimmte der Rest ein, und ihr Gejohle erfüllte den Speisesaal. Etwas abseits erkannte ich Isaac und Enzo unter ihnen. Auf ihren Gesichtern zeichnete sich Wut ab – gemischt mit Schadenfreude.

Als meine Hände anfingen zu zittern, ballte ich sie zu Fäusten. *Ganz ruhig,* sagte ich mir. *Du bist eine der Sieben. Du besitzt eines der mächtigsten Sigils der Welt.*

Denn Ignis' Magie pulsierte längst an meinem Arm. Selbst wenn ich es nicht richtig steuern konnte – ich konnte mich trotzdem damit verteidigen.

Zumindest war das meine Hoffnung.

Lazarus kam näher. Und nun sah ich, wie es wirklich um ihn stand: Er war nicht nur high, sein gesamter Körper war mit schwarzen Adern überzogen. Vor allem an den Armen war es nicht mehr zu übersehen.

Er war mit Chaosmagie infiziert.

Womöglich hatte er die Krankheit schon länger, oder es lag an den vielen Sigils, die er trug, ich wusste es nicht. Schnell hob ich die Hände, versuchte, eine Schildgeste auszuführen, aber nichts tat sich. Und bevor ich wusste, wie mir geschah, packte Lazarus mich am Arm und zerrte mich zu sich. Er riss die schwarze Lederbinde herunter und stierte auf das wertvolle Sigil, das ich trug. »Also hast du ja doch die Wahrheit gesagt, Lily-Bily. Unser Firecracker ist jetzt eine ganz feine Dame, hm?«

»Fick dich, Laz«, spuckte ich ihm entgegen, woraufhin er ausholte und mir derart hart ins Gesicht schlug, dass ich nur noch weißes Licht sah und sonst nichts.

Irgendetwas schepperte. Ich taumelte auf den Boden, konnte mich nicht orientieren. In meinen Ohren piepste es schrill. Meine gesamte Umgebung verschwamm.

Beinahe hätte ich gelacht. Scheinbar konnten selbst die Happy-Uppers Lazarus' Aggressivität nichts mehr entgegensetzen.

Weit entfernt glaubte ich, Lily zu hören, wie sie meinen Namen schrie. Dann tauchte Lazarus' Hand in meinem Sichtfeld auf. Er hob etwas vom Boden auf.

Das Scheppern. Das war das Spectum gewesen.

»Nicht!«, keuchte ich, doch natürlich war mein Einwand Lazarus egal. Er hatte den Spiegel längst geöffnet und glotzte blöd hinein. Die Gravur auf der silbernen Oberfläche leuchtete auf – wie auch immer das Spectum funktionierte, jetzt war es aktiv.

»Was soll das sein?«, fragte Lazarus.

»Nichts, was dich etwas angeht.«

Eine kurze Antwort – aber keine, die Lazarus gefiel. Ich schrie, als er mich an den Haaren auf die Beine zerrte. Mein Gesicht war seinem so nahe, dass ich den Aschezuckergeruch, der aus jeder Pore seines Körpers drang, so intensiv wahrnahm, dass ich fast würgen musste.

»Du wirst mir alles erzählen, Firecracker. Wo du warst, bei

wem du warst und wie reich sie sind. Ich will wissen, was du ihnen lebend wert bist. Dann überlege ich mir, ob ich dich ihnen verkaufe oder ob du mir mehr in den Arenen bringst. Und wenn du denkst, dass ich Lily so einfach laufen lasse, dann hast du wirklich ein Taubenhirn.«

»Lass mich los«, presste ich hervor, während ich Lily im Hintergrund immer noch schreien hörte. Sie brüllte Lazarus an, mich gehen zu lassen, während sie versuchte, zu mir zu gelangen. Doch Isaac und Enzo hatten sie gepackt und hielten sie zurück.

Lazarus beugte sich über mich, sein Gesichtsausdruck eine Mischung aus aufgekratzter Überheblichkeit und tiefem Zorn. »Also? Spuck's aus, Firecracker. Wer waren die verdammten Oberen, die dich –«

In diesem Moment wurde die Tür, die vom Speisesaal zu Lazarus' Büro führte, von einem blauen Leuchten überlagert. Ein Korridor formte sich. Ich erkannte die Gravur mit den beiden Rauten – Celines Sigil – und wusste sofort, was passieren würde. Ganz im Gegensatz zu Lazarus.

»Was zur verdammten Hölle?«, entfuhr es ihm. Im Korridor kamen Silhouetten auf uns zu. Sämtliche Nightserpents wichen zurück und zogen Lily mit sich.

Dann trat die erste Gestalt aus dem Korridor heraus. Schwarze Boots, schwarze Hose, schwarzer Mantel und weiße Haare, die im gedimmten Licht des Speisesaals einen leicht goldenen Schimmer hatten.

Der Mirrorlord.

25

Adams Gesichtsausdruck war wie immer sehr ruhig. Sein Blick wanderte umher, ich konnte ihm genau ansehen, wie er alles in sich aufnahm: Lazarus, der mich an sich presste, Lily, die von Isaac und Enzo festgehalten wurde. Und dann die vielen, vielen Leute, die zu Lazarus' Bande gehörten.

Matt, Celine und Dina kamen hinter ihm aus dem Gateway heraus, ebenso Jarek und Zorya sowie bestimmt zehn oder mehr Magiehäscher.

Nachdem Adam die Szene analysiert hatte, fixierte er Lazarus. Und zum ersten Mal sah ich Wut hinter seiner beherrschten Fassade durchschimmern.

»Lassen Sie sie gehen«, befahl Adam in einem Tonfall, der selbst mir eine Gänsehaut bescherte. Seine Häscher hoben daraufhin warnend ihre Waffen – was Lazarus endgültig aus der Schockstarre riss.

»Nietet sie um! Los!«, rief er den Nightserpents zu. Er zerrte mich mit sich zurück, während seine Leute ihre Waffen und Kampf-Sigils hoben.

Magieschwaden sausten durch den Speisesaal, Patronen schossen durch sie hindurch, und für eine furchtbare Sekunde glaubte ich, sie würden Adam und die anderen zerfetzen.

Doch das taten sie nicht. Kaum dass die Schüsse abgefeuert

wurden, hob Adam eine Hand und damit auch seine Schicksalswürfel. Mit einem Mal hatte ich das Gefühl, ihn *überall* sehen zu können. Sämtliche Patronen im Saal wurden scheinbar gleichzeitig von einem hellen Leuchten umschlossen. Adam stoppte ihre Bewegung und ließ sie wie Hagelkörner auf den Boden sacken. Die Magieschwaden prallten gegen mehrere weiß leuchtende Schilder … und zerbrachen an ihnen.

Alles ging so unfassbar schnell. Mir war natürlich klar, dass Adam die Zeit manipuliert hatte. Er hatte sich selbst zusätzliche Minuten gegeben und war dadurch als Einziger imstande gewesen, sich zu bewegen, während wir alle wie erstarrt waren. Wenn man wusste, worauf man achten musste, nahm man die winzigen Millisekunden an Zeit wahr, während er die Würfel benutzte. Für die Nightserpents musste es aber so ausgesehen haben, als hätte Adam lediglich eine Hand gehoben und mit dieser schlichten Geste all ihre Angriffe zunichtegemacht. Gerade noch war ein wahres Feuerwerk an Angriffen losgebrochen, und im nächsten Moment herrschte Stille. Sie senkte sich über den Speisesaal und wurde erst von Lazarus' ungläubigem Keuchen unterbrochen. Die Nightserpents hatten nach wie vor die Waffen erhoben, schienen jedoch nicht mehr zu wissen, was sie nun tun sollten.

Adam legte beinahe gelangweilt den Kopf schief und drehte seine Würfel erneut. Wieder glaubte ich Bildfetzen von dem gesehen zu haben, was er tat, während die Zeit für uns stillstand: ein Lichtseil, das sich um die Kehle eines Mannes wickelte, Magiestöße, die durch den Raum zischten, ein Nightserpent, der gegen eine Wand donnerte. Dann lief die Zeit normal weiter, und das Ergebnis waren mehrere am Boden liegende Männer und Frauen von Lazarus, denen Blut aus Nasen, Ohren und Mündern lief.

Adam stand unterdessen wieder dort, wo er eben gestanden hatte, zwischen Dina, Matt, Celine und seinen Magiehäschern. Der einzige Unterschied waren die Lichtmale, die unter seinem Shirt durchschimmerten.

Er deutete auf die restlichen Bandenmitglieder, die sich noch aufrecht hielten. Auch Isaac war unter ihnen. In seinem Gesicht war die Verwirrung deutlich zu erkennen, aber trotzdem hielt er gemeinsam mit Enzo Lily umklammert. Einige andere Nightserpents jedoch zogen sich bereits ängstlich zurück.

»Matthew«, sagte Adam im Plauderton. »Wärst du so freundlich und kümmerst dich um den Rest?«

Ein ruchloses Lächeln stahl sich auf Matts Gesicht, und er griff an seinen Sigil-Ring. »Mit dem größten Vergnügen.«

Die verbliebenen Nightserpents hoben ihre eigenen Sigils. Sie wollten sie abfeuern, ganz sicher, aber da leuchtete bereits die Kugel von Matts Ring auf, in einem strahlenden Lila. Sämtliche Bandenmitglieder froren mitten in ihrer Bewegung ein, und ich beobachtete fassungslos, wie sie einmal tief ein- und ausatmeten – ein kollektives Luftholen. Dann ließen sie ihre Sigils sinken und spazierten in Richtung Ausgang davon.

Und das mit einem seligen, unbeschwerten Lächeln auf den Lippen.

Matt hatte die Nightserpents in eine Illusion gezogen.

Sie alle.

Ich sah Lily vom Boden aufspringen, während Isaac und Enzo von ihr abließen und ebenfalls wie Zombies davontrotteten. Auch Lazarus' Griff um mich lockerte sich. Erst schien es, als wollte er den anderen hinterherlaufen, doch dann fing er sich und blieb, wo er war. Sogar, als Matt die volle Aufmerksamkeit auf ihn richtete und eine Hand in Lazarus' Richtung streckte, um ihn gezielt der Illusion zu unterwerfen, stöhnte er nur. Schließlich riss er mich fest an sich, und das Nächste, das ich fühlte, war der kalte Lauf einer Waffe an meiner Schläfe.

»Nich' mit mir!«, brüllte Lazarus, während er sich panisch umblickte und jetzt erst zu begreifen schien, dass er völlig allein im Speisesaal stand. »Geht zurück!«

»Ray!«, hörte ich Lily schreien. Sie war auf mich zugegangen, aber jetzt stoppte sie mitten in der Bewegung.

Matt runzelte die Stirn, versuchte es erneut. »Sein Verstand ist … in keinem guten Zustand. Ich kann ihn nicht greifen.«

Ich sah, wie Dina an das Schlangenband an ihrer Taille griff. »Lass mich ihn –«

»Schon gut, ich mach das.« Wieder hob Adam seine Würfel, und ich rechnete fest damit, dass Lazarus in der nächsten Sekunde einfach bewusstlos neben mir auf dem Boden lag, doch nichts geschah.

Adam starrte mich nur an. Für ihn musste eine Minute vergangen sein, vielleicht sogar deutlich mehr Zeit. Aber was auch immer er getan hatte, es änderte nichts daran, dass sich Lazarus' Waffe weiter gegen meine Schläfe presste.

Nur eins war anders geworden: der Ausdruck in Adams Augen. Ein Anflug von Horror lag darin, ein tiefer Schrecken, der überhaupt nicht zu ihm passen wollte.

Mein Herz sank. Was hatte Adam dermaßen aufgewühlt? Was hatte er dank seiner Würfel bloß gesehen?

»Hören Sie, Mister Wright. Wir können reden«, erklärte Adam ruhig. Seine Stimme war weich, einladend, aber ich kannte ihn inzwischen gut genug, um zu wissen, dass etwas ganz und gar nicht stimmte. »Sagen Sie mir einfach, was Sie für Raynes Leben wollen, in Ordnung?«

Er wollte mit Lazarus *verhandeln*?

Lazarus fixierte Adam und sah mit Sicherheit das, was jeder

gesehen hätte, wenn Adam vor einem stand: Reichtum. Macht. Jemanden, der viel besaß – und vieles geben konnte. Sein Griff um meine Arme wurde fester, der Lauf der Waffe drückte sich noch heftiger in meine Haut. »Eine Million Pfund«, blaffte er, und ein hysterischer Teil von mir dachte: *Eine Million Pfund? Spinnst du?* Aber Adam zögerte nicht.

»Einverstanden. Lassen Sie Rayne los, und wir bringen Ihnen das Geld innerhalb einer Stunde.«

Lazarus' Brust hob und senkte sich hektisch an meinem Rücken. Ich ahnte, wie schockiert er sein musste, dass Adam einfach so auf seine völlig irrsinnige Forderung einging. Allerdings hatte er auch gesehen, wie leicht Matt seine Bandenmitglieder weggeschickt hatte. Und bestimmt kalkulierte er nun, wie schnell sie ihn unschädlich machen würden, sobald er mich losließ.

Gerade setzte er an, etwas zu sagen, als plötzlich ein Ruf ertönte. Er kam vom Eingang des Waisenhauses.

»Entschuldigung!«, rief eine Stimme. »Sind wir etwa zu spät zur Party?«

Lazarus drehte sich zur Seite und mich mit sich, bis ich genau sehen konnte, wer da aus dem Flur in den Speisesaal gelaufen kam.

Dunkle, zu einem Irokesen geformte Haare, ein selbstsicheres Grinsen im Gesicht.

Es war der Junge, gegen den ich im Heptadome gekämpft hatte: Dorian Whitlock. Und hinter ihm standen sicherlich fünfzig Leute, die – da war ich mir sicher – allesamt dasselbe Tattoo am Handgelenk trugen.

Das Auge.

»Whitlock.« Adam seufzte tief, während Dina, Zorya und Jarek sofort neben ihm in Kampfposition gingen. Dina hatte bereits ihr Schlangenband in der Hand und wartete scheinbar nur auf einen Befehl, ebenso wie Jarek und Zorya. »Das ist gerade wirklich kein guter Zeitpunkt.«

Mein Blick suchte Lily. Ihr liefen Tränen übers Gesicht. Matt war mittlerweile zu ihr gelaufen und hielt sie am Arm fest, doch sie schaute nur zu mir. Ihr Mund öffnete sich, sie sagte lautlos meinen Namen.

Bleib, wo du bist, versuchte ich ihr zu signalisieren. *Bitte.*

Dann konzentrierte ich mich wieder auf Dorian Whitlock und Adam. Die ganze Situation war wie in einem verdammten Western: Ich, mitten im Schussfeld, während die zwei verfeindeten Parteien zu meiner Linken und Rechten sich anstierten.

Im Gegensatz zu unserem letzten Aufeinandertreffen sah man Whitlock heute an, dass er nicht einfach nur ein gewöhnlicher Schaukämpfer war. Er und die anderen Leute vom Auge waren wie Soldaten ausgestattet. Sie trugen dunkle Hosen und Jacken, die wirkten, als seien sie schusssicher, dazu Gürtel mit Waffen und allerlei Kampf-Sigils. Ein Großteil von ihnen hatte Sturmmasken übergestreift, wie diejenigen, die in Agrona Soveralls Stadtvilla eingebrochen waren.

»Der Mirrorlord höchstpersönlich«, verkündete Dorian Whitlock mit gespielter Feierlichkeit. »Hast du gerade nichts Wichtigeres zu tun, als dich hier in Prime herumzutreiben? Ich habe gehört, dir wurde jede Menge Magie gestohlen.«

Adam ignorierte den Seitenhieb. »Es ist besser, wenn ihr euch raushaltet.«

»Wieso denn?« Dorian lächelte. »Ich wollte deine Mutter mein Leben lang persönlich treffen, Adam Tremblett. Hat nicht geklappt. Aber zumindest kann ich das nun bei ihrem Sohn nachholen. Ich für meinen Teil freue mich außerordentlich.«

»Ich sage es kein zweites Mal«, entgegnete Adam scharf und hob seine Würfel. *»Verschwindet!«*

Das aufgesetzte Lächeln wich aus Dorians Gesicht. Stattdessen leuchtete das Amulett an seinem Hals winterblau auf. »Sag mir, Mirrorlord … wie lebt es sich so als der größte Mörder auf der Welt?«

Mörder? Was meinte er damit?

Wenn die Worte Adam getroffen hatten, zeigte er es nicht. Stattdessen ließ er die Schicksalswürfel über seiner rechten Hand kreisen. »Ich habe keine Zeit, jetzt mit euch zu diskutieren.«

»Wenn dem so ist …« Dorians Blick wanderte zu mir, dann zu dem Drachenarmband, das ich trug. »Wir möchten nur das Mädchen. Dann können wir getrennte Wege gehen.«

Adams Miene verdunkelte sich, aber bevor er antworten konnte, gellte Lazarus' Schrei durch den Speisesaal.

»Wer zur Hölle seid ihr alle?!«

Der Waffenlauf presste sich wieder gegen meine Schläfe, und ich schloss die Augen, um mich nicht vollständig der Panik hinzugeben. In seinem Zustand konnte er jederzeit aus Versehen abdrücken.

»Haut ab!«, kreischte Lazarus. Er zerrte mich ein paar Schritte mit sich nach hinten, bis er mit dem Rücken gegen eine Wand stieß. Dort hielt er mich fest, während die Kampf-Sigils an seinen Armen bedrohlich aufleuchteten. Wie war er bloß auf die bescheuerte Idee gekommen, so viele von ihnen gleichzeitig mit seinem Körper zu verbinden?

»Ich jag ihr eine Kugel in den Kopf«, schrie er, »wenn ihr nicht sofort verschwindet!«

Doch niemand verschwand … oder machte nur einen Schritt zurück. Weder Adams noch Dorians Leute. Im Gegenteil: Adam und die anderen aktivierten ihre Sigil-Waffen, während Jarek, Zorya und die restlichen Häscher die Pistolen nach vorn richteten. Auch die Kämpfer des Auges brachten sich in Stellung, allerdings mit jeder Menge Sigils, die an Hälsen, Fingern und Handgelenken aufleuchteten.

Lazarus umklammerte mich mit einem Arm und versuchte mit der freien Hand, irgendwelche ungelenken Gesten auszuführen. Pechschwarze Magie entfernte sich schwallartig von seinen Fingern, erst in die eine, dann in die andere Richtung. Es war Chaosmagie, eindeutig. Wahrscheinlich war sie in Lazarus' Körper ausgebrochen, als er all die Sigils auf einmal angelegt hatte.

Aus dem Augenwinkel sah ich, wie Lily sich von Matt losriss. Sie versuchte, auf mich zuzustürmen, gerade als Lazarus anfing, Magiestöße zu verschießen, die so heftig waren, dass die ersten Leute von den Füßen gerissen wurden. Auch Lily wurde im Getümmel getroffen, und ich keuchte erschrocken, als sie nicht weit weg gegen eine Wand krachte und liegen blieb.

»Hör auf!«, rief ich. »Laz, du musst dich –«

Lazarus brüllte wütend. Einer von Dorians Leuten hatte sein Tempo mit einem Sigil beschleunigt und versuchte, damit zu mir durchzubrechen. Doch Lazarus erwischte ihn. Mehr aus Zufall, aber dafür mit so brachialer Kraft, dass der Mann sofort reglos zu Boden ging.

Dann geriet die Situation endgültig außer Kontrolle. Aus dem Flur, der vom Eingang des Kraftwerkes in den Speisesaal führte, kamen einige der Nightserpents zurückgelaufen. Offensichtlich hatten sie sich aus Matts Illusion befreien können. Ich erkannte Isaac, Enzo und noch ein paar weitere. Prompt fingen sie an, wild um sich zu schießen, und von jetzt auf gleich entbrannte ein Kampf, bei dem ich unmöglich erkennen konnte, wer gegen wen anging. Dina hechtete wie wild hin und her, gleichzeitig bewegte sich Adam fast so, als hätte er eine Choreographie einstudiert. Er spannte das Lichtseil zwischen seinen Händen und konnte dank seiner Würfel offenbar sämtliche Angriffe voraussehen.

Ich versuchte immer wieder, mich von Lazarus loszureißen, doch er war stärker. »Kümmert euch um Lily!«, rief ich Dina und Matt zu, aber mein Schrei ging im Lärm völlig unter. Lily lag regungslos an der Wand, gefährlich nahe an den Magieexplosionen, die scheinbar unkontrolliert von Lazarus' Sigils zu allen Seiten schossen. Eine war so heftig, dass sie ihm die eigene Pistole aus der Hand schleuderte – und damit riss es auch mich von den Füßen.

Benommen kauerte ich auf dem Boden des Speisesaals und registrierte nur einen Bruchteil später, dass ich frei war. Ich krabbelte los, in Richtung Lily, die noch immer bewusstlos war, doch ich kam inmitten der vielen Leute kaum vorwärts. Da hob einer der Rebellen Lily plötzlich vom Boden auf. Ich schrie noch nach ihr, aber sie war bereits verschwunden, und ich konnte nicht sehen, wo der Mann sie hinbrachte.

Verzweifelt versuchte ich, auf die Füße zu kommen. Die Wände des Kraftwerks ächzten und knarzten. Lazarus hatte inzwischen so viel Magie mit seinen Sigils erschaffen, dass er davon in die Luft gehoben wurde. Seine Schreie gellten durch den Speisesaal, als die dunklen Schwaden sich wie eine tödliche Schlinge enger zusammenzogen.

Während Isaac und ein paar andere Nightserpents in seine Richtung vordrangen, griff Dina Lazarus mit ihrer Lichtpeitsche an. Sie wickelte sie um eines seiner Beine und versuchte offenbar, die Chaosmagie mit ihrem Sigil zu absorbieren. Aber sie war zu mächtig und schleuderte erst Dina und dann auch Zorya und Jarek durch den Saal.

Matt kam ihnen zu Hilfe. Er ließ einen Magieschild erscheinen, doch die schwarzen Magiestränge bohrten sich hindurch. Obwohl er seine gesamte Magie auf Lazarus fokussierte, änderte sich nichts. Die Chaosmagie breitete sich aus. Es war viel zu viel Magie, und sie drohte, den kompletten Speisesaal zu zerstören.

Ich sah die nackte Panik in Lazarus' Augen, hörte das Mauerwerk um uns herum knirschen und wusste, dass ich endlich etwas tun musste. Sofort!

Zitternd streckte ich meine Hände in seine Richtung. *Dort ist zu viel Magie,* sagte ich innerlich zu dem Drachenarmband, und spürte, wie eine gewaltige Kraft von Ignis' Magiekern nach außen drängte. Als hätte ich diese Kraft seit Tagen in mir gefangen gehalten … um sie nun frei zu lassen. Ich hatte keine Kontrolle darüber, wie sie wirkte, ich konnte sie nur in die richtige Richtung lenken.

Dort ist zu viel Magie. Sie muss verschwinden. Zerstör sie.

Und tatsächlich: Die Lichtmale flammten auf meiner Haut auf, und die Chaosmagie um Lazarus herum fror ein. Mein Sigil zwang alles um sich herum zum Stillstand, doch ich spürte bereits, wie ich die Kontrolle verlor. Die Verbindung zu Ignis war zu instabil und brach. Der Boden vibrierte, die Decke sackte nach unten, Trümmer fielen herab. Lazarus war inzwischen so vollkommen von der Chaosmagie eingekreist, dass ich ihn kaum noch sehen konnte.

»Aktiviert die Barrieren!«, schrie irgendjemand. Zwei Hände packten mich und zerrten mich von Lazarus weg. Das Nächste, das ich wahrnahm, war eine schützende Magiewand, wie ich sie bereits in Agrona Soveralls Haus gesehen hatte. Eine dünne blaue Schicht, die undurchdringlich schien.

»Nein!« Ich drückte meine Hände dagegen, wollte wieder heraus. Wo war Lily? Ich musste zu Lily! Aber es nützte nichts. Die Wand war wie eine Glasscheibe, und so konnte ich nur mit ansehen, wie die Nightserpents sich um Lazarus zusammenrotteten. Wie Isaac sich zu ihm stellte, ohne zu begreifen, was gleich geschehen würde. Und für eine Sekunde – eine gebrochene Sekunde – schaute Lazarus zu mir. Sein Gesicht war nun ebenfalls mit schwarzen Adern überzogen, und zuerst war alles ganz still. Dann ertönte ein markerschütterndes Geräusch, gefolgt von einer Explosion, die erst den Speisesaal … und schließlich das gesamte Kraftwerk in Schutt und Asche legte.

Zwei Hände fanden meine Handgelenke und zogen mich auf die Beine. »Steh auf«, raunte mir jemand ins Ohr.

Ich blinzelte und wusste kaum, wie mir geschah. Hinter der schützenden Barriere lag das Kraftwerk in Trümmern. Geröll, Staub und mehrere reglose Gestalten.

Mit aller Kraft riss ich mich zusammen. Es war Dorian, der mich am Arm festhielt. Er war offenbar auch derjenige gewesen, der mich von Lazarus zurückgezogen hatte.

Ich schaute über meine Schulter. Ich war mit ihm und einigen seiner Leute in einem Quader aus Magie gefangen. Sie waren gerade dabei, eine Tür, die innerhalb des Quaders noch intakt war, zu einem Gateway zu formen. Mit einer Replik des Saphirschlüssels! Und es schien zu funktionieren – viel langsamer, als es bei Celines Sigil der Fall war, aber trotzdem.

»Ich schätze, du hattest recht, Mirrorlord!«, rief Dorian. »Wir setzen dieses Gespräch besser ein andermal fort!«

Ich schaute mich panisch um. Doch da waren nur die Trümmer meines einstigen Zuhauses und weiter weg … zwei weitere Quader. Alle Überlebenden, so schien es, hatten sich in schützenden Räumen aus Magie verbarrikadiert.

In dem, der am weitesten entfernt war, erkannte ich Adam, Dina, Matt, Celine und die Häscher. In dem Quader, der direkt neben unserem lag …

»Lily!«, schrie ich. Sie hing im Griff einer Rebellin, die eine weiße Jacke mit silbernen Nieten und eine Sturmmaske trug.

Lily schien bei Bewusstsein zu sein und selbst stehen zu können, nur ihr Gesicht war über und über mit Ruß verschmiert.

Auch sie hatte den Mund zu einem Ruf geöffnet, doch kein Laut drang zu mir durch.

»Lasst sie gehen!«, brüllte ich und warf mich gegen Dorian, aber der umklammerte mich – und mein Sigil – mit festem Griff. Ich versuchte, Ignis' Magie erneut zu nutzen, ohne Erfolg. Die Verbindung lag brach, nicht das kleinste Kribbeln in mir war zu spüren.

Während die Tür in unserem Quader sich dank des falschen Saphirschlüssels zu einem Magiekorridor formte, ließen Adam und die anderen ihre eigene Barriere verblassen und kamen auf uns zugerannt. Lichtmale flammten gleichzeitig auf ihren Armen auf, und gemeinsam schlugen sie mit den Waffen, die sich aus ihren Sigils formten, auf die Wand aus Magie ein.

»Schneller!«, befahl Dorian seinen Leuten. Er zog mich weiter zurück, aber schon begann die Barriere zu knacksen. Unter der Macht der Dark Sigils bekam sie Risse und zerbrach.

Dina bekam mich zu fassen, noch bevor Dorian mich mit sich durch den Magiekorridor hätte ziehen können. Gleichzeitig wickelte sie ihre Peitsche um seinen Arm und warf ihm ein mörderisches Lächeln zu. »Lass sie los, oder ich schrumpele dich hier und jetzt zu einer Rosine, Whitlock.«

Dorian würgte vor Schmerzen. Sein Griff um mich erschlaffte. Während Dina mich an sich zog, taumelte er durch den Korridor, der sich mit ihm zusammen in nichts auflöste.

»Adam!«, stieß ich hervor, denn in dem anderen Quader war ebenfalls ein Durchgang geöffnet worden. Und die Leute in ihm zerrten Lily schon mit sich durch die Tür. *»Hilf ihr!«*

Adam drehte sich um, aber es war zu spät. Die Frau mit der weißen Jacke, die Lily im Arm hielt, legte ihre Hand noch von innen auf die Magiebarriere. Durch ihre Sturmmaske konnte man nur die Augen erkennen, mit denen sie mich geradewegs anschaute. Der Blick traf mich ins Mark, so intensiv war er. Dann tippte sie mit dem Finger gegen die Magiewand, als wollte sie mir sagen: *Komm und hol sie dir.* Im nächsten Moment zog sie Lily mit sich durch den Korridor – und verschwand.

Der Barrierequader brach keine Sekunde später zusammen. Matt und Celine rannten Dorians Leuten noch nach, doch es half nichts mehr. Die Tür führte sie bloß auf einen Flur voller Schutt- und Trümmerteile.

»Nein«, stieß ich hervor. Es fühlte sich an, als ob meine Stimme jemand anderem gehört. Es wäre so viel einfacher, wenn es so wäre. Dann wäre es nicht ich, die hier saß, gefangen in diesem Albtraum, der niemals zu enden schien.

Sie hatten Lily mit sich genommen. Vor meinen Augen.

Dina schlang beide Arme um mich. »Rayne«, sagte sie und sah mich mit einem so ernsten, einfühlsamen Ausdruck an, dass sich alles in mir verkrampfte und ich nur auf die Knie sinken konnte. »Es ist vorbei. Du bist in Sicherheit.«

»Aber Lily nicht«, schluchzte ich und schaute hinauf zu Adam. »Ihr hättet sie zuerst holen sollen. Sie war näher an euch dran. Ihr hättet sie retten können!«

Adam hielt meinem Blick stand, doch er sagte nichts.

Ich starrte dorthin zurück, wo ich Lazarus zuletzt gesehen hatte. Von ihm fehlte jede Spur. Nur Isaac und Enzo lagen ausgestreckt auf dem Boden. Um ihre Körper herum waren mehrere Sigils verteilt, ihre Haut war grau und die Augen weit aufgerissen.

Aus den Trümmern des Waisenhauses stieg dichter Rauch in den Nachthimmel auf. Mehr als einmal hatte ich mir genau das gewünscht – dass das Kraftwerk zu Staub zerfiel und mich endlich freiließ.

Und nun war dieser Wunsch in Erfüllung gegangen.

26

Ich zitterte so heftig, dass ich kaum registrierte, wie sie mich zurück in den Mirror – und nach Septem brachten. Alles in mir wollte weinen und schreien und sie zwingen, umzudrehen, damit ich etwas tun konnte. *Irgendetwas!* Doch meine Arme und Beine waren wie gelähmt, und so wehrte ich mich nicht, als Adam mich zuerst in Celines Magiekorridor und schließlich in den Thronsaal des Palastes trug.

Vage nahm ich wahr, wie Adam die restlichen Magiehäscher wegschickte, nur Jarek und Zorya blieben bei uns. Sie schlossen die Flügeltüren, und ich saß mitten in der siebeneckigen Halle auf dem Boden, während ich weinte und weinte.

Ich hatte Lily in den Armen gehalten. Aber nun war sie weg. Diesmal wirklich. Und die Einzige, die Schuld daran hatte, war ich. Ich hatte sie von Lazarus befreien wollen, stattdessen hatte ich nichts anderes getan, als sie den Rebellen in die Arme zu treiben.

Adam sprach mit irgendwem, und wenige Minuten später legte jemand eine Decke um mich. Ich zog sie zu mir und schaute nach oben. Es war Cedric. Er musterte mich traurig, eine Hand vorsichtig auf meine Schulter gelegt.

»Hier, das hatte sie bei sich«, sagte Celine. Sie zog etwas aus ihrer Manteltasche und hielt es Adam hin. Es war das Spectum, das Sarisa Sadlyn mir vor meiner Flucht zurückgegeben hatte. Celine richtete ihren missgünstigen Blick auf mich. »So eines benutzen wir hier im Palast nicht. Woher hast du es?«

Ich schwieg. Auf keinen Fall würde ich Sarisa ans Messer liefern.

Da nahm Adam das Spectum in die Hand und öffnete es. Ganz langsam schaute er zu mir. »Das Auge wusste nur deshalb, wo sie dich finden konnten. Verstehst du das?«

»Ich habe es nicht benutzt. Ich hab kein einziges Mal reingeschaut. Es war Lazarus. Er hat –«

»Das spielt keine Rolle.« Adam drehte das Spectum in meine Richtung. Im Inneren war nichts zu sehen, nicht einmal mein eigenes Spiegelbild. »Sie konnten dich damit sowieso jederzeit verfolgen, egal, ob du es verwendest oder nicht.«

»Was?«

»Spiegel-Sigils sind so gebaut, dass man diejenigen, die sie tragen, aufspüren kann, wenn man sie vorher auf das eigene Sigil geprägt hat. Da jemand vom Auge es dir gegeben hat, werden sie das Gegenstück besitzen. Das heißt: Sie wussten die ganze Zeit, wo du warst. Du hättest es nie benutzen müssen.« Adam neigte den Kopf, betrachtete das Spectum genauer. Und dann trat in seine Augen so etwas wie Erkenntnis. »Deine Dienerin hat es dir gegeben, oder? Als du hier angekommen bist. Hat sie dir gesagt, du sollst es immer bei dir tragen?«

Ich ballte die Hände zu Fäusten. Ja, das hatte sie.

Also war es nie meine Entscheidung gewesen. Sarisa hatte es mir nie überlassen, ob ich das Auge um Hilfe bitten wollte oder nicht.

Man konnte einfach niemandem trauen. Agrona Soverall hatte recht. In dieser Welt verfolgten alle ihre eigene Agenda.

Als Zorya und Jarek wenig später Sarisa erst in den Thronsaal und dann in Richtung des Nachtturms abführten, sah ich sie nur ausdruckslos an.

»Sie war offenbar schon seit Jahren Mitglied des Auges«, hörte ich Zorya sagen. »Die Verbindung des Spectums ist nicht mehr aktiv, aber mit etwas Glück können wir sie zurückverfolgen. Vielleicht finden wir so endlich die Basis des Auges in Prime.«

Adam nickte Zorya und Jarek zu. »Lasst die anderen Diener befragen. Zuerst die, die ihr nahestanden. Und lasst die Befragung von jemandem durchführen, dem ihr vertraut. Dann organisiert unsere Abreise nach Rom.«

»Was passiert jetzt mit ihr?«, flüsterte ich in die Stille hinein. »Im Nachtturm?« Ich erinnerte mich noch genau daran, wie die Gefangenen gewimmert hatten, als ihnen klargeworden war, dass sie dort eingesperrt werden würden.

»Ganz einfach«, antwortete Celine, während sie kühl auf mich herabsah. »Für jeden Menschen gibt es Gesetze. Und Strafen, wenn man sich nicht an sie hält.«

Eine Stunde war vergangen, seit wir nach Septem zurückgekehrt waren. Dina und Matt hatten mich in den Ignis-Flügel gebracht, und nachdem sie sich versichert hatten, dass es mir gut ging, waren sie gegangen. Ich saß auf einem Sessel in meinem Schlafzimmer, direkt vor der Fensterfront, die Beine dicht an meinen Körper gezogen, als es klopfte.

Es war Adam. Er kam in mein Zimmer gelaufen und schloss mit einem ruhigen Klacken die Tür hinter sich. Dann lehnte er sich von innen dagegen.

»Ich wollte gern mit dir reden, wenn das in Ordnung ist.«

Ich nickte langsam. Nicht, weil ich tatsächlich mit ihm sprechen wollte, sondern einfach nur, weil ich keine Kraft für Diskussionen hatte.

Adam kam näher. »Ich hatte keine Ahnung, wer Lazarus Wright war«, sagte er leise. »Du hattest recht damit, zurückgehen zu wollen. Ich hätte niemals zögern dürfen.«

In mir zog sich alles zusammen. Nein, ich hatte eben nicht recht gehabt. Es hätte andere Wege gegeben, davon war ich jetzt überzeugt. Ich hatte ja nicht mal versucht, Adam klarzumachen, in welcher Gefahr Lily schwebte. Ich war es so gewohnt, dass sie und ich allein auf der Welt waren, dass ich blindlings gehandelt hatte, ohne meine Möglichkeiten abzuwägen.

Firecracker, dachte ich bitter. Lazarus hatte am Ende des Tages mit seinem Spitznamen für mich recht behalten.

Als ich nicht antwortete, lehnte sich Adam gegen das Fenster neben meinem Sessel. »Wer war dieser Mann wirklich? Wieso war er euer Vormund und hat in dem Waisenhaus gelebt?«

»Das Waisenhaus war nur ein Deckmantel für ihn«, flüsterte ich. »Es hat früher seiner Mutter gehört, er hat es nur übernommen, um damit Kontrollen zu umgehen. Er war ein Bandenchef. Organisierte Einbrüche, dealte mit allem Möglichen. Auch mit Magie.«

»War er gewalttätig?« Adams Stimme war noch immer ganz ruhig, doch ich sah, wie er seine Hände zu Fäusten ballte. »Hat er dich …«

»Nein.« Ich schaute auf den Boden. »Das hat er nicht gewagt. Aber Lily. Deswegen hab ich die Replik im Heptadome genommen. Wir konnten nichts dem Zufall überlassen. Wir haben diesen Sieg gebraucht.«

»Du und deine Freundin, ihr wolltet mit dem Geld aus der Stadt flüchten?«

»Ja.« Ich fuhr mir ärgerlich über die tränennassen Wangen.

Adams Gesicht verzerrte sich. »Rayne. Es tut mir leid, dass wir sie nicht früher …«

»Tu nicht so, als ob Lily dich interessiert!«, fuhr ich ihn an. »Ich wünschte, ich hätte –« Ich schluckte, zu überwältigt, um den Satz zu beenden. Dann schlang ich die Arme um mich und ließ den Tränen freien Lauf.

Wieso … *wieso* hatte ich nicht einfach gewartet, bis ich mein Sigil benutzen konnte? Wieso war ich so furchtbar leichtsinnig gewesen?

»Es tut mir leid. Wirklich. Ich hätte dich nicht so angehen dürfen. Und deine Freundin …« Adam hielt inne und hob seine Würfel in die Höhe. »Ich habe versucht, sie zu befreien, das musst du mir glauben. Aber alle Möglichkeiten, die ich durchgespielt habe, endeten damit, dass sie entweder dich oder euch beide mit sich genommen hätten.«

»Du kannst die Zeit manipulieren! Wieso hast du Lazarus nicht einfach ausgeschaltet, bevor Dorian und seine Leute aufgetaucht sind?«

»Ich konnte nicht.«

»Aber bei den anderen ging es auch! Es war so einfach für dich! Dann hätten wir –«

»Ich *konnte* nicht!«

»Wieso?«, drängte ich weiter. »Adam, ich hab gesehen, wie du –«

»Er hat dich erschossen!« Adams Stimme war so laut geworden, dass sie als Echo durch das weitläufige Zimmer hallte. Sein gesamter Körper bebte regelrecht. »Ich habe versucht, dich von ihm zu befreien. Und er hat dich in jeder einzelnen Variante direkt vor meinen Augen erschossen.«

Aller Atem verließ meinen Körper. Ich erinnerte mich an den verstörten Ausdruck in Adams Gesicht. Und daran, wie er Lazarus beinahe ängstlich gefragt hatte, was er tun müsse, damit er mich gehen ließ.

Lazarus hätte mich einfach so getötet.

»Ich besitze die Schicksalswürfel seit gerade mal vier Monaten«, fuhr Adam fort. »Was Agrona gesagt hat, stimmt: Ich möchte gern glauben, dass ich ihre volle Macht bereits ausschöpfen kann, doch wahrscheinlich ist es nicht so. Die Würfel gehorchen mir, nur … sie leiten mich nicht. Wenn man ein Dark Sigil *richtig* trägt, spricht die Magie zu einem. Sie zeigt einem den Weg. Ich … ich hätte euch vielleicht beide da rausbekommen, wenn mein Sigil und ich besser aufeinander abgestimmt wären, aber so …«

Er brach ab, seufzte. Niemals hätte ich damit gerechnet, dass Adam eine Schwäche so offen vor mir zugeben würde. Er hatte sich immer unantastbar gegeben, aber womöglich war ja genau das sein Ziel.

Es ist mir egal, ob sie mich hassen.

Sie müssen mich fürchten.

Adam fuhr sich durch die Haare. Er schwieg einen Moment, den Blick nach draußen auf den Mirror gerichtet. »Als … meine Mutter gestorben ist … da hat sie mich mit drei Kriegen allein gelassen. Ein Krieg mit den Magistraten, die hemmungslos Magie verschwenden und die mit ihrer Gier alles dafür tun, um Prime in ein Haifischbecken aus politischen Intrigen und Korruption zu verwandeln. Ein Krieg mit den Rebellen des Auges, die mich am ersten Tag nach meiner Krönung umbringen wollten. Und ein Krieg mit den Abbys, die nicht nur den Mirror, sondern auch Prime überrennen werden, wenn wir es nicht verhindern. Und dann … dann ist alles andere sowieso hinfällig. Deshalb *muss* meine höchste Priorität sein, die Chaosmagie zu stoppen.«

»Das Ziel hast du ja jetzt erreicht«, presste ich bitter hervor und hob Ignis in die Höhe.

Er schüttelte den Kopf, schaute wieder zu mir. »Nein, eben nicht. Rayne, es gibt für mich bestimmte Gründe zu glauben, dass nicht nur Ignis schuld daran war, warum die Chaosmagie in den letzten Jahren so stark geworden ist. Und genau deswegen muss ich dringend nach Rom. Deswegen habe ich einfach alles andere ausgeblendet, auch dich und Lily. Damit hab ich dir weh getan, und das tut mir leid, wirklich.«

»Bestimmte Gründe«, wiederholte ich müde. Natürlich. Er hatte immer Gründe. Nur vergaß er jedes Mal, sie mir zu erklären.

Doch diesmal überraschte mich Adam. »Du hast mitbekommen, dass bei euch in den Armenvierteln Menschen an Chaosmagie gestorben sind, oder?«

Ich sah verwirrt hoch. »Die Magiekrankheit, meinst du?«

Er nickte. »Es gibt sie nicht nur in London, sondern in allen Städten Primes. Aber ausschließlich in den Bezirken, in denen die ärmere Bevölkerung lebt. Wir hatten lange die Repliken des Auges in Verdacht. Nur ergibt das keinen Sinn. Das Auge möchte Prime beschützen, sie würden nicht ihr eigenes Grab schaufeln. Und die Chaosmagie deines Sigils hat bis jetzt ausschließlich den Mirror geflutet. Dass in eurer Welt so viel Chaosmagie ausgebrochen ist … dafür *muss* es eine andere Ursache geben.«

Ich versuchte es, wirklich, doch ich begriff immer weniger, worauf er hinauswollte. »Was hat das mit Rom zu tun? Mit diesem … Schaukampffinale, zu dem du nach den Angriffen so schnell musstest?«

»Es geht mir nicht um das Finale, sondern um die Tatsache, dass sich alle Magistrate deshalb in Rom einfinden werden. Es ist die einzige Gelegenheit, all diejenigen auf einmal zu treffen, die für die Magieverteilung zuständig sind.« Er drehte sich zum Fenster und sah hinaus auf die blau schimmernde Stadt. »Meine Mutter hat sich kaum darum gekümmert, aber seit ich den Nexus übernommen habe, ist mir eins klargeworden: Die Magie, die wir fördern können, ist begrenzt. Sie würde *niemals* für den Mirror und für Prime reichen, nicht, wenn alles mit rechten Dingen zugeht. Und trotzdem«, er neigte sein Gesicht mir zu, »… tut sie es. Auf wundersame Art und Weise werden jeden Tag Unmengen nach Prime transferiert.«

Ich schluckte. »Du denkst, die Magistrate manipulieren den Magietransfer irgendwie?«

»Ja, das denke ich. Die Magistrate verschwenden einen Großteil der Magie für sich selbst und die Oberen in ihren Städten. Für Prime sollte kaum noch etwas übrig sein, aber das Problem ist: Die Magistrate wollen Prime kontrollieren. Prime ist wesentlich größer als der Mirror, hat Ressourcen, die wir nicht haben … die Magistrate wollen die Regierungen eurer Welt jederzeit wissen lassen, wer hier die Macht hat.« Ein abfälliges Schnauben. »Also, was tun sie?«

Das wenigstens war sonnenklar. »Sie sorgen dafür, dass genug Magie da ist, um damit Druck ausüben zu können.«

»Genau.« Adam lächelte grimmig und verschränkte die Arme vor der Brust. »Ich weiß nicht, wie sie es machen oder woher die Chaosmagie kommt. Ich weiß nur: Es *muss* an der Magie selbst liegen.«

»Aber warum lässt du das zu? Warum nutzt du deine Macht nicht? Kannst du die Magistrate nicht einfach ihres Amtes entheben, wie es mit Agrona passiert ist, und die Verteilung der Magie selbst übernehmen?«

Adam schien amüsiert. Unter der blassen Deckenbeleuchtung wirkte er sehr jung, jünger noch als seine neunzehn Jahre. »Despotischer Alleinherrscher, richtig?«

Er hatte *bescheuerter* unterschlagen, doch mir war nicht danach, ihn daran zu erinnern.

»Natürlich könnte ich Pelham und alle anderen Magistrate ihrer Ämter entheben«, räumte er ein, »aber das würde für große Unruhen im Mirror sorgen. Die Magistrate sind Diener der Sieben, und das schon, seit die Magie vor Jahrhunderten entdeckt wurde. Sie sind unter den Oberen sehr beliebt, und das ist ja auch verständlich. Sie kümmern sich darum, dass es ihnen niemals an Magie fehlt. Ich muss erst einen Beweis dafür finden, dass die Magistrate die Magie manipulieren. Selbst wenn ihnen Prime egal ist, wissen die Oberen, wie gefährlich Chaosmagie ist. Wenn die Magistrate sie ganz bewusst in Kauf nehmen – dann ist das etwas, was ihnen niemand verzeihen würde.«

»Als du gesagt hast, dass du in Rom der Schlange den Kopf abschlagen möchtest …«, begann ich langsam, »dann hast du also gar nicht das Auge gemeint.«

Ein Lächeln. »Nein.«

»Und trotzdem lässt du die Rebellen in diesen Nachtturm einsperren.«

»Es ist ein Unterschied, wie Dinge nach außen wirken und was in Wirklichkeit passiert.«

»Und was soll das schon wieder heißen? Ich hab genau gesehen, wie viel Angst die Gefangenen hatten, als du den Nachtturm erwähnt hast.«

»Ihnen passiert nicht wirklich etwas, Rayne, aber ich brauche den Nachtturm. Ich brauche Gefangene, damit Matt ihnen die richtigen Illusionen in den Kopf setzen kann.«

»Illusionen? Wovon? Dass sie gefoltert werden?«

Er starrte mich irritiert an. »Nein, ich …« Ein geräuschvolles Seufzen. »Die Rebellen mussten glauben, dass sie die Anschläge auf die Magistrate auch tatsächlich verübt haben. Darum ging es beim Nachtturm.«

Er hatte es so salopp gesagt, dass ich es beinahe nicht verstanden hätte. Doch dann … Ich sah Matt, Cedric, Dina und Adam wieder vor mir, wie sie im Thronsaal stritten. Matt, der den Befehl bekam, sich um den Nachtturm zu kümmern. Cedric, der so aussah, als ob er gern etwas zu mir gesagt hätte. Und dann fiel mir ein, wie abgeklärt, fast distanziert Adam gewirkt hatte, als er mit Pelham über die nächtlichen Angriffe und die gestohlene Magie gesprochen hatte. Er war so ruhig gewesen – ganz im Gegensatz zum Höchsten Magistraten.

»Moment«, flüsterte ich und bemühte mich noch nicht einmal, den fassungslosen Ton in meiner Stimme zu unterdrücken. »Das Auge war gar nicht für die Anschläge verantwortlich?«

Adam hob erneut einen Mundwinkel. »Nein. Das waren Zorya und Jarek. Sie haben sich mit ihren Häschern darum gekümmert.«

»Und dann hast du die Rebellen festnehmen lassen und Matt beauftragt, ihnen Illusionen zu verpassen, wegen denen sie glauben, sie hätten die Magie selbst gestohlen?« Ich starrte ihn an. »Adam … wozu das alles?«

»Ich musste es ins Rollen bringen, und zwar ohne dass mein Name ins Spiel kommt. Das Auge war ein Alibi. Wir lassen die Magie, die gestohlen wurde, nach und nach in die Armenviertel verteilen. Das verschafft mir Zeit, mich um die Magistrate zu kümmern. Wenn sie wirklich schuld sind an der Chaosmagie, finde ich den Beweis dafür in Rom.« Er schaute zu mir, hob die Schultern. »Ich sage nicht, dass es perfekt ist. Aber ich habe keine andere Möglichkeit gesehen.«

Es fiel mir schwer, all diese Informationen richtig zu sortieren. Denn im Grunde bedeutete es, dass Adam genau dasselbe wollte wie ich. Er verabscheute es, dass die Magie dazu verwendet wurde, um Prime zu unterdrücken. Nach außen hin gab er zwar den gnadenlosen Herrscher, der sich nur um den Mirror kümmerte, doch in Wahrheit machte er die Magistrate zu seinen Feinden und ließ zu, dass das Auge ihn hasste … dass sie ihn für ein Monster hielten. Damit er inmitten dieses Theaters etwas verändern konnte.

Mein Herz verkrampfte sich bei dem Gedanken.

Ich hatte ihm so sehr unrecht getan.

»Glaubst du nicht, du könntest versuchen, das Auge auf deine Seite zu ziehen? Vielleicht könntet ihr zusammen gegen die Magistrate …«

»Nein.« Adam schüttelte den Kopf. »Dem Auge geht es vielleicht vordergründig um gerechte Magieverteilung, doch in erster Linie wollen sie die Dark Sigils für sich nutzen.« Adams Hände ballten sich zu Fäusten. »Jeder glaubt, die Dark Sigils zu kennen, doch das Auge hat keine Ahnung von ihrer Macht. Die Rebellen dürfen sie auf keinen Fall in die Hände bekommen, es würde die Welt ins Chaos stürzen.«

»Kannst du nicht trotzdem herausfinden, wie die Gruppe organisiert ist? Die Gefangenen sind doch immer noch in diesem Nachtturm. Wenn Matt sie verhört, dann …«

Adam schien sofort zu wissen, worauf ich hinauswollte, und schüttelte den Kopf. »Wenn das so einfach wäre, hätten wir das Auge längst erledigt. Aber die Gefangenen haben uns bis jetzt immer nur zu kleineren Zellen geführt. Wir haben die Hauptbasis bis heute nicht ausfindig gemacht. Whitlock spielt vielleicht eine wichtige Rolle, aber ich denke nicht, dass er an der Spitze steht.« Adam zog seine Augenbrauen zusammen und dachte nach, ehe er weitersprach. »Wenn ich dir sage, dass die Chance, deine Freundin auf eigene Faust zu finden, gleich null ist, dann will ich nur ehrlich mit dir sein. Ich muss mit den anderen nach Rom gehen, wie es geplant war. Ich *muss* mich um die Magistrate kümmern, bevor es zu spät für Prime ist. Aber ich verspreche dir, ich tue alles dafür, das Auge ausfindig zu machen und dann …«

»Ich komme mit euch.«

»Rayne, das ist nicht …«

»Dorian und seine Leute wollten an mich herankommen, richtig? Schon bei Agrona haben sie es versucht, und im Kraftwerk war es mehr als eindeutig. Weshalb auch immer, sie haben es auf mich abgesehen, und genau deswegen haben sie Lily mit sich genommen.« Ich stand von meinem Sessel auf und baute mich vor Adam auf. »Dieses Schaukampffinale ist der höchste Feiertag im Mirror, oder? Wenn dem so ist, stehe ich die ganze Zeit auf dem Präsentierteller und zeige mich überall als die neue Trägerin. Dazu trage ich das Spectum, das Sarisa mir gegeben hat. Falls sie die Verbindung wieder reaktivieren. Dann wird das Auge erkennen, dass Rom ihre beste und einzige Chance ist, mich in die Finger zu bekommen.«

Adam schnaubte. »Du willst den Lockvogel spielen.«

»Ja«, sagte ich. Und das, obwohl ich wusste, dass ich der schlechteste Lockvogel auf dem Planeten war. Das war immer Lilys Part gewesen.

Als Adam den Kopf schüttelte, überraschte es mich nicht. »Das Risiko ist zu hoch. Verstehst du nicht? Genau das war der Grund, warum ich wollte, dass du in Septem bleibst. Du bist nicht vollständig mit deinem Sigil verbunden. Es *kann* dir noch nicht gehorchen, und das macht dich angreifbar. Wenn das Auge dich jetzt in die Finger bekommt, dann …«

»Wenn du mich hier mit Jarek einsperrst, finde ich einen Weg, euch hinterherzukommen«, unterbrach ich ihn mit fester

Stimme. »Glaub mir, wir Waisenkinder kennen all die fiesen Tricks, von denen hochwohlgeborene Leute wie du nur träumen können. Und wenn ich muss, werde ich Jarek mit meinem Brokatmantel strangulieren.«

Adam entwich ein trockenes Lachen, offenbar gegen seinen Willen. Gleichzeitig lag in seinem Blick ehrliche Sorge, die mich berührte. Doch es änderte nichts.

»Du hast es selbst gesagt: Wir müssen alle Dinge tun, die wir hassen.« Ich sah ihm direkt ins Gesicht, und obwohl ich Adam gerade mal bis zum Kinn reichte, kam es mir vor, als würden wir uns endlich auf Augenhöhe begegnen. »Nicht nur der Mirror ist in Gefahr. Meine Welt ist es genauso. Ich *werde* mit euch gehen. Find dich damit ab, Mirrorlord.«

Adam schaute mich an. Er wirkte alles andere als begeistert, nickte aber trotzdem, und das war alles, worauf es ankam. »Keine Alleingänge«, sagte er. »Wir müssen als geeinte Front auftreten, wenn wir herausbekommen wollen, wer hinter der Chaosmagie steckt. Und gleichzeitig finden wir die Basis des Auges und holen deine Freundin zurück. Wir arbeiten zusammen. Einverstanden?«

Adam streckte mir die Hand entgegen, und ein seltsames Gefühl überkam mich. Ein Echo seiner Magie drang zu mir, und ich fragte mich, ob er es auch spürte. Ob Adam diesen winzigen Türspalt bemerkte, der zwischen dem Kern seiner Magie und dem Kern meiner eigenen offen lag.

Ob er wusste, dass die Verbindung zwischen uns nie vollständig getrennt worden war.

»Ja.« Langsam legte ich meine Finger auf seine und schauderte, als er sie miteinander verhakte. »Einverstanden.«

TEIL 5

STADT AUS GOLD

27

Mirror-Rom strahlte so intensiv, als wäre es mitten in der Sonne erbaut worden. Jedes Gebäude schien mit flüssigem Gold überzogen zu sein, so sehr glänzten die Fassaden. Am meisten aber schockierte mich, wie *hell* es war. Bislang hatte alles im Mirror düster gewirkt, gehüllt in ewiges Zwielicht, weil die Stadt am Himmel die Sonne verdunkelte. Doch nun umfing mich das Licht eines warmen, freundlichen Sommertages.

Extravagante Häuser reihten sich aneinander, einige bestimmt hundert Meter hoch. Außerdem schwebten Gebäude in der Luft, viel mehr, als es in London der Fall gewesen war. Unzählige Häuser, deren Fundamente von Magie winterblau eingefärbt waren. Rundherum waren Gärten und Parks angelegt. Das Grün erstreckte sich so weit in die Ferne, dass die Bäume auf den entlegensten der sanften Hügel in der Atmosphäre des Mirrors zu verschwimmen schienen.

Lily hätte dieser Anblick gefallen. Jede noch so winzige Blume, die irgendwo in einer Asphaltritze in den Outskirts blühte, hatte ein begeistertes Lächeln auf ihre Lippen gezaubert.

Bei dem Gedanken ballte ich die Hände zu Fäusten. Wir würden herausfinden, wo das Auge sie hingebracht hatte.

Und wir würden sie von dort befreien. Doch für den Moment musste ich geduldig sein. Denn statt direkt mit Celines Sigil zur Bella Septe zu gehen – dem Sitz des Höchsten Magistraten –, hatten wir den »traditionellen Weg« genommen: An der Seite von Adam, Matt, Dina, Celine und Cedric war ich in Mirror-London in eine dieser Magiegondeln gestiegen, die ich in der Stadt bereits gesehen hatte. Sie hießen *Gate-Shuttles,* wie ich nun wusste. Damit wurden offenbar nicht nur die Oberen innerhalb der Städte transportiert, die Shuttles schwebten auch durch großangelegte Magiekorridore, die alle Mirrorstädte dauerhaft miteinander verbanden. So ähnlich, wie es im Raum der hundert Türen in Septem funktioniert hatte.

»Wir machen das, um gesehen zu werden«, hatte Matt mir erklärt, als ich wegen des unnötigen Umwegs gefragt hatte. »Es ist Tradition, dass die Sieben sich den Bewohnern der Stadt auf dem Weg zum Schaukampffinale zeigen.«

Nun. *Gesehen* wurden wir auf jeden Fall. Nicht nur, dass unser Shuttle größer war als jedes andere, wir wurden zudem von drei weiteren eskortiert, in denen sich Jarek, Zorya, eine Vielzahl anderer Magiehäscher sowie wichtige Amtsträger aus Septem befanden.

So schwebten wir ins Zentrum der Stadt, und ich konnte nicht anders, als immer wieder auf diese unglaublichen goldenen Bauten zu schauen. Irgendwann begriff ich auch, woher die Helligkeit kam: Zwischen den fliegenden Gebäuden hingen Sigils in Form einer Sonne in der Luft, die Lichtkegel auf die Stadt schickten.

»Künstliches Tageslicht«, flüsterte Matt mir zu. »Rom ist die erste Stadt, die auf die Idee kam, aber es kostet extrem viel Magie. Nicht, dass Magistrat Pelham das kümmern würde.«

Wir tauschten einen Blick. Nein, nach allem, was ich inzwischen über Kornelius Pelham wusste, war ihm das so was von egal.

Zwei Tage waren seit Adams und meiner Abmachung vergangen, und er hatte mir versprochen, mir bis zu unserer Abreise nach Rom alle Fragen zu beantworten, die mir im Kopf umherschwirrten. Er hatte sein Wort gehalten. Zusammen verbrachten wir viel Zeit in der Bastion, und obwohl Adam immer wieder wegen irgendwelcher wichtigen Angelegenheiten davongerufen wurde, gaben er und Cedric mir einen kleinen *Mirror-Crashkurs*, um mich auf meine Lockvogelrolle vorzubereiten. Die anderen waren, das wusste ich inzwischen, über Adams Coup mit dem Magieklau informiert gewesen. Sie erzählten mir davon, wie sie nach Adams Krönung von den Todesfällen in den Armenvierteln Primes erfahren hatten, wie ihnen klargeworden war, dass mit dem Magietransfer etwas nicht stimmen konnte und dass sie die korrupten Magistrate dafür in Verdacht hatten.

Das Problem war nur: Bis vor kurzem war die vorherige Generation der Träger, angeführt von Leanore Tremblett, für den Mirror verantwortlich gewesen. Matt und Celine waren die Einzigen, die ihre Sigils bereits seit ein paar Jahren besaßen, weil ihre Mütter frühzeitig verstorben waren. Der Rest – Dina, Adam, und auch die beiden anderen Träger, Nikki und Sebastian – zählte erst seit kurzem zu den Sieben. Und sie alle hatten nicht gewusst, wie schlimm die Lage wirklich war.

Während ich versuchte, mir die politischen Gepflogenheiten des Mirrors einzuprägen, unterzogen Dina und Matt mich einem ersten Training mit meinem Sigil. »Die Verbindung ist noch nicht stabil«, betonte Dina immer wieder, während sie mich in die Mangel nahm. Wobei sie mich im Grunde nur ein bisschen durch den Trainingsraum scheuchte – aber so schnell, wie sie war, fühlte es sich an, als hätte ich ein wochenlanges Bootcamp hinter mir. Trotzdem bekam ich nur einige halbgare Magiestöße hin und keinerlei komplexere Gesten. Und was Ignis' Fähigkeit anging, Magie zu zerstören, nun … Ich hatte mehrere Male versucht, die Magieschilde, die Matt heraufbeschwor, zerbröseln zu lassen, aber es gelang mir nicht. Wenn überhaupt, bohrte ich ein münzgroßes Loch hinein.

All das war normal, erklärten mir die anderen, denn nach ihren Verbindungsritualen war es ähnlich gewesen. Doch auch hier fiel es mir schwer, geduldig zu bleiben. Genauso, wie ich kaum akzeptieren konnte, Lily nicht sofort suchen zu können. Aber ich würde nicht noch einmal völlig überstürzt handeln. Die anderen standen nun an meiner Seite. Und zum ersten Mal, seit Matt sich im zerstörten Heptadome über mich gebeugt hatte, kam ich mir nicht mehr wie eine völlige Außenseiterin vor.

Während wir weiter über die Stadt schwebten, schaute ich immer wieder nach oben, wo das echte Rom war. Die Unterschiede zum Mirrorabbild waren unverkennbar. Im Rom aus meiner Welt gab es nur wenige höhere Häuser im Zentrum, und obwohl die rötlichen Dächer in der Mittagssonne in einen warmen Schimmer getaucht waren, verblassten sie in Konkurrenz zu all den Prachtbauten, an denen wir vorbeiglitten.

»Willkommen in der Goldenen Stadt«, sagte Dina neben mir, ein schiefes Lächeln auf ihren roten Lippen. »Der Wohnort der selbstgefälligsten, machtgierigsten Menschen auf dem Planeten.«

»Ich dachte, das wäre Central London.«

Dina grinste. »Nein, glaub mir … die Leute in London sind kleine wuschelige Schafe dagegen.«

»Sie lieben es, uns anzugaffen«, brummte Celine und winkte

gleichzeitig freundlich lächelnd durch das Fenster. »Das wird jetzt die ganze verdammte Zeit so gehen.«

»Ach Quatsch.« Matt grinste. Er stupste mit seiner Stiefelspitze gegen Adams, der völlig in Gedanken versunken war. »Sie wollen sowieso nur unseren strahlenden Herrscher sehen. In seiner erlauchten Gegenwart wird man uns gar nicht wahrnehmen.«

»Sei lieber vorsichtig«, sagte Adam, den Blick weiterhin stoisch nach draußen gerichtet. »Sonst danke ich einfach spontan ab und lasse euch mit den Aasgeiern allein.«

Dina entwich ein überraschtes Lachen. »War das etwa ein Witz? Ich dachte, den Humor hätten sie dir nach deiner Krönung rausoperiert.«

Adams Mundwinkel hob sich. »Nur, um mehr Platz für meinen Zynismus zu machen.«

Ich musste lächeln. Adams und meine Sitze befanden sich einander gegenüber, und obwohl ich mich ermahnte, war mein Blick immer wieder zu ihm gewandert. Er hatte zwar die gesamte Fahrt über geschwiegen, trotzdem wirkte er etwas befreiter als noch in den letzten Tagen, in denen er seine Anspannung mit Abweisung kaschiert hatte. Meine Wut auf ihn war definitiv verraucht, doch ich war trotzdem nervös, was die kommende Woche anging. Es fiel mir schwer, Adam einzuschätzen, nach wie vor. Würde er Wort halten und mit mir zusammenarbeiten? Ich wollte gern daran glauben, aber sicher … sicher konnte ich mir bei ihm nie sein.

Seit unserer Aussprache hatte ich das Gefühl, er hatte sich mir gegenüber geöffnet. Nicht viel, doch … genug, dass ich ihn etwas besser verstehen konnte. Bislang war ich davon überzeugt gewesen, dass er und ich niemals einen gemeinsamen Nenner würden finden können. Dass seine Welt und meine nicht vereinbar wären. Adam war ein Kind des Mirrors durch und durch. Aber hinter allem, was er nach außen zur Schau stellte, hinter dieser Rolle, die er als Mirrorlord spielte, erkannte ich jemanden, der im Herzen für etwas kämpfte, an das er glaubte. Jemanden, der die Möglichkeiten, die ihm vom Schicksal gegeben worden waren, dazu nutzen wollte, um die Welt besser zu machen.

»Worüber denkst du nach?«, fragte da auf einmal Cedric, den Blick auf Adam gerichtet. Der schaute noch einen Moment hinaus auf die Goldene Stadt, bevor er sich zu uns wandte.

»Das Auge«, antwortete er, griff nach etwas in seiner Manteltasche und hielt es zwischen uns. Es war ein Trite, eine der üblichen siebeneckigen Münzen. »Damit sind die Rebellen in Agronas Haus eingebrochen. Das ist etwas, das mir schon die ganze Zeit nicht aus dem Kopf geht. Sie haben sich damit einfach durch die Barrieren geschlagen. Als gäbe es nichts Leichteres.«

Adam hielt Cedric das Trite entgegen. Außer, dass es recht groß war, konnte ich keine Besonderheit daran ausmachen. Erst als Cedric es so drehte, dass die Gravur genau zu mir zeigte, hielt ich inne. Die Linien waren definitiv sehr kompliziert. Und irrsinnig gut ausgeführt.

»Es ist meisterhaft gearbeitet«, sagte ich langsam.

Cedric nickte. »Das ist es.« Er schaute zu Adam, ein nachdenklicher Ausdruck im Gesicht. »Es gibt kaum Leute im Mirror, die eine solche Schmiedekunst beherrschen.«

»Eigentlich nur eine. Und zufällig waren die Barriere-Sigils ihre Erfindung.«

»Nessa Greenwater?«, platzte Matt heraus, ein Ausdruck von Unglaube im Gesicht. Doch Adam nickte, und als die anderen sich nur wissende Blicke zuwarfen, seufzte ich.

»Sagt schon. Wer ist Nessa Greenwater?«

»Sie war lange Zeit die persönliche Schmiedin der Sieben«, erzählte Cedric. »Die beste im ganzen Mirror. Sie hat fast alle Sigils erschaffen, die heute von Septem genutzt werden. Zum Beispiel die Magiehemmer, mit denen wir die Chaosmagie von Ignis zurückgehalten haben.«

»Aber Nessa Greenwater hat bereits vor Jahren die Schmiedekunst aufgegeben«, warf Dina ein. »Ist ihre Tochter nicht ganz tragisch ums Leben gekommen? Es heißt doch, dass sie danach nie wieder ein Sigil angefertigt hat. Und jetzt denkst du, sie arbeitet für das Auge? Warum sollte sie das tun?«

Adam schaute auf die Münze herab und hob die Schultern. »Ich weiß es nicht.«

»Kanntet ihr sie denn?«, fragte ich ihn. »Diese Schmiedin?«

»Nicht wirklich. Es ist lange her, dass sie Septem verlassen hat.«

Cedric lehnte sich nach vorne, das Trite noch immer in der Hand. »Trotzdem. Es könnte schon passen. Um die Barriere-Sigils zu durchbrechen, braucht es wirklich eine meisterhafte Schmiedekunst. Genauso wie für die Repliken, die das Auge verwendet.«

»Ich habe Zorya vorgestern zu Nessa Greenwaters Haus geschickt«, sagte Adam. »Sie ist seit Monaten nicht mehr dort gewesen.«

Matt stöhnte und rieb sich über das Gesicht. »Scheiße, Mann. Als ob wir nicht genug Probleme hätten …«

»Ist diese Frau denn so gefährlich?«, fragte ich alarmiert.

»Sie würde deiner Freundin nichts antun«, entgegnete Adam sofort. »Das Auge hat es auf dich abgesehen, und du hattest recht damit, dass sie Lily deinetwegen entführt haben. Sie ist ihr bestes Druckmittel, also werden sie gut auf sie aufpassen.

Die Sache mit Nessa ändert nichts an unserem Plan, sie macht die Durchführung nur etwas komplizierter.«

Ich wollte etwas erwidern, aber da richtete sich Matt ganz plötzlich wieder auf und deutete in die Ferne. »Schau mal, Ray. Da drüben wird das Schaukampffinale stattfinden.«

Ich musste meinen Kopf nahe ans Fenster halten, um aus dem Winkel überhaupt etwas zu erkennen. Doch dann wusste ich sofort, was er meinte, schließlich dominierte das Gebäude den gesamten Stadtteil.

Ein Heptadome. Ein gewaltiger Heptadome, dessen Ausmaße jede der Kampfarenen in meiner Welt in den Schatten stellte. Hoch aufragende Wände und gläserne Außenfassaden, an denen weitere Sonnen-Sigils hingen, die Licht zu allen Seiten strahlen ließen.

Als hätte man einen gigantischen Stern mitten in der Stadt platziert.

»*Da* findet das Finale statt?«

»Jap«, sagte Matt. »In exakt sieben Tagen.«

Ich schluckte. »Und wir …«

»Wir sind die Hauptattraktion, genau.« Matt legte einen Arm um meine Schulter. »Oder besser gesagt: *Du bist es,* kleiner Lockvogel.«

Es kam mir vor, als würde ich neben mir selbst herlaufen, als ich eine halbe Stunde später aus dem gläsernen Shuttle trat und die Treppe emporstieg, die zur Bella Septe führte.

Es war wie eine außerkörperliche Erfahrung. Unmöglich konnte ich dieses Mädchen sein, das von der Masse an Oberen bejubelt wurde, die sich um die Residenz des Höchsten Magistraten versammelt hatte. Fahnen mit dem Siebeneck darauf wurden geschwenkt, und laute Rufe drangen zu uns, sie – ich begriff es erst nach einigen ohnmächtigen Sekunden – skandierten die Namen der Sieben.

Das eine Mal, als ich mich außerhalb der Palastmauern von Septem aufgehalten hatte, waren wir inkognito unterwegs gewesen. Doch jetzt schlug mir die geballte Siebenverehrung entgegen.

Die sind völlig irre, dachte ich. Nicht mal bei Konzerten irgendeiner Boyband wurde so viel gekreischt.

Überwältigt wandte ich meinen Blick nach vorn. Die Bella Septe, in der wir bis zum Schaukampffinale bleiben würden, war eine riesige Residenz mit mehreren Gebäudeteilen und goldenen Runddächern, über denen jeweils diese Sonnen-Sigils ihr warmes Licht verströmten.

Das Begrüßungskomittee bestand aus zwanzig oder dreißig Oberen, in deren Mitte sich Männer und Frauen in edlen Roben und Kleidern platziert hatten.

Das war dann wohl die Magistratenarmada.

Ich blickte zu Adam. Er lief ein paar Schritte vor uns, mit Tynan Coldwell an seiner Seite, der inzwischen ebenfalls aus einem Shuttle ausgestiegen war. Dabei schaute Adam stur nach vorn, während sich die Diener, die links und rechts auf der Treppe Spalier standen, vor ihm verbeugten. Von der Gelöstheit, die ich eben im Shuttle an ihm beobachtet hatte, war nichts mehr zu sehen. Adams Miene war nun wieder versteinert, er war voll und ganz der Mirrorlord.

Die Oberen, auf die wir zusteuerten, wirkten ehrfürchtig. Hier und da sah ich aber auch Angst in ihren Blicken. Vielleicht spürten einige von ihnen ja, dass mit seiner Herrschaft eine neue Zeit für den Mirror angebrochen war.

Neben mir sah ich, wie Matt die Lippen verzog, als hätte er plötzlich einen schalen Geschmack im Mund. »Bitte halte mich davon ab, Magistrat Pelham eine reinzuhauen, wenn er sich wieder selbst beweihräuchert«, murmelte er und hatte damit offenbar Dina gemeint, denn sie lachte leise.

»Keine Sorge. Wenn ich ihm vor dir eine reingehauen habe, fällst du gar nicht mehr auf.«

Schon löste sich ein dünner, groß gewachsener Mann mit schulterlangen grauen Haaren aus dem Begrüßungskomitee. Ähnlich wie Agrona Soverall war er uralt, doch während sie mit ihrem bunten Seidenkleid und dem Rosaschimmer auf den Haaren etwas wunderlich, aber umso lebendiger gewirkt hatte, war dieser Mann für mich der Inbegriff eines Oberen.

Er trug so viele Sigils am Körper, als wollte er sie als Schutzpanzer verwenden. Mehrere Amulette, die Finger voller Ringe, und sicherlich lagen unter den Ärmeln seiner Robe Dutzende Armbänder. Sein Blick war ablehnend, trotzdem verbeugte er sich tief – was offenbar das Signal für den Rest war, dasselbe zu tun.

Matt neigte seinen Kopf zu mir und raunte: »Das ist er. Pelham. Der Höchste Magistrat des Mirrors und der größte Arsch beider Welten.«

Pelham wartete, bis Adam die letzten Stufen erklommen hatte, bevor er sich aufrichtete. Darauf hielt Adam eine Hand vor sich, und zwar so, dass der Magistrat die Stirn darauflegen konnte.

»Willkommen in der Goldenen Stadt, mein Lord. Es ist mir und meinen Dienern eine Ehre, Euch begrüßen zu dürfen.«

»Danke für Eure Gastfreundschaft«, erwiderte Adam. »Auch wenn die Umstände etwas anders sind, als wir ursprünglich dachten.«

Pelham sah an Adam vorbei und musterte mich mit schmalen, kleinen Augen. Er war inzwischen über mich informiert worden. Über mich, Ignis, und das Ritual, das wir mit Agrona Soverall statt mit ihm durchgeführt hatten. Doch wenn die Demütigung ihm zusetzte, ließ er sich das nicht anmerken.

Mit unergründlichem Gesichtsausdruck begrüßte Pelham jeden Einzelnen von uns auf die gleiche Weise. Erst Matts Vater, den er offensichtlich gut kannte, dann Dina, Matt, Celine, Cedric und schließlich mich. Ich spürte, wie sich meine Wangen erhitzten, als ich an der Reihe war, und meine Hände vor Nervosität ein schwaches Zittern von sich gaben.

»Es ist mir eine Ehre, Euch endlich kennenzulernen, Mistress Harwood«, sagte er, und aus irgendeinem Grund lief mir ein kalter Schauer über den Rücken. Ich bekam keinen Ton heraus, sondern senkte meinen Kopf einfach nur, was er hoffentlich als eine hoheitsvolle Geste deuten würde.

»Es ist sehr großzügig von Euch, dass Ihr Euch vor den Schaukämpfen die Zeit nehmt, mit uns zu sprechen, mein Lord«, wandte sich Pelham schließlich mit einem großmütigen Lächeln wieder an Adam. »Gemeinsam können wir sicherlich herausfinden, wie es zu diesem furchtbaren Verbrechen kommen konnte.«

Die gestohlene Magie. Nach allem, was Cedric und die anderen mir inzwischen über die Magistrate erzählt hatten, wunderte es mich überhaupt nicht, dass seine abhandengekommenen Besitztümer Pelhams größte Sorge waren.

Ich konnte Adams Gesicht nicht sehen, doch ich erkannte an der Linie seiner Schultern, wie angespannt er war. »Da bin ich mir sicher, Magistrat. Keine Sorge, nichts liegt mir mehr am Herzen, als die Täter ausfindig zu machen und zur Verantwortung zu ziehen.«

Adams Worte ließen mich innerlich grinsen, aber ich kontrollierte mein Gesicht.

»Wundervoll.« Pelhams Lächeln wurde zu einem Zähnefletschen, und so schwer, wie Matt atmete, rechnete ich damit, dass er seine Drohung wahrmachen und Pelham tatsächlich eine verpassen würde. »Wenn Ihr mich entschuldigt, mein Lord. Wir möchten einige Feierlichkeiten zu Euren Ehren ausrichten. Durch die kurzfristige Umdisponierung«, ein Blick auf mich, »ist allerdings noch sehr viel vorzubereiten.«

»Was für ein Glück, dass niemand so gut darin ist, Feierlichkeiten auszurichten wie Ihr, Magistrat.« Adam streckte Pelham eine Hand hin, und zwar so, dass der sich erneut sehr tief beugen musste, um sie zu berühren.

Es ist eine Schlangengrube, hörte ich Agrona Soverall wieder sagen. Langsam wusste ich, was sie damit gemeint hatte.

Nachdem Pelham verschwunden war, kam ein zweiter Magistrat auf Adam zugelaufen. Es war ein Mann mit Halbglatze, der sich auch ohne Aufforderung besonders tief vor Adam verneigte. Und selbst als er sich wieder aufrichtete, tat er das nicht vollständig, so als würde er es nicht wagen, Adam von Angesicht zu Angesicht gegenüberzustehen.

»Mein Lord, ich möchte mein Beileid noch einmal persönlich aussprechen. Ihre Mutter und ich haben uns nicht immer verstanden, wie Ihr wisst. Aber ich war erschüttert über die Nachricht von ihrem Tod.«

Adam nickte. »Danke, Magistrat Vandal. Ich weiß, Ihre Gattin ist selbst erst unlängst gestorben. Wie ich hörte, war sie eine bemerkenswerte Frau.«

»Das war sie.« Der Mann fiel in eine kurze, respektvolle Stille. Dann fuhr er beschwingt fort: »Ich bin dennoch froh, dass wir etwas Zeit haben, uns auszutauschen.«

Adam nickte, und ich schaute ihm, Tynan Coldwell und dem Magistrat hinterher, wie sie und der Rest des Begrüßungskomitees in der Bella Septe verschwanden. Celine lief ihnen sofort nach, gefolgt von Jarek, Zorya und einer Schar an Dienern. Nur Cedric, Matt und Dina blieben bei mir.

»Vandal will garantiert nicht über seine tote Frau sprechen«, raunte Dina mit einem Augenrollen. »Sondern über seine *sehr* lebendige Enkeltochter.« Sie grinste mich an. »Er hat schon seit Jahren versucht, bei Leanore ein Heiratsabkommen für Adam abzuschließen.«

Sofort waren wieder Celines Worte in meinem Kopf. Mit achtzehn Jahren fing man an, den Trägern potenzielle Ehepartner vorzustellen. Adam war bereits neunzehn. Bedeutete das wirklich, er würde bald heiraten müssen?

Und ich auch?

»Wenn Adam Vandal noch länger hinhält, bin ich wahrscheinlich als Nächstes dran und …« Matt schauderte. »Man sagt sich, Vandals Enkelin hätte die schrillste Stimme im gesamten Mirror.«

Dina konterte prompt mit einigen anderen Oberen, die ihrer Meinung nach furchtbarere Partner abgeben würden, aber die Namen sagten mir nichts. Wir waren inzwischen im Eingangsbereich des Gebäudes angekommen, und nach all dem Prunk, den ich in den letzten Tagen gesehen hatte, brachte mich der enorme Springbrunnen, der sich mitsamt mehrerer Engelsstatuen in der Mitte der Halle in die Höhe schraubte, nur noch halb aus der Fassung. Sogar im Inneren der Bella Septe war jeder Zentimeter mit Gold veredelt, inklusive der Stühle und Tische, die sich im Eingangsbereich befanden.

Viele Obere drehten sich in unsere Richtung, und wäre das hier ein Comic, hätten sich ihre Augen wohl in Sternchen verwandelt, so sehr strahlten sie dabei.

»Nikki und Sebastian sind übrigens auch schon eingetroffen«, erklärte Cedric, was Matt ein gequältes Stöhnen entlockte.

»Ich hatte noch gehofft, dass sie sich fernhalten.«

»Wieso wohnen die beiden eigentlich nicht in Septem?«, wollte ich wissen.

»Weil sie selbstverliebte Psychopathen sind«, murmelte Dina, woraufhin Cedric sofort mit einem Lächeln einhakte.

»Es gab einen Streit, kurz vor Adams Krönung. Sebastian und seine Mutter Clarice waren nicht einverstanden damit, dass Adam automatisch zum Mirrorlord ernannt wurde. Clarice fand, dass ihr Sohn, der am *7. Juli* geboren wurde, ein gottgegebenes Geburtsrecht auf den Thron hätte. Sie wollten eine Neuabstimmung unter den Sieben, einen Test. Als sie den nicht bekommen haben, sind Clarice und Sebastian beleidigt abgewandert. Und Nikki …«

»Nikki war in Septem einfach langweilig«, murrte Dina. »Sie und Sebastian verbringen die meiste Zeit in Prime, wo sie unerkannt natürlich viel mehr Freiheiten haben.«

»Und das lasst ihr einfach zu?«, fragte ich.

»Adam wägt noch ab, was er mit ihnen machen wird«, sagte Matt. »Aber für den Moment gibt es Wichtigeres zu tun. Trotzdem: Die Stimmung zwischen uns ist aktuell nicht die beste. Also nimm es nicht persönlich, wenn sie dich heute Abend beim Bankett komisch anschauen, okay?«

»Bankett?«

Matt legte einen Arm um mich. »Ein Abendessen, ausgerichtet von Magistrat Pelham. Es hat den einzigen Zweck, dass uns alle anglotzen und danach über uns tratschen.« Er grinste. »Willkommen in der High Society des Mirrors.«

Zwei Diener begleiteten mich in meine Suite, die auf demselben Stockwerk wie die der anderen Träger lag. Die Koffer, die in Septem für mich gepackt worden waren, standen bereits neben dem King-Size-Bett. Drum herum entfächerte sich ein Dreizimmer-Appartment mit Wohn-, Schlaf- und Essbereich.

Vor der Suite hatten sich augenblicklich mehrere Magiehäscher positioniert. Ich war mir sicher, sie würden mir während meines Aufenthalts hier in Rom nicht von der Seite weichen. Mir blieb nur zu hoffen, dass sie dem Auge genug Raum lassen würden, aber Adam hatte mir klargemacht, dass er trotz allem meine eigene Sicherheit nicht aufs Spiel setzen konnte.

Eine junge Dienerin kam wenig später ins Zimmer und fing an, alles auszupacken. Ich versuchte, ihr zu helfen, doch sie scheuchte mich weg, also ging ich hinaus auf einen der zwei Außenbalkone. An das Geländer gelehnt, schaute ich nach unten auf einen weitläufigen Garten. Mehrere Blumenbeete waren symmetrisch zueinander angelegt. In der Mitte ein Teich, in dem Fische zwischen Seerosen umherschwammen. Das Wasser wurde von ihren blitzenden Schuppen und den langen, schleierartigen Flossen durchbrochen.

Das Bankett heute Abend machte mich schon jetzt nervös. Ich wusste, welche Rolle ich dabei zu spielen hatte. Adam würde mich in den Bankettsaal führen, vor allen anderen. Ich würde die perfekte neue Trägerin geben und meine Treue gegenüber dem Mirrorlord zur Schau stellen.

»Die Magistrate dürfen nicht wissen, dass wir sie in Verdacht haben«, hatte Adam heute Morgen in Septem noch zu mir gesagt und mich eindringlich dabei angesehen. »Sie würden es niemals zugeben, wir müssen also anders an die Informationen kommen, die wir brauchen.«

Als ich wieder in die Suite zurücklief, strich ich zögernd

über das eng anliegende rote Kleid, das die Dienerin mir gerade auf dem Bett bereitgelegt hatte. Der Stoff war unfassbar zart und schimmerte so, wie eigentlich kein Stoff schimmern konnte. Wahrscheinlich wäre jede andere völlig verzückt davon gewesen, aber ich seufzte nur innerlich.

Die Wahrheit war, dass ich große Angst vor dieser Rolle hatte. Wenn das Auge wirklich glauben sollte, dass ich hier ein paar unbeschwerte Tage verbrachte und damit ein leichtes Ziel war, musste ich mich komplett verstellen.

Lily hätte es gekonnt, sagte ich mir und nahm das Kleid an mich. Doch sie war nicht hier, sondern irgendwo, ganz allein, ohne zu wissen, was passiert war.

Und deswegen durfte mir kein Fehler unterlaufen.

28

Ich hatte in meinem gesamten Leben noch niemals einen derart langen Tisch gesehen. Ein Seidentuch war darüber drapiert und mit einer Reihe von üppigen Blumenarrangements und Skulpturen aus Kristall besetzt. Unzählige Gläser, Porzellanteller und Silberbesteck standen bereit. Die Stühle sahen aus, als wären sie aus massivem Gold geschmiedet worden.

Und dann war da Adam.

Er hatte vor dem Bankettsaal auf mich gewartet, flankiert nur von seiner Leibgarde. Jarek pfiff, als er mich sah, woraufhin Zorya ihm direkt einen Klaps auf den Hinterkopf verpasste.

Ich lief näher und spürte, wie ein seltsames Kribbeln mich durchfuhr, als Adam meinen Blick erwiderte. Dieses Kribbeln hatte ich, wenn ich ehrlich zu mir selbst war, bereits beim Verbindungsritual gespürt. Damals hatte ich es auf die Magie geschoben, die in mir erwacht war. Oder meinetwegen auch auf die Neuheit, Adam in etwas zu sehen, das nicht schwarz war. Leider funktionierte diese Ausrede heute nicht mehr, denn seine hochgeschlossene Tunika, die mit silbernen Schnörkeln entlang der Manschetten bestickt war, war definitiv tiefschwarz. Ebenso wie seine Hose und die formellen Stiefel.

Auch Adams Blick wanderte an mir hinab, und es wirkte,

als wolle er etwas sagen, doch schließlich hielt er mir nur den Arm hin, bis ich meinen hineingelegt hatte. Sobald wir den Saal betraten, erhoben sich die Oberen von ihren Stühlen, und ein Streichquartett in der Ecke begann zu spielen.

Es waren Momente wie diese, in denen ich wieder damit rechnete, jede Sekunde aus diesem skurrilen Traum hochzuschrecken, zu dem mein Leben geworden war. Momente, in denen mich erst Ignis' sanftes Pulsieren wieder daran erinnerte, dass es kein Aufwachen geben würde.

Ein unterwürfiger Platzanweiser brachte uns zu den noch leeren Stühlen. Ich grub meine Finger in Adams Ärmel, während wir dem Mann folgten. Als ob er merken würde, dass ich nervös war, schaute er zu mir.

»Du siehst aus, als wolltest du davonlaufen.«

»Ich trage High Heels«, raunte ich zurück. »Ich würde keine zehn Meter weit kommen.«

»Ah.« Adam presste die Lippen aufeinander. »Deshalb wirkst du größer. Ich hatte mich schon gewundert.«

Ich schob ihm einen Ellbogen in die Seite. »Wir können nicht alle die Statur eines Riesen haben ... *mein Lord*«, sagte ich, und auf einmal lächelte Adam, und zwar so sanft, dass sich in meinem Inneren etwas fast schmerzhaft zusammenzog. Er beugte sich zu mir, bis sein Mund mein Ohr berührte, und ich hatte das Gefühl, dass sämtliche Obere im Saal mich anglotzten und sahen, wie meine Wangen heiß wurden.

»Halte dich nach dem Essen bereit«, flüsterte er.

»Wofür?«

»Magistrat Vandal lädt nach Banketts für gewöhnlich noch in ein Separee ein, für politischen Smalltalk. Pelham selbst werden wir nicht knacken können, er hat sich zu gut geschützt. Aber Vandal ist sein engster Vertrauter und manchmal sehr leichtsinnig. Heute Abend ist die einzige Gelegenheit, ihn zu befragen – sonst ist er ständig von seinen eigenen Wachen und Schutzmaßnahmen umgeben.«

»Was, willst du ihn abfüllen?«

»So ähnlich. Auf jeden Fall brauche ich dich.«

»Mich? Oder mein Sigil?«

Wieder das Lächeln. »Beides, natürlich.«

Wir liefen weiter, vorbei an Tynan Coldwell und einer Reihe von Oberen, die ich nicht kannte. Matt, Celine und Dina hatten bereits zwischen den anwesenden Magistraten Platz genommen. Adam und ich wurden ganz vorn zur Stirnseite des Tisches geführt, wo nicht nur Magistrat Vandal, sondern auch Magistrat Pelham saß.

Großartig. Das bedeutete, ich würde nicht nur ihn die ganze Zeit an der Backe haben – darüber hinaus konnten mich alle Gäste den gesamten Abend über angaffen.

Wir setzten uns, die anderen folgten. Während Magistrat Vandal regelrecht ergriffen schien, eine so wichtige Position am Tisch zu haben, verzog Pelham seine vertrocknet wirkenden Lippen zu etwas, das in einem anderen Leben vielleicht ein Lächeln sein sollte.

Ich atmete innerlich tief durch. Und als Adam seine Hand aus meiner zog, redete ich mir ein, dass ich mich nicht – *auf keinen Fall* – seiner Berührung beraubt fühlte.

Es dauerte nicht lange, bis der Tisch mit den unglaublichsten Speisen gefüllt war. Auf riesigen Porzellangestellen standen umso kleinere Gläser mit Salatvarianten. Nach der Vorspeise kamen sofort neue Gestelle, der Zwischengang. Danach Suppen, der Hauptgang und etwas, das sie *Pre-Dessert* nannten. Mir kam es so vor, als gäbe es gar kein Ende.

Ich kämpfte mich durch die Besteckvarianten und versuchte, nicht völlig bescheuert auszusehen, während ich die bereits sehr winzigen Essensportionen in noch winzigere Stückchen zersäbelte.

Im Waisenhaus hatte es viele Tage gegeben, an denen der Kühlschrank vollkommen leer gewesen war. Und mein Magen, so schien es, hatte sich noch nicht umgestellt, denn ich bekam den Hauptgang, wenn überhaupt, nur mit purem Willen runter.

Vor dem eigentlichen Dessert wurde es auf einmal ruhig, als zwei neue Gäste den Saal betraten. Hätte ich ihre Porträts nicht bereits in dem Buch in Agrona Soveralls Bibliothek gesehen, wäre mir auch anhand der ehrfürchtigen Ausdrücke in den Gesichtern der Oberen klar gewesen, wer sie waren: Sebastian Lacroix und Nikki Fairburn, die beiden fehlenden Dark-Sigil-Träger.

Sie liefen langsam in unsere Richtung, zu den letzten beiden freien Stühlen, direkt gegenüber von Dina und Matt. Nikki trug ein orangegoldenes Kleid aus Seide, das nahezu dieselbe Farbe hatte wie ihre langen blonden Haare und das – genau wie ihre Handtasche – sorgfältig mit einem Motiv aus Sonnen bestickt war.

Sebastian trug einen Anzug in blassem Gelbgold. Seine ebenfalls blonden Haare, von denen ich nicht wusste, wie lang sie waren, hatte er zu einem Knäuel nach hinten gebunden. Ein paar lose Strähnen hingen heraus, doch mein Blick war ganz und gar von seinem Gesicht eingenommen. Goldgefärbte Ornamente rahmten es von außen ein. Sie zogen sich von seiner Stirn über seine Wangen und von dort hinab zu seinem Hals. An seinen Ohren hingen mehrere Ringe und Stäbe, und seine Augen waren mit einem dicken goldenen Lidstrich geschminkt.

So extravagant seine Erscheinung auch war ... Sebastian sah

damit in keiner Weise lächerlich aus. Vielmehr versprühte er eine natürliche Autorität.

Matts Blick wirkte seltsam abwesend, als er den beiden entgegenschaute, und ich merkte, wie er den Rand des Tisches mit festem Griff umschloss. Bei den anderen Oberen glaubte ich dagegen, hier und da einen Sabberfaden zu erkennen, während die beiden Träger einige von ihnen grüßten, als wären sie gute alte Freunde. Dann, schließlich, schauten sie zu mir. Nikki flüsterte irgendetwas in Sebastians Ohr, woraufhin der leise lachte und mir zuzwinkerte.

Adam hatte während des Auftritts nur kurz aufgesehen, und wenn er sich über die späte Ankunft ärgerte, zeigte er es nicht. Stattdessen sprach er weiter mit Magistrat Vandal, der direkt zu seiner Rechten saß. Zwischen Vorvorspeise, Vorspeise und Zwischengang hatte ich versucht, dem Gespräch der beiden zu folgen, doch es flogen so viele mir unbekannte Namen dabei hin und her, dass ich irgendwann auf Durchzug geschaltet hatte.

»Es scheint mir, Eure Ankunft im Mirror kam zu einem sehr günstigen Zeitpunkt«, sagte Magistrat Pelham da auf einmal zu mir. Bisher hatte er mich ignoriert, von den kritischen Seitenblicken in Richtung meines Tellers mal abgesehen, aber nun sah er mich geradewegs an.

»Wie meint Ihr das?«, fragte ich.

»Nun. Nach dem Machtwechsel und dem tragischen Tod unserer geliebten Herrscherin gab es eine große Unsicherheit im Mirror. Insbesondere da Ignis – Euer Sigil – noch immer unser aller Leben bedrohte. Wir schätzen uns sehr glücklich, dass dieses Damoklesschwert nun der Vergangenheit angehört.«

Schieb dir das Glück in deinen verknöcherten Hintern, wäre es mir fast herausgerutscht, aber ich schluckte die Worte gerade so herunter. »Ich bin auch sehr glücklich, hier zu sein«, sagte ich, so formvollendet ich konnte. »Vor allem freue ich mich auf den Schaukampf.«

»Hmm.« Pelham nahm mich unerbittlich ins Visier. »Das ist schön zu hören. Es ist der dreihundertfünfundsiebzigste Jahrestag des Mirrors, wusstet Ihr das?«

Nein. Aber das war Pelham natürlich klar.

»Oh! Ich dachte, es wäre der dreihundertfünfundsechzigste. Sehr peinlich.«

Seine Augen verengten sich. »Ich würde gern offen mit Euch sprechen, Mistress Harwood. Neben all der Freude habe ich mir Sorgen gemacht, als ich von Eurer Aufnahme bei den Sieben hörte. Ich habe nicht geglaubt, dass jemand, der aus der alten Welt kommt, sich an unsere Gepflogenheiten gewöhnen kann. Nicht nur die ärmlichen Verhältnisse, in denen Ihr aufgewachsen seid – das Straßenköterverhalten hätten wir Euch schon abgewöhnt –, aber dass Ihr Euch unsere traditionellen Werte zu eigen machen würdet, daran hatte ich meine Zweifel.« Er hob einen Mundwinkel. »Doch ich habe mich wohl getäuscht. Ihr habt diese Freiheit einfach aufgegeben, nicht wahr?«

Mein Kopf war so damit beschäftigt, herauszufinden, wie oft er mich in diesen wenigen Sätzen beleidigt hatte, dass mich seine Frage kalt erwischte. »Ich … ja. Ich denke schon.«

Pelham lächelte noch immer, aber es wirkte nun scharf wie eine Messerschneide. »Das ist außerordentlich selbstlos von Euch. Ein Leben für den Mirror. Nur die wenigsten in Eurer Situation wären wohl dazu bereit gewesen.«

Mit vollendeter Würde säbelte Pelham ein winziges Stückchen Parfait ab und schob es auf seine Gabel. Er steckte es sich in den Mund, ließ es sich langsam auf der Zunge zergehen und wandte sich dann in die andere Richtung zu Celine. Ich dagegen stierte bloß auf meinen Teller und rührte den mikroskopisch kleinen Würfel darauf nicht an. Überhaupt kamen mir meine Finger auf einmal taub und mein Innerstes seltsam leer vor, trotz all der Essensgänge, die hinter uns lagen.

Pelham hatte recht, wurde mir klar. Ich hatte meine Freiheit tatsächlich einfach so aufgegeben.

Dankbar registrierte ich, dass mit diesem Dessert das Bankett zum Ende kam. Während die meisten Gäste sitzen blieben, standen andere bereits auf und verschwanden aus dem Saal. Auch Adam erhob sich, beugte sich jedoch vor dem Gehen noch einmal zu mir.

»Dina wird dir ein Zeichen geben.«

Ich nickte und beobachtete, wie Adam, gefolgt von seinen Magiehäschern und einem offenbar längst angeschwipsten Magistraten Vandal, den Saal verließ.

Es dauerte nicht lange. Celine und Matt hatten sich schon fünf Minuten vor uns vom Tisch verabschiedet, und schließlich stand auch Dina auf. Sie tätschelte Cedric zum Abschied die Schulter, dann hielt sie mir ihren Arm hin, und erleichtert ließ ich mich zum Ausgang führen.

Wir durchquerten den Korridor, der vom Bankettsaal wegführte. Doch statt zurück zu den Fahrstühlen zu laufen, die uns in unser Stockwerk bringen würden, steuerten wir auf eine Tür zu, die von Adams Magiehäschern bewacht wurde.

»Kein Wort, wenn wir reinkommen«, sagte Dina mit ihrem Raubkatzenlächeln zu mir. »Wir dürfen nicht mal einen Ton von uns geben.«

»Wieso?«

»Siehst du dann schon. Und wenn Adam dir das Zeichen gibt, lenkst du die Magie deines Sigils dorthin, wo er es sagt. Genauso, wie ich es dir im Training gezeigt habe. Okay?«

»Aber …« Ich runzelte die Stirn. »Unser Training war eine Katastrophe.«

»Es reicht für das, was wir brauchen.«

Statt weiter nachzuhaken, nickte ich bloß und holte tief Luft. Dann drückte Dina die Klinke nach unten.

Von innen strahlte mir so viel Gold entgegen, dass ich erst blinzeln musste, um überhaupt etwas zu erkennen. Pelham hatte echt einen an der Waffel, was die Einrichtung der Bella Septe anging. Alles, sogar Regale, Blumentöpfe und die Lehnen der Sofas, schimmerte golden. An der Wand ragten ein gutes Dutzend Tanks in die Höhe. Riesige Zylinder aus Glas, in denen – ich traute meinen Augen kaum – literweise Magie schwappte.

So etwas hatte ich mir nicht vorstellen können. In Prime gab es Magie nur in den winzigen Grainhüllen. Doch hier …

Wie konnte ein Einzelner so viel Magie besitzen?

Noch verrückter war allerdings, was in dem Raum selbst vor sich ging. Es standen sicherlich dreißig oder mehr Obere darin herum. Nahezu alle Magistrate vom Bankett, nur Pelham fehlte. Der Rest waren sicherlich Obere mit superwichtigen Positionen im Mirror. Sie alle hielten Gläser in den Händen, einige tranken auch daraus, aber niemand schien wirklich miteinander zu reden. Zwar war der Raum mit Stimmen erfüllt, doch die Oberen brabbelten nur unverständliches, wirres Zeug vor sich hin und sahen sich dabei nicht mal gegenseitig in die Augen.

Ich öffnete den Mund, um zu fragen, was hier vor sich ging, aber Dina warf mir einen strengen Blick zu, und ich biss mir auf die Lippen. Sie zog mich an der Hand durch den Raum, vorbei an den Oberen. Auf einer Sofagruppe saßen Adam und ein selig vor sich hinlächelnder Magistrat Vandal. Direkt neben ihnen: Matt und Celine.

Auf Matts Armen schimmerten die lilafarbenen Lichtmale. Er hatte die Augen geschlossen und die Hände vor sich gehoben. Es wirkte, als würde er ein Bild in die Luft malen oder ein Lied komponieren. Jedenfalls schien er tief in sich versunken, und ich begriff, dass er offensichtlich alle Oberen im Raum in einer Illusion gefangen hielt.

Kein Wunder, dass wir still sein sollten. Was er da tat, musste ihm unfassbar viel Konzentration abverlangen.

Adam versicherte sich, dass er die Aufmerksamkeit von jedem von uns hatte, dann schaute er zu mir. Er griff an den Arm des Magistraten, zog dessen Ärmel zurück, und mir entwich ein leiser, überraschter Laut, als ich sah, dass der Magistrat sich offenbar Trites *in* den Arm hatte einsetzen lassen. Drei Münzen waren an den Rändern fest von Haut umschlossen, und sie leuchteten winterblau. Anhand der Gravur konnte ich unmöglich sagen, was die Münzen bewirken sollten. Nur Magiehemmer waren es nicht, so viel war sicher.

Noch immer lag Adams Blick auf mir, und ich wusste auch ohne Worte sofort, was er wollte. Ich wusste nur nicht, ob ich es tun konnte.

Dina musste mir meinen Zweifel ansehen. Sie lehnte sich zu mir, drückte ihre roten Lippen direkt gegen mein Ohr. »Fühl die Magie in dir. Du musst dir vorstellen, wie sie wirkt. Denk an das Ergebnis, das du haben möchtest. Mach es wahr.«

Natürlich. Nichts leichter als das.

»Es ist nur eine kleine Münze.« Dina lächelte. »Das hast du im Training schon geschafft.«

Ich atmete tief durch und griff auf Ignis zu. Die Magie des Sigils strömte in mich hinein, und ich hob eine Hand über das erste Trite. Mein gesamtes Bewusstsein konzentrierte sich darauf, die Magie darin zu zerstören, doch zuerst passierte nichts. Nur meine Hand begann, ganz leicht zu zittern.

Nicht jetzt, ermahnte ich mich und spannte meine Finger mit aller Kraft an. *Denk an das Ergebnis. Mach es wahr.*

Es dauerte kaum eine Sekunde. Der Kern meines Sigils, der vom Drachen gehalten wurde, flackerte rötlich, und schon erstarb die Magie in der Münze.

Ich wollte jubeln, schluckte aber den Laut mit aller Macht nach unten. Adam lächelte, es wirkte beinahe stolz. Dann tippte er auf das zweite Trite. Und auf das dritte. Ignis brauchte für beide kaum einen Wimpernschlag.

Dina streckte mir einen Daumen nach oben entgegen, dann zog sie etwas aus ihrer Manteltasche: einen pyramidenförmigen Kasten, den ich sehr gut kannte. Es war derselbe, den Celine vor mir positioniert hatte, um mir damit die Wahrheit zu entziehen.

Nun stellte Dina ihn auf den Tisch direkt vor Vandal und ließ das Pendel hin und her schwingen.

Wieder nickte Adam. Celine tippte Matt daraufhin an die Schulter, und der holte mehrfach tief Luft, bevor er mit seinem Dirigieren innehielt.

Alle Oberen im Raum blieben in ihrer Trance gefangen, nur Vandal schüttelte den Kopf. Erst schwach, dann stärker. Matt war bereits wieder mit den Illusionen der anderen Gäste beschäftigt, doch Vandal hatte er offenbar freigelassen, denn der sah erst Dina an, dann mich, dann Celine und dann Adam. Sein Gesicht verlor an Farbe, so weit das dick aufgetragene Puder es erkennen ließ.

»W…was?«, keuchte er überrascht. »Was soll das? Mein Lord, ich –«

Adam packte so plötzlich an Vandals Nacken, dass ich vor Schreck zusammenzuckte. Er neigte dessen Kopf in Richtung des Pendels und ließ erst los, als Vandals Bewusstsein Kontakt dazu aufgenommen hatte.

»Was wisst Ihr über die Chaosmagie in Prime?«

»N-nichts!«, sagte Vandal sofort. »Ich weiß g-gar nichts!«

»Wird die Magie, die für die Armenviertel vorgesehen ist, manipuliert?«

Der Magistrat wand sich, wimmerte sogar. Ich erinnerte mich genau, wie es sich anfühlte, wenn das Pendel die Wahrheit aus einem herauszog. Alles in einem drängte danach, die Frage zu voller Zufriedenheit zu beantworten. Vandal schien zwar etwas besser gewappnet zu sein, zumindest wusste er, was da vor ihm stand, doch auch er konnte sich nicht wehren.

»J-Ja. Sie wird … verdünnt. Aber n-nicht von mir, mein Lord. Ich bin Euer treuer Diener!« Vandal entließ die Worte in einem atemlosen Schwall und wirkte dann, als wollte er sich am liebsten auf dem Boden zusammenrollen.

Die Magie wurde verdünnt? Eine Erinnerung tauchte vor meinem inneren Auge auf. Die Kiste voller Grains, die Isaac, Enzo, Lily und ich in der Markthalle geklaut hatten. Die Magie darin war mir im direkten Vergleich zu der Magie im Heptadome anders vorgekommen. Weniger intensiv.

Adam und die anderen tauschten Blicke. Keiner von ihnen wirkte überrascht, dass sich Adams Verdacht bewahrheitete. Aber zumindest Dina sah man ihre Wut deutlich an.

Adam hielt Vandal noch immer mit einem Griff an dessen Tunika aufrecht. »Von wem wird die Magie verdünnt? Wer gibt den Auftrag? Ist es Pelham?«

Vandal nickte mit einem Wimmern. »E-Er n-nutzt die Magie als D-Druckmittel gegen Prime. Aber die Fördermenge reicht n-nicht …«

»Er riskiert also, dass in Prime schlechte Magie landet, nur um sich mehr Macht bei den Regierungen zu verschaffen?«, fragte Adam ruhig. »Und Ihr auch, Magistrat?«

»J-Ja …« Vandal stöhnte. »Mein Lord … *bitte* … Ich verehre Euch, das müsst Ihr mir glauben. All das geschieht nur zu Euren Diensten, ich bin Euer Untertan in jeder Hinsicht, ich …«

»Seit wann geht das schon so?«, unterbrach Adam den Redeschwall, und der Magistrat presste die Lippen so fest aufeinander, dass sie weiß anliefen.

Ich konnte nicht anders, als Respekt davor zu haben, wie stark er sich wehrte. Zumindest, bis Adam an Vandals Nacken griff und seinen Kopf nach unten drückte, bis der direkt auf das Pendel schauen musste.

»Wann hat sich Pelham über die Statuten von Septem hinweggesetzt? Sagt es mir!«

Vandal zitterte. Er öffnete den Mund, mehrere Male, dann presste er qualvoll hervor: »E-Er hat sich nicht hinweggesetzt. Er führt nur B-Befehle aus.«

Adams Gesichtsausdruck wurde ungeduldig. »Von wem?«

»Ich weiß es nicht! Ich weiß es nicht, ich weiß nicht, wer –«

»Dina.« Adam ließ von Vandals Kopf ab und strich sich sichtlich genervt über die Stirn.

Dina seufzte, dann löste sie ganz langsam das Schlangenband von ihrer Taille und ließ die Peitsche aus Licht aufglühen. »Sorry, Goldstückchen«, sagte sie zu Vandal, und wickelte die Peitsche um dessen Oberkörper. Dann zog sie so fest zu, dass ihm furchtbare Schmerzenslaute entwichen.

»Was macht ihr?«, entfuhr es mir, aber Adam legte nur eine Hand auf meinen Arm.

»Vertrau uns.«

Nun war ich es, die die Lippen so fest aufeinanderpresste, wie ich konnte. Unter Vandals Tunika zeichneten sich Blutflecken ab, dort, wo Dina ihre Peitsche zusammenzog. Adam drückte den vor sich hin wimmernden Vandal wieder in Richtung Pendel und rief ihm mitten ins Gesicht: »Wer hat Pelham den Befehl gegeben, die Magie zu manipulieren?«

»Ihre Mutter!«, schrie Pelham sofort. »Es war I-Ihre Mutter! Leanore Tremblett hat den Befehl gegeben, die Magie zu verdünnen, damit Prime großflächig damit v-versorgt werden kann!«

Adam erstarrte. Neben ihm schlug sich Celine eine Hand vor den Mund, auch Dina wirkte schockiert.

Adams Mutter? *Leanore Tremblett?* Aber ... als Agrona Soverall von ihr gesprochen hatte, hatte sie so bewundernd geklungen. Wieso hätte die ehemalige Mirrorlady so etwas tun sollen? Ihr musste doch am ehesten bewusst sein, wie gefährlich Chaosmagie war.

»Er lügt«, flüsterte Celine, aber Dina schüttelte den Kopf.

»Er kann nicht lügen.«

Adam wirkte immer noch wie eingefroren. Seine Miene war ausdruckslos, trotzdem konnte ich ihm den Schock ansehen. Was Vandal da sagte, hatte ihn völlig kalt erwischt. Und doch sprach er einfach weiter, als wäre nichts passiert. »Wo wird die Magie verdünnt?«

»Ich weiß es nicht, mein Lord! Ich ... *ahhh*«, Vandal wimmerte, und Dina verdrehte die Augen, ließ ihre Peitsche aber etwas lockerer. »P-Pelham beaufsichtigt den Magietransfer persönlich. Ich weiß nicht, wo ... Ich weiß nicht ...«

»Adam.« Celine legte eine Hand auf Adams. »Wir sollten aufhören, sonst vergeht zu viel Zeit.«

Adam ließ Vandal los, und Dina wickelte das Schlangenband wieder um ihre eigene Taille. Dann griff Adam an seine Würfel, beugte sich vor und umfasste eine von Matts Händen. Celine und Dina legten ihre Hände auf Adams Arm. Alles wirkte so routiniert, als hätten sie etwas wie das hier schon Tausende Male gemacht.

»Rayne«, raunte Dina, und ich zögerte nur eine Sekunde, bevor ich Adam ebenfalls berührte.

Kaum, dass die Schicksalswürfel aufleuchteten, fing die Zeit an, sich zurückzuspulen. Alles wurde ungeschehen gemacht: Dina, die ihr Sigil benutzte, Vandals Befragung, ich, die seine Trites zerstörte. All das wurde von der Zeit ausgelöscht, bis Dina und ich schließlich rückwärts zum Eingang des Raumes gingen.

Die Zeit lief erst dann wieder normal, als Dina die Klinke der Tür nach unten drückte. Und dieses Mal war das Bild, das sich uns bot, ein ganz anderes. Die Oberen standen wild schnatternd in den Privatgemächern des Magistrats zusammen und stießen fröhlich mit ihren Champagnergläsern an. Nichts war mehr von der Illusion zu sehen, in die Matt sie gerade gezogen hatte. Adam saß auf dem goldenen Sofa, mit einem Lächeln im Gesicht, das seine Augen nicht erreichte. Neben ihm: Magistrat Vandal, der völlig unwissend auf ihn einredete.

Das Blut war von seiner Tunika verschwunden.

Aber ich wusste noch genau, wie sich seine Schreie anhörten.

29

In den nächsten zwei Tagen wurde ich von schwindelerregender Betriebsamkeit mitgerissen. Das wundersame Auftauchen der siebten Sigil-Erbin hatte mich wie geplant ins Rampenlicht der Bella Septe katapultiert. Schon am nächsten Morgen fing es an, als Magistrat Vandal verkündete, zu meinen Ehren eine Stadtführung zu veranstalten und dafür die ranghöchsten Oberen einzuladen. Er ließ uns mit einem Gate-Shuttle direkt zu den Aussichtspunkten der Goldenen Stadt fahren, und ich wurde jede Minute, jede Sekunde von allen angeglotzt.

Mirror-Rom war beeindruckend, noch viel mehr, als ich es für möglich gehalten hätte, aber mir stand nicht der Sinn nach Sightseeing. Mehr als einmal sah ich mich nach den Leibwächtern um, die Adam mir zur Seite gestellt hatte. Nicht, weil ich um meine Sicherheit fürchtete, sondern eher das Gegenteil. Das Auge musste längst mitbekommen haben, dass wir in der Stadt waren, und wenn sie an mich herankommen wollten, dann waren diese öffentlichen Plätze wohl ihre beste Gelegenheit. Doch sooft ich mich auch zeigte, es passierte gar nichts. Außer eines: Ich bekam siebenunddreißig Heiratsanträge von siebenunddreißig Familien, verbunden damit, dass sie mir Häuser, Schmuck und sogar Diener schenken wollten, wenn ich nur *ja* sagte. Während sich Zorya, Dina, Matt und die anderen im

Hintergrund amüsierten, schäumte ich innerlich vor Wut. Ich hatte mich auf den Präsentierteller gesetzt, um das Auge hervorzulocken, nicht, um meinen persönlichen Marktwert zu testen. Aber von den Rebellen war absolut nichts zu sehen.

Auch Adam war seit dem Verhör wie vom Erdboden verschluckt. Ich konnte nicht mit ihm über Lily reden, nicht über den ausbleibenden Angriff des Auges und nicht über das, was wir von Vandal erfahren hatten. Dabei kreisten seine Worte immer wieder in meinem Kopf.

Es war Adams Mutter gewesen. Nicht Pelham oder einer der anderen Magistrate, sondern Leanore Tremblett persönlich. Sie hatte befohlen, die Magie manipulieren zu lassen. Ihretwegen gab es so viel Chaosmagie in unseren Vierteln. Ihretwegen waren so viele gestorben.

Die Frage war nur: Warum? Was steckte dahinter?

Für Adam musste es ein unfassbarer Schlag gewesen sein. Schließlich hatte er wochenlang alles darangesetzt, herauszufinden, was mit dem Magietransfer nach Prime schieflief. Und nun … nun war die Wahrheit um so vieles schlimmer, als er es befürchtet hatte.

Als ich auf der Rückfahrt zur Bella Septe Matt fragte, wo Adam war, zuckte der nur hilflos mit den Schultern. »Er wird prüfen, ob an dem, was Vandal gesagt hat, etwas dran ist«, vermutete er. Aber es war ihm anzusehen, dass er sich Sorgen machte.

Einerseits verstand ich, dass Adam für sich sein wollte. Und in einer anderen Situation wäre das auch in Ordnung gewesen, doch *jetzt* … jetzt wuchs meine Frustration ins Unermessliche.

Ich hatte das Gefühl, Lily lief die Zeit davon. Und ich hasste es, dass Adam nicht einfach über das sprechen konnte, was wir erfahren hatten. Ich hasste es, dass er mich ausschloss.

Am meisten hasste ich jedoch, wie sehr es mich verletzte, denn das hieß, er bedeutete mir etwas. Und das hatte ich um jeden Preis verhindern wollen.

Am dritten Abend nach unserer Ankunft, als wir uns endlich auf unsere Zimmer zurückziehen konnten, ließ ich mich erschöpft neben Cedric in die vielen Kissen sinken, die wir in Dinas Zimmer auf dem Boden ausgebreitet hatten.

Sie hatten noch eine Stunde mit mir trainiert, aber es war, wie in den letzten Tagen auch: Mein Sigil konnte seine Magie nach wie vor nicht richtig wirken, und im Stillen fragte ich mich, ob es vielleicht an dem Tremor lag – ob zu viel in mir kaputtgegangen war und die Verbindung sich deshalb nicht stabilisierte.

Ich protestierte nicht, als Matt jedem von uns irgendein süßes Getränk in Gläser einschenkte, obwohl es mir morgen garantiert die schlimmsten Kopfschmerzen meines Lebens bescheren würde. Ich nippte an dem Glas und hörte zu, wie Dina und Matt auf dem Bett über einen Oberen lästerten, der sich heute während der Stadttour danebenbenommen hatte. Irgendwann wurden meine Gedanken jedoch von einem Hustenanfall unterbrochen. Ich schaute zu Cedric. Sein Gesicht war sehr blass, sogar blaue Äderchen zeichneten sich unter seiner Haut ab. Es war nicht das erste Mal, dass er so aussah. Seit ich Cedric in Septem kennengelernt hatte, wirkte er immer wieder, als könnte ihn der kleinste Windhauch zusammenbrechen lassen.

»Frag ruhig«, krächzte er, und ich spürte, wie ich errötete. Ich hatte ihn nicht so anstarren wollen.

»Ist deine … Krankheit schuld daran, dass du nicht den Saphirschlüssel trägst?«

Schließlich waren er und Celine Zwillinge. Und für mich

war es keine Frage, dass Cedric das Sigil mehr verdient hatte als seine Schwester.

Er schüttelte den Kopf, lächelte. »Nein. Aber es gibt in jeder Blutlinie eben nur einen Träger. Den Erstgeborenen.«

»Wegen ein paar Sekunden?«

Cedric seufzte nur leise, da stand Matt vom Bett auf, kam zu uns hinüber und wuschelte Cedric liebevoll durch die hellen Locken. »Sag es ihr schon, Ceddy. Sie ist längst Teil der Party, kein Grund, ihr die Dramatik unserer Existenz vorzuenthalten.«

»Es ist ein feiner Grat zwischen Vorenthalten und Überfordern.«

»Ist okay«, bat ich. »Ich will es wissen.«

Wieder ein Seufzen, doch Cedric nickte. »Die jüngeren Geschwister der Träger kommen fast immer krank zur Welt. Wir wissen nicht genau, warum. Es gibt keine wissenschaftliche Begründung, keinen Gendefekt oder etwas in der Art. Es ist einfach die Magie im Blut. Sie wird auf das erstgeborene Kind übertragen. Sie oder er bekommen alle Lebenskraft der Blutlinie ab. Stärke, Gesundheit …«

»Allerdings nicht die Intelligenz«, warf Matt ein.

»Ich hätte wohl einige IQ-Punkte abgegeben, wenn dafür meine Lungen in Ordnung wären. Und du musst wirklich aufhören, meine Schwester als dumm zu bezeichnen, Matthew.«

Matt grinste. »Das mache ich, sobald sie aufhört, sich wie ein Biest aufzuführen.«

»Also nie«, warf Dina ein.

»Ganz genau.«

»Moment«, flüsterte ich fassungslos. »Du bist *wegen* des Sigils krank?«

Cedric hob eine Schulter. »Für die nachfolgenden Kinder

bleibt nichts mehr übrig. Sie … verkümmern. Man versucht, zu verhindern, dass es überhaupt Geschwister gibt. Aber es passiert eben. Entweder durch Zwillinge, wie bei Celine und mir, oder weil es zu einer unplanmäßigen Schwangerschaft kommt, wie bei den Trembletts.«

Ich hob die Augenbrauen. Erst verstand ich nicht, doch dann erinnerte ich mich an das Buch, das ich in Agronas Bibliothek angeschaut hatte. Richtig. Adam hatte eine Schwester. Sie und Adams Vater lebten nicht in Septem, mehr wusste ich nicht über sie.

»Dann ist Adams Schwester auch krank?«, fragte ich leise, woraufhin Cedric nickte.

»Ja. Pris – *Priscilla* – ist drei Jahre nach ihm auf die Welt gekommen und hat einen schweren Herzfehler.« Er entließ einen leicht rasselnden Atemzug. »Sie liegt seit einer Ewigkeit im Sanatorium. Meine Lungen arbeiten zumindest mit halber Leistung, Pris dagegen …«

Cedric ließ den Satz ins Leere laufen, aber es war nicht schwer, die Lücke zu füllen: Es stand nicht gut um sie.

»Wer braucht schon schnöde Lungen?«, Matt strubbelte Cedric erneut durch die Haare, »wenn er so ein Prachtexemplar von einem Gehirn hat wie du.«

Cedrics Wangen röteten sich und brachten tatsächlich etwas Farbe in sein Gesicht.

»Im Grunde hat es Cee auch schlechter erwischt als dich«, fuhr Matt fort und ließ sich zwischen uns auf den Rücken fallen. »Du rennst immerhin nicht seit Jahren hoffnungslos jemandem hinterher.«

Ich sah, wie Cedric schluckte. Er schaute zu Matt, ein schmerzhafter Ausdruck in seinem Gesicht. Mühsam rang er sich ein Lächeln ab. »Ja, das … stimmt.«

Oh. Wieso hatte ich das nicht früher bemerkt? Cedric war in Matt verliebt.

Eine Welle Mitleid überrollte mich, und ich wusste kaum, wie ich damit umgehen sollte, geschweige denn, was ich sagen sollte, ohne Cedric zu nahe zu treten. Und als er zu mir schaute, und die Stirn sichtlich bekümmert in Falten legte, wusste ich, dass es Zeit für einen schnellen Themenwechsel war. Also räusperte ich mich und schaute zu Matt. »Meinst du Celine und Adam? Waren sie denn mal zusammen?«

Mir war in den letzten Tagen immer wieder aufgefallen, wie sehr Celine unter Adams Abwesenheit litt. Während der Stadttour hatte sie nur in die Ferne gestarrt und keinen Ton mit uns geredet. Und als wir in der Bella Septe angekommen waren, war sie mit schnellen Schritten in ihre Suite gelaufen und hatte sich wohl gerade so verkniffen, die Tür hinter sich zuzuknallen.

Dina schüttelte den Kopf. »Nein. Adam ist, was das angeht, sehr konsequent.«

»Und das heißt?«

»Dass es unter den Sieben nie Beziehungen gibt. Na ja. Zumindest keine, die über ein bisschen Spaß hinausgehen.«

»Wegen der Sigils«, dämmerte es mir, und ich drückte eins der Kissen an meinen Oberkörper. »Jedes Sigil braucht eine eigene Blutlinie.«

»Jap. Und das bedeutet leider auch …«, Matt lehnte sich zu mir und stieß mit seinem Glas gegen meines, »… unsere aufkeimende Liebe wird unerfüllt bleiben. Tut mir leid, Ray.«

»Gegen Sex ist allerdings nichts einzuwenden.« Auf meinen ungläubigen Blick hin lachte Dina. »Schau nicht so. Es gibt ein paar schlüpfrige Berichte in den Archiven Septems, darüber, wie fantastisch Sex zwischen Trägern der Dark Sigils sein soll.

Wenn man es richtig macht, spürt man die Magie des anderen angeblich regelrecht *singen.*«

Ich piekste sie in die Seite. »Was *stimmt* mit dir nicht?«

Dina lachte weiter. Sie beugte sich zu mir und drückte mir einen Kuss gegen die Schläfe. »Ich wurde geboren, Harwood. Ab da ging es nur noch bergab.« Sie boxte Matt in den Oberarm. »Dabei ist Matt unser Experte. Er und Sebastian hatten jahrelang eine heimliche On-off-Beziehung.«

Ich blinzelte. »*Sebastian?* Der Abtrünnige?«

»Genau der.« Dina grinste, zog ebenfalls ein Kissen zu sich und drehte es geschickt über ihrem Kopf umher.

»Aber … wieso?«, fragte ich Matt, der daraufhin nur etwas verhalten mit den Schultern zuckte. »Wenn ihr sowieso nicht zusammen sein konntet?«

»Das hat bisher keine Trägergeneration davon abgehalten, es zu versuchen. Dein Vater zum Beispiel …« Dina grinste wieder, und ich sah noch, wie Matt und Cedric zeitgleich abwinkten, doch da sprach sie bereits weiter. »Dein Vater war in unserem Alter über beide Ohren in Adams Mum verknallt.«

Ich öffnete meinen Mund. Schloss ihn wieder.

Was?

»Das hat dir niemand gesagt, hm?« Dina beugte sich verschwörerisch zu mir. »Es gibt einen Satz, den jeder Obere im Mirror kennt. Ist fast ein bisschen wie eine Redewendung: *Die Trembletts hatten schon immer eine Schwäche für die Harwoods.* In fast jeder Generation seit Vivienne Harwood gab es eine große Liebe zwischen euren Familien. Bücher wurden darüber geschrieben, Lieder komponiert. Manche glauben, es liegt an der Magie der beiden Blutlinien. Dass sie sich perfekt ergänzen. Die Oberen finden es furchtbar romantisch, aber am Ende …« Dina ließ das Kissen weiter kreisen, bevor sie es schwungvoll auf das Bett zurückwarf. »Am Ende hat es immer in einer Tragödie geendet. Sie alle lebten vor sich hin. Unglücklich und verbittert. Wie der Mirror es von ihnen verlangte.« Dina drehte sich auf ihren Bauch und griff nach dem Glas, das sie auf dem Nachttisch positioniert hatte. Sie kippte den Inhalt in einer Bewegung nach unten. »Echte scheiß Vorzeigeträger.«

Ich kam einfach nicht hinterher. »Mein Vater war in Adams Mutter verliebt?«

»Jap!« Dina nickte. »Und es beruhte auf Gegenseitigkeit. Zumindest in ihrer Jugend. Irgendwann haben sie sich getrennt.«

»Und dann hat Leanore einfach jemand anderen geheiratet?«

»Aber nicht geliebt.« Matt schenkte mir ein schmales Lächeln. »Das wusste jeder. Auch Adams Vater.«

Ich zog die Augenbrauen zusammen. »Wieso? Ich meine … hätten sie sich nicht einfach über die Regeln hinwegsetzen können? Es gibt doch Möglichkeiten, wenn sie so unbedingt ein Kind zeugen müssen. Künstliche Befruchtung … Leihmütter …«

»So läuft das nicht«, sagte Cedric leise. »Nicht in Septem. Als der Mirror erschaffen wurde, haben die Sieben geschworen, sich nie wieder untereinander zu nahe zu kommen. Ich weiß, das ist nicht leicht zu verstehen, aber bevor es den Mirror gab, haben Liebe und Eifersucht unter den Dark-Sigil-Trägern die Welt mehr als einmal an den Rand des Abgrunds gebracht. Deshalb ist es so wichtig, dass die Sieben eine stabile Bindung für jedes einzelne Sigil aufbauen. Leanore hat nur ihre Pflicht getan, als sie Adams Vater geheiratet hat. Eine echte Beziehung mit Melvin wäre sowieso nie möglich gewesen.« Cedric schaute an die Decke, sein Kopf nahe meinem eignen. »Einige glauben, dass Leanore sich siebzehn Jahre nach Melvins Tod umgebracht hat, weil sie noch immer ein gebrochenes Herz hatte. Aber ob das stimmt … keine Ahnung.«

Ich seufzte innerlich. So vieles von dem, was ich in den letzten Tagen über Adams Mutter erfahren hatte, passte einfach nicht zusammen. Agrona hatte über sie gesprochen, als wäre sie die beliebteste Herrscherin des Mirrors gewesen. Zumindest am Anfang. Doch etwas musste sich geändert haben. *Sie* musste sich geändert haben, wenn sie in Kauf nahm, dass die Chaosmagie durch die verdünnte Magie auch Prime befiel. Und jetzt die Sache mit meinem Vater …

Er konnte nicht der Grund für ihren Suizid gewesen sein, oder? Wieso hätte sie damit bis nach Adams Krönung warten sollen?

»Wie hat sie …«, ich stockte. »Ich meine, was ist passiert, als sie gestorben ist?«

Dina legte eine Hand auf Matts Schulter, und ich bemerkte erst jetzt, wie geistesabwesend er war. Ich wollte schon zurückrudern, ihm sagen, dass er es nicht erzählen musste, doch da fing er bereits an.

»Es gab eine furchtbar starke Bündelung in Mirror-New-York. Sebastian, Jarek und ich wollten mit den Häschern dorthin, aber Leanore hat darauf bestanden, uns zu begleiten. Sie hatte ihre Würfel da schon nicht mehr, es war direkt nach Adams Krönung, also hat sie andere Kampf-Sigil angelegt. Sie hat sich gegen die Abbys gewehrt, sie zurückgedrängt und dann, auf einmal … nicht mehr. Sie ist von jetzt auf gleich in die Bündelung hineingelaufen. Ihre Schreie … es war …« Matt schauderte. »Es war furchtbar.«

All das war erst vier Monate her, rief ich mir in Erinnerung, und der Horror war ihm noch immer anzusehen. »Und … Adam?«, fragte ich leise. »Wie hat er davon erfahren?«

»Er war an dem Tag hier in Rom. Pelham hatte eine Feier zu Ehren seiner Krönung ausgerichtet. Er hat es erst am Morgen danach erfahren.«

Meine Kehle fühlte sich an, als würde sich darin ein Knoten langsam zusammenziehen, und ich war unendlich froh, dass wir in dieser Nacht alle in einem Zimmer übernachteten. Ich schlief eng an die anderen gedrückt ein, während das Armband an meinem Handgelenk sanft pulsierte. Es war, als würde sich meine Magie nach ihnen ausstrecken. Als würde es fühlen, dass ich nun nicht mehr allein, sondern Teil eines großen Ganzen war. Und so sehr ich mich auch in diese Gewissheit fallen lassen wollte, ich konnte es nicht.

Nicht ohne Lily.

30

Die Haferflocken lagen keine Sekunde auf der Wasseroberfläche, bis die Fische nach oben schossen und sie in ihren Mäulern verschwinden ließen. Ich hatte mir eine Handvoll von meinem Frühstück zusammengeklaubt und war damit auf den Außenbalkon neben meiner Suite gegangen.

Ich war so tief in Gedanken versunken, dass ich überhaupt nicht mitbekam, wie sich jemand von der Seite näherte.

»Mistress Harwood?«

Ich drehte mich um, und ein Oberer, den ich nicht kannte, stand vor mir. Ein Mann in Mantel und Hose, die beide so mit Brokatmustern übersät waren, dass er sich selbst wie eine Karikatur fühlen musste. Er hatte eine Glatze und einen Spitzbart.

»Ich bin das oberste Ratsmitglied von Magistrat Vandal, Mistress«, sagte er. »Ricardo Marconi. Leider bin ich erst heute in Rom angekommen, aber einige meiner Diener haben bereits erzählt, wie bezaubernd Ihr seid.« Er lächelte übertrieben. »Ihre Geschichten tun Euch jedoch unrecht. Ihr seid in Wahrheit noch viel schöner.«

Okay. Igitt. Ob es wohl als *undiplomatisch* galt, wenn ich ihn über den Balkon in den Rosenteich warf?

»Vielen … Dank.«

»Vielleicht habt Ihr etwas Zeit übrig? Der Schaukampf findet erst in ein paar Tagen statt, und ich hörte, Ihr wart noch nie hier in Rom. Dabei gibt es unzählige wundervolle Orte.«

Redete der etwa davon, mich durch die Stadt zu führen? Zu zweit? War das sein Ernst? Er war dreimal so alt wie ich. Mindestens!

»Ich … ich glaube nicht, dass ich –«

»Mein Sohn würde sich über alle Maße geehrt fühlen.«

Sein Sohn. Mir entwich ein erleichterter Atemzug – den Spitzbart-Typ offensichtlich falsch deutete.

»Oh, Ihr werdet es nicht bereuen, Mistress Harwood! Die Marconi-Familie würde eine wunderbare Partie abgeben, glaubt es mir. Unser Stammbaum, durch den wir einwandfrei belegen können, dass keinerlei Vermischung mit Eurer Blutlinie stattgefunden hat, reicht über Jahrhunderte zurück. Mein Sohn verfügt außerdem über alle Voraussetzungen. Geistig und körperlich. Er hat bereits alle Tests bestanden, hinsichtlich seiner Zeugungsf…«

Mitten im Satz hielt Spitzbart inne. Neue Schritte ertönten, und ich war unendlich dankbar, ganz egal, wer uns da unterbrach. Denn der Balkon und alles andere hatten sich mit jedem zusätzlichen Wort stärker zu drehen begonnen. Und beim Wort *Zeugungsfähigkeit* wäre ich sicherlich selbst in den Fischteich gekippt.

»Master Lacroix!«, entwich es dem Mann in einem einzigen, ungläubigen Atemzug. Er verbeugte sich so tief, dass seine Stirn fast den Boden berührte, und endlich brachte ich die Kraft auf, über meine Schulter zu schauen.

Es war tatsächlich Sebastian Lacroix. Wieder in gelbgoldener Kleidung, nicht ganz so extravagant wie vor ein paar Tagen beim Bankett, aber trotzdem. Aus der Nähe sah ich, wie markant seine Gesichtszüge waren. Mit dem spitzen Kinn und dem Mund, der eine leicht schiefe Krümmung zu haben schien und dadurch wohl immer wirkte, als würde er amüsiert lächeln.

Seinem Blick nach zu urteilen, wusste er genau, was für einen Eindruck er hinterließ. Und er genoss es.

»Ricardo Marconi«, sagte Sebastian. »Ich glaube, Eure Familie wurde schon vor einigen Jahren von den potenziellen Bewerbern für die Sieben ausgeschlossen.«

»Aus einem Missverständnis heraus, wie Ihr sicherlich –«

»Die Fälschung von Testergebnissen ist kein Missverständnis. Seid froh, dass das Hohe Gericht Septems gnädig mit Euch war, ich wäre es nicht gewesen.« Sebastian schaute zu mir. »Ein Spaziergang, Mylady?«

Er hielt mir einen Arm hin, und ich blinzelte mehrfach, bis ich begriff, was er von mir wollte.

Ich hob das Kinn. »Vielleicht möchte ich ja mehr hören über die Zeugungsfähigkeit von Herrn Marconis Sohn.«

Sebastian starrte mich an, dann lachte er. Er lachte so laut, dass Marconi empört nach Luft schnappte und schließlich fluchend abrauschte.

»Du bist also der Drache«, sagte Sebastian mit einer rauchigsamtigen Stimme. »Es tut mir leid, dass wir erst heute die Gelegenheit haben. Umso mehr freut es mich, dich jetzt kennenzulernen … *Rayne.*« Die Art, wie er meinen Namen aussprach konnte ich nicht anders umschreiben als … *anzüglich*. Als ob er, indem er meinen Namen sagte, noch etwas ganz anderes sagen wollte. »Mein Name ist Sebastian Lacroix. Ich bin der Träger des Engelsspiegels, aber ich nehme an, da erzähle ich dir nichts Neues.«

»Nein. Ich weiß, du bist einer der Abtrünnigen.«

Sein bislang nur leicht amüsiertes Lächeln breitete sich aus. »Sagt man das so in Septem, ja?«

Ich nickte. »Sie sagen auch, dass du selbstverliebt und machthungrig bist.«

»Ich fürchte, da haben sie nicht ganz unrecht«, gab er zurück, völlig unbekümmert. »Haben sie ebenfalls erzählt, dass ich jeden Grund dazu habe?«

Mein Mund verzog sich bedauernd. »Das müssen sie wohl vergessen haben. Ich kann mir überhaupt nicht vorstellen, warum.«

Nun lachte Sebastian wieder. »Rayne Harwood«, murmelte er. »Ich glaube, wir beide könnten sehr gute Freunde werden.«

»Sebastian Lacroix. Ich bin mir da nicht so sicher.«

Er grinste und lehnte sich lässig mit dem Rücken gegen das Balkongeländer. Durch die Bewegung legte sein Mantel den Blick auf einen Spiegel frei, den er an einer Halterung an seinem Gürtel trug. Er war mit Gold eingefasst, mit einem spitz zulaufenden Griff und zwei Flügeln, die auf dem Rahmen eingraviert waren.

Dank Cedrics Erklärungen vor der Reise nach Rom wusste ich, was es mit Sebastians Dark Sigil auf sich hatte. Es konnte Gedanken manipulieren. Ein falscher Blick hinein, und man gewährte dem Träger Zugang zum eigenen Unterbewusstsein. Dinge, die man selbst nicht mal wahrnahm, Erinnerungen oder Gefühle, die tief im Inneren verborgen lagen.

Hastig wandte ich den Blick ab, aber zu spät – Sebastian war mein Starren aufgefallen.

»Keine Sorge«, säuselte er angesichts meines Schreckens. »Um Unfug mit deinem Kopf anzustellen, müsste ich dich erst besser kennen. Je näher ich jemandem stehe, desto leichter ist es.«

»Wie beruhigend, dann gibt es für mich ja kein Risiko«, gab ich eisig zurück, was Sebastian ein Seufzen entlockte.

»Lass mich raten. Die anderen haben dich über unser großes dramatisches Zerwürfnis informiert. Dann weißt du sicherlich auch, welche Gründe es dafür gab, oder?«

»Deine Familie glaubt, dass du ein Geburtsrecht darauf hast, der Erste Träger zu sein. Du bist neidisch auf Adam.«

»Neid? Wenn es das nur wäre, Rayne.« Sebastian beugte sich zu mir, sein Atem kitzelte an meinem Ohr. »Der Mirror muss vor Adam Tremblett beschützt werden. *Deshalb* mache ich das alles.«

Ich runzelte die Stirn. »Was?«

»Du kannst nichts dafür. Du hast nur seine Seite gehört, und Adam täuscht gern vor, jemand zu sein, der er nicht ist. Ein strenger, aber gerechter Herrscher, jemand, der selbstlos das Leid der Welt auf seinen Schultern trägt.« Sebastian schnaubte abfällig. »In Wahrheit sind die Tremblетts bis ins Blut verdorben. Adam weiß das, glaub mir. *Seine* Familie war immer schon diejenige, die kein Halten kannte, wenn es um Macht geht. Und deine Linie – *die Harwood-Linie* – hat über Generationen hinweg darunter leiden müssen.«

Eine Gänsehaut hatte sich während Sebastians Rede auf meinen Armen ausgebreitet. Ich spürte in meinen Fingerspitzen, dass jeden Moment die Zitterschübe losgehen würden, und ich ließ meine Hände locker neben meinem Körper herabhängen und in den Falten meines Kleides verschwinden.

»Was Adams Vorfahren gemacht haben, interessiert mich wenig«, sagte ich so ruhig wie möglich.

»Nun ja … So einfach ist es aber nicht. Nicht bei den Dark Sigils.« Sebastian hielt inne und ließ die Stille einige Sekunden andauern. »Diejenigen, die vor uns das Sigil getragen haben, sie verschwinden nicht. Sie geben dem Sigil ein Bewusstsein, das uns … zur Seite steht. Das uns verändert. Haben sie dir davon auch erzählt?«

Die Echos. Adam selbst hatte davon gesprochen, dass die Seelen der Träger nicht ganz verschwanden, sondern dass ein Bruchstück von ihnen nach ihrem Tod im Sigil zurückblieb.

»Und?«, entgegnete ich möglichst gleichmütig.

»Na ja. Wie denkst du, wirkt es sich auf jemanden aus, wenn alle Träger vor ihm sich vor allem durch Skrupellosigkeit, Machtgier und Hinterlist ausgezeichnet haben?«

»Das ist doch kompletter Blödsinn.« Ich verdrehte betont ungerührt die Augen, obwohl ich mir tief innendrin eingestehen musste, dass Sebastians Worte mich nicht kalt ließen.

»Oh, Rayne.« Sebastian lächelte unheilvoll. »Du hast wirklich keine Ahnung, wozu die Träger der Schicksalswürfel fähig sind, oder?«

Die Erinnerung an Vandals Verhör zog an mir vorbei. Wie Adam den Kopf des Magistraten gepackt und nach unten gedrückt hatte, wie er ungeachtet von dessen Wimmern völlig ruhig dagesessen hatte.

Trotzdem. Das ganze Geschwafel von *verdorbenen Blutlinien* war an den Haaren herbeigezogen. Es war nicht Adam gewesen, der die Magie in unserer Welt manipuliert hatte. Nicht er hatte die Chaosmagie über Prime gebracht, im Gegenteil. Er war es, der verzweifelt versuchte, das Richtige zu tun.

»Ich glaube dir nicht«, sagte ich mit fester Stimme.

»Das musst du auch nicht. Aber du wirst es am eigenen Leib erfahren, wenn du dich nicht rechtzeitig von den Sieben löst.« Sebastian stieß sich vom Geländer ab und schnippte, als hätte er ganz plötzlich eine großartige Idee gehabt. Er griff an seinen Spiegel, und ich wich instinktiv einen Schritt zurück, als er ihn mir entgegenhielt. »Oder besser noch, sieh es dir einfach an.«

»Hältst du mich für total bescheuert? Ich werde da auf keinen Fall reinschauen.«

»Rayne.« Sebastian lächelte milde. »Ich bitte dich nur, eine Erinnerung anzusehen. Von jemand anderem. Ich habe keinen Grund, in deinem Kopf herumzustochern.«

Die Spiegeloberfläche, die bis eben rein gar nichts reflektiert hatte, weder die Bella Septe noch mich noch irgendetwas anderes, wurde nun mit Bildern überzogen.

Ich wusste, ich sollte zurückweichen, aber Sebastian stellte sich wirklich clever an. Er hielt den Spiegel locker vor sich, nicht einmal direkt in meine Richtung, und ich redete mir ein, dass es mir nicht schaden würde, zumindest von der Seite draufzuspähen.

Eine Frau war zu sehen, ihr Gesicht lag im Schatten. Sie kniete am Boden und schaute zwischen zwei Türen hindurch. Dann streckte sie eine Hand in die Richtung des Betrachters, als würde sie ihn streicheln wollen. Mit drängendem Blick redete sie auf jemanden ein, der hinter dem Spiegel verborgen lag, doch die Worte waren nicht zu verstehen.

»Ihr Name ist Violet«, flüsterte Sebastian mir zu. »Sie lebte in Mirror-London, vor vielen Jahren.«

»Und wem gehört die Erinnerung?«

»Ihrem Sohn. Er war damals knapp drei.«

Im Spiegel schloss die Frau die Türen nun vor sich, bis komplette Dunkelheit herrschte. Ich begriff langsam, dass das, was ich sah, wirklich die Erinnerungen eines kleinen Kindes sein mussten, denn der Junge zog sich nun weiter zurück, bis ich erkannte, dass einige Mäntel mit Brokatmuster über ihm baumelten.

Er saß in einem Kleiderschrank. Durch den Spalt zwischen den Türen drang nun etwas Licht aus dem Raum davor. Dann änderte sich eine Zeitlang gar nichts. Der Junge nahm mehrere Anläufe, die Türen zu öffnen, aber schien sich immer eines Besseren zu besinnen.

»Ich weiß wirklich nicht, was das soll«, raunte ich, doch Sebastian hob einen Finger.

»Warte. Es wird gleich spannend.«

Ich seufzte und schaute weiter auf den Spiegel. Tatsächlich schob sich der Junge nun durch die herabhängenden Mäntel und öffnete vorsichtig eine der Türen, nur ein bisschen. Ich sah, wie die kleine Hand zitterte – überhaupt schien das gesamte Bild zu beben, als die Frau von eben wieder zu sehen war.

Sie lag regungslos am Boden, das Gesicht dem Betrachter zugeneigt. Es waren keine Verletzungen darin zu sehen, aber ihre Augen waren gebrochen. Sie war ganz offensichtlich tot.

Neben ihr stand noch eine Person. Sie hatte weißblonde Locken, und ... sie hielt zwei Würfel in der Hand. Mit ausdrucksloser Miene blickte sie auf die Frau am Boden, bevor sie sich umdrehte. Und genau in diesem Moment brach das Bild ab, und der Spiegel wurde leer.

»O mein Gott«, flüsterte ich erschrocken und hasste mich sofort dafür, als Sebastians Lippen sich zu einem zufriedenen Lächeln verzogen. »Das war Adams Mutter«, stellte ich das Offensichtliche fest. »Was soll das bedeuten?«

»Die Erinnerung, die du eben gesehen hast, stammt von Dorian Whitlock. Sie hat sich tief in sein Unterbewusstsein eingebrannt, und das ist nun wirklich kein Wunder. Schließlich hat er damals mit ansehen müssen, wie seine Mutter ermordet worden ist.«

Dorian Whitlock? Ich verstand überhaupt nichts mehr. »Woher hast du das? Wie bist du da herangekommen?«

»Nicht ich. Meine Mutter. Sie hat diesen Spiegel«, er wedelte mit seinem Sigil, »vor mir getragen, und na ja, sagen wir einfach, sie und Leanore waren keine besten Freundinnen. Sie hat ihr hinterherspioniert. Ständig. Das war ihr … Hobby. Etwas bemitleidenswert, ich weiß. Jedenfalls hat sie dabei von einem Jungen erfahren, der behauptet hat, dass seine Mutter von einer Frau mit zwei Sigil-Würfeln ermordet worden war. Natürlich glaubte ihm niemand. Es gab keinen Fall oder auch nur ein Verhör – wir sprechen immerhin von der *Mirrorlady* –, aber meine Mutter hat ihn aufgesucht und ihm diese Erinnerung entnommen. Es war ein Leichtes, die Bilder hatten sich fest in Dorians Unterbewusstsein verankert. Deswegen sind sie so klar.«

Ich versuchte, meinen Herzschlag ruhig zu halten. »Und warum zeigst du mir das? Du hast mich gehört: Mir ist egal, was Adams Vorfahren gemacht haben.«

Sebastian legte den Kopf schief. »Denkst du wirklich, dass Leanore ihren Sohn in nichts eingeweiht hat? Glaubst du, sie hat Adam auf diesen Thron gesetzt, ohne ihm vorher zu erzählen, was sie so getrieben hat? Komm schon, Rayne. Du bist doch ein kluges Köpfchen, oder?«

Ich hob das Kinn. »Ich denke, wir haben uns alles gesagt, was es zu sagen gibt, Sebastian.«

Er lächelte vollkommen unbekümmert. Stattdessen beugte er sich nach unten, hauchte einen Kuss auf meinen Handrücken und zog sich zurück, bevor ich ihm selbigen ins Gesicht pfeffern konnte.

»Ich wünsche dir noch einen schönen Aufenthalt in der Bella Septe, Rayne Harwood. Wir sehen uns beim Finale wieder.«

Er schaute im Gehen über seine Schulter und lächelte freudig. »Glaub mir … es wird ein *riesiges* Spektakel!«

Ich sah ihm hinterher. »Was ist mit Dorian passiert? Wo ist er nach dem Tod seiner Mutter hingekommen?«

Sebastian drehte sich kurz um. »Oh, er ist bei seiner Großmutter aufgewachsen. Sie war eine berühmte Sigilschmiedin. Nessa Greenwater, aber ihr Name sagt dir wahrscheinlich nichts.«

Damit verschwand er aus meinem Sichtfeld.

31

Das Treffen mit Sebastian hatte mich voller wirrer Gedanken zurückgelassen. Über Dorian Whitlock. Über die Verbindung zu Nessa Greenwater, die offenbar seine Großmutter war. Und vor allem über Leanore Tremblett und das, was ich gesehen hatte. Sie hatte diese Frau einfach kaltblütig ermordet.

Denkst du wirklich, dass Leanore ihren Sohn in nichts eingeweiht hat?

Sebastians Worte hatten sich mitsamt eines leisen Zweifels in mein Herz geschlichen. Aber ich wollte ihn nicht zulassen. Ich hatte Adam versprochen, mit ihm zusammenzuarbeiten, und daran würde ich festhalten. Doch ich konnte nicht mit den anderen darüber reden, was Sebastian mir gezeigt hatte. Nicht, bevor ich es Adam nicht erzählt hatte.

Statt nach dem Abendessen zu Matt und Dina zu gehen, hatte ich mir deshalb nur schnell ein paar schlichtere Klamotten übergeworfen und mich dann in den Garten davongestohlen. Von dort führten einige verschlungene Pfade vorbei an wunderschönen Blumenbeeten, dann durch eine Allee, in der ich glaubte, hinter den Bäumen eine Gruppe dieser Spektralvögel zu sehen, denen ich in den Gärten Septems begegnet war. Einige von ihnen wechselten sogar die Gestalt und hüpften als Hasen, Mäuse und Katzen über das Gras. Ich verfolgte das Schauspiel, bis schließlich ein kleineres Gebäude mit goldenem Runddach vor mir auftauchte. Es lag etwas weiter weg, wurde aber immer noch von den Mauern der Bella Septe geschützt.

Ich ahnte, dass Jarek und meine anderen persönlichen Bodyguards nicht weit waren. Sie hielten die meiste Zeit Abstand zu mir, damit die Lockvogelsache auch funktionieren konnte. Im Inneren des Regierungssitzes allerdings, der streng bewacht war, ging es eher darum, dass ich mich der Illusion hingeben konnte, ich hätte so etwas wie eine Privatsphäre.

Vorsichtig öffnete ich die Tür zu dem Gebäude. Es war zwar dunkel, aber von außen schien genug von dem mittlerweile abgedimmten Licht der Sonnen-Sigils hinein, dass ich eine Art Tanzsaal erkennen konnte. Jedenfalls war er mit wunderschön verzierten Wänden und Decken und drei riesigen Kronleuchtern ausgestattet.

Meine Schritte hallten durch den leeren Saal, bis ich in dessen Mitte zum Stehen kam. Ich nahm die Stille tief in mich auf, dann hob ich meine Hände vor mich. Rund um Ignis glommen die ersten Lichtmale rötlich auf, die Magie meines Sigils kam mir heute etwas ruhiger vor als sonst. Vielleicht würde es ja endlich klappen.

Einen Versuch ist es wert.

Kurz spannte ich beide Hände an, wie ich es immer vor einem Kampf tat, dann stieß ich sie ruckartig von mir.

Es funktionierte nicht. Wie schon so oft in den vergangenen Trainingsstunden mit Dina flirrten nur zwei dünne Magiefäden aus meinen Fingern, die daraufhin zitterten und zitterten. Ich atmete tief durch und versuchte, mich zu entspannen.

Du kannst alles schaffen, was du willst, hätte Lily jetzt gesagt. *Konzentrier dich einfach.*

Konzentrieren. Genau das war mein Problem. Die Sorge um Lily überlagerte all meine Gedanken, und außerdem war ich so verwirrt! Dieses ganze Lügennetz war einfach zu viel für mich. Denn im Grunde hatte Sebastian ja recht. Was er mir gezeigt hatte, war das fehlende Puzzlestück gewesen. Nessa Greenwater war für die Sigils verantwortlich, die in Agrona Soveralls Villa benutzt worden waren. Und sie war die Großmutter von Dorian Whitlock. Wenn Nessas Tochter also von Leanore Tremblett umgebracht worden war, dann hatten die beiden allen Grund, Adams Familie zu hassen. Und es war kein Wunder, dass sie sich dem Auge angeschlossen hatten. Oder – der Gedanke kam mir erst jetzt – vielleicht hatte Nessa Greenwater das Auge ja sogar gegründet? Sie wollte die Sieben schließlich stürzen. Sie wollte den Mirrorlord töten. Was, wenn das alles ein persönlicher Rachefeldzug war?

Erneut hob ich die Hände, versuchte wieder einen Magiestoß. Ohne Erfolg. Ich hatte mich getäuscht: Meine Magie wirkte unruhig wie eh und je, ich bekam sie nicht zu fassen. Dabei war schon mehr als eine Woche seit dem Ritual verstrichen! Dennoch konnte ich Ignis nicht steuern. Oder wollte sich mein Sigil einfach nicht mit mir verbinden?

Was hatte Adam noch über seine Würfel gesagt?

Sie leiten mich nicht.

»Ich dachte doch, dass ich dich hier habe herumstreunern sehen.«

Es war Adams Stimme. Er stand am Eingang des Tanzsaals, gegen den Türrahmen gelehnt, und musterte mich.

Ich drehte mich um, verschränkte die Arme vor der Brust und versuchte, mir nicht anmerken zu lassen, wie sehr mich sein plötzliches Auftauchen überraschte. »Tu nicht so. Du hast einfach deine Wachen gefragt, wo ich bin.«

Adam kam mit einem schmalen Lächeln näher gelaufen, bis er direkt vor mir stand. »Erwischt«, sagte er leichthin.

»Und?« Ich versuchte, nicht zu zickig zu wirken. »Hast du was herausgefunden, während du tagelang von der Erdoberfläche verschwunden warst?«

Adam zog etwas aus seiner Manteltasche. Es war eine dünne Phiole … mit Magie gefüllt. »Ja, nur nichts wirklich Neues. Es ist so, wie wir dachten. Die Magistrate konnten deswegen so viel Magie nach Prime leiten, weil sie einen Teil davon stark verdünnen. Und natürlich haben sie nicht den Regierungen oder den Reichen deiner Welt die minderwertige Magie zukommen lassen, sondern sie nur in den Vierteln von Prime eingesetzt, in denen sich keiner wehren konnte. Niemand hat den Unterschied gemerkt. Denn man kann mit dieser verdünnten Magie kämpfen, sie normal benutzen, aber sie verursacht eine hohe Abhängigkeit und … Chaosmagie.« Er seufzte. »Vandal hatte recht. Mit allem, offenbar.«

Ich ballte die Fäuste, als ich an die Menschen in den Outskirts dachte. Sie starben, ohne zu wissen, woran. Einfach nur, weil eine Frau im Mirror beschlossen hatte, dass ihre Leben wertlos waren.

Adam ließ die Phiole wieder in seiner Manteltasche verschwinden. »Wenn das Finale vorbei ist, werde ich Pelham damit konfrontieren und ihn absetzen. Es wird vielleicht einen Aufschrei unter den Oberen geben, doch ich bekomme es in den Griff. Es gibt Beweise für das, was er getan hat. Jeder wird verstehen, dass ich es beenden musste.«

Ich nickte langsam. »Und Lily?«

Sein Gesicht verdüsterte sich noch mehr. »Ich fürchte, die Magistrate wissen nichts über die Basis des Auges, aber das ändert nichts an unserem Plan. Die Rebellen werden hier auftauchen, Rayne. Spätestens am Tag des Finales, da bin ich mir sicher. Und dann befreien wir sie.«

Das Auge.

Ich *musste* es ihm sagen.

»Adam, was das Auge angeht … Ich habe Sebastian getroffen, und er hat mir etwas mit seinem Sigil gezeigt. Über deine Mutter.«

»Ah.« Adam rieb sich über seine hellen Haare. »Kaum einen Tag hier, spinnt er schon Intrigen. Großartig.«

Ich sah ihn unverwandt an. »Du verstehst nicht. Es ging um Nessa Greenwater. Ihr habt von ihr gesprochen, weißt du noch? Als wir nach Rom gekommen sind. Die Sigilschmiedin, deren Tochter gestorben ist?«

Adam zog seine Brauen zusammen, ein Ausdruck von Verwirrung in seinem Gesicht. »Rayne, das ist viele Jahre her.«

»Genau darauf will ich ja hinaus! Nessas Tochter hatte einen Sohn. Dorian Whitlock. Er musste als Kleinkind mit ansehen, wie seine Mutter ermordet wurde.« Ich holte tief Luft. »Und zwar von einer Frau mit weißen Haaren, die die Schicksalswürfel trug.«

Adam gab keinen Laut von sich. Überhaupt rührte er sich keinen Millimeter.

»Verstehst du mich? Dina hat gesagt, Nessa Greenwater habe sich als Sigilschmiedin Septems nach dem Tod ihrer Tochter Violet zurückgezogen. Aber nicht ihre Trauer war schuld! Sie konnte es nicht ertragen, weiter mit deiner Mutter zu tun zu haben. Weil sie von ihrem Enkelsohn wusste, was er gesehen hatte.«

Adam atmete leise ein, dann drehte er sich um, lief einige Schritte durch den Saal.

»Adam!«

»Ich habe dich verstanden«, sagte er bloß, ohne zu mir zu sehen.

Eine Welle der Frustration überkam mich. Er war nicht nur der Mirrorlord, sondern auch der Lord der einsilbigen Antworten. Ich hatte ihm gerade gesagt, dass seine Mutter als *Mörderin* beschuldigt worden war, und er redete einfach nicht mit mir!

»Hast du denn eine Ahnung, warum deine Mutter sie getötet haben könnte?«

»Nein«, antwortete er und schaute nun doch zu mir. Ein Lächeln, das nur so vor Selbstverachtung strotzte, lag auf seinem Gesicht. »Meine Mutter hat mir offenbar einiges nicht erzählt, bevor sie gestorben ist. Oder vielleicht habe ich auch die Augen davor verschlossen, wie sehr alles in den Jahren aus dem Ruder gelaufen ist. Ich weiß es nicht. Aber ich versichere dir: Ich hatte keine Ahnung von Violet.« Er legte den Kopf schief. »Die Frage ist vielmehr, warum Sebastian es dir erzählt hat.«

»Vielleicht wollte er einfach, dass ich alle Seiten kenne.«

»Oder er will dich manipulieren. Das ist die Kernfähigkeit seiner Familie.«

Ich spürte, wie sich bei dem verlorenen Ausdruck in Adams Gesicht mein Herz zusammenzog. »Mir ist klar, dass er mich manipulieren wollte, doch darum geht es nicht. Ich gebe dir nicht die Schuld an dem, was deine Mutter getan hat. Ich wollte nur, dass du es von mir hörst. Nichts weiter.«

Er seufzte. »Ich weiß. Es … es tut mir leid. Die letzten Tage waren einfach etwas viel.« Sein Blick wanderte durch den leeren Raum. »Was hast du hier eigentlich gesucht?«

Ich blinzelte, nahm den Themenwechsel aber an, weil ich spürte, dass er ihn brauchte. »Ich … wollte versuchen, mein Sigil zu benutzen.«

»Und?«

»Nichts«, gab ich entmutigt zu und zog meinen rechten Arm fest an den Körper. »Dina meint, es wäre normal, nur … vielleicht macht mir auch das Zittern einen Strich durch die Rechnung.«

Zur Demonstration hob ich meine Hände und zwang mich, sie nicht wie sonst automatisch anzuspannen. Schon fingen meine Finger an, ganz leicht auf und ab zu beben.

»Wenn Ignis vollständig in deine Kontrolle übergegangen ist«, sagte Adam, »könnte es sein, dass der Tremor schwächer wird. Vielleicht verschwindet er mit der Zeit sogar ganz.«

Ich wollte mir keine Hoffnungen machen, aber ich lächelte trotzdem.

Adam lief um mich herum, bis er direkt hinter mir stand. »Könntest du mir vertrauen?«

Ich schaute ihn über meine Schulter hinweg an und wusste nicht, was ich sagen sollte. Als ich nickte, stellte Adam sich so nah an mich, dass mein Kopf an seinem Kinn lehnte. Er platzierte beide Hände auf meinen Schultern, ganz vorsichtig.

»Versuch es«, sagte er leise, und seine Stimme sank dabei tief in mein Innerstes hinein. Sie brach etwas in mir auf, das bereits lose war seit dem Moment, als Adam beim Bankett meine Hand gehalten hatte.

Ich verkrampfte. »Ich kann nicht.« *Und wenn du glaubst, deine Nähe entspannt mich, täuschst du dich.*

»Versuch es.«

Ich streckte meine Hände nach vorn. Langsam fing ich an, ein paar sehr einfache Gesten zu machen. Doch schon bebten meine Finger, und die Magie erstarb. Zwar setzte ich noch einmal an, aber es nützte nichts.

»Weiter«, sagte Adam trotzdem. »Versuch es weiter.«

Seine Daumen lagen nun an den oberen Enden meiner Schlüsselbeine und strichen zärtlich darüber. Ich spürte die Berührung in meinem ganzen Körper, und meine Gedanken flogen wild durcheinander. Er war mir noch nie aus freien Stücken so nahe gekommen, nur beim Ritual und beim Bankett, als es notwendig gewesen war.

Ich spannte mich unwillkürlich an, und als eine weitere Geste nur eine winzige Magieschwade produzierte, wollte ich schon frustriert aufgeben, doch dann spürte ich es.

Adams Magie, sie … floss in mich hinein.

Ein Keuchen kam mir über die Lippen. All mein Fühlen legte sich auf die Berührung seiner Finger, und ich suchte diese Verbindung, die seit dem Ritual zwischen uns bestand – die Verbindung von meiner Magie zu seiner und …

Ich fand sie.

Da war die Tür, die ich damals gespürt hatte und die er beim Ritual so zwanghaft verschlossen gehalten hatte. Nun war sie offen. Kein winziger Spalt – sondern *vollständig offen.*

Ich zögerte nicht und ließ meinen Geist hindurchgehen. Dorthin, wo Adams Magie mich zu sich rief.

Alles in mir wurde ganz ruhig. Meine Hände zitterten nicht, nicht einmal ein kleines bisschen. Und als ich sie nach vorn streckte, flogen zwei mächtige Magiestöße durch den Raum, bis sie an die weit entfernte Wand prallten. Ich spürte Ignis in meinem gesamten Körper, gleichzeitig vibrierte Adams Magie in mir, und ich schloss überwältigt die Augen.

Hinter der Tür, durch die ich eben noch gegangen war, lag ein See. Seine Oberfläche war so glatt wie ein Spiegel, und ich begriff nicht, warum Adam mir diesen Anblick beim Ritual verwehrt hatte. Denn auch *seine* Magie war wunderschön. Kühl und friedlich, wo meine hitzig und aufbrausend war. Seine Magie zog mich zu sich, und ich konnte nicht anders, als ihrem Ruf zu folgen. Ich lief in den See hinein, immer schneller, und tauchte hinab, bis alle Farben von Dunkelheit verschluckt wurden. Endlich erreichte ich mein Ziel: eine blasse, aber starke Lichtsäule. Ich näherte mich vorsichtig. Es fühlte sich ganz natürlich an, wie ich mit dem Licht verschmolz und schließlich wieder die Augen öffnete.

Meine Finger verharrten in der Luft, und die Lichtmale darauf waren so deutlich zu sehen wie nie zuvor.

Ich war dort gewesen. An der Quelle von Adams Magie. Nur in Gedanken zwar, aber es hatte sich so *echt* angefühlt.

Seine Hände lagen noch immer auf meinen Schultern, doch er rührte sich nicht. Einen Augenblick lang stand ich so da, dann griff ich nach Adams Fingern. Eigentlich hatte ich seine Berührung lösen wollen, stattdessen fuhr meine Handfläche über seine. Unsere Finger verschränkten sich ineinander. Es war wie ein Reflex, wie die natürlichste Bewegung, die es gab. Und auch wenn mein gesunder Menschenverstand leicht hysterisch schrie, Adam sofort loszulassen, strichen meine Fingerspitzen stattdessen federleicht über seine Knöchel, seinen Handrücken, die weiche Haut seines Gelenks. Zu meiner Verwunderung war seine Hand keine Aristokratenhand – es gab raue Stellen und Schwielen an seinen Fingern, die dünn, aber stark waren.

»Rayne«, murmelte Adam, und ich konnte nicht mehr anders. Ich drehte mich, um seinem Blick begegnen zu können. Seine hellgrauen Augen waren geweitet, überrascht, und ich konnte nur eines denken: *Du bist zu jung, um über eine ganze Zivilisation zu herrschen. Zu jung, um mit einer einzigen Handbewegung über das Schicksal aller zu entscheiden.* Doch Adam hatte immer gewusst, dass er eines Tages über den Mirror regieren würde. Seine Bestimmung, Mirrorlord zu werden, kannte er seit seiner Kindheit. Und nun wusste ich, wie sehr er sie hasste. Wie einsam sie ihn machte.

»Konntest du …«, setzte ich zögernd an. »Konntest du auch meine Magie sehen?«

»Ja.«

»Wie war sie?«

»Warm«, sagte er, ohne zu zögern. »Ein Feuer hat gebrannt, irgendwo tief unter der Erde. Es war heiß, aber … es hat mir keine Schmerzen zugefügt.«

»Bei dir ist es, als würde man in einem See aus Licht schwimmen.« Ich wollte mehr sagen, ihm klar machen, wie viel es mir bedeutete, dass er mich seine Magie sehen ließ. Doch da hob Adam seine freie Hand, um meinen Kiefer zu umfassen. Seine Daumenkuppe strich über meine Wange, über meine Unterlippe, und die Magie in mir summte bei der Berührung wie ein vergessenes Schlaflied.

Da war etwas, zwischen uns. Seit der ersten Begegnung im Heptadome von Brent, als er mich von der Tribüne aus beobachtet hatte. Auch jetzt konnte ich es nicht richtig benennen, wusste nicht, wie viel davon nur diese rätselhafte Magieverbindung zwischen uns war. Womöglich zwang sie mir diese Gefühle ja auf? Aber jetzt und hier, da konnte ich es nicht mehr ignorieren.

»Dina hat zu mir gesagt, die Trembletts hätten schon immer eine Schwäche für die Harwoods gehabt«, flüsterte ich, während mein Herz wie wild gegen meine Rippen pochte.

Ein bitteres Lächeln legte sich auf Adams Lippen. »Dina hat eine Affinität dafür, sich in Dinge einzumischen, die sie nichts angehen.« Er zögerte, und seine Finger waren zum Stillstand gekommen, verließen mein Gesicht aber nicht. »Außerdem möchte ich gern glauben, dass ich zumindest einen Funken Kontrolle über mein Leben habe.«

Meine Hände fassten vorsichtig an Adams Taille und vergruben sich in dem feinen Stoff seines Hemdes. »Adam …«

Sein Daumen fuhr ein weiteres Mal meinen Wangenknochen entlang. Ich glaubte schon, dass er mich zu sich ziehen wollte, doch dann legte er beide Hände auf meine Schultern und schob mich sanft von sich. »Wir sollten schlafen gehen. Das Finale findet in zwei Tagen statt, und wir haben noch viel zu tun.«

»Aber …«

Ich spürte, wie Adam tief einatmete, dann ließ er vollständig von mir ab. »Ich muss über das nachdenken, was du mir vorhin gesagt hast. Wenn Nessa Greenwater wirklich wegen ihrer Tochter gegen uns vorgeht, ist ihre Motivation persönlich. Und du spielst darin offenbar eine Schlüsselrolle. Falls wir recht haben und sie das Schaukampffinale nutzen werden, um an dich heranzukommen, musst du dein Sigil beherrschen, und zwar jetzt. Wir können diesen Raum nutzen, er ist abgelegen genug. Morgen Nachmittag.«

Er wollte mit mir *trainieren*? War das sein Ernst? Ich war so perplex, dass ich kein Wort herausbrachte.

»Gute Nacht, Rayne.« Damit hob Adam seine Würfel und drehte sie. Ich sah noch, wie seine Lichtmale aufflammten, dann war er von einem Moment zum anderen einfach verschwunden.

32

Während ich auf den Trainingsraum zulief, war mir vor Aufregung ganz schlecht. Den gesamten Vormittag über hatte ich gedacht, mich niemals auf ein Sigil-Training konzentrieren zu können. Mein Kopf war viel zu voll mit dem morgigen Schaukampffinale. Würde es stimmen, was Adam über das Auge sagte? Würden sie sich wirklich ausgerechnet bei diesem Großereignis zeigen?

Ich hoffte es. Denn trotz allem, was in den letzten Tagen passiert war, trotz der überwältigenden Bilder und der verwirrenden Informationen, war Lily immer in meinem Bewusstsein. In Gedanken versprach ich ihr, dass wir sie bald holen würden, dass sie bald in Sicherheit wäre. Tief in meinem Inneren wusste ich jedoch, dass ich damit nur mich selbst beruhigen wollte. Schließlich hatte ich keine Ahnung, was Lily gerade durchmachte. Ob sie gefangen gehalten wurde, ob das Auge sie vielleicht sogar über mich ausfragen ließ.

In jedem Fall hatte Adam recht. Ich musste lernen, mein Sigil zu beherrschen. *Jetzt.* Und ich durfte mich dabei weder von meinem Tremor noch von meinen Zweifeln an dieser neuen Rolle, die ich erfüllen sollte, zurückhalten lassen.

Während ich also durch den Garten lief, schob sich Ignis' Magie mit aller Kraft in den Vordergrund meines Bewusstseins, und irgendwann sang mein ganzer Körper förmlich vor gespannter Erwartung, sie endlich in vollem Umfang zu testen.

Der Tanzsaal, in dem Adam sich mit mir traf, wirkte bei Tageslicht noch prunkvoller, als ich es gestern wahrgenommen hatte. Doch bevor ich ganz hineinlief, hielt ich im Türrahmen inne.

Adam stand bereits dort, in der Mitte des Saals. Er war vollkommen ruhig und hatte die Augen geschlossen. Er trug nur eine schwarze Hose und ein schlichtes weißes Shirt, und erst als ich näher kam, erkannte ich die Kugel, die vor seinem Kopf schwebte. Eine Kugel, die im Inneren winterblau glühte.

Adam drehte sich langsam, verfolgte scheinbar die Bewegung der fliegenden Kugel. Sie nahm mehrere Anläufe und schoss auf ihn zu, aber er schaffte es trotz seiner geschlossenen Augen immer, der Kugel mit einer geschmeidigen Bewegung auszuweichen. Es musste eine Art Training sein: Die Kugel flog auf ihn zu, er duckte sich, positionierte sich neu und versuchte, blind die Flugbahn vorherzusehen. Das ging einige Male so – bis sich die Kugel wie durch Zauberhand in mehrere Teile zersetzte. Jetzt waren es drei Kugeln, diesmal kleiner.

Und wesentlich schneller.

Sie schossen wie wild von verschiedenen Richtungen auf Adam zu. Er setzte sich in Bewegung, und ich konnte nicht anders, als ihn völlig ungläubig anzustarren. Jeder Zentimeter seines Körpers schien zu einer Waffe geschliffen zu sein. Einer Waffe, die Adam perfekt einsetzte, um sich unter den heransausenden Kugeln zu ducken. Doch schließlich wich er nicht mehr aus. Stattdessen griff er an das schwarze Lederband an seinem linken Arm und warf Alius und Etas in die Luft. Sogleich flammten die weißen Symbole auf seiner Haut auf. Das Seil entstand und spannte sich zwischen den Würfeln.

Er wehrte die Kugeln damit ab, die nun immer heftiger und schneller auf ihn zusausten. Strähnen von Adams zerzaustem Haar klebten an seinem Gesicht, seine Wangen röteten sich. Er drehte sich mit tödlicher Anmut, und durch die Rotation seines Körpers traf das Seil die erste Kugel, dann die zweite und schließlich die dritte. Das Ganze dauerte nur Sekunden, bis das winterblaue Glühen in den Kugeln erlosch und sie mit einem blechernen Scheppern auf den Boden fielen.

»Sehr gut!«, lobte eine vertraute Stimme. Es war Cedric, der am Rand des Tanzsaals stand. Ich hatte ihn überhaupt nicht wahrgenommen. »Ich weiß, dass du dir wegen morgen Sorgen machst. Aber es gibt keinen Grund. Deine Werte sind absolut perfekt. Ich konnte keine Abweichungen erkennen.«

Adam öffnete die Augen. Er atmete schwer und rieb sich mit einer Hand die Haare aus der Stirn. »Bist du dir sicher?«

»Ja. Bin ich.«

Ich konnte erkennen, wie Adams Gesicht sich nachdenklich verzog. Trotz seiner offensichtlichen Glanzleistung wirkte er unzufrieden. Doch statt etwas zu erwidern, zuckte sein Blick zur Seite.

Zu mir.

»Den Mirrorlord zu belauschen, steht unter Höchststrafe, wusstest du das?«

Ich verdrehte die Augen. »Wir waren verabredet.«

»Hmm«, machte Adam. »Und deswegen versteckst du dich minutenlang an der Tür?«

Ich lief langsam näher und hob dabei eine der Kugeln vom Boden auf. »Das sah gerade eben so knapp aus, dass ich Sorge hatte, die Dinger würden dich massakrieren, wenn ich dich erschrecke.«

Er grinste. »Sehr nett von dir, dass du dich um meine Gesundheit sorgst.« Sein Blick war stechend, und ich musste unweigerlich an gestern denken und daran, wie er sich von jetzt auf gleich von mir zurückgezogen hatte. Der Moment ging mir einfach nicht mehr aus dem Kopf … aber ob das bei ihm auch so war, wusste ich nicht.

Cedric räusperte sich. »Na dann, viel Spaß, ihr beiden«, erklärte er mit einem amüsierten Lächeln auf den Lippen und lief aus dem Saal.

Als wir allein waren, ließ Adam den Kopf im Nacken kreisen. Dann ging er in Kampfhaltung. Füße auseinander positioniert, Beine leicht gebeugt, Lippen zu einem herausfordernden Halblächeln verzogen.

Ich tat es ihm gleich und ließ meine Arme locker neben meiner Hüfte baumeln. Wie oft hatte ich auf diese Weise in Kampfarenen gestanden? Gleichzeitig kam es mir vor, als wäre seither ein ganzes Leben vergangen. Während ich damals mit einem einzigen Grain Magie gekämpft hatte, stand mir nun eins der sieben mächtigsten Sigils der Welt zur Verfügung.

»Wie mache ich es richtig?«, fragte ich dieselbe Frage, die ich Dina bereits gestellt hatte. »Magie zu zerstören, meine ich.«

»Es gibt kein ›richtig‹«, sagte Adam. »Anders als bei normalen Sigils gibt es keine bestimmte Geste, die unsere Kräfte kanalisiert. Bei den Würfeln muss ich mir den Moment in der Vergangenheit ganz genau vor Augen rufen, zu dem ich zurückkehren will. Oder ich muss die Zeit in Gedanken festhalten, wenn ich ihr voraus sein möchte. In deinem Fall musst du dir vorstellen, wie deine Magie von anderer Magie Besitz ergreift. Du musst es fühlen, musst davon überzeugt sein, dass jeder Magiepartikel auf der Welt deinen Befehlen gehorcht. Denk an das Ergebnis …«

»… und mach es wahr. Ich weiß. Noch etwas?«

»Nicht wirklich. Unsere Magie hat kein Limit, wenn du dein Sigil allerdings sehr oft hintereinander beanspruchst, merkst du es irgendwann. Es fordert viel Kraft und Konzentration, also benutze deine Fähigkeit nur, wenn du auch daran glaubst, dass es dir etwas bringt.«

Ich ballte die Hand, über der Ignis lag, zur Faust. »Versuchen wir es. Aber keine deiner Zeittricks, okay?«

Adam sah mich mit einem Funkeln in den Augen an. »In Ordnung, keine Tricks. Abgesehen davon ... so wie du in der Arena gekämpft hast, muss ich keine Rücksicht nehmen, oder?«

Mit einem Lächeln ging ich zurück in Kampfhaltung. »Vielleicht sollte ich diejenige sein, die dich das fragt. Immerhin hast du seit Monaten nur auf deinem schicken Thron herumgesessen.« Damit ließ ich meinen rechten Fuß nach hinten gleiten und hielt den Sigil-Arm über meinen Kopf. Meine andere Hand streckte ich Adam herausfordernd entgegen.

Er grinste – so breit, wie ich es bisher noch nicht an ihm gesehen hatte. Dann nahm er mit aller Ruhe die Schicksalswürfel aus seinem Armband. Im nächsten Augenblick stürzten wir aufeinander zu.

Adam feuerte einen Magiestoß auf mich ab. Ich drehte mich auf dem linken Fuß um, und er sprang gerade rechtzeitig weg, um zu vermeiden, dass mein rechtes Bein gegen seine Rippen prallte. Ich konterte mit einem eigenen Magiestoß, den Adam jedoch mit einer einfachen Schildgeste abwehrte.

»Ein bisschen eingerostet?«

»Redest du von dir selbst?«, erwiderte ich hochmütig, bevor ich meine Lieblingsgeste – Magiemienen – nutzte, um Adam durch den Raum zu scheuchen. Zwischendurch ließ ich Magiestöße auf ihn hinabregnen, die so schnell und wild waren, dass er bald keine andere Chance mehr hatte, als mich mit einer Druckwelle von sich zu stoßen. Ich rutschte einige Meter zurück, sammelte mich aber im Handumdrehen und stürmte erneut auf ihn zu.

Es war unglaublich, dachte ich, als wir umeinander herumtanzten und uns immer wieder in der Mitte des Saals trafen. Jedes Mal, wenn Adams Hand meine streifte, explodierten kleine statische Ladungen von Magie zwischen uns. Es war, als hätten wir nie etwas anderes getan. Alles, was passiert war – Lily, der Angriff beim Waisenhaus, das, was Sebastian mir gestern über die Trembletts gezeigt hatte –, war nur noch Hintergrundrauschen. Ich war völlig im Hier und Jetzt.

Adam schien jede meiner Bewegung vorauszuahnen, und das, obwohl er die Zeit nicht manipulierte. Wir trieben uns gegenseitig bis an unsere Grenzen, und ich hätte nie gedacht, dass das Kämpfen mit Magie so schön sein konnte. Es gab keine Einschränkungen, kein Grain, das sich viel zu schnell verbrauchte. Diese Magie war *unendlich* und gehorchte auf jeden meiner Befehle. Adrenalin pumpte durch meine Adern, und ich hätte einfach nur lachen können.

Irgendwann gab ich es auf, Adam durch den Saal zu jagen. Stattdessen kämpften wir auf engstem Raum. Er hatte das Seil zwischen seinen Würfeln heraufbeschworen und wehrte damit jeden meiner Angriffe ohne Mühe ab.

»Deine eigene Magiewaffe erscheint nur durch deinen Willen«, erklärte er, blockte einen meiner Schläge, und ich konnte nicht anders, als genugtuend zu grinsen, als ich hörte, wie schwer er dabei atmete. »Stell sie dir als Verlängerung deines Armes vor.«

Ich sprang zurück. Zwar ließ ich Adam nicht aus den Augen, aber ich spürte vor allem in mich hinein. Die Magie pulsierte durch meine Adern hindurch, also sammelte ich sie in meiner Handinnenfläche und dann …

… dann floss die Magie bis zu meinen Fingerspitzen. Dort wuchs das rote Glühen weiter, bis sich eine Klinge formte.

Okay.

Ich hatte ein Schwert in der Hand.

Das sind total abgefahrene Ninja-Vibes, Ray, hätte Lily jetzt gesagt, und mir entwich ein atemloses Lachen, weil all das hier einfach viel zu unglaublich war.

»Bereit?« Adam ließ auffordernd einen seiner Würfel in der Luft kreisen. Statt zu antworten, rannte ich auf ihn zu, und wir schlugen ohne Zurückhaltung aufeinander ein. Die Magie sang mir aus den Tiefen meiner Seele zu und bestand darauf, dass ich Adam überwältigen könnte, wenn ich mich nur ein bisschen schneller bewegte, ein bisschen härter kämpfte.

Ich versuchte einen weiteren Magiestoß und verfehlte Adam um Haaresbreite. Er erwiderte mit der gleichen Geste, und statt einen Schild heraufzubeschwören, fixierte ich die heranrauschende Magie. Ich stellte mir vor, wie sie zerfaserte und sich auflösen würde. Auf keinen Fall würde sie mich erreichen, das war gar nicht möglich.

Denk an das Ergebnis. Mach es wahr.

Schon wurde Adams Magie von einem roten Schimmer überlagert, der sie aufzufressen schien. Doch es war nicht schnell – oder nicht wirkungsvoll genug. Ein Rest der Magie traf mich an der Schulter, ein dumpfer Schmerz, der mich straucheln ließ.

»Guter Versuch«, lobte Adam, und ich schnitt eine Grimasse und rannte wieder auf ihn zu. Ich versuchte, ihn mit einer Handgeste in Stase zu versetzen, aber Adam konterte meine Angriffe schneller, als es möglich sein sollte. Und nachdem ich meine ganze Kraft in einen Schlag gesteckt hatte, brachte er mich mit einem Fuß an meinem Knöchel zum Stolpern. Ich drehte mich auf dem Absatz um, um nicht zu Boden zu fallen. Adam hatte einen Arm direkt hinter sich gestreckt, und ich war ihm nun so nah, dass ich mich direkt in seine Ellbogenbeuge drehte. Meine Taille war plötzlich von seinem Arm umschlossen, meine Seite an seine Brust gedrückt, das Ende meiner Magieklinge lag an seinem Hals, während sein Lichtseil gegen meine Kehle presste.

Ich keuchte. Mir war so heiß, dass ich ahnte, wie glühend rot meine Wangen sein mussten. Gleichzeitig spürte ich Adams Herz heftig gegen meine Schulter pochen und seinen abgehackten Atem knapp über meinem Ohr.

»Du bist wirklich gut«, murmelte er mit rauer Stimme. »Du kämpfst wie jemand, der nichts zu verlieren, aber alles zu gewinnen hat.«

Ich spürte den Druck seines Magieseils an meinem Hals und zwang mich, ruhig zu stehen. »Das stimmt nicht.« Ich schob die Klinge näher an Adams Kehle, während meine Hüfte gegen seine Leiste presste. »Ich kann es mir nur einfach nicht leisten, zu verlieren. Du dagegen ... du kämpfst, als würdest du etwas zurückhalten.«

Adams Mundwinkel hob sich. »Und wenn es so wäre?«, fragte er. Dann berührte mich seine freie Hand. Seine Finger breiteten sich auf meinem Bauch aus, sein Daumen fuhr entlang meiner Rippen nach oben.

Ich konnte nicht mehr klar denken. Die Kälte von Adams Magie wickelte ihre eisigen Fäden um mein Wesen, während sich der Nervenkitzel des Kampfes in etwas verwandelte, das sich unendlich gefährlich anfühlte. Ich war mir Adams Gegenwart so bewusst wie nie, spürte, wie angespannt er war, spürte, wie sehr ihm all das naheging.

Deine Magie war wunderschön.

Vorsichtig drehte ich meinen Kopf nach links. Das rote Glühen meiner Klinge spiegelte sich in Adams hellgrauer Iris, während sich ein schwindelerregendes Gewirr an Gefühlen wie ein Lauffeuer durch meinen Körper schob.

Blende es aus, sagte ich mir stumm. *Er wird sich dir niemals öffnen.*

»Gibst du auf?«, raunte Adam an meinem Ohr.

Ich zog meine Klinge langsam weg, und mein Herz blieb mir dabei nahezu im Hals stecken. »Ja«, sagte ich. »Ich gebe auf.«

Die künstlichen Sonnen dimmten bereits ihr Licht, als ich in dem Stockwerk ankam, in dem unser Gästeflügel lag. Mein Körper spannte noch etwas vom Kampf, doch die Magie selbst hatte sich verflüchtigt. Ich spürte nur das Pulsieren des Drachenarmbandes und ein Ziehen in der Magengegend, das ich mit aller Kraft zu ignorieren versuchte.

Blöde Mirrorlords mit ihrem blöden Kampftraining.

Gerade wollte ich auf meine Suite zusteuern, als ich eine Gestalt aus dem Zimmer nebenan kommen sah. Aus *Matts Zimmer.*

Ich versteinerte, als ich ihn erkannte: Sebastian. Er trug den üblichen gelbgoldenen Anzug, die dunkelblonden Haare wieder nach oben gebunden. Er zwinkerte mir zu, bevor er gut gelaunt den Gang runterstolzierte.

O Mann.

Erst ging ich auf meine eigene Tür zu, doch schließlich bog ich ab und klopfte an Matts. Ein »Komm rein« kam zurück, und ich hörte schon am dumpfen Klang seiner Stimme, dass die Stimmung im Keller war.

Er saß auf dem Balkon, der von seinem Wohnzimmer abging. Dort hatte man einen fantastischen Blick auf die Stadt. Nur ein dünner Streifen Himmel war sichtbar durch die Lücken in den Dächern, die in Farbtupfen aus Orange, Gold und Violett getaucht waren. Auf Straßenniveau waren die Schatten tief genug, so dass die Laternen bereits angegangen waren.

»Alles in Ordnung?«, fragte ich leise, nachdem ich mich neben Matt gestellt hatte. Er hatte sich auf einem Liegestuhl in eine Decke eingewickelt und nickte leicht, in Gedanken ganz woanders. Neben ihm stand eine Flasche mit dieser furchtbar süßen Flüssigkeit, die ich garantiert nie wieder anrühren würde.

Ich setzte mich auf eine Bank vor dem Balkongeländer und sah nach oben, in das echte Rom. Man konnte Autos als kleine Punkte über die Straßen fahren sehen, und auch der Rest der Stadt war zum Sonnenuntergang bereits in ein Lichtermeer getaucht.

Matt griff nach der Flasche, setzte sie an und nahm einen langen Schluck. Dann rieb er sich über den Mund. »Warst du schon mal verliebt?«, fragte er so unvermittelt, dass ich die Augenbrauen nach oben zog.

»Das ist ja mal eine Begrüßung.«

Matt lächelte. »*Hallo Rayne.* Warst du schon mal verliebt?«

Ich verdrehte die Augen, stand wieder auf und ließ mich auf den zweiten Liegestuhl sinken. Offenbar würde das die Art Gespräch werden, bei der man sich am besten nicht direkt in die Augen sah.

»Nicht wirklich«, gab ich zu. »Die Jungs im Waisenhaus waren schon zu sehr wie Lazarus. Es gab da mal einen, aber … er war auch nur nett, weil er was von mir haben wollte.«

Matt schaute weiterhin in die Ferne. »Manche Menschen wissen nicht, wie man andere Menschen gut behandelt.«

Mir war klar, dass er von Sebastian redete. So wirklich *off* war ihre Beziehung also wohl immer noch nicht. »Und trotzdem liebst du ihn?«, fragte ich leise.

Ein Seufzen. »Mein Kopf weiß, dass er Gift für mich ist. Es ist einfach nur nicht leicht, loszulassen. Was ich früher oder später sowieso hätte tun müssen, die Leute haben eh schon getuschelt. Wenn er an richtig beschissenen Tagen freundlich zu mir ist, so wie heute, ist es nur schwieriger, sich daran zu erinnern, was für ein Arschloch er sein kann.«

»Willst du drüber reden?«

Matt winkte ab. »Eigentlich gibt es nichts zu sagen. Ich war Sebastian nie wirklich wichtig, und ich bin es auch heute nicht. Er hat große Ambitionen, mit denen ich nicht mithalten kann.« Matt schnaubte. »Mein jüngeres Ich war bereit, alle Regeln zu ignorieren, nur um Sebastian heiraten zu dürfen. Sechzehn Jahre und so naiv.«

»Du bist siebzehn.«

»Es war ein Jahr voller Weisheit«, erwiderte Matt mit einem Lächeln. Danach schwieg er einige Minuten, und ich ließ ihn. »Weißt du«, setzte er schließlich an. »Es ist so bescheuert. Unter Trägern ist es völlig üblich, sich neben der Ehe Liebschaften zu suchen. Es erwartet niemand, dass man seinen Ehepartner tatsächlich liebt. Jeder von uns könnte fünf Liebhaber gleichzeitig haben, und niemand würde auch nur die Nase rümpfen. Nur *untereinander* … da ist es verboten.« Matts Augen wurden feucht, und er holte tief Luft. »Und mir ist klar, es ist Schwachsinn, sich zu wünschen, dass ich denjenigen, den ich liebe, an meiner Seite haben kann …, nur …«

»Ist es nicht«, flüsterte ich und griff nach Matts freier Hand, die aus der Decke herauslugte.

Matt sah langsam zu mir. »Die Chance, dass es dir anders

ergehen wird, ist zwar im Gegensatz zu mir theoretisch vorhanden, allerdings verschwindend gering. Die Träger haben Reichtum, eine Familie, Kinder, aber Glück? Ich fürchte, das steht nicht auf dem Programm.«

Ich wusste, die nächsten Worte, die ich sagte, würden viel zu viel preisgeben. Trotzdem musste ich sie aussprechen. »Adam wird zuerst heiraten, oder? So wie seine Mutter?«

»So ist es vorgesehen. Als Mirrorlord muss seine Nachfolge gesichert werden. Deswegen wurde Leanore auch direkt mit achtzehn Jahren verheiratet.« Matt musterte mich. Sehr lange und mit stechendem Blick. »Da läuft etwas zwischen euch, oder? Ich dachte es mir schon auf der Fahrt zur Septe.«

»Ich …« Ich seufzte. »Keine Ahnung.«

Matt setzte sich auf und drehte sich mir zu. Er stellte das Glas zur Seite und umgriff meine Hände.

»Rayne, ich sage es ja nur ungern, aber … das ist aussichtslos. Selbst wenn Adam etwas für dich empfindet, er würde nie seine Blutlinie dafür riskieren.« Er sah mich eindringlich an. »*Niemals.* Ich kenne ihn. Mal abgesehen davon, dass es ihn seinen Thron kosten könnte … er sieht es als seine *Pflicht* an, die Nachfolge der Trembletts zu sichern. Noch ignoriert er die Heiratsanträge, aber nicht mehr lange.« Er streichelte entschuldigend über meinen Handrücken. »Lass dir nicht das Herz brechen.«

Ich sagte nichts dazu. Ein Teil von mir wollte sich zu gern einreden, dass diese Gefühle, die in mir gewachsen waren, ohnehin nur von der Magieverbindung herrührten. Doch der Druck, der sich bei Matts Worten um meine Kehle legte, erzählte eine andere Geschichte.

Da griff Matt wieder nach seinem Glas und prostete mir zu. »Auf die unerfüllte Liebe.«

»Ich dachte, du liebst Sebastian nicht mehr.«

Matt lächelte, kippte die Flüssigkeit runter, ohne dabei eine Miene zu verziehen. »Jetzt wieder ein kleines bisschen weniger.«

Ich lief zurück in meine Suite und dort direkt ins Badezimmer. Ein warmes Licht schien auf mich herab, nachdem ich auf den Schalter gedrückt hatte, und ich blieb kurz ganz still stehen, als ich mich inmitten von edlen Marmorböden, einem goldenen Kronleuchter und feinbestickten Handtüchern wiederfand.

Aus irgendeinem Grund traf es mich völlig unvorbereitet: *Das ist jetzt dein Leben. Und zwar für immer.* Ein goldener Käfig im wahrsten Sinne des Wortes. Jeder Wunsch würde mir von den Augen abgelesen werden, außer das, was ich am meisten wollte.

Frei zu sein.

Angestrengt versuchte ich, mich nicht runterziehen zu lassen. Stark zu bleiben. Langsam lief ich zu einem der großen Spiegel des Badezimmers und schaute mich an. Im Grunde sah ich nicht anders aus als sonst. Vielleicht waren meine Wangen etwas rosiger, und das Essen der letzten Tage hatte dafür gesorgt, dass ich nicht mehr als *dürr wie ein Grashalm* durchging, sondern mindestens bei *dünn wie ein Blumenstängel* angekommen war.

Mein Blick fiel auf meinen rechten Arm. Ich ballte die Hand zu einer Faust und versuchte, eine Verbindung zu Ignis herzustellen. Die Lichtmale flackerten sofort auf. Erst nur auf dem rechten Arm, doch schließlich überall. Allerdings sammelte sich die Magie nicht nur in meinen Fingerspitzen, sondern auch an meinem Oberkörper, vor allem vorn links, unterhalb meiner Schulter. Ich hatte die Hitzeansammlung dort schon vorhin im Training gespürt, aber versucht, es zu ignorieren.

Entschlossen, es nicht länger hinauszuzögern, griff ich an den Ärmel meines Shirts und schob ihn hoch. Doch das verdammte Ding war so eng, ich kam nicht weit. Noch einmal spähte ich zur Tür, dann zog ich mir das Shirt über den Kopf.

Erleichterung durchflutete mich. Die Male sahen so aus, wie sie immer aussahen: Linien bildeten sich in der Form von Flammen, dazwischen die Ignis-Gravur. Mehrere abstrakte Linien, Schnörkel und Ornamente und dort, nahe meiner Schulter …

Zwei untereinanderstehende, schräge Kreuze.

Die Gravur von Alius und Etas.

»O verdammt«, flüsterte ich und machte einen Schritt nach vorn, um das Mal zu betrachten. Ja, es war definitiv Adams Sigil-Gravur.

Als ich einen Finger darauf legte, schoss die Hitze von dort durch meinen gesamten Körper. Ich musste mich an der Wand abstützen, so schwindlig wurde mir.

Irgendetwas war passiert, bei unserem Training. Oder vielleicht schon am Abend davor, als Adam mir geholfen hatte, meine Magie zu beruhigen. Die Verbindung zwischen uns, die beinahe erloschen schien, war erneut aufgeflammt.

Stärker als je zuvor.

33

Beim letzten Abendessen in der Bella Septe schienen alle Oberen besonders aufgekratzt zu sein. Sie plapperten, lachten, und unterhielten sich mit Inbrunst über die Farbe ihrer Abendroben. Es trieb mich in den Wahnsinn. Doch viel wahnsinniger machten mich Adams Blicke.

Am Tisch hatte ich mich demonstrativ zwischen Dina und Matt gesetzt und durch das Fenster hinaus auf die Goldene Stadt geschaut. Aber ich spürte die ganze verdammte Zeit über, wie er mich von der Seite musterte, spürte förmlich, wie es dabei in seinem Kopf arbeitete.

Fragte er sich, warum ich plötzlich so abweisend war? Schließlich hatte ich keine Ahnung, ob er gefühlt hatte, was ich gestern gefühlt hatte. Ich wusste nicht, ob seine Lichtmale sich ebenfalls verändert hatten. Und ein Teil von mir wollte es auch nicht herausfinden.

Nach dem Essen verabschiedete ich mich sofort auf meine Suite und schaltete den Kopf aus, während die junge Dienerin wild schnatternd durch mein Zimmer wuselte. Ohne Widerworte ließ ich zu, dass sie mich aus meinen Klamotten pellte und schließlich in ein Nachthemd aus Seidenstoff und Spitze steckte. Und ich nickte bloß, als sie erklärte, morgen sehr früh einen Testlauf für meine Abendfrisur machen zu wollen.

Nachdem sie weg war, stellte ich mich mit einem Seufzen vor den Spiegel im Schlafzimmer und musterte die Lichtmale auf meiner Haut. Inzwischen schienen sie wie von selbst aufzuflammen, wenn ich nur daran dachte.

Sie war immer noch da. Die Gravur, die dort nicht sein sollte. Sie strahlte sogar heller als die restlichen Zeichen auf meiner Haut.

Da klopfte es wieder an der Tür.

»Ich hab dir doch gesagt, dass du einfach reinkommen kannst!«, rief ich. Wahrscheinlich hatte die Dienerin ihren Frisierkram vergessen oder beschlossen, dass sie mir Zöpfe zum Schlafen flechten musste, damit meine Haare morgen *extra seidig* waren.

Ich legte eine Hand auf die Stelle an meiner Schulter, von wo sich inzwischen eine Hitze über meinen gesamten Körper ausbreitete. *Wie kann das bloß sein?*, dachte ich verzweifelt. *Es sollte temporär sein. Er hat verdammt noch mal gesagt, dass es temporär ist!*

»Das dachte ich auch.«

Ich schrak so heftig zusammen, dass ich beinahe in den Sessel neben mir gestolpert und darüber gefallen wäre. Schon beim Herumwirbeln waren mir zwei Dinge bewusst. Erstens: Es war nicht meine Dienerin, sondern Adam, der da im Türrahmen stand. Und zweitens: Ich hätte mich unbedingt gegen dieses winzige Spitzennachthemdchen wehren sollen.

Mein Blick zuckte zum Bett, und ich überlegte, dorthin zu hechten und mir die Decke vor den Körper zu halten. Andererseits war ich das Gegenteil eines scheuen Rehs. Und wenn Adam hier einfach so ungefragt reinkam, musste er jetzt eben mit den Konsequenzen leben.

Im Gegensatz zu mir war er noch immer in Abendgarderobe

gekleidet. Jeder Knopf an seinem Mantel saß, jedes Haar lag am richtigen Platz, und sein Blick … senkte sich zielsicher auf meine linke Schulter.

Verdammt, er weiß es.

Sein Mundwinkel zuckte, und – *shit!* – hörte er mich etwa denken? Hatte sich die Magieverbindung zwischen uns etwa noch einmal verstärkt? Mit solchen Konsequenzen? Das wäre die absolute Vollkatastrophe!

»Wie bist du hier einfach reingekommen?«, fragte ich.

»Mir gehört das Gebäude.« Er lächelte gewinnend. »Und diese Stadt. Und noch ein paar andere Städte.«

Haha, sehr witzig, schrie der hysterische Teil meines inneren Bewusstseins, der alle anderen Teile soeben ausgeknockt hatte.

Mit aller Macht presste ich die Lippen aufeinander, so als könnte ich meine Gedanken auf diese Art und Weise zur Ruhe bringen. Dabei neigte ich meine linke Schulter etwas ungelenk nach hinten, damit Adam nicht sah, wie das neue Lichtmal darauf aufglühte. Gleichzeitig versuchte ich, das Nachthemd etwas nach unten und über meine Oberschenkel zu ziehen.

»Das sieht ziemlich anstrengend aus«, stellte Adam fest.

»Können wir morgen reden?«, fragte ich, so gelassen, wie es mir irgendwie möglich war. »Wie du vielleicht siehst, wollte ich gerade ins Bett.«

Doch Adam kam näher und deutete in Richtung meiner Schulter. »Darf ich es sehen?«

»Nein!«

Adam atmete tief durch. »Es ist *mein* Mal auf deiner Haut.«

»Aber es ist immer noch *meine* Haut!«

Und die geht dich nichts an.

Adam musterte mich mit seinem typischen, irritierend gelassenen Blick. Dann machte er einen Schritt zurück und zog seinen Mantel in einer geschmeidigen Bewegung aus. »Quid pro quo, in Ordnung?«, fragte er, und zu meinem Schrecken griff er dabei an sein Hemd.

»Was zur Hölle machst du da?« Ich spürte, wie sich die Hitze mit aller Macht in meinen Wangen sammelte.

So viel dazu, kein scheues Reh zu sein.

Adam zog sich das Hemd über den Kopf, und bevor ich wusste, wie mir geschah, stand er mit freiem Oberkörper vor mir. Wie von selbst wanderte mein Blick an ihm herab, an den breiten Schultern, den feinen Linien seiner Muskeln …

»Okay!«, entfuhr es mir. »Ich weiß wirklich nicht, was du glaubst, was wir hier –«

»Rayne.« Adam hatte die Brauen zusammengezogen. »Diese Verbindung zwischen uns ist etwas, das es nicht geben sollte. Es ist nicht normal. Ich will nur wissen …« Er seufzte. »Lass es mich sehen. Bitte.«

Bitte. Er hatte noch nie Bitte gesagt. Vor allem nicht in diesem Tonfall. Und seine Fassade – das ruhige Äußere, der kontrollierte Gesichtsausdruck – waren verschwunden.

Ich bekam eine Gänsehaut und hasste mich dafür. Dann drehte ich Adam die Schulter zu. »Hier. Zufrieden?«

»Nicht wirklich«, murmelte er, aber er stellte sich vor mich, und sein Blick fiel auf die Gravur seines eigenen Sigils, die dort auf meiner Haut zu sehen war. Er schien jede kleinste Linie davon in sich aufzunehmen, und nun konnte ich mich doch nicht davon abhalten. Ich schielte wieder zu Adam, zur selben Stelle auf seinem Oberkörper. Dort, kurz unterhalb seiner Schulter, war meine Gravur zu erkennen. Die gekreuzten Flügellinien, die Spirale, die sich nach unten hin öffnete. *Ignis.*

»Dass ich dein Zeichen trage, bedeutet nicht, dass ich dir gehöre«, flüsterte ich.

»Ich habe nie gesagt, dass ich will, dass du mir gehörst.«

Mein gesamter Körper spannte sich unter Adams Blick an, aber ich gab dem Gefühl nicht nach. Mein Sigil war ein Drache. Ein *Drache*! Ich würde mich von ihm nicht einschüchtern lassen.

»Die Verbindung zwischen uns, die beim Ritual entstanden ist, hat sich nie aufgelöst«, murmelte Adam. »Ich konnte deine Magie die ganze Zeit spüren.« Er schluckte, hielt inne, atmete tief ein. »Ich würde gern etwas ausprobieren. Darf ich dich berühren?«

Meine Augen weiteten sich. Adam hatte bereits eine Hand gehoben. Sie schwebte vor meiner Schulter, doch er wartete.

Er will nur das Mal berühren. Lass ihn.

Also nickte ich, und schon lagen Adams Fingerspitzen auf meiner Haut. Es war, als würde ein Stromstoß durch mich hindurchfahren. Auch meine Gravur auf Adams Haut leuchtete auf. Ihm entwich ein halb erstickter Laut, und er schloss kurz die Augen.

»Was zur …«, hauchte ich. »Was *ist* das?«

»Ich habe keine Ahnung.« Hellgraue Augen fixierten mich. »Dein Mal fühlt sich warm an. Wie ist es bei dir?«

»Kalt.« Wie alles an ihm. Obwohl ich zugeben musste, dass es mich nicht mehr störte.

Im Gegenteil.

»Etwas wie das steht nirgends in den Archiven. Ich meine … es gibt diese alberne Geschichte über unsere Vorfahren. Über eine Verbindung zwischen unseren Blutlinien, die gern romantisiert wird. Aber das hier …« Adam seufzte, schaute mich an. »Spürst du es?«

Allerdings. Überall in meinem Körper. Ich spürte *ihn* überall.

Seine Finger wanderten über das Lichtmal, und ich hatte das Gefühl, je länger er es berührte, desto mehr drohten meine Beine wegzuknicken.

»Du wolltest mich küssen«, platzte es auf einmal aus mir heraus. »An dem Abend in dem Tanzsaal. Da wolltest du mich küssen.«

Augenblicklich ließ Adam von mir ab. Er drehte sich weg und griff nach seinem Hemd.

»Adam …«

»Lass es gut sein.«

Ich lief um ihn herum, direkt vor ihn, bis er das Hemd mit einem Seufzen wieder sinken ließ. Er blickte durch das Fenster nach draußen, auf diesen Ort im Universum, über den er herrschen musste.

»Ich wollte dich schon Hunderte Male küssen«, gab er leise zu. »Ich wollte es so sehr, dass ich mir sogar vorgestellt habe, es einfach zu tun und es dann mit meinem Sigil wieder ungeschehen zu machen, damit du es nie erfährst.«

»Aber du hast es nicht getan«, sagte ich, und es war keine Frage. Ich wusste, dass es so war.

Adam schüttelte den Kopf. »Nein. Doch ich habe ständig darüber nachgedacht. *Ständig.* Das ist es, was ich bin, Rayne. Macht verdirbt selbst die besten Menschen. Und ich bin noch nie ein besonders guter Mensch gewesen.«

»Es ist ein Unterschied, ob man sich einer Vorstellung hingibt, oder ob man etwas tatsächlich tut.« Ich schaute ihm direkt ins Gesicht. »Du würdest mir nie etwas aufzwingen.«

»Wirklich?« Adam schnaubte. »Das sagst du, nach allem, was passiert ist? Ich habe dich nach Septem bringen lassen, ich habe dir Ignis angelegt …«

»Du hättest mich sterben lassen können. Du hättest einfach

nur abwarten müssen, bis die Chaosmagie mir den Rest gibt, dann wäre Ignis frei für einen Oberen deiner Wahl gewesen. Aber das hast du nicht getan.«

An Adams Kiefer zuckte ein Muskel. »Rayne, ich … ich bin in dem Wissen aufgewachsen, dass das, was man über die Trembletts und die Harwoods sagt, mich nicht betreffen würde. Es gab schließlich keine Harwoods mehr. Wir mussten davon ausgehen, dass die Magie eurer Blutlinie ausgestorben war. Und dann … dann sehe ich dich dort in der Arena stehen, umgeben von Chaosmagie und dem Drachenarmband an deinem Arm. Natürlich konnte ich es nicht wissen. Es wäre mir nie in den Sinn gekommen, dass du Melvin Harwoods verlorene Tochter sein könntest, doch … ich habe es gespürt. Ich habe dich angesehen, und meine Magie hat verrücktgespielt. Ich wusste nicht, wer du bist, aber ich wusste, du würdest mein Untergang sein.«

»*Untergang?* Was …«

»Ich habe mir geschworen, nicht noch mehr Menschen unglücklich zu machen, als es nötig ist. Ich *muss* heiraten, Rayne. Das ist das Versprechen, das die Sieben sich gegeben haben. Ich muss die Erbfolge meiner Familie sichern. Und wenn ich das hier nicht sofort unterbreche, dann …« Adam ballte die Hände zu Fäusten.

»Du willst wirklich dein ganzes Leben diesen Regeln unterwerfen?«

»Das verstehst du nicht«, erwiderte Adam, und ich hörte den Schmerz ganz deutlich in seiner Stimme. »Wenn ich die Regeln breche, zerstöre ich die ganze Welt.«

»Adam …«

»Der Mirror kommt zuerst, Rayne. Die Sigils kommen zuerst. Das *müssen* sie.«

»Ja, ich verstehe. Aber das bedeutet doch nicht, dass du niemals glücklich sein darfst.«

Sehr vorsichtig legte ich beide Hände an Adams Taille. Ich fuhr nach oben über seine Brust, dann zu seiner Schulter, wo *mein* Mal auf seiner Haut leuchtete.

Sein Blick war aufgewühlt und unendlich verwirrt. Mit einem Seufzen legte er seine Stirn an meine, so dass unsere Nasenspitzen sich berührten, und für einen Sekundenbruchteil huschte ein Ausdruck der Verletzlichkeit über sein Gesicht. »Wir sollten das nicht tun«, murmelte er. »Es wird alles nur um so vieles komplizierter machen.«

In diesem Moment sah ich den Jungen vor mir, der er gewesen war, und die Art von Kindheit, die er gehabt haben musste. Und mein Herz verkrampfte sich, weil ihm offenbar niemals jemand beigebracht hatte, auf sein eigenes hören zu dürfen.

»Ist kompliziert denn immer gleich schlecht?«

»In meinem Leben schon.« Adam lächelte etwas hilflos. »Was sagt es über mich aus, wenn ich es trotzdem zulassen möchte?«

»Dass du ein Mensch bist wie jeder andere?«

Adam atmete tief durch und nickte. Damit zog er mich zu sich, und er roch nach kühlen Bergen, eisigen Gewässern und nach … *ihm*. Etwas, das einfach er war, ohne seine Magie, ein Junge, der nie hatte ein Junge sein dürfen, weil alle in ihm immer einen Gott gesehen hatten.

Adam schaute mich an, dann beugte er sich hinab. Sein Griff an meinen Armen festigte sich, und er zögerte wieder, als könnte er nicht aufhören, sich und sein Handeln zu hinterfragen. Also nahm ich ihm die Entscheidung ab, schloss den Abstand zwischen uns und küsste ihn.

Es hatte mich immer gewundert, warum Menschen beim

Küssen die Augen schlossen. Doch jetzt … da verstand ich es. Es war das Feuerwerk, das man hinter den geschlossenen Lidern sah. Das Gefühl von warmen, seidig weichen Lippen, die über die eigenen glitten. Es war der Schwindel, das Herzklopfen, das Wirrwarr von Emotionen, das jede Zelle im Körper einzunehmen schien.

Indem man die Augen schloss, konnte man all das besser wahrnehmen. Man konnte die Zeit verlangsamen, zumindest ein bisschen.

Wir verharrten, eine Ewigkeit lang. Dann machte Adam ein Geräusch, tief in seiner Kehle. Er ließ eine Hand an meiner Seite hinabwandern, strich über meine Taille. Seine Finger tanzten über meine Rippen, und in mir entfaltete sich eine Sehnsucht, die womöglich schon immer in meiner Seele geschlummert hatte und nun von Adams Lippen und seinen Händen hervorgebracht wurde. Es war eine Sehnsucht danach, gesehen und geliebt zu werden – nur für das, was man war. Eine Sehnsucht, die zwischen uns ein Lied sang.

Ich nippte an Adams Unterlippe, und ihm entwich ein überrascht klingender Atemzug. Er küsste mich noch einmal, und das so gut, dass ich meine Zehen wölbte und meinen Rücken durchdrückte, um ihm näher zu kommen. Seine Hände klammerten sich um meine Taille. Er hob mich hoch, und das ohne jegliche Anstrengung. Als ob ich genauso federleicht war, wie ich mich in diesem Moment fühlte.

Meine eigenen Hände vergrub ich in Adams silbrigen Haaren. Ein Schauer durchfuhr mich, ein Gefühl, als würden meine Lichtmale allesamt zu brennen beginnen, während wir uns küssten.

Lass uns das haben, dachte ich mir, immer wieder. *Nur für eine Weile …*

34

Das Morgenlicht legte sich über die Goldene Stadt und flutete mein Zimmer mit seinem Glanz.

Wir lagen nebeneinander auf meinem Bett und berührten uns kaum, außer, dass ich eine Hand in Adams Richtung ausgestreckt hatte und damit ganz vorsichtig über seine Arme fuhr. Dort, wo meine Fingerspitzen entlangwanderten, flackerten seine Lichtmale auf und erloschen wieder, wenn ich von ihnen abließ. Er benutzte seine Würfel nicht einmal, machte keine Magiegeste, und trotzdem summte seine Magie unter meiner Hand.

Es war das mit Abstand Süchtigmachendste, das ich je in meinem Leben gespürt hatte.

Adams Atem war tief und regelmäßig, sein Blick war direkt auf mich gerichtet, und doch auch wieder nicht. Ich hatte keine Ahnung, was ihm durch den Kopf ging. Ein Teil von mir war sich sicher, dass er das hier längst bereute, aber der viel größere Teil verlangte, jetzt nicht zu viel nachzudenken.

Ich ließ meine Finger weiterwandern und hielt erst inne, als meine Hand ein schwaches Zittern von sich gab. Gefolgt von einem Zittern, das nicht mehr ganz so schwach war.

Verdammt.

Ich presste die Finger aneinander, versuchte, dem Tremor

mit Spannung entgegenzuwirken, doch es half nicht. Gerade als ich die Hand zurückziehen und unter die Decke schieben wollte, griff Adam danach, und nun lag sein Blick ohne jeden Zweifel voll und ganz auf mir.

»Du musst das nicht vor mir verstecken.«

»Ich wollte es nicht verstecken«, log ich und zitterte noch etwas mehr, als Adam seine Finger mit meinen verschränkte. »Ich hatte einfach nur gehofft, es würde weggehen, wenn ich das Sigil trage.«

»Vielleicht wird es das auch. Und wenn nicht, macht dich das nicht weniger unglaublich.«

Ein Lächeln stahl sich auf meine Lippen. »Das klingt wie etwas, das Lily zu mir sagen würde.«

»Ich würde sie gern kennenlernen. Unter weniger widrigen Bedingungen.«

»Sei dir mal nicht zu sicher«, erwiderte ich. »Lily ist ein Straßenkind wie ich. Wie ich sie kenne, wird es ihr völlig egal sein, ob du der Mirrorlord oder der König von England bist. Nach allem, was passiert ist, wird sie dir eine Ohrfeige geben dafür, dass du mich in Gefahr gebracht hast.«

Adam lachte, und der Klang ließ ein wohliges Kribbeln durch meinen Bauch strömen. Er lachte wirklich viel zu selten.

»Sie hatte jedes Recht dazu«, erwiderte er und zog mich zu sich. Er legte eine Hand in meinen Nacken, und ich schauderte, als sein Daumen über die Stelle fuhr, an der früher der Peilsender gelegen hatte. Seine Berührung war sanft, vorsichtig. Und anhand seines Blickes ahnte ich, dass er genau wusste, was die Wunde dort bedeutete. »Es tut mir leid, Rayne. Alles. Dass wir nichts von dir wussten, dass wir dich an diesem Ort allein gelassen haben …«

»Dafür kannst du nichts, und das weißt du auch.«

Er seufzte. »Vielleicht nicht. Trotzdem, ich hätte es dir einfacher machen können. Ich ...« Er holte tief Luft. »So oft, wie du dich im letzten Jahr in die Kampfarenen geschmuggelt hast, war es wohl nur eine Frage der Zeit, bis wir uns begegnen würden. Aber ... ich bedaure, dass es auf diese Weise geschehen ist.«

Ich verdrehte die Augen. »Hast du Matt eigentlich alles über mich ausspionieren lassen?«

»Absolut alles«, gab er unumwunden zu. »Er hat sogar deine Schulakten durchgeschaut. Wirklich beeindruckend, wie oft du nachsitzen musstest.«

»Wenn du meine damaligen Lehrer gekannt hättest, würdest du mir eher dazu gratulieren, wie oft ich *nicht* nachgesessen habe.«

Wieder arbeitete Adams Kiefer. Es musste echt anstrengend sein, nie lächeln zu wollen. »Was Matt allerdings nicht herausgefunden hat, ist, wieso deine Mutter dich in dem Waisenhaus abgegeben hat. Sie lebt doch noch, oder?«

Ich hob die Schultern. »Ich schätze schon. Ich war fünf, als sie beschlossen hat, auf die Suche nach meinem Vater zu gehen. Sie hat nie an seinen Tod geglaubt. Offenbar hatte er ein paar Andeutungen gemacht bei ihrem letzten Treffen. Deshalb hat sie mich im Waisenhaus abgegeben. Sie wollte mich dort nur ein paar Wochen lassen und dann wieder abholen. Daraus wurden Monate. Und schließlich Jahre. Anfangs hat sie noch Briefe geschrieben, aber das hat irgendwann auch aufgehört.«

Adam strich mir zärtlich durch die Haare. »Du bist unfassbar stark, weißt du das?«

»Unfassbar dickköpfig meinst du.«

Er schüttelte den Kopf. »Mach dich nicht kleiner, als du bist. Du hast das alles überlebt, und trotzdem öffnest du dich gegenüber anderen. Ich …« Er seufzte. »Seit ich zum Ersten Träger gekrönt wurde, darf ich mir nach außen keine Schwäche mehr erlauben. Und es fällt mir immer schwerer, mich aus dieser Rolle zu befreien. Jeden Tag ein bisschen mehr.«

Ich legte meinen Kopf an seine Halsbeuge, küsste seine Haut. »Vielleicht hörst du damit auf, Matt und die anderen auf Distanz zu halten. Es würde helfen, wenn du zulässt, dass sie an deiner Seite stehen und dich ab und an daran erinnern, wer du bist.«

»*Wer ich bin?*« Adam zog die Brauen zusammen. »Ich habe mein Leben lang gesagt bekommen, wer ich sein werde. Ich hatte nie die Chance, es für mich selbst herauszufinden. Nach meiner Krönung … und nach dem Tod meiner Mutter habe ich mir selbst das Versprechen gegeben, nie wieder einen Moment zu vergeuden. Ich habe mir geschworen, dass meine Zeit als Mirrorlord etwas bedeuten wird.«

Adam griff an seine Würfel, drehte sie umher. Es wirkte wie ein Tick, den er sich angewöhnt hatte. Wenn andere mit den Fingern auf die Tischkante klopften, ließ er Alius und Etas kreisen.

»Wie ist es eigentlich, jede Entscheidung und alles, was man tut, wieder rückgängig machen zu können?«

Adam schwieg. Das Auf und Ab seines Brustkorbes veränderte sich dabei kein Stückchen. Erst einige Augenblicke später sagte er leise: »Weniger befreiend, als du glaubst.«

»Aber … du musst dich nie darum sorgen, etwas falsch zu machen, oder?«

»Im Gegenteil. Ich habe immer nur Sekunden, um zu entscheiden, ob das, was passiert ist, bereits der bestmögliche Ausgang war, oder ob ich etwas verbessern könnte. Ganz davon abgesehen, dass ich damit nicht nur mein Leben beeinflusse, sondern auch das aller anderen. Und wenn *dann* etwas schiefgeht …« Er seufzte, strich mit einer Hand meinen Rücken entlang. »… dann bin ich der Einzige, der Schuld daran hat.«

Ich erinnerte mich an den Horror in Adams Gesicht, als Lazarus mich im Waisenhaus in den Armen gehalten und mir die Waffe an den Kopf gedrückt hatte.

Langsam drehte sich Adam zur Seite. Er lehnte sich über das Bett und griff an seine Hose, die irgendwo neben meinem Nachthemd auf den Boden gefallen sein musste. Als er sich wieder zu mir legte, hielt er ein Spectum in den Händen. Er öffnete es, und nach ein paar Sekunden war ein Mädchen in der Spiegeloberfläche zu sehen. Es lag auf einem Himmelbett, das von Blumen, Kuscheltieren, Bildern und anderen schönen Dingen umgeben war. Wie ein Prinzessinnenzimmer.

Ich brauchte nicht lange, bis ich begriff: Das musste Adams jüngere Schwester sein, von der Cedric mir erzählt hatte.

Pris.

Sie war so kalkweiß wie das Bettlaken unter ihr. Im Schummerlicht war kaum zu sehen, wo ihre Stirn aufhörte und ihre Haare anfingen. Ihr Körper wirkte dünn und gebrechlich, und auf ihren Armen sah ich mehrere Trite-Münzen blau leuchten. Offenbar schlief sie, zumindest hob und senkte sich ihr Brustkorb in regelmäßigen Abständen.

»Sie lebt schon seit Jahren in einem Sanatorium«, sagte Adam leise. »Die Ärzte geben ihr kein Jahr mehr. Und selbst dabei sind sie sich nicht sicher.«

Ich merkte anhand seiner rauen Stimme, wie sehr ihn das mitnahm, und verschränkte meine freie Hand mit seiner.

»Wenn Pris stirbt …«, setzte er an, »dann werde ich trotz all der Macht, die ich dank der Würfel besitze, nur noch ein paar zusätzliche Minuten mit ihr haben. Und ich werde nichts tun können, um es zu stoppen.« Adam starrte an die Decke. »Dieser Gedanke macht mich wahnsinnig. Minuten. Wie können Minuten genug sein?«

»Es ist nicht deine Schuld, dass du zuerst geboren wurdest.«

»Vielleicht nicht. Aber ich habe mir alles genommen. Alles, was meine Blutlinie zu geben hatte. Das Einzige, das ich meiner Schwester gelassen habe, war ein langsamer Tod.«

Nun hielt ich es nicht länger aus. Ich drückte mich gegen Adam, von der Schulter bis zu den Zehenspitzen, und beugte mich über ihn.

»Es ist furchtbar, was Magie alles bewirken kann«, sagte ich leise. »Trotzdem ist das *nicht* deine Schuld.«

Er wirkte genauso erschöpft, wie ich mich fühlte. »Die Wahrheit ist, dass ich mich manchmal vor mir selbst fürchte. Vor den Möglichkeiten, die meine Magie mit sich bringt. Ich könnte Gott spielen, und niemand würde es auch nur merken. Niemand wäre imstande, mich aufzuhalten. Und nach allem, was ich über meine Mutter erfahren habe … was sie getan hat, da habe ich Angst … vor dem Menschen, zu dem meine Magie mich machen wird.«

Ich legte meine Hand auf Adams Brust. Es waren nahezu dieselben Worte, die Sebastian zu mir gesagt hatte, und die Tatsache, dass Adam sich damit selbst geißelte, zeigte mir umso mehr, dass Sebastian falschlag. »Ich hab im Kraftwerk zwischen jeder Menge furchtbarer Menschen gelebt. Ich weiß genau, wie schnell Wut und Hass sich in einem festsetzen können. Wie das Dunkle an einer Seele kleben bleibt und man es nicht mehr loswird.« Ich strich zärtlich über seine Haut. »Aber so bist du nicht. Du hast dich entschieden, das Dunkle nicht zuzulassen.«

Etwas sehr Schwermütiges legte sich auf Adams Gesicht. »Es gibt eine Geschichte. Über die Entstehung des Mirrors, die gleichzeitig die Geschichte von zwei Trägern ist, die ineinander verliebt waren. Mein Großvater hat sie mir öfter erzählt, als ich klein war. Und sie endet nicht gut.«

»Erzählst du sie mir trotzdem?«

Adam nickte. »Es ist lange her. Viele Generationen. Noch bevor es den Mirror gegeben hat und die Sigil-Träger in Prime lebten. Zwei Träger haben sich über die Regeln der Dark Sigils hinweggesetzt und sind zusammengeblieben. Haben geheiratet und ein Kind bekommen. Doch weil sich ihr Blut vermischt hatte, konnte dieses Kind keines der beiden Sigils tragen.« Adams Hand verharrte an meinem Arm, regungslos. »Die Sigils haben sich geweigert, neue Träger zu akzeptieren, weil das Blut, mit dem sie verbunden waren, ja in dem Kind noch immer da war ... nur eben nicht mehr rein genug, um die Magie in sich aufzunehmen. Das Warten ließ so viel Chaosmagie entstehen, dass es damals fast den Untergang der Erde bedeutet hätte.«

Ich ahnte bereits, wohin die Geschichte führen würde, aber ich musste es trotzdem hören. »Was ist aus den beiden Trägern und ihrem Kind geworden?«

»Um die Chaosmagie zu stoppen, musste das Kind getötet werden«, sagte Adam. »Daraufhin wurden neue Partner für die zwei Träger gefunden. Und gezeichnet von dem Horror, den sie über die Welt gebracht hatten, erfüllten sie ihre Pflicht und setzten ihre Blutlinien getrennt voneinander fort.«

Alles an mir war kalt geworden, und ich fühlte mich mit einem Mal schrecklich elend. »Davon hat Cedric gar nichts erzählt.«

Adam lächelte schwach. »Nein. Cedric ist ein viel zu guter Mensch, um dich mit so etwas zu belasten.« Er schaute kurz zur Decke und atmete tief durch, als würde er sich wappnen. »Unsere Vorgänger waren in vielerlei Hinsicht sehr egoistisch, aber sie haben eine Sache richtig gemacht. Nach dem, was geschehen war, schworen sie sich, die Chaosmagie für immer von der Erde fernzuhalten. Damit eure Welt – *die richtige Welt* – keinen Schaden mehr nimmt. Die Sieben erschufen den Mirror. Sie schworen sich, die Magie zu kontrollieren. Und sie schworen sich, nie wieder Liebe über das Wohl aller zu stellen.« Sein Blick richtete sich auf mich. »Deshalb muss ich verhindern, dass sich die Chaosmagie in Prime ausbreitet. Deshalb muss der Mirror bestehen. Und deshalb müssen die Dark Sigils einen Träger haben. Jedes einzelne.«

Jedes einzelne getrennt voneinander.

Ich fühlte Adams Schmerz durch die Verbindung zwischen uns – und das machte es hundertfach schlimmer. Weil ich dadurch hinter seine Fassade blicken konnte. Weil er nun so verdammt menschlich für mich war.

»Das Auge möchte das System der Sieben brechen«, sagte Adam. »Einerseits kann ich sie verstehen – sie wollen Prime beschützen. Sie wollen die Magie gerecht verteilen lassen, und das möchte ich ebenfalls. Doch sie verstehen nicht, was eine demokratische Weitergabe der Dark Sigils bedeuten würde. Sie haben nicht erfahren, was wir erfahren haben. Sie dürfen sie *niemals* in die Finger bekommen, sonst …«

»Guten Morgen, Mistress Harwood!«

Der Ruf kam so plötzlich, dass ich zusammenfuhr. Er hallte vom Flur zu uns, und die glockenhelle Stimme konnte nur einer Person gehören.

Meiner Dienerin.

»Oh *shit*«, keuchte ich, und auch Adam wirkte ertappt. Doch dann beruhigte er sich wieder und streckte mir mit einem gewinnenden Lächeln die Schicksalswürfel entgegen.

»Eine paar Minuten … wenn du es willst«, flüsterte er, während tapsende Schritte dem Schlafzimmer immer näher kamen. In dem Moment, in dem die Klinke schwungvoll nach unten gedrückt wurde, griff ich nach Adams Hand, und er ließ die Würfel kreisen.

Es war ein absoluter Gegensatz zu den Malen, in denen ich bereits miterlebt hatte, wie die Zeit sich zurückdrehte. Beim ersten Mal war es voller Gewalt gewesen, mit dem Abby, das sich in der Glasglocke über Ignis gebildet und auf mich zu gerauscht war. Und es war auch nicht mit der furchtbaren Szene rund um Magistrat Vandal vergleichbar.

Dieses Mal war alles … friedlich. Das Zimmer lag ruhig um uns herum, wenn überhaupt hörte ich die dumpfen Laute im Flur und wie die Dienerin sich wieder entfernte. Kleine Staubflusen widersetzten sich der Schwerkraft und schwebten in Richtung Decke davon. Die Vorhänge vor dem Fenster wehten sanft umher. Ein Lächeln stahl sich auf meine Lippen, als das Rückwärtsspulen aufhörte.

»Und was willst du jetzt –«

Ich konnte den Satz nicht beenden. Adam hatte sich zu mir gebeugt, mein Gesicht mit beiden Händen umrahmt und küsste mich.

Sogleich drückte ich mich an ihn. Seine Lippen rieben über meine, kalt, wie alles an ihm, aber sie wurden wärmer, je länger sie sich über meinen Mund bewegten.

Es sollte sich nicht so gut anfühlen. Es *durfte* sich nicht so gut anfühlen. Er hatte es mehr als deutlich gemacht: Wir beide hatten keine Zukunft. Doch mein Kopf schaltete sich aus, meine Gedanken zerstoben, und ich fühlte mich … *ganz*. So als würde jeder Kuss winzig kleine Risse in mir schließen, die mich mein Leben lang begleitet hatten. Ich spürte, wie unsere Lichtmale immer stärker aufflammten, konnte jedes Zeichen, jede Linie fühlen – nicht nur auf meinem Körper, sondern auch auf Adams.

Widerwillig löste ich mich von ihm und legte eine Hand an seine Wange. »Glaubst du, dass wir das heute Abend wirklich schaffen?«

Adam lächelte mich sanft an. »Ja. Vielleicht fühlt es sich für dich nicht so an, doch ich glaube, du hast deine Aufgabe als Lockvogel sehr gut erfüllt. Das Auge wird sich zeigen, und wir werden bereit sein.«

»Aber sie wollen dich tot sehen, Adam.«

»Tja. Für mich ist das ein ganz normaler Dienstag.«

Ich pikste ihn in die Seite. Die ganze Zeit über hatte er sich so unterkühlt wie ein Schneemann gegeben, und jetzt, da wir von Feinden nur so umzingelt waren, machte er Witze. Gerade wollte Adam mich erneut zu sich ziehen, als wieder eine helle Stimme ertönte.

»Guten Morgen, Mistress Harwood!«

Geh einfach weg, jammerte ich innerlich, was Adam ein Lachen entlockte und mich daran erinnerte, dass wir nie über diese komische Gedankenübertragungssache gesprochen hatten.

Die Schritte kamen näher, und Adam löste sich von mir, entfernte sich jedoch nicht völlig. Stattdessen legte er eine Hand an meine Wange. »Wir holen deine Freundin da raus.«

»Ich weiß«, flüsterte ich, und er nickte und küsste mich ein letztes Mal zum Abschied. Widerwillig ließ ich ihn los und sah nur zu, wie er sich seine Kleider griff und anzog. Dann verschwand er aus der Tür, und ich hörte, wie die Dienerin ihn mit schriller Stimme und einem hastigen »Guten Morgen, mein Lord!« begrüßte, während ich zurück ins Bett sank und mir langsam ein Kissen übers Gesicht zog.

Mit der anderen Hand befühlte ich zögerlich die Stelle knapp unterhalb meiner Schulter, wo die Gravur der Schicksalswürfel pulsierte.

Eine Gänsehaut legte sich über meine Haut, und ich glaubte, Adams Berührungen wieder zu fühlen und seinen Kuss erneut zu schmecken. Und so sehr die Erinnerung mein Herz auch zum Klopfen brachte, so sehr lähmte mich die Furcht vor dem heutigen Tag.

Es fühlte sich an, als würden wir beide an einem Abgrund stehen, vor uns nur tiefe, unendliche Leere, und nicht einmal Adam mit all seiner Weitsicht konnte erkennen, was uns auf der anderen Seite erwartete.

TEIL 6

IGNIS

35

Ich werde stolpern und hinfallen.

Es spielte sich vor meinem inneren Auge ab, während ich ganz vorsichtig einen Fuß vor den anderen setzte. Ich konnte es genau vor mir sehen, wie mein nächster Schritt der letzte sein würde, weil ich mit meinen goldenen High Heels auf dem Boden ausrutschte. Ich würde direkt auf meinen Hintern krachen, und mich in den tausend Lagen meines Kleides verheddern. Und all die Leute, die mich gerade so ehrfürchtig ansahen, als wäre ich das achte Weltwunder höchstpersönlich, würden sich kaputtlachen oder mitleidig auf mich zeigen.

Es war der Tag des Schaukampffinales. Oder besser gesagt: der Abend, denn der Sonnenuntergang sandte bereits sein warmes Licht über die Stadt. Einige Spektralvögel flatterten über mir und verwandelten sich abwechselnd in Schmetterlinge, Libellen und wieder in ihre Vogelgestalt.

Wie durch ein Wunder hatte ich es ohne Zwischenfall von der Bella Septe in eines der Gate-Shuttles geschafft, die für jeden der Sieben bereitstanden. Doch kaum, dass ich ausstieg, spürte ich ein Brennen in meinem Nacken. So als ob sich all die Blicke der Oberen, die jubelnd hinter Absperrungen standen, an diesem einzelnen Punkt sammelten.

Ich wusste, dass ich heute imposant und glamourös aussah. Dafür hatte eine Schar an Dienern gesorgt. Aber innerlich *starb* ich. Das Korsett war derart eng geschnürt, dass es selbst bei meiner schmalen Gestalt die Illusion von Kurven erzeugte. Das Kleid, das darüberlag, hatte eine rötlich goldene Farbe – *Passend zu Ihrer Familie, Mistress Harwood!* – und mit Rubinen besetzte Spitze. Der Haarschmuck, den sie mir eingesetzt hatten, presste mit scharfen Haken gegen meine Kopfhaut, und mein Gesicht war so dick mit Grundierung und Puder überzogen, dass ich mich selbst kaum wiedererkannte.

Ich holte tief Luft, dann lief ich den goldenen Teppich entlang, der vom Shuttle zum Eingang des Heptadomes führte. Der Fahrer hatte mich am Fuße des Gebäudes herausgelassen, das nun direkt vor mir aufragte. Suchend schaute ich mich um. Wo waren die anderen? Dadurch, dass wir alle getrennt hergefahren worden waren, hatte ich sie noch nicht gesehen.

Meine Nervosität stieg mit jedem Schritt. Wir hatten im Grunde keinerlei Ahnung, was das Auge heute tun würde. In den sieben Tagen hatten sie sich nirgends blicken lassen, und selbst Adams Magiehäscher hatten in Rom keine Anzeichen gefunden, dass die Rebellen in der Stadt waren. Was, wenn sie gar nicht auftauchten? Was, wenn meine Annahme falsch gewesen war, dass sie Lily meinetwegen mitgenommen hatten?

»Du solltest lernen, deine Angst besser zu verstecken«, sagte da auf einmal jemand hinter mir, und ich wandte mich um.

Es war Nikki. Offenbar war sie in dem Shuttle nach mir hier angekommen. Sie sah atemberaubend aus, wie auch schon beim Bankett. Ihr Kleid war erstaunlich schlicht, aber der Rest ihres Körpers war mit Goldketten behangen, die über Dekolleté und Arme fielen, und die Spitzen ihrer langen Wimpern wirkten, als seien sie mit Diamantfragmenten besetzt.

»Bitte was?«, fragte ich sie.

Nikki lächelte, doch es wirkte kalt. Ich konnte sie nicht einschätzen, kein bisschen, trotzdem ahnte ich schon jetzt, dass sie und ich keine Freundinnen werden würden. »Gleich wird der gesamte Mirror jeden deiner Schritte beobachten und die kleinste Schwäche in dir erkennen. Wenn du also auf die Tribüne trittst, solltest du besser eine Haut aus Stahl haben.«

Damit lief sie weiter voraus und winkte hoheitsvoll der Menge zu. Ich blieb für einen Augenblick wie eingefroren stehen, aber der Lärm holte mich schnell ins Hier und Jetzt zurück. Also folgte ich Nikki, bis wir am Ende des Teppichs angekommen waren. Von dort führte man uns in den gläsernen Eingangsbereich des Heptadomes, wo die anderen warteten.

Sie hatten sich alle in Schale geworfen. Matt trug einen besonders elegant geschnittenen lilafarbenen Mantel zu schwarzen Hosen und grauem Hemd, Dina einen schmalen, waldgrünen Hosenanzug und Celine ein saphirblaues Kleid, das aussah, als ob man es ihr auf den Körper geschneidert hatte, so eng war es. Auch Cedric hatte sich in seine Familienfarbe geworfen – ein hochgeschlossener dunkelblauer Mantel.

Und dann war da Adam.

Wie um die relative Schlichtheit seiner schwarzen Kleidung auszugleichen, trug er einen Kragen mit siebeneckigen Kristallen. Von weitem sah er groß und abweisend aus, jeder Zentimeter der strenge Mirrorlord, doch als ich mich ihm näherte, war sein Gesichtsausdruck seltsam zart und ernst, und das rotgoldene Licht des falschen Sonnenuntergangs wärmte seine grauen Augen.

Wir hielten uns an den Blicken des anderen fest, zumindest, bis sich Magistrat Vandal vor mir aufbaute. »Mistress Harwood. Würden Sie mir die Ehre erweisen und …«

Adam schüttelte den Kopf. »Ich führe sie heute hinein«, erklärte er und setzte etwas ungelenk nach: »Wenn … sie das möchte.«

Mein Blick zuckte unweigerlich zu Celine. Von Cedric wusste ich, dass sie Adam in den letzten Monaten bei allen offiziellen Anlässen begleitet hatte. Und tatsächlich stand ihr vor Schock der Mund offen.

Doch Adams Hand bewegte sich keinen Millimeter. Sie schwebte vor mir, wie ein Angebot – nein, eine Herausforderung.

Als ich meine Finger auf seine legte, wurde Celines Gesichtsausdruck hasserfüllt.

Es spielt sowieso keine Rolle, hätte ich ihr am liebsten gesagt. Niemand von uns würde jemals wirklich mit ihm zusammen sein.

Ich hakte mich ein, und gemeinsam gingen wir zu einer Reihe an Fahrstühlen, die für uns bereitstanden. Der Heptadome war so hoch, dass es eine volle Minute dauerte, bis wir oben ankamen. Von dort stiegen wir die letzten Stufen zu unserer Tribüne hinauf. Ein Seufzen ertönte von den Oberen, die uns bereits von ihrem Platz aus sehen konnten. Ich wusste, dass in diesem Moment der Stoff meines Kleides auf der Treppe wirken musste, als ob sich ein Fluss aus Kupfergold nach unten ergoss – ein Effekt, der offenbar alle um uns herum in staunende Verzückung versetzte.

Adam hielt meine Hand besonders fest und verlangsamte sein Tempo, um mich zu unterstützen. Ich sah ihn an, und seine Mundwinkel zuckten vor Belustigung.

»Versuch du mal, in so einem Ding Treppen zu laufen«, meckerte ich und hob mein Kleid noch etwas höher.

»Ich glaube, ich verzichte«, raunte er. Ich konnte das Lächeln in seiner Stimme förmlich hören. »Es ist ohnehin viel unterhaltsamer, dich dabei zu beobachten.«

»Kotzbrocken.« Meine Augen weiteten sich, als ich begriff, dass ich das Wort tatsächlich ausgesprochen hatte. Und zwar laut!

Adam zögerte bei seinem nächsten Schritt. »Wie bitte?«

»Nichts!«

»Rayne … hast du mich eben einen Kotzbrocken genannt?«

»Ich … es … es hat sich irgendwie eingebrannt.« Ich hielt inne, schnitt eine Grimasse. Verdammt, jetzt würde er erst recht wissen, wie oft ich ihn innerlich schon so genannt hatte.

»Ah.« Adam schüttelte den Kopf, doch dann lächelte er nur noch breiter. »Ich glaube, *bescheuerter Despotenherrscher* gefiel mir besser.«

»Gar kein Problem«, gab ich großmütig zurück. »Ich bin, was meine Beleidigungen für dich angeht, durchaus flexibel.«

Nun lachte er. Leise, aber er lachte, und der Laut war immer noch so fremd für mich, dass mein Herz eine hüpfende Bewegung machte.

Das Raunen der Menge schwoll an, als wir das Ende der Treppe erreichten. Und dann entfächerte sich die Arena des Heptadomes in all ihrer Größe vor uns. Unfassbar! In meiner Welt wirkten sie wie Puppenhäuser dagegen, und ich spürte einen Stich im Herzen, als ich daran dachte, dass ich das letzte Mal an Lilys Seite einen Heptadome betreten hatte. Damals war ich mir so sicher gewesen, dass wir London verlassen und ab da jeden Schritt gemeinsam gehen würden. Und hier war ich nun, in meinem schicken Kleidchen, an der Seite des Mirrorlords, während sie sonst wo gefangen gehalten wurde.

Als ob Adam meine Gedanken lesen konnte, ließ er seine

Hand an meinem Arm entlangwandern, bis er meine Finger umschloss. Ich schaute überrascht zu ihm, doch statt mich loszulassen, strich sein Daumen nur sanft über meinen Handrücken … und das auch noch, als der Gang endgültig den Blick auf uns freigab und sich mit einem Mal Zehntausende Köpfe in unsere Richtung drehten.

Es dauerte beinahe eine Stunde, bis die Teilnehmer des Eröffnungskampfes in die Arena traten. Zuerst hatte es eine Rede von Magistrat Pelham gegeben, dann eine Vorführung von Tänzern und Artisten, die sich in auffälligen Kostümen über die siebeneckige Fläche bewegten.

Die ganze Zeit über ließ ich meinen Blick nervös über den Heptadome gleiten. Nikki und Sebastian waren nirgends zu sehen, dabei sollten sie auf einer der Tribünen unter unserer sitzen. Und es gab weiterhin keinerlei Anzeichen, dass das Auge hier war.

Die Nervosität war kaum zu ertragen, aber ich versuchte, mir nichts anmerken zu lassen.

Nachdem die Eröffnungsfeierlichkeiten vorbei waren, richtete sich alle Aufmerksamkeit auf die Teilnehmer des Schaukampfes. Ihre Gesichter wurden nacheinander mittels Projektionen in die Luft geworfen, so dass sie aus jedem Winkel des Heptadomes zu sehen waren. Was folgte, waren mehrere Einzelkämpfe. Es war genau wie damals im Heptadome in Brent: Die Anfeuerungen und Buhrufe prasselten von allen Seiten auf die Kämpfer ein, während sie heftig miteinander um den Sieg rangen. Dabei nutzten sie zum Teil Gesten, die ich noch nie gesehen hatte und das mit einer Geschwindigkeit, die selbst in den Profiligen Primes niemand beherrschte.

Von anfangs zwanzig blieben am Ende noch vier Schaukämpfer übrig, und das letzte Duell endete damit, dass der Verlierer von Sanitätern aus der Arena getragen werden musste.

»Als Nächstes gibt es einen Schaukampf der zwei besten Kämpfer des letzten Jahres«, raunte Matt zu mir. »Als Einstimmung für das große Finale. Das ist kein richtiger Kampf, sondern nur eine Show.«

Ich nickte und sah nach unten, während die Arena sich leerte. Die Scheinwerfer senkten sich dramatisch auf einen der bogenförmigen Durchgänge, die von den Katakomben des Heptadomes in die Arena führten. Trommelschläge ertönten, und ringsherum lehnten sich die Oberen nach vorn, um die beiden Kämpfer zuerst sehen zu können.

Statt es ihnen gleichzutun, schaute ich mich auf der Tribüne um, auf der wir saßen, und dann nach hinten, zum Ausgang. Doch ich konnte nichts Verdächtiges ausmachen. Dort standen nur Kellner und neben ihnen Zorya, Jarek und einige Magiehäscher, die genau beobachteten, wer uns zu nahe kam.

Auf einmal schien das Publikum kollektiv den Atem anzuhalten. Ein Keuchen erklang von den Tribünen, sogar Adam versteifte sich neben mir.

Im Gegensatz zu dem, was Matt mir gerade gesagt hatte, traten nicht zwei Personen in die Arena, sondern nur eine. Sie bahnte sich ihren Weg ins Zentrum und blieb so stehen, dass sie direkt zu unserer Tribüne schaute.

Es war Sebastian.

»Was zur Hölle?«, stieß Matt neben mir aus.

Ich blickte zu Dina und Celine. Sie wirkten ebenso geschockt. Auch Adams Miene hatte sich verfinstert.

»Nehmen die Sieben sonst an den Kämpfen teil?«, fragte ich, und Dina schüttelte den Kopf.

»Nein, nie.«

»Was soll das werden?«, fragte Matt. »Will er vor allen mit seinem Sigil angeben?«

Cedric nickte. »Würde zu seinem Größenwahnsinn passen.«

Der Schock im Publikum wandelte sich in frenetischen Applaus. Begeisterte Rufe schallten durch den Heptadome, einige sprangen vor Freude auf, als sie erkannten, dass es einer der Sieben war, der sich als erster Kämpfer vorstellte.

»Die Leute lieben es«, flüsterte ich.

»Natürlich tun sie das.« Es war Adams Stimme, leise, aber voll von unterschwelligem Zorn. »Endlich bekommen sie das, was sie immer wollten. Sie können die Fähigkeiten eines Dark Sigils live sehen.«

Sebastian verbeugte sich mitten in der Arena, dann hob er ein Mikrophon an seinen Mund. »Meine verehrten Oberen«, rief er und drehte sich dabei gönnerhaft im Kreis. »Ihr wundervollen Menschen! Heute, zur Feier des dreihundertfünfundsiebzigsten Jahrestages seit der Geburtsstunde des Mirrors dachte ich mir, es wird Zeit, die Grenze zwischen uns – den Sieben und euch –, endlich etwas kleiner werden zu lassen. Schließlich seid *ihr* es, für die wir die Macht der Dark Sigils bewahren!«

Der Applaus brachte den Heptadome beinahe zum Vibrieren. Überall in den Rängen sah ich Hände, die voller Verzückung nach oben gestreckt wurden. Sie konnten die angekündigte Demonstration kaum erwarten. Doch gegen wen wollte Sebastian antreten? Bevor ich die Frage laut stellen konnte, hob er schon erneut das Mikrophon an seinen Mund.

»Und wer könnte dieses phänomenale Ereignis, diesen Feiertag unserer Gründung, diesen schönsten aller Anlässe, angemessener mit uns feiern als …«

Ich hielt die Luft an. Sebastian ließ seine ausgestreckte Hand suchend über die Arena hinweg kreisen und endete genau dort, wo wir saßen.

Genau dort, wo *Adam* saß.

»… als unser geliebter Mirrorlord!« Auf den Monitoren lächelte Sebastian charmant. »In seiner unendlichen Gnade hat er beschlossen, euch heute seine Kräfte zu demonstrieren. Zum ersten Mal in der Geschichte des Mirrors!«

Der Applaus nahm neue Ausmaße an. Eine gigantische Welle der Begeisterung rauschte über den Heptadome hinweg. Sämtliche Obere hatten sich zu Adam gedreht, während Sebastian noch tief gebeugt dastand und … wartete.

Denn mehr – das wurde mir gerade klar – musste er gar nicht tun. Er brauchte nur zu warten, dann würde alles laufen, wie er es wollte.

»Das ist jetzt nicht sein Ernst«, zischte Celine.

Matt rollte die Augen. »Geh nicht drauf ein, Adam. Das ist lächerlich.«

Adam seufzte. Das Klatschen der Zuschauer hatte sich inzwischen in einen auffordernden Rhythmus gewandelt. »Ich kann es nicht ausschlagen«, sagte er, und schließlich, ganz langsam, stand er auf.

»Adam. *Lass es*«, versuchte Celine es noch einmal, doch er schüttelte nur unmerklich den Kopf und setzte einen Fuß nach vorn. Die anderen warfen sich Blicke zu, aber ich wusste, dass Adam recht hatte. Ihm blieb keine andere Wahl, als genau das zu tun, was Sebastian von ihm wollte. Sonst würde der Mirror ihn für schwach halten. Und dann hätte Sebastian bereits gewonnen.

Ich sah Adam hinterher, wie er unter dem bahnbrechenden Jubel der Menge den langen Gang in Richtung Arena antrat.

Während er die Treppe hinabstieg, die durch Magie wie eine Art Rolltreppe beschleunigt zu werden schien, wurde sein Gesicht auf sämtlichen Projektionsflächen des Heptadomes gezeigt, überall, in jeder Ecke.

»Herrje, Harwood.« Dina beäugte mich von der Seite. »Schau nicht so erschüttert. Adam ist nicht aus Zucker. Und es ist nur eine Show. Selbst Sebastian würde es nicht wagen, dem Mirrorlord eins seiner makellosen Haare zu krümmen.«

»Das war beinahe schon clever von Sebastian«, hörte ich Cedric murmeln. »Ich bin verwundert.«

Matt knuffte ihn in die Seite. »Er kann durchaus clever sein.«

Cedric lächelte schmal. »Deine Meinung ist nicht objektiv, Matthew.«

»Oh doch, das ist sie. Glaub mir.« Matt lehnte sich nach vorn. »Hoffentlich verprügelt Adam seinen goldenen Hintern.«

»Ist er wirklich golden?«, wollte Dina wissen. »Es gibt da ja Gerüchte, aber du hast nie verraten, wie tief Sebastians Tattoos gehen.«

»Das werde ich auch nicht, Dina. Aber wir können gern über *deine* mannigfaltigen Liebschaften reden.«

Sie lächelte liebevoll. »Das können wir. Danach müsste ich dich allerdings töten.«

Matt wollte zu einer Erwiderung ansetzen, doch da senkte sich eine plötzliche Stille über den Heptadome.

Adam war unten angekommen. Jarek und Zorya, die ihm mit etwas Abstand gefolgt waren, blieben am Rand stehen, während Adam unter anschwellendem Jubel in die Arena lief.

Sebastian zog sich das dünne Hemd, das er trug, vom Oberkörper und griff an seinen Engelsspiegel, woraufhin seine Haut von gelblich leuchtenden Lichtmalen überzogen wurde. Er rief

Adam irgendetwas zu, ich konnte es von hier nicht verstehen, doch von den unteren Rängen brandeten Rufe auf, die nach und nach zu uns drangen.

»Oh, bitte!«, kommentierte Dina bloß, als sich die Worte zusammensetzten. Sie wollten, dass auch Adam seine Male präsentierte.

»Wenn das jetzt jedes Jahr einer von uns machen muss, bringe ich Sebastian höchstpersönlich um.« Matts Kiefer arbeitete. »Ich bin keine Zooattraktion.«

Adam sagte etwas zu Sebastian, zog jedoch weder seinen Mantel noch sein Hemd aus. Er nahm nur die Würfel in die rechte Hand und begann, um Sebastian herumzulaufen. Der hielt seinen Spiegel von sich weg, woraufhin der Griff immer länger wurde und sich in eine Art Lichtspeer verwandelte. In seiner Hand war nach wie vor der Spiegel zu sehen, der Rest hatte sich zu einer Waffe geformt, die er langsam vor sich hin und her kreisen ließ.

Adam drehte nur immer weiter die Würfel und gab kein Anzeichen, dass er sich in naher Zukunft in Kampfposition begeben wollte. Erst als Sebastian auf ihn zurauschte, warf er Alius und Etas in die Luft, woraufhin sich das Seil zwischen ihnen spannte.

Sebastian ließ den Speer aus Licht auf Adam herabfahren. Der wehrte mit einer fast gelangweilten Bewegung ab, indem er Sebastians Waffe mit seinem Seil einwickelte und ihn von sich wegzog. So ging es mehrmals hin und her, doch Sebastians Angriffe wurden immer heftiger. Ich merkte sofort, als Adam die Würfel das erste Mal wirklich zum Einsatz brachte. Nicht nur, weil das Glühen seiner Lichtmale sich deutlicher abzeichnete, sondern auch durch die Selbstverständlichkeit, mit der er Sebastians Schlag mit dem Speer abfing. Kurz darauf: ein weiterer heftiger Angriff, den Adam jedoch mit einem Magieschild parieren konnte. Ein Raunen ging durch die Menge, gefolgt von Jubel für ihren Herrscher.

»Komm schon«, hörte ich Matt murmeln, und Dina, Cedric und Celine wirkten ebenfalls merklich angespannter.

Sebastian und Adam bewegten sich nun derart schnell über die Arena, dass ich kaum hinterherkam. Sebastian rief Adam irgendetwas zu – ich verstand es nicht –, doch dann flackerte Adams Blick für eine winzige Sekunde zu mir nach oben, und Sebastian verpasste ihm den ersten Schlag.

Ein weiteres Raunen, das durch die Menge ging, und das, obwohl Adam augenblicklich konterte. In den Gesichtern einiger Oberer um uns herum konnte ich die Gier nach einem Skandal sehen – die Gier danach, Adam als den mächtigsten Menschen im Mirror heute scheitern zu sehen. Auch bei Magistrat Pelham, der zusammen mit Matts Vater auf einer Tribüne links von unserer saß, konnte ich ein kleines süffisantes Lächeln erkennen.

Unten in der Arena ließ Adam seine Würfel kreisen und stürzte dann zum ersten Mal mit voller Wucht auf Sebastian zu. Sebastian hatte keine Chance gegen ihn. Adam glich seine Unaufmerksamkeit von eben mehr als aus. Er sah jeden Angriff von Sebastian voraus, blockierte ihn oder konterte so schnell, dass Sebastian mehrfach zu Boden ging.

Ich musste an das denken, was Adam beim Training zu mir gesagt hatte: dass unsere Magie zwar ewig war, aber trotzdem sehr viel Kraft verzehrte, wenn man sie zu oft anwendete. Davon war jedoch nichts zu spüren. Oder zumindest merkte man es Adam nicht an. Er führte Sebastian regelrecht vor, indem er selbst den elegantesten Angriffen einfach auswich.

Gerade hatte Adam Sebastian mit einem Magiestoß zu Fall

gebracht und lief mit dem Rücken zu ihm davon, als wollte er ihn noch weiter bloßstellen. Doch Sebastian raffte sich schneller auf, als ich geglaubt hatte. Dann kam er mit seinem Lichtspeer in der Hand auf Adam zu, drehte ihn jedoch so, dass nicht die Spitze, sondern der Engelsspiegel nach vorne zeigte.

Ich erinnerte mich daran, wozu Sebastians Sigil imstande war: Schaute man hinein, bekam er Zugang zu den Gedanken seines Gegenübers. Und all die Wünsche, Ängste und Sehnsüchte, die dort im Unterbewusstsein schlummerten, konnte Sebastian verstärken oder schwächen.

Würde er Adam damit in seinen Bann ziehen, würden ihm selbst die Schicksalswürfel nicht mehr helfen.

Hinter dir!, rief ich Adam innerlich zu, und unten in der Arena wirbelte er sogleich herum. Sein Blick zuckte für einen Sekundenbruchteil zu mir – ich sah sein Gesicht auf dem Monitor darüber. *Schau nicht zu mir! Pass auf den Spiegel auf!*

In letzter Sekunde bewegte Adam sich zur Seite, feuerte einen Magiestoß auf Sebastian ab, so dass ihm der Spiegel aus der Hand fiel. Dann wirbelte er samt seines Lichtseils durch die Luft und wickelte es um Sebastians Oberkörper. Schließlich traf Adam ihn mit einer Druckwelle aus Magie so heftig in den Rücken, dass er zu Boden stürzte – und liegen blieb.

Der Jubel war ohrenbetäubend. Adam stand vor dem knienden Sebastian, während ringsum die Oberen anfingen, seinen Namen zu skandieren.

»Er hat gewonnen.« Ich schaute zu Dina und erwartete ihr breites Katzenlächeln, aber im Gegenteil: Der Ausdruck in ihrem Gesicht war finster, ihre Hände zu Fäusten geballt. »Was ist?«

»Es war zu einfach«, antwortete sie. »Sebastians Kräfte können vielleicht nicht mit Adams Würfeln mithalten, aber so schlecht hat er noch nie gekämpft.«

Ich schaute zurück in die Arena. Adams Blick lag auf mir, und hinter ihm kauerte Sebastian weiterhin am Boden der Arena. Zuerst wirkte es, als wollte er Adam seinen Respekt zollen, weil er sich derart tief verbeugte. Doch dann schwenkte die Kamera, und ich sah ein kleines, zufriedenes Grinsen auf Sebastians Lippen. Er drückte beide Hände auf den Sand, und plötzlich erstrahlte eine enorme, winterblau leuchtende Gravur über die gesamte Größe des Arenabodens.

36

Matt griff im gleichen Augenblick an seinen Ring, wie Dina und Celine an ihre Sigils fassten. Sie ballten die Hände zu Fäusten, ein angestrengter Ausdruck in den Gesichtern. Doch nichts tat sich. Keine Magie, keine Lichtmale.

»Was ist hier los?«, hauchte Dina fassungslos.

»Seht ihr es nicht?« Celine deutete auf den Boden der Arena. Das meterlange Sigil, das dort von Sebastian aktiviert worden war, leuchtete zwischen dem Sand hindurch. Keine Frage, ich kannte die Gravur, denn ich hatte sie tagelang auf Münzen mit mir herumgetragen.

»Wir sitzen auf einem gigantischen Magiehemmer«, flüsterte ich, und kaum hatte ich die Worte geäußert, brach ringsum Chaos aus.

Irgendwo links von mir wurde einem Kellner ein Tablett aus den Händen geschlagen. Es krachte samt Gläsern auf den Boden, eine Kakophonie von zersplitterndem Kristall. Und von einer Sekunde auf die andere tauchten überall im Publikum vermummte Gestalten auf.

Sogar in den Sitzreihen unter unserer Tribüne sah ich sie, dazwischen eine Herde panischer, um sich schlagender Oberer.

Es war das Auge.

Sie waren wirklich hier.

Mein Blick schoss zu Adam. Jarek und Zorya waren zu ihm in die Arena gerannt und flankierten ihn. Während sich der Platz um sie herum rasend schnell mit Menschen füllte, nahmen sie Adam zwischen sich und liefen zu dritt zum Rand.

Die Rebellen vom Auge stürmten unterdessen auf die Tribünen zu. Magistrat Pelham, Tynan Coldwell und andere Obere rannten zu den Ausgängen. Auch ich sprang auf und verteufelte das verdammte Riesenkleid, denn ich konnte mich kaum damit bewegen.

»Kommt!«, rief Dina. Sie und Celine hatten binnen Sekunden die Stühle, auf denen wir gesessen hatten, als Barrikade vor uns geschoben, während die Rebellen schon über das Geländer gesprungen waren. Neben mir hielt Matt einen der Angreifer im Würgegriff und beförderte ihn dann mit seinem Ellbogen auf den Boden.

Ohne den Vorteil ihrer Sigils kämpften sie alle wie Kneipenschläger. Dina scheute sich definitiv nicht, ihre Fäuste, ihre Ellbogen und sogar ihre Zähne zu benutzen.

Alles war völlig chaotisch. Wir waren zahlenmäßig weit unterlegen, selbst mit den Magiehäschern an unserer Seite. Aber viel schlimmer war: Die Dark Sigils funktionierten nicht, und das war der Part, mit dem niemand von uns gerechnet hatte. Nicht rechnen konnte.

Die Falle war zugeschnappt, doch nicht das Auge war es, das hineingelaufen war, sondern wir.

Weitere Rebellen des Auges begannen bereits, sich aus allen Ecken des Heptadomes auf uns zuzubewegen. Flankiert von einigen Magiehäschern bahnten wir uns unseren Weg nach unten. Meine High Heels warf ich nach wenigen Stufen zur Seite und lief barfuß weiter. Ein Angreifer sprang von der Seite auf uns zu, Dina duckte sich und verpasste ihm gleich darauf derart schnell mehrere Fausthiebe, dass er wimmernd vor ihr auf den Boden sackte.

Pure Willenskraft trieb mich durch die nächsten Minuten. Auf dem Weg in Richtung des Erdgeschosses hinterließ Dina eine Spur bewusstloser Körper. Zwei Angreifer stürzten sich auf Cedric und Matt, währenddessen griff jemand von hinten an meine Schultern. Der Lärm wurde in meinen Ohren doppelt so laut, und mein Puls beschleunigte sich. Mit meinem Kleid hatte ich keine Chance, ihn abzuwehren, aber es war gar nicht nötig. Mein Gegner wurde von einem gezielten Schlag und einem Schuss ins Bein ausgeknockt, als Jarek und Zorya voll bewaffnet auf uns zumarschierten.

»Hilfe gefällig, meine werten Trägerhoheiten?«, witzelte Zorya, und ich atmete auf, als hinter ihr Adam mit einem Strom an Leuten in dunklen Uniformen und Siebenecken auf der Stirn heranlief.

Er fixierte mich, sein Blick aufgewühlt. Ich sah ihm an, dass das alles hier ganz und gar nicht nach Plan gelaufen war – aber auch, dass er bereits nach Auswegen suchte.

»Mein Lord, ich denke, es ist Zeit, dass wir Euch hier rausbringen«, brummte Jarek, während er sich mit seinen breiten Schultern schützend vor uns stellte, doch Adam schüttelte sofort den Kopf.

»Nein. Ich bleibe.«

»Das ist keine gute Idee. Die Rebellen wollen Euch töten. Wir sollten –«

»Jarek. Ich bleibe.« Adam schaute erneut zu mir, und ich begriff: Es ging ihm um Lily. Schließlich hatten wir nur diese eine Chance.

»Ich bleibe auch«, sagte ich sofort. »Ich will –«

»Bringt Rayne aus der Stadt raus.« Adam hatte sich zu Jarek, Matt und Cedric gewandt. »Nehmt den Weg über die Katakomben. Wenn ihr tief genug seid, sollte der Magiehemmer euch nicht mehr blockieren.« Er schaute zu Celine. »Sobald es dir möglich ist, öffnest du einen Korridor direkt nach Septem. Bleibt dort, bis ihr von mir hört.«

»Ich gehe nirgendwo hin!«, protestierte ich. »Ich *muss* bleiben!«

Adam fasste an meine Oberarme und zog mich zu sich. Er legte eine Hand an meine Wange, und ich spürte die Blicke der anderen auf uns, doch im Moment war es mir egal. »Du hast deine Aufgabe erfüllt, lass mich jetzt dafür sorgen, dass wir ihre Basis finden.«

»Aber …«

»Deine Verbindung mit Ignis ist noch nicht gefestigt. Wenn sie dich in die Finger bekommen, werden sie versuchen, es dir abzunehmen, und das wirst du nicht überleben. Rayne, bitte. Ich kann das hier unter Kontrolle bringen, und sobald der Hemmer seine Wirkung verloren hat, werde ich die Verbindung der Rebellen zu ihrer Basis zurückverfolgen. Vertrau mir.«

Ich starrte ihn an. Nie hatte ich gewollt, dass er mich *rettete*. So war ich nicht. Doch gerade, als ich etwas erwidern wollte, flackerten die Flutlichter über der Arena hell auf. Dann wurde der gesamte Heptadome in Dunkelheit getaucht. Wie ein schwerer Vorhang, der über die Welt gefallen war.

»Bring sie hier raus!«, rief Adam Jarek zu. »Sofort!«

Bevor ich mich wehren konnte, fasste Jarek an meinen Arm. Ich schubste ihn, aber gegen seine Muskelberge hatte ich keine Chance. Dina, Zorya und ein Teil der Häscher blieben neben Adam stehen, der Rest setzte sich mit uns in Bewegung.

Jarek zwang mich, weiterzulaufen, auch wenn er dabei etwas

von *Sturer Junge* murmelte und alles andere als zufrieden aussah. Ich konnte nur einen letzten Blick auf Adam erhaschen, bevor er in der Menge der restlichen Magiehäscher unterging.

Wut rauschte durch meine Adern. Wahrscheinlich hatte er von Anfang an geplant, mich aus der Schusslinie zu nehmen, sobald das Auge sich zeigte. Und er hatte diese Entscheidung ohne mich getroffen.

Schon wieder!

Verdammter Mirrorlord! Verdammter arroganter Kotzbrocken!

»Hör endlich auf, Flämmchen«, rief Jarek mir über den Lärm zu. »Jede Störung der Befehlskette wird die Sache nur verlangsamen. Verstärkung wird bald eintreffen, um seinen hoheitlichen Hintern zu retten, also beruhig dich.«

Er zog mich durch den Ausgang der Arena und von dort die erste Treppe nach unten. Einige Diener kamen uns entgegen und rannten in die andere Richtung. Klar, im Kellergeschoss gab es keinen Weg raus. *Eigentlich*.

Celine hielt ihren Saphirschlüssel fest umklammert, aber offenbar konnte sie ihn immer noch nicht benutzen. Als wir im zweiten Untergeschoss der Katakomben ankamen, schwankte auf einmal der gesamte Tunnel. Die Lichter an der Wand flackerten, Staub rieselte von der Decke, während ich darum kämpfte, das Gleichgewicht zu halten. Der Boden knarzte gefährlich unter den nachfolgenden Erschütterungen. »Was war das?«, rief ich.

»Der Magiehemmer beeinflusst die Statik des Gebäudes!«, keuchte Cedric mit dünner Stimme. »Der Heptadome ist ja nur so groß, weil er mit Sigils betrieben wird.«

Leise fluchend holte Jarek ein Spectum hervor. Er schaute hinein, aber es wurde offenbar genauso von dem Magiehemmer blockiert, wie unsere Sigils. Er zog mich weiter, und ich spürte, wie Angst durch meine Glieder kroch. Was, wenn das Gebäude zusammenstürzte, bevor wir draußen waren? Und was war dann mit Adam?

Jarek umklammerte meinen Arm mit festem Griff, und Matt, Cedric und Celine hielten sich dicht bei mir. Wir ließen ein weiteres Stockwerk hinter uns, als –

»Stopp! Das reicht!« Celine hob ihren Saphirschlüssel vor sich. Der blaue Magiekern leuchtete. Wir steuerten auf die nächstbeste Tür zu, die hinter einer Abzweigung in den Tunneln lag. Doch im nächsten Moment schwang die Tür auf, und eine Gruppe maskierter Gestalten stürzte auf uns zu.

Jarek bellte einen Befehl an seine Magiehäscher, sich den Rebellen des Auges entgegenzustellen, gleichzeitig zerrte er mich und die anderen zurück. Zu fünft bogen wir in den nächsten Gang ein, wo eine weitere Tür auf uns wartete.

Gerade wollte Celine ihren Schlüssel in das Schloss stecken, als Matt an ihre Schulter griff. Er zog etwas aus seiner Manteltasche hervor. Es war ein Spectum, das er Celine entgegenhielt.

»Bring uns zu dieser Adresse.«

Ich konnte nicht sehen, was Matt ihr zeigte. Irgendeine Karte vielleicht? Celine runzelte die Stirn, ihr Gesichtsausdruck verwirrt.

»Wieso?«

»Adam will sich dort mit uns treffen.«

»Das ist doch Schwachsinn. Adam hat gesagt, wir sollen nach Septem gehen.«

»Celine«, knurrte Matt und baute sich vor ihr auf. »Tu, was ich dir sage: Bring uns dorthin!«

Doch ihre Miene verfinsterte sich, und sie schüttelte langsam den Kopf. »Nein.«

Da hob Matt auf einmal eine Hand. Die lilafarbenen Lichtmale auf seinen Armen glühten grell auf, und ich sah, wie Celines Augen nach oben rollten, während eine Illusion von ihr Besitz ergriff.

»Matt«, hauchte Cedric erschrocken. »Was machst du?«

»Bring uns zu der Adresse«, wiederholte Matt, und diesmal reagierte Celine sofort. Sie zitterte am ganzen Körper, und ich hatte keine Ahnung, was er ihr gerade für eine Illusion in den Kopf gepflanzt hatte, aber offenbar war sie so bedrohlich, dass sie keine Sekunde zögerte. Sie steckte den Saphirschlüssel ins Schloss, bis das blaue Strahlen ihrer Sigilmagie uns mit voller Wucht erfasste.

»Lass sie frei, Matt!«, schrie ich, denn Celine zitterte immer stärker. Ein Wimmern kam ihr über die Lippen, und ich schluckte schwer, als Tränen über ihre Wange rollten und sie neben uns zusammenbrach.

»Matthew, hör auf!« Cedrics Gesicht war wie mein eigenes vor Schreck versteinert. Er versuchte, eine Hand nach Matt auszustrecken, doch da wurde auch er von einer Illusion erfasst. Dann drehte Matt sich zu mir um. Er packte mich an meinen Oberarmen, versuchte, mich durch den Korridor aus Magie zu schieben. Und da wusste ich, dass ich verloren war.

»Lass sie sofort los, Junge.«

Jarek hielt Matt eine seiner Schusswaffen an die Brust. »Ich hab keine Ahnung, was in deinem hübschen Köpfchen gerade schiefläuft, aber wir gehen ohne Umwege direkt nach Septem. Und wenn ihr Kinder nicht gehorcht, ziehe ich euch einzeln an den Ohren hier raus.«

Matts Gesicht wurde von einer Boshaftigkeit überlagert, die gar nicht zu ihm passen wollte. Nicht zu diesem fröhlichen, frechen Jungen, der inzwischen zu meinem Freund geworden war. Er schaute Jarek derart hasserfüllt an, dass sogar er, der mit seiner Größe und den breiten Schultern jeden besiegen konnte, zurückwich.

Matt dagegen machte einen schnellen Schritt nach vorn und lief direkt in Jarek hinein. Der Magiehäscher keuchte, taumelte. Ich begriff nicht, was passierte, sah nur Matts Rücken, der sich mit ruhigen Atemzügen hob und senkte. Sah Jareks Blick, der mich entgeistert über Matts Schulter hinweg traf, als würde er die Welt nicht mehr verstehen.

Dann knickten Jareks Beine weg.

Mein Blick fiel auf den Dolch aus lilafarbenem Licht. Er wuchs geradewegs aus Matts Hand heraus. Und dann entdeckte ich das Blut, das von Jareks Bauch auf den Boden tropfte.

Matt hatte ihn erstochen.

»Nein«, krächzte ich, erstarrt vor purem Entsetzen, das durch meinen ganzen Körper schoss und meine Knochen mit Blei füllte.

Ich war nicht der Typ Mensch, der schnell hysterisch wurde, aber das hier war zu viel. Ich konnte nicht klar denken, die Welt verblasste an den Rändern.

Wie … wie war das möglich?

Was passierte hier?

»Lauf, Flämmchen«, presste Jarek hervor. Er versuchte noch, die Hand zu heben, doch in diesem Moment sickerte das Leben aus seinen Augen heraus. Jarek hörte auf zu atmen.

Tränen stiegen mir in die Augen, als Matt mich am Arm packte. Ich versuchte, auf die Magie meines Sigils zuzugreifen, versuchte mir vorzustellen, wie ich die Illusion in Celines und Cedrics Köpfen zerstörte, wie ich Matt mit einem Magiestoß von mir stieß, aber nichts passierte. Meine Gedanken waren unfokussiert, mein Körper im kalten Schock und Matts Griff so unnachgiebig wie Eisen. Er zog mich weiter, hin zu dem Korridor, den Celine für uns geöffnet hatte.

Adam, dachte ich verzweifelt. Ich versuchte, den Gedanken zu ihm zu schicken, auch wenn ich nicht wusste, ob es funktionierte. *Adam, sie haben mich.*

Ich hatte das Gefühl, ein Vibrieren in unserer Verbindung zu spüren, doch eine Antwort kam nicht. Stattdessen drängte mich Matt in den Korridor, bis es nur noch fein schimmernde blaue Linien über und unter uns gab. Ein ruckartiges Ziehen durchfuhr meinen Körper. Es war, als würde sich alles um mich herum drehen. Matt zerrte mich mit schnellen Schritten durch den Korridor, und auf der anderen Seite erwartete uns schon, freundlich lächelnd …

Sebastian.

37

Sebastian wirkte dermaßen gut gelaunt, dass ich ihm am liebsten sofort ins Gesicht gespuckt hätte. Die Tür fiel hinter mir in die Angeln, das Magieleuchten verschwand. Im nächsten Augenblick packte Matt meine Arme und presste sie mir in den Rücken. Er nahm eine Handvoll Münzen entgegen, die Sebastian ihm hinstreckte, und drückte sie auf meinen Arm.

Ich wusste, was das für Trites waren, noch bevor Sebastian es laut aussprach.

»Magiehemmer.« Er lächelte mich fröhlich an. »Ist wahrscheinlich nicht nötig. Soweit ich mitbekommen habe, kannst du nach wie vor nur recht unzulänglich mit Ignis umgehen, aber … sicher ist sicher. Und wir wollen ja nicht, dass du dich verletzt.«

Vor allem wollte er nicht, dass ich *ihn* verletzte.

Verzweifelt versuchte ich, auf die Verbindung mit Adam zuzugreifen, doch die Trites hatten sie endgültig gekappt. Ich wand mich in Matts Griff, während mein Blick wie wild umherwanderte. Wir waren in einem weitläufigen und ziemlich dunklen Raum herausgekommen. Es sah nach einem ehemaligen Großraumbüro aus, die einzelnen Arbeitsplätze waren noch zu erkennen, sie schienen allerdings schon lange verlassen zu sein. Die Wände waren mit Graffiti beschmiert und so hoch, dass ich nicht sehen konnte, was hinter den paar Leuchtröhren lag, die von der Decke baumelten. Die Fenster waren mit Farbe geschwärzt, einige sogar mit Brettern vernagelt. Große Sigils, mit hell leuchtenden Gravuren waren daran angebracht worden. Ein ganzes Arsenal von Münzen, in so unterschiedlichen Ausarbeitungen, wie ich es noch nie gesehen hatte.

Wo zum Teufel waren wir?

Ich stöhnte, als sich der Griff um meine Hände verfestigte. »Matt, bitte!«, keuchte ich, doch er reagierte nicht auf mich. Ich schaute über meine Schulter zu ihm, und da wurde mir das erste Mal bewusst, wie verklärt er wirkte. Sein Blick war ganz entrückt, und Schweißtropfen perlten auf seiner Stirn. Es ging ihm ganz offensichtlich nicht gut.

Wütend funkelte ich Sebastian an. »Was hast du mit ihm gemacht?«

Er tippte gegen seinen Spiegel. »Ich habe nur verstärkt, was längst dort war, nicht wahr, Matthew?« Er kam zu uns gelaufen und legte eine Hand an Matts Gesicht. »Er will mir jeden Wunsch von den Augen ablesen, tief in seinem Herzen. Das wollte er schon immer.«

Trotz Sebastians Worten durchfuhr mich eine Welle der Erleichterung. Denn das bedeutete, Matt hatte sich nicht wirklich gegen uns gewandt – Sebastian kontrollierte ihn bloß mit seinem Sigil!

»Das stimmt nicht«, antwortete ich. »Er liebt dich nicht mehr.«

»Hmm.« Sebastian machte ein nachdenkliches Geräusch. »Das sagt er gern, ja. Aber mein Sigil dockt lediglich an Gedanken an, die bereits da sind, Rayne. Ich mache mir das lediglich zunutze.«

»Matt hat sich gegen dich entschieden! Nur das ist jemandem, der so selbstverliebt ist wie du, natürlich völlig egal.«

Sebastian lächelte bloß und gab mir keine Antwort. Auf einen einfachen Wink von ihm presste Matt eine Hand an meine Kehle und drückte so fest zu, dass mir Tränen in die Augen schossen. Ich würgte und bekam erst wieder Luft, als Sebastian ein paar Sekunden später mit den Fingern schnipste.

»Eine falsche Bewegung, und ich lasse ihn dich umbringen«, sagte er nun mit einem dunklen, bösen Unterton, wie ich ihn bislang nicht von ihm gehört hatte. Sebastian lief los in Richtung eines Flurs, und schon schleifte Matt mich hinterher.

Tränen verschleierten mir die Sicht, doch ich weigerte mich, vor Sebastian zu weinen. Ich war eine der Sieben, ich war die Trägerin des Drachenarmbandes. So schnell würde ich nicht vor ihm zusammenbrechen.

Matt führte mich durch ein Treppenhaus nach unten in ein anderes Stockwerk, diesmal ganz ohne Fenster. Ich gab meinen Widerstand auf. Ich konnte nicht auf Ignis zugreifen, die Magiehemmer verhinderten es. Und Matt war zu stark, um mich aus seinem Griff zu befreien. Mein Kleid verursachte schleifende Geräusche auf dem Boden, und wahrscheinlich hatte es überall Risse, aber wen kümmerte das schon? Ich spürte Verzweiflung in mir aufkochen, als ich wieder an Jareks lebloses Gesicht dachte. Er hatte mich beschützen wollen – und war deshalb gestorben.

Wir kamen an unserem Ziel an. Sebastian drückte auf einen Schalter, woraufhin eine einsame Glühbirne, die von der Decke hing, sirrend ihren Dienst aufnahm. Ein winziger Raum, in dem eine Pritsche stand. Und darauf lag …

»Lily!«, keuchte ich und wollte mich sofort wieder aus Matts Griff losreißen, was der nach einer Geste von Sebastian auch zuließ. Ich stolperte vorwärts und ließ mich vor Lily auf die Knie fallen. Sie schlief – oder war bewusstlos. Jedenfalls regte sie sich selbst dann nicht, als ich sie so fest in die Arme schloss, wie ich konnte.

»Lily«, flüsterte ich in ihre Locken, immer wieder. »Es tut mir so leid. Es tut mir so furchtbar leid.« Meine Finger fuhren über ihren Rücken, hielten sie fest bei mir. Sie wirkte so dünn – so zerbrechlich. Und allein der Gedanke schnürte mir dermaßen unbarmherzig die Kehle zu, dass ich doch anfing zu weinen.

Im Hintergrund hörte ich Stimmen und Schritte. Die Tür klappte auf und wieder zu, nur das Licht blieb an und erfüllte den Raum mit dem leisen Sirren der Glühbirne.

Langsam drehte ich mich um. Matt stand noch immer mit verklärter Miene an der Wand neben der Tür, Sebastian breit grinsend daneben. Und vor den beiden … Dorian Whitlock.

Nun verstand ich es: Ich war in der Basis des Auges. Den Ort, den Adam und ich gesucht hatten. Und all diese Sigils, die ich draußen gesehen hatte, die mussten von Nessa Greenwater stammen. Was hatte Adam gesagt? Sie war die beste Schmiedin des Mirrors. Wahrscheinlich hatte sie das ganze verdammte Gebäude damit zugepflastert, um es zu beschützen.

Mein Blick heftete sich auf Dorian. Er trug dieselbe Sturmkleidung wie an dem Tag, als wir im Waisenhaus aufeinandergetroffen waren. Er beäugte mich, während ich ihn und Sebastian anfunkelte.

Die beiden machten also gemeinsame Sache. Sebastian hatte nicht einfach nur vor all den Oberen gegen Adam gekämpft, in der Hoffnung, ihn öffentlich bloßstellen zu können … er hatte es getan, um mich von ihm wegzulocken. Wahrscheinlich hatte er geahnt, dass Adam uns in die Katakomben schicken würde, und er hatte Matt, Cedric, Celine und mich von den restlichen Magiehäschern getrennt.

Aber wozu? Ich verstand natürlich, was das Auge von mir wollte. Mein Sigil. Nur … was hatte Sebastian von all dem?

»Also?« Er hob eine seiner goldgepuderten Brauen. »Planen wir, sie weiter anzustarren, oder passiert endlich etwas?«

»Du kannst gehen«, sagte Dorian.

»Entschuldige?« Sebastian lachte auf. *»Du* sagst mir, *ich* kann gehen? Hast du den Verstand verloren?«

»Wir hatten eine Abmachung, Lacroix. Du bringst sie zu uns, und dann helfen wir dir dabei, den Mirrorlord zu stürzen. Das hier allerdings – das hat mit dir nichts zu tun. Also bitte ich um etwas Privatsphäre. Nimm ihn mit«, er nickte in Matts Richtung. »Mir egal, was du mit ihm machst, aber mach es nicht hier.«

Sofort umgriff Sebastian seinen Engelsspiegel, den er am Gürtel befestigt hatte, und machte einen bedrohlichen Schritt nach vorn. »Wenn du es wagst, noch ein einziges Mal in diesem Ton mit mir zu reden …«

»Verzeihung.« Dorian hob beschwichtigend die Hände. »Alles, was ich sagen will, ist, dass deine Aufmerksamkeit gerade woanders gebraucht wird. Ich kümmere mich um Rayne.«

Sebastian legte den Kopf schief und musterte Dorian misstrauisch. »Ich will umgehend informiert werden, falls Adam sich eurer Basis nähert.«

»Keine Sorge. Wir töten ihn schon nicht ohne dich.«

Eine Gänsehaut zog sich bei Dorians Worten über meine Arme. Sebastian dagegen lächelte, nun endgültig befriedet, dann lief er noch einmal zu mir und beugte sich zu meinem Ohr. »Ich werde fantastisch auf seinem Thron aussehen.«

»Du wirst niemals Mirrorlord werden.«

»Denkst du wirklich«, raunte Sebastian, »dass Matthew der Einzige ist, der tief in seinem Inneren davon träumt, sich mir anzuschließen? Nein. Viele Obere *verehren* meine Familie, und unsere Verbindungen reichen tief hinein in Septem. Mitten ins Herz der Sieben. Adam will es nur nicht wahrhaben.«

Sebastian ließ einen Zeigefinger an meiner Wange entlanggleiten und zog sich zurück, einen Moment, bevor ich ihn von mir stoßen konnte.

Er lief zu Matt, der immer noch zu einem fernen Punkt sah, als wäre sein Geist überhaupt nicht anwesend. Mein Herz hämmerte gegen meinen Brustkorb, während ich wie wild überlegte, wie ich ihn vom Einfluss des Engelsspiegels befreien konnte. Er war nicht er selbst, er wusste wahrscheinlich nicht mal, was hier vor sich ging. Aber da führte Sebastian ihn bereits aus der Tür hinaus, bis beide aus meinem Sichtfeld verschwunden waren.

»Was habt ihr mit Lily gemacht?«, fragte ich Dorian, kaum dass die Tür geschlossen war. Sie war *bewusstlos* – und sie wachte einfach nicht auf!

Doch Dorian wirkte ganz gelassen. »Keine Sorge, sie war nur sehr aufgeregt, also haben wir ihr ein Schlaf-Trite gegeben. Sonst nichts.«

Wie automatisch fuhr meine Hand über Lilys Arme. Offenbar sagte er die Wahrheit: An ihrem Unterarm war eine Münze angebracht. Ansonsten konnte ich keine Verletzungen an ihrem Körper ausmachen.

»Die Wirkung dauert noch ein paar Stunden an«, setzte Dorian nach. »Keine Sorge. Es geht ihr gut.«

Ich wollte etwas erwidern, aber letztlich war es egal, ob ich ihm glaubte, oder nicht. Mein Kopf pochte schmerzhaft, genauso wie mein Hals, wo Matt mich gewürgt hatte.

Dorian fuhr sich durch seine nach oben ragenden schwarzen Haare. Der Blick, den er mir zuwarf, war jedoch nicht berechnend, sondern nachdenklich, und mir fiel wieder das Bild des kleinen Kindes ein, das Sebastian mir gezeigt hatte. Das, was er damals gesehen hatte, war unvorstellbar. Seine eigene Mutter war vor seinen Augen umgebracht worden.

Ich atmete tief durch und versuchte, mich irgendwie zu sammeln. »Wie konntest du es wissen?«, fragte ich ihn. »Im Heptadome in Brent … woher wusstet ihr, dass ich die Trägerin von Ignis bin?«

Dorian hob beide Augenbrauen. »Wussten wir nicht. Wir haben dir bei der Anmeldung die Replik nur wegen des Geldes gegeben, nicht, weil wir große Hoffnungen in dich hatten.« Er verzog den Mund. »Nichts für ungut, du sahst nicht wirklich aus, als wärst du eine Bereicherung für das Auge. Aber wenn die Dinge anders gelaufen wären, hätte ich sicher versucht, dich nach unserem Kampf zu rekrutieren. Von all meinen Gegnern warst du ohne Zweifel am besten.«

Ich ließ meinen Kopf gegen die Wand hinter der Pritsche sinken. »Vielen Dank auch.«

Dorian verzog nur den Mund, und ich spürte, wie meine Hände heftig zitterten, so aufgewühlt war ich. Wie konnte er hier stehen und mir Komplimente machen? Er hatte Lily benutzt, um an mich heranzukommen. Matt war jetzt Sebastians Marionette – für wie lange, wusste ich nicht. Und wegen ihm und seinen Leuten waren heute sicherlich unzählige Menschen im Heptadome schwer verletzt worden. Jarek war *tot* – nur weil das Auge so unbedingt mein Sigil haben wollte!

Und Adam … ich hatte keine Ahnung, was mit Adam war.

Ging es ihm gut? War die Verstärkung eingetroffen, von der Jarek gesprochen hatte? Hatten sie eine Chance gehabt, die Basis des Auges auszumachen? Wobei ich ja selbst nicht mal genau wusste, ob ich gerade in Prime oder im Mirror war.

Es klopfte an der Tür. Eine Frau streckte Dorian ein Glas mit Wasser entgegen, das er mit einem Nicken an mich weiterreichte. Ich nahm es und trank. Mich zu weigern würde mir auch nicht weiterhelfen.

»Wir wollten Ignis schon sehr lange haben«, sagte Dorian, als wir wieder allein waren. »Wir wussten, dass es seit vielen Jahren in Septem verwahrt wurde, doch es war kein Herankommen.«

»Obwohl ihr Spione wie Sarisa hattet?«

Auf meinen spitzfindigen Ton hin lächelte er. »Ja, trotz mutiger Menschen wie Sarisa. Aber nun gibt es eine Öffnung für uns. Dank dir haben wir eine Chance, Septem und das ganze System der Sieben endlich abzuschaffen.«

»Indem ihr Adam tötet?«

Dorian hob die Schultern. »Wenn es sein muss, ja. Er hat es verdient, glaub mir. Seine Blutlinie –«

»Wieso?«, schrie ich. »Wieso seid ihr alle so verdammt besessen von seinem Blut? Adam ist nicht seine Mutter oder sein Großvater oder seine Urgroßeltern. Man wird nicht böse geboren!«

»Sebastian hat dir gezeigt, was mit meiner Mutter passiert ist, oder?« Dorian sah mich eindringlich an, und da begriff ich: Sebastian und er hatten das gemeinsam geplant. Er hatte gewollt, dass ich die Erinnerung sah.

»Ja, und?«

»Du solltest wissen, wozu die Trembletts imstande sind. Aber es geht meiner Großmutter und mir nicht nur um Rache. Das war vielleicht der Anfang von allem, doch nicht unser eigentliches Ziel. Haben dir die Sieben davon erzählt, dass Bruchstücke der Seelen vergangener Träger in den Sigils gefangen sind?«

Ich schluckte ein genervtes Stöhnen herunter. »Ja, haben sie.«

»Allerdings nicht, was das konkret bedeutet, oder?«

Ich schwieg, also fuhr Dorian einfach fort: »In euren Archiven ist nicht viel darüber zu finden. Meine Großmutter hat jedoch alles zusammengetragen, was es gab.« Er verschränkte die Arme vor der Brust, und seine Miene wurde ernst. »Die Dark Sigils haben durch die vielen Seelen, die in ihnen ruhen, eine Art magisches Bewusstsein entwickelt. Und dieses Bewusstsein wirkt auf die neuen Träger ein. Das Echo verbindet sich mit euch. In deinem Fall wird es wohl keine Auswirkung haben. Die Harwood-Linie war schon immer voll von gutherzigen Menschen, Rayne. Keiner deiner Vorfahren hat jemanden ermordet oder jemandem Leid zugefügt.«

»Ach ja? Hast du sie alle persönlich gefragt?«

Dorian ließ sich nicht von mir beirren. »Adam Trembletts Linie dagegen ist voller Psychopathen. Viele von ihnen haben gefoltert, terrorisiert und gemordet. Und dieses Echo färbt auf den Mirrorlord ab, ob er sich dagegen wehrt oder nicht. Indem er sein Sigil trägt, wird er dieser Finsternis Tag um Tag mehr ausgesetzt. Es ist ein Teufelskreis.«

»Ich glaube dir nicht«, flüsterte ich.

Dorian schaute mich lange an, dann nickte er zum Ausgang. »Komm mit. Ich möchte dir etwas zeigen.«

Ich löste mich nur widerwillig von Lily. Ihr Atem ging ruhig und gleichmäßig, aber ich hasste es trotzdem, dass ich sie ausgerechnet jetzt allein lassen sollte. Doch ich hatte keine Wahl.

Wenn ich für uns einen Weg aus dem Gebäude finden wollte, in dem wir uns befanden, musste ich jede Gelegenheit nutzen, um es zu erkunden.

Nachdem ich mich meines Rocks entledigt hatte und mich mit dem seidenen Unterkleid freier bewegen konnte, brachte Dorian mich zwei Stockwerke nach oben. Auf dem Weg durch die dunklen Flure, in denen nur flackernde Neonröhren die kargen Wände beleuchteten, hielt ich Ausschau nach Matt. Doch tief in mir wusste ich, dass er längst nicht mehr hier war. Sebastian hatte ihn mit sich genommen – entweder zurück in die Bella Septe oder ganz woanders hin.

Ich fragte mich, was er mit ihm vorhatte. Er würde Matt nicht verletzen, zumindest hoffte ich das. Aber wie lange konnte er seine Gedanken manipulieren? Schließlich funktionierte der Engelsspiegel nicht wie eine Illusion, sondern er machte sich Matts Gefühle für Sebastian zunutze. Und vielleicht konnte er ihn so beliebig lange in diesem Zustand gefangen halten …

Schließlich kamen wir in einer Ebene des Hochhauses an, von wo aus man durch die Lücken in den schwarz beschmierten Fenstern nach draußen sehen konnte.

Ich starrte bestimmt mehrere Minuten regungslos auf die Stadt hinab, bis ich mir sicher war, dass ich nicht halluzinierte. Wir waren in London – einem London, über dem ein sternenübersäter Nachthimmel hing. *Ein echter Himmel!* Das bedeutete, ich war wieder zurück in Prime!

Und nicht nur das. Hier hatte alles angefangen, denn direkt unterhalb des Gebäudes lag die Baustelle des Heptadomes, in der Lazarus' Party stattgefunden hatte. Wir waren in einem der Hochhäuser, die zum Abriss bereitstanden. *Das* war die Basis des Auges.

»Da hinten sind die Armenviertel.« Dorian deutete in die Ferne. Ich wusste, dass er recht hatte, obwohl ich die High-Rises nicht sehen konnte. »Ich glaube, du hast längst begriffen, wie es läuft, oder? Die Oberen geben einen feuchten Dreck auf die Menschen in eurer Welt. Sie interessieren sich nur dafür, ihren eigenen Reichtum zu vergrößern. Mehr Einfluss, mehr Macht, so sind sie dort oben alle. Also sage ich dir genau, was passieren wird: Die Chaosmagie, so wie sie gerade in Prime auftritt, nimmt niemand ernst. Warum auch, es sterben ja nur diejenigen, auf die man ohnehin verzichten kann. Doch dann entstehen nach und nach die ersten Abbys. Es kommen immer mehr ums Leben, aber eure Regierung vergöttert die Magie nun mal, also werden sie andere Gründe auftun, warum sie sich den Sieben im Mirror unterwerfen wollen. Erst sobald sie kapieren, dass ihr eigener Arsch dran ist, werden sie reagieren. Dann ist es allerdings zu spät.« Dorians Stimme triefte nur so vor Hass. »Hast du schon einmal eine Chaosmagiebündelung gesehen?«

Ich schüttelte stumm den Kopf.

»Bisher ist es in Prime noch nicht passiert, doch das wird es. Die Abbys haben keinen Verstand, sondern kennen nur Gier und Zorn. Und bei einer Bündelung stürzen so viele von diesen Wesen auf dich ein, dass du innerhalb von Sekunden nicht mehr atmen kannst.« Dorians Blick war voller Intensität. »Du bist eine von uns, Rayne. Jemand, der um alles kämpfen musste. Jemand, der jeden Tag nur eine einzige Gewissheit hat: nämlich, dass nichts gewiss ist. Nicht für Menschen wie dich und mich.«

Seine Worte trafen mich so mitten ins Herz, dass ich automatisch vor ihm zurückwich.

»Das Auge ist die letzte Instanz gegen die Macht der Sieben«, fuhr Dorian fort. »Gegen Obere, die diese Städte hier langsam zugrunde gehen lassen, während sie in der Mirrorwelt ihrem eigenen Untergang entgegenfeiern.«

»Adam ist anders. Er will uns helfen. Ich weiß, dass es für euch vielleicht nicht den Anschein macht, aber er tut alles, um die Chaosmagie zu bekämpfen, sowohl hier als auch im Mirror. Er verabscheut die Magistrate. Er hat die Rolle seiner eigenen Mutter aufgedeckt. Leanore Tremblett war für den Chaosmagieausbruch in Prime verantwortlich! Und Adam will das alles ungeschehen machen!«

Dorian legte eine Hand auf meinen Oberarm und musterte mich. »Hör zu, Rayne. Das Auge wird *niemals* mit dem Mirrorlord zusammenarbeiten. Wir vertrauen ihm nicht, und er vertraut uns nicht. Doch *dir* wollen wir ein Angebot machen. Und wir hoffen inständig, dass du es annimmst.« Er lief ein paar Schritte in Richtung einer Tür, die zu einem weiteren Raum führte. »Vorher gibt es aber jemanden, der mit dir sprechen möchte.«

Damit deutete er in das dunkle Zimmer hinein. Ich lief darauf zu, bis ich eine Gestalt entdeckte, die gerade aus dem Schatten heraustrat.

Es war eine Frau mit braunen schulterlangen Locken. Sie trug eine weiße Jacke mit silbernen Nieten, Stiefel und eine schwarze Hose. Doch nicht ihre Kleidung war es, die mir sagte, wen ich vor mir hatte. Sondern ihre Augen. Ihr Blick hatte sich auf mich gelegt, als sie im Waisenhaus Lily mit sich in den Magiekorridor gerissen hatte. Durch die Maske hatte ich ihr Gesicht nicht erkennen können, und trotzdem war mir ihr Blick damals seltsam intensiv vorgekommen. Jetzt kannte ich auch den Grund dafür: weil mich meine eigenen grünen Augen angeschaut hatten.

Vor mir stand die Frau, die mir einst die Welt bedeutet hatte und die nun eine Fremde war.

Meine Mutter.

38

Das letzte Mal hatte ich meine Mutter bei einem ihrer Besuche im Waisenhaus gesehen. Es war viele Jahre her, und doch wusste ich noch genau, wie glücklich ich mich an diesen Tagen gefühlt hatte und wie schnell ich mich der Illusion hingegeben hatte, dass sie nicht wieder verschwinden würde. Doch am Morgen des dritten Tages war ich alleine aufgewacht, ohne eine Verabschiedung, ohne einen Brief. Danach war sie wie vom Erdboden verschwunden, und ich hatte getobt und gewütet und vor allem geweint. Lily hatte tagelang Essen an mein Bett im Schlafsaal gebracht und jeden Abend bei mir geschlafen, so aufgewühlt war ich gewesen.

Mit den Jahren hatte ich die letzten Erinnerungen an meine Mutter aus meinem Kopf verbannt. Seither hatte sie für mich immer ausgesehen wie auf dem Foto mit meinem Vater. Eine schmale unscheinbare Frau, die keiner Fliege etwas zuleide tun konnte.

Aber nun stand meine Mutter vor mir, mit muskulösen Armen und der Tätowierung eines Auges an ihrem freigelegten Handgelenk. Sie war älter geworden, Falten hatten sich um ihre Augen gelegt, trotzdem war es unverkennbar sie.

»Rayne«, hauchte sie und kam mit einem Lächeln auf mich zugelaufen. Sie schloss mich in die Arme, wiegte mich hin und her, und ich ließ es nur aus einem Grund geschehen: weil ein Teil von mir glaubte, gleich aufwachen zu müssen.

»Mein Schatz, sieh dich nur an.« Meine Mutter lehnte sich zurück, hielt mich an den Schultern fest und schaute an mir auf und ab. »Du bist so schön geworden, mein Liebling. Und so erwachsen.«

Sie war wirklich hier. Nora Sandford, meine Mutter. Ihr Lächeln wankte, als ich einen Stolperschritt zurückmachte, während grenzenlose Wut in mir hochkochte und alles wegschwemmte, was an Verwirrung und Fassungslosigkeit da gewesen war.

Meine Mutter war hier – beim Auge! Statt noch immer nach meinem Vater zu suchen, wie ich es geglaubt hatte, war sie ein Mitglied der Rebellen. Das bedeutete, sie hatte von den Sieben gehört und war Teil von Dorians Plan. Ihr musste demnach klar sein, was das Drachenarmband, das ich trug, bedeutete. Nur – wie lange schon?

»Hast du es gewusst?«, flüsterte ich. »Hast du gewusst, die ganze Zeit über, dass Melvin Harwood aus dem Mirror stammte?«

Das Gesicht meiner Mutter verzog sich zu einer schmerzerfüllten Grimasse. »Ray, Liebling …«

»Nenn mich nicht so!« Ich ballte die Hände zu Fäusten. »Sag es mir!«

Nora seufzte. Sie holte tief Luft, schaute kurz an die Decke, dann rang sie sich wieder ein Lächeln ab.

»Es ist nicht so einfach …«

»O doch.« Meine Stimme war nur ein Fauchen. »Fang von vorn an, und hör nicht auf, bis du mir alles erklärt hast. Das finde ich ziemlich einfach.«

Sie zögerte einen Moment, dann nickte sie. »Als ich deinen

Vater kennengelernt habe, gab es den Mirror noch gar nicht«, begann sie. »Oder … nun, ich wusste zumindest nicht, dass es ihn gab. Keine Städte am Himmel, keine Magie. Dein Vater ist mir in meinem ersten Jahr am College aufgefallen. Er war ein ganz normaler Junge. Vielleicht etwas anders gekleidet, aber woher hätte ich es wissen sollen? Er hat gesagt, er wäre ein *Austauschstudent.*« Sie lachte etwas bemüht. »Mit einer magischen Parallelwelt konnte ich ja wohl nicht rechnen.«

Sie wartete einige Sekunden angestrengt darauf, dass ich ihr Lächeln erwiderte, dann fiel ihr eigenes in sich zusammen. Sie räusperte sich und holte tief Luft.

»Kurz nachdem ich schwanger geworden bin, ist er einfach verschwunden, Rayne. Ich *wusste,* er hätte mich nicht sitzengelassen – so war dein Vater nicht. Aber er war weg, und dann hat das College einfach seinen Tod verkündet. Es gab keine Beerdigung, keine Traueranzeige und die Adresse, die er mir gegeben hatte, war nur ein Hotel. Zwei Jahre später sind die Städte am Himmel aufgetaucht und mit ihnen die Oberen. Und ja«, sie ballte die Hände zu Fäusten, »ja, ich hatte einen Verdacht. Vieles, was er gesagt hat – darüber, wie sein Leben verlaufen ist –, hat auf einmal Sinn ergeben. Aber ich wusste es doch nicht sicher. Und du warst einfach nur ein kleines Mädchen.«

»Du hättest es mir trotzdem sagen müssen. Dass du vermutest, dass ich zum Teil eine Obere bin. Das hättest du mir sagen müssen!«

»Ja, du hast recht«, stimmte meine Mutter mir zu. »Ich wollte es dir sagen, wenn du älter bist. Nur … dann ging es dir plötzlich schlecht, du hast gezittert …«

»Das tue ich auch heute noch!«

»Ich weiß, mein Schatz … ich …« In der Stimme meiner Mutter lag echter Schmerz. »Es tut mir leid! Bitte versteh doch:

Niemand wollte mir glauben. Kein Arzt hat etwas feststellen können. Also hab ich einen Weg nach da oben gesucht. Ich musste deinen Vater finden – weil ich überzeugt davon war, dass die Oberen dir helfen könnten. Eigentlich hatte ich vor, dich so schnell wie möglich wieder zu mir zu holen, aber dann …« Ihr Gesicht verzerrte sich, und ihr Blick lag inzwischen auf dem Drachenarmband, das ich trug. »Dann bin ich stattdessen auf das Auge gestoßen. Und ich habe erfahren, wer Melvin war. Wer *du* sein wirst. Mir wurde klar, welches Leben du führen müsstest, mit allen Konsequenzen. Dass du niemals wieder frei sein würdest. Und das konnte ich nicht geschehen lassen. Also habe ich deine Existenz verschwiegen, auch vor dem Auge.«

»Du hast meine Existenz *vergessen*«, flüsterte ich. »Du hast mir nicht einmal mehr Briefe geschrieben.«

»Ich *konnte* nicht!« Kurz sah es so aus, als wollte Nora nach meinen Händen greifen, aber im letzten Moment entschied sie sich anders. »Wenn irgendjemand von dir erfahren hätte, wäre das früher oder später zu den Sieben durchgedrungen. Also habe ich nach einer Lösung gesucht. Etwas, das dich von diesem schrecklichen Schicksal befreit, und zwar, bevor sie dich finden.«

»Ich wäre gestorben!« Meine Hände zitterten mit einem Mal so stark, dass nichts sie mehr stabilisieren konnte. »Mein Tremor ist immer schlimmer geworden, und ohne mein Sigil wäre ich früher oder später gestorben!«

Aus dem Gesicht meiner Mutter wich jegliche Farbe. »Das wusste ich nicht. Rayne, glaub mir … ich dachte, du bist im Waisenhaus in Sicherheit. Ich wollte ein möglichst normales Leben für dich und –«

»Das reicht nicht!« Ich wischte ärgerlich eine Träne weg. »Nicht mal ansatzweise!«

»Ich hab das alles nur für dich getan.«

»Ich hätte aber *dich* gebraucht. Wenn du wüsstest, wie mein Leben war …« Ratlos brach ich ab. Es gab keine Worte dafür, wie sehr sie mich verletzt hatte. Wie oft ich nachts wach gelegen und überlegt hatte, aus welchen Gründen sie nicht zurück nach London kam. Was ich falsch gemacht hatte, dass sie mich so zurückwies. Ob ich womöglich einfach nicht gut genug war, um von ihr geliebt zu werden.

»Hör zu, Rayne …« Meine Mutter sah mich eindringlich an. »Die Anführerin des Auges ist sehr … tough. Aber Nessa Greenwater ist eine gute Frau, tief in ihrem Herzen. Sie will dir Freiheit anbieten.« Sie ließ das Wort wirken, dann deutete sie auf das Drachen-Sigil an meinem rechten Arm. »Das Auge möchte dabei helfen, Ignis von dir zu trennen. Und dann können du und ich wieder ein normales Leben führen.«

Das war genau das, was Adam gesagt hatte. Das Auge wollte mein Sigil.

»Also wollen sie mich umbringen?«, fragte ich. »Das ist der Plan? Dir ist schon klar, dass mein Sigil jetzt untrennbar mit mir verbunden ist, oder?«

Hoffnung lag in Noras Augen. »Nein, mein Schatz. Das ist es nicht! Wie gesagt, ich habe nach einer Lösung gesucht, um dir dieses Leben zu ersparen. Und natürlich wäre es mir lieber gewesen, wenn die Sieben dich nie gefunden hätten, aber es ist noch nicht zu spät.«

Wovon zum Teufel redete sie da? Ich würde mein Sigil erst loswerden, wenn meine Nachfahren alt genug waren, um es selbst zu tragen – das war mir inzwischen mehr als bewusst.

Doch bevor ich nachfragen konnte, wurde die Tür nach innen gedrückt, ohne ein Klopfen. Erst jetzt fiel mir auf, dass Dorian verschwunden war. Stattdessen trat eine ältere Frau mit ernster Miene herein. Ihre schulterlangen braungrauen Haare waren akkurat geschnitten. Auch sie hatte ein Auge-Tattoo am Handgelenk, und entweder waren ihre Lippen ebenfalls tätowiert oder aber vollkommen schwarz geschminkt.

»Die Ignis-Trägerin«, sagte die Frau mit kühler Stimme, dann nickte sie zwei Rebellen in Uniformen zu, die hinter ihr auftauchten. »Nehmt sie mit nach oben. Wir haben viel zu bereden.«

Das also war Nessa Greenwater.

Wir standen in einem weitläufigen Raum im obersten Stockwerk des Gebäudes. In seinem Zentrum befand sich ein Tisch mit einigen Stühlen, darüber eine seltsam niedrige Decke. Drum herum Fenster, durch die man ohne vernagelte Bretter oder schwarze Farbe direkt auf die Hochhäuser Central Londons schauen konnte.

Die einzigen anderen anwesenden Personen waren Dorian, meine Mutter und die zwei Rebellen, die mich nach oben eskortiert hatten und mir nun skeptische Blicke zuwarfen.

Das Gesicht von Nessa Greenwater hatte den gesamten Weg sehr ernst gewirkt, und das blieb es auch, als sie sich an den Tisch setzte und mir mit einer Geste bedeutete, es ihr gleichzutun. Einige Landkarten lagen auf dem Tisch. Außerdem Laptops, Tablets und eine schier endlose Anzahl an Sigils und Trites, von denen ich annahm, dass Nessa sie selbst geschmiedet hatte.

»Willkommen in unserer Basis«, sagte sie schließlich.

»Man sagt nicht *Willkommen* zu jemanden, den man entführt hat.« Ich legte möglichst ruhig den Kopf schief. »Aber das wussten meine letzten Entführer auch nicht.«

Nessa schaute mich einige Sekunden ausdruckslos an, dann

blickte sie zu Dorian. »Ganz schön vorlaut, die Kleine. Ich beginne zu verstehen, warum du so fasziniert von ihr bist.« Sie lächelte mich an, doch es wirkte berechnend. »Gut. Ersparen wir uns die Höflichkeitsfloskeln, ist mir nur recht. Wir haben ein Angebot für dich.«

»Ja.« Ich schnaubte verächtlich. »Ein Angebot, mir mein Sigil abzunehmen. Wie großzügig von Ihnen.«

Nessas Mundwinkel verzogen sich nach unten. Sie ließ sich in den Stuhl zurücksinken und überschlug die Beine.

Wahrscheinlich hatte sie gehofft, dass das hier ein Spaziergang werden würde. Dass ich mein Sigil und die Sieben und alles satthatte und mich überschwänglich für ihre Hilfe bedanken würde. Und vielleicht wäre das auch so gewesen, wenn sie Lily nicht hätte entführen lassen, um sie dann als Druckmittel gegen mich einzusetzen. Denn damit hatte sie sich bei mir alles verspielt.

»Es gibt da etwas, das die Vorfahren der Sieben gern aus dem Gedächtnis der Welt gelöscht hätten«, fuhr Nessa fort. »Etwas, das vor vielen Jahrhunderten so gut versteckt wurde, dass es seither unauffindbar ist. Damit können wir Ignis von dir trennen, und zwar ohne dass dir etwas geschieht und ohne dass Ignis dabei beschädigt wird. Die Verbindung wird gekappt, unwiederbringlich, und das Sigil wird neu übergeben. Und du kannst dein Leben führen, als wäre das alles hier niemals passiert.«

Sie log. Sie *musste* lügen.

»Ich glaube Ihnen nicht«, erwiderte ich. »Wenn es diese Option geben würde, hätten die Sieben mir längst davon erzählt.«

»Hmm.« Nessa warf mir einen beinahe mitleidigen Blick zu, und ich wusste genau, was sie dachte: *Bist du dir da wirklich sicher?*

Die Gedanken in meinem Kopf kreisten im Karussell, aber nein. Dina, Matt, Cedric … Adam. Sie hätten mir das nicht vorenthalten.

»Wie du dir vorstellen kannst, würde das, wovon ich rede, die ultimative Gefahr für die Sieben darstellen. Ihre Behauptung, dass nur sie die Dark Sigils kontrollieren können, nur ihre Familien und ihre Erben und niemand sonst – dass sie diese Dinger lediglich aus *Selbstlosigkeit* tragen –, all das wäre eine Lüge.«

»Und wie genau soll das möglich sein?«

Nessa schaute mich unverwandt an. »Das erfährst du, wenn du dich uns anschließt.«

»Ich lasse mich nicht erpressen.«

»Ich erpresse dich nicht. Ich mache dir ein Angebot.«

»Und wenn ich nein sage?«

Nessa musterte mich mehrere Sekunden lang. In ihren grünen Augen lag etwas, das ich nicht mochte – Ehrgeiz, Scharfsinn, aber auch eine Gewissenlosigkeit, die mir das Gefühl gab, Schritt für Schritt in eine Falle zu tappen. »Dann frage ich weiter, bis du das Angebot annimmst.«

Sie stand von ihrem Stuhl auf und lief auf mich zu. An ihren Armen und um ihren Hals waren mehrere Sigils zu sehen. Es erinnerte mich etwas an Magistrat Pelham – offenbar hatte sie ebenfalls das Bedürfnis, sich mit den Dingern zu schützen.

»Die Oberen glauben fest daran, ihre Welt sei dieser hier überlegen«, sagte Nessa. »Deshalb wird es Zeit für ein Zeichen. Sie werden erkennen müssen, dass die Magie nicht ihr Geburtsrecht ist, sondern etwas, das *beiden* Welten gehört.« Sie atmete tief durch. »Sie dachten, dass sie im Mirror unangreifbar sind, doch das sind sie nicht.«

»Was meinen Sie damit?«, hauchte ich, und als Nessa nicht

antwortete, schaute ich zu meiner Mutter, die meinem Blick zwar standhielt, aber nicht antwortete. Ebenso wie Dorian.

Da drang ein scharrender Laut in den Raum. Nessas Hand, die zwar faltig, aber immer noch kräftig aussah, legte sich auf einen Hebel, der nicht weit vom Tisch an der Wand befestigt war. Sie drückte ihn ohne Umschweife herunter, und auf einmal öffnete sich die Decke.

Jetzt verstand ich: Sie war deshalb so niedrig, weil es nur eine Art Zwischendecke war. Nun teilte sie sich in der Mitte, fuhr zur Seite, bis darüber ein Glasdach zum Vorschein kam. Es legte den Blick auf den Nachthimmel frei – und die glitzernden Konturen des Mirrors. Und darunter … darunter war eine goldene Kugel befestigt, die aus verschiedenen Streben zusammengebaut war.

Mir wurde kalt, als ich begriff, dass ich diese Sigil-Maschine kannte. Ich hatte sie schon einmal gesehen. Am Tag meines Verbindungsrituals.

Der Nexus.

Nessa musste das Sigil nachgebaut haben, jedenfalls sah es genauso aus. Ich bekam kein Wort heraus. Wie betäubt wanderte mein Blick zu den Fenstern, und ich scannte die Dächer Central Londons ab, um mich zu orientieren. Die Themse, der Elizabeth Tower, das London Eye. Die Basis des Auges lag in Westminster, im Herzen der Stadt. Über uns glitzerten die Silhouetten des Mirrors. Die Gebäude waren von hier unten natürlich nicht sichtbar, aber wenn sie es wären, dann …

Dann würde Septem direkt über uns liegen.

»Was haben Sie vor?«, flüsterte ich. Meine Worte waren nur ein Hauch, doch Nessa hatte sie trotzdem gehört.

»Eine Verbindung zwischen Prime und dem Mirror herstellen. Dafür wurde der Nexus ja schließlich entworfen.«

Eine Verbindung zwischen den beiden Welten? War das möglich? Ich erinnerte mich daran, wie die Nexuskugel sich bei meinem Ritual geöffnet und zu einem Schirm geformt hatte. Er hatte direkt in Richtung Prime gedeutet, erst dann war die Magie ins Becken geflossen.

»Aber wozu?«, fragte ich, doch ich sah es bereits in Nessas Gesicht. Eine grimmige Entschlossenheit lag darin, die sich über Jahre hinweg aufgebaut hatte. Seit dem Tag, als Leanore Tremblett ihre Tochter ermordet hatte. »Sie wollen Septem angreifen«, kam es mir brüchig über die Lippen.

»Nicht angreifen. Ich will es zerstören«, korrigierte sie. Ihr Blick war nun nach oben gerichtet, ein Lächeln umspielte ihre Lippen. »Ich habe den Großteil meines Lebens diesem Palast gewidmet, musst du wissen. Ich habe ihn ausgebaut, verbessert. Alle Sigils darin sind von mir. Also glaube ich, dass ich das Recht habe, ihn dem Erdboden gleichzumachen.«

»Die Sieben sind doch nicht mal dort! Sie würden nur Diener und Wachleute und andere Menschen töten, die Ihnen nichts getan haben!«

»Es geht um ein Zeichen. Ein Zeichen, das sowohl der Mirror als auch Prime ganz dringend braucht.«

Ich umklammerte Ignis. »Adam ist nicht wie diese Oberen, von denen Sie gesprochen haben! Er ist erst seit wenigen Monaten Mirrorlord. Sie müssten ihm nur Zeit geben. Er würde bestimmt …«

»Ich vertraue ihm nicht. Seine Mutter –«

»Ich weiß!«, rief ich. »Ich habe gesehen, was Leanore Tremblett getan hat. Und es tut mir unendlich leid, wirklich. Aber dafür kann Adam nichts!«

Nessa schaute mich nur abweisend an, und ich vergrub meine zitternden Hände in dem Seidenstoff meines Unterkleides. »Sie glauben doch nicht wirklich, die Dinge würden sich verbessern, wenn Sie jemanden wie Sebastian zum Mirrorlord machen?«

»Unsinn«, gab Nessa kühl zurück. »Er war Mittel zum Zweck, um dich zu uns zu bringen. Nicht mehr und nicht weniger.« Sie nickte Dorian zu. »Wir sind hier fertig.«

Er kam auf mich zugelaufen und griff nach meinem Arm, aber ich riss mich los. Für ungefähr eine Sekunde, denn sofort eilten ihm die bewaffneten Rebellen zu Hilfe und nahmen mich zwischen sich. Während sie mich davonschleiften, schrie ich Nessa immer wieder entgegen, dass sie das nicht tun konnte, dass sie sich selbst zur Mörderin machte, doch es kümmerte sie nicht. Sie schaute bereits wieder nach oben in den Himmel, wo der Mirror sein silbriges Leuchten in die Nacht strahlte.

39

Dorian brachte mich in den kleinen Raum zurück, in dem Lily noch immer ruhig schlief, und nahm mir die Trites vom Arm. Dann schloss er die Tür hinter sich und ließ das Schloss einrasten.

Noch in derselben Sekunde versuchte ich, die Tür mit einem Magiestoß zu treffen. Meine Lichtmale flammten auf, ich hielt meine Hände vor mich. Zwei starke Magieschwaden lösten sich und prallten gegen das Metall. Ein Knarzen drang durch den Raum, und Putz regnete von der Decke. Ich stolperte zurück, blinzelte und sah, wie eine von mehreren Sigil-Gravuren an der Tür aufflackerte.

Die Barriere-Sigils. Das magische Leuchten flirrte über die Wände, für wenige Sekunden, dann wurde es wieder unsichtbar.

Schwer atmend hielt ich meine Hände erneut vor mich. Verdammt, ich musste etwas tun! Nessa wollte Septem zerstören! Mein Verstand hatte Probleme, es sich vorzustellen, wie sie das von Prime aus tun konnte, doch das Gefühl der Ohnmacht war übermächtig.

Ich musste hier raus! Aber wie? Der ganze verdammte Raum war offensichtlich mit Sigils geschützt, wie sollte ich die alle durchbrechen?

Ignis kann Magie zerstören, sagte ich mir. Das musste doch zu etwas gut sein!

Ich starrte auf die Tür. Die Gravur war gerade nicht zu sehen, aber ich wusste, dass sie da war. *Denk an das Ergebnis. Mach es wahr.* Ich sagte es mir immer wieder, stellte mir vor, wie die gesamte Barriere, die das Zimmer umgab, einfach zerbröckelte.

Meine Lichtmale glühten auf meiner Haut, ebenso der Glaskern im Drachenarmband. Ich spürte Ignis' Kraft förmlich in mir hochkochen, sie war überwältigend, trotzdem fiel es mir schwer, sie zu lenken. Die Magie strömte unkontrolliert aus meinen Händen, fräste sich in die Wand hinein, schlug wild Löcher, und …

Die Sigils an der Wand aktivierten sich alle nacheinander. Es kam mir vor, als würde eines für das andere einspringen, immer abwechselnd, damit die Barriere hielt. Es ging so schnell, dass ich nicht hinterherkam, und meine Magie abebbte, bevor ich wirklich etwas ausgerichtet hatte.

Langsam ließ ich mich neben Lily auf die Pritsche sinken, unfähig, mich zu rühren. Sie atmete noch immer ruhig und gleichmäßig, ihr schönes Gesicht friedlich, doch dieser Frieden brachte mir keine Erleichterung, im Gegenteil. Erschöpfung und Verzweiflung krochen erbarmungslos durch jeden Milimeter meines Körpers.

Ratlos starrte ich auf Ignis hinab. Nessa musste lügen, was mein Sigil betraf. Schließlich war Adam der Mirrorlord. Wenn es eine Möglichkeit gab, die Sigils von ihren Blutlinien zu trennen, ohne dass die Träger starben, dann würde er davon wissen. Oder war es für ihn einfach keine Option gewesen?

Wenn ich die Regeln breche, zerstöre ich die ganze Welt, hatte er gesagt. Und dann diese furchtbare Geschichte von den zwei Trägern mit ihrem Kind. Was, wenn Adam einfach nur so tief davon überzeugt war, dass die Sigils in den Blutlinien bleiben mussten, dass er keinen anderen Gedanken zuließ?

Ein frustrierter Laut kam mir über die Lippen. Ich durfte mich von Nessa nicht in die Irre führen lassen, aber gegen die umherwirbelnden Gedanken konnte ich nichts ausrichten. Der Einzige, der mir meine Fragen würde beantworten können, war Adam.

Er ist in Sicherheit, sagte ich mir. Schließlich hatte er keinen Zweifel daran gelassen, dass er die Situation unter Kontrolle hatte.

Wütend zerrte ich das Kleidungetüm zu mir, das verloren und zerrissen auf dem Boden lag. Eilig wühlte ich zwischen den Stofflagen herum, doch das Spectum, das ich die ganze Zeit in einer Tasche des Rockes bei mir getragen hatte, war nicht zu finden. Verdammt! Hatte ich es etwa während des Chaos im Heptadome verloren?

Ungläubig blickte ich mich im Raum um. Es gab nichts, was mir hier helfen würde, nichts, was ich tun konnte. Also ließ ich mich zurück auf die Pritsche zu Lily sinken.

Ich vergrub mein Gesicht in ihren Haaren und nahm ihren blumigen Duft in mich auf. Es tat mir alles so leid. Ich hatte nie gewollt, dass sie meinetwegen ins Kreuzfeuer zwischen all diesen mächtigen Leuten geriet, doch genau das war geschehen. Und letztlich hatte Lily den Preis dafür bezahlt.

Ein dunkler Gedanke drang in mein Bewusstsein, und er stieß kaum auf Widerstand. Zum ersten Mal, seit ich Lily kannte, war ich mir nicht sicher, ob ich an ihrer Seite überhaupt noch willkommen war.

Eine Stunde verging. Dann noch eine zweite. Irgendwelche Leute brachten mir Essen, auch meine Mutter kam vorbei und versuchte, ein Gespräch mit mir zu führen. Ich ignorierte sie so lange, bis sie wieder ging.

Lily schlief neben mir auf der Liege, während ich mich an sie schmiegte, so wie wir es früher gemacht hatten, wenn es der anderen schlecht ging. Dabei warf ich immer wieder einen Blick zur Tür. Irgendwo in der Basis machte Nessa vielleicht bereits ihre Drohung wahr. Womöglich stand Septem längst in Flammen. Der einzige Trost, den ich fühlte, war, dass Adam, Dina und auch Matt, Cedric und Celine nicht dort sein konnten. Celine und Cedric hatten sich nach Matts Angriff sicherlich zu Adam zurückgekämpft, und ich konnte mir nicht vorstellen, dass sie nach allem, was geschehen war, in den Palast gehen würden.

Die Zeit verging, Minute um Minute. Dann, endlich, fing Lily an zu blinzeln.

»Ray?«, hauchte sie, und ich zögerte nicht. Ich umarmte sie so fest, wie ich nur konnte. Wir klammerten uns aneinander, wie wir es zuletzt im Waisenhaus getan hatten, bevor alles in die Brüche gegangen war.

»Geht es dir gut?«, flüsterte ich und lehnte mich vorsichtig zurück. Ich wusste, dass Lily nicht verletzt war, davon hatte ich mich schließlich zuerst vergewissert. Doch wie es in ihrem Inneren aussah – davon hatte ich keine Ahnung.

Langsam nickte sie. Ihr Blick fiel auf die Trite-Münze an ihrem Arm. »Ich glaube, die haben sie mir verpasst, weil ich zu viel rumgeschrien habe«, sagte sie mit einem Schnauben. »Sie haben mir nicht weh getan, aber irgendwann kamen sie damit rein und dann … weiß ich nicht mehr viel. Wie lange bin ich schon hier?«

»Über eine Woche«, sagte ich sanft.

»Es hat sich länger angefühlt.« Da traten Tränen in Lilys Augen. »Das Kraftwerk. Sie … sie sind alle tot, oder? Isaac? Enzo? Ich hab es gesehen, bevor sie mich weggetragen haben.«

Ich nickte. »Adam hat versucht, dich zu befreien, aber er war zu spät.«

»Adam?« Lily zog ihre Augenbrauen zusammen. »War er einer von diesen Oberen?«

Ich seufzte innerlich. Wo zum Teufel sollte ich nur anfangen? Wie konnte ich ihr ansatzweise erklären, was in den letzten Tagen passiert war?

»Eigentlich …« Angestrengt rang ich nach Worten. »Eigentlich ist er nicht nur ein Oberer. Er … ist der Mirrorlord.«

Lily schaute mich aus tiefbraunen Augen fassungslos an. *Er ist was?*, stand ihr ins Gesicht geschrieben, und ich sah förmlich, wie sie in Gedanken die Begegnung mit Adam rekapitulierte. Dann schluckte sie, richtete sich auf und nickte. »Okay. Erzähl mir alles. Von Anfang an und in allen noch so kleinen Details, damit ich es verstehen kann.«

Nach wie vor war mir nicht klar, wie ich das, was geschehen war, in Worte fassen sollte, aber dann fing ich dort an, wo ich Lily zurückgelassen hatte – bei der Heptadome-Baustelle. Ich machte keine Pausen, damit ich nicht zu viel darüber nachdenken konnte, wie verrückt jede einzelne Silbe klang. Ich erzählte von Matt, von Celine, von meiner Ankunft im Mirror. Von Ignis, meinem Vater, von den Erben und dem Leben, das nun vor mir lag. Und ich erzählte ihr von Adam, wobei ich versuchte, mir nicht anmerken zu lassen, wie verrückt meine Gefühle spielten, was den Mirrorlord anging.

Ein Teil in mir schämte sich während meiner Erzählung dafür, mich mit den Oberen eingelassen zu haben, nach all den verächtlichen Worten, die ich Lily gegenüber immer über den Mirror losgelassen hatte.

Zuerst lauschte Lily mit einem neutralen Gesichtsausdruck, nickte an den richtigen Stellen und runzelte die Stirn, wenn sie etwas nicht verstand. Aber je mehr ich erzählte, desto mehr versteinerte sie. Am Ende starrte sie mich nur noch an.

»Oh, Ray.« Ich hatte schon lange geschwiegen, bis Lily schließlich einen Ton herausbrachte.

»Ich hab's total vermasselt«, presste ich hervor. »All diese Macht, die ich angeblich habe – sie ist komplett nutzlos. Ich kann uns damit nicht mal von hier befreien.« Ich presste mein Gesicht in meine Hände. »Vor ein paar Wochen war alles so klar. Du und ich, wir hatten ein Ziel: Wir wollten raus aus den Outskirts. Stattdessen habe ich dafür gesorgt, dass du fast von Heptadome-Trümmern erschlagen wurdest, dann hab ich zugelassen, dass eine Gruppe Rebellen dich entführen, und jetzt kann ich nicht mal …«

Lily umgriff wieder meine Hände. »Hör sofort auf damit. Mir ist nichts passiert! Im Gegenteil. Du weißt doch genau, was auf der Party geschehen wäre. Abgesehen davon, hast du es ja zu mir geschafft, oder etwa nicht? Also hör schon auf zu jammern.«

Mir entwich ein Laut, halb Schluchzen, halb Lachen. Kein Mensch außer Lily konnte in dieser Situation damit kommen, dass ich mich gefälligst mal zusammenreißen sollte.

»Es ist alles so furchtbar kompliziert«, flüsterte ich, und sie nickte.

»Das mag ja stimmen, aber du kannst dir sicher sein: Egal, was du tun willst, ich bin bei dir. Und jetzt müssen wir erst mal hier raus kommen.«

Mein Blick glitt zur Tür. Lily hatte recht. Wir durften nicht einfach hier rumsitzen und abwarten. Ich musste versuchen, Ignis' Macht zu steuern, egal, wie schwer es mir fiel. Doch gerade, als ich meine Hände erneut heben wollte, hielt ich inne.

Da war ein Schmetterling. Direkt rechts von Lilys Kopf. Er flatterte auf … und wieder ab. Auf. Und ab. Ich blinzelte, aber er war immer noch da. Also schloss ich die Augen. Doch als ich sie wieder öffnete, war der Schmetterling nur auf die andere Seite von Lilys Kopf geflogen. Er schlug mit seinen schwarzen Flügeln und verströmte dabei ein winterblaues Licht.

»Wie kommt der denn hier rein?«, flüsterte ich, und Lily schaute mich fragend an.

»Wer?«

»Der Schmetterling.«

»Äh …« Lily schaute mich besorgt an und wirkte für einen Moment, als wollte sie gleich eine Hand auf meine Stirn legen, um meine Temperatur zu fühlen. Doch als sie sich umdrehte, entwich ihr ein kleiner Schrei. »Ray, da ist ein Schmetterling!«

Ganz vorsichtig bewegte ich meine Hand auf das Tierchen zu. Seine schwarzen Flügel wurden auf einer Seite von einem weißen Fleck durchbrochen, der ein bisschen wie ein Stern aussah.

Ich runzelte die Stirn, denn … ich hatte diesen Fleck schon einmal gesehen. War das etwa das Spektral aus dem Garten in Septem? Da kam Bewegung in den Körper des Schmetterlings und in der nächsten Sekunde hatte er sich in seine Vogelgestalt verwandelt.

Ein Lächeln legte sich auf meine Lippen. Ja, kein Zweifel. Es war wirklich der Spektral, der sich von mir hatte streicheln lassen.

»Was machst du hier?«, flüsterte ich, denn ich hatte geglaubt, diese Wesen könnten nur im Mirror leben. Doch offensichtlich hatte ich damit falschgelegen. »Bist du etwa den ganzen Weg zu uns geflogen?«

Der Vogel setzte sich auf meine Hand. Ich sah auf ihn herab, ungläubig, aber umso faszinierter. Dann erhob er sich wieder in die Luft und flog auf die Tür zu. Über dem Schloss verharrte er, und als ich näher lief, erkannte ich eine kleinere Gravur, die sichtbar wurde, weil der Spektral sie mit den Flügeln streifte.

»Die da?«, flüsterte ich und hob eine Hand. Ich hatte keine Ahnung, ob es das war, was dieses Wesen mir zeigen wollte, aber ich musste es versuchen. Also ließ ich Magie an meinen Fingerspitzen sammeln und machte es genauso, wie ich es bei den Münzen vom Magistraten getan hatte. Ich fokussierte mich auf den Punkt vor mir und stellte mir vor, wie meine Magie die andere Magie einfach zerstören würde.

Die Gravur erlosch, und keine Sekunde später knackte das Schloss. Die Tür öffnete sich einen Spalt, durch den der Spektralvogel augenblicklich hindurchflog.

»Hauen wir ab«, keuchte ich und griff nach Lilys Hand. Mit einem Sprung waren wir durch die Tür, doch hielten gleich darauf inne, denn im Flur dahinter erwartete uns eine Katze. Keine Hauskatze, eher eine *Raubkatze.* Sie hatte schwarzblaues Fell … nur auf ihrer Stirn war ein weißer Fleck in der Form eines Sterns zu sehen.

Der Spektral. Offenbar hatte er erneut die Gestalt gewechselt. Seine Ohren waren nun fast so spitz wie bei einem Luchs, sein Schwanz und der Rest seines Körpers jedoch so lang wie der von einem Panther.

Wie zuvor beim Vogel ging auch von der Katze ein blaues Glühen aus, und sie knurrte kurz und schaute dann zu mir, als wollte sie sicherstellen, dass sie meine Aufmerksamkeit hatte. Dann stolzierte sie durch den leeren Flur davon.

Wir folgten dem Spektral. Womöglich würde er uns ja zum Ausgang der Basis führen. Ich kannte das Gebäude nicht, aber der Spektral war zielstrebig und witterte jede Wache, noch bevor wir sie überhaupt hören konnten. In diesem Stockwerk waren die Fenster wieder mit Farbe zugekleistert, ich hatte jegliches Gefühl dafür verloren, wo genau im Gebäude wir uns befanden. Jedenfalls liefen wir keine Treppen hoch oder runter, also mussten wir nach wie vor zwei oder drei Ebenen unterhalb des Obergeschosses sein.

Nach einigen Abzweigungen kamen wir schließlich an einer Tür an, die fest verschlossen, aber nicht *abgeschlossen* war. Ich öffnete sie, ließ den Spektral zuerst hindurchlaufen. Dann schoben Lily und ich uns in das Zimmer, zogen die Tür hinter uns zu und drehten uns langsam um.

Kaum dass ich den Lichtschalter betätigt hatte, erkannte ich, wo wir waren: Es war ein Lagerraum. Er war nicht sehr groß, doch zugestellt mit Regalen, in denen Behälter gestapelt worden waren. Sie waren aus Glas, deswegen konnte ich sofort erkennen, dass in den Behältern Ringe, Armbänder und Amulette lagen.

»Abgefahren«, hauchte Lily, und streichelte dabei den Kopf des Spektrals, wo der weiße Fleck zu sehen war. »Gut gemacht, Sternchen.«

Ich ging auf den Glasbehälter zu, in dem wunderschön aussehende Ringe lagen. Auch einige Repliken von Matts Seelenring konnte ich darunter ausmachen. Aber ich bezweifelte, dass wir uns damit durch die Basis kämpfen konnten. Das oberste Stockwerk, wo Nessas Nexus lag, war komplett zugekleistert mit Schutz-Sigils, und der Rest der Basis wimmelte nur so vor Rebellen.

Der große Katzenkörper zerstäubte vor unseren Augen in

Magiepartikel und formte sich wieder zu einem Vogel. Er flatterte zu einem der Regale, und fast im gleichen Augenblick begriff ich, warum der Spektral uns hierhergeführt hatte. Im Behälter neben den Ringen lagen unzählige Spectums. *Spiegel-Sigils!*

»Hilf mir mal«, bat ich Lily, und zusammen wuchteten wir die schwere Glaskiste auf den Boden. Der Deckel war offenbar verriegelt, aber ein kurzer Magiestoß mit Ignis genügte, dann stand der Behälter offen vor uns, und damit auch die vielen Spiegel.

»Vielleicht gehört einer davon mir«, murmelte ich. Womöglich hatte ich ihn ja gar nicht während des Chaos im Heptadome verloren, sondern Dorian hatte ihn mir irgendwie abgenommen. »Man kann mit den Dingern kommunizieren und Hilfe rufen. Aber sie müssen mit der entsprechenden Person verbunden sein.«

Und das war mein Spectum – bevor wir nach Rom aufgebrochen waren, hatte Cedric es zusätzlich mit den Spiegeln der anderen gekoppelt.

Ich wühlte durch die vielen Sigils, doch die Spiegel sahen alle gleich aus. »Keine Ahnung, welches das richtige ist«, sagte ich mutlos.

Lily kaute nachdenklich auf ihrer Unterlippe. Dann machte sie ein Geräusch, das ich gut von ihr kannte und das sich wohl am besten mit *Scheiß drauf* übersetzen ließ.

Sie kippte den gesamten Behälter um, so dass alle Spectums auf dem Boden zwischen uns landeten. »Öffnen wir einfach alle.«

Das taten wir, und die meisten Spiegelflächen blieben leer, also gab es offensichtlich keine aktive Verbindung. Die Spiegel, in denen fremde Gesichter auftauchten, schob ich schnell von mir. So dauerte es nur wenige Minuten, bis sämtliche Spectums mit aufgeklapptem Deckel vor uns lagen. Adam hatte ich in keinem von ihnen gesehen, auch nicht Dina oder meinetwegen sogar Celine.

»So ein Mist«, flüsterte ich und wollte gerade aufstehen, da erstrahlte plötzlich die Tür zum Lager mit blauem Licht.

Überrascht sprangen wir auf. Ein Magiekorridor formte sich, und eine Gestalt kam darin auf uns zugelaufen, ganz allein. Es war Adam! Seine Schritte waren zielgerichtet, und der Ausdruck in seinen hellgrauen Augen aufgewühlt. Er steuerte geradewegs auf mich zu, bis er direkt vor mir stand. Dann legte er beide Hände an meine Taille, und das Nächste, das ich wusste, war, dass die Zeit um mich herum einfror.

Der eben noch flatternde Spektralvogel erstarrte in der Luft, und auch Lily rührte sich keinen Millimeter mehr.

»Rayne«, sagte Adam mit belegter Stimme. Sofort summte meine Magie und streckte sich nach ihm aus. Also legte ich eine Hand an seine Wange, zog ihn zu mir und küsste ihn.

40

Der Kuss raubte mir den Atem.

Adams Hände umrahmten nun ebenfalls meine Wangen, und ich presste mich der Länge nach an seinen Körper. Für einen Moment erlaubte ich mir, mich von dem Glücksrausch, ihn sicher wieder bei mir zu haben, überwältigen zu lassen. Es war ein wunderbares Gefühl der Leichtigkeit, so als könnte ich hinauf in den Himmel schweben.

»Ich hatte solche Angst um dich«, flüsterte ich schließlich, mein Mund nur Millimeter von Adams entfernt, während ich mit einer Hand gegen seine Brust schlug. »Wie konntest du mich von dir wegschicken?«

»Ich wollte genau das hier verhindern, ich …« Er atmete lange aus. »Es tut mir leid. Als ich Jarek gefunden habe, dachte ich, du wärst …«

»Es war Sebastian. Er hat Matt irgendwie mit seinem Sigil beeinflusst. Adam, ich glaube, er hat ihn mitgenommen.«

»Wir finden ihn. Sebastian würde ihm nicht weh tun.«

»Er hat Matt Jarek *töten* lassen.«

Adam presste die Lippen aufeinander. Ich konnte nur erahnen, was in ihm vorging. Natürlich war Jarek sein Untergebener gewesen, aber ich hatte deutlich gemerkt, wie nahe er und seine beiden Leibwächter sich standen.

»Geht es dir gut?«, fragte er. »Haben sie …«

Als ich spürte, wie er mit einer Hand leicht über den Kopf des Drachenarmbandes strich, seufzte ich. »Nein. Sie haben dein wertvolles Sigil nicht angerührt.«

Ein Ausdruck von Unverständnis legte sich über Adams Gesicht. »Ignis ist mir völlig egal. Aber wenn sie es dir gewaltsam weggenommen hätten, wärst du jetzt tot.«

Ich schaute auf den Boden. Als ich nicht antwortete, legte Adam einen Finger an mein Kinn und neigte meinen Kopf behutsam nach oben. »Rayne, was ist los?«

Ich drehte mich um. Lily stand noch immer mitten im Raum und war wie der Spektral zur Salzsäule erstarrt.

»Ich habe Nessa Greenwater getroffen. Sie hatte ein Angebot für mich. Sie meinte, es gäbe eine Möglichkeit, mir Ignis abzunehmen, und zwar ohne dass mir etwas passiert.«

Adam schnaubte. »Sie würde dir *alles* sagen, um an Ignis heranzukommen. Aber es ist eine Lüge. So eine Möglichkeit gibt es nicht.«

»Selbst wenn nicht …« Ich atmete tief durch. »Meinst du nicht, sie hat vielleicht recht damit, dass man die Macht der sieben Sigils viel mehr aufteilen müsste?«

»Du stellst dir das so einfach vor«, sagte Adam, »und ich kann es dir nicht zum Vorwurf machen. Doch wenn ich jetzt meinen Thron räumen würde, wenn ich es zuließe, dass das Auge alles an dem System der Dark Sigils in Frage stellt …, dann würde die Chaosmagie in kürzester Zeit erst den Mirror und dann Prime zugrunde richten. Glaub mir.«

»*Wieso?* Ich meine, wenn es diese Möglichkeit gibt, die Sigils zu tauschen, dann könnte auch jemand in Prime eines tragen, und …«

»Nein.«

»Nein?« Ich schnaubte. »Einfach so? Nein?«

Adam schnitt eine Grimasse. Kurz wurde seine Aufmerksamkeit abgelenkt, als die Flügel des Spektrals ganz langsam wieder zu schlagen begannen. Er machte einen Schritt auf mich zu, und ich erlaubte es, dass er eine Hand an meine Wange legte. Dann drehte er die beiden Würfel, bis seine Lichtmale aufflackerten, und die Zeit erneut einfror.

»Natürlich muss sich etwas ändern«, sagte Adam dann. »Glaub mir, ich würde die Sigils, die wir tragen müssen, liebend gern weitergeben. Genauso wie Celine, Matt, Dina und ... Gut, Sebastian wahrscheinlich nicht, Nikki vielleicht auch nicht, aber –« Er seufzte. »Der Punkt ist: Niemand von uns will dieses Leben. Doch wir wurden darauf vorbereitet, die Regeln zu befolgen, die notwendig sind, um die Magie in den Dark Sigils zu kontrollieren. Wir kennen die Konsequenzen. Du hast ja keine Ahnung, wie oft die Welt schon wegen unseren Sigils am Rand des Abgrunds stand. Unsere Vorfahren konnten ihre Magie nur deshalb bändigen, weil wir dieses System erschaffen haben. Die Geschichte, die ich dir erzählt habe, ist nur ein Fall von vielen. Du selbst bist das beste Beispiel, was passiert, wenn wir den Regeln nicht gehorchen. Ignis hat so viel Chaosmagie über den Mirror gebracht, während das Sigil nicht verbunden war ..., und du wärst beinahe gestorben. Versteht du nicht? Die Regeln der Dark Sigils *müssen* befolgt werden. Ich weiß, dass das Auge Prime helfen will, und vielleicht finden wir mit etwas Zeit einen Weg, das gemeinsam zu tun. Doch die Dark Sigils bleiben in unserer Hand. Das steht nicht zur Debatte.«

»Aber ...« Ich starrte Adam an, während mein Herz verkrampfte. »Du und ich ... wir können dann nie zusammen sein.«

Adam hielt meinen Blick, ein schmerzhafter Ausdruck in seinem Gesicht. »Ich weiß.«

Tränen verschleierten mir die Sicht, doch ich drängte sie zurück. In Adams Stimme lag kein Zweifel, und wahrscheinlich spielte es keine Rolle, was ich jetzt sagte. Er würde seine Meinung nicht ändern.

»Bitte, Rayne.« Adam legte beide Hände auf meine Oberarme. »Ich möchte, dass es Gerechtigkeit im Mirror gibt. Und Gerechtigkeit in Prime. Ich will, dass die Magistrate wieder das tun, was ursprünglich ihre Aufgabe war. Nämlich die Magie für *alle* gleichermaßen zugänglich zu machen und den Menschen damit zu helfen. Das Auge ist eine tickende Zeitbombe, weil die Rebellen wütend sind. Aber gerade, *weil* sie mich und die Sieben und alles, wofür wir stehen, so sehr verabscheuen, kann ich sie dafür nutzen, Prime zu beschützen und die Macht der Magistrate wieder zu schmälern.«

»Sie werden dich nur noch mehr hassen! Willst du ihnen nicht einfach sagen, dass du es warst, der die gestohlene Magie nach Prime hat bringen lassen? Du könntest dich mit Nessa gegen Pelham verbünden und …«

Bedächtig betastete Adam mein Gesicht, bis seine Fingerspitzen vorsichtig, beinahe fragend auf meinen Wangen zu ruhen kamen. »Wenn ich das tue, verliere ich die Oberen. Sie würden es nicht verstehen. Das Auge will die Herrschaft des Mirrors beenden. Ich würde die Oberen nur weiter zu den Magistraten treiben. *Vertrau mir …*« Er sah mich eindringlich an. »Wenn ich die beiden Welten irgendwie zusammenbringen möchte, muss ich den Status quo noch eine Weile beibehalten. Und was mich angeht: Wenn die Welt jemanden braucht, den sie verabscheuen kann, um ihre Menschlichkeit wieder zu entdecken, dann bin ich eben dieser Jemand.«

Das würde er nicht überleben. Nicht, wenn er das Auge und die Magistrate weiter gegen sich aufbrachte. Und vielleicht wusste Adam das auch.

»Ich weiß, du bist noch nicht lange Teil dieser Welt«, sagte Adam leise, »doch ich brauche dich für all das an meiner Seite.«

An seiner Seite. Aber nicht *bei ihm*.

Ich versuchte, den Schmerz herunterzuschlucken, der drohte, mich auf die Knie zu schicken. Es gelang mir kaum. Neben Adams Kopf fing der Spektral an, wie in Zeitlupe mit seinen Flügeln zu schlagen, und ich ließ von Adam ab.

Er seufzte. Als er ebenfalls einen Schritt zurückmachte, blieb sein Blick an dem Spektral haften. Er lächelte schwach. »Ich habe noch nie gehört, dass eins dieser Wesen einem Menschen gefolgt ist. Wieso bist du eigentlich die Ausnahme zu allem?«

Ich antwortete nicht. Meine Kehle kam mir furchtbar eng vor, alles in mir war angespannt. Also wartete ich nur, bis sich der Spektralvogel und Lily wieder bewegten.

Lily blinzelte, schaute sich kurz verwirrt um, als hätte sie einen komischen Tagtraum gehabt. Dann weiteten sich ihre Augen, schließlich hatte ich ihr vorhin ja erzählt, wer Adam war. Doch ehe ich ihn vorstellen konnte, flackerte die Glühbirne an der Decke. Nur ein einziges Mal. Dann passierte einige Sekunden nichts, bis auf einmal das gesamte Gebäude knarzte. Es fühlte sich an, als ob …, als ob es sich bewegen würde. Und mir wurde klar, dass ich die eingefrorene Zeit, die wir zusammen hatten, nicht sinnvoll genutzt hatte.

»Nessa«, stieß ich hervor. »Sie hat eine Maschine gebaut. Eine wie den Nexus. Sie planen, Septem anzugreifen.«

Adam schaute mich ruhig an, aber ich kannte ihn gut genug, um zu sehen, dass er damit nicht gerechnet hatte. »Sie haben ein Nexus-Sigil?«

»Ja. Im obersten Stockwerk dieses Gebäudes.«

Adam holte ein Spectum aus seiner Manteltasche hervor. Er öffnete es, und die Gravur leuchtete winterblau auf. Wer auch immer gerade mit dem Sigil verbunden war, schien sofort zu reagieren, denn nur wenige Sekunden danach öffnete sich in der Tür wieder ein Magiekorridor. Zahlreiche Magiehäscher kamen auf uns zugelaufen, angeführt von Celine und Dina.

Ich umklammerte Lilys Hand und schwor mir, sie nicht mehr loszulassen. Das gesamte Hochhaus bebte. Die Wände vibrierten, und sogar die Magiegrains auf den Sigils, die zwischen den Graffitis hingen, flackerten bedrohlich.

Celine hatte uns mit ihrem Sigil so weit nach oben gebracht wie möglich. Adam, Dina, Celine, Lily, mich und … Aberdutzende Magiehäscher. Danach mussten wir zu Fuß das Treppenhaus nehmen, da das oberste Stockwerk von Nessas Magiehemmer-Sigils geschützt wurde, und selbst für Celines Schlüssel kein Durchkommen war. Der Spektral lief, zurückverwandelt in seine imposante Katzengestalt, direkt neben mir her, ebenso wie Zorya. An ihrem leeren Blick konnte ich erkennen, wie sehr der Verlust von Jarek sie in Schock versetzt hatte, aber sie riss sich zusammen.

Oben angekommen, mündete ein breiter Korridor in dem Raum, in dem ich vorhin Nessa Greenwater gegenübergestanden hatte. Er lag wenige Meter von uns entfernt, doch dazwischen … dazwischen hatten sich mehrere Rebellen aufgereiht. Sie hielten ihre Schusswaffen in unsere Richtung, aber niemand von ihnen drückte ab. Sie warteten auf einen Befehl, genau wie die Magiehäscher, die auf unserer Seite standen.

Über die vielen Köpfe hinweg glaubte ich zu sehen, wie sich im angrenzenden Raum das Nexus-Sigil geöffnet hatte. Der goldene Schirm war hinter dem offenen Durchgang deutlich zu erkennen – und er wölbte sich bereits nach oben.

Wir hatten keine Zeit mehr!

Reflexartig griff Adam immer wieder an seine Schicksalswürfel, doch auch ihre Magie wurde von Nessas Sigils unterdrückt. Schließlich schaute er bedeutungsschwer zu Zorya und nickte. Ich schaffte es gerade noch, mit Lily an der Hand zurückzuweichen, als ein Ruck durch die Menge ging. Die Magiehäscher stürmten nach vorn, genau in dem Moment, als sich die Rebellen in Bewegung setzten. Schüsse wurden abgefeuert, aber viele legten sich auch im Nahkampf miteinander an. Es dauerte nur Sekunden, dann hatte das Getümmel uns erreicht. Lily verpasste einem Rebellen eine Faust mitten ins Gesicht und schien selbst völlig überrascht zu sein, als er vor uns in die Knie ging.

Die Rebellen waren uns zahlenmäßig zwar überlegen, doch die Magiehäscher drängten sie mit aller Macht zurück. Es dauerte nicht mal Minuten, bis ein Großteil von ihnen am Boden lag.

Wir stürmten in den Raum hinein, wo sich der Rest der Rebellen um Nessa, Dorian und meine Mutter herum versammelt hatte. Für einen Moment herrschte Stille, allumfassend und bedrückend. Einzig und allein das Surren, das von dem goldenen Schirm ausging, war zu hören. Das Glasdach des Hochhauses hatte sich längst in der Mitte geöffnet und legte den Blick auf den Nachthimmel frei – und auf die silbrigen Konturen, hinter denen sich Septem verbarg.

Meine Mutter machte einen Schritt nach vorn, als würde sie erwägen, zu mir zu rennen und mich von Adam, Dina und den anderen wegzuzerren, doch Dorian hielt sie mit einem Griff an ihren Arm zurück. Nessa dagegen stand mit ruhiger, ernster Miene an der Konsole, die am Nexus angebracht war, eine Hand um einen Schalter gelegt. Wenn sie diesen betätigte, da war ich mir sicher, würde die Magie des Sigils die Barriere zum Mirror überwinden. Und dadurch Septem angreifen.

Das schien auch Adam zu verstehen, denn er hob beschwichtigend beide Hände. »Ich will reden«, sagte er über das Surren des Nexus hinweg.

»Reden?«, rief Dorian. »Nach allem, was passiert ist? Willst du uns verarschen?«

Adam ignorierte ihn und wandte sich stattdessen an Nessa. »Wenn Sie Septem angreifen, kann ich Ihnen nicht mehr helfen.«

»Das trifft sich gut«, erwiderte sie barsch. »Ich bin auf deine Hilfe nämlich nicht angewiesen, Junge. Deine Familie ist der Ursprung allen Übels in dieser Welt. Es wird Zeit, etwas dagegen zu tun.«

Ich schob mich nach vorn, um nach Adams Hand zu greifen. *Sag es ihr,* dachte ich mit aller Macht und spürte, dass er mich hören konnte. *Sag ihr, dass du nichts vom Tod ihrer Tochter wusstest.*

Adams Kiefer versteifte sich. Für einen Moment war ich mir sicher, dass er mich ignorieren würde, doch dann hörte ich ihn sagen: »Ich weiß nicht, was in dieser Nacht mit meiner Mutter und Violet passiert ist. Aber wenn meine Mutter wirklich Schuld an ihrem Tod trägt, dann …«

»Schuld tragen?«, spuckte Dorian in Adams Richtung. »Sie hat sie ermordet!«

Adam atmete tief durch. »Wenn dem so ist, möchte ich mich entschuldigen. Und Wiedergutmachung leisten.«

»Keine Sorge«, sagte Nessa kühl. »Das wirst du heute auch tun.«

Damit legte sie den Schalter um, und ganz oben, über dem Nexus – weit über dem Dach des Hochhauses –, bildete sich eine enorme Ansammlung an Magie. Sie formte sich in eine Säule und schoss in den Himmel. Ein ohrenbetäubendes Grollen brach durch die Stille. Eine gewaltige Druckwelle traf uns, die den Tisch in der Mitte des Raumes in Einzelteile zerlegte und uns alle auf den Boden schleuderte. Die Fensterscheiben zersplitterten, und die Säule aus Magie schob sich langsam, aber kraftvoll höher, immer höher …

Direkt in den Mirror.

Grelle Lichter flackerten hinter meinen Lidern. Einen Moment blieb ich atemlos liegen, dann hievte ich mich auf die Beine und schaute nach oben.

Ich blinzelte, blinzelte erneut. Denn dort, am Nachthimmel war Septem zu sehen. Nicht mehr als silbrige Konturen, sondern *wahrhaftig*. Der Nexus hatte ein Loch in die Barriere geschlagen. Es war wie ein Fenster, durch das man die Mirrorwelt nun glasklar erkennen konnte.

Nessas Augen leuchteten, obwohl auch sie zu Boden gegangen war. Ihre Hand lag jedoch noch immer fest an dem Schalter. Der Nexus-Schirm summte, die Säule aus Magie wuchs weiter, immer weiter, unaufhaltsam, bis …

Eine Explosion erschütterte den Himmel, genau dort, wo der kopfüber hängende Palastturm zu sehen war. Doch es war so weit weg von uns, so viele Kilometer von dieser Welt entfernt, dass kein Laut zu uns drang, kein Krachen, kein Ächzen, kein Geruch von Feuer. Es war, als würde ich die Explosion am Fernseher beobachten, so als wäre all das hier nur ein Film, auf den ich keinerlei Einfluss hatte.

Ungläubig beobachtete ich, wie dieser winzige Punkt am

Himmel, der gleichzeitig dieser enorme Palast gewesen war, auseinanderbrach und im Feuer unterging.

»Ich habe vorab eine Warnung rausgegeben«, erklärte Nessa mit zufrieden klingender Stimme. »Ich hatte noch ein paar Spione unter euren Dienern. Sie haben Septem evakuiert, es sollte also keine Opfer geben.«

Mein Blick wanderte zu Adam. Er hatte sich längst wieder aufgerichtet und sah nach oben, sein Gesichtsausdruck wie eingefroren. »Ich schätze, dafür sollte ich mich bedanken.«

Nessa neigte den Kopf in seine Richtung. »Glaub mir, ich will gar nichts von dir.«

Adam seufzte. Hinter ihm sah ich den Schock in Dinas und Celines Gesichtern. Ich dachte an den Ignis-Flügel, an die Ahnengalerie meiner Familie, an die leeren Flure. Mir bedeutete Septem nichts. Aber für sie war dieser Palast ihr Zuhause gewesen. Zumindest ein Teil von ihm – die Bastion –, in der sie ganz sie selbst hatten sein können.

Da flackerte die Magie des Nexus auf einmal. Dort, wo sie sich gebündelt hatte, verdunkelte sich das Blau … und wurde immer düsterer.

»Unmöglich«, keuchte Nessa. »Über Septem gab es keine Chaosmagie. Ich habe es berechnet!«

»Chaosmagie ist nicht statisch«, knurrte Celine. »Sie bewegt sich. So viel Magie, wie Sie da hochgepumpt haben, würde die Abbys über Kilometer hinweg anziehen. Sie sind vollkommen verrückt!«

Wie betäubt beobachtete ich, wie sich über uns eine allumfassende Finsternis zusammenzog. Ein Kreischen drang vom Himmel zu uns, und in der Dunkelheit erkannte ich Körper mit Klauen und weißen Augen, die sich uns immer schneller näherten.

»Eine Bündelung«, entfuhr es mir. Ich konnte nur nach oben sehen, wo Schatten und Chaosmagie die blaue Magie verschlangen und auf uns zurauschten.

»Schalten Sie schon Ihre Sigils ab!«, rief Dina und deutete zu den riesigen Münzen, die an der Wand hingen und unsere Magie hier im Raum nach wie vor blockierten. »Oder wollen Sie, dass wir alle draufgehen?«

Nessa ballte die Hände zu Fäusten. Ihr Blick zuckte umher, als müsste sich irgendwo noch eine andere Lösung auftun, dann entfuhr ihr ein wütender Laut. »Also gut. Schaltet die Verteidigung ab!«

Sofort rannten einige Rebellen aus dem Raum heraus, und es dauerte nur ein paar Atemzüge, bis die Sigils an den Wänden dunkel wurden.

Adam schaute zu Celine. »Du musst sie stoppen. Sie dürfen auf keinen Fall bis nach Prime vordringen. Schaffst du das?«

Celine holte tief Luft und streckte beide Hände in den Himmel. »Ich werd's versuchen.«

Ich zog Lily zu mir, ganz dicht, als die Lücke im Glasdach auf einmal mit einem blauen Magieschein überzogen wurde, eine Art Schirm aus heftig zitternden Schattierungen. Die Magie kam von Celine! Der Saphirschlüssel leuchtete hell an der Kette um ihren Hals. Schweißperlen standen auf ihrer blassen Stirn. Offenbar benutzte sie die Magie ihres Sigils als Barriere und hüllte uns alle in eine unsichtbare, schützende Sphäre, die die Abbys in Schach hielt. Außen verwandelte sich die Umgebung in ein tosendes Inferno aus Schattengestalten, hier drin: *nichts.*

Ich konnte nichts anderes tun, als Celine ungläubig anzustarren. Aber da verstand ich es: Wir alle hatten Waffen aus

Magie. Nur bei ihr hatte ich noch nie eine gesehen. *Weil sie eine Halskette trägt,* begriff ich. *Weil ihr Sigil ein defensives ist.*

»Lass sie nach und nach durch!«, rief Adam ihr zu, und Celine nickte, ihr Gesicht vor Anstrengung verzerrt. Eine Lücke tat sich in dem Schild auf, und eines der Abbys, die von oben auf uns niederdrückten, löste sich vom Rest des Schwarms. Die Kreatur – ein menschenähnliches Gebilde aus Schatten – ließ sich an der schützenden Barriere hinabsinken und kam seitlich auf uns zugestürmt. Es versuchte sofort, Celine zu attackieren, aber Adam und Dina warfen sich ihm entgegen.

Dina hielt ihre Peitsche in der Hand und wickelte sie um den Kopf des Abbys. Es gab ein zischendes Sirren, dann löste es sich auf. Celine schaffte es, auf diese Art und Weise ein Dutzend weitere Abbys einzeln zu uns zu lassen, doch schließlich strauchelte sie.

»Ich kann sie nicht mehr lange aufhalten! Macht euch bereit!«

Nessa zog ihre Ärmel zurück und legte zwei Sigil-Armbänder frei, ebenso wie meine Mutter, die sich direkt neben mir positionierte. Ich sammelte die Magie in mir, spürte, wie sich die Lichtmale auf meiner Haut ausbreiteten.

»Haltet die Basis!«, rief Nessa, dann brach die Hölle über uns herein.

Zwischen einem Blinzeln und dem anderen wurden wir von einem Schwarm Abbys belagert. Sie umzingelten Lily und mich, und ich wehrte mich wie ein Besessene. Meine Magieklinge, die ich herbeigerufen hatte, durchschnitt schattenhafte Gliedmaßen und Oberkörper, meine freie Hand stieß Magiestöße in die Ferne. Ich bereute es zutiefst, Lily in diesem Lagerraum nicht einfach ein paar Sigil-Amulette gegeben zu haben, damit hätte sie sich zumindest ein bisschen wehren können.

Zum Glück kam der Spektral uns mehr als einmal zu Hilfe, indem er sich in den Beinen der Abbys verbiss und sie rechtzeitig vor Lily zu Boden zerrte. Auch Dina stellte sich uns zur Seite, aber es gab zu viele der Kreaturen, und sie waren unerbittlich in ihrem Angriff. Egal, wie schnell wir die Anzahl an Abbys verkleinern konnten, immer mehr strömten durch das Dach. Die Tatsache, dass auch das Auge hochentwickelte Sigils besaß und mit Repliken kämpfte, half nicht viel. Eine Düsternis machte sich breit, die mit nichts zu vergleichen war. Die gesamte Basis war mittlerweile von den schattenhaften Schwaden der Abbys überzogen. Und Dorian hatte recht behalten – diese Wesen kannten nur Gier und Zorn.

Aus dem Augenwinkel sah ich, wie mehrere Abbys Adam umzingelten, aber ich musste mir keine Sorgen machen. Das Seil zwischen seinen Sigil-Würfeln spaltete die Abbys in zwei Hälften, sie wurden von seiner Magie regelrecht auseinandergerissen.

Der Mirrorlord …, dachte ich, während ich mich von den Klauen eines Abbys losriss und Ignis' Magieschwert durch seine Brust bohrte, bis es sich in dunkle Partikel zersetzte, *… kann auf sich selbst aufpassen.*

Ein paar Sekunden später war ich mir jedoch nicht sicher, ob man das Gleiche von uns sagen konnte. Lily, Dina und ich wurden von zwei Abbys gegen die Wand getrieben. Ihre schwarzen Klauen pressten in meine Arme, während ein drittes den Spektral zur Seite drängte.

Ich war bewegungsunfähig. Die Klaue des Abbys lag an meiner Kehle. Eine der Krallen war ein Haarbreit davon entfernt, mich zu erreichen und –

»Rayne!«

Ich sah ein Licht auf mich zufliegen und erkannte erst, als es mich beinahe am Kopf traf, dass es sich um einen von Adams Würfeln handelte. Ich fing ihn auf und ließ ihn kreisen. Das Magieseil knisterte, während es direkt durch den Hals des Abbys schnitt. Der Griff an meine Kehle ließ nach, und das Ding brach zusammen, um sich nie wieder zu rühren.

Adams Brust hob sich vor Anstrengung, und in seinen Augen lag ein wildes Glitzern, aber auch eine tiefe Besorgnis.

Er glaubte nicht, dass wir das hier schaffen würden.

Ich ballte meine Hände zu Fäusten und schaute zu Ignis herab. Meine Hände bebten vor Angst auf und ab, so sehr, dass alles andere an mir ebenfalls zitterte. Das rötliche Leuchten auf meiner Haut wurde grell, immer greller. Überall auf meinen nackten Armen und Beinen, die durch das Seidenkleid, das ich noch immer trug, bestens sichtbar waren, flammten die Lichtmale auf.

Fast so, als wollte mein Sigil mir etwas sagen.

»Ray«, hauchte Lily ungläubig. Sie suchte meinen Blick, aber ich presste die Augen zusammen und versuchte, ganz ruhig zu werden.

Ignis konnte Magie zerstören. Damit war es die mächtigste Sigil-Waffe, die wir gerade hatten. Und es war Zeit, sie zu benutzen.

Unsere Magie ist Wärme, sagte eine innere Stimme, die meine eigene war und dann auch wieder nicht. Dahinter lagen Hunderte und Aberhunderte Seelen, die einst mit Ignis verbunden gewesen waren und die nun wie Sternschnuppen im Dunkeln zusammenrasten: eine ununterbrochene Reihe von Sigil-Trägern, die mit mir sprachen – und *durch mich* sprachen.

In mir lebten jetzt viele Generationen. Sebastian und Dorian glaubten, das wäre ein Fluch, doch in diesem Moment war ich anderer Meinung. Denn als ich die Hand hob und Ignis' Magie freiließ, kamen all seine Träger und Trägerinnen zusammen, um mit vor Wut bebenden Stimmen eines zu sagen …

Eure Magie endet hier.

41

Mehrere Abbys explodierten auf der Stelle. Ignis' Kraft war berauschend, und es geschah so schnell, dass ich es kaum begreifen konnte. Die Magie löste sich aus meinen Fingerspitzen. Sie drang nach außen, ohne Ziel, ohne Plan, wie eine Welle, die alle feindliche Magie auf ihrem Weg unter sich begrub.

Und doch änderte es nichts. Auf jedes Abby, das ich zerstörte, schien ein neues zu folgen. Als ob sie sich in der Masse, in der sie auftraten, immer wieder neu zusammensetzen konnten.

Verdammt, ich musste sie alle auf einmal treffen, aber dafür war meine Magie viel zu wild und ich nach wie vor nicht gut genug darin, sie zu bändigen.

Mein Blick sprang zurück zu Adam. Ja, das war es. Meine Magie war pure Macht. Und seine … *pure Kontrolle.*

»Hilf mir«, keuchte ich und streckte Adam meine Hand entgegen.

Er erwiderte meinen Blick. »Wie?«

»Du musst es für mich kontrollieren. Du musst mir helfen, die Magie zu steuern. Ich zerstöre …, du lenkst!«

Adam zog die Augenbrauen zusammen. Ich rechnete damit, dass er widersprechen würde, doch stattdessen nickte er. Er fühlte es auch, da war ich mir sicher. Dass er ein Teil von mir war und ich ein Teil von ihm.

»Versuchen wir es«, sagte Adam mit fester Stimme. Dina, Celine, Lily und sogar einige der Rebellen scharrten sich sofort um uns, vermutlich, um uns von den Abbys abzuschirmen.

Ich schloss die Augen und griff auf meine Magie zu. Ich stellte sie mir wie einen dichten Wald vor. Die Bäume waren dank ihrer Wurzeln alle miteinander verbunden. Und dort, im Zentrum meiner Magie, war die Quelle, wie ein schlagendes Herz. All meine Bedenken sperrte ich in eine verborgene Ecke meines Geistes. Dann streckte ich eine Hand mit gespreizten Fingern aus, während Adam meine Haltung widerspiegelte. Seine andere Hand streifte meine, er verhakte unsere Finger miteinander, und die Berührung war das Letzte, was ich fühlte, bevor ich irgendwo in mir selbst verschwand.

Ich stellte es mir vor wie … Magiemienen. Meine Lieblingsgeste, mit der ich schon so viele Kämpfe gewonnen hatte. Doch statt kleine Mienen zu legen, die Magie erschufen, wollte ich welche erschaffen, die Magie *vernichteten.* Und dank Adams Zeitverschiebung würden wir sie alle gleichzeitig platzieren, so viele, dass sie jede Struktur zerstören konnten – selbst eine, die so kolossal und mächtig war wie die Bündelung.

Angestrengt versuchte ich, mir die Punkte vorzustellen und sonst alles um mich herum auszublenden. Die Explosionen und Schreie und rennenden Schritte. Das Kreischen der Abbys, das Poltern des Kampfes, mit dem die Rebellen und Magiehäscher die Basis verteidigten. Ich durfte mich nicht ablenken lassen. Stattdessen musste ich mich am Kern meiner Magie festhalten, wie ich immer an dem Glauben festgehalten hatte, dass meine Mutter mich eines Tages abholen würde. Wie ich gehofft hatte, eines Tages ein freies Leben führen zu dürfen und …

Rayne. Das war Adams Gedanke, ganz klar, mitten in meinem Kopf. Es war das erste Mal, dass ich ihn auf diese Weise hören konnte. Seine Stimme fiel in mein Bewusstsein wie ein Stein ins seichte Wasser.

Konzentrier dich auf das, was direkt vor dir liegt. Denk an das Ergebnis. Mach es wahr. Du kannst das.

Plötzlich sah ich wieder den klaren Bergsee vor meinem inneren Auge, und dort, in seiner Tiefe … eine starke Lichtsäule. Ich wusste, wo Adam und ich waren – wohin unsere Magie uns gebracht hatte.

Unsere Magiekerne. Nicht mehr zwei getrennte Quellen, sondern nur noch eine. Vereint.

Ich drehte mich zu Adam, der neben mir stand, hier an diesem Ort, den wir irgendwo in unserem Inneren erschaffen hatten. Er schaute mich verwundert an, während der Wind durch sein Haar und die Enden seines Mantels fuhr. In seiner Magiesignatur lag Ungewissheit – winzige Zweifel daran, dass die Verbindung zwischen uns stabil genug sein konnte für das, was ich vorhatte.

»Nur weil es bei anderen temporär war, muss es bei uns nicht so sein«, sagte ich zu ihm. »Nur weil es bei anderen in einer Tragödie geendet hat, müssen wir dem nicht folgen.«

Ich meinte es so, und ich wollte, mehr als ich je etwas gewollt hatte, dass Adam es verstand. Wie sehr ich ihn in mein Herz geschlossen hatte. Wie sehr er es wert war, geliebt zu werden.

»Wir sind nicht unsere Vorfahren. Diese Magie gehört nur uns, und was wir daraus machen, ist allein unsere Entscheidung.«

Adam schwieg eine gefühlte Ewigkeit, denn hier, an diesem Ort, spielte Zeit keine Rolle. Dann straffte er die Schultern und nickte – zu mir und zu sich selbst und zu den Zweifeln, die er zur Ruhe legte.

»In Ordnung.« Er nahm meine Hand in seine. »Beenden wir es.« Sein Ton war sanft, ebenso wie der Ausdruck in seinen Augen. »Zusammen.«

Ich setzte die winzigen Punkte meiner Magie in die Luft. Dutzende von ihnen, überall in der Bündelung aus Chaosmagie, verstreut wie Sterne am Himmel. Alles andere war in der Zeit eingefroren. So konnte ich meine Magie in diese Risse leiten und dann zusehen, wie die Abbys zu splittern begannen. Die Bündelung zerbarst endgültig, zerriss an ihren Bruchstellen und verzehrte sich selbst.

Und währenddessen … tief in meinem Inneren, wo Adams und mein Magiekern miteinander verschmolzen waren …, da tauchte ich hinein in den See, ließ mich nach unten sinken, bis ich darin verschwunden war.

Das Erste, woran ich mich erinnerte, waren Hitze und Schmerz. Ich war rückwärts durch die Luft geflogen. Eine Druckwelle hatte mich ergriffen und weit durch den Raum geschleudert. Ich musste mir den Kopf angeschlagen haben und kurz ohnmächtig geworden sein. Und jetzt war ich …

Wo zum Teufel war ich?

Ich hievte mich unter Stöhnen in eine sitzende Position und versuchte, meine Umgebung zu deuten. Meine Hände taten weh, und ich merkte, dass ich viele kleine Schnitte an Armen und Beinen hatte. Aber das war im Moment meine geringste Sorge, denn …

… das Dach des Hochhauses war verschwunden.

Ein weiteres Mal kauerte ich in den Überresten eines Gebäudes. Ein Haufen von Trümmern und zersplittertem Glas lag um mich herum, und die Luft war neblig von Asche- und Staubwolken. Ein beißender, verbrannter Geruch hing über jedem Zentimeter des weitläufigen Raums, und die Überreste des Nexus lagen zerstört auf dem Boden.

Ich stand auf. Lily lag etwas weiter von mir weg. Sie blinzelte verwirrt, und ich half ihr hoch, umarmte sie und vergewisserte mich, dass es ihr gut ging.

Einige der Rebellen erschufen eine Magiebarriere mit ihren Sigils, eine dieser undurchlässigen Wände, wie schon im Waisenhaus. Sie wollten abhauen, begriff ich. Die ersten Korridore waren bereits offen.

Ich wollte mich gerade umdrehen, um nach Adam und den anderen zu suchen, da durchdrang mich ein Gefühl, als würde sich eine Tür in meinem Kopf öffnen.

Rayne?, summte die Verbindung zwischen Adam und mir, schwach, aber trotzdem stark genug, dass ich ihn verstehen konnte. *Ich glaube, ich kann es kontrollieren. Ich habe nach dir gerufen und – da bist du.*

Ich konnte mir das erleichterte Lächeln nicht verkneifen, das sich auf meinem Gesicht ausbreitete, als ich mich auf den Weg durch die Trümmer machte. Auf den Weg zu ihm.

Du hattest recht, flüsterte er. *Du hattest in so vielen Dingen recht.*

Du kannst auch einfach Danke sagen.

Ich hörte ihn über unsere Verbindung lachen. *Danke.*

Doch bevor ich Adam in dem Chaos finden konnte, griff eine andere Hand nach mir. Es war meine Mutter.

Sie wirkte mitgenommen, eine Blutspur rann aus ihrem braunen Haar. Ihr Blick glitt ungläubig über mich hinweg, dann umrahmte sie mein Gesicht mit beiden Händen. »Rayne … ich …« Sie schluckte. »Komm mit uns. Komm mit *mir.*« Sie legte eine Hand auf Lilys Schulter. »Ihr beide.«

»Ich werde nicht euer Werkzeug sein, um Adam zu töten.«

»Es geht um so viel mehr als um einen Jungen«, sagte meine Mutter eindringlich. »Das Auge wird einen Weg finden, um die Dark Sigils von ihren Trägern zu lösen. Wenn du also selbst bestimmen willst, was damit passiert, dann komm mit uns! Es geht um *dein* Leben, Rayne.« Ich wollte mich aus ihrem Griff lösen, doch sie hielt mich fest und schaute mich aus tränennassen Augen an. »Hör mir jetzt genau zu, mein Schatz. Du kannst mit deren Wahrheit leben. Oder du findest deine eigene. Eine andere Wahl hast du nicht.«

Ich starrte sie an. Diese fremde Frau, die meine Mutter war. Dann hörte ich, wie rings um mich Schritte ertönten. Nessa, Dorian und die restlichen Rebellen machten sich zum Gehen bereit. Die Magiekorridore, die sie mit ihren Repliken geöffnet hatten, warteten bereits.

Lily schaute mich erwartungsvoll an, und in ihren wunderschönen braunen Augen lagen dieselben Worte, die sie vorhin schon zu mir gesagt hatte.

Egal, was du tun willst, ich bin bei dir.

Ich wusste, wenn ich mit Adam ging, würde ich mich den Regeln der Sieben nicht entziehen können. Er und ich würden nie miteinander glücklich sein, weil er es nicht zulassen konnte. Weil er nicht daran glaubte, dass es eine andere Lösung gab. Beim Auge dagegen … Wenn Nessa mich nicht angelogen hatte, gab es eine Chance, das zu tun, was auch Adam tief im Herzen wollte: den Mirror zu verändern. Das Erbe der Sieben zu verändern.

Frei zu sein.

Mein Blick glitt nach oben, in die Luft zwischen dem Mirror und Prime, und dort sah ich eine Gruppe Spektralvögel fliegen. Zwischen ihren Flügeln perlte die blaue Magie ab, verwandelte sich in wunderschöne Wellen, die ein bisschen wie Nordlichter aussahen. Dann flatterten sie auf und verschwanden in alle vier Himmelsrichtungen.

Meine Mutter hatte in einer Hinsicht recht: Ich musste meine eigene Wahrheit finden. Der Weg, den Adam eingeschlagen hatte, mochte Gerechtigkeit für den Mirror und für Prime bedeuten. Aber nicht für ihn. Er würde sich selbst zugrunde richten, um die Macht der Magistrate zu brechen. Er würde sich opfern, würde sich für alle als Sündenbock hergeben und dabei womöglich sein Leben verlieren.

Ich sah es vor mir, ganz klar, wohin der Weg, den Adam geebnet hatte, ihn führen würde.

Wenn die Welt jemanden braucht, den sie verabscheuen kann, um ihre Menschlichkeit wieder zu entdecken, dann bin ich eben dieser Jemand.

Ein Zittern durchfuhr mich, als ich begriff, was das bedeutete.

Ich musste mit den Rebellen gehen.

Langsam schaute ich zu meiner Mutter und legte dabei eine Hand fest auf das Drachenarmband. »Das hier hat meinem Vater gehört … und jetzt mir. Ihr werdet es mir nicht gegen meinen Willen wegnehmen.«

Ein Ausdruck von Hoffnung und Erleichterung legte sich über das Gesicht meiner Mutter. Sie nickte fest. »Das verspreche ich. Ich werde es nicht zulassen.«

Ich nickte. Ob ich ihr wirklich vertrauen konnte, wusste ich nicht. Aber für den Moment würde es genügen. »In Ordnung. Ich werde euch helfen, allerdings nicht dabei, Adam zu stürzen. Und was wir mit Ignis machen, läuft nach meinen Bedingungen.«

Hinter mir schnaubte Nessa und wandte sich ab. Ein Großteil der Rebellen war bereits durch die Magiekorridore in der

Wand verschwunden. In Nessas Blick sah ich ganz genau, was sie dachte: *Wir werden sehen, was die Zeit bringt.*

Die Magie der Barrierewände war inzwischen so dicht, dass meine Mutter sich dagegenstemmen musste, um hindurchzugehen. Ich half ihr und Lily und schaute kurz auf die Spektralkatze, die ihnen folgte. Dann hielt ich noch einmal inne.

Es tut mir leid, dachte ich in die Verbindung hinein. *Bitte verzeih mir.*

Damit lief ich durch die Barriere, und genau in diesem Augenblick hörte ich ihn.

»Rayne.«

Es war Adam. Er tauchte zusammen mit Dina, Celine und all den Magiehäschern auf, die sofort auf die Barriere zustürmten und auf sie einschlugen. Sie wollten mich befreien. Weil sie glaubten, dass ich ein weiteres Mal gegen meinen Willen entführt wurde.

Nur Adam verstand es sofort. Er kam zur Barriere, in seinem Blick kein Zweifel. *Geh nicht*, sagte er. *Triff eine andere Entscheidung.*

Er umklammerte die Schicksalswürfel in seiner Hand, tat aber nichts, um sie zu benutzen.

»Ich *muss* gehen.« Meine Stimme war brüchig, und auch wenn er mich durch die Barriere womöglich nicht hören konnte, so drangen die Worte über unsere Verbindung trotzdem zu ihm.

Vor nicht allzu langer Zeit wäre ich mir sicher gewesen, dass er mich mit aller Härte bestrafen würde, wenn ich es je wagte, mich gegen ihn zu stellen. Doch diese Sorge war nichts im Vergleich zu dem, was ich hier und jetzt fühlte.

Ich sah, wie Adams Gesichtsausdruck versteinerte und er sich zwang, alle Emotionen tief in sich zu vergraben. *Ich liebe dich,* dachte ich in die Verbindung hinein, und in diesem Moment erfüllte es mein Innerstes wie eine Welle, die mich regelrecht erdrückte.

Es war die Wahrheit. Ich hatte mich in Adam verliebt. Ich liebte ihn für seine ruhige Art, dafür, dass er stets zehn Schritte weiter dachte als der Rest, ganz anders als ich mit meiner aufbrausenden Wut. Dafür, dass er mich trotz seiner hohen Geburt, die ihn über alle anderen erhob, nicht als das Straßenmädchen sah, das ich mein Leben lang gewesen war. *Ich liebe dich,* dachte ich ein weiteres Mal. *Und es tut mir leid.*

Die Magiebarriere, die uns voneinander trennte, knackste bedrohlich unter den Schlägen der Magiehäscher. Da bewegte Adam eine Hand. Er hob sie zur Decke, und das kalte Leuchten seiner Magie spiegelte sich in seinen Augen. Jeder einzelne seiner Soldaten fror ein. Er hatte sie alle mit einer einzigen Geste in Stase versetzt – sogar Zorya.

Ich bemerkte nicht einmal, wie Lily mich mit sich zum Magiekorridor zog. Ich sah nur immer weiter zu Celine und Dina, die sich als Einzige noch bewegen konnten und mich so entgeistert anschauten, als verstünden sie die Welt nicht mehr. Und ich schaute zu Adam, der sich in diesem Moment umdrehte und einfach wegging.

Es tut mir leid, war alles, was ich denken konnte. *Es tut mir unendlich leid.*

Adam ließ seine Hand in einer abrupten Hiebbewegung nach unten sinken. Seine Magiehäscher, die versucht hatten, durch die Barriere zu uns zu kommen, stürzten zu Boden.

»Rayne!«, schrie meine Mutter vom Magiekorridor aus. »Rayne, wir müssen gehen!«

Kräftige Finger klammerten sich um meinen Arm – Dorian zerrte mich nun körperlich mit sich und wiederholte immer wieder, dass wir keine Zeit mehr hatten. Meine Augen fixierten Adams Rücken, während ich entgegen aller Hoffnungslosigkeit hoffte, dass er noch etwas sagen würde – *irgendetwas* …

Aber er tat es nicht. Er ging davon, während seine Häscher sich nur sehr langsam aufrafften und es nicht mehr schafften, uns aufzuhalten.

Adam hatte die Rebellen und mich flüchten lassen.

Und er würdigte mich keines Blickes mehr.

42

Wie viele Male konnte ein Leben sich auf den Kopf stellen? Die Antwort: viel öfter, als es einem lieb war.

Ich schaute hinein in den Kleiderschrank aus verbeultem Blech, in dem ausgefranste Hosen, ausgefranste Shirts und ausgefranste Pullover hingen, und das in so vielen unterschiedlichen Größen, dass ich mir sicher war, alle Rebellen hatten jeweils eins ihrer Kleidungsstücke gespendet, um die Neulinge damit zu versorgen.

Wahrscheinlich musste ich mich glücklich schätzen, dass die Teile gewaschen waren.

Müde rieb ich mir über die Stirn, griff mir eine der weniger tief hängenden Hosen und schlüpfte hinein. Mit einem Shirt in der Hand drehte ich mich um und schaute zu Lily.

Sie saß im Schneidersitz auf ihrem Bett, die Augen vor Konzentration fest geschlossen. Um ihren Hals lag das Sigil-Medaillon, das Dorian ihr erst vor ein paar Tagen gegeben hatte. In regelmäßigen Abständen ließ sie kleine Magieschwaden entstehen, die sich züngelnd von einer Hand zur anderen bewegten. Anfangs hatte es gar nicht funktionieren wollen, doch nun sah es von Mal zu Mal besser aus. Wahrscheinlich würde es nicht mehr lange dauern, bis Lily mit den anderen Rebellen trainieren konnte.

»Wenn wir uns dem Auge schon angeschlossen haben, will ich nicht nur nutzlos herumliegen«, hatte sie gesagt. Seither saß sie beinahe jeden Tag mit dem Sigil um den Hals im Zimmer und übte eine Geste nach der anderen.

Ich war so unendlich glücklich, dass Lily noch bei mir war. Bei unserer Ankunft hatten die Rebellen uns Einzelzimmer angeboten. Wir hatten völlig synchron abgelehnt. Und inzwischen war es, als wäre sie nie von mir getrennt gewesen.

Ein sanftes Brummen ertönte. Es kam vom Spektral, der neben Lily auf dem Bett lag. Sein von Magie durchsetzter Raubkatzenkörper hob und senkte sich ruhig. Es war ein Anblick, an den ich mich inzwischen gewöhnt hatte, denn das Wesen war uns seit dem Tag in London nicht mehr von der Seite gewichen. Doch in diesem Moment zuckte es mit einer Pfote, als hätte es etwas Seltsames geträumt, und kratzte Lily dabei ganz leicht über den Oberarm.

»Hör schon auf«, raunte sie und ließ seufzend ihre Hände sinken. Dann warf sie mir einen schneidenden Blick zu. »Gib ihm endlich einen Namen, damit ich ihn ausschimpfen kann. Sonst gewöhnt er sich noch an *Sternchen.*«

»Ich finde ja, Sternchen klingt ziemlich gut.«

Auf Lilys empörtes Starren hin lächelte ich und stellte mich neben den Spektral, um über sein Fell zu streicheln. Die Magie darin waberte ganz sanft umher, wie Wellenbewegungen, und seine dunklen Augen musterten mich neugierig.

Die Wahrheit war: Ich hatte mich bislang nicht getraut, dem Wesen einen Namen zu geben, weil ich mir sicher war, dass es eines Tages einfach wieder als Schmetterling oder Vogel in der Luft verschwinden würde. So, wie es vor einigen Wochen im Garten Septems in mein Leben getreten war.

Wochen. So lange war es inzwischen bereits her, seit ich

Adam, Dina und die anderen das letzte Mal gesehen hatte. Zwei volle Wochen.

»Wie wär's mit *Echo*?«, flüsterte ich dem Spektral zu. »Immerhin trägst du genauso viele Seelen in dir wie ich.«

Er brummte nur und legte sich wieder hin, was Lily ein Lachen entlockte. Erst als sie mich anschaute, verstummte sie und legte ihre Stirn in Falten. »Soll ich vielleicht doch mitkommen?«, fragte sie. »Wenn du willst, kann ich Nessa bedrohlich anstarren, während ihr redet.«

Ich grinste. »Nein, schon gut. Ich erzähl dir später alles.«

Lily nickte, dann ließ sie ihren Kopf einmal kreisen, schloss die Augen, und erzeugte neue Magieschwaden.

Ich lief auf den Flur hinaus und schloss die Tür leise hinter mir. Es war völlig still in der neuen Basis. Nur ein paar Rebellen liefen herum und warfen mir Blicke zu – mir, und dem schwarzen Lederarmband, das um Ignis lag. Die meisten waren skeptisch, was meine Anwesenheit hier anging, so viel hatte ich schon von meiner Mutter gehört. Aber sie beteuerte auch, dass mir niemand Probleme bereiten würde und die Leute bald dankbar wären, dass ich mich ihnen angeschlossen hatte.

Hast du dich ihnen denn angeschlossen?

Mir entwich ein überraschter Laut, und ich blieb abrupt stehen. Eine Frau, die mir gerade im Gang entgegengekommen war, warf mir einen verwirrten Blick zu. Erst als ich abwinkte und murmelte, dass alles okay sei, ging sie weiter. Ich holte tief Luft, schüttelte den Kopf.

Du musst wirklich damit aufhören, mich so zu erschrecken.

Meine Magie summte, und wie immer, wenn wir die Verbindung öffneten, glommen meine Lichtmale auf. Ich öffnete die nächstbeste Tür – irgendeine Abstellkammer – und presste mich von innen dagegen, bis sie ins Schloss fiel.

Ich versuche gar nicht, dich zu erschrecken, kam es nur zurück. *Ich versuche nicht einmal, Kontakt zu dir aufzunehmen.*

Und wieso bist du dann ständig in meinem Kopf?

Es war, als könnte ich Adam seufzen hören. Vor meinem inneren Auge sah ich ihn auf und ab laufen, während er sich durch die weißblonden Haare strich.

Du weißt, wieso.

Ja, ich wusste es. Es war genau derselbe Grund, warum ich mich nicht einmal mehr anstrengte, ihn aus meinen Gedanken fernzuhalten. Warum die Tür zwischen seiner Magie und meiner in diesen Tagen immer sperrangelweit offen stand.

Weil ich ihn nicht ausschließen wollte.

Weil meine Magie jedes Mal sang, wenn ich seine Stimme hörte.

Das, was Nessa und deine Mutter da verfolgen, sind Hirngespinste, sagte er. *Das Auge würde den Mirror und eure Welt in den Abgrund stürzen, wenn sie die Sigils von ihren Blutlinien trennen.*

Genau das will ich ja herausfinden. Ich will wissen, ob es eine Möglichkeit gibt, uns von diesem Zwang zu befreien. Nichts weiter. Adam … ich bin nicht deine Feindin.

Sie werden versuchen, dich dazu zu machen.

Tja. Sie werden sich die Zähne ausbeißen.

Die Verbindung kam zur Ruhe, aber ich spürte Adams Präsenz noch immer. Vor mir in der Abstellkammer standen einige chaotisch vollgestellte Regale mit etwas, das nach Medizinverpackungen aussah.

Ich wusste, ich sollte mich umdrehen, den Raum verlassen und die Tür zu Adam, die es nun in meinem Bewusstsein gab, so fest wie möglich verschließen. Ich war nun eine Rebellin und das aus gutem Grund. Ich wollte meine Freiheit zurück, wollte nicht dieses Leben leben, von dem Celine gesprochen hatte, ein Leben, das von Anfang bis Ende fremdbestimmt wurde.

Ich wollte keine Plakette unter einem Gemälde sein.

Ich wollte wählen, wen ich liebte.

Und ich wollte, dass derjenige auch mich wählte.

Ein Vibrieren ging durch die Magie, die fest in meinem Blut verankert war. Und mir entfuhr ein ungläubiger Atemzug, als sich die Abstellkammer auf einmal wandelte, zu einer Höhle unter der Erde, über der klares Wasser in der Luft schwebte.

»Was zur …«, entfuhr es mir, dann spürte ich, wie sich zwei Hände an meine Taille legten. Ich drehte mich um und starrte entgeistert in Adams hellgraue Augen. Es war, als wäre er wirklich hier, direkt vor mir. »Wie … wie ist das möglich?«

»Magie?«, schlug er vor. »Na ja, und etwas Übung. Dieser Ort wurde von uns geschaffen, ich schätze, deswegen ermöglicht er es uns, zu ihm zurückzukehren.«

Wahrscheinlich sollte es mir Angst machen, wie sehr die Grenze zwischen uns mittlerweile verschwommen war. Wie leicht Adam sich in mein Bewusstsein schieben konnte, aber das tat es nicht.

»Wenn es nur ich wäre, ohne den Mirror, ohne die Dark Sigils …« Adam legte eine Hand an meine Wange. »Dann würde ich dich wählen, Rayne. Und ich würde alles dafür tun, es wert zu sein, dass du mich wählst.«

Das bist du längst, dachte ich und spürte, wie der Gedanke nur mit Mühe von meiner Seite der Tür zu seiner hindurchdrang. *Akzeptier es, Adam. Du kannst mich nicht dazu bringen, dich zu hassen.*

Er lächelte. Dann hauchte er einen Kuss auf meine Lippen und verschwand mitsamt der unterirdischen Höhle vor meinen Augen.

Versprich nichts, was du nicht halten kannst, flüsterte er noch, bevor sich die Verbindung zwischen uns endgültig auflöste.

Zitternd drückte ich die Klinke zum Flur nach unten, und ich widerstand dem völlig bescheuerten Drang, meine Kleider zu richten. Adam war nicht hier gewesen, hatte mich nie berührt. Er war kilometerweit entfernt, irgendwo im Mirror.

Ich lief mit schnellen Schritten zum Kommandoraum, der im obersten Stockwerk der neuen Basis lag. Nur Dorian stand vor den Monitoren, die aktuelle Nachrichten zeigten, sonst war niemand hier.

»Guten Morgen«, sagte ich schließlich, und Dorian schaute kurz über seine Schulter und nickte mir zu. Ich überflog die Überschriften, die dort auf den Bildschirmen zu sehen waren. Keine Nachrichten aus dem Mirror, natürlich, aber durch Nessas Spione wussten wir auch so, was seit dem Anschlag auf Septem geschehen war.

Fast die Hälfte der Magistrate war aus ihren Ämtern entlassen worden. Adam hatte sich offenbar durchgesetzt – er hatte sogar Magistrat Pelham durch Agrona Soverall ersetzen lassen. Doch es gab erste Unruhen. Einige der Oberen waren mit dem, was ihr Herrscher tat, alles andere als zufrieden.

Ich konnte nur hoffen, dass Adam wusste, welches Risiko er einging. Und dass Dina, Celine und Cedric fest an seiner Seite stehen würden, während ich es nicht konnte.

Ich nicht … und Matt ebenfalls nicht. Denn zwei Wochen später war er noch immer nicht in den Mirror zurückgekehrt. Adam ließ ihn suchen, so viel wusste ich – aber Matt, Nikki und Sebastian waren wie vom Erdboden verschluckt.

»Findest du es eigentlich nicht seltsam?«, fragte ich Dorian. »Dass Sebastian sich so hat ausspielen lassen?«

Dorian schaute verwundert zu mir. »Was meinst du?«

»Na ja …« Ich hob die Schultern. Es war die eine Sache, die ich noch nicht begriffen hatte. »Er wollte mich eintauschen, oder? Mich gegen den Thron des Mirrors. Den hat er nicht bekommen. Und den wolltet ihr ihm ja auch nie geben. Also … wieso rächt er sich nicht?«

Dorian lächelte. »Du überschätzt ihn. Sebastian Lacroix ist so von sich selbst eingenommen, dass er nicht weiter sieht als bis zu seiner eigenen Nasenspitze.«

Da war ich mir nicht so sicher. Sebastian mochte selbstverliebt sein, aber nicht dumm. Er hätte doch niemals ernsthaft geglaubt, dass die Rebellen ihn auf den Thron heben würden, nur weil Nessa Greenwater auf Kriegsfuß mit den Trembletts stand.

Es nützte nichts, mit Dorian darüber zu diskutieren, das hatte ich in den letzten zwei Wochen schon gemerkt. Zwei Wochen, in denen meine Gedanken ständig kreisten und ich versuchte, das, was ich erlebt hatte, irgendwie zu verstehen. Zum Beispiel, wieso Adams Mutter unbedingt so große Mengen von Magie nach Prime hatte bringen wollen, dass sie sogar den Befehl gegeben hatte, sie zu manipulieren. Sie hatte riskiert, dass die Chaosmagie Prime nach und nach befallen würde … wozu? Waren ihr die Folgen einfach nur nicht bewusst gewesen? Hatte es sie nicht gekümmert? Oder steckte mehr dahinter?

Schritte ertönten, und Nessa kam in den Raum gelaufen, meine Mutter wie immer in ihrem Schlepptau.

Sie nickte mir im Vorbeigehen zu und setzte sich an den Tisch, auf dem wie an jedem Tag Landkarten, Laptops und Sigils ausgebreitet waren.

»Erzählen Sie mir heute endlich, wie Sie das Dark Sigil von mir lösen wollen?«, fragte ich sie.

Nessas schwarz geschminkte Lippen verzogen sich zu einem Lächeln. In den letzten Wochen hatte sie mich immer vertröstet mit den Worten, dass das Auge sich nach dem Angriff der Abbys erst wieder sammeln müsse. Aber nun war meine Geduld zu Ende.

»Ich habe keinen Grund, es vor dir zu verheimlichen, falls du das denkst«, sagte sie. »Wir werden dich schließlich brauchen, wenn wir es bergen wollen.«

»Bergen?«, wiederholte ich misstrauisch.

Nessa nickte. Sie griff an einen der Laptops und öffnete ihn. Einen Moment tippte sie – offenbar suchte sie etwas –, bevor sie ihn in meine Richtung drehte.

Ein Bild war zu sehen. Es musste eine Art ... Scan sein. Von irgendeiner sehr alten Buchseite, jedenfalls konnte ich die Schrift darauf kaum entziffern. Auf der Mitte der Seite jedoch war eine Art Messer abgebildet. Nein – ein *Dolch.*

»Es gibt etwas, das vor vielen Jahren versteckt wurde«, setzte Nessa an. »Etwas, das die Macht hat, die Verbindung von einem Träger zu dessen Dark Sigil zu trennen. Und zwar so, dass man das Sigil danach frei an jemand anderen geben kann, ohne dass der ursprüngliche Träger stirbt.«

»Und wo soll dieses *Etwas* sein?«

»Das wissen wir noch nicht. Zumindest nicht genau. In den Archiven von Septem gibt es keinerlei Aufzeichnungen dazu, sicherlich aus voller Absicht, aber wir konnten einige alte Schriften in Prime auftreiben. Schriften über den Ursprung der Magie. Darin gab es erste Anhaltspunkte, wo es sich befinden könnte.«

»Es?« Ich fixierte die Zeichnung des Dolches. »Was ist es?«

Nessa lehnte sich im Stuhl zurück. Sie zögerte, so wie sie es in den letzten Tagen auch gemacht hatte. Wir wussten beide, dass wir uns nicht vertrauten. Dass wir nur etwas voneinander wollten, das wir anderswo nicht bekommen würden. Sie und ich, wir waren der Inbegriff einer Zweckgemeinschaft. Aber früher oder später musste sie mir ihr Wissen anvertrauen, und das schien sie in diesem Augenblick ebenfalls zu verstehen.

»Der Gegenstand, von dem ich rede, ist … das achte Dark Sigil.«

Ich war mir sicher, mich verhört zu haben, doch natürlich war es nicht so. »Ein … achtes Dark Sigil?«

»Ja.« Nessa deutete auf Ignis. »Und wenn du bereit bist, deine Gefühle für die Sieben ziehen zu lassen, für *jeden* von ihnen, dann haben wir dank deines Armbands die Chance, es endlich zu finden.«

Ich presste die Lippen aufeinander. Nessa durchschaute mich, das hatte ich von Anfang an gespürt. Sie wusste, dass ich die anderen Träger in mein Herz geschlossen hatte. Und sie wusste wohl auch, was Adam mir bedeutete.

Was sie nicht wusste, war jedoch, wie sehr Dina, Matt und sogar Celine unter dem Leben, das sie führten, zu leiden hatten. Jeder von ihnen war natürlich bereit, zu tun, was sie für ihre Pflicht hielten. So waren sie erzogen worden, es war alles, woran sie glaubten. Aber mir war klar: Heimlich träumten sie davon, eine Wahl zu haben … welches Leben sie führten und wen sie lieben wollten.

Nessa verlangte von mir, dass ich meine Gefühle für die Sieben ziehen ließ? Für Adam? Das konnte ich nicht. Doch ich würde sie beiseiteschieben, für eine Weile … um das zu tun, was nötig war.

EPILOG

Die Abbys schwebten wie Geister durch die engen Straßen. Dunkle, wundervolle Geister, in deren Bewegungen jedoch kein größerer Plan zu erkennen war. Sie schwirrten nur umher, ein endloses Wirrwarr ohne Ziel.

Es war diese Planlosigkeit, die sie schon immer wütend gemacht hatte. So viel Macht, so viel Magie, die ungenutzt blieb. Seit dem Moment, als ihr Vater ihr die Abbys das erste Mal gezeigt hatte – sie war vier oder fünf Jahre alt gewesen –, hatten die Schattengestalten sie fasziniert. Später, als sie älter wurde, hatte sie damit begonnen, die Abbys zu studieren und war dabei auf einige unfassbare Erkenntnisse gestoßen.

Die meisten glaubten, die Abbys wären wie Tiere, von ihren Instinkten getrieben. Und auf einige von ihnen traf das sicherlich zu, aber eben nicht auf alle. Einige hatten Verstand und Scharfsinn. Sie waren keine Tiere, sondern wunderschöne, tödliche Geschöpfe.

Ihr Vater hatte nichts davon hören wollen. Absurd hatte er ihren Vorschlag genannt, die Abbys für sich zu nutzen, absurd, sich überhaupt mit den Wesen zu beschäftigen.

Ihr Vater, so mächtig er auch gewesen war, hatte nie den Sinn für die richtigen Entscheidungen zur richtigen Zeit gehabt.

Ein Lächeln legte sich auf ihre Lippen. Sie zog das Sigil aus ihrer Manteltasche heraus und fuhr liebevoll mit den Fingern darüber. Dann legte sie es sich um das Handgelenk, positionierte ein Grain Magie auf dem Plättchen und ließ die Nadel in ihren Körper fahren.

Der Austausch flutete ihr System mit Magie, und sie schloss genießerisch die Augen. Es war nicht dasselbe wie die Magie, die sie gewöhnt war. Nicht das erhabene Gefühl von Vollkommenheit. Aber es würde ausreichen.

Als das Grain vollständig in ihrem Körper verschwunden war, stand sie auf und ließ den Kopf kreisen. All die Planung, all die Opfer und Entsagungen – jetzt würde sie herausfinden, ob es sich gelohnt hatte.

Hinter ihr ertönten Schritte. Es war der unsägliche Junge.

Wenn sie ihn nicht noch gebraucht hätte, hätte sie ihn an seinen perfekten Haaren gepackt und runter in die Gassen voller Abbys geworfen für die Unverfrorenheit, sie in diesem feierlichen Moment zu stören.

»Das Harwood-Mädchen ist jetzt beim Auge.« Sebastian stellte sich neben sie. Sein Blick wirkte angewidert, so wie alle Oberen immer die Chaosmagie ansahen, weil sie zu dumm waren, um zu erkennen, welche Schönheit sich darin verbarg. »Alles ist so gelaufen, wie du es vorhergesehen hast. Greenwater und ihr Enkel denken, sie hätten mich übers Ohr gehauen, und Rayne … nach allem, was wir ihr gesagt und gezeigt haben, ist sie mehr als bereit, ihre Freiheit zurückzufordern.«

Sie nickte. »Und die Sieben?«

»Die Drei, meinst du.« Er lächelte abfällig. »Ich schätze, Adam wird eine Weile brauchen, um seine Wunden zu lecken. Wenn du mich fragst, hat er sich in die Kleine verknallt.«

»Hmm.« Sie streichelte über ihr Sigil. Ein Gefühl von

Schwere legte sich bei den Worten in ihre Brust. Es war nie Teil des Plans gewesen, Adam leiden zu sehen, aber es war wohl unausweichlich gewesen.

Die Trembletts hatten schon immer eine Schwäche für die Harwoods.

Es war natürlich zum Scheitern verurteilt. Und so wie sie Adam kannte, wusste er das auch.

»Was passiert jetzt?«, fragte Sebastian, und sie konnte bereits an dem leicht weinerlichen Unterton in seiner Stimme hören, dass die nächsten Worte sie tierisch nerven würden. »Septem liegt in Schutt und Asche, und der Thron ebenfalls.«

Der Drang, ihn den Abbys zum Fraß vorzuwerfen, wuchs ins Unermessliche, aber sie konnte sich gerade noch beherrschen. Wenn sie irgendetwas ganz sicher von ihrem Vater geerbt hatte, dann war das ihre Selbstkontrolle.

»Eins nach dem anderen. Wir lassen das Auge brav nach dem achten Sigil suchen, danach kümmern wir uns um deinen Thron.«

Sebastian starrte sie an, sein Blick misstrauisch. »Wenn du mich verrätst …«

Nun musste sie ein Lachen unterdrücken. »Niemals«, beschwichtigte sie ihn mit ernstem Tonfall. »Ohne dich wären wir nie so weit gekommen, Sebastian. Wenn die Zeit reif ist, und die Abbys sich überall auf der Welt ausbreiten, werden die Oberen darum betteln, dass du sie anführst.«

Sein zweifelnder Gesichtsausdruck wurde überlagert von Selbstzufriedenheit. Die Lacroix-Familie ließ sich einfach immer von Schmeicheleien um den Finger wickeln. Das war die Ironie an ihrer Blutlinie. Sie besaßen das Sigil der Manipulation und waren selbst anfälliger dafür als alle anderen.

Sie ließ die Schultern kreisen, spürte der Magie nach, die in ihren Adern pulsierte, und stellte sich an den Rand des Daches. »So«, sagte sie. »Versuchen wir es.«

Damit streckte sie die Hand nach vorn, die Finger ruhig und nach unten zeigend. Dann ballte sie sie ruckartig zur Faust.

Alle Abbys hielten inne. Ihre leeren Körper standen wie eingefroren auf der Straße herum, und langsam, ganz langsam, drehten sie ihre Köpfe nach oben und blickten … zu ihr.

Sie hätte weinen können vor Glück. Und sie wünschte sich, sie wäre alleine gewesen, um dieses Glück in den Himmel zu brüllen, hinauf in Richtung Mirror.

So viele Jahre, so viel Arbeit, so viel Schmerz, den sie erduldet hatte. Alles für diesen einen Moment, in dem sich Tausende weiß glühende Augen auf sie richteten und auf ihren Befehl warteten.

Sebastian murmelte irgendwelche ungläubigen und völlig unpassenden Dinge vor sich hin, aber sie blendete ihn aus. Stattdessen bewegte sie ihre Faust ganz zart hin und her, und die Abbys taten es ihr gleich.

Sie gehorchten ihr.

Endlich.

Ein Lächeln stahl sich auf ihre Lippen. Sebastian wollte wissen, wann er auf seinem Thron sitzen würde? Nun. Wenn alles so lief, wie sie es sich vorstellte, würde es schon bald keinen Thron mehr geben.

Und keinen Mirror.

Sie würde ihnen heimzahlen, was sie ihr angetan hatten. Sie würde die Wut, die sie so lange heruntergeschluckt hatte, endlich freilassen. Alle Schachfiguren waren längst auf Position. Und Septem war nur der Anfang gewesen.

Ihr Vater hatte ihre Ambitionen immer als viel zu groß bezeichnet. Als gefährlich. Er hatte ihr befohlen, ihre Rolle einzunehmen, Mirrorlady zu spielen und die Magistrate zufriedenzustellen. Er hatte gewollt, dass sie sich einfügte, sich kleiner machte, als sie war, und den Oberen diente.

Aber all das war etwas für gute Menschen.

Und Leanore Tremblett war noch nie ein sonderlich guter Mensch gewesen.

DARK
SIGILS

Alius & Etas

Die Schicksalswürfel

Im Besitz der Familie Tremblett

Blutlinie des Ersten Trägers

Zeitmanipulation

Anima

Der Seelenring

Im Besitz der Familie Coldwell

Illusionsprojektion

Anguis

Das Schlangenband

Im Besitz der Familie Solomon

Lebensabsorption

Clavis

Der Saphirschlüssel

Im Besitz der Familie Attwater

Raummodifikation

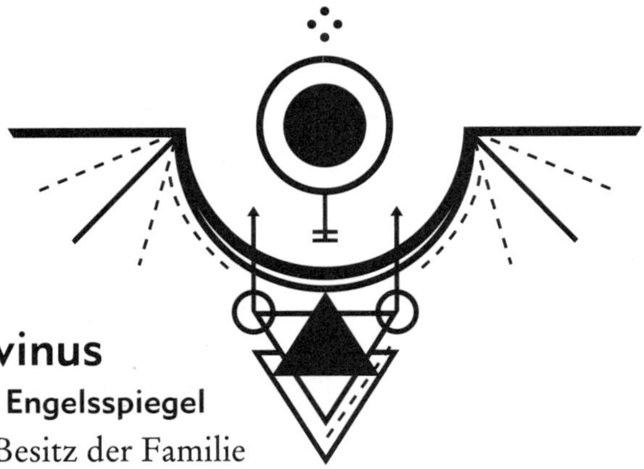

Divinus

Der Engelsspiegel

Im Besitz der Familie Lacroix

Willensstimulation

Ignis

Das Drachenarmband

Im Besitz der Familie Harwood

Magieelimination

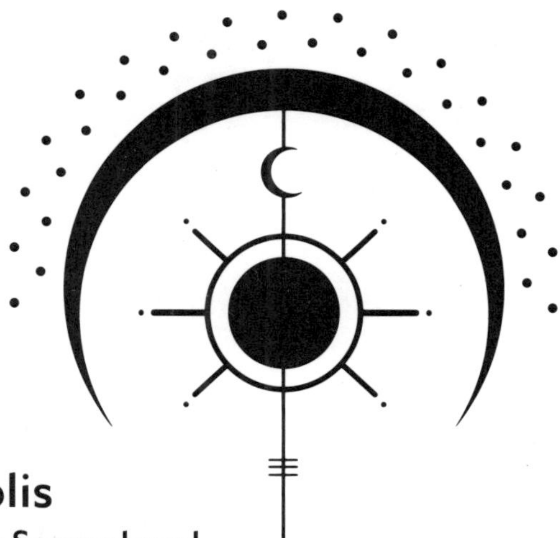

Solis

Die Sonnenkugel

Im Besitz der Familie Fairburn

Lebensregeneration

DANKSAGUNG

Okay, diese Danksagung wird kurz und knackig, weil ich dringend mit der Arbeit an Band 2 loslegen muss. Ein großes Danke, eine Packung Zimtplätzchen und die leihweise Benutzung der Schicksalswürfel gehen an Christiane Düring, weil du mein Fels in der Brandung bist und ich ohne dich wohl nie wieder von meinem Teppich aufgestanden wäre.

Danke an das Team vom Fischer Verlag, allen voran Julia, Charlotte und Jessy. Keine Ahnung, welches Sigil ihr gebrauchen könntet, aber ich teile sie alle mit euch, weil ihr wundervoll seid und euch so sehr für meine Bücher ins Zeug legt.

Danke an Max Meinzold – dafür, dass du deine »Max Magie« auch diesmal wieder für mein Buch gewirkt hast. Das Cover ist einfach phänomenal geworden.

Danke an Philipp, dass du diesen Weg mit mir gehst und mich gelegentlich daran erinnerst, dass es noch andere Räume in unserer Wohnung gibt als mein Schreibzimmer.

Danke an Jana – herrje, für ALLES halt. Fürs Schreibbuddy-Sein, fürs Daumendrücken, fürs Mitdenken. Wie du es bei meiner zwanzigsten »Jetzt ist es wirklich fertig«-Nachricht immer noch geschafft hast, dich für mich zu freuen, ist mir ein Rätsel. Danke!

Danke an Chris und Katja fürs Testlesen, an Dagmar und

Angela fürs Anfeuern und an Emily und Cara dafür, dass ich euch Fragen stellen durfte, um diese Geschichte so authentisch und sicher wie möglich zu machen.

Danke an meine wundervollen Instagram-Follower, insbesondere diejenigen, die Sebastian seinen Namen verpasst haben: Danke Alina, Dakota, Lara, Laura, Lisa, Marlene und Pia!

Und zuletzt: Danke an dich! Dass dieses Buch in deinen Händen liegen darf, bedeutet mir die Welt, und ich freue mich so sehr darauf, den Rest von Raynes und Adams Geschichte mit dir zu teilen.